Knaur.

Knaur.

Im Knaur Taschenbuch Verlag sind von der Autorin bereits erschienen:
Das Schokoladenmädchen
Der Kuss des Schokoladenmädchens
Die Muschelsammlerin

Über die Autorin:
Katryn Berlinger hat Literatur- und Musikwissenschaft studiert und in einem Schallplattenunternehmen in Hamburg gearbeitet. Einige Jahre später tauschte sie dann den Beruf gegen ihre Familie ein. Heute lebt und arbeitet sie als Schriftstellerin in Norddeutschland. Ihr Roman »Das Schokoladenmädchen« war ebenso wie der Nachfolger »Der Kuss des Schokoladenmädchens« und »Die Muschelsammlerin« ein großer Erfolg.

Katryn Berlinger

Die Meeresflüsterin

Roman

Knaur Taschenbuch Verlag

Besuchen Sie uns im Internet:
www.knaur.de

FSC
www.fsc.org
MIX
Papier aus verantwortungsvollen Quellen
FSC® C083411

Redaktion: Ilse Wagner
Umschlaggestaltung: ZERO Werbeagentur, München
Umschlagabbildung: Photo © Christie's Images
Satz: Adobe InDesign im Verlag
Druck und Bindung: CPI – Clausen & Bosse, Leck
Printed in Germany
ISBN 978-3-426-50820-6

2 4 5 3 1

Wispere
im Sand der Dünen,
am Meer aber
schweige.
Schau,
wie sie fortwehen,
deine Gedanken,
über des Meeres launiges Mienenspiel.
Träume, hoffe.
Vor allem aber
gib dich,
gib alles frei,
wenn du die Freiheit suchst.
Denn das Meer selbst
wird dir eine Antwort geben.

(INSPIRIERT VON ERICH FRIEDS GEDICHT »MEER«)

❋ ❋ ❋

»Das Meer ist nur ein Behälter für all die ungeheuren,
übernatürlichen Dinge, die darin existieren;
es ist nicht nur Bewegung und Liebe;
es ist die lebende Unendlichkeit.«

(JULES VERNES, AUS: »20 000 MEILEN UNTER DEM MEER«)

Kapitel 1

Niemand hatte am letzten Tag des Jahres 1904 die Katastrophe erahnen können. Es hätte eines Hellsehers bedurft, um zu wissen, was auf sie zukommen würde. Im guten wie im bösen Sinne.

Müssen wir dir Beine machen, Fenja? Beeil dich gefälligst, Tochter!«

Die Stimme ihres Vaters klang fast so gemein wie die des Hausherrn, seines Freundes Matthies Hocks. Und der prustete los, als habe er schon wieder einen anzüglichen Witz gehört. Und weil Matthies Hocks, der klein und gedrungen war wie ein Klafter Holz, eine ansteckende Lache hatte, dröhnte kurz darauf die Stube vor Gelächter.

Fenja seufzte. Sie stand in der Küche des Segeltuchmachers und wischte verspritzte Punschflecken von den schwarz-weißen Steinfliesen. Den ganzen Tag über hatte sie gebacken und gekocht, und das war jetzt der Lohn! Eierpunsch kochen, und zwar jede Stunde ein Glas. Längst wurde ihr vom Dampf von Rum, Wasser, Eiern und Weißwein übel, zumal sie seit dem Frühstück, außer ein paar Happen während der Arbeit, kaum etwas Richtiges gegessen hatte. Und nun würde sie für die nächste Portion Punsch auch noch in die eisige Kälte hinaus auf den Hof gehen müssen, um frische Eier zu holen. Es ist und bleibt doch immer dasselbe, dachte sie. Ich bin die Magd, und Vater ist damit zufrieden. Schließlich bin ich das Einzige, was er den anderen als verarmter Leineweber zu bieten hat. Er nutzt mich aus, wie es auch die anderen tun. Und an einem

Tag wie heute lassen sie sich natürlich bedienen, als seien sie Landjunker. Fressen, saufen, Karten spielen, das ist ihre Welt. Das können sie.

Wie erschöpft sie war. Ihre Füße brannten, und ihr Rücken schmerzte, als hätte sie seit dem Morgengrauen für ganz Ahlbeck Brunnenwasser geschöpft. Zwar hatte ihr bis zum Nachmittag die alte Grit geholfen, doch seit dem frühen Abend musste sie allein für die Männer sorgen. Beim Hocks wird Silvester gefeiert, hatte es geheißen. Und so waren alte Freunde gekommen, die verwitwet waren oder die das Zusammensein mit Kindern und Enkeln langweilte. Wenn wenigstens Mutter hier wäre, Hocks' Frau oder von mir aus auch Hiltrud, mein stolzes Schwesterherz. Aber nein, alle drei mussten ja kurz vor Weihnachten nach Oberschlesien reisen, um Spitzen zu kaufen. Spitzen! Als hätte das nicht Zeit bis zum Frühjahr gehabt. Aber das haben sie nun davon: Mutter und Hock's Frau liegen seit ihrer Rückkehr mit Fieber und Kopfschmerzen im Bett. Und Hiltrud muss zu Hause bleiben und ärgert sich, nicht Silvester feiern zu können.

Fenja versuchte sich vorzustellen, wie schön es wäre, könnte sie mit Edda, ihrer besten Freundin, im Ahlbecker Hof tanzen … Aber selbst Edda würde in dieser Nacht genug zu tun haben. Wenigstens brauchte sie sich für ihre Arbeit als Dienstmädchen nicht zu schämen, im Gegensatz zu ihr, der Magd für alle …

Von der Stube scholl lautes Stimmengewirr herüber. Fäuste schlugen auf die Tischplatte.

»Wo bleibt der Eierpunsch?«, rief der alte Segeltuchmacher.

»Jau! Her mit den Eiern!«

»Ein Ei gibt das andere!« Lautes Gelächter.

»Je mehr, desto dicker!«

»Und ordentlich viel Rum! Das heizt ein!«

»Bring der Alten was hoch, Fenja!«

Am liebsten hätte sie sich die Ohren zugehalten.

»Bin schon dabei!«, gab sie mit überlauter Stimme zurück, rüttelte mit dem Schürhaken die glühende Kohle durch und legte Holz nach. Dann setzte sie den noch halbvollen Topf mit Punsch zum Aufwärmen auf. Aus den Augenwinkeln nahm sie wahr, wie Matthies Hocks die angelehnte Küchentür mit dem Fuß aufschob. In seiner Hand hielt er sein leeres Glas.

»Eierpunsch und Silvester ist wie in 'ner Koje 'ne fesche Schwester!« Er schwenkte das Glas. »Gönn dir doch auch mal ein Glas, Fenjachen. Gehört doch dazu und macht launig!« Er prustete. Fenja schenkte ihm schweigend nach. Ihr Vater kam aus der rauchgeschwängerten Stube hinzu und legte seinem alten Freund die Hand auf die Schulter.

»Lass man. Sie soll noch stehen können … nachher, und nicht gleich umfallen. Du weißt, was ich mein.«

»Bist ein guter Vater, Paul.« Anerkennend klopfte Matthies Hocks ihm gegen die Brust. »Für ihren guten Ruf tust du alles, wie?«

»So wahr die Ostsee Fische hat.« Matthies Hocks trank sein Glas in einem Zug leer, während Fenja den herausfordernden Blick ihres Vaters auffing.

»Und Ostsee und Fisch gehören zusammen wie Wohlgardt und Hocks«, fügte er bedeutungsvoll hinzu.

Ihr graute. Diese Nacht würde nicht gut enden. Hastig füllte sie beide Gläser bis zum Rand. Die Männer staksten in die Stube zurück. Fenja atmete auf und begann den Topf abzuwaschen. Da schlug die Küchentür hart gegen den Rahmen. Erschrocken wandte sie sich um. Es war Baldur, Hocks' ältester Sohn. Er war gedrungen wie sein Vater, und sein Kinn war so breit wie seine vorgewölbte Stirn. Ihm war nie zu trauen, auch wenn er anscheinend freundlich war. Er war bei aller Hartnäckigkeit zwiespältig, konnte schöne Worte finden und gleichzeitig zuschlagen. Den ganzen Tag über hatte sie vor diesem Moment Angst gehabt. Und jetzt hielt er ihr auch noch einen zappelnden Silvesterkarpfen entgegen. Sie schrie auf.

»Baldur! Geh mit dem Karpfen in die Waschküche, köpf ihn im Steinbecken, nicht hier. Ich muss Punsch kochen. Willst du, dass mir auch noch vom Fischgestank schlecht wird?«

»Nichts musst du tun, Fenja. Eins nach dem anderen. Wir haben ja keine Eile, oder? Erst der Punsch, dann der Karpfen. Und dazwischen verschönern wir uns die Zeit.«

Sie wich vor ihm zurück, bis sie gegen die Anrichte stieß. Er lachte. Oh, wie sie seinen grausamen Spott hasste.

»Aber nicht doch, Fenja. Du brauchst keine Angst zu haben, du hast doch die Wahl.« Er fasste den sich windenden Karpfen fester, schwenkte ihn hin und her. Er ist mitleidlos, dachte Fenja, er wird anders mit mir umgehen als Martin. Sie versuchte, sich unter seinen Armen hinwegzuducken, doch Baldur schob wie beiläufig sein Knie vor, so dass sie ins Stolpern geriet und sich an der Tischkante festhalten musste. Wütend sah sie ihn an.

»Was fällt dir ein? Ich koche für euch, ich kümmere mich sogar um deine kranke Mutter – und du willst mich noch bei der Arbeit stören?«

»Fenja, nun stell dich nicht so an. Du weißt, dass ich dich mag und dass unsere Väter allerbeste Freunde sind. Du verstehst, was ich meine. Nichts würde sie stolzer machen, als wenn wir heirateten. Heute ist Silvester, da sollten wir uns das Wort geben.«

Ihr klopfte das Herz bis zum Hals.

Er trat mit dem Karpfen sehr nah an sie heran. »Also, meine liebe, schöne Leineweberin, wähle: Küsst du mich, töte ich den Karpfen für dich. Küsst du mich nicht, musst du ihn töten. Bedenke: Wenn du das nicht schaffst, würden unsere Väter sehr … verärgert sein. Nun?«

»Du weißt, ich bin arm.«

»Das stört mich nicht.«

»Ich habe noch nicht einmal eine Mitgift.«

»Ist mir egal. Dafür besitzt ihr noch Felder, die für Flachs viel zu gut sind. Man kann Bauland draus machen, so wie es die meisten von uns längst schon getan haben.«

»Vater wird sie nie verkaufen, das weißt du. Er will das Geld der Fremden nicht. Da bleibt er lieber arm.«

»Das ist sein Fehler, das sagt ihm mein Vater schon seit über zwanzig Jahren.«

»Da siehst du's. Ihr kennt ihn doch.«

»Aber wir sind die Jüngeren, Fenja. Wir entscheiden.«

»Unsinn, Baldur.«

»Unsinn? Du glaubst, ich sei feige, würde vor den Alten kuschen? Täusche dich da nicht, Fenja Susann Wolgardt. Ich weiß, was ich will.«

Verzweifelt wich sie aus: »Du weißt, dass Vater meine Schwester viel lieber mag. Sie ist die Ältere, und mit ihr werde ich eines Tages das bisschen Land teilen müssen.«

Er lächelte. »Fenja, sorge dich nicht, mit Hiltrud werde ich schon noch fertig werden. Denke an dich, du bist es wert. Du bist anders als sie. Willst du denn immer noch ihre Kleider auftragen? Du bist schön, viel zu schön für solche Lumpen. Es wird Zeit, dass du dir eigene Wünsche erfüllst. Ich kann dir alles bieten, ein Haus, Geld, Sicherheit. Wir Hocks sind seit Generationen keine armen Leute, das weißt du.«

»Ich … ich habe deinen Bruder geliebt«, erwiderte sie nervös.

»Martin? Das glaube ich dir nicht. Er war ein Luftikus, der jeder hier im Dorf unter die Röcke geguckt hat. Ein Angeber, der mich nächtelang mit seinen schmutzigen Phantasien vom Schlafen abhielt. Jetzt hat ihn das Meer behalten, und nun bin ich es, der sein Recht auf dich einfordert. Du weißt, ich mochte dich schon immer viel mehr als er. Also, Fenja, küsse mich oder … du musst den Karpfen schlachten.«

Ohne noch länger zu überlegen, griff Fenja hinter sich, nahm die Schüssel und schüttete das Abwaschwasser auf Baldurs Brust. Der Karpfen entglitt seinen Händen und platschte auf die Fliesen. Baldur fluchte. Fenja nahm ein Küchentuch und kniete nieder, um den zappelnden Karpfen festzuhalten. Da schlug die Haustür auf, und polternde Schritte dröhnten über die Dielen. Eisige Winterluft, vermischt mit Schnee, strömte herein. Fenja hob ihren Kopf. Es waren drei Fischer in schneebedeckten Südwestern, die atemlos auf die Männer einredeten.

»Steht auf!«

»Ihr müsst mit!«

»Das Wasser steigt!«

»Schon starke Böen von Nordost!«

»Der Wind hat gedreht, und keiner hat's vorausgesagt!«

»Hinnech sagt, angeblich hätte die Hamburger Seewarte alle Ostseestationen über ein Tief über Südschweden benachrichtigt. Man hätte mit allem rechnen können, aber jetzt bläst es von Nordost! Das wird gefährlich.«

»Und schneien tut's wie schon lange nicht mehr!«

»Es wird immer schlimmer!«

»Vergesst Silvester, das wird einen Orkan geben, Männer!«

»Los, zieht euch an und kommt nach draußen!«

Fenja bemerkte, wie ihr Vater einen langen Blick mit seinem Freund Matthies wechselte. Dieser nickte unmerklich und rief ihr mit schwerer Zunge zu: »Hol frischen Punsch! Für alle. Und ihr, Männer, setzt euch. Der Sturm kommt, ob wir's wollen oder nicht. Und wenn das Schlimmste geschieht, wollen wir uns ihm mit einem guten Schluck stellen.«

Die Fischer zögerten. Fenja hielt noch immer den Karpfen unter dem Tuch fest. Da bückte sich Baldur über sie, einen Fleischklopfer in der Hand. »Das wirst du noch bereuen«, zischte er und schlug dem Karpfen auf den Kopf. Es knirschte ekelhaft, und unter ihren Händen tränkte sich das Tuch mit Blut. Mein Gott, was bist du nur für ein Ekel, Baldur Hocks, dachte sie, ich könnte mich jetzt geradezu vor dir übergeben. Du weißt genau, wie ich diesen Geruch von Fisch und Blut verabscheue. Angewidert sah sie ihm nach, wie er die Küche verließ und den Fischern in der Stube auf die Schultern klopfte. »Vater hat recht. Jetzt gibt's erst mal Eierpunsch, dann den Karpfen, und erst dann geht's raus!«

Die Männer zögerten noch, doch als Fenja aufstand und den toten Fisch auf die Arbeitsplatte legte, nickten sie und setzten sich.

Oh, wie sie ihn hasste, seine Art hasste, wie er ihr nachstellte, sie demütigte und in dieser Stunde auch noch alle Männer davon abhielt, aufzustehen und am Strand nach dem Rechten zu sehen. Aber es blieb ihr nichts anderes übrig, als sich seinem Willen zu beugen. Sie lief hinaus, um Eier aus dem Stallgebäude zu holen. Es war eiskalt, das Heulen des Sturms und das Dröhnen der aufgewühlten Ostsee trieben sie zur Eile an.

Zurück in der Küche, hörte sie, wie Baldur die Älteren immer wieder mit derben Witzen ablenkte. War er feige oder bequem? Es half alles nichts, sie musste den Eierpunsch kochen. Endlich war er püriert, der Karpfen gar. Fenja stellte die Kasserolle mit dem Fisch in die Mitte des Tisches, holte die Schüssel mit den Salzkartoffeln. Noch während sie neben dem Tisch stand, die heiße Schüssel in den Händen, spürte sie, wie Baldur ihr unters Kleid fuhr und ihr in die Pobacken kniff. Sie biss die Zähne zusammen, stellte die dampfende Schüssel aufs Tischtuch. Dann aber glitt seine Hand zwischen ihre Beine und zwickte sie. Sie schrie auf vor Schmerz.

»Da siehst du's«, zischte er ihr belustigt zu. »Da du mich nicht geküsst hast, küsse ich dich auf meine Art. Ich verspreche dir, du kannst viel von mir lernen. Denk daran, noch hast du alles in der Hand! Ich kann's auch anders, nämlich viel besser!«

Die Männer lachten, sogar ihr Vater warf ihr einen aufmunternden Blick zu. »Nun mach nicht so ein Gesicht, Tochter. Bist auch nur ein Weib.«

Sie drehte sich auf dem Absatz um, floh in die Diele und zog sich an. Noch nie war sie so schonungslos vor anderen gedemütigt worden.

Es war nicht mehr zu ertragen.

Weder dieser letzte Tag des Jahres 1904 noch ihr ganzes armseliges Leben.

Die Standuhr schlug Viertel nach elf. Weniger als eine Stunde trennte sie noch vom neuen Jahr. Nichts würde sich ändern. Sie war bereits zweiundzwanzig, und ihr Leben würde weitergehen wie bisher. Sie würde weiterhin dankbar sein müssen, wenn sie Leinen für die Aussteuer anderer weben durfte, weil dies immer noch besser war, als ständig als Dienstmagd herumgereicht zu werden.

Das war ihre Erkenntnis am Ende dieses Jahres.

Nein, sie konnte hier nicht mehr länger bleiben.

Nicht in diesem Haus.

Sollte Baldur sich doch selbst um seine Mutter kümmern. Aber zuvor musste sie etwas für sich tun. Entschlossen kehrte sie in die Küche zurück, nahm Kernseife und Wasser und wusch ausgiebig Hände und Gesicht. Dann lief sie in die kalte Diele zurück und suchte aus ihrem Korb die Dose mit dem spärlichen Rest Holunderblütencreme hervor, die sie Ende Mai angesetzt hatte. Nichts konnte ihr jetzt so guttun wie dieser Duft. Und es war, als locke er sie endgültig hinaus ins Freie. Fenja ergriff ihre Sturmlaterne und entzündete sie. Das Letzte, was sie hörte, bevor sie die Tür hinter sich zuschlug, war die Stimme ihres Vaters: »Nun geh schon, Baldur, fang sie dir wieder ein. Bist doch ein Kerl, oder?«

Sie rannte in das Schneetreiben hinaus. Natürlich würde er ihr folgen, sie war sich ganz sicher, doch noch hatte sie einen Vorsprung. Und sie würde nicht gleich zum Meer hinunterlaufen, sondern den kleinen Umweg über die Schulzenstraße nehmen. Kurz bevor sie in diese einbog, blickte sie über ihre Schulter, doch sie sah nichts außer Dunkelheit, hörte nichts als das Heulen des Sturms und das ohrenbetäubende Tosen der Wellen.

Noch nie hatte sie so ein Schneetreiben erlebt. Einmal bildete sie sich ein, Feuerwehrsirenen, dann wieder Schritte hinter sich zu hören. Dann vernahm sie plötzlich aus westlicher Richtung, von der Kirchenstraße her, ein gewaltiges Krachen. Es klang, als hätte der Sturm ein Dach abgerissen. Wenige Minuten später wirbelte ihr der schneeschwere Nordost Reet und Zweige ins Gesicht. Sie stolperte über herabgefallene Dachziegel, eine abgerissene Bauplane und Holzlatten, ja sogar über eine rostige Dachrinne.

Endlich erreichte sie die Dünenstraße. Ängstlich drehte sie sich um. Bewegte sich dort eine Gestalt? Fenja raffte ihren Mantel, rannte über den breiten Strand, bis ihr die Wellen schwarz und meterhoch entgegenschlugen. Ihr Tosen war ungeheuerlich. Das eisige Wasser strudelte um Fenjas Stiefel. Es musste schon weit über einen Meter angestiegen sein.

Plötzlich entdeckte sie etwas Dunkles auf dem Wasser. Sie kniff die Augen zusammen und versuchte, trotz Schneetreiben und aufspritzender Gischt etwas zu erkennen. Tatsächlich, es war ein Rettungsboot, in dem ein hochgewachsener Mann unter Aufbietung all seiner Kräfte ruderte. Eine gedehnte Ewigkeit lang sah es aus, als käme er nicht vom Fleck, ja, als driftete er zurück ins Meer, doch endlich gelang es ihm, den Schub mehrerer heftig rollender Wellen zu nutzen, um an den Strand geworfen zu werden. Das Boot barst, der Sturm schleuderte eine Planke mit voller Wucht in die Höhe. Sie wirbelte wenige Meter an Fenja vorbei. Der Ruderer rappelte sich auf, taumelte.

Schiffbrüchige! Fenja ergriff Panik. Wie sollte sie ihnen helfen? Sie spürte, wie ihr das Wasser um die Knöchel stieg und den Sand unter den Füßen fortspülte. Sie sackte vornüber, der Wind riss ihren Haarknoten auf, eisige Gischt schlug ihr ins Gesicht. Sie krabbelte auf allen vieren durch das ablaufende Wasser auf die Gestrandeten zu. Der Ruderer zog einen reglosen Körper aus den Trümmern, stapfte mit ihm zwei, drei Schritte den Strand hinauf und sackte plötzlich in die Knie. Fenja stolperte durch das Schneetreiben auf ihn zu. Der Fremde trug eine Uniform, seine breiten Schultern bebten. Fenja beugte sich über ihn, hörte ihn keuchen. Sie bemerkte, dass der steife, hohe Umlegekragen seiner Uniformjacke lose am Nacken hing und ihm Blut aus einer Platzwunde an der Stirn rann. Sein linker Ärmel war bis zur Schulter aufgerissen, sein linkes Hosenbein zerfetzt. Als er vornüberzusacken drohte, kniete Fenja vor ihm nieder und nahm seinen Kopf zwischen ihre Hände. Da schlug er die Augen auf.

Ihre Blicke begegneten sich.

Für einen Moment schien es Fenja, als hielten die Schneeflocken im Flug, die Wellen in ihrem Schlag inne. Alles war still.

Da umfasste der Fremde ihr Handgelenk, schloss die Augen und drückte sein Gesicht an ihre Handflächen. Fenja nahm nichts anderes mehr wahr als diese Berührung. Erst als er sie losließ, spürte sie wieder die Schneeböen und die Gischt auf ihrem Gesicht. Sie ballte die Finger zur Faust, als könne sie den Atem dieses Fremden, seine aufwühlende Wärme für immer festhalten.

»Ich hole Hilfe!«, murmelte sie ihm zu, schlang ihm ihren Schal um den Hals und drückte ihre Sturmlaterne dicht neben ihn in den Schnee. Sie würde alles tun, um ihn zu retten. Sie rannte zu den Dünen hoch, hielt nach Baldur Ausschau. Jetzt hätte sie ihn wirklich gebraucht, aber er war nirgends zu sehen, sie war allein. Feigling, rief sie wütend und rannte, ohne sich zu schonen, durch das Schneetreiben den ganzen Weg zurück. Als sie das Hockssche Haus erreichte, hatte sie stechende Schmerzen in Hals und Brust. Sie riss die Tür auf und stürzte in die warme Stube.

»Geht raus und helft! Draußen sind Schiffbrüchige! Einer von ihnen lebt noch!«

Die Männer sprangen auf, Stühle fielen um. Sie zwängten sich in ihre Stiefel, stülpten Mützen und Mäntel über und stürzten in den Orkan hinaus.

Fenja zitterte vor Kälte, sie würde ihnen folgen, niemals würde sie hier eine Sekunde lang allein bleiben, während der Fremde … Sie schlug den Truhendeckel in der Diele auf, wühlte zwischen alten Strickjacken, Arbeitshosen und Decken. Zu ihrer Erleichterung entdeckte sie endlich einen schwarzgrauen Männerwollmantel und geflickte Socken. Hastig tauschte sie ihre nassen Strümpfe gegen trockene aus, schlüpfte in Wollmantel und Stiefel und folgte den Männern.

Sie holte sie schnell ein und lief ihnen voraus. Ihre flackernde Sturmlaterne neben dem Fremden wies ihnen den Weg.

Er sah ihr bereits entgegen. Er hatte sich auf eine Planke gesetzt und stützte mit seinem unverletzten Arm den Oberkörper seines Begleiters, der reglos neben ihm lag. Fenja drehte sich zu Baldur um.

»Schnell, beeilt euch! Er muss sofort zum Arzt! Sonst kriegst du noch Ärger!« Sie wies auf die Schulterstücke des Fremden.

»Verdammt! Ein Rittmeister!« Baldur winkte den anderen zu. »Los! Packt mit an!« Dann bückte er sich zu ihm vor. »Bitte ergebenst, Euer Wohlgeboren … Gestatten …«

Vorsichtig nahmen sie ihm den reglosen Mann ab, zogen

den Rittmeister in die Höhe. Er war größer, als Fenja angenommen hatte. Sie knöpfte ihren Wollmantel auf.

Der Offizier hustete, wehrte ab. »Nein, nein, behalten Sie …« Seine Stimme war heiser, etwas brüchig, doch von einem tiefen Timbre. Baldur zischte Fenja zu: »Zieh den Mantel aus. Der Herr Rittmeister friert.«

Wieder schüttelte dieser den Kopf, doch Fenja legte ihm den Mantel um die Schultern und schlang den Gürtel um seinen Leib. Als sie ihn vor seinem Bauch verknotete, schabte sein Kinn kurz über ihre Wange. Ihr Herz schlug schneller.

»Beeil dich!«, rief Baldur ungeduldig und winkte einem der Männer zu. »Wir bringen ihn zu uns nach Hause!« Da knickten dem Rittmeister die Knie ein. Gerade noch rechtzeitig konnten sie ihn auffangen. Andere kamen hinzu, trugen beide fort. Fenja zitterte vor Kälte und Aufregung.

Sollte sie nach Hause gehen oder ein weiteres Mal ins Hocksche Haus zurückkehren, aus dem sie geflüchtet war? Müsste sie nicht ihr Versprechen halten und wenigstens noch ein einziges Mal in dieser Nacht nach Baldurs Mutter sehen?

In wenigen Minuten würde dort der kaiserliche Rittmeister auf jemanden warten, der sich um ihn kümmerte, denn Baldur wäre wohl dazu nicht in der Lage. Sie blinzelte in das Schneetreiben, bemerkte, wie Baldur sich nach ihr umdrehte.

»Los, Fenja! Komm mit!«, schrie Baldur ihr über die Schulter zu. »Du hast ihn gefunden, also musst du ihn pflegen! Das bist du ihm schuldig!«

Ihr Herzschlag beschleunigte sich.

Sie hatte Angst und wusste nicht, warum.

Seit einer Stunde war sicher, dass, solange der Sturm tobte, niemand bereit sein würde, den verletzten Rittmeister nach Swinemünde zu transportieren. Die Flut, sagten einige, sei schon auf über zwei Meter fünfzig angestiegen, und ein Ende sei nicht in Sicht. Baldur war zu Rittmeister Steffen, dem Ahlbecker Gemeindevorsteher, geeilt, um ihn zu bitten, die Garnison telefonisch von dem Unglück zu benachrichtigen. Er wolle auf keinen Fall Ärger mit preußischen Beamten bekommen und sich den Vorwurf der Nachlässigkeit einhandeln. Doch dann war der Strom ausgefallen, alle Verbindungen via Telefon und Telegraf waren unterbrochen. Und so hatte ihm Rittmeister Steffen geraten, den gestrandeten Rittmeister vorerst zu Hause zu versorgen, bis die Sturmflut vorüber sei. Daraufhin hatte Baldur auf Anraten des Gemeindevorstehers und aus eigener Sorge den reichlich beschwipsten Arzt des Ahlbecker Krankenhauses aus dem Bett klingeln und überreden können, sich den Verunglückten vorsichtshalber anzusehen. Der Arzt hatte mit der Familie des Gemeindevorstehers gefeiert und war nicht begeistert davon, ein weiteres Mal in die Kälte hinauszugehen. Aber auch er musste sich der Pflicht fügen und folgte Baldur zu dessen Haus in der Strandstraße. Er untersuchte den Offizier, vernähte dessen Bein und die Platzwunde am Kopf, drückte Fenja das Fläschchen mit Kampferlösung in die Hand und befahl ihr, den Rest der Versorgung zu übernehmen, er sei todmüde und wolle wieder ins Bett. Dann gähnte er ausgiebig und verließ das Haus mit einem leisen Fluch.

Jetzt war Fenja mit Baldur und dem Fremden allein. Der Wind heulte durch ein geborstenes Fenster im ersten Stock, rüttelte an den Fensterläden, zerrte am Reetdach. Matthies, Baldurs Vater, war noch unterwegs. Fenja hatte noch einmal nach Baldurs Mutter gesehen und ihr einen Teelöffel Baldrian geben müssen, damit sie ruhiger schlief.

Baldur aber ging nicht in seine Schlafkammer. Er legte immer neue Holzscheite nach und lauschte in den Sturm hinaus. Nur das honiggelbe Licht der Bernsteine, die in den alten Feuerschalen brannten, verlieh dem Raum eine beruhigende Wärme. Trotzdem wurde Fenja das beklemmende Gefühl nicht los, dass Baldur sie bewachte. Noch vor gut zwei Stunden hatte er sie in die Küche geschickt, damit sie des Rittmeisters kniehohe schwarze Stulpenstiefel mit Zeitungspapier ausstopfte. Sie wusste, er wollte sie nicht dabeihaben, wenn er den Offizier auszog. Er hatte ihr Wäschestück für Wäschestück durch die Tür zugeworfen, damit sie sie in der Küche zum Trocknen aufhängte. Erst danach hatte er ihr erlaubt, in die Stube zurückzukehren.

Sie hatte unter seiner Aufsicht die Schürfwunden des Bewusstlosen gereinigt und mit Ringelblumensalbe bestrichen. Es war ein schönes Gefühl gewesen, seine glatte, feste Haut zu berühren. Und hin und wieder hatte sie das Gefühl gehabt, er hätte die Augen absichtlich geschlossen gehalten, um die Berührung ihrer Hände zu genießen … Nun schlief er seit gut anderthalb Stunden tief unter einem rot-weiß karierten Plumeau, mit dem sie ihn hatte zudecken dürfen. Sie saß, seine Jacke im Schoß, neben ihm, das Gesicht von Baldur abgewandt. Sie fühlte sich neben dem schlafenden Rittmeister wohl, der weißgelbe Schimmer der brennenden Bernsteine spendete Trost, der Duft des Harzes beruhigte sie.

Baldur trat neben sie und verschränkte die Arme. »Da wird immer gesagt, ein Mann ohne Uniform sei kein richtiger Mann. Stimmt. Da siehst du's nun selbst: Ohne Uniform ist auch ein Rittmeister nur ein nackter Mensch.«

Aber er hat einen Körper, der eigentlich viel zu schade für eine Uniform wie diese ist, dachte Fenja.

»Er scheint ein ordentlicher Raufbold zu sein«, fuhr Baldur grimmig fort und wies auf die rechte Schulter des Uniformrockes, an dem das Schulterstück baumelte. »Wenn es um die Ehre geht, versteht ein Wohlgeborener keinen Spaß. So fein, wie er scheint, wird er nicht sein, glaub's mir.«

»Was redest du da, Baldur? Er wird von einer Planke getroffen worden sein, oder der andere Mann hat sich bei dem Sturm an ihn geklammert und das Schulterstück versehentlich abgerissen. Du willst wohl nur Schlechtes von ihm denken, oder? Hast du keine Angst, er könnte dich hören?«

»Er schläft wie ein Toter und wird von anderem träumen als von mir.«

Fenja rückte den weißen Uniformrock auf ihrem Schoß zurecht. Er war aus reinwollenem Kammgarn mit einem Futter aus Kaschmir. Und obwohl der feste Stoff noch feucht war, bildete sie sich ein, er wärme ihre Hände. Sie hatte den zerrissenen Ärmel bereits geflickt und machte sich nun daran, den losen Umlegekragen wieder anzunähen. Sie rückte das beschädigte Schulterstück zurecht, da glitt ihr Blick zu ihm, und es war, als befehle er ihr, innezuhalten und ihn genau anzusehen. Sie betrachtete sein klar geschnittenes Gesicht mit der geraden Nase und den kräftigen Augenbrauen. Sein breiter Bartschatten wirkte wie dunkler Samt. Seine vollen Lippen zuckten leicht und kamen ihr im Schein des Lichtes verletzlich vor.

Als er nun seinen Arm hob, auf dem Kissen anwinkelte und seinen Kopf darin barg, verwirbelte sein dichtes braunes Haar hinter seinem Ohr.

Baldur trat näher. »Was tust du da?«

Sie hatte, ohne es zu merken, seine Schläfe berührt und war mit ihrem Finger über seine Wange geglitten. Sie schrak zusammen, zog ihre Hand zurück. Hatte sie sich eingebildet, er hätte sie um diese Zärtlichkeit gebeten? War sie verrückt? Abrupt wandte sie sich zu Baldur um.

»Er … er hat etwas gesagt. Hast du ihn nicht verstanden?«

»Ich hab nichts gehört. Weißt du nicht, dass ein ordentlicher Offizier auch im Schlaf stummen Gehorsam einhält?« Er grinste und verschränkte die Arme. »Gefällt er dir etwa?«

»Unsinn, seine Uniform interessiert mich.«

»Wirklich? Fenja, die Leineweberin, interessiert sich fürs Tuch, obwohl ein nackter Mann vor ihr liegt? Bist du wirklich so prüde, oder spielst du uns allen etwas vor?«

»Sei still, Baldur. Sag mir etwas über ihn, seine Kleider verraten doch alles. Oder interessiert es dich nicht, wen du in dein Haus geholt hast?«

»Wer trägt schon kniehohe Stulpenstiefel, eine enge weiße Stiefelhose und bunte Borten am schneeweißen Koller?« Er reckte sein Kinn in Richtung des Uniformrockes. »So etwas trägt nur die Kavallerie, die stolzen Kämpfer zu Pferde und Kaisers Lieblinge. Jetzt ist der Schlachtenreiter beinah im Meer ertrunken und liegt beim Hocks aufm Sofa.« Er rieb sich die Hände. »Ich werd mir mal 'nen Pfriem genehmigen.« Er öffnete die oberste Schublade der Kommode und holte einen Tabakbeutel hervor. »Er muss ja ein ganz Kaisertreuer sein, der noch zu Silvester auf Halbstiefel und Galahose verzichtet und stattdessen Reithose mit Stulpenstiefel trägt. Hat er auf den Wellen reiten wollen oder wie? Dem Kaiser hätt's sicher gefallen. Hohe Stiefel und feste Schenkel haben nun mal was Besonderes an sich, so was Aufputschendes.« Er lachte derb und schniefte, wobei er kurz seine Augen zusammenkniff und mehrmals mit dem Handrücken über Mund und Nase fuhr.

Fenja wandte ihren Blick von ihm ab und beugte sich wieder über den Uniformrock, befühlte das unbeschädigte versteifte Schulterstück, das von einer Biese in Russischblau eingefasst war. Es war von vier eng nebeneinanderliegenden silbernen Plattschnüren geschmückt, die ein schwarzer Seidenfaden – die Farbe Preußens – spitzwinklig durchwirkte. Zwei viereckige Rangsterne aus vergoldetem Metall waren darauf befestigt, die übereinandergesetzt eine große, in Rot gestickte Sechs einfassten. Und wenn sie es richtig erkannte, war da noch ein verschnörkeltes H mit einer kleinen Eins mit Krone aufgestickt. Was diese Abzeichen wohl bedeuten mochten? Am liebsten hätte sie Baldur noch einmal gefragt, doch sie hatte keine Lust, sich weitere anstößige Bemerkungen von ihm anzuhören. Gedankenverloren ließ sie ihre Fingerkuppe auf einem Rangstern kreisen, bis sie das Gefühl hatte, er sei es, der sich drehte, nicht ihr Finger. Sie ließ ihn los und zupfte stattdessen fahrig an einem zerfaserten Etikett unterhalb des Kragens, an dem sie Buchstaben zu erkennen glaubte.

Baldur schnaubte verärgert. »Offiziere haben ihre eigenen Herrenschneider. Er wird einen neuen Rock ordern. Aber gib dir ruhig Mühe, es soll später nicht heißen, im Hocksschen Haus hätte sich keiner um ihn gekümmert.«

Fenja nickte wortlos. Baldur hält etwas auf sich und wird mich nicht aus den Augen lassen, dachte sie. Aber solange der Offizier hier liegt, wird er es nicht wagen, unser Streitgespräch, das wir vor Stunden in der Küche geführt haben, wieder aufzugreifen.

Vom Holzofen her flackerten Rußfahnen über die Wände, warfen unruhige Schatten auf das bleiche Gesicht des Rittmeisters. Fenja nestelte am Stoff, undeutlich tanzten die eingestickten Buchstaben vor ihren Augen. Sie erkannte ein »A«, ein »B«, darunter ein »Hö« und ein weiteres großes »Be«. Alles andere verschwamm im schwachen Licht der verglühenden Bernsteine. Der Rittmeister stöhnte im Schlaf. Fenja beugte sich vor.

»Sophia.« Es war kaum mehr als ein Hauch, und noch einmal »Sophia« und etwas, was Fenja nicht verstand. Sie spürte, wie sich in ihr etwas schmerzhaft zusammenzog.

»Wer sind Sie?«, flüsterte sie, woraufhin Baldur hinter sie trat und seine Hände auf ihre Schultern presste.

»Lass ihn in Ruh. Näh weiter, was kümmert dich ein Offizier des Kaisers, der von seiner Herzdame träumt?«

Er hatte recht, es sollte sie nicht interessieren, wer dieser Mann war, noch, wovon er träumte. Er war von Adel, und sie hatte ihm, auch wenn er schlief, Respekt zu zeigen. Da fing sie Baldurs begehrlichen Blick auf.

»Du hast schöne Hände, Leineweberin. Wie du die Nadel hältst …«

»Lass mich in Ruh, Baldur. Es ist alles gesagt. Was ich dir im alten Jahr sagte, gilt auch im neuen.«

»Was gelten schon Worte, die in einer einzigen Nacht gesagt werden. Das neue Jahr liegt noch vor uns. Warten wir's ab.«

Sie schwieg. Sie hatte keine Lust mehr, ihm zu widersprechen.

Die Stunden vergingen. Das Feuer knisterte leiser, die Flammen erloschen, auch Fenja fielen irgendwann vor Erschöpfung die Augen zu.

Als sie erwachte, war es noch dunkel. Der Sturm hatte nachgelassen. Baldur saß schnarchend im Ohrensessel seines Vaters. Bevor Fenja sich fragen konnte, wo dieser die Nacht wohl verbracht hatte, schlug der Fremde die Augen auf und sah sie an. Es war ein überraschter, fragender Blick aus blauen Augen, die schnell einen dunklen Glanz annahmen. Fenja kam es vor, als spiegele sein Blick ihr eigenes Staunen wider, und sie war sicher, er teilte bereits ihren schneller gewordenen Herzschlag …

Da schlug von draußen etwas Hartes gegen die Tür. Fenja sah erschrocken auf. Der Blick des Fremden veränderte sich abrupt. Seine Augen nahmen einen hellen, wachen Ausdruck an, voll konzentrierter Anspannung, die seine Entschlusskraft ahnen ließ. Baldur sprang auf, rieb sich die Augen und ging hinaus. Mit raschem Schritt kehrte er zurück, schlug die Hacken aneinander und salutierte.

»Melde gehorsamst: Transport zum West-Fort Swinemünde gesichert, Euer Wohlgeboren! Kosten übernimmt Infanterist Baldur Hocks persönlich!«

Idiot, dachte Fenja wütend, was bist du nur für ein Idiot, Baldur Hocks. Merkst du nicht, wie verlogen du wirkst? Sie schämte sich und schlug die Augen nieder. Sie wollte nicht sehen, dass der Fremde, ein attraktiver Mann, sich in seiner Rolle als Rittmeister von Baldurs militärischem Eifer geschmeichelt fühlte. Umso überraschter war sie, als sie seine verärgerte Stimme hörte.

»Festung Swinemünde? Zu den Küstenartilleriebatterien? Wie kommen Sie auf solch eine Idee, Hocks? Haben Sie das Oberkommando übernommen, oder können Sie keine Rangabzeichen lesen?«

Baldur sackte kurz in sich zusammen, schlug ein weiteres Mal die Hacken knallend aneinander und nahm wieder Haltung an. »Verzeihung, Euer Wohlgeboren, ich dachte nur …«

»Sie werden doch wohl noch Heer und Marine auseinanderhalten können, oder?« Der Fremde musterte ihn mit durchdringendem Blick. »Und wenn schon nicht zu den Brandenburgern an der Havel, so hätten Sie einen Boten zur Kavallerieinspektion in Stettin jagen sollen.«

»Bitte ergebenst um Nachsicht, Euer Wohlgeboren.«

Der Offizier wartete einen Moment, als genieße er die Spannung, dann lachte er auf. »Ist auch egal. Rühren Sie sich. Und lassen Sie das Hackenschlagen und ›Euer Wohlgeboren‹. Zivil geht's auch. Im Ernst: Der Ahlbecker Hof wäre mir lieber, aber so falsch ist Ihr Vorschlag nicht. Bei diesem Orkan brauche ich Unterstützung von der Marine. Ich muss unbedingt wissen, ob die Männer im Boot überlebt haben. Wissen Sie schon etwas Näheres? Wir waren erst zu acht, zwei gingen über Bord und die anderen, was ist mit denen?«

»Sie haben einen retten können, Herr Rittmeister. Er lebt und wird heute früh in die Station des hiesigen Krankenhauses kommen. Von den anderen weiß ich nichts Genaues.«

»Gut, ich werd mich selbst erkundigen. Haben Sie sonst irgendwelche Nachrichten von dieser Nacht? Gibt es noch mehr Überlebende?«

»Ich weiß es nicht, Herr Rittmeister.«

»Waren Sie denn nicht die ganze Zeit draußen bei den anderen Männern?«

Über Baldurs Wangen huschte eine verlegene Röte. »Nein, Euer Wohlgeboren.« Er war völlig verunsichert.

»Wo waren Sie denn, Mann? Doch wohl nicht hier in der guten Stube, während draußen Land und Leute untergingen?«

Baldur blickte zu Boden, knetete die Hände, dann ging ein Ruck durch seinen Körper. Er straffte sich und presste die Hände seitwärts an die Hosennaht.

»Ich habe persönlich Ihre Nachtwache übernommen, Euer … äh … wohlge… Herr Rittmeister.«

Der Fremde schwieg beredt und suchte Fenjas Blick. Er verstand. Da legte er seine Hand auf den Uniformkragen, den sie noch immer im Schoß hielt.

»Wie heißen Sie?«, fragte er leise.

»Fenja, Fenja Wolgardt«, wisperte sie tonlos.

Er zog ihre Hand dicht an seinen Mund und deutete einen Kuss an. »Danke, Fenja.« Dann nickte er Baldur zu. »Rasch, helfen Sie mir beim Anziehen. Sie haben doch etwas Trockenes für mich?«

Kurz darauf verließ er in Baldurs Begleitung das Hockssche Haus. In einer Hand hielt er einen Seesack, in dem seine feuchten Kleider verstaut waren.

Fenja sann ihm nach. Ob er fürchtete, Sophia, von der er geträumt hatte, könne ebenfalls ertrunken sein? Oder wartete sie irgendwo auf dieser Welt auf seine Nachricht?

Sophia.

Ein seltsamer Name. Ein Name, der nach dem Duft dunkler

Blüten und nach fremder Musik klang. Er wird ihr einen Neujahrsgruß schicken und froh sein, sie in Sicherheit zu wissen.

Er würde sie, Fenja, bereits vergessen haben. Schließlich war sie nur ein armseliges Geschöpf, das noch nicht einmal Silvester feiern konnte, sondern vom Herrgott zur rechten Zeit an den Strand geschickt wurde, um Schiffbrüchige wie ihn aufzulesen.

An ihrer Stelle hätte jede andere Magd, jedes andere Dienstmädchen sitzen und seine Uniform ausbessern können.

Sie war nichts Besonderes.

Aber irgendetwas in ihr war anders geworden.

Sie zog den Ärmel seiner Uniformjacke zu sich heran, dessen Riss sie gerade zugenäht hatte, und biss den Faden durch. Ein heißer Schrecken durchfuhr sie, als ihr bewusst wurde, dass er die Jacke nicht mitgenommen hatte. Sie strich über den festen Stoff, roch an der Innenseite des Kragens, glitt mit den Händen über das Innenfutter, als könne sie den muskulösen Konturen seines Rückens nachspüren.

Kaum war die Kutsche mit dem in Decken gehüllten Rittmeister angefahren, kehrte Baldur schwer atmend zurück. Er riss Fenja den Uniformrock vom Schoß und schlug ihr ins Gesicht.

»Warum hast du ihm deinen Namen genannt? Warum? Meinen sollte er behalten. Meinen!«

Er war blind vor Wut.

Und sie wimmerte vor Schmerzen.

Dann ließ er sie allein.

Sie merkte, dass sie viel zu erschöpft war, um bei dem Sturm nach Hause zu gehen. Sie schlich zu Baldurs Mutter hinauf und weinte. Diese strich ihr mit fiebrig-feuchter Hand über den Kopf. »Er braucht eine Frau. Heirate ihn, Fenja. Dann wird er ruhiger. Ich hab's mit seinem Vater auch so erlebt.« Sie wandte ihr das Gesicht zu: »Soll ich dir die Wahrheit sagen? Als Mutter mag ich es kaum aussprechen, aber ich glaube, Baldur dankt im Stillen seinem Herrgott dafür, dass der ihm den Bruder so früh genommen hat. Er will nur dich. Er … hat dich schon immer gewollt.«

Sie hatte es verdrängt, immer wieder verdrängt. Wie gelähmt blieb sie, an den Bettkasten gelehnt, auf dem Boden hocken und starrte in die Dunkelheit. Sie würde weder diesem Mann noch ihrem vorgezeichneten Lebensweg entkommen können.

Langsam schläferten die regelmäßigen Atemzüge seiner Mutter sie ein.

Wenige Stunden später weckten sie die ersten Sonnenstrahlen des Neujahrsmorgens. Fenja fühlte sich ein wenig besser. Sie stand auf, nahm ihren Korb und verließ das Hockssche Haus. Sie würde alles darum geben, es nie wieder betreten zu müssen.

Der Himmel war wolkenlos, die Luft klar und kalt. Fenja trat in das strahlende Sonnenlicht des Neujahrsmorgens 1905 hinaus. Überall funkelten Eiskristalle im noch unberührten Schnee. Die Welt hätte nicht friedvoller aussehen können. Fenja atmete die kühle, beruhigende Meeresluft ein und ging zum Strand hinunter. Der Schnee knirschte unter ihren Füßen. Eine Möwe schrie, zwei weitere stoben flügelschlagend neben ihr auf. Ansonsten war es still.

Die Ostsee zeigte ihr unschuldiges Gesicht. Glitzernd streckte sie sich aus wie ein azurblaues Seidendamasttuch mit eingewebten Silberfäden. An ihrem hohen Saum türmten sich Tausende von Eisschollen.

Ob die Wellen der letzten Nacht Bernsteine angespült hatten?

Fenja blickte zur Ahlbecker Seebrücke hinüber. Sie sah aus, als sei sie über Nacht ins Meer gezogen und von unsichtbaren Klöpplerinnen mit Spitzen aus Eis geschmückt worden. Eiszapfen hingen dicht an dicht von ihrem roten Dach, ihren vier grünen Türmchen, vom Geländer der sie umgebenden Plattform und ihres langen Anlegesteges. Die Seebrücke sah aus wie ein verzaubertes Strandschloss, dessen Zugbrücke in die Weite eines geheimnisvollen Meeres hinausführte. Fenja stellte sich vor, wie es wäre, wenn sie über ihre vereisten Planken auf den dunstigen Horizont zuginge, um das wiederzufinden, was sie in der letzten Nacht berührt hatte.

Und für einen kurzen Moment hätte sie nicht sagen können, ob es nur an ihrer Erinnerung an diesen Mann oder an der Nähe des Meeres lag, dass sie das Gefühl hatte, selbst verzaubert zu sein.

Sie hatte eine Weile geträumt und nicht bemerkt, dass nach und nach immer mehr Ahlbecker an den Strand gekommen waren. Die Stimmen um sie herum schreckten sie auf. Fenja schaute sich um. Nie zuvor war so viel Schnee gefallen. Die Trümmer aber, die von der Sturmflut übrig geblieben waren, waren deutlich erkennbar: zerschellte Boote, Planken, Bretter, Schiffsteile, ein Rohr, Staken, der Überrest eines abgerissenen Strohdaches. In ihrer Nähe hatte sich eine kleine Gruppe Ahlbecker um einen älteren Mann versammelt, der meinte, dass der Wasserstand mit zwei Meter achtzig über Normalnull nicht ganz so hoch gewesen sei wie bei der großen Sturmflut im November 1872, die Schäden längs der Küste aber seien schlimm genug. Neugierig trat Fenja hinzu. Jeder hatte etwas zu berichten, das er selbst gesehen oder von denjenigen gehört hatte, die bereits in diesen frühen Stunden auf der Insel unterwegs waren. Auch wenn Fenja sich bemühte, ihren Berichten zu folgen, wanderten ihre Blicke immer wieder zur vereisten Seebrücke zurück.

Das Eis an der Seebrücke belaste die Holzkonstruktion, hieß es … Es sei eine große Gefahr für den knapp sechs Jahre alten Seesteg … zweihundertachtzig Meter vereistes Holz im Meer … Was das kosten würde, wenn alles zusammenstürze und wieder neu gebaut werden müsse … Dutzende Schiffe seien vermisst gemeldet … zahlreiche gestrandet … Weite Küstenteile überschwemmt … Viele hundert Stück Vieh ertrunken … Bei Damerow sei der Damm über dreihundert Meter Länge gebrochen … Ostsee und Achterwasser seien eins … Die Insel Ruden sei völlig überspült … Land verlorengegangen … In der Peenemündung sei ein Mann aufgefunden worden, festgebunden an einem Dachteil … wer wohl der Mörder sei?

Von all diesen Schrecknissen abgesehen, waren sich jedoch die Ahlbecker einig: Sie hatten noch einmal Glück gehabt. Die Schäden vor Ort hielten sich in Grenzen. Man würde sie so rasch wie möglich beheben. Grundsätzlich aber müssten dringend Schutzdeiche und Wellenbrecher gebaut und Buhnen errichtet werden. So leicht sollte niemals wieder eine Sturmflut die Küste Mecklenburgs angreifen können.

Die Kaiserbäder mussten erhalten bleiben. Koste es, was es wolle.

Die Stimmen wurden leiser. Fenja war wieder allein. Sie schloss ihre tränenden Augen vor den Lichtreflexen auf Wasser und Schnee. Viel zu lange schon hatte sie auf die Seebrücke gestarrt. Zu lange und vergeblich. Das Gefühl der träumerischen Sehnsucht von vorhin kehrte nicht zurück. Das, was sie in sich wahrnahm, war ein schwermütiger Schmerz, wie sie ihn nie zuvor gekannt hatte. Ob er je heilen würde? Oder war er nur ein Omen für ein weiteres Jahr, das nichts Gutes bringen würde?

Sie stapfte durch den Schnee auf die Stelle zu, wo sie den verletzten Offizier gefunden hatte. Seltsamerweise hatte noch niemand alle Trümmer seines Rettungsbootes fortgeräumt. Sie fuhr mit ihrer Hand über die zerborstenen Planken und brach einen Splitter ab.

Sie schaute über das Meer, das sie so liebte, weil es so atmete wie sie.

Weil sie seine Stimme liebte.

Weil es ihr Echo war.

Weil es so wandelbar war wie sie.

Sie zögerte, hielt ihre noch immer nach Holunderblüten duftenden Hände vors Gesicht und dachte an ihn.

Sollte sie es tun? Oder würde man sie für verrückt halten? Sie schaute sich um, der Strand war leer. Entschlossen trat sie an die Eisschollen heran. »Nur ein Traum?« ritzte sie mit dem Holzsplitter in das Eis. Wenn es schmölze, würden die Wellen ihre Frage hinaus auf das Meer tragen. Und irgendwann, hoffte sie, würde es ihr antworten.

Von der Spitze der Seebrücke stiegen zwei Tauben in den klaren Himmel auf.

Zu beiden Seiten der Lindenstraße, die die Kaiserbäder mit Swinemünde verband, türmte sich der Schnee. Die ersten Pferdegespanne mit Schneepflügen mussten schon frühzeitig am Morgen vorbeigekommen sein. Fenja querte die Bahnlinie und schlug den Korswandter Weg südlich von Ahlbeck ein. Hier hatte niemand geräumt, und sie musste durch fast hüfthohen Schnee stapfen.

Die alten Parchenwiesen und brachliegende Flachsfelder lagen unter glitzerndem Weiß verborgen. Von den wenigen Strohdachkaten stiegen dünne Rauchfahnen in den klaren Himmel auf. Hier leben diejenigen, die anders denken als die Leute unten im Dorf, dachte sie. Trotzköpfe wie mein Vater, der lieber arm bleibt, als mit der Zeit zu gehen.

Als sie auf die Holztür der lehmverputzten Leineweberkate

zuging, stieß sie versehentlich mit ihrem Kopf gegen einen Eiszapfen, der von der Dachrinne herabhing. Er brach ab, bohrte seine Spitze in ihren Mantelkragen und fiel klirrend zu Boden. Er jagte ihr einen kalten Schauer über den Rücken. Als hätte Hiltrud, ihre Schwester, nur auf dieses Zeichen gewartet, riss sie ungestüm von innen die alte Holztür auf.

»Wo bist du nur so lange gewesen?«

»Am Meer, wo sonst?« Fenja trat, die Arme um sich geschlungen, in die Diele. Diffuses Licht fiel durch die beschlagenen Fenster.

»Das glaube ich dir nicht. Vater ist nämlich früh heimgekommen. Er wusste nicht, wo du warst, vermutete dich hier. Er hat erzählt, du seiest ohne Mantel am Strand herumgeirrt. Warst du etwa betrunken?«

»Was fällt dir ein!«

»Wo hast du dich denn herumgetrieben? Kannst du dir nicht vorstellen, welche Sorgen …?«

»Du machst dir Sorgen um mich? Komm, Hiltrud, belüge mich nicht schon am Neujahrsmorgen.«

»Ich will wissen, wo du warst. Wenn du uns etwas verschweigst, werde ich …«

»Na? Willst du vielleicht nicht besser Baldur fragen? Tu's doch, und vergiss nicht, seine Mutter zu besuchen.«

»Ah, so ist das. Du hast Baldur also endlich dein Wort gegeben.«

»Nein, aber das verstehst du nicht. Sag mir lieber, wie es Mutter geht.«

»Oh, hast du ein schlechtes Gewissen? Du fragst nach ihr, obwohl du dich die ganze Nacht herumgetrieben hast? Ich habe neben ihr gewacht, während du schön mit den Männern im Dorf feiern konntest. Es soll ja hoch hergegangen sein. Und du sollst beim Hocks ganz allein die Küchenhoheit gehabt haben!« Hiltrud lachte. »Gefällt dir der Begriff, Schwesterchen?

Du magst doch die feinere Sprache, nicht? Ich hab nämlich zufällig deine Bücher entdeckt, die du im Schrank versteckt hast.«

Fenja bemühte sich, sich ihren Ärger nicht anmerken zu lassen. Die Bücher verdankte sie Edda, ihrer besten Freundin. Sie waren immer ihre Zuflucht nach solchen Momenten wie diesen gewesen. Mit steifen Fingern knüpfte sie ihren Mantel auf. »Wir würden uns besser verstehen, wenn du sie lesen würdest, Hiltrud.«

»Hab ich die Zeit dazu?«

»Mehr als ich.«

»Du bildest dir das nur ein. Hast du wenigstens etwas von deinem Eierpunsch mitgebracht? Vater sagt, er soll gut geschmeckt haben.«

Fenja stieß Hiltrud ein wenig zu heftig beiseite. »Wie gut ihr euch doch versteht.«

»Warte!« Hiltrud packte sie am Arm. »Mutter hat sich übergeben, die Wäsche liegt draußen. Kümmere dich darum.«

Nichts hat sich geändert, dachte Fenja müde, gar nichts. Alles geht so weiter wie bisher. Sie würde von der Harmonie zwischen Schwester und Vater ausgeschlossen bleiben und ihnen weiterhin nur als Magd dienen.

Als sie durch die kalte Stube hinüber zum Schlafraum ihrer Eltern schlich, warf sie einen flüchtigen Blick auf den gut einhundert Jahre alten Webstuhl, der fast die Hälfte der Stube einnahm. Wie viele Stunden hatten sie oder ihr Vater hier schon gesessen und Unmengen von Flachsgarn zu Leinen verarbeitet. Sie hörte ihre Mutter röcheln und eilte an dem Webstuhl vorbei. Dabei achtete sie darauf, ihn nicht zu berühren.

Ihre Eltern schliefen noch, und so setzte sie sich ans Bett ihrer Mutter. Sie lag auf dem Rücken, ihr Mund war weit geöffnet, die Hände ins Betttuch gekrampft. Wie immer, wenn ich dich brauche, kann ich nicht mit dir sprechen, dachte Fenja verbittert, es ist wie ein Fluch. Sie streichelte ihr Stirn und Wangen. Wieder röchelte die Kranke gequält. Leise zog Fenja die Schublade des Nachttisches auf und holte eine Dose hervor. Behutsam salbte Fenja ihrer Mutter Gesicht und Hände ein. Wie Wellen strömten ihr die Düfte der letzten Spätsommerblüten entgegen. Es war ihre einzige gemeinsame Leidenschaft, Blüten zu sammeln und mit Walrat, Bienenwachs und Lanolin im Wasserbad zu erwärmen, zu filtern und in saubere Glasgefäße abzufüllen. Pflegte die eine Salbe, linderte und heilte die andere. Ihre Mutter liebte es, Ingredienzen auszuprobieren, dabei zu singen oder Geschichten aus vergangener Zeit zu erzählen. Wie heiter, wie weiblich sie stets dabei war.

Fenja lauschte auf ihren Atem, der nun ruhig und entspannt war. Sie hob ihre Hände an ihr Gesicht, sog den Duft von Rosen, Reseda und Nelken ein. Sie schloss die Augen und fühlte sich ihrer Mutter so nah wie lange nicht mehr.

Ihre Mutter hatte sie gelehrt, Blütendüfte zu nutzen. Sie liebte die aromatische Süße der Pflanzen ebenso wie den salzig-herben Duft des Windes. Ja, sie liebten das Meer, weil sie im Stillen daran glaubten, dass es ihre Träume forttrug, die der Duft der Blüten in ihnen weckte.

Wer war ihre Mutter wirklich? Und trug sie, Fenja, einen Teil von ihr in sich, der bis heute unerlöst geblieben war?

Es war still. Nur eine Kohlmeise flatterte aufgeregt vor dem Fenster.

Kapitel 2

Das Fieber ihrer Mutter stieg innerhalb weniger Tage an. Elisabeth Wolgardt klagte über Übelkeit, konnte ihren Kopf nur mühsam drehen. Fenja unterdrückte ihren Wunsch, ihr von ihren Sorgen zu erzählen. Schon frühmorgens kochte sie ihr Anistee, fütterte sie zu Mittag mit in Milch getunktem Weißbrot, wusch sie und reinigte ihr Bett, wenn ihre Mutter sich erbrach. Als die Kopfschmerzen stärker wurden, gab Fenja ihr wie schon so oft Laudanum-Tropfen, salbte ihr Gesicht und Hände ein.

Eines späten Nachmittags bat Fenja ihren Vater, ein Huhn zu schlachten. Sie rupfte es, setzte Wasser mit Gemüse auf und ließ alles köcheln. Kurz vor sechs Uhr, sie war gerade mit dem Aufräumen der Küche fertig geworden, stand ihre Freundin Edda vor der Tür. Sie war außer Atem, Kopftuch und Schal waren verrutscht.

»Lass alles stehen und liegen, Fenja, und komm sofort mit. Baldur schickt mich, wir haben uns zufällig getroffen. Der Arzt war gerade bei seiner Mutter. Sie hat Brechdurchfall, muss gewaschen werden …«

»O nein, nicht jetzt. Mutter braucht meine Hilfe«, wehrte Fenja ab. »Außerdem hat mich Baldur am Neujahrsmorgen geschlagen. Ich gehe nicht mehr zu ihm. Kannst du das nicht für mich übernehmen?«

Sie hörte die Schritte ihres Vaters hinter sich, drehte sich erschrocken um. Er packte sie hart an der Schulter. »Du gehst. Ich werde auf Mutter achten. Außerdem schläft sie erst einmal die nächsten Stunden. Und Hiltrud wird wohl einmal danach gucken können, ob dein Topf überkocht oder nicht.«

»Ja, das könnte sie, aber wenn die Suppe nachher nach Seife

schmeckt, weißt du, wer es war.« Hastig zog sie ihren Mantel über.

»Seit Mutter krank ist, widersprichst du ständig. Lass das sein, ich warne dich, Tochter.« Er ging in die Stube hinüber und schlug die Tür hinter sich zu.

»Oje, du Ärmste«, entfuhr es Edda mitfühlend. »Wie hältst du das nur aus? Was macht Hiltrud denn gerade?«

»Sie hat heute Morgen auf dem Dachboden in einer verstaubten Kiste Hausrat unserer Vorfahren gefunden. Jetzt sitzt sie am Feuer und probiert aus, wie sie das Silberbesteck wieder zum Glänzen bringen kann.« Fenja schob Edda ins Freie.

»Sie probiert es aus?« Edda lachte. »Gib zu, du hast ihr dabei geholfen.«

Fenja drückte ihren Arm. »Ja, erst habe ich ihr Schlämmkreide vorgeschlagen, das fand sie ekelig …«

»Und es gibt Kratzer!«

Sie kicherten.

»Dann habe ich ihr geraten, Salzkartoffeln zu kochen, abzuseihen und das Silber ins heiße Wasser zu legen. Hiltrud wird aber vom süßlichen Geruch weichgekochter Salzkartoffeln übel.«

»Die Ärmste!«

Lachend fuhr Fenja fort. »Nun ja, da blieb dann nur noch das Salz übrig. Ich habe ihr noch zugesehen, wie sie Großmutters ellenlange Seidenhandschuhe überstreifte und ein angelaufenes Fischmesser in die Hand nahm. Als sie damit anfing, das Messer mit Salz und Wasser abzureiben, bin ich schnell weggegangen.«

»Du hast ihr doch wohl nicht etwa verschwiegen, dass sie dazu Zinnfolie braucht?«

Fenja machte ein unschuldiges Gesicht. »Ich muss es wohl vergessen haben.«

»Böses, böses Schwesterchen.« Edda knuffte sie liebevoll.

»Na, sie wird sich schon anstrengen, meinst du nicht? Sie will sich doch bestimmt im Silber spiegeln können.«

»Ja, soll sie nur, bis sie Lust bekommt, ihr hässliches Gesicht zu zerkratzen.«

Sie lachten, dann hakte sich Edda bei Fenja unter. »Jetzt sag aber: Warum hat Baldur dich denn geschlagen?«

Während sie in ihrer alten Schneespur dem Korswandter Weg Richtung Lindenstraße folgten, am Bahnhof kurz stehen blieben, weiter über die Bahnhofstraße an der Kirche vorbei Richtung Schulzenstraße marschierten, erzählte Fenja ihr, was sie am letzten Tag des Jahres erlebt hatte. Als sie endlich das Hockssche Haus erreichten und aus seinem Inneren die aufgebrachten Stimmen von Männern hörten, hielten sie atemlos inne.

»Wenn dein Rittmeister jetzt dort bei ihnen wäre …« Edda spähte durchs Fenster und schüttelte lächelnd den Kopf. »Er ist es nicht. Natürlich nicht. So etwas gibt es nur im Traum.«

»Komm mit, Edda, bitte.«

»Es wird Baldur nicht gefallen.«

»Mir graut aber vor ihm.«

»Mir auch, Fenja.«

Der Wind heulte um das Haus, blies ihnen ins Gesicht.

»Komm!« Fenja stieß die Tür auf und zog Edda kurz entschlossen mit ins Haus.

Auf dem Tisch waren Papiere verstreut, auf die Matthies Hocks sofort seine breiten Hände legte, damit sie vom Luftzug nicht aufflogen. Baldur starrte die beiden Mädchen überrascht an. Er hielt ein Kuvert in den Händen, das er jetzt zusammenfaltete und dabei die Kanten mit den Fingernägeln feststrich. »Mutter liegt in ihrem Kot, und du amüsierst dich mit Edda. Ihr habt lange gebraucht.«

Sein Vater räusperte sich. Da rieb Baldur mit dem Handrücken seine Stirn, als erwache er aus einem Alptraum. Er entfaltete das Kuvert, glättete es zerstreut. »Nein, nein, es ist schon gut, geht nur hinauf.«

Matthies Hocks lehnte sich entspannt zurück, schwieg aber. Da begann Baldur das Kuvert langsam zu zerreißen. Im selben Moment fuhr sein Vater wütend hoch, als stieße jemand von hinten gegen die Stuhllehne. »Bist du von Sinnen?«

Der Stuhl fiel mit lautem Krachen auf den Boden. Ein Luftzug wirbelte die Papierschnipsel auf. Baldur erstarrte, während Fenja sich nach ihnen bückte, um sie aufzuheben. Doch da fuhr er sie mit gepresster Stimme an: »Lass sie liegen, sie gehen dich nichts an.«

Fenja war erleichtert, Edda bei sich zu haben. Sie half ihr, Baldurs Mutter zu waschen und das Bett neu zu beziehen. »Wenn ich dich nicht hätte …«, begann Fenja, doch Edda wiegelte ab. »Lass nur, ich würde dir ja gerne die Nachtwache abnehmen, aber ich muss morgen früh die Arbeit eines Zimmermädchens übernehmen, das krank geworden ist. Kannst du nicht der alten Grit Bescheid sagen? So erbärmlich, wie du ausschaust, solltest du eigentlich nach Hause gehen und dich ausruhen.«

Fenja schwieg. Baldurs Mutter blickte fiebernd zu ihr auf. »Bleib noch ein wenig, bis ich eingeschlafen bin, Fenja. Sie lassen mich sonst allein, so hilflos sind sie.«

Fenja versprach es ihr.

»Dann bleibe ich auch«, flüsterte Edda. »Wenn Baldur sieht, dass ich gehe, wird er ganz schnell hier oben bei dir sein … oder dich später abfangen …«

Sie setzten sich neben das Bett und beobachteten, wie die Kranke einschlief.

»Ich muss dir etwas erzählen«, wisperte Edda. »Zu Silvester hatte ich Dienst. Hör zu. Ich will dir etwas Lustiges erzählen.«

Fenja atmete tief durch und ließ ihren Kopf an die Schulter ihrer Freundin sinken.

»Also«, begann Edda leise, »ich war für eine Herrenrunde abbestellt. Darunter waren Kaufleute und Wissenschaftler aus Berlin, aber auch Offiziere aus den Kolonien. Alle zusammen hatten zunächst mit einer größeren Gesellschaft gefeiert und sich gegen neun Uhr in eine Suite zurückgezogen. Ich musste ihnen erst Kaviar und Wodka servieren, dazu russische Blinis, kaltes Rehfleisch mit Pfeffersauce und Pasteten mit französischem Weißbrot. Um halb zehn trafen vier sehr schöne, sehr verführerische Halbedeldamen ein. Und dann ging es los. Zunächst bestellten die Herren einen ganz speziellen Rum aus der Karibik. Dann zerbrach ihnen eine zuvor verlangte Flasche Burgunder, und ich wurde gerufen, um den ausgelaufenen Wein und die Scherben zu beseitigen. Das dauerte natürlich eine Zeitlang. Sie ließen sich nicht stören und feierten weiter, ohne mich zu beachten. Irgendwann öffnete ein Kolonialbeamter einen Koffer und nahm braune Kugeln mit sperrigen Haaren heraus. Sie waren so groß wie ein Kopf. Er erklärte allen, sie seien essbar und hießen Kokosnüsse. Auf Samoa gäbe es sogar einen verrückten Deutschen, der als Nudist auf einer Insel lebt und sich ausschließlich von Kokosnüssen ernährt. Er aber habe in dieser Nacht zum allgemeinen Vergnügen etwas anderes vor. Er bat die vier Hübschen um je ein Strumpfband und wickelte jedes um eine Kokosnuss. Dann rückte er mit den anderen Herren Sessel und Tisch beiseite und fing an, mit ihnen Boule zu spielen. Ziel waren die bestrumpften Nüsse.«

»Wie kindisch!«

»Das dachte ich anfangs auch. Doch dann bemerkte ich, dass jeder Herr, der mit seiner Kokosnuss eine bestrumpfte Kokosnuss traf, mit der betreffenden Dame im Nebenzimmer verschwand. Nun, du kannst es dir ja vorstellen, die Stimmung wurde immer ausgelassener. Der Sturm aber nahm zu. Schließlich verlangte ein älterer Offizier nach einer telegrafischen Verbindung zu einer Hochseeyacht. Er war aufgeregt, weil sein

Sohn in der Ostsee umherkreuzte. Er forderte sogar eine Verbindung zur Wetterstation. Als unser Rezeptionist ihm mitteilte, dass sämtliche Verbindungen gekappt waren, wurde er furchtbar nervös. Er verließ daraufhin die Suite, lief ununterbrochen an der Fensterfront im Speisesaal hin und her. Ständig spähte er in den Orkan hinaus, trank nur noch warmes Wasser. Er tat mir fast schon leid, bis ich ihn schimpfen hörte. Ein anderer Herr hatte ihn angesprochen, und er beklagte sich nun bei ihm darüber, einen Sohn zu haben, den der Krieg in Afrika zu seinen Ungunsten verändert habe. Statt ernsthaft zwölf Monate des Jahres dem Kaiser zu dienen, ziehe sein Sohn es vor, die Launen eines jungen Hohenzollern zu teilen und Silvester auf hoher See zu feiern. Ich habe übrigens heute gehört, dass neben anderen Schiffen auch diese Hohenzollern-Yacht in Seenot geraten sein soll. Vielleicht war ja der Rittmeister, den du …«

Fenja drückte erregt Eddas Hand und legte ihr die andere auf den Mund.

»Sie schläft doch …« Edda sah sie im dämmerigen Licht der Milchglaslampe an. Von der Holztreppe her war ein Knarzen wie von schweren Schritten zu hören. Fenja zitterte. Baldur oder sein Vater würde nach ihnen sehen. Sie rückte noch näher an Edda heran.

»Wie hieß er?«, wisperte sie.

Edda schlang ihren Arm um sie und flüsterte ihr ins Ohr: »Das weiß ich nicht. Kein einziges Mal habe ich gehört, dass ihn jemand mit seinem Namen ansprach. Es tut mir leid. Leider werde ich wohl kaum jemanden direkt fragen können. Wer sagt schon einem einfachen Zimmermädchen die Wahrheit? Aber selbst wenn, was würde es dir nützen?«

Das Knarzen hatte aufgehört, Schritte verharrten vor ihrer Tür.

»Ich kann ihn nicht vergessen«, hauchte Fenja. »Ich … kann … nicht.«

Edda wandte ihren Kopf zur Seite. »Er lauscht«, wisperte sie. »Was, wenn er dich gehört hat?«

Sie hielten den Atem an. Da wurde die Tür langsam aufgeschoben. Es war tatsächlich Baldur.

»Ihr unterhaltet euch mit Mutter? Geht es ihr also schon besser?«

Er verstellt sich, gibt sich freundlich, dachte Fenja und beschloss zu lügen. »Ja«, erwiderte sie schnell. »Sie bat uns, bei ihr zu bleiben, war froh, unser Plaudern zu hören. Es entspannte sie.« Sie stand auf, strich der Kranken über die Stirn, rückte ein letztes Mal Kissen und Decke zurecht. »Lass sie nicht so viel allein, Baldur. Ich muss jetzt gehen.«

Er betrachtete sie mit einem Ausdruck von plötzlicher Niedergeschlagenheit. »Natürlich. Geh nur.«

»Warum muss Fenja alles für euch tun?«, fuhr Edda ihn zornig an. »Ich habe Angst um sie. Siehst du nicht, wie ausgezehrt sie schon ist?«

»Es wird bald alles anders werden«, murmelte er und nahm auf Fenjas Stuhl Platz, den Blick unverwandt auf seine schlafende Mutter gerichtet. »Der Rittmeister hat geschrieben. Er wird bald einen Boten schicken, der die Jacke abholt. Es wäre gut, du würdest sie ausbessern. Er könnte uns sonst schlecht in Erinnerung behalten.«

Fenja verspürte einen Kloß im Hals und eilte aus dem Zimmer.

Als sie in die Diele trat, entdeckte sie einen Papierfetzen neben der Stubentür. Baldur musste ihn übersehen haben. Fenja hob ihn auf und steckte ihn in ihre Manteltasche. Dann nahm sie die schwere Uniformjacke an sich. Vor der Haustür verabschiedete sie sich von Edda und versprach ihr, sie in den nächsten Tagen zum Spazierengehen abzuholen.

Als sie knapp eine halbe Stunde später zu Hause war, war

das Suppenhuhn bis auf die Knochen zerfallen, die Brühe auf kaum mehr als drei Teetassen verdampft. Hiltrud hatte sie wieder einmal im Stich gelassen. Fenja zog ihren Mantel aus und legte ihn über die Stuhllehne. Plötzlich hielt sie inne. Der Papierfetzen … Sie holte ihn aus ihrer Manteltasche hervor und hielt ihn unter die Küchenlampe. Sie erkannte den Stempel der Swinemünder Garnison.

Schwindel ergriff sie, so heftig schlug ihr Herz.

Warum hatte Baldur den Brief des Rittmeisters zerrissen? Hatte der Rittmeister nicht nur seinen Boten angekündigt, sondern Hocks darum gebeten, ihr einen Gruß auszurichten?

War Baldur eifersüchtig? So eifersüchtig, dass er den offiziellen Dankesbrief eines kaiserlichen Offiziers zerriss? Der Rittmeister musste sie also doch erwähnt haben. Fenja starrte in die Glut. Hätte er ihr nicht persönlich danken können? Ach, Baldur, deine Eifersucht ist grundlos, denn er hat es nicht getan, weil er längst meinen Namen vergessen hat. Konnte ein Offizier so wenig Ehrgefühl besitzen, dass er den Namen der Frau vergaß, die ihm in einer Silvesternacht das Leben gerettet hatte?

Sie versuchte, sich ihn vorzustellen, wie er in schnurgerader Reihe mit Dutzenden anderer, weiß uniformierter Kürassiere Parade ritt. Sein dunkles Haar würde unter einem blitzenden Helm verborgen sein, und er würde ruhig und diszipliniert eine schwere, fahnengeschmückte Lanze hochhalten. Es musste faszinierend aussehen … Wohl keine Frau und auch kein Mann würde sich dem Anblick dieser eleganten Friedenskämpfer hoch zu Ross entziehen können. Sie aber würde es tun müssen, auch wenn er, ohne all dieses Blendwerk, ihre Seele berührt hatte.

Sie durfte nicht mehr an ihn denken.

Ihre Ahnung, das Jahr würde kein gutes werden, würde sich bewahrheiten. Sie zerknüllte den Papierfetzen und warf ihn in die Glut. Dann setzte sie sich ans Feuer, besserte Stich für Stich die Uniformjacke aus. Mit Blick auf die in Rot gestickte Sechs zwischen den beiden viereckigen Sternen seines Schulterstücks fiel ihr ein, dass der Rittmeister in jener Nacht von Baldur erwartet hatte, einen Boten nach Brandenburg an der Havel zu schicken. Die Zahl Sechs musste also wohl auf sein Regiment hinweisen, das dort kaserniert war.

Ein letztes Mal betrachtete Fenja die goldenen Rangsterne, die silbernen Plattschnüre, blaue Biese und kaiserliche Krone. Sie war sich sicher, von nun an würde sie bei jedem dieser Details immer nur an *ihn* denken. An den Mann, dessen Namen sie nie erfahren würde.

Sie stieg auf den Dachboden, suchte nach einem Ballen Leinen und nähte säuberlich die Jacke ein. Wenn der Bote käme, hoffte sie, würde er ihre Gedanken an den Rittmeister endgültig mitnehmen.

Nur *ihn* würde vielleicht der Duft von Holunderblüten an sie erinnern.

Am nächsten Abend wartete sie vor dem Mitzlaffschen Friseursalon, Ecke See-/Dünenstraße, auf Edda. Erst nach gut einer Stunde kam Eddas ältere Schwester Lena. Sie war schwanger und etwas außer Atem. Sie stemmte ihre Arme in die Hüften, bog ihren Rücken durch, drehte und reckte sich.

»Fenja, Edda lässt dich grüßen. Sie hat wenig Zeit, ihre Kollegin ist noch krank. Aber ich soll dir etwas ausrichten: Edda hatte einen Verdacht …«

»Welchen Verdacht? Lena!«

»Edda wollte wissen, ob der Mann, der in der Silvesternacht aus Sorge um seinen Sohn nur noch warmes Wasser trank, eventuell auch jener sein könnte, der beim Herrenabend die Flasche Wein umstieß.«

»Hat sie seinen Namen herausgefunden?«

»Ja, Fenja. Sie hat für dich ihre Stellung aufs Spiel gesetzt.«

»Was, um Himmels willen, hat sie getan?«

»Sie hat den Sommelier aus Spaß gefragt, was er wohl davon hielte, wenn seine kostbaren Weine immer wieder in teuren Polstern versickerten. Das war von ihr klug eingefädelt, denn natürlich hat er sich sofort über Gäste aufgeregt, die mit ihrem Geld die teuersten Weine bestellen, vom Wein selbst aber keine Ahnung haben. Er hat Edda so manches erzählt. Und so hat sie schließlich den Namen des Weins und seinen Preis erfahren. Und dann hat sie heimlich einen günstigen Moment genutzt und in sein Rechnungsbuch geschaut.«

Fenjas Herz schlug schneller. Sie würde endlich seinen Namen erfahren.

Lena legte ihre Hand auf ihren Arm. »Er heißt ›Freiherr von Bening, Privatier, Berlin‹. Er war es, der sich in der Nacht über seinen Sohn beklagt hat.«

Fenja erinnerte sich an die Buchstaben im Kragen des Offiziers: »B« und »Be«, »Be« musste für Bening, »B« für Berlin stehen … Rittmeister von Bening … Und das »A«? Wofür stand das »A«? Für Andenken, ja, für Andenken. Sie lächelte bitter. Sie würde nie seinen Vornamen erfahren. Die schöne schwere Jacke würde sie nur als Andenken an ein außergewöhnliches Ereignis in ihrem armseligen Leben bewahren. Den Rittmeister selbst würde sie vergessen müssen.

Plötzlich verschwamm alles vor ihren Augen. »Sag Edda bitte einen schönen Dank.« Ihre Stimme klang matt. »Sag ihr, es tut mir leid, sie möge mir meine Schwärmerei verzeihen. Der Name bedeutet mir nichts, gar nichts.« Sie wich Lenas Blick aus.

»So? Und der Träger dieses Namens auch nicht?« Lena klang ungläubig, ein wenig belustigt.

»Nein, ich hätte mich beherrschen sollen. Ich bin nur froh,

dass Edda beim Ausspähen nicht erwischt wurde.« Es fiel ihr schwer zu lächeln.

»Ja, ich hätte es dir auch sehr übelgenommen, wenn Edda für eine solche Dummheit ihre Arbeit verloren hätte.« Lena versuchte, spöttisch zu klingen, doch sie betrachtete Fenja mitfühlend und streichelte ihr über die Wangen. »Denk nicht mehr an einen Mann wie ihn. Du siehst aus, als würdest du dich nur noch von Brotrinde und Wasser ernähren.«

»Ich sorge mich um meine Mutter, Lena«, unterbrach Fenja sie. »Das ist alles.«

»Ja, das verstehe ich.« Lena schlang ihre Arme um ihren gewölbten Bauch, wiegte sich vor und zurück. »Du hast es nicht leicht mit ihr. Und dann noch Hiltrud … aber ihr wart euch nie nah, nicht?«

»Ja, leider, aber es ist nicht meine Schuld«, erwiderte Fenja schnell und küsste Lena auf die Wangen. »Danke, dass du gekommen bist. Pass gut auf dich auf.«

»Keine Sorge, ich hab ja Asmus, der sorgt für mich. Auch wenn ich manchmal glaube, er liebt das Meer mehr als mich.« Sie lachte. »Aber so sind sie eben, die Fischer. Fenja? Nur zur Sicherheit. Sag, würdest du mir zur Hand gehen, wenn ich eines Tages deine Hilfe bräuchte?« Sie legte ihre Hände auf ihren Bauch.

»Natürlich, du kannst dich immer auf mich verlassen.«

»Schön. Grüße bitte deine Mutter von mir. Du wirst verstehen, dass ich sie nicht mehr besuchen kann.«

»Das solltest du auch nicht tun.«

Lena strich ihr liebevoll über die Arme. »Halte durch, Fenja, irgendwie. Es wird schon noch eine bessere Zeit kommen. Es ist wie mit der Sturmflut. Erst haben alle Angst, dann geht der Sturm vorbei, und manch einer findet sein Glück am Strand.«

Fenja merkte, wie ihr die Tränen kamen. Rasch wandte sie sich ab.

Tatsächlich verschlechterte sich der Zustand ihrer Mutter innerhalb weniger Stunden. Sie fieberte stärker als zuvor, klagte über Übelkeit, Erbrechen und einen steifen Nacken. Ihr Körper verkrümmte sich wie ein Kahn, ihr Kopf bog sich nach hinten, und sie knirschte mit den Zähnen. Baldurs Mutter erging es ebenso. Für Fenja wurde es anstrengend, beide Frauen zu pflegen, weil diese bei jeder noch so leichten Berührung aufschrien. Bis auf die alte Grit half ihr niemand dabei, und sie musste ihre Wut auf die Männer unterdrücken, die noch immer beiden Frauen ein ums andere Mal vorwarfen, wie dumm ihre Reise gewesen sei und wie eitel, nur weil sie unnützen Zierat wie schlesische Spitzen hatten kaufen wollen.

Schließlich bestätigte der Arzt den allgemeinen Verdacht: Beide Mütter hatten sich im November an der »epidemischen Genickstarre« in Oberschlesien angesteckt. Er war ratlos, ein Mittel dagegen gebe es nicht, sie könnten nur beten, er könne nichts tun.

Fenja wusste nun, sie würde ihre Mutter verlieren. Ihr graute vor der Zeit nach ihrem Tod. Ihre Mutter hatte sie zwar nie vor der Ablehnung ihres Vaters und der Geringschätzung ihrer Schwester schützen können, doch sie hatte sie geliebt, in Wahrheit viel inniger als Hiltrud, was für diese immer ein Grund gewesen war, sie, Fenja, aus Eifersucht zu demütigen. Dass Hiltrud aber von der ansteckenden Genickstarre verschont blieb, erleichterte Fenja die schwierige Situation keinesfalls. Manchmal dachte sie, es wäre leichter gewesen, auch noch Hiltrud zu pflegen, als ihren Stolz ertragen zu müssen. »Ich habe eben Vaters Widerstandskraft«, behauptete Hiltrud. Fenja jedoch wusste es besser. Sie war überzeugt, dass Hiltrud nur der Eigensinn ihres Vaters imponierte. Für sie war es ein Zeichen von Stärke, dass er die Fischer seit Jahren dafür kritisierte, ihr Land mit Krediten belastet oder an Fremde verkauft zu haben, nur damit Villen und Pensionshäuser gebaut werden konnten. Hiltrud bewunderte den Stolz ihres Vaters, der, im Widerspruch zum florierenden Fremdenverkehr, darauf beharrte: »Wir wollen nicht die Badewanne der Berliner sein!« So wie er dachte nur noch einer: Matthies Hocks. Sie waren alte, störrische Männer. Aber Hiltrud, dachte Fenja, war keinesfalls besser.

Am fünften Januar starb Baldurs Mutter, knapp zwölf Stunden später saßen Fenja und Hiltrud am Bett ihrer eigenen Mutter. Immer wieder wischte Fenja ihr den Schweiß vom verkrampften Körper, legte ihr kalte Kompressen auf die heiße Stirn. Es war unsinnig, alle wussten es. Und da ihr Vater immer nervöser auf dem Stiel seiner Pfeife zu kauen begann, schickten ihn die Schwestern an die frische Luft. Kaum war er fort, begannen die Hände ihrer Mutter zu zittern. Sie öffnete weit ihren Mund, stöhnte und deutete vage mit ihrem Zeigefinger auf sie. Die Schwestern beugten sich zu ihr vor.

»Was ist, Mutter?«

»Willst du uns etwas sagen?«

»Geh … geh du … Berlin, und du« – sie nuschelte etwas Unverständliches – »bleib hier bei ihm.«

»Wer soll …«, begannen Fenja und Hiltrud zeitgleich, doch ihre Mutter atmete nur seufzend aus. »Fenja …«

Sie schloss die Augen und öffnete sie nicht mehr. Gegen Mitternacht verstarb sie, ohne noch einmal gesprochen zu haben.

Noch am Tag ihrer Beerdigung stritten Fenja und Hiltrud darüber, was ihre Mutter wohl hatte sagen wollen. Wer von ihnen solle in Ahlbeck bleiben und wer nach Berlin gehen?

»Du bist Vaters Lieblingstochter«, wies Fenja Hiltrud zurecht. »Er wird dich niemals gehen lassen. Ihm würde das Herz brechen, wenn du ihn verlässt.«

»Unsinn. Du musst bei ihm bleiben. Siehst du nicht, wie er

leidet? Du bist es gewohnt, andere zu umsorgen. Keiner kann das so hingebungsvoll wie du. Das weißt du, Schwesterherz.«

»Ich verstehe. Da dir das Dienen nicht liegt, Hiltrud, steht dir der Sinn nach Höherem.«

»Sei nicht so ironisch. Glaubst du, Mutter hätte es zugelassen, dass eine wie du in die Großstadt geht? Allein? Und ohne besonderes Talent? Nein, da irrst du dich. Ich bin es, die in Berlin überleben würde. Ich habe Vaters Willen, und Mutter würde wollen, dass ich dort einen Beruf lerne und mir ein besseres Leben aufbaue. Vielleicht treffe ich dort einen Mann, der mir gefällt. Einen Buchhalter oder Bürovorsteher. Glaubst du, ich habe Lust, den Sohn eines ehemaligen Fischers oder Handwerkers zu heiraten und seine Pension in der Dünenstraße zu führen? Nein, das ist nichts für mich. Ich gehe nach Berlin. Du bleibst hier.«

Ihr Vater lachte im Hintergrund. »Bravo. Ja, geh du nur. Vielleicht verliebt sich ja wirklich ein Kaufmann in dich, dann könntest du Geschäftsfrau am Ku'damm werden. Das wäre etwas, worauf ich alter Mann richtig stolz sein würde. Du aber, Fenja, gehörst hierher aufs Land.« Er schlug mit der flachen Hand auf den Tisch. »Es bleibt dabei: Sobald das Trauerjahr vorüber ist, wirst du Baldur heiraten.«

»Nein! Niemals! Du kennst ihn nicht. Willst du mich einem Mann schenken, der mich schon vor der Hochzeit schlägt?« Sie bebte, rang um Atem.

»Er hat dich geschlagen? Na, das werde ich ihm noch ausreden. Aber heiraten musst du ihn. Das haben wir beschlossen.«

Fenja hatte das Gefühl, als schnüre sich ihr die Kehle zu. »Wer? Wer hat das beschlossen?«

»Matthies und ich, wer sonst?«

Fenja starrte ihren Vater an. Am liebsten wäre sie ohnmächtig geworden, doch sie spürte, dass sie dabei war, endlich eine

Antwort auf ihre jahrelange Demütigung zu bekommen. Sie zwang sich, ruhig zu bleiben, und sagte leise, jede einzelne Silbe betonend: »Ihr habt mich nicht gefragt. Warum tut ihr mir das an?«

Er legte ihr seine Hand auf die Schulter und drückte sie mit Gewalt auf einen Hocker hinunter. »Du solltest ein Junge werden. Glaube mir: Ich habe lange gebraucht, um Gottes Willen zu verstehen. Jetzt aber weiß ich, du sollst dienen, vor allem aber wiedergutmachen, was einmal zwischen unseren Familien geschehen ist.«

»Was meinst du damit?«

»Das tut jetzt nichts zur Sache«, murmelte er und hielt inne, als überwältigten ihn für einen Moment seine Erinnerungen.

»Dass ihr immer schweigen müsst! Warum sagst du mir nicht die Wahrheit?«

Er löste sich aus seiner Starre und packte sie plötzlich im Nacken, so dass Fenja gezwungen war, zu ihm aufzusehen. »Füge dich in das, was notwendig ist, Tochter. Ich erwarte es von dir. Denn mit dir muss alles zwischen unseren Familien wieder ins Lot kommen.« Er zog sie hoch. »Heirate Baldur. Wenn du dich ihm verweigerst« – er schaute ihr fest in die Augen –, »wirst du nichts von mir erben.«

Jetzt konnte sich Fenja nicht mehr länger beherrschen. »Das ist mir egal! Schenke Hiltrud von mir aus alles! Dieses verwahrloste Haus, diesen wurmstichigen Webstuhl, die Flachsfelder! Hiltrud wird die Geduld haben zu warten, bis die Küste bebaut ist und die Spekulanten hier Ausschau halten. Nur deshalb will sie nach Berlin gehen, um die Zeit für sich arbeiten zu lassen. Und dann wird sie den erstbesten Tag wählen und die Felder mit Gewinn verkaufen! Sie ist wie du. Genauso eigensinnig und berechnend und vollkommen herzlos. Nur sind ihre Ansichten nicht so altmodisch wie deine!« Ihr Gesicht brannte vor Erregung. Noch nie hatte sie die Wahrheit ausgesprochen, und noch nie hatte sie so vehement gegen ihren Vater aufbegehrt.

Fenja bemerkte, wie Vater und Schwester einen Blick wechselten. Sie misstrauen einander, dachte sie erstaunt, ja, sie sind sich ähnlich … zu ähnlich …

»Würdest du das tun, Hiltrud?« Er rieb sein Handgelenk, als müsse er seinen Puls beruhigen.

»Nein, natürlich nicht, Vater«, erwiderte Hiltrud. »Wie kannst du Fenja glauben? Sie ist überreizt, hysterisch. Du kennst mich, und du kannst dich auf mich verlassen. Ja, Mutter wird es genauso gemeint haben. Ich gehe in die Stadt, schaue mich um. Ein Tuchhändler wäre die schönste Partie. Dann könnte ich mit dem glänzen, was du mir beigebracht hast. Von Stoffen verstehe ich ja etwas.«

Fenja lachte bitter auf. »Von Stoffen! Mit Leinen kennst du dich aus. Mit nichts anderem. Aber dann müsstest du ja arbeiten, Hiltrud. Ist das nicht anstrengend? Über Nacht reich zu werden ist einfacher. Das passt viel besser zu dir …«

Da schlug ihr Vater ihr ins Gesicht. »Schluss! Halt deinen Mund! Ich will keinen Streit, weder zwischen euch noch zwischen unseren Familien. Die Hocks und die Wolgardts gehören nun einmal zusammen. Das war so, und das bleibt so.«

Fenja rannte aus der Stube und schlug die Tür ihrer Kammer zu.

Es war kalt, das Fenster war einen Spalt weit geöffnet. Sie musste vergessen haben, es im Laufe des Morgens zu schließen. Nun hatte die hereinströmende Januarluft die Wärme des Stubenofens von nebenan vertrieben, und auf ihren Büchern im Regal lag eine feine Schneeschicht. Sie schloss das Fenster, wischte den Schnee ab, wickelte jedes Buch in ein Stück Wäsche und stapelte die Bücher übereinander in ihrem Kleiderschrank, der ein wenig Wärme gespeichert hatte. Damit ihre Seiten wieder glatt würden, beschwerte Fenja den Stapel mit dem Bügeleisen. Sie wieder in Form zu bringen, das wenigstens war sie Edda schuldig, die ihr die Bücher geschenkt hatte … Fröstelnd legte sie sich ins klamme Bett, starrte an die düstere Decke und konnte nicht einschlafen.

Was soll ich wiedergutmachen? Was ist zwischen unseren Familien geschehen? Warum hängt Vater so sehr an der Vergangenheit? Warum verdrängt er, dass die Zeit längst vorbei ist, in der wir den Hocks Nesseltuch und Leinen für deren Segelmacherwerkstatt lieferten? Was verheimlicht er mir?

Ob ihre Mutter die Wahrheit gekannt hatte? Wie schon so oft schmerzte Fenja die Erkenntnis, wie wenig sie miteinander über das Leben und über ihre Vergangenheit gesprochen hatten. Fenja überlegte. Die Sterbestunde ihrer Mutter hätte das Symbol für die jahrelange Schweigsamkeit in ihrer Familie sein können. Doch ihre Mutter hatte ihr und Hiltrud einen Auftrag gegeben. War es möglich, dass sie auf ihre eigene Sterbestunde gewartet hatte, um ihren letzten Worten das nötige Gewicht zu verleihen, in der Hoffnung, sie würden von allen respektiert? Fenja seufzte. Was für ein Irrtum. Nun waren sie, die Überlebenden, noch mehr miteinander zerstritten, als ihre Mutter es sich je hätte vorstellen können.

Eigenartigerweise aber fühlte sie sich ihr in diesem Moment enger verbunden als je zuvor. Sie sah sie wieder vor sich, wie sie gemeinsam sangen, Blüten sammelten und ihre Düfte bewahrten. Nur in diesen Stunden war ihre Mutter wahrhaftig gewesen. Und dieses Bild von ihr würde sie für immer lebendig halten.

Und vielleicht würde es ihr eines Tages gelingen, jenes weibliche Erbe in sich zu erwecken, das im Leben ihrer Mutter unerlöst geblieben war.

Noch immer war kein Bote vorbeigekommen, um die Uniformjacke des Rittmeisters abzuholen. Und da über Nacht der

Winter mit eisigem Frost zurückkehrte, kam Fenja auf eine Idee. Sie nahm ein wenig Erspartes zusammen, kaufte Eichhörnchenfelle und nähte sie in die Uniformjacke ein. Jede Nacht kuschelte sie sich unter ihrer Bettdecke in sie ein und träumte von *ihm*.

In Gedanken beugte sie sich noch einmal über sein Gesicht, seine Lippen, roch an seinem Bartschatten, blickte ihm in die Augen.

Wieder hörte sie ihn ihren Namen flüstern ... Fenja ... Niemals zuvor war er ihr so ruhig, so bedeutungsvoll ausgesprochen worden. Wie sollte sie ihn nur je vergessen können, wenn allein ihr eigener Name sie an ihn erinnerte?

Fen-ja ... Silben im Klang einer auf und ab laufenden Welle.

Sein Atem ... im Rhythmus ihrer Herzen.

Manchmal setzte sie sich auf und sagte sich, dass sie verrückt sein müsse. Sie sprach einem Fremden eine Sehnsucht nach ihr zu, die sie selbst für ihn empfand. Doch sie waren einander fremd und würden es bleiben. Selbst wenn sie sich wiedersähen, würde er über sie hinwegschauen wie über ein liegengebliebenes Blatt.

Ob ihre Mutter sie verstanden hätte?

Kapitel 3

Kurz vor Frühlingsanfang lud Baldur Fenja zur Besichtigung des Holzes ein, das er vom Erbe seiner Mutter gekauft und in einem alten Bootsbauerschuppen am Strand gelagert hatte. Der Tod seiner Mutter war ihm nahegegangen. Er wirkte gefasst, aber Fenja traute ihm nicht. Sie war davon überzeugt, dass nichts, auch nicht der Tod seiner Mutter, seinen wahren Charakter ändern würde.

Baldur schlug eine große Persenning zurück, unter der mehrere Klafter rötlich braunes Holz zum Vorschein kamen. Selbst in diesem fahlen Licht schimmerte es matt. Die dunklen Schleifen und Bogen in seiner unregelmäßigen Maserung erinnerten Fenja an Schlieren im Blut.

»Das ist afrikanisches Edelholz, Khaya-Mahagoni«, erklärte er ihr ruhig. »Hast du so etwas Schönes schon einmal gesehen? Du siehst, ich habe für unser Boot keine Kosten gescheut. Es soll bis zu unserer Hochzeit fertig sein.«

»Afrikanisches Holz, Baldur, wie kannst du nur so verschwenderisch sein?«

»Du bist es mir wert! Du bist schön mit deinem Lachen, deiner Art zu gehen! Laufen dir nicht seit jeher junge und alte Gockel nach? Malen sich aus, wie deine Hände, die nach Blumen duften, sie verrückt machen? Nun?« Er maß sie von Kopf bis Fuß und schnalzte mit der Zunge.

Sie drehte sich zur Seite. Er widerte sie an.

Doch Baldur senkte, als wolle er sich vor ihr demütigen, seinen Kopf. »Stell dir Hiltrud vor, wenn sie dieses Holz sieht. Glaube mir, sie würde es mir vor Neid mit den Fingernägeln aus den Händen zerren wollen.«

Oder sie würde dir Sägespäne in die Augen werfen, dachte

Fenja wütend, hielt sich aber zurück, weil sie bemerkte, dass Baldur aufreizend langsam in seine rechte Hosentasche griff. »Übrigens soll ich dir das als Andenken an meine Mutter geben. Solange ich mich an sie erinnern kann, hat sie sie getragen.« Er drückte ihr deren Schmuckring und Brosche in die Hand.

Fenja starrte den Ring an, als hätte Baldur ihn gerade eben der Toten vom Finger gezogen. Niemals werde ich ihn tragen, nie, dachte sie entsetzt, er würde mir die Hand verbrennen. Sie legte beide Schmuckstücke mit spitzen Fingern auf dem Mahagoniholz ab und stellte sich so hin, dass Baldur annehmen musste, sie würde sie andächtig betrachten. Sie wollte ihn nicht reizen und musste unbedingt vermeiden, dass er wütend wurde.

Er runzelte die Stirn, räusperte sich. »Das aber ist nicht alles. Du wirst an unserem Festtag auch Mutters Hochzeitskette tragen. Sie ist das Kostbarste, das Mutter besaß. Die Kette besteht nämlich aus Bernsteinen so groß wie die Eier von Junghühnern.« Er räusperte sich erneut. »Mutter erbte sie von ihrer Patentante.« Er schlug kurz die Augen nieder, stieß seine Hände tief in seine Hosentaschen. »Sie war mit einem wohlhabenden Bauern im Westfälischen, bei Bückeburg, verheiratet. Dort gehört eine solche Kette zur Tradition. Wenn du sie siehst, wirst du wissen, wie wertvoll sie ist. Alle Frauen werden dich beneiden.« Er bemühte sich, gewinnend zu klingen, und musterte sie.

Fenja wich seinem Blick aus. Sie fühlte sich ohnmächtig und fürchtete sich vor weiteren scheinheiligen Schmeicheleien. Da hob er seine Hand und strich ihr mit rauhen Fingerspitzen über die Wange.

»Hab keine Angst. Ich werde dich nicht mehr schlagen.« Er wartete einen Moment, als müsse er nach den richtigen Worten suchen. »Das meine ich ernst. Ich habe es deinem Vater versprechen müssen. Vertrau mir. Ich … ich will keine Frau, die vor anderen lügen muss. Denn unser Name« – er straffte sich – »gilt etwas.«

Sein Stolz! Es war, als brächte er in ihr endlich etwas in Bewegung. Sie würde Baldur seine stolze Maske herunterreißen. Sie hob ihre Arme, obwohl sie spürte, wie sehr sie vor Aufregung schwitzte.

»Wie oft willst du mir das noch sagen, Baldur Hocks? Glaubst du, dein Name würde dadurch besser klingen?«

Er sah sie beinahe provozierend an. »Du bist eine schöne Frau. Du wirst wissen, worauf es im Leben ankommt. Sei also klug.«

Sie sah ihm fest in die Augen. »Nein, Baldur, das weiß ich nicht.«

Sie maßen einander mit Blicken. Und plötzlich glaubte sie, körperlich die Qualen zu fühlen, die er hinter dem Aufblitzen seiner Augen für sie verborgen hielt. In diesem Moment erkannte sie ihn. Er lockte sie nicht nur mit der Aussicht auf Wohlstand, er war nicht nur verlogen. Nein, er empfand Lust dabei, sie zu reizen, bis sie sich wehrte, um sie umso leidenschaftlicher erniedrigen zu können. Und er würde sie immer zwingen, in der Öffentlichkeit stolz seinen Namen zu tragen. Sie spürte, dass er in diesem Augenblick ahnte, dass sie ihn durchschaute. Jetzt wartete er nur auf ein Zeichen von ihr, ob sie bereit war, sich auf dieses böse Spiel, diese perverse Knechtschaft, einzulassen.

»Du überlegst immer noch, Fenja?« Er zog die Augenbrauen hoch, bemühte sich, erstaunt, nicht verärgert zu klingen. Sie hob ihren Schal, schlang ihn um ihre Schultern und ging zum Schuppentor. Sie schob einen Flügel auf. Kalte Winterluft flutete herein. Baldur folgte ihr scheinbar ruhig, packte aber den hölzernen Riegel des Tores so fest, dass seine Handknöchel unter seiner rauhen Haut hervortraten. »Was ist mit dir?

Ist die Trauer um unsere Mütter so groß, dass du dich nicht auf die Zukunft freuen kannst?«

Sie hatte das Gefühl, ersticken zu müssen. »Hiltrud geht Ende März nach Berlin, Baldur. Ich muss mir neue Arbeit suchen. Das ist alles.«

Er schwieg, musterte sie eindringlich. »In einem Jahr hast du das nicht mehr nötig. Vergiss das nicht. Dieses Trauerjahr will ich dir noch gönnen. Ich kann dich nicht zwingen, aber denk daran: Dein Vater hat für dich entschieden.«

In einem Anflug von Mut legte sie ihm die Hand auf den Arm. »Mein Vater, ja, Baldur. Aber meine Mutter nicht.« Sie log, sie musste lügen. Sie hatte ihrer Mutter am Sterbebett nichts versprochen. Und ihre Mutter hatte auch nicht angedeutet, in Ahlbeck zu bleiben bedeute, Baldur Hocks zu heiraten.

Fenja lief in das milchige Vormittagslicht dieses Märztages hinaus.

»Dein Schmuck!«, brüllte er ihr hinterher.

Sie beschleunigte ihre Schritte und lief über den Strand.

Hinter ihr blieb es still.

Die Eisschollen der Sturmflut waren längst verschwunden. Fenjas heimliche Frage, ob sie den Rittmeister jemals wiedersehen würde, war von den Wellen fortgetragen. Nirgends ein Laut. Fenja wanderte am menschenleeren Strand entlang. Hin und wieder blieb sie stehen, lauschte. Doch das Meer rauschte nicht, wogte nicht. Es blieb unter undurchdringlichem Dunst verborgen. Ihr kam es vor, als sei es verstummt wie ihre Seele. Ihr Mut war verflogen. Sie hatte Angst davor, Baldur nicht entkommen zu können, Angst davor, den Faden ihres Lebens zu verlieren.

Noch immer bewegte kein Hauch das gewaltige Wasser. Seine Grenzen erschienen Fenja weiter als sonst. Ganz so, als würde es mit dem Dunst verschmelzen und sich nach allen Seiten ausdehnen. Nie zuvor hatte sie eine solch eigenartige Stimmung erlebt. Und irgendwann hatte sie das eigenartige Gefühl, als schöbe das Meer sie landeinwärts. Es schickte sie fort.

Sie eilte durch die stillen Gassen, lief hoch in die Wälder, die den Ort wie einen Mantel von drei Seiten umgaben. Baldurs Worte quälten sie wie Widerhaken, die sie nicht abschütteln konnte. *Das wird unser Boot. Es soll bis zu unserer Hochzeit fertig sein. Alle Frauen werden dich beneiden. Ich will keine Frau, die vor anderen lügen muss. Denk daran: Dein Vater hat für dich entschieden.*

Wie gehetzt rannte sie durch den Wald. Schneller, als sie geglaubt hatte, verlor sie die Orientierung. Schneereste knirschten unter ihren Sohlen, Matsch spritzte an ihren Beinen hoch, Tannennadeln blieben an ihr haften. Unvorstellbar der Gedanke, dass in nur wenigen Wochen hier Hunderte sorgloser Urlauber spazieren gehen und die Waldluft loben würden. Sie würden über die Schönheit ihrer Heimat plaudern, die eleganten Hotels, die Annehmlichkeiten am Strand … Warum musste sie nur solch große Sorgen haben? Wie ungerecht doch alles war. Fenja verlangsamte ihren Schritt und bog in einen breiten Weg ein, der ihr vertraut vorkam. Dann lief sie so lange, bis sie Seitenstiche bekam. Schließlich zwang sie sich, stehen zu bleiben. Sie stützte sich am Stamm einer Kiefer ab und merkte zu spät, dass sie auf eine Stelle mit Baumharz gegriffen hatte. Sie zog ihre Hand zurück, versuchte, sie mit Schnee zu reinigen. Vergeblich. Langsam ging sie weiter. Widerwillig roch sie an dem Harzfleck. Der Geruch wirkte besänftigend. Je weiter sie ging und je häufiger sie an ihm schnupperte, desto besser fühlte sie sich. Eines Tages, sagte sie sich, würde sie im Halbschatten einer Kiefer liegen, auf weichem Nadelbett vor sich hin träumen, während die Luft um sie herum flimmerte.

Doch noch war es hier kalt, und sie war allein. Nach einer Weile war sie sich sicher, den Schäferberg erreicht zu haben. Schon von weitem meinte sie das Geräusch einer Säge von der Försterei Corswandt her zu hören. Kurz darauf hallten Schüsse durch den Wald. Sie mussten in der Nähe des Wolgastsees abgefeuert worden sein. Wahrscheinlich waren ein paar Gutsherren mit ihren Hunden unterwegs und jagten Wildschweine, Jungkaninchen oder -füchse. Fenja hatte keine Lust, dem Förster oder irgendwelchen Jägern zu begegnen, und bog in einen gewundenen Wildpfad ein. Plötzlich entdeckte sie zwischen den Baumstämmen eine spiegelnde schwarze Fläche. Sie hatte das »Schwarze Herz« erreicht, den verborgenen kleinen Waldsee, der zwischen Wolgastsee und Zerninmoor versteckt war. Sie hatte ihn schon in ihrer Kindheit geliebt. Für sie war er ein magisches Auge, das zum Himmel hinaufschaute. Fenja bog Zweige und Buschwerk zur Seite und rannte auf den See zu. Zu ihrer Freude entdeckte sie am Anlegesteg das vertraute Ruderboot, das der Förster hin und wieder benutzte. Sie löste seine Leine und ruderte hinaus.

Einsam war es hier. In dieser Stunde aber war der See wie eine Insel in ihrem Leben. Eine Insel, die ihr Schutz bot, eine Insel, auf der sie sich heil und unversehrt fühlte. Endlich war ihr Kopf frei. Sie stellte sich vor, wie romantisch der See bald aussähe, wenn Hunderte gelber Seerosen an seinem Ufer blühten und die lichten Schatten der Laubbäume ihn mit geheimnisvollem Grün umkränzten.

Fenja hatte fast die Mitte des Sees erreicht, als plötzlich Zweige knackten. Gleich darauf hörte sie dumpfen Hufschlag. Instinktiv fasste sie die Riemen fester. Aber war sie hier, in der Mitte des Sees, nicht sicher? Sie schaute sich um. Im selben Moment preschte ein Reiter mit hochgekrempelten Hemdsärmeln, die Jacke lose hinter sich am Sattel, auf die Anlegestelle zu. Sein Pferd, ein dunkler Vollblüter, senkte seinen Kopf und trank gierig. Über seinen gebogenen Hals hinweg traf sie der Blick des Reiters.

Es war Rittmeister von Bening. Sein Gesicht war gerötet, als sei er stundenlang im Galopp geritten.

Und obwohl sie ihn so lange herbeigesehnt hatte, kam es ihr jetzt vor, als säße sie nicht nur auf einer Insel, sondern als läge ein ganzer Ozean zwischen ihnen.

»Fenja!«, rief er und winkte ihr zu. »Sie sind es wirklich! Was für ein Glück! Ich freue mich, Sie zu sehen!«

Ein seliger Schwindel ergriff sie, als sie seine tiefe Stimme hörte, die sie nicht vergessen hatte. Wie stark und gesund musste ein Mann sein, der an einem kaltfeuchten Märztag wie diesem ohne Jacke und Weste ritt?

»Ihre Jacke, Herr Rittmeister, Sie haben Ihre Jacke nicht abholen lassen!«

»Das haben Sie nicht vergessen?« Seine Stimme klang noch etwas tiefer, weicher. »Was zählt schon eine zerrissene Militärjacke«, fuhr er launig fort. »Ich habe einen guten Schneider, und die neue Jacke ist fast so gut wie die alte. Bewahren Sie sie denn immer noch auf?« Er lächelte, wartete aber ihre Antwort nicht ab. Stattdessen trieb er sein Pferd bis knapp zu den Knien in den See. »Aber Sie? Was machen Sie hier in der Einsamkeit, mitten im ›Schwarzen Herz‹?«

Was, um Himmels willen, sollte sie ihm darauf antworten? Verlegen hob sie die Riemen an und ruderte ein Stück weit rückwärts.

»Halt, warum flüchten Sie denn vor mir?«

Sie musste irgendeine überzeugende Lüge erfinden. Ihr Blick fiel auf den Kescher vor ihren Füßen. »Ich … ich habe eine Wette verloren!«, rief sie. »Ich soll einen Hecht aus diesem See fischen …«

Er lachte. »Ohne Angel? Ein solcher Räuber schwimmt sehr tief, Fenja.«

»Es kann auch ein Zander oder Aal sein!« Sie bewegte die Riemen noch hektischer, Wasser spritzte ihr ins Gesicht. Das Boot begann zu schaukeln.

»Sie inspirieren mich!«, rief er. »Ich erzähle Ihnen etwas: Kennen Sie die Legende, dass hier vor langer, langer Zeit ein junger Mann gegen eine Horde wilder Krieger kämpfte? Es ging um einen Schatz, den er einem Mädchen versprochen hatte.«

»Ich glaube Ihnen kein Wort!«

Rittmeister Bening gab dem Pferd Schenkeldruck, woraufhin es schnaubte und widerstrebend noch etwas weiter in den kalten See hineinging. Mit Schrecken beobachtete Fenja, wie das Wasser langsam an von Benings Reitstiefeln bis zu den Waden hochstieg.

»Natürlich ging alles schlecht aus«, fuhr er unerschrocken fort. »Das Mädchen glaubte dem jungen Mann nicht. Er ging zwar aus dem Kampf als Sieger hervor, warf aber den Schatz, eine Truhe aus goldverziertem schwarzem Obsidian, hier in den See. Deshalb ist das Wasser so dunkel, und man sagt, in der Truhe hause seitdem ein sagenhafter schwarzer Aal, mit einem Leib so rund wie ein Buchenstamm und so lang wie der Weg zwischen Bansin und Swinemünde.«

»O Gott, wie grauenvoll!« Vor Schreck ließ Fenja die Riemen fallen und schlang die Arme um sich.

»Wollen Sie mir nicht entgegenkommen, Fenja? Ich bin lange geritten, mein Pferd ist verschwitzt. Ich könnte es zwar weiter auf Sie zutreiben, fürchte aber, wir beide würden dann krank werden.«

»Aber ja, Sie haben recht, ohne Angel keinen Hecht.«

»Oh, das ist schön gesagt!« Er lächelte ihr zu.

Sie tauchte die Riemenblätter ins Wasser und ruderte auf

ihn zu. Ohne sie auch nur einen Wimpernschlag aus den Augen zu lassen, dirigierte er sein Pferd rückwärts ans Ufer zurück. »Schön«, hörte sie ihn nur murmeln. »Sehr schön.«

Dann sprang er aus dem Sattel und ging ihr im seichten Wasser entgegen. Sie ergriff seine ausgestreckten Hände und hätte sie niemals mehr loslassen mögen. Aber als er ihre Taille umfasste und sie aus dem schwankenden Boot hob, spürte sie ein aufregendes Kribbeln.

Er ließ sie los, schnupperte an ihrer Hand und lächelte. »Sie haben Kiefernharz an der Hand. Ein wunderbarer Duft, nicht?«

Sie nickte, beeindruckt von seiner Größe und seinem Charme. Da trat er auf sein Pferd zu, löste die Schnalle hinter seinem Sattel, nahm seine Jacke und legte sie Fenja um die Schultern.

»Ich habe mich Ihnen noch nie richtig vorgestellt, Fenja. Achim von Bening, Rittmeister des Kürassier-Regimentes Nikolaus I. in Brandenburg an der Havel.« Er deutete eine Verbeugung an. »Ohne Sie allerdings wäre dieser Platz im Regiment jetzt frei. Sie haben mein Leben gerettet.« Er nahm ihre Hand und küsste sie. »Danke, Fenja. Ich habe oft an diese Nacht gedacht. Erst später wurde mir klar, dass Sie ohne Pause neben mir gesessen haben müssen.«

Sie schlug die Augen nieder, weil die Erinnerung an jene Nacht plötzlich so stark war, dass er ihr bis auf den Grund ihrer Seele hätte schauen können. »Sie irren sich«, erwiderte sie leise.

»Nein, nein, ich bin mir ganz sicher. Denn gegen Morgen sahen Sie immer noch so aus, als hätte gerade eben der Sturm Ihr Haar frisiert.«

Sie spürte, wie ihre Wangen vor Verlegenheit heiß wurden. »Ja, ich muss wohl schrecklich ausgesehen haben.«

»Und Sie haben den Kragen meiner Jacke angenäht. Und

trotzdem waren Sie im Morgengrauen noch genauso schön wie in der Nacht, im Bernsteinlicht. Sie haben sich also kein einziges Mal die Zeit genommen, sich selbst herzurichten. Sie haben nur über meinen Schlaf gewacht und genäht. Unglaublich.« Er strahlte sie voller Bewunderung an.

Es war wie ein Zauber, der sie berührte. Sie erwiderte sein Lächeln.

»Ich bin sehr froh, dass wir uns heute wiedergefunden haben«, fuhr er fort. »So kann ich Ihnen noch einmal dafür danken, dass Sie mir das Leben gerettet haben. Ohne Sie wären mein Freund und ich damals sicher erfroren.«

»Man erzählt sich, Sie seien auf einer Hochseeyacht unterwegs gewesen?«

»Ja, ein Verwandter des Kaisers hatte mich eingeladen. Ein Abenteurer, der gerne exzentrische Leute um sich hat.«

»Sie wirken aber gar nicht exzentrisch, Herr Rittmeister.«

»Ich bin es auch nicht, meine Lebensgeschichte ist es schon eher. Aber lassen wir das, es ist unwichtig. Ich hoffe doch, ich habe mit meinem Dankeschön, das ich Ihnen damals aus Swinemünde zukommen ließ, Ihren Geschmack getroffen?«

Erschrocken schlug sie die Hand vor den Mund.

Er musterte sie aufmerksam. »Ich hatte mir extra vom Festungskommandanten eine Sondererlaubnis eingeholt, damit ein Juwelier mir eine Auswahl Bernsteinschmuck ans Bett bringen konnte … Es war eine Kette …«

Ihr wurde eiskalt. »Eine Kette? Mit taubeneigroßen Bernsteinen?«

»Nein, im Gegenteil.« Er bemühte sich, gelassen zu bleiben. »So etwas ist doch wohl zu klobig für ein Mädchen wie Sie. Die Kette, die ich für Sie ausgesucht hatte, bestand aus drei Reihen heller Steine mit Inklusen …«

»Es tut mir leid, verzeihen Sie, ich … ich meine …«

»Sie meinen, sie müsse auf dem Postweg verlorengegangen

sein? Ich habe meinen Burschen zu diesen Hocks geschickt. Ich ging davon aus, dass Sie mit der Familie verwandt oder gut befreundet sind. Sie haben sie also nicht bekommen. Unfassbar!« Seine Stimme war lauter geworden, und nun schlug er mit der flachen Hand auf den Sattel. »Das Geschenk eines Offiziers zu unterschlagen! Das ist eine Straftat, die unbedingt geahndet werden muss. Wenn ich könnte, würde ich diesem Kerl Festungshaft aufbrummen.«

»Sperren Sie ihn ruhig für immer fort«, fügte sie leise hinzu.

»Selbstverständlich werde ich mir diesen Hocks vorknöpfen und offiziell zur Rechenschaft ziehen.«

»Nein! Nein! Bitte, ich werde mich selbst darum kümmern.« Fieberhaft überlegte sie. Wenn er das täte, würde sich Baldur später an ihr rächen, weil er ihr vorwerfen würde, ihn beim Rittmeister verraten zu haben. Ihr wurde eiskalt. Sie zog von Benings Jacke an ihrem Kragen fest unter ihr Kinn.

Fassungslos starrte er sie an. »Um Himmels willen! Fenja, was ist mit Ihnen?«

Sie erschrak, als sie bemerkte, dass ihre Wangen nass waren und Tränen auf ihre Hände tropften. Sie musste sich zusammenreißen. Er betrachtete sie forschend und reichte ihr ein Taschentuch. »Sie haben also doch Schwierigkeiten wegen meines Geschenkes gehabt.«

»Ja, ein wenig«, erwiderte sie ausweichend.

»Ah, ich verstehe. Dieser junge Hocks hat Ihnen meinen Dank nicht ausgerichtet, weil er eifersüchtig ist?«

»Ja, er ... er ist eifersüchtig. Es tut mir so leid. Ich verspreche Ihnen, ich werde nach Ihrer Kette suchen, auf meine Art ...«

Er fasste Fenja behutsam an den Schultern. »Warum verlangen Sie mir ein solches Opfer ab, Fenja? Ich bin Offizier, und ich will meine Ehre verteidigen.«

Sie schlug ihre Hände vors Gesicht. Er fasste sie fester.

»Fenja, warum?«

Sie war völlig durcheinander. In welch eine Lage war sie da nur geraten?

»Fenja, ich glaube, wir sollten uns noch ein wenig länger unterhalten. Sind Sie schon einmal geritten?«

»Nein, ein Mädchen wie ich geht nur zu Fuß.«

Er reichte ihr die Hand. »Kommen Sie, erzählen Sie mir alles, ja? Sie sitzen im Sattel, und ich laufe nebenher.«

War es richtig, wenn er alles über sie wüsste? Sie schaute ihm in die Augen. Wie beim ersten Mal hatte sie das Gefühl, als verbände sie etwas sehr Intimes, für das die Außenwelt keinerlei Bedeutung hatte. Sie hörte sich »Ja, gerne« flüstern.

»Gut«, sagte er und schien erleichtert. »Vielleicht wäre es für Sie praktischer, wenn Sie ein wenig, ich meine, wenn Sie … Ihr Kleid ein wenig … anhöben? Einen Damensattel kann ich Ihnen nämlich leider nicht bieten.«

»Aber ja, natürlich, ich meine, das ist wohl notwendig, nicht?«

»Ja, notwendig ist es.«

Sie bückte sich und raffte ihr Kleid, dabei streifte ihr Blick über die wildledernen Innenseiten seiner Reithose, die mit roten Biesen verzierten Hosentaschen, die ziselierte Gürtelschnalle aus Messing. Dann hob sie den Kopf, legte ihre Hände auf seine breiten Schultern und ließ sich von ihm in den Sattel heben.

»Sitzen Sie gut?« Besorgt sah er zu ihr auf.

»Ja, wunderbar, wenn Ihr Pferd nur nicht mit mir durchgeht.«

»Es gehorcht mir nicht nur, sondern ist klug genug, um Ihre Angst zu spüren.« Er klopfte auf den Hals seines Pferdes. »Habib wird vorsichtig gehen, nicht, Habib?« Das Pferd warf seinen Kopf hoch und schnaubte, als stimmte es ihm zu. Fenja betrachtete von Benings Hände, die sich um das Halfter schlossen. Sie waren schön und kraftvoll zugleich. Langsam führte er sein Pferd am See entlang auf den Hauptweg zu.

»Also, dieser Fußsoldat Hocks ist ein eifersüchtiges und verschlagenes Subjekt«, nahm von Bening den Faden wieder auf.

»Ja, Herr Rittmeister, aber ein wohlhabendes Subjekt. Er kann es sich leisten, ein Mädchen zu quälen, weil es ihn nicht heiraten will.«

»Sie? Sie sollen diesen hohlen Kerl heiraten?«

»Ja, Herr Rittmeister.«

»Das ist ja unfassbar! Wie konnte es denn zu solch einem verqueren Geschäft kommen? Wir leben doch nicht mehr im Mittelalter! Was ist der Grund dafür, dass man Sie derart gewaltsam entmündigt?«

»Mein Vater und Baldurs Vater sind eng miteinander befreundet. Und meinem Vater ist diese Freundschaft leider wichtiger als mein Glück. Er behauptet, durch eine Hochzeit mit dem Sohn seines Freundes käme zwischen unseren Familien wieder etwas ins Lot, etwas, das vor langer Zeit entzweigegangen sei. Leider verheimlicht er mir, worum es wirklich geht. Und meine Mutter, die es vielleicht hätte wissen können, hat es mir nie erzählt. Jetzt ist es zu spät, sie ist tot.«

»Das tut mir leid, Fenja. Haben Sie denn niemanden, der Sie beschützt?«

»Mich? Nein, ich bin arm. Manch eine Frau beneidet mich sogar, von Baldur Hocks hofiert zu werden.«

»Tut er das wirklich?«

»Ja, auf seine Weise. Mal schlägt er, dann droht und erpresst er, macht je nach Laune Geschenke.«

»Haben Sie gar keine Möglichkeit, sich gegen ihn zu wehren?«

»Nein, es sei denn, ich würde auswandern.«

»Das würden Sie tun?«

»Warum nicht? Aber ich hätte ja noch nicht einmal das Geld für eine Fahrt nach Berlin. Wie sollte ich da nach Hamburg oder Bremerhaven kommen?«

»Ich verstehe.« Er bog einen herabhängenden Zweig zur Seite. »Ich bin vor ein paar Jahren nach Afrika ausgewandert. Glauben Sie mir: Es ist nicht immer der beste Weg, eine Lösung für ein Problem zu finden. Außer, man kommt mit Reichtümern zurück.«

»Und? Haben Sie Reichtümer mitgebracht?«

»Ja, sogar solche, die eines kaisertreuen Offiziers angemessen sind. Orden!« Er lachte bitter auf.

»Sie haben in Afrika gekämpft?«

»Allerdings, mehr oder weniger freiwillig. Ach, lassen wir das, Fenja. Sprechen wir lieber über Sie. Ich würde Ihnen gerne helfen. Aber Sie sagten mir ja, dass Ihnen meine Hilfe womöglich eher schaden würde.«

»Allerdings, Baldur Hocks ist gewalttätig und verschlagen.«

Er schaute sie fassungslos an. »Aber so können Sie doch nicht weiterleben.«

»Es wird mir gelingen müssen.«

Er überlegte. »Fenja, würden Sie mir einen Gefallen tun?«

»Natürlich, Herr Rittmeister.«

»Sie sagten, Sie wollen versuchen, meine Bernsteinkette wiederzufinden. Ich akzeptiere Ihre Entscheidung, auch wenn das meiner Offiziersehre widerspricht. Würden Sie mir bitte schreiben, wenn Sie meine Kette das erste Mal tragen? Es wäre für mich das Zeichen dafür, dass Sie keine Angst mehr vor diesem Hocks haben müssen.«

Fenja brauchte einen Moment, um sich bewusst zu werden, was er gerade gesagt hatte. Er wollte sicher sein, dass es ihr gutging, und er legte Wert darauf, dass sie seinen Schmuck als

Zeichen seines Dankes trug. Doch das Wichtigste war, dass er trotz ihres Standesunterschiedes ihre Entscheidung akzeptierte. Nie zuvor hatte sie jemand so ernst genommen wie dieser unerreichbare Mann. Fenja war so glücklich, dass es ihr vorkam, als wiche der Wald zurück und Sonnenlicht bräche durch die Wolken.

»Nun?«, fragte er.

»Ja, ich schreibe Ihnen, das verspreche ich.«

Er nickte ihr dankbar zu. Fenja sann vor sich hin und verspürte nur einen Wunsch. Achim von Bening sollte sich über sie freuen, und sie wollte ihn wiedersehen. Dann aber dachte sie an Baldur und fragte sich, ob sie wirklich den Mut haben würde, ihm entgegenzutreten. Überschätzte sie sich? Sie wusste es nicht.

Während ein jeder seinen Gedanken nachhing, schritten sie weiter in nördlicher Richtung durch den Wald, der stetig lichter wurde. Bald erreichten sie eine Anhöhe, von der sie einen weiten Blick auf die Kaiserbäder und die See hatten. Es war heller geworden. Ein leichter Wind zerstob den Dunst, der die Ostsee seit dem frühen Morgen verhüllte. Dort, wo er Dunstschwaden auflöste, lugte das Meer bereits in seinem graugetönten Blau hervor. Hier oben fuhr der Wind rauschend durch die Baumkronen und bewegte Birkenzweige, die, wie Fenja bemerkte, bald ihre ersten Blätter tragen würden. Irgendwo zwitscherten Meisen, und die Luft roch nach dem Harz der Nadelbäume und abtauendem Moos. Aus dem Wald schrie ein Eichelhäher, in der Nähe sprangen zwei Eichhörnchen um einen Eichenstamm, umkreisten ihn verspielt, hielten inne und jagten einander schließlich hoch in die Krone, von wo aus sie mit einem weiten Sprung auf dem Ast einer Kiefer landeten.

Fenja klopfte den Hals des Pferdes, streichelte sein Fell. Als sie ihre Hand zurückzog, berührte sie unabsichtlich von Benings Unterarm. Seine Härchen kribbelten ihr auf der Haut.

Lächelnd wandte er sich ihr zu. Sie sah das Leuchten in seinen Augen, bildete sich aber ein, er sei ernster geworden. Sie ahnte, sie waren einander zu nahegekommen. Es wurde Zeit, Abschied zu nehmen.

»Ich muss zurück«, flüsterte sie mit belegter Stimme.

»Ja, auch ich habe meine Verpflichtungen.« Er legte seine Hand auf die ihre, in der sie den Zügel hielt, und sah zu ihr auf. »Fenja, eines schmerzt mich. Wir sind uns wiederbegegnet, und ich stehe ein weiteres Mal mit leeren Händen vor Ihnen.«

Das ernste Flehen in seinen Augen, die Wärme seiner Berührung verliehen ihr einen Mut, der sie selbst überraschte, als sie sich sprechen hörte. »Nein, bitte, ich finde, dieser Spaziergang zu Pferd ist das schönste Geschenk, das ich jemals bekommen habe. Niemand wird es mir nehmen können.«

Er trat nah an sie heran und umfasste ihre Taille.

»Fenja, auch ich danke dem Himmel für diesen Spaziergang mit Ihnen. Wir trafen uns bei diesem See, dem ›Schwarzen Herzen‹. Und jetzt habe ich das eigenartige Gefühl, als ob wir es geschafft hätten, ein einsames schwarzes Herz, wie das dort im Wald, in etwas Kostbares zu verwandeln.« Er hob sie aus dem Sattel und zog sie sanft an sich. »Und zwar in diese wunderbare Stunde.«

Sie schaute zu ihm hoch, sein Atem strich über ihre Lippen.

»Lassen Sie es unser Geheimnis bleiben, Fenja«, flüsterte er und zog mit dem Finger die Linien ihres Mundes nach.

»Bis wir uns eines Tages wiedersehen?«

Die Zeit schien stillzustehen.

»Ob wir uns wiedersehen werden, Fenja, entscheiden nicht wir.« Er nahm ihre Hand und küsste sie. »Ich wünsche Ihnen viel Glück.« Er schwang sich in den Sattel und spornte sein Pferd an. Ein letztes Mal drehte er sich zu ihr um und rief etwas, doch das Trappeln seines Pferdes verschluckte seine Worte.

Tränen rannen ihr über das Gesicht. Doch sie hätte nicht sagen können, ob aus Freude oder Schmerz. Sie würde schweigen und niemandem von diesem Treffen erzählen. Gleichzeitig wurde ihr bewusst, dass sie vor einer neuen Prüfung stand: Sie würde viel Kraft brauchen, bis sie den Mut hätte, Baldur auf die verschwundene Bernsteinkette anzusprechen.

Die Tage vergingen. Jede Stunde dachte Fenja an Achim von Bening. Die Sehnsucht nach ihm war stärker als ihr Wunsch, seine Kette wiederzufinden. Sie schämte sich, ihm ein Versprechen gegeben zu haben, das sie wohl nicht einhalten würde. Sie verstand sich selbst nicht, wurde unruhig und wusste manchmal nicht, wer sie wirklich war: Eine Hoffende? Eine Liebende? Eine Suchende? Oder doch nur ein verarmtes Leinewebermädchen, das bald die Kinder eines ungeliebten Mannes gebären müsste?

Manchmal allerdings bildete Fenja sich ein, einfach nur launisch zu sein, so launisch wie das Meer. Doch immer wieder kehrten ihre Gedanken an den Anfang zurück. Und sie war sich sicher, dass es doch nur die Sehnsucht war, die an ihr zerrte wie unablässiger Wellenschlag.

Kapitel 4

Das Wetter wurde milder. Als die ersten Frühlingsblumen blühten und die Birken ergrünten, beschloss Fenja, nach einer neuen Arbeit Ausschau zu halten. Erst wenn ihr das gelingen würde, hätte sie die Kraft, Baldur entgegenzutreten. Sie beschloss, Edda um Rat zu fragen. Am ersten Arbeitstag im April machte sie sich auf den Weg.

Hin und wieder blitzte die Sonne zwischen den Wolken auf, doch noch blies ein kühler Wind.

Es gab wohl kaum etwas Schöneres, als hier auf der schnurgeraden, von Ahornen und Kiefern gesäumten Strandpromenade spazieren zu gehen. Sommerresidenzen und Hotels präsentierten sich auf der einen Düne und breiter Sandstrand auf der anderen Seite. Möwen kreisten über der Seebrücke, um im raschen Flügelschlag zu den an den Strand hinaufgezogenen Fischerbooten zu fliegen. Ältere Fischer reparierten ein Boot, Fischerjungen spielten mit ihren selbstgebastelten Drachen. Zwischen den Staken trockneten die noch nassen Fischernetze. Alles war wie immer, dachte Fenja, beschaulich, schön und so friedlich, als hätte es nie eine Sturmflut, nie eine Erschütterung ihres Herzens gegeben. Einen kurzen Moment dachte sie an das Geheimnis, das sie mit Achim von Bening teilte. Sie atmete tief die frische Seeluft ein und glaubte, bereits den Hauch milder Frühlingsluft zu schmecken.

Ein Schwarm Spatzen, der über sie hinwegflog, lenkte sie ab. Fenja beobachtete, wie sie sich tschilpend auf den Dächern verteilten. Dabei betrachtete sie die Fassaden, als sähe sie sie zum ersten Mal, Säulen und Freitreppen, Holzloggien und Gesimse, Dachreiter und Friese. Jedes Detail, sagte sie sich, zeugte von der Geschicklichkeit der Handwerker. Musste man sie nicht ebenso bewundern wie die Künstler, die hier im Sommer Erholung suchten? Schließlich waren sie es, die dafür sorgten, dass szenische Giebeldarstellungen lebendig wirkten, steinernde Wellenbänder zu flattern, Ranken aus Stein zu wachsen schienen.

Sie wanderte weiter, bis sie die Grenze zu Heringsdorf erreichte. Dort waren Steinmetze und Maurer mit den letzten Arbeiten an einer zweiflügeligen Sommervilla beschäftigt, die im letzten Jahr errichtet worden war. Fenja erinnerte sich, dass das Grundstück viele Jahre brachgelegen und zu allerlei Spekulationen Anlass gegeben hatte. Dieser Bauherr schien besonders viel Wert auf mit Türkisen und Gold verzierte Gesimse und breite Balkone in Rebstockoptik zu legen. Mannshohe steinerne Zapfen säumten die Auffahrt, als seien sie verkappte Wächter. Das Ungewöhnlichste aber waren die vielen Wege, die sich wie Bänder um Villa und Gartenpavillon, Schuppen und Nebenhäuser wanden. Sie waren flach und breit gepflastert und kreuzten einander an Abzweigungen in besonders kunstvoll gelegtem Muster.

Bis auf zwei kleine Bäume mit glattem Stamm beidseits der Einfahrt war der Garten noch unbepflanzt. Der Besitzer der Villa mochte kein großer Freund von Grün sein, denn er hatte dafür gesorgt, dass Büsche und Kiefern jenseits des Dünenweges beseitigt worden waren. Offensichtlich legte er Wert auf freien Meeresblick – und er hatte Macht genug, um einen Willen durchzusetzen.

Sie verspürte einen Anflug von Verärgerung und Neid und kehrte auf der Stelle um. Um sich abzulenken, lief sie so schnell, wie es der Anstand zuließ …

Am Seebrückenplatz bemerkte sie, dass zwei von der Lindenstraße kommende Limousinen vor dem Ahlbecker Hof, dem vornehmsten Hotel Ahlbecks, hielten. Neugierig blieb sie stehen. Die beiden Chauffeure rissen die Türen der schwarzlackierten Fahrzeuge auf. Miteinander scherzend stiegen vier Herren und drei Damen aus. Die Männer trugen dunkle Wintermäntel, die Damen helle Pelzmäntel. Zwei von ihnen setzten ihre Schoßhündchen auf die Erde, die sofort ihr Bein an der Kante der untersten Eingangsstufe des Hotels hoben. Im gleichen Moment wurde die oberhalb gelegene Hoteltür aufgerissen. Der Empfangschef eilte den neuen Gästen entgegen, während Hoteldiener sich daranmachten, das Gepäck ins Haus zu tragen. Die Herren gingen voraus, die Damen bückten sich nach ihren Hündchen und folgten ihnen. Erst als sich die Tür hinter ihnen schloss, stürzte eine Putzfrau mit Eimer und Wischmopp von einem Seiteneingang herbei, um sorgfältig Stufen und Trottoir zu säubern.

Da hörte Fenja, wie in ihrer Nähe jemand lachte. Sie sah sich um und bemerkte, dass es ein Kutscher war, der mit einem Pferdefuhrwerk auf den rückwärtig gelegenen Hof des großen Hotels rollte. Er hielt am Seiteneingang, aus dem zu ihrer Überraschung Edda herauseilte. Ihr folgte ein hochgewachsener älterer Hotelangestellter in schwarzen Hosen, grauschwarz gestreifter Weste und weißen Handschuhen. Edda schlug fröstelnd die Arme um sich, denn sie trug keine Jacke über ihrem schwarzen Kleid.

»Edda! Wie geht es dir?« Fenja winkte ihr zu

»Fenja!« Edda grüßte zurück. »Wo bist du nur so lange gewesen?«

Der Hotelangestellte schob Edda auf das Fuhrwerk zu und schaute verärgert zum Kutscher hoch. »Warum hat das so lange gedauert? Ist dem Meister der Holzleim ausgegangen, oder hast du deine Pferde heute früh noch gebadet?«

Der Kutscher wollte etwas erwidern, doch da rief Edda Fenja zu: »Heute Abend um halb sieben? So wie immer?«

Der Hotelangestellte verdrehte die Augen und wechselte einen beredten Blick mit dem Kutscher. Dieser nickte grinsend und kletterte schwerfällig vom Bock. Der Hotelangestellte wartete einen Moment, dann trat er auf Edda zu und meinte: »Na, ich werd dir gleich …« Dann zwinkerte er dem Kutscher zu. Gemeinsam hoben sie Edda auf das Fuhrwerk. »Löse die Knoten und beeil dich.«

Ein Windstoß erfasste ihr Kleid und ließ es aufflattern. »Ich frier!«, jammerte sie.

Der Kutscher lachte. »So ein junges Ding soll nicht genug Hitze haben?«

»Ihr wird gleich warm werden und uns auch!«, erwiderte der andere Mann und schaute zu Edda hoch. »Nun mach schon, Mädchen! Deine Fingerchen können's besser als unsere.« Dann wandte er sich zwei herbeigeeilten Pagen zu. »Holt noch den Andres und den Lukas zum Anpacken. Die Möbel müssen sofort in die Zimmer gebracht werden, damit sie durchwärmen. Sonst frieren die Gäste später und beklagen sich bei mir.«

»Fenja, du musst mir helfen!«, rief Edda. »Die Knoten sind einfach zu fest, und meine Hände sind schon ganz steif.«

Der Hotelangestellte nickte. »Wenn's deine Freundin ist, nur zu. Heute fehlt uns jede Hand.« Er zwinkerte dem Kutscher zu. Dieser rieb sich die geschwollenen Hände. »Gleich zwei, da gibt es was zu gucken. Das tut uns alten Gichtknochen doch gut, was?«

»Na, und ob.« Der andere Mann nickte.

Fenja eilte zum Wagen. »Ach, du hast es gut«, wisperte sie Edda zu, während sie einen Holzstecken unter eine Schlinge drückte und ihn mit Edda hin und her schob, um den Knoten zu lockern.

»Quält dich Baldur wieder, Fenja?«

»Ja, leider. Vor ein paar Wochen war ich bei ihm. Stell dir vor, er will mir zur Hochzeit ein Boot bauen lassen. Aus afrikanischem Edelholz.«

»Die Hochzeitsbarke …« Edda hob den Kopf und schaute Fenja an. »Schönes Wort, nicht? Hab's in einem Gedicht gefunden. Ich …«

»Ich wünschte mir, er wäre morgen schon mit seiner Barke fertig und würde mit ihr auf Nimmerwiedersehen zum Mond segeln!«, erwiderte Fenja noch leiser.

»Schreib doch mal Gedichte, anstatt dich ständig über Baldur zu ärgern. Vielleicht könnte ich sie ja irgendwann einmal brauchen!« Edda lachte und stupste sie an.

»Liebesgedichte, ach, Edda, als ob ich damit Geld verdienen könnte.«

»Ich bezahl dich auch, so wie ich deine wunderbaren Cremes bezahle.«

»Schwatzt nicht!« Der Hotelangestellte drohte ihnen mit einer forschen Handbewegung. Im selben Moment schlug über ihnen ein Flurfenster auf, und ein Kellner rief: »Alle Mann sollen schnell zum Chef hochkommen!« Die Männer verschwanden durch die Hintertür, der Kutscher schlenderte um die Ecke, wo er einen Straßenkehrer mit Karren und Besen entdeckte. Er bot ihm Tabak an und begann mit ihm zu plaudern.

Edda beugte sich zu Fenja vor und hauchte ihr ins Ohr. »Baldur ist ein Widerling, das wissen wir ja. Aber der Roman, den ich gerade lese, ach, Fenja, das ist eine Liebe … Das musst du unbedingt lesen.«

»Später, vielleicht später einmal …« Fenja verstummte und zerrte an dem Knoten. Edda beugte sich über Fenjas Hände, zog an der bereits losen Schlinge. »Du magst keine Liebesgeschichte lesen? Wieso nicht? Denkst du denn immer noch an ihn?«

»Ich kann ihn nicht vergessen. Was glaubst du, wie oft ich sein Gesicht vor mir sehe, seinen Körper, seine Verletzungen«, erwiderte Fenja. »Manchmal denke ich, es könnte mich zerreißen, wenn ich ihn nicht berühren, ihm helfen kann.«

»Ach, du liebe Güte, Fenja, das ist wirklich verrückt.« Edda musterte Fenja neugierig. »Du liebst ihn also?«

»Sollte ich dich belügen?«, gab Fenja hastig zurück, wickelte das Seil aus seiner Verschlingung und rollte es zusammen. Dabei rutschte die Decke von der Stuhllehne. Die Mädchen bückten sich gleichzeitig nach ihr, stießen mit den Köpfen zusammen, lachten und warfen die Decke über sich. Niemand konnte sie sehen, niemand hören. Edda drückte Fenja so nah an sich, dass ihre Wangen sich berührten. »Hast du eigentlich schon einmal geküsst?«

»Nein, wer sollte mich denn küssen?«

»Na ja, das stimmt. Wer außer ihm sollte es schon tun«, kicherte Edda und pustete Fenja auf die Wange. »Aber vorgestellt hast du es dir doch schon, oder?«

»Wie soll ich mir etwas schön vorstellen, wenn ich lediglich die Küsse von Martin kenne.« Fenja schüttelte sich. »Ich habe ihm nur erlaubt, mich auf die Wange zu küssen, nie auf den Mund. Ich wusste ja, dass er auch andere Mädchen küsste. Es ekelte mich einfach an. Schließlich war nicht jede so hübsch wie du.«

»Also, du weißt in Wahrheit gar nicht, was ein richtiger Kuss ist?«

»Nein, ach, Edda, nun lass doch.«

»Wieso? Soll ich dir etwas erzählen? Ich weiß jetzt nämlich, wie es geht. Hier« – sie tippte auf ihren Mund und lächelte schelmisch – »liegt er, der Kuss. Weißt du, wie es passiert ist? Neulich Abend wurde ich in ein Zimmer geschickt, wo die Lampen ausgefallen waren. Da stürzt plötzlich ein Herr herein, wispert etwas, tastet nach mir und küsst mich, ohne dass ich mich wehren konnte. Und zwar zweimal. Doch da merkt er, dass er sich im Zimmer geirrt und mich mit einer anderen Frau verwechselt hat. Er flieht, und ich hab alle Mühe, mit zittrigen Fingern die Glühbirnen auszuwechseln.« Sie lachte prustend gegen Fenjas Schulter. »Soll ich dir zeigen, wie es sich angefühlt hat?« Sie fasste Fenja mit dem Zeigefinger unters Kinn, zog sie ein wenig zu sich heran und berührte ihre Lippen. Sie genossen die vertraute Nähe, die Wärme unter dieser alten Decke, von der niemand dort draußen ahnen konnte, dass sie anderes taten, als Knoten zu lösen.

»Und wie küsste er sonst noch?«

»Willst du es wissen, Fenja? Wirklich?« Edda schmunzelte. »Na gut. Du hast mich ja gefragt. Also, so!« Sie küsste Fenja zärtlich, umspielte ihren Mund mit ihrer Zungenspitze, ließ diese zwischen Fenjas Lippen gleiten, wo sie nach ihrer anderen, neugierigen Spielgefährtin suchte …

Fenja versuchte, sich Achim von Bening vorzustellen, doch da es ihr nicht gelang, stieß sie Edda zurück. »Das ist unschicklich!«, wisperte sie.

»Du schmeckst aber ganz zart.« Edda streichelte sie über den Rücken. »Wie gut du immer riechst … Wie schade, dass er für dich nur ein Traum ist, dein Rittmeister.«

Fenja schaute ihr in die Augen. »Edda, ich muss dir etwas beichten.« Durfte sie es ihr wirklich erzählen? Es war ihr Geheimnis, ihres und seines … Aber dieser Kuss gerade, Eddas Kuss, hatte ihre Sehnsucht nach ihm neu geweckt. Sie kämpfte mit sich. Schon viel zu lange hatte sie darunter gelitten, dieses außergewöhnliche Erlebnis am »Schwarzen Herzen« nicht mit ihrer besten Freundin teilen zu können.

»Nun sag schon, Fenja. Was ist es?«

»Wir haben uns wiedergesehen, vor ein paar Wochen – und kannst du dir vorstellen, dass die Luft um uns herum voll solcher Küsse war?«

»Eine Luft voller Küsse? Und er hat dich nicht geküsst? Ich würde wahnsinnig werden vor Sehnsucht.«

»Ich bin es wohl längst, Edda«, gab Fenja zu und erzählte ihr rasch ihre Begegnung mit von Bening. Als sie geendet hatte, schwieg Edda nachdenklich.

»Ein ungewöhnlicher Mann«, meinte sie schließlich. »Normalerweise nutzt ein adliger Herr einfache Mädchen wie uns aus, auf der Stelle und ohne schlechtes Gewissen. Er betrachtet es als sein Recht. Vielleicht ist dein Rittmeister gerührt, weil du ihm das Leben gerettet hast. Aber ich rate dir, hoffe nicht auf einen Mann wie ihn. Es hat keinen Zweck. Und frag Baldur ja nicht nach dieser Kette, du würdest es nicht überleben.«

»Ja, das fürchte ich auch. Aber ich will es versuchen, schließlich hab ich es Herrn von Bening versprochen. Natürlich würde ich gerne seine Kette tragen, aber ich frage mich manchmal, ob es nicht besser wäre, alles zu vergessen.« Fenja rieb ihre kalt gewordenen Hände aneinander, als könne sie ihre Erinnerungen auslöschen. »Du weißt ja, seit Mutters Tod ist alles anders geworden. Hiltrud hat es gut, ich aber hab das Gefühl, in einer Falle zu hocken, die Baldur Hocks heißt. Dieses eine Jahr will ich mich noch gegen diesen Gedanken wehren und versuchen, eine neue Arbeit zu finden. Mir reichen nämlich Eier, Speck und Kartoffeln als Lohn nicht mehr.« Sie zog die Decke mit einem Ruck von ihren Köpfen, schüttelte sie und erhob sich.

»Das versteh ich.« Edda nieste. »Du hast dich schon viel zu lange als Magd ausnutzen lassen, eine wie du, die heimlich Storm und Fontane liest. Soll ich mal im Hotel fragen, ob du …« Eine Windböe fuhr unter die lose Decke, die Fenja über die Lehne eines Louis-Seize-Sessel gelegt hatte.

»Ja, das wäre hilfreich«, sagte Fenja. »Euch fehlt doch oft jemand, so wie heute. Es wäre schön … ich meine, dann wären wir viel öfter …«

»Dann wärt ihr viel öfter unter meiner Fuchtel!«, rief der Hotelangestellte, der, ohne dass sie es bemerkt hatten, wieder mit den anderen aus dem Hotel zurückgekommen war und und sie belauscht hatte. Ohne die beiden Mädchen aus dem

Auge zu lassen, winkte er den Pagen zu, um sie anzuweisen, die Möbel vom Fuhrwerk abzuladen. »Das wäre ja noch viel schöner, zwei wie ihr zusammen bei uns! Das schlag dir aus dem Kopf, Mädchen. Das, was ich grad gesehen und gehört habe, reicht, um unseren Chef davor zu warnen, eine Schwatzliese wie dich einzustellen. Und du, Edda, pack lieber mit an. Bist doch sonst nicht so langsam.«

Eddas Gesicht glühte vor Verlegenheit.

»Geh, Fenja«, hauchte sie ihr zu. »Sie sind nicht immer so, und ich will es mir mit ihnen nicht verderben. Meine Arbeit gefällt mir. Wir finden schon noch etwas für dich.«

Auch wenn sich alles in ihr dagegen wehrte, Fenja konnte Eddas Kuss nicht vergessen. Immer wieder malte sie sich aus, wie es wäre, wenn von Bening sie geküsst hätte. Sie dachte an die Erregung, die er in ihr ausgelöst hatte, als er sie in den Sattel hob. Es machte sie fast wahnsinnig. Vergeblich zwang sie sich, ihre Sehnsucht nach ihm zu verdrängen, aber ebenso gut hätte sie versuchen können, die Wellen des Meeres zu glätten.

Sie teilte ihr Geheimnis nun mit Edda, ein Geheimnis, das ihr – wie Edda richtig gesagt hatte – nicht das Recht gab, auf eine Erfüllung ihrer Liebe zu hoffen.

Spät am Abend kehrte Fenja noch einmal an den Strand zurück. Es war kühl und windig, doch sie brauchte das Meer, weil sie Linderung von der Unruhe suchte, die sie umtrieb. Sie lief dem Wind entgegen, an Heringsdorf vorbei und immer weiter. Sie beachtete weder die Fischer, die auf ihren Booten zum Entenfang hinausfuhren, noch die Seemöwen, die sie ein Stück weit hinausbegleiteten. Sie ließ selbst die Bernsteine unberührt, die seit der Sturmflut am Strand liegen geblieben waren. Ab und zu wandte sie sich um, sah zu ihren Spuren im feuchten Sand. Flach auslaufende Wellen verwischten sie immer wieder, und Fenja kam es vor, als wollten sie sie daran erinnern, dass es keine Vergangenheit gab, nur Gegenwart.

Sie fühlte sich wohl mit dem vertrauten Rauschen des Windes im Ohr, dem besänftigenden Schmatzen und Rollen des Wassers.

Als sie feststellte, dass ihre Sohlen durchweicht waren, hatte sie Bansin erreicht. Sie zögerte, ob sie sofort umkehren sollte. Doch obwohl sie fror, blieb sie stehen, als hielte sie der Anblick des ruhenden Meeres fest, über dem der Vollmond bereits wachte. Und plötzlich kehrte die Erinnerung an Achim von Bening zurück, die sie so lange mühevoll verdrängt hatte. Und je länger sie an die Silvesternacht und die Stunde am »Schwarzen Herz« dachte, desto einsamer kam sie sich vor, wie Treibgut, das von einer Sturmflut übrig geblieben war. Sie lauschte auf den Wind, als könne er ihr den Klang seiner Stimme zuwehen.

Sie würde ihn nicht vergessen.

Er fehlte ihr.

Er fehlte ihr jetzt.

Wie sollte sie nur mit einer Sehnsucht leben, die unerfüllbar bleiben würde?

Das Mondlicht spiegelte sich auf dem dunklen Antlitz der Ostsee. Es war, als hielten Himmel und Meer stille, geheimnisvolle Zwiesprache.

Kapitel 5

Ein ungewöhnlich milder Wind bewegte Schwärme langschwänziger Pappelkätzchen über frischem Grün, in dem neben verwelkenden Schneeglöckchen schon die ersten Krokusse und Narzissen blühten. Auf Ahlbecks höchster Erhebung, dem Zierowberg, öffneten zwischen Kiefern und Buchen Hunderte weißer Anemonen ihre Kelche, und man hätte meinen können, sie seien über Nacht als zarte Sterne vom Himmel gefallen. Von hier oben war die Aussicht auf Kaiserbäder und Meer grandios. Jeder, der den steilen Anstieg bewältigt hatte, wurde von der Schönheit der Küstenlandschaft belohnt. Noch war man hier allein, einzig umgeben von Waldesstille, dem Säuseln des Frühlingswindes und dem sanften Rauschen der Ostsee. Noch gehörte der breite Strand nur den Fischern und Möwen. Noch ratterten in Ahlbeck lediglich einheimische Fuhrwerke und Leiterwagen über See- und Dünenstraße, den beliebten Flaniermeilen Und doch hatten in allen drei Kaiserbädern – Ahlbeck, Heringsdorf und Bansin – längst die Vorbereitungen für die Sommersaison begonnen.

Den langen Winter über hatte hauseigenes Personal, das in Bedienstetenwohnungen im Souterrain lebte, die Villen gehütet. Nun war es an der Zeit, Haus und Garten für die Besitzer, die in wenigen Wochen zurückkehren würden, empfangsmäßig herzurichten. Parkett musste poliert, elektrische Lampen und Speiseaufzüge überprüft, Beete bepflanzt, Regenrinnen gesäubert, Büsche geschnitten, Gartenpavillons und Zäune neu gestrichen und Sturmflutschäden beseitigt werden. Arbeit, für die niemand Fenja benötigte. Arbeit, die sie auch nicht hätte annehmen können, denn in der Zwischenzeit war alles anders gekommen.

Ein einziges Mal nur war es ihr gelungen, vom Zierowberg aus die Aussicht auf das Meer zu genießen, Atem zu holen von der stickigen Luft in der Webstube zu Hause. Denn nur wenige Tage nach Hiltruds Abreise hatte sie von dieser einen Brief bekommen.

Lieber Vater,
Fenja Schwesterherz,

macht Euch keine Sorgen um mich. Ich habe eine schöne Schlafstelle im Mathilde-Kirschner-Heim (Kaiserin-Augusta-Allee 23) bekommen. Was sag ich, Schlafstelle! Nein, ich habe ein eigenes Zimmer mit Bett, Schrank und Waschtisch, Sitztruhe und so weiter.
Hier wohnen vor allem junge Arbeiterinnen, von Leid können alle erzählen, doch die Wohnlichkeiten mildern alles. Auf jeder Etage gibt es Gemeinschaftsräume, Küche, Aufenthaltsraum, Musikzimmer. Sogar eine Bibliothek gibt es. Alles ist hell, sauber und freundlich.
Im Erdgeschoss liegt unser beliebtester Treffpunkt, es ist die Kaffeestube, wo man für wenig Geld Kuchen, Brote und Schrippen kaufen kann.
Ich danke noch im Geiste dem freundlichen Herrn, den ich im Zug kennenlernte, für diese Adresse.
Wie viele Automobile und elektrische Bahnen hier fahren! Pferdeomnibusse gibt es schon längst nicht mehr. Neulich hab ich mit einer feinen jungen Dame minutenlang auf einer Verkehrsinsel gestanden, weil der Schutzmann zu einem Unfall gelaufen war. Wir waren wie gefangen, alles kreiste um uns herum, und mir wurde geradezu schwindelig vom Lärm und der schlechten Luft. Dabei kam ich mit dem Fräulein ins Gespräch. Ihr Freund arbeitet als Beleuchter am Königsstädtischen Theater am

Alexanderplatz. Stellt Euch vor: Sie meinte, ich solle mir doch unbedingt mal eine Operette von Paul Lincke ansehen. Als ich nachmittags dort vorbeischaute, bekam ich zufällig mit, dass die Kartenverkäuferin ausgefallen sei. Ich stellte mich vor und – ob Ihr's glaubt oder nicht – ich habe die Stelle! Vorübergehend natürlich, so lange, bis sie wieder gesund ist oder was auch immer. Alles ist so aufregend! Den berühmtesten Berliner Schlager von diesem Lincke kann ich übrigens schon auswendig: »Das ist die Berliner Luft, Luft, Luft!« Ja, ich glaube, die ist wirklich anders und sorgt für meine gute Stimmung. Alles Weitere wird sich noch ergeben.

Das Beste aber ist, wir könnten der Oberin, also Mathilde Kirschner, einen großen Gefallen tun. Ihr müsst wissen, sie ist hier in Berlin eine wichtige Person, leitet den Frauenverein »Arbeiterinnenwohl« und benötigt dringend neues Leinen für Handtücher, Tischdecken und Bettwäsche. Ich weiß, wir haben keine Vorräte mehr. Könntest Du, gutes Schwesterherz, nicht zwei Ballen weben? Am besten bis Pfingsten?

Unsere Oberin wäre überaus glücklich und ich auch. Vergiss nicht: Die Arbeit dient schließlich dem Wohl aller Frauen, die genauso arm sind wie wir.

Ich wäre Dir dafür bis ans Ende meiner Tage dankbar.

Beste Grüße

Hiltrud

Fenja kam es vor, als würde sich der Strick enger um sie ziehen. Das Schicksal ihres Lebens holte sie wieder ein. Alles andere war nichts als leichtsinnige Träumerei. Sie wusste, sie war nicht frei und würde nie frei sein. Für sie würde es nie ein Entrinnen aus der Bevormundung anderer geben. Am meisten aber kränkte es sie, dass ihr Vater, gleich nachdem er Hiltruds Brief gelesen hatte, kein Wort mit ihr gewechselt hatte, sondern sich sofort daranmachte, sein altes Bild- und Musterbuch nach einem passenden Webmuster durchzusehen und den Webstuhl herzurichten. Schon am nächsten Morgen hatte er sich einem Korbmacher angeschlossen, der in Anklam seine neuesten Waren in verschiedenen Geschäften vorstellen wollte. Er selbst hatte ihn in Usedom verlassen, um dort die nötige Menge gebleichtes Flachsgarn und farbige Wolle einzukaufen.

Der Frühling schritt mit schmeichelnden Winden voran, die Natur ergrünte. In manch früher Stunde verhüllte die Luft Wald und Meer mit einem blassen Blau. Immer seltener mochte Fenja an ihre Begegnung mit Achim von Bening am kleinen See »Schwarzes Herz« hoch oben in den Wäldern denken. Es war zu schmerzhaft, auch wenn sie am liebsten in dieser Frühlingsstimmung hinaufgewandert wäre, um sich im Ruderboot ihren Erinnerungen hinzugeben. Das aber war ebenso unvorstellbar wie der Gedanke, das Meer könne austrocknen.

Sie musste weben und webte von Sonnenaufgang bis spät in die Nacht. Tag für Tag, Woche für Woche alte Drellmuster: Rosen mit Balkenkreuz für die Tischdecken, Bäumchen mit Stern für die Bettwäsche, Granatapfel mit Streifen für die Handtücher.

Die Luft um sie herum war staubig und trocken.

Und sie fürchtete, sie würde bald vergessen haben, wie das Meer, wie Rosen und Reseda, Nelken und Flieder rochen.

Der Webstuhl war ihr Gefängnis geworden.

In den ersten Tagen tröstete es sie, dass Baldur sie nicht besuchte. Sie war erleichtert, dass die schwere Webarbeit zugleich auch ihr Schutz vor ihm war. Erst nach gut einem Monat, Anfang Mai, sah sie ihn durch die Gartenpforte kommen. Ihr fiel auf, dass er saubere Hosen trug und ein neues blaues Flanellhemd, das dem der Fischer ähnelte. In einer Hand hielt er einen Strauß bunter Primeln. Sie hörte, wie er mit ihrem Vater, der vor dem Haus auf einer Bank saß, ein paar belanglose Worte wechselte, dann trat er zu ihr in die Webstube. Ihr wurde flau, und ihre Handgelenke fühlten sich an, als seien sie aus Watte.

»Fenja, ich grüße dich«, sagte Baldur betont munter und reichte ihr die Blumen.

»Danke.« Unsicher nahm sie den Strauß entgegen, erschrocken über ihre Stimme. Tonlos wie ein Hauch, dachte sie, ohne Kraft. Als webe sie ihre ganze Lebenskraft in diese Tücher und löse sich selbst dabei auf, Lebensfaden für Lebensfaden. Wie sollte sie die Kraft finden, ihn nach Achims Bernsteinkette zu fragen? Sie hörte sich heiser auflachen. Ihre Finger öffneten sich. Kraftlos verfolgte sie, wie rote, gelbe und violette Primeln auf die staubigen Bodendielen fielen. Fenja starrte sie an, unfähig, sich vorzubeugen. Baldur ging vor ihr in die Hocke und sammelte sie ungelenk wieder ein. Er gab ihr den Strauß zurück und schloss seine Finger um ihre Hände.

»Du bist abgemagert, Fenja. Dass dein Vater dir nicht hilft. Ich werde ein deutliches Wort mit ihm wechseln müssen.« Er machte eine Pause und strich ihr sachte über die Knie. »Ich habe dich vermisst. Ich hätte dich gern zum Tanz in den Mai eingeladen, doch dein Vater hat es nicht erlaubt. Die Tücher seien wichtiger, hat er gemeint. Dafür möchte ich dir einen anderen Vorschlag machen. Man sagt, Kronprinz Wilhelm wird am sechsten Juni Herzogin Cecilie von Mecklenburg heiraten. Die Hochzeit soll im Berliner Schloss stattfinden und vier Tage lang dauern. Alle Frauen sprechen schon davon. Dann wird ganz Berlin auf den Beinen sein. Ich möchte dich einladen, mit mir nach Berlin zu fahren, das ganze Spektakel zu genießen und Hil…«

»Hiltrud besuchen? Ist es das, was du sagen willst? Ich soll meiner Schwester, der ich diese Qual zu verdanken habe, auf beide Wangen küssen? Und mit euch zusammen eine Adelshochzeit bestaunen? Am Straßenrand stehen und Fähnchen schwenken?« Ihr war, als tanzten schwarze Flecken vor ihren Augen. »Ich? Hier, sieh dir meine Hände an, Baldur! Krumm sind sie schon, schwielig. So eine willst du ausführen? Damit sie im Glanz der anderen ihr eigenes Elend vergisst?«

Er stand auf und versuchte, sie zu sich hochzuziehen, doch sie schüttelte müde den Kopf. »Nein, du kennst mich nicht, Baldur. Ich bin nicht so, wie du denkst. Ich habe, ich habe meine eigenen …« Sie schlug sich auf den Mund, wandte sich ab. »Lass mich, lass mich in Ruh.«

»Du hast deine eigenen … Träume? Das hat doch jeder, das ist nichts Besonderes. Du brauchst einfach Abwechslung, Fenja, und du musst unbedingt zunehmen, dann wirst du die Welt wieder mit anderen Augen sehen. Das ist alles.«

Sie wollte lachen, doch es klang wie ein raschelndes Keuchen.

»Das ist alles?« Sie stand vorsichtig auf, ihre Beine zitterten, und so stützte sie sich am Webrahmen ab. »Das Tuch«, stieß sie hervor, »es ist bald fertig. Ich will es Hiltrud pünktlich zu Pfingsten schicken. Es soll … meine letzte … Pflicht gewesen sein. Ich will nicht mehr … ich kann nicht …« Weinend brach sie zusammen. Erleichtert über ihre Schwäche und im Glauben, sie wäre ihm endlich dankbar für seine Zuwendung, fing Baldur sie auf.

Er trug sie über den schmalen Flur, blieb aber auf der Schwelle zu ihrer Kammer stehen. Müde wandte Fenja ihren Kopf und zuckte innerlich zusammen. Schon seit Tagen hatte sie ihr Bett nicht mehr glatt gestrichen, geschweige denn Federbett und Kissen aufgeschüttelt. Jetzt gab das zerknüllte Laken freien Blick auf die mit Eichhörnchenfell gefütterte Uniformjacke von Achim von Bening. Fenja spürte den harten Schlag von Baldurs Herz. Sie wagte nicht, ihm ins Gesicht zu sehen, aus Angst, seine Gedanken lesen zu können. Er wird überlegen, ob er mich jetzt lieber fallen lassen oder gegen die Wand schmettern soll, dachte sie.

Doch dann trat er vor und legte sie mit einem ächzenden Laut auf ihr Bett.

Einen Moment lang schloss sie die Augen, wartete, ob er sie wieder schlagen würde.

Doch nichts geschah.

Angespannt blinzelte sie zu ihm hoch. Sein Kinn bebte. Die Unterlippe vorgeschoben, sah er sie verständnislos an und weinte.

»Wie kannst du mir nur so weh tun? Du musst verrückt sein, Fenja Susann Wolgardt. Vollkommen verrückt.«

»Der Bote ist nie gekommen, um sie abzuholen«, wisperte sie. »Und es war so kalt, so furchtbar kalt.«

Er wischte mit dem linken Handrücken eine Träne aus dem Auge, während sein rechter Daumen nervös über den Aufschlag des Ärmels rieb. Plötzlich packte er diesen mit der Faust und knetete ihn, als sei er ein Stück Lehm. »Du … du betrügst mich, noch bevor wir getraut sind. Weißt du nicht, dass du mir versprochen bist?« Unvermittelt ließ er Fenja los und blickte zum Fenster. Fenja wandte ihren Kopf. Es war ihr Vater, der sie beobachtete. Im Nu setzte sich Baldur dicht neben sie auf die Bettkante und beugte sich zu ihr herunter. Sein Atem roch nach säuerlichem Schwarzbrot und gesalzenem Schmalz. Fenja hielt die Luft an.

»Das werde ich dir nie verzeihen. Nie«, flüsterte er heiser und presste seine Lippen auf ihren Mund.

Kurz darauf hörten sie, wie ihr Vater sich an den Webstuhl setzte und der dröhnende Lärm des Ratsch-ratsch-ratsch das Haus erfüllte.

Die Decke über ihr verschwamm. Achim von Bening würde vergeblich auf ihren Brief warten. Sie würde nie seine Bernsteinkette tragen, nie von ihrer Angst befreit sein.

Kapitel 6

Noch hatte die Saison nicht begonnen, und doch reisten schon die ersten Sommerfrischler aus Berlin an. Oft sah man sie am frühen Morgen an den Sommervillen vorbei durch die gemütlichen Sträßchen schlendern, wo sie hier und dort stehen blieben, um in den Vorgärten Goldregen und Rhododendren zu bestaunen oder schwärmerisch den süßlichen Duft des Flieders einzuatmen. Manch eine Städterin pflückte heimlich, im Halbschatten der voll ergrünten Lindenbäume, hier oder dort ein Maiglöckchen, Adonisröschen, eine Margerite oder Ranunkel aus einem der zahlreichen Blumenkübel.

Auch an diesem Morgen spazierten rechtzeitig zum Sonnenaufgang die ersten Urlauber an den Strand.

Seit knapp einer Woche wartete Fenja hier jeden Morgen mit den Fischersfrauen auf die Rückkehr ihrer Männer. Lena – Eddas Schwester, die mit dem traditionsbewussten Fischer Asmus Carlsen verheiratet war – hatte vor sechs Tagen ihr erstes Kind geboren, und sie, Fenja, hatte ihr versprochen, an ihrer Stelle das Ausnehmen der Maifische – Alsen – zu übernehmen. Wenn Fenja die Arbeit auch nicht recht behagte, so würde sie auf diese Weise Edda Dank sagen und sich selbst von der Erinnerung an die letzten Wochen ablenken.

Hier mit den anderen Frauen auf die Fischer zu warten gab ihr Schutz. Denn Baldur hatte ihr vor kurzem stolz erzählt, dass er mehrere eilige Aufträge für neue Segel bekommen habe. Anfang Juli nämlich wollte Kaiser Wilhelm wieder von Swinemünde aus zu seiner jährlichen Nordlandreise aufbrechen, und wie jedes Jahr wollten ihn viele Privatleute ein Stück weit mit ihren Segelbooten begleiten. Er arbeitete mit seinem Vater von früh bis spät. Und sie, Fenja, dürfe sich schon jetzt ausdenken, was sie von dem neuen Geld für ihren zukünftigen Hausstand kaufen wolle …

Fenja legte die Hand über die Augen und blinzelte. Nein, von Baldur war weit und breit keine Spur. Gott sei Dank. Sie sollte nicht an einen Mann wie ihn denken, nicht in dieser Stunde. Wo aber blieben heute nur die Fischer? Noch immer war keines ihrer braunen Segel im Dunst zu erkennen. Seit Mitte April fuhren sie jede Nacht mit mehreren Booten und fast zwei Dutzend Netzen auf das Meer hinaus, um Alsen zu fangen. Weit auf dem Meer banden sie die Netze zusammen, befestigten ein mit hölzernen Schwimmern, sogenannten Flotthölzern, bestücktes Tau an einem Boot und überließen Netze und Boot der Meeresströmung. Drei Männer konnten, in Schafpelze und Fußsäcke gehüllt, schlafen, während der vierte Wache hielt. Erst jetzt, bei Anbruch des Tages, kehrten sie mit vollen Netzen wieder zurück. Und bis heute früh waren sie fast immer zur selben Stunde angelandet.

Fenja beschloss, sich abzulenken. Sie musste irgendetwas gegen ihre Unruhe tun, die sie schon in der Nacht Schlaf gekostet hatte. Und so zog sie ihre Stiefeletten aus und lief barfuß am Strand entlang. Fahrig bückte sie sich nach angeschwemmten Muscheln und versteinertem Holz, warf alles zurück ins Wasser, zog einen Zweig unter einem Haufen Tang hervor, stieß mit ihm nach einer Qualle, schubste diese einer heranrollenden Welle entgegen, sammelte Bernsteinsplitter, bunte Steine, Herz- und Tellmuscheln und streute anschließend alles in weitem Bogen über den weißen Sand. Und plötzlich hatte sie das Gefühl, als zwänge das Meer sie, ihre Erinnerung an die letzten Wochen zuzulassen.

Nach Baldurs Besuch Anfang Mai hatte sie ein Nervenfieber bekommen, das sie über mehrere Tage ans Bett fesselte. Edda hatte für sie gekocht und sie so weit unterstützt, dass sie wieder ein wenig zu Kräften kommen konnte. Als ihr Vater das letzte blau-weiße Leinentuch vom Webstuhl genommen hatte, war sie aufgestanden, hatte alles Leinen vierundzwanzig Stunden lang in eine heiße Lauge aus Buchenholzasche gelegt, danach gewaschen, gespült, geklopft, auf der Bleichwiese ausgebreitet und wenig später mit Mangelbrett und Glaskugeln bearbeitet, bis das Gewebe seinen feinen Glanz bekam. Nach dem Trocknen, Mangeln und Glätten war sie so erschöpft gewesen, dass sie ihre letzte Kraft aufwenden musste, alles Tuch zu Ballen zu rollen und zu verpacken. Dann hatte sie ein Fuhrwerk bestellt und die Ladung persönlich zum Bahnhof begleitet. Nur zwei Tage später war von Mathilde Kirschner ein begeisterter Dankesbrief samt Überweisungsbestätigung eingetroffen, von Hiltrud hingegen nichts anderes als eine Ansichtskarte vom Berliner Zoo ohne weitere Neuigkeiten. So wussten weder sie noch ihr Vater, wie es ihr wirklich ging und ob sie bereits eine neue Stelle gefunden hatte.

Alles war anders geworden, nichts war mehr so wie zuvor. Und wegen dieser unseligen Webarbeit hatte sie keine Kraft gehabt, Holunderblüten, Narzissen und Maiglöckchen für ihre Duftcremes zu sammeln. Dafür hatte sie ihren Vater überreden können, von seiner Reise nach Anklam Bernsteinöl mitzubringen, das er von dem Verkauf ihres Leinens an Mathilde Kirschner in Berlin bezahlen konnte. Es war etwas Besonderes. Fenja freute sich, dass die Fischersfrauen von dem Öl begeistert waren. Es sorgte dafür, dass ihre Hände nicht austrockneten und ihre Haut geschmeidig blieb. Und es vertrieb für Stunden jegliche Erinnerung an glitschige Fischleiber.

Bewundernde Rufe rissen Fenja aus ihren Gedanken. Sie schaute sich um. Einige Sommergäste breiteten ihre Arme aus, als wollten sie die Schönheit dieses Augenblicks einfangen. Ich bin wohl die Einzige, die die Vergangenheit für eine Weile blind für diese wunderschöne Morgenstunde gemacht hat, dachte sie und betrachtete ein wenig schuldbewusst das Leuchten der aufgehenden Sonne, die das Meer in rosig goldenes Licht tauchte. Ein zarter Dunst schwebte über dem Wasser. Ruhig schaukelten die Wellen, majestätisch leuchtete die Sonne über dem Meer. Und ein blassblauer Himmel wölbte sich zu ihm hinab. Fenja entspannte sich. Sie hätte ihre Hände ausstrecken mögen, um über all das Blau zu streichen, das ihr wie ein einziges Ganzes vorkam.

Alles schien so nah, und sie hatte das Gefühl, als sei sie frei wie ein Vogel und flöge mitten hinein in dieses unendlich verlockende Blau.

Sie lauschte.

Wisperte das Meer?

Nein, sie durfte ihm nicht zuhören.

Nicht an *ihn* denken.

Sei still.

Ich will mich nicht von dir verführen lassen, nicht jetzt. Nicht in diesem Augenblick.

Fenja raffte ihr Kleid und ging ein Stück weit den Wellen entgegen. Die Kühle lenkte sie ab. Wie hielt Lena nur die ständige Sorge um ihren Mann aus? Wo waren die Boote? Was machten die Fischer dort draußen hinter den Dunstschleiern? Lebten sie noch? War alles gut gelaufen? Hatten ihre Netze gehalten? Waren die Männer bereits unterwegs mit Netzen voller Heringe, Dorsche, Makrelen, Alsen, Schollen und Flundern? Oder hatte das Meer sie in eine Untiefe gezogen oder ein Schiff sie gerammt?

Oder lag es heute nur am flauen Wind, dass sie so lange warten mussten? Schließlich waren auch die Fischersfrauen noch nicht eingetroffen, die es besser wissen mussten …

Fenja sprang vor mehreren kleineren Wellen zurück, ihre Füße kribbelten vor Kälte. Sie lief am Strand entlang und war erleichtert, endlich die vertrauten Kinderstimmen zu hören. Kurz darauf kamen die Fischersfrauen mit Körben und Bottichen zwischen den Dünen zum Vorschein. Ihnen folgten ihre älteren Kinder, die ihre jüngeren Geschwister auf den Schultern trugen oder in Bollerwagen hinter sich herzogen. Fenja grüßte die Frauen, die gemächlich auf einem ausgetrockneten Baumstamm und mitgebrachten, ausklappbaren Hockern Platz nahmen. Legten die einen schon ihr Messer vor sich in die Schürze, holten die anderen Strickzeug hervor oder dösten noch ein wenig vor sich hin. Fenja sah den kleinen Kindern zu, wie sie – in rote Wollleibchen gekleidet – still mit Hölzchen im Sand spielen. Wie die größeren Kinder auch, trugen sie weder Schuhe noch Strümpfe. Aber sie hatten rote Wangen und eine gesunde Gesichtsfarbe – und keinem von ihnen lief die Nase. Fenja lachte, als eines der Kinder eine rosa Tellmuschel in eine leere Miesmuschel steckte und diese einem Säugling klappernd ans Ohr hielt.

Da drehte sich Almut, eine der jüngeren Frauen, zu ihr um.

»Edda ist Tante geworden. Was meinst du, Fenja, ob sie auch bald Lust aufs Kinderkriegen bekommt? Bei der Taufe vorgestern hat sie den Kleinen ja gar nicht mehr hergeben wollen.«

Die anderen Frauen nickten.

»Wo an ihr doch tagtäglich so viele hübsche Herren vorüberziehen, sollte es doch wohl leicht sein.« Almut schürzte die Lippen und kniff belustigt ein Auge zu.

»Was redest du denn da?«, entgegnete Fenja. »Stört es dich, dass sie keinen Fischer heiraten will?«

»Man wird doch wohl noch einen Scherz machen dürfen.«

»Nicht mit Edda!«

»Nun lasst doch das Gekabbel«, mischte sich eine ältere Frau ein und blickte Fenja an. »Du bist doch ihre beste Freundin, nicht?«

»Ja, natürlich. Ohne Edda hätte ich die Zeit nach Mutters Tod nicht durchgestanden. Ich nehme sogar dieses Fischgemetzel auf mich, damit Lena sich ausruhen kann und Edda sich nicht um sie sorgen muss.«

»Du bist ja so tapfer, Fenja Susann Wolgardt, wenn wir doch alle so tapfer wären.« Almut klang so ironisch, dass Fenja das Blut ins Gesicht schoss.

»Soso, nun kratzt euch nicht schon wieder«, wandte die ältere Fischersfrau besänftigend ein. »Ich frag mich ja nur, warum sie dir nichts von ihrem Geheimnis erzählt hat.«

»Wir haben keine Geheimnisse voreinander!«

»So? Man sagt, sie soll sich in einen jungen Mann verguckt haben.«

»Edda? Niemals! Das glaube ich nicht, das hätte sie mir bestimmt erzählt!«

»Na, ihr seid mir ja schöne Freundinnen. Wann habt ihr euch denn das letzte Mal gesehen?«

»Vor einer Woche, als sie mich fragte, ob ich Lenas Arbeit übernehmen könnte.«

»Seitdem nicht mehr? Na, da siehst du mal, wie schnell das mit dem Verlieben gehen kann.«

»Und dass sie es dir nicht sofort erzählt hat, muss schon seinen besonderen Grund haben, nicht, Fenja?« Almut rollte ihre Augen. »Ich meine, sie ist doch sonst nicht so stumm wie ein Fisch.«

»Und wer soll es sein, Almut?«

»Sag ich nicht. Sag ich nicht.« Sie lachte und wechselte einen belustigten Blick mit den anderen Frauen. »Pass auf: Wir erzählen es dir, wenn du uns heute beweist, dass du genauso schnell auskehlen kannst wie wir.«

»Das schaff ich nie«, wehrte sich Fenja. »Das weißt du auch. So wie ihr mit dem Messer umgeht, werde ich es nie können. Das ist ungerecht. Nun sagt schon, in wen soll Edda denn verliebt sein?«

»Hach, sie kann's nicht abwarten!«

»Fenja, bist du etwa neidisch? Du hast doch Baldur, oder nicht?«

»Man sagt schon, er liebe dich, als hätt er gleich zwei Herzen.«

Fenja wich das Blut aus dem Gesicht.

»Jetzt lasst sie endlich in Ruh«, murmelte die Älteste von ihnen. »Sie hat's schon schwer genug.«

Wind kam auf, bauschte die leichten Sommerkleider, ließ die Fahnen über der Seebrücke flattern.

»Damit ihr's alle wisst: Ich werde ihn nie heiraten. Hört ihr? Nie!«

Die Frauen verstummten. Fenja raffte ihr Kleid, zog das Auskehlmesser hervor und schnitzte rasch hintereinander mehrere Stöckchen spitz an. Aufmerksam umringten die Kinder sie und sahen ihr zu. Fenja wusste nicht, wozu sie das tat, doch da kam ihr plötzlich eine Idee. Sie fand ein dickeres Stück Holz, presste die spitzen Enden der dünnen Stöckchen an eines seiner Enden und wickelte geschickt ein Stück Garn darum. Die Kinder stritten sich um das kleine Kunstwerk und begannen sofort, einander mit Ideen zu übertrumpfen.

»Wir bauen eine Burg!«

»Nein, wir brauchen mehr Strandgut!«

»Kisten mit Gold!«

»Nein, hier! Ich hab 'nen Knopf! Darauf ist sogar eine Krone!«

»Lass sehen!«

Fenja beugte sich über den seltsamen Fund, während hinter ihr ein Knirschen im Sand ertönte. Plötzlich verstummte es, und eine selbstbewusste Jungenstimme erklang: »Der Knopf gehört mir! Gebt ihn mir zurück!«

Neugierig wandte sich Fenja um und hielt erschrocken die Luft an. Ein Mann in einem zu engen schwarzen Anzug schob einen hübschen, ungefähr zwölfjährigen Jungen in einem

Rollstuhl auf sie zu. Der Junge hatte ein schmales Gesicht und wache braune Augen. Wie fast alle Kinder trug auch er einen modischen Matrosenanzug – und doch fiel er auf. Denn um seine Stirn verlief eine Schlaufe, die, wie Fenja sofort erkannte, mittels einer senkrechten Metallstange an der Rückenlehne seines Rollstuhls befestigt war. Sie hielt den Kopf des Jungen so, dass es den Anschein hatte, als sähe er verächtlich auf die Welt herab. Um Brust und Schultern war ein Lederriemen geschlungen, der in Form einer liegenden Acht straff an seinen schmalen Körper angepasst war. Als wäre das alles noch nicht genug, lugten auch noch unter seinen Hosenbeinen schmale Metallschienen hervor, die sogar seine Fußgelenke umklammerten.

Er war gelähmt und musste künstlich aufrecht gehalten werden. Fenja war erschüttert. Noch nie hatte sie einen Menschen gesehen, der in einer solchen Form bandagiert – und gefesselt war. Aber was hatte der Apparat zu bedeuten, der vor seinem Bauch hing?

Jetzt streckte der Junge seine rechte Hand aus. »Seid ihr immer so langsam im Kopf?«

Beschämt schlugen die Fischerkinder ihre Augen nieder. Die Mutter des Kleinen aber gab diesem einen Schubs. »Nu gib dem jungen Herrn schon zurück, was nicht deins ist.« Das Kind schob trotzig seine Unterlippe vor, tapste aber, das Gesicht von ihm abgewandt, auf ihn zu und ließ sich von ihm den Knopf von der Hand nehmen.

»Wie kommst du denn hierher?« Liebevoll rieb der Junge den Knopf an seinem Jackenärmel sauber. »Das hier ist die preußische Krone! Habt ihr das etwa nicht gewusst?«

Da die Kinder noch immer verlegen vor sich hin starrten, legte er seine Hände verschwörerisch um seinen Mund und fuhr fort: »Soll ich euch etwas verraten? Noch sind alle Uniformknöpfe blank. Bald aber wird diese Krone alle preußischen

Uniformknöpfe schmücken. Aber das ist noch ein großes Geheimnis!«

Wollte er sich wichtigmachen, seine Behinderung überspielen? Womöglich hatte er Spielzeugknöpfe verstreut, um mit Kindern in Kontakt zu kommen.

»Berthold!«, zischte ihm der Mann im schwarzen Anzug hinter ihm ins Ohr. »Was sagen Sie da? Wenn Ihr Herr Vater Sie hört, wäre er überaus verärgert.«

»Pah! Und wenn schon! Ich tu, was ich will!«

»Tss, tss, nun übertreiben Sie mal nicht, Berthold. Wo bleibt Ihre Selbstbeherrschung? Der Geist muss über den Körper herrschen, das wissen Sie doch. Also mäßigen Sie sich.«

»Heute will ich das Meer genießen, Edloff. Sie können mich ja später wieder quälen!«

Fenja betrachtete den Jungen aufmerksam und fragte sich, ob er sich über seinen Betreuer lustig machte oder sich auf diese Weise an ihm rächte. Auf jeden Fall war er ein ungewöhnlicher Junge, den die Qualen, von denen er gesprochen hatte, nicht das Selbstbewusstsein gebrochen hatten. Er musste wohl reiche – und großzügige – Eltern haben. Sie würde zu gern wissen, wer er war.

Laute Stimmen um sie herum rissen Fenja aus ihren Gedanken. Dann sah sie die Fischerboote und hörte hinter sich die aufgeregten Stimmen der Fischersfrauen.

»Da!«, rief nun auch Berthold. »Die Fischerboote kommen zurück! Schnell, Edloff! Sie müssen den Rollstuhl so in Positur stellen, wie ich es Ihnen gleich sagen werde. Ich will alles fotografieren, hören Sie? Alles, bevor …«

»Bevor Ihr Herr Vater kommt. Ja, ich habe verstanden. Denken Sie aber daran, dass ich Ihrem Herrn Vater täglich über Ihre Fortschritte Rede und Antwort stehen muss.«

»Und wennschon! Ich lasse mir doch schon alles von Ihnen gefallen, Schlingen, Bandagen und diese grässliche Gymnastik. Und ich wehre mich nie. Das wissen Sie, Edloff. Und vergessen Sie nicht, dass es meine Mutter ist, die meinem Vater die Daumenschrauben anlegen kann! Sie liebt mich nämlich.« Berthold wechselte einen raschen Blick mit Fenja. Sie lächelte ihm zu. Ja, er gefiel ihr, und er war neugierig …

»Dann sollten wir unsere Daumenschrauben noch enger fassen, damit Ihr Vater endlich stolz auf Sie sein kann«, murmelte Edloff ernst.

Berthold wurde blass und nestelte an seiner Taschenbuchkamera.

Rasch kamen die Boote näher, Fenja gesellte sich wieder zu den Fischersfrauen. Die Messer in den Händen, liefen sie den Booten entgegen. Begeistert schauten alle zu, wie die schweren Boote mit den großen braunen Segeln anlandeten, die Fischer die prall gefüllten Netze mit Tragen und Karren hoch an den Strand schleppten. Sie trugen Lederschürzen, Südwester und Stiefel, die ihnen bis auf die Oberschenkel hinaufreichten. Einige Fischersfrauen nahmen ihren Männern Schafpelze und Fußsäcke ab, in denen diese des Nachts über geschlafen hatten. Nur nebenbei nahm Fenja wahr, dass Berthold tatsächlich eifrig fotografierte. Sie beeilte sich, um mit den anderen Frauen Maifisch für Maifisch aus den Maschen der Netze zu lösen, mit geübtem Schnitt auszukehlen, das Gedärm in einen Eimer zu werfen und die ausgenommenen Fische, nach Größe sortiert, auf Körbe und Bottiche zu verteilen.

Währenddessen luden die Männer die schweren Boote mittels eines Hebebaumes auf die Schultern und zogen sie nach und nach strandaufwärts. »Hol up! Hol up!«, riefen sie und wieder: »Ho-ho-hool up!« Dann drehten sie jedes Boot um seine Achse, so dass das Heck landeinwärts, der Bug seewärts zeigte. Anschließend wurden die Netze ausgewaschen und auf Staken zum Trocknen aufgehängt. Und zwischen all dem regen Treiben, dem Herumwuseln der Kinder, dem aufgeregten

Plaudern der Urlauber, dem Kreischen hungriger Seemöwenschwärme über ihnen, war immer wieder das Klicken von Bertholds Fotoapparat zu hören.

Schließlich traten auch heimische Händler zwischen Strandkörben, Urlaubern und Fischern hinzu, suchten nach den besten Fischen, die sie an die namhaften Hotels verkaufen konnten. Fenja lud volle Körbe in ihren Bollerwagen und schloss sich den Frauen an, die an diesem schönen Morgen nach alter Tradition zu Fuß zum Swinemünder Fischmarkt gehen wollten, statt die Eisenbahn zu nutzen, die vor elf Jahren eingeweiht worden war.

Wer immer dieser seltsame Junge sein mochte, sie hätte es gern gewusst. Aber da war noch etwas, was sie nur allzu gern erfahren hätte. In wen war Edda verliebt? Kurz bevor sie den Swinemünder Hafen erreichten, sprach sie noch einmal Almut an.

Diese beschleunigte ihre Schritte. »Pass auf, Fenja, mit Glück siehst du ihn gleich. Er soll aus Swinemünde sein.«

»Und woher weißt du das?«

»Weil mein Mann gestern Nacht während des Fischfangs Wache hatte. Er wunderte sich, dass Ruderer in Richtung Swinemünde unterwegs waren. Die Strömung war stark, und er wäre beinahe mit einem der Boote zusammengestoßen. Dabei hat ein junger Kerl geflucht, wie er es noch nie gehört hatte, schlimmer als ein Müllkutscher. Er hatte einen komischen Akzent, begann aber zu lachen, als das Mädchen neben ihm unter einer Decke auftauchte. Es soll Edda verflixt ähnlich gesehen haben.«

»Das glaube ich nicht«, widersprach Fenja. »Mit einem solchen Mann würde Edda niemals ausgehen. Das passt nicht zu ihr.«

»Dann glaub's doch nicht. Ich vertrau meinem Mann. Du kannst ja gar nicht mitreden. Du hast ja keinen.« Almut zog schwungvoll ihren Bollerwagen über ein paar Kiesel.

Musste Almut sie immer verletzen? Erschöpft blieb Fenja stehen. Almut wäre Baldur sicher schon beim ersten Antrag zu Füßen gefallen. Sie selbst hatte noch zehn Monate Zeit, es weiterhin nicht zu tun. Aber würde sie es schaffen? Ihr wurde flau im Magen.

»Fenja! Beeil dich! Faulige Fische bringen kein Geld, nur Gestank!«, rief ihr die ältere Fischersfrau zu, die mit ihrem Tragekorb vorneweg ging.

Da wandte Almut noch einmal ihren Kopf. »Lena wird bestimmt bald ihr zweites Kind bekommen. Wollen wir wetten? Dann wirst du wohl wählen müssen: weiter Fische auskehlen oder Frau Baldur Hocks werden!« Sie lachte und lief noch schneller voraus.

Treffender hätte Almut ihre Situation nicht beschreiben können. Fenja merkte, wie ihr die Beine schwer wurden, als weigerten sie sich, einen einzigen Schritt weiter auf eine imaginäre Falle, die bald zuschnappt, zuzugehen. Doch es half nichts. Sie musste sich an diesem Morgen die Stichelei gefallen lassen, wenn sie nicht wollte, dass Lena Schlechtes über sie zu hören bekam.

Kapitel 7

Die Tage vergingen. Fenja schloss sich morgens wieder den Frauen an, die mit der Bahn nach Swinemünde fuhren, um ihre Fische zu verkaufen. In dieser Zeit sah sie Berthold nicht, konnte ihn aber nicht vergessen. Und so beschloss sie an einem weiteren Morgen, wieder zu Fuß von Swinemünde heimzukehren.

Zu ihrer Freude entdeckte sie ihn sogar zu dieser frühen Stunde, es mochte noch nicht neun Uhr sein, auf der Seebrücke. Er war nur allzu deutlich an seinem Rollstuhl zu erkennen. Es sah aus, als wäre er dieses Mal allein, denn er bewegte sich selbständig auf dem zweihundertachtzig Meter langen Steg vor und zurück. Fenja ließ ihre Blicke über den Strand schweifen. Dieser füllte sich stetig mit weiteren Sommergästen. Plaudernd strebten sie zwischen Sandburgen, Fischernetzen und Booten auf Bänke zu oder richteten mit Decken und Sonnenschirmen ihre Strandkörbe her. Da erklang von der Seebrücke her Musik, und Fenja beobachtete, wie die Gesichter der Damen aufleuchteten und sie ihre Sonnenschirme zu drehen begannen. Die Herren wiederum hoben ihre Spazierstöcke, schwangen sie in der Luft im Takt der Musik oder zeichneten versonnen Figuren in den Sand.

Plötzlich entdeckte Fenja Edda in weißer Schürze über dunklem Kleid. Sie eilte von der Dünenstraße her mit einem flachen Korb in der einen, einem Silbertablett in der anderen Hand auf den Strand zu. Neugierig beobachtete Fenja, wie ihre Freundin vorsichtig zwischen Strandkörben und Sandburgen, herumtollenden Hunden und Kindern mit Luftdrachen hindurch auf ein weiß-grünes Zelt zuging. Kaum hatte sie es erreicht, trat ein beleibter Herr in hellgrauem Anzug hervor.

Ohne sie zu beachten, zog er ein Opernglas hervor und hielt es an die Augen. Belustigt verfolgte Fenja, wie Edda nichtsdestotrotz pflichtschuldig knickste, das Zelt betrat, es mit leerem Korb wieder verließ und ein weiteres Mal knickste. Auch dieses Mal nahm der Mann sie nicht wahr. Da sah Fenja, wie Berthold von der Seebrücke aus Richtung Strand winkte. Der Herr setzte sein Opernglas ab und schüttelte missbilligend den Kopf. Daraufhin rollte Berthold auf das Seebrücken-Restaurant zu. Langsam fuhr er auf der ostwärts gelegenen Terrasse an der Fensterreihe vorüber. Kurz darauf erschien sein Betreuer und bugsierte ihn wortreich über die hölzernen Eingangsstufen in das Lokal.

Wer, fragte sich Fenja, mochte dieser Mann sein, der Berthold daran hinderte, allein mit dem Rollstuhl herumzufahren? Für einen Vater wirkte er zu alt, für einen Großvater zu jung … War er einer jener Berliner Unternehmer, Fabrikanten oder Bankiers, die die bürgerliche Atmosphäre hier in Ahlbeck jener aristokratischeren in Heringsdorf vorzogen? Oder fehlte ihm schlichtweg das Vermögen für den Bau einer eigenen Sommervilla? Wie auch immer, gewiss war, dass er es sich leisten konnte, im Ahlbecker Hof zu logieren und sich am Strand bedienen zu lassen: mit Morgenzeitungen, Kaffee und Gebäck aus der Hotelkonditorei, einem Glas Calvados oder Champagner.

Warum interessierte er sie? Lag es an ihrem Mitleid für diesen hübschen Jungen, der nicht wie andere seines Alters Flöße bauen oder segeln konnte? Oder hatte es etwas damit zu tun, dass er sein Wissen über einen neugestalteten kaiserlichen Uniformknopf ausgeplaudert hatte? Ein Knopf, der das Abzeichen der preußischen Krone trug. Jener Krone, der Achim von Bening diente.

Da war er wieder.

Ihr kam es vor, als hätte ihr das Meer ihre Erinnerung an ihn erneut ins Bewusstsein gespült.

Gab es kein Entrinnen vor der Sehnsucht?

Ohne dass sie wusste, warum, begann sie, sich auf den Sommer zu freuen.

Nacht für Nacht holten die Fischer Lachse, Seebarsche und Hornhechte aus dem Meer, seit Anfang Juni fingen sie Flundern mit großen Schleppnetzen. Jeden Morgen half Fenja beim Fischeausnehmen. Sie kam immer früher an den Strand und ging immer später nach Hause. Mit jedem Tag, an dem der Himmel wolkenlos, der weiße Sand länger warm blieb und die Luft über Land und Meer kräftiger flirrte, nahm ihre innere Spannung zu.

Manchmal entdeckte sie am späten Vormittag Berthold mit seinem schwarzgewandeten Begleiter Edloff. Mal schickte er von seinem Rollstuhl aus Papierflieger in den Wind, mal fotografierte er den Strand oder beobachtete im seichten Wasser kleine Flundern. Die meiste Zeit aber hielt er sich mit seinem Betreuer vor dem grün-weißgestreiften Zelt jenes beleibten Mannes auf, der ihn vor einigen Tagen mit dem Fernglas beobachtet hatte. Dabei warfen ihm die Männer abwechselnd Holzkugeln zu. Berthold versuchte, sie aufzufangen, um mit ihnen zu jonglieren. Doch noch aus der Entfernung glaubte Fenja seine Lustlosigkeit zu spüren …

Jeden Abend um halb sieben wartete sie am vertrauten Treffpunkt, dem Mitzlaffschen Friseursalon, auf Edda. Vergeblich. Edda schien wirklich keine Zeit zu haben. Entweder lag es an dem bevorstehenden Beginn der Saison, oder sie ging ihr aus dem Weg. War an dem Gerücht über sie also doch etwas dran?

Eines Morgens fanden die mit vollen Netzen heimkehrenden Fischer einen Dorsch, der sich auf der Jagd nach Beute im Netz verbissen hatte. Sie schimpften, weil sie ein Stück aus dem

Netz herausschneiden mussten, um den Fisch herauslösen zu können.

»Den lasst mal mir!«, ertönte plötzlich eine Stimme von den Dünen her. Erstaunt wandten alle die Köpfe. Fenja dagegen stockte der Atem, aber sie hatte es längst geahnt: Eines Tages würde Baldur sie hier am Strand überraschen, und so schwante ihr nichts Gutes, als er grinsend auf sie zuschritt.

Die Fischersfrauen indes warfen die ausgenommenen Fische in die Körbe und ließen ihre Hände mit den blutigen Auskehlmessern in den Schoß sinken. Neugierig schauten sie Baldur entgegen.

»Dorsch mag ich«, fuhr Baldur fort, Fenja fest im Blick. »Aber heute überlass ich ihn jemand anderem. Ich kenne nämlich eine hübsche Person, die ihn genauso gerne isst.«

Almut lachte auf. »O Fenja, was für originelle Komplimente er machen kann! Ich beneide dich geradezu.«

Fenja stand auf. »Er weiß, dass ich keinen Dorsch mag. Was willst du von mir, Baldur?«

»Du magst ihn nicht«, entgegnete Baldur selbstbewusst und stemmte die Hände in die Hosentaschen. »Deine Schwester aber würde so ein Prachtexemplar gerne mal im Topf haben. Und so frage ich dich ein zweites Mal: Willst du mit mir nach Berlin fahren? In wenigen Tagen heiratet Kronprinz Wilhelm. Und du könntest Hiltrud eine Freude machen.«

Die Fischersfrauen tuschelten leise miteinander.

»Ist das wahr? Er hat dich schon einmal gefragt, und du hast nein gesagt, Fenja?«, flüsterte Almut lauernd. »Er lädt dich ein, und du willst auf dieses Vergnügen verzichten? Ich verstehe dich nicht.«

»Hiltrud würde sich bestimmt freuen«, murmelte eine andere.

»Ja, solch einen Dorsch wird sie in Berlin weder finden noch ihn sich leisten können.« Almut klang ironisch, und auch eine andere Fischersfrau verzog spöttisch ihr Gesicht. Sie beugte sich vor und meinte: »Komm schon, Fenja: Bei allem, was zwischen euch vorgefallen ist, so gleichgültig wird dir Hiltrud nicht sein, oder?«

Fenja schlug die Augen nieder und presste die Lippen aufeinander. Was sollte sie tun? Baldur war wieder einen Schritt schneller gewesen. Indem er sie vor den anderen unter Druck setzte, schien er erreicht zu haben, was er wollte. Dabei hätte sie sogar Lust gehabt, nach Berlin zu fahren, allein schon deshalb, um Almut, die schier vor Neid platzte, eins auszuwischen. Sie überlegte angespannt. Immerhin war Sommer, alles würde leichter, entspannter sein. Und wenn Edda mitkäme? Vielleicht würde alles gar nicht so schlimm, wenn sie dabei wäre?

Suchend sah sie sich zur Strandpromenade um.

Baldur folgte ihrem Blick, und als hätte er ihre Gedanken gelesen, sagte er: »Ja, nimm sie mit, deine Edda. Es kann einem Mann nie schaden, mit zwei hübschen Mädchen zu verreisen.« Er lächelte Almut zu und wechselte gleich darauf einen bedeutungsvollen Blick mit Lenas Mann Asmus. Dann wandte er sich wieder Fenja zu und fragte mit hochgezogenen Augenbrauen: »Na, Fenja? Ist das ein Angebot? Du, ich und Edda?«

»Ja, ich frage sie«, sagte Fenja schnell. »Morgen sage ich dir Bescheid, Baldur.«

»Wieso erst morgen? Heute Abend ist es doch viel besser?« Er rieb mit den Händen über seine Unterarme, als fröstele es ihn, und fügte lauernd hinzu: »Es könnte mir kalt werden vom langen Warten, verstehst du? Nicht jeder hat mal eben schnell einen passenden Mantel.«

Fenja fühlte einen Stich im Herzen. Von einer Sekunde auf die andere wurde ihr heiß. Er drohte auszuplaudern, dass sie auf einer kaiserlichen Uniformjacke schlief. Das aber durfte niemand erfahren, wollte sie nicht zum Gespött werden.

»Gut«, sagte sie entschlossen und schaute Baldur fest an.

»Ich werde noch heute zu Edda gehen. Darauf gebe ich dir mein Wort.«

»Na, das klingt ja fast schon so, wie es sich wirklich gehören würde, Fenja.« Baldur schaute in die Runde und bohrte daraufhin seinen Blick in ihre Augen. »Aber ich weiß, das andere … das kommt auch noch.«

Als Fenja Stunden später von Swinemünde zurückkehrte, war ihr, als habe sie Blei in den Beinen. Es war heiß geworden. Immer wieder blieb sie stehen, um sehnsüchtig auf das Meer zu schauen, als hoffe sie, es würde ihr eine Welle schicken, auf der sie entschwinden könnte. Ein starker Südwestwind wirbelte über Dünen und Strand, blies ihr Sand ins Gesicht. Ihr Leinenkleid flatterte ihr um die nackten Beine. Sie hatte das Familienbad bei Ostende, dem östlichen Strandabschnitt Ahlbecks, hinter sich gelassen und näherte sich nun dem Herrenbad. Auch hier war der Strand trotz des Windes voller Menschen. Ihr fiel ein längst aus der Mode gekommener Badekarren auf, der in der Nähe des Badesteges ins Wasser gelassen war. Da legte wohl ein besonders empfindlicher Herr Wert auf Intimität … Im selben Moment entdeckte sie zwischen Strandkörben, Booten und Zelten Bertholds leeren Rollstuhl.

War der Junge etwa allein unterwegs? Hatte er sich gar ins Wasser gestürzt?

Sie ließ den Bollerwagen mit den leeren Fischkörben stehen und rannte über den Strand auf den Steg zu. Dass der Badewärter protestierte, Pfiffe und Johlen ertönten, kümmerte sie nicht.

Suchend schaute sie sich um: Wo war Berthold?

Da hörte sie ihn schreien.

Ohne zu zögern, bestieg sie den Badesteg und lief auf ihm entlang. Wieder ertönte ein Schrei. Da entdeckte sie Berthold auf der dem Meer zugewandten Rückseite des alten Badekarrens. Er trug einen schwarz-weiß gestreiften Badeanzug und hockte auf der mittleren Stufe der Badetreppe, die ins Wasser führte. Er war kreidebleich, seine Lippen zitterten, doch nicht nur das: Er trug eine mit Borsten bestückte Halskrause, die seinen Kopf aufrecht hielt, und von seinem Brustkorb abwärts war er bis zur Hüfte in ein metallenes Stützgerüst geschnallt.

Fenja konnte kaum glauben, was sie sah. Bertholds Betreuer Edloff hingegen stand im brusttiefen Wasser und hielt in der einen Hand eine Schwimmleine und in der anderen einen Stock. Mit diesem schlug er mal sachte, mal heftiger gegen Bertholds Unterschenkel, die schräg ins Wasser ragten.

»Reiß dich zusammen, Berthold. Du musst sie bewegen! Du musst dich endlich selbst bewegen!« Er hob den Stock und schlug dem Jungen auf die Oberschenkel.

»Nein! Nicht!«, rief Fenja entsetzt.

Überrascht drehte sich Bertholds Betreuer zu ihr um – doch nur, um gleich darauf noch heftiger zuzuschlagen. Bertholds Gesicht verzerrte sich vor Schmerz, doch er schrie nicht. Fassungslos sah Fenja zu, wie Edloff Berthold an den Unterschenkeln packte und ihn mit einem Ruck von der Treppe riss. Er presste ihn an den Schultern unter Wasser, zog ihn wieder hoch und wiederholte die Prozedur. Berthold schluckte Wasser, prustete, keuchte, rang um Luft. Edloff fasste die Schwimmleine fester.

»Du wirst jetzt beweisen, dass du in der Lage bist zu schwimmen!«, rief Edloff drohend. »Ich habe es deinem Vater versprechen müssen, und du wirst mir jetzt zeigen, dass mein Versprechen nicht wertlos war!« Er packte Berthold an den über dessen Schulterblättern gekreuzten Metallschienen und hielt ihn knapp über Wasser. Berthold versuchte verzweifelt, den Kopf nach hinten zu biegen, doch da bohrten sich ihm die Borsten seiner Halskrause in den Nacken.

Fenja löste sich aus ihrer Starre, sprang vom Steg geradewegs ins Wasser und rief: »Lassen Sie das Kind in Ruh!« Sie schlug Edloff so kräftig in die Armbeuge, dass er Berthold losließ. Schnell fasste Fenja den Jungen an den Schultern, schob ihn sich hinter den Rücken und hielt ihn schützend fest.

»Verschwinden Sie!«, blaffte Edloff. »Ich sollte den Badewärter rufen! Was hat eine Frau hier im Herrenbad zu suchen? Berthold, ich hab hier das Sagen, ist das klar?« Seine Stimme wurde schneidend.

»Sind wir hier im Zuchthaus?«, rief Fenja aufgebracht. »Wie können Sie es wagen, ein Kind so zu quälen? Das ist unerhört. Man sollte Sie einsperren!«

Sie drückte sich an dem Badekarren vorbei, schritt langsam rückwärts entlang des Badestegs in Richtung Strand. Sie spürte, wie heftig Berthold zitterte, und hörte seine Zähne aufeinanderschlagen.

Am Strand hatten sich längst neugierige Badegäste versammelt. Fenja hörte sie lachen und laut reden, eine Stimme rief, im Meer gäbe es nicht nur Fische, sondern sogar Frauen mit Buckel.

Da vernahm Fenja den Aufschrei einer Frau, und im gleichen Augenblick riss Edloff ihr Berthold vom Rücken. Fenja schwankte, drohte einen Moment lang das Gleichgewicht zu verlieren. Sie konnte nur zusehen, wie Edloff mit ihm in weit ausholenden Schritten durch die Wellen schritt und Berthold einer elegant gekleideten Frau vor die Füße legte. Die Frau trug einen mit Volants verzierten hellrosa Bahnenrock, darüber einen rosenfarbenen Bolero mit weißen Spitzen und einen Seidenhut mit weißem Schleier.

»Berthold, mein Junge! Was hat er bloß wieder mit dir gemacht?«

Sie wischte Berthold Sandkörner aus dem Gesicht, küsste seine Stirn, nahm dann seinen Kopf zwischen ihre Hände und drückte ihn an sich.

Berthold verzog das Gesicht. »Lass das, Mama. Nimm mir lieber dieses Geschirr ab. Es ist widerlich. Es scheuert. Bald bin ich gehäutet.«

Hilflos nestelte Bertholds Mutter an der Halskrause. Fröstelnd und mit durchnässtem Kleid trat Fenja hinzu, wollte ihr helfen, doch da schüttelte Berholds Mutter den Kopf. »Ich darf es nicht, wissen Sie? Vielen Dank. Und du, Berthold, denk an Vater. Du musst lernen, den Schmerz zu ertragen. Wie willst du sonst gesund werden?«

»Richtig«, mischte sich Bertholds Betreuer Edloff ein, der sich, in eine Decke gehüllt, mit dem Rollstuhl näherte. »Ihr Gatte, Frau Hoschwitz, war so gütig, mir zu erlauben, Berthold in die Schriften von Moritz Schreber einzuführen. Damit er schwarz auf weiß begreift, warum Disziplin in seinem Fall so wichtig ist.«

Zu Fenjas Entsetzen nickten die meisten Umstehenden beifällig. Nur eine junge Mutter, die gerade ihrer kleinen Tochter die Haarschleife neu band, empörte sich. »Mit Verlaub, wie kann Ihr Gatte Ihnen nur diesen fanatischen Arzt empfehlen? Wissen Sie nicht, dass er seine eigenen Söhne mit Foltergestellen wie diesen in den Wahnsinn, gar in den Tod getrieben hat?«

Bertholds Mutter erhob sich. »Was verstehen denn bitte Sie davon?«

»Sehr viel, ich bin, wie Sie sehen, selbst Mutter.«

»Das ist mir nicht entgangen. Aber Sie müssen wissen: Gut ist, was hilft. Ohne diese Bandagen wäre meinem Sohn längst ein Buckel gewachsen. Er trägt sie seit seinem fünften Lebensjahr. Und das tapfer und ohne Widerrede.«

»Aber das ist doch grausam!«, entfuhr es Fenja. »Ihr lieber Junge … das können Sie ihm doch nicht antun! Eine Mutter!«

»Wer sind Sie, dass Sie es wagen …«

»Fenja Wolgardt, Frau Hoschwitz.« Fenja wunderte sich, wie selbstbewusst sie klang. Ihr war, als gebe Berthold ihr Kraft, so dass sie gar nicht anders konnte, als in diesem Moment zu ihm zu stehen. Berthold hatte seine Finger in den Sand gegraben und sagte: »Sie hat recht. Sprich mit Vater. Ich bitte dich, Mama.«

»Das ist nicht nötig, Frau Hoschwitz. Es wird mir gelingen, Berthold bis Saisonende das Schwimmen beizubringen«, mischte sich Edloff ein. »Aber nur, wenn Sie Ihren Gatten weiter auf diesem vielversprechenden Weg unterstützen.«

»Mama!« Berthold ruckte im Sand hin und her, hilflos wie ein Fisch.

Fenja konnte seinen Anblick nicht länger ertragen. »Verzeihen Sie, Ihr Sohn friert.«

Verärgert wandte sich Liane Hoschwitz zu ihr um. »Das sehe ich! Was belästigen Sie uns eigentlich?«

»Mama! Nein, das tut sie nicht.«

»Berthold, schweig endlich. Also … Frau Wolgast …«

»Fenja Wolgardt.«

»Dann eben Fenja Wolgardt. Danke, dass Sie Mitleid mit meinem Sohn hatten. Aber genau das braucht er am wenigsten.«

Fenja unterdrückte eine Entgegnung. Am liebsten hätte sie Berthold hochgehoben und mit nach Hause genommen. Aber dann hielt sie es doch nicht länger aus und sagte: »Mitleid, Frau Hoschwitz, ziemt sich für uns Frauen. Als ich Berthold schreien hörte, konnte ich nicht anders, als ihm zu helfen.«

»Unsinn!«, widersprach Edloff. »Sie lügt. Frau Hoschwitz, Berthold schreit nicht, weint nicht. Er ist tapfer, gehorsam und selbstbeherrscht. Mens sana in corpore sano, sein gesunder Geist wird eines Tages auch über seinen verkrüppelten Körper siegen.«

»Sie haben recht, Edloff. Kinder sind die Blumen im Garten

des Lebens. Aber nur, wer sie von Anfang an richtig zieht, wird ihre volle Blüte genießen können.« Sie beugte sich zu Berthold nieder und tätschelte ihm die Wangen.

»Das ist sehr eigenwillig interpretiert, Frau Hoschwitz«, mischte sich wieder die junge Mutter ein. »Kinder sind ein Teil der Natur. Lasst sie wachsen und gedeihen, so wie sie sind. Ich finde, dass man mit solch einem barbarischen Zwang keine bezaubernden Gewächse aus ihnen macht, sondern leere tote Strohhalme.« Liebevoll drückte sie ihre Tochter an sich, nahm sie an die Hand und schlenderte mit ihr am Wasser entlang.

Berthold hatte sich auf die Seite gerollt, auf einen Ellbogen gestützt und versuchte, sich mit dem anderen Arm hochzustemmen. Es gelang ihm, sich kurz aufzusetzen, dann aber schnappte er angestrengt nach Luft und lief rot an. »Es geht nicht. Mutter, alles ist umsonst. Ich bleibe ein Krüppel.«

Verärgert hob Edloff ihn in den Rollstuhl. »Geduld. Ihnen fehlt es nur manchmal an Geduld. Das ist alles.« Er legte ihm eine Jacke um die schmalen Schultern. »Aber … es gibt noch etwas zu gestehen, nicht wahr, junger Herr?«

Erschrocken wechselte Berthold einen Blick mit Fenja, dann schaute er seine Mutter an. »Ich habe viel fotografiert. Auch Fräulein Wolgardt.«

»Weiter, Berthold«, drängte Edloff. »Was haben Sie noch getan, oder muss ich es Ihrer Frau Mutter erzählen?«

Fenja konnte kaum länger aushalten, wie Berthold gequält und gedemütigt wurde. Warum lief sie nicht weg? Was ging sie diese Familie an? Aber es war, als wäre sie festgewachsen wie eine Miesmuschel an ihrem Pfahl. Doch dann wurde ihr klar, dass sie Berthold deswegen nicht verlassen konnte, weil er sie an ihre eigene Ohnmacht erinnerte. Auch sie war nicht frei, sich gegen die Gewalt anderer zu wehren und über sich selbst zu bestimmen. Aber es beeindruckte sie, dass dieser Junge sich nicht stumm in sein Schicksal fügte, sondern mit

Selbstbewusstsein und Eigensinn dagegen anzukämpfen versuchte. Mit einem Mal verstand sie, dass sie ihm beistehen musste. Ja, vielleicht würde es ihnen sogar gemeinsam gelingen, an den Fesseln zu rütteln, die ihnen das Leben auferlegt hatte.

Da hörte sie Berthold sagen: »Ich habe einen der neuen Knöpfe im Sand gefunden … und es eben erzählt. Ich meine, es waren doch nur die einfachen Fischerkinder. Die wissen sowieso nichts damit anzufangen.«

»Nein, natürlich nicht. Trotzdem, dein Vater darf es niemals erfahren, Berthold«, sagte Liane Hoschwitz. »Es war schon schlimm genug, dass er die Knöpfe hier verloren hat. Du weißt, wie wütend er war, als er es bemerkt hat.«

Berthold schnitt eine Grimasse. »Hätte ich also besser auf sie aufpassen sollen …«

»Berthold!«

»Stimmt doch, Mama.« Er wandte sich Fenja zu. »Können Sie eigentlich Möwen zähmen?«

»Ich habe es noch nie ausprobiert.«

»Belästigen Sie Ihre Helferin bitte nicht weiter, junger Herr!«, fuhr Edloff sarkastisch dazwischen. »Sie selbst können nicht laufen, wollen aber andere dazu überreden, für Sie einen Vogel zu knechten? Das ist doch verrückt.«

»Ich hätte aber gerne eine Möwe bei mir«, antwortete Berthold so leise wie beharrlich.

Fenja lächelte. »Du solltest dich anziehen lassen, das ist im Moment wichtiger, Berthold.«

Berthold griff in die Räder seines Rollstuhls. »Aber Sie würden es versuchen?«

»Vielleicht«, gab Fenja unsicher zurück. »Aber ich sollte jetzt besser gehen. Bestimmt begegnen wir uns bald wieder.«

Berthold griff nach ihrer Hand. »Könnten Sie nicht noch einen Moment bleiben, bitte?«

»Nein. Sie sollten tun, was Sie gerade vorhatten«, zischte Edloff Fenja zu.

»Nein!«, rief Berthold. »Bleiben Sie, Fenja!«

»Das geht in Ordnung, Edloff. Warten Sie am besten auf der Promenade«, sagte Liane Hoschwitz mit einem Mal bestimmt. Sie wartete, bis Bertholds Betreuer außer Hörweite war. Dann reichte sie Fenja ein Handtuch und fuhr freundlich fort: »Würden Sie mir einen Gefallen tun und Berthold abtrocknen, ja? Ich bin jetzt so aufgewühlt, dass ich ein paar Augenblicke für mich brauche.«

»Gerne, aber nur, wenn ich Ihrem Sohn diese entsetzliche Halskrause abnehmen darf.«

»Sie ist wirklich grässlich, ja, nehmen Sie sie ab.« Gedankenverloren sah Liane Hoschwitz zu, wie Fenja die durchnässten Lederschnüre aufknüpfte und Bertholds aufgescheuerte Haut abtupfte. »Ich bin völlig durcheinander. Übermorgen will ich nach Berlin zurückfahren. Eigentlich wollte ich ihn für eine Woche mit Edloff hier allein lassen, jetzt aber graut mir bei dieser Vorstellung. Nein, ich muss eine vernünftigere Lösung finden.«

Fenja hörte das Kichern eines Mädchens hinter sich und wandte sich um. Die junge Mutter, die mit ihr als Einzige gegen Edloffs rigide Erziehungsmethoden protestiert hatte, war mit ihrem Töchterchen zurückgekehrt.

»Frau Hoschwitz, ich sehe, wir haben beide das gleiche Problem.«

»Wie meinen Sie das? Und mit wem habe ich die Freude …«

Die junge Frau streckte ihr die Hand entgegen. »Maron.«

»Maron? Etwa die Tochter von Ferdinand Gottlieb Maron? Dem Komponisten?«

»Jaja, mein Vater … Seine ›Gesänge der Nacht‹ haben ihm den Durchbruch gebracht. Ich habe das Glück, seine Sommervilla geerbt zu haben. Jetzt verwalte ich hier seinen Nachlass.«

Wie schön musste es sein, einen solch berühmten Vater zu haben. Fenja musterte sie neugierig und erinnerte sich plötzlich, dass schon im letzten Jahr Gerüchte darüber kursierten, wer wohl nach dem unerwarteten Tod des Komponisten seine Villa in der Bismarckstraße übernehmen würde. Seine Tochter jedenfalls hatte man hier in Ahlbeck noch nie gesehen.

Berthold pfiff vor sich hin. Aufmerksam musterte er die drei Frauen, die um ihn herumstanden.

»Es sind wunderschöne Lieder«, wiederholte Liane Hoschwitz. »In Triest habe ich einmal den gesamten Zyklus auf italienisch gehört. Es war unvergesslich. Aber was meinen Sie damit, wir hätten das gleiche Problem, Fräulein Maron?«

»Ganz einfach. So wie ich mich gerne täglich ein paar Stunden meiner Arbeit widmen würde, möchten Sie gerne zurück nach Berlin. Unser Problem dabei ist dasselbe, uns fehlt ein Kindermädchen. Was halten Sie davon, unser junges Fräulein hier zu engagieren? Sie hat mir vorhin, offen gesagt, sehr imponiert.«

»Es war ja auch ein Notfall«, wandte Fenja ein.

»Eben, Sie waren die einzig Mutige hier am Strand, die dem armen Berthold geholfen hat.«

Liane Hoschwitz nickte. »Ja, das ist wahr. Ehrlich gesagt war mir Bertholds Erzieher nie ganz geheuer. Er hat so was Asketisches an sich. Mein Mann hat ihn eingestellt. Aber was heute geschah, kann selbst ich nicht mehr dulden. Auch wenn es vorhin einen anderen Anschein hatte. Würden Sie es sich denn zutrauen, Fenja, meinen Sohn zu betreuen?«

»Zusammen mit meiner Tochter?«

»Ja, sehr gerne. Ich liebe Kinder. Ich kenne viele Märchen, singe gerne und könnte Ihren Kindern viel über das Meer erzählen. Seine Launen sind ja so wie ihre Stimmungen. Und Kinder haben ein feines Gefühl für das, was sich wandelt.«

»Genau so ist es, Mama!«, rief Berthold. »Fenja hat recht. Sie versteht mich. Ich weiß das. Schließlich bin ich ja das Kind.«

»Kleiner Naseweis, du. Gut, ich glaube dir. Dass dieser Edloff auch solch ein harter Knochen sein muss. Ab wann wären Sie denn frei, Fenja?«

»Morgen könnte ich anfangen.«

»Das ist mir sehr recht. Allerdings haben Sie keinerlei Erfahrung mit besonderen Kindern wie Berthold. Wissen Sie, er kann recht anstrengend sein. Ich brauche jemanden, auf den ich mich voll und ganz verlassen kann.«

»Ich werde auf Berhold achtgeben, als wäre er mein eigenes Kind. Eine Aufgabe hat er mir ja bereits gestellt … eine Möwe zu zähmen.«

»Genau, das will ich! Mama, siehst du? Fenja hat meinen ersten Wunsch nicht vergessen. Sie ist die Richtige. Endlich geht einmal ein guter Stern über mir auf!«

»Du und deine Sterne. Lass es gut sein, Berthold, und übertreib nicht immer so maßlos.« Sie tätschelte seine Wangen. »Als ob du nicht genau wüsstest, dass du mein einziger Schatz bist.« Damit wandte sie sich Fenja zu und sagte: »Gut, probieren wir es eine Woche aus. Dann sehen wir weiter.« Zu Fräulein Maron gewandt, sagte sie: »Wenn ich aus Berlin zurückkomme, wird sowieso alles anders. Im Moment logieren wir noch im Ahlbecker Hof. Aber zum ersten Juli können wir endlich in unsere Sommervilla einziehen. Bei schlechtem Wetter hätten unsere Kinder also auch dort Platz, zu spielen. Sie liegt an der Dünenstraße, kurz vor der Grenze zu Heringsdorf. Sie können das Grundstück leicht an den beiden Trompetenbäumen erkennen, die die Einfahrt flankieren.«

»Schön. Dann lassen Sie Berthold doch morgen zu mir bringen, wann immer es Ihnen passt, Frau Hoschwitz.«

Berthold strahlte die Komponistentochter an. Lächelnd

beugte sie sich zu ihm: »Du wirst bei uns immer ein offenes Haus finden, Berthold.«

»Versuchen wir es also alle miteinander.« Liane Hoschwitz reichte erst Fräulein Maron und dann Fenja die Hand.

»Danke, Frau Hoschwitz.« Fenja war glücklich. Sie hatte eine neue, ehrenwerte Arbeit gefunden. Von nun an musste sie keine Fische mehr ausnehmen. Und das Schönste war, Baldur würde sie jetzt nicht mehr zwingen können, mit ihm nach Berlin zu fahren. Die Zeit war gekommen, dass sie ihre Angst vor ihm verlieren würde.

Der Badewärter riss sie aus ihren Gedanken. »Du hast die Schicklichkeit verletzt, Fenja Wolgardt. Du weißt, dass weder eine Dame noch ein Herr sich dem Bad des jeweils anderen Geschlechts auf mehr als fünfundsiebzig Meter nähern darf. Nun musst du die Konsequenzen tragen. Und das heißt: zahlen. Das hast du nun von deiner affigen Kinderliebe!«

»Ich habe aus gutem Grund gehandelt«, erwiderte Fenja selbstbewusst.

»Was geht mich das an? Du zahlst, Fenja!«

»Ich? Bist du toll geworden, Hinrich? Die Saison hat gerade erst begonnen!« Und damit ließ sie den Badewärter einfach stehen.

»Dein Baldur wird dir zeigen, dass du zu zahlen hast!«

»Baldur? Wer ist das?«

Kapitel 8

In den nächsten Tagen ging Fenja mit Berthold und Sonja drei Stunden vormittags und nachmittags an den Strand. Wenn Sonja nicht mit Murmeln spielte und Berthold nicht fotografierte, saß sie mit ihnen im Zelt und unterhielt sie mit Karten- und Würfelspielen. Wenn sie merkte, dass die Kinder schläfrig wurden, erzählte sie ihnen vom Leben der Meeresgöttinnen weit draußen auf dem Meer oder sang ihnen Lieder vor. In der Mittagszeit brachte sie die Kinder zu ihren Müttern zurück.

Sehr bald fiel ihr auf, dass Berthold schweigsamer wurde und Spielregeln hinnahm, als wollte er einen Wettkampf in Gleichmut gewinnen. Sein Gesichtsausdruck verriet ihr, dass er sich in Sonjas Gegenwart langweilte. Wie gerne hätte sie ihm etwas angeboten, das seinem Freiheitsdrang entsprach, etwas, das fern von Murmeln, Bleistiften oder Karten lag. Doch Fenja hatte Angst, Bertholds Mutter oder Edloff könnten sie überraschen. Beide würden genau überprüfen, ob sie ihren Anweisungen nachkam, stets in der Nähe des Strandzeltes zu bleiben.

Bertholds trübe Stimmung bedrückte sie. Außerdem plagte sie das schlechte Gewissen, noch immer nicht mit Edda und Lena gesprochen zu haben. Irgendwann überlegte Fenja, ob sie nicht doch wieder früh aufstehen und zu den Fischersfrauen gehen sollte, um Lenas Arbeit zu übernehmen. Aber die Vorstellung, sie würde gegen neun Uhr mit fischigen Händen Berthold und Sonja abholen, hielt sie davon ab. Die Kinder würden die Nase rümpfen, sich ekeln, sie womöglich zurückweisen – und sie würde ihre neue Arbeit verlieren.

Eines Nachmittags hatte sie gerade Malblätter auf dem

Strandtisch ausgebreitet, als Berthold beim Klang einer sich nahenden Stimme blass wurde und seinen Malstift zerbrach. Einen Augenblick später erschien vor ihnen jener Herr, der Berthold mit dem Fernglas beobachtet hatte. Er trug einen eleganten schwarzgrauen Anzug mit weißer Halsbinde. Sein graumeliertes Haar war noch voll, obwohl er Anfang fünfzig zu sein schien. Schweißperlen glänzten auf seinem Gesicht, und seine grünbraunen Augen blitzten zornig.

Zu ihrem Erschrecken bemerkte Fenja, dass Edloff und Liane Hoschwitz ihm folgten.

»Was habe ich nur für einen Sohn!«, rief Herr Hoschwitz. »Du bist keinen Deut klüger als ein ungebildeter Fischersjunge, Berthold. Wie kannst du nur ausplaudern, was streng geheim bleiben muss! Was hast du damit herumzuprahlen?«

»Vater, ich hab's nicht mit Absicht getan. Es tut mir leid.«

Edloff hüstelte laut. Hoschwitz drehte sich um. »Sind Sie etwa krank, Edloff?«

Erst jetzt schien er seine Frau zu bemerken, die Edloff im wehenden Seidencape und schwingenden Sommerhut eingeholt hatte. »Carl, lass Berthold bitte in Ruh. Er spielt doch gerade so schön mit unserem neuen Kindermädchen.«

Hoschwitz starrte Fenja an, runzelte die Stirn. Schließlich zog er eine Postkarte aus der Innentasche seiner Jacke und betrachtete sie mit wachsender Verblüffung.

»Stört dich etwas, Carl?« Liane Hoschwitz' Stimme zitterte leicht.

»Wie man's nimmt.« Zu Edloff gewandt, der verlegen mit rotem Kopf dastand, sagte er: »So, Edloff, Sie erzählen mir jetzt, was das hier soll.«

»Verzeihung, Herr Hoschwitz, mea culpa, Sie selbst aber gaben Ihrem Herrn Sohn die Erlaubnis zu fotografieren.«

Hoschwitz reichte die Postkarte seiner Frau. »Berthold hat nur den Strand fotografiert«, erwiderte sie matt.

»Den Strand? Mein Sohn hat Fischerinnen fotografiert. Einmal bei Sonnenaufgang vom Balkon aus, das andere Mal nach Sonnenaufgang am Strand.« Er zeigte Fenja die Postkarte, auf der sie im Kreis der anderen Fischersfrauen zu sehen war.

»Es ist ein beliebtes Motiv, Herr Hoschwitz«, wagte sie zu entgegnen und betrachtete den weißen Schriftzug in der rechten unteren Ecke: *Neue Photographische Gesellschaft, Berlin-Steglitz, Ecke Birkbusch-/Siemens- und Nicolaistraße, Berlin.*

»Das mag ja sein«, fuhr Hoschwitz erregt fort. »Ich verwehre auch niemandem Ahlbecker Fischerinnenromantik, meinem halbwüchsigen Sohn aber schon. Wer hat dafür gesorgt, dass die Bilder zur NPG kamen? Wer?« Er wartete. »Edloff, Sie? Oder anders gesagt: Sie sind nicht eingeschritten? Denn es wird wohl niemand behaupten wollen, mein Sohn hätte sich erlaubt, hinter meinem Rücken NPG-Chef Schwarz aufzusuchen und ihm einen Auftrag für derartige Romanzen zu erteilen?«

»Ich war es, Carl. Ich. Dein Sohn sollte sich einmal darüber freuen, etwas geleistet zu haben. Ich habe Herrn Edloff eingeweiht, aber ihn trifft keine Schuld.«

»Du, Liane? Ist das nicht reichlich närrisch? Und Edloff, statt auf der Seite desjenigen zu stehen, der Sie honoriert, paktieren Sie mit meiner kindischen Frau. Sie sollte mir einen Nachfahren schenken, aber bislang hat es nur zu einem fotografierenden Rollstuhlfahrer gereicht.«

»Carl, was soll das? Du weißt, dass es nicht so ist. Kannst du nur noch andere demütigen?«

»Bestimmt nicht«, stieß dieser barsch hervor. »Trotzdem wird es jetzt wohl besser sein, dass du der Hochzeit in Berlin nicht …«

»Nein! Das kannst du mir nicht antun! Mein Kleid ist fertig. Die Karten sind gedruckt, die Einladungen ... Ich kann nicht absagen! Denk an unseren Ruf.«

»Nein, ich möchte es so. Es bleibt dabei. Du wirst mit Berthold hierbleiben. Für unseren Ruf steht allein mein Name. Und jeder wird Verständnis dafür haben, dass du deinem behinderten Sohn eine Stütze sein willst.«

Berthold klatschte in die Hände. »Mama, du bleibst hier! Das ist doch wunderbar!«

Liane Hoschwitz aber schlug den Spitzenschleier vors Gesicht und nestelte aufschluchzend nach einem Taschentuch.

Hoschwitz räusperte sich. Auf einmal schien er sich in seiner Haut nicht mehr ganz so wohl zu fühlen. »Meinen Glückwunsch, Fischerin Fenja.« Er drückte ihr die Postkarten in die Hand und fuhr belustigt fort: »Nehmen Sie diese Romanzen ruhig an sich. Wenn die Saison auf Hochtouren läuft, werden die Berliner, sensationslustig, wie sie sind, bestimmt nach Ihnen suchen. Winken Sie doch ein bisschen. Und dann unterzeichnen Sie die Karten. Das bringt Ihnen bestimmt noch mehr Zubrot, als Sie gerade bekommen.«

Fenja warf einen flüchtigen Blick auf die Fotos. Sie waren gelungen, Berthold hatte Talent. Aber es war ihr in diesem Moment völlig gleichgültig, ob sie darauf zu erkennen war oder nicht.

Hoschwitz strich seiner Frau beschwichtigend über den Rücken. »Geh du nur!«, zischte sie. »Und Sie auch, Edloff!«

Hoschwitz zuckte mit den Schultern und strebte der Strandpromenade zu. Edloff folgte ihm mit steifen Schritten.

»Berthold, was haben wir da nur angestellt? Ich hatte mich so auf die Hochzeit von Herzogin Cecilie gefreut. Es ist das Fest des Jahres! Alle fiebern seit Monaten diesem Tag entgegen. Ich habe Einladungen angenommen, wollte Gesellschaften geben. Jetzt aber will mir dein Vater einen Strich durch die Rechnung machen. Dabei könnte er doch stolz sein, dass ich deine Filme zum Entwickeln an die NPG gegeben hab. Die Firma fotografiert immerhin auch für unser Kaiserhaus! Sogar die Uniformen fürs Heer! Ich werde aber noch einmal mit deinem Vater sprechen, Berthold. Jeder wird nach mir fragen, sollte er ohne mich Soireen und Bälle besuchen. Niemand würde ihm seine Ausreden abnehmen. Viel schlimmer noch: Man wird sich fragen, ob unsere Ehe noch in Ordnung ist.«

Sie zupfte an den Spitzen ihrer weißen Handschuhe, schaute über Fenjas Schulter hinweg ins Weite. Die letzten Worte hatte sie allein für sich gesprochen, jetzt schien sie sich zu schämen, vor Fenja so offen gewesen zu sein.

Fenja allerdings fragte sich, was für Liane Hoschwitz wirklich wichtiger war: ihr Sohn oder irgendwelche, und wenn noch so mondäne, Abendgesellschaften? War sie tatsächlich derart vergnügungssüchtig? Und wer würde sich durchsetzen, Bertholds Mutter oder sein Vater? Seltsam, dass sie kaum gegen die Demütigungen ihres Mannes protestiert hat, überlegte Fenja weiter. Doch war es wichtig, darüber nachzudenken?

Nein, im Moment nicht, gab Fenja sich selbst die Antwort. Schließlich hatte sie ihre eigenen Probleme. Und das naheliegendste Problem musste so schnell wie möglich gelöst werden.

Als sie Berthold spätnachmittags zurück in den Ahlbecker Hof gebracht hatte, hielt sie nach Edda Ausschau. Sie wollte ihr unbedingt von ihrer neuen Arbeit erzählen und sich gleichzeitig dafür entschuldigen, dass sie Lenas Arbeit vernachlässigt hatte.

Bestimmt wird sie verstehen, dass man in den besseren Kreisen nicht wie ein wandelnder Fischladen riechen kann, dachte sie und schaute sich eine Weile im Entree des Ahlbecker Hofs um. Doch gerade als sie den Empfangschef nach Edda fragen wollte, drängte eine große Reisegruppe ins Hotel. Eine

Flut von Stimmen wogte ins Entree, und das herbeieilende Hotelpersonal wurde angewiesen, nach Regenschirmen, Koffern, Reiseapotheken und Necessairetaschen zu suchen, als hätten die Gäste von einem Moment zum anderen den Überblick über das eigene Gepäck verloren. Das Gedränge war so groß, dass Fenja sich wie eingekesselt vorkam. Ihr blieb nichts anderes übrig, als sich mehrfach im Kreis zu drehen, denn auch der Weg zum Empfangschef und damit zum Ausgang war versperrt.

Plötzlich spürte sie etwas Hartes unter ihrem Fuß. Sie bückte sich und ertastete eine Haarspange mit grünen Saphiren. Im selben Augenblick rief ein Herr in grauem Cut: »Was ist das hier nur für eine dicke Luft! So dick, dass die Bolschewiken geradewegs was zum Sprengen hätten. Statt Züge abzufackeln, kämen diesmal Hotels an die Reihe!«

»Ja, ich möchte jetzt auch nicht unbedingt in Berlin sein. Man stelle sich einmal vor, eine Bombe würde den Kronprinzen und Herzogin Cecilie treffen ...« Die Frau, eine beleibte Matrone, winkte dem Mann im Cut zu und streifte Fenja mit einem kritischen Blick.

»Malen Sie mal nicht den Teufel an die Wand, Verehrteste«, fuhr der Herr im grauen Cut fort. »Aber unsere gute Berliner Polizei hat alles im Auge. Allein die Berittenen sind überall. Unsere kaiserliche Familie ist sicher, wo auch immer sie ihren Fuß hinsetzt.«

»Na, da haben Sie wohl auch wieder Interna, die wir nicht kennen. Wenn ich dabei an Ihre Geschichte von vorhin denke ... Verrat in den kaiserlichen Reihen ... So etwas kann unsereiner sich doch überhaupt nicht vorstellen. Wie furchtbar für eine Mutter, einen solchen Sohn zu haben.«

»Meine Rede, Verehrteste. Wäre besser gewesen, dass das Mensch da unten im afrikanischen Busch erschossen worden wäre.«

»Das ist zu grob. Eine Familie, die so etwas durchmachen muss, gehört geschont«, warf eine andere Dame ein. »Auf jeden Fall sollte sie die nächste Ballsaison aussetzen.«

»Nur die … nächste?« Der Mann im Cut schaute in die Runde und musterte Fenja nicht minder kritisch wie die Matrone. Nur keine Angst, rief Fenja ihm in Gedanken zu. Ich habe keine Bombe in der Schürze. Selbstbewusst hob sie den Kopf. Auch wenn ich euch die Unruhe und das bisschen Angst von Herzen gönne, so eine, wie ihr es glaubt, bin ich nicht.

Inzwischen hatte sich die Aufregung gelegt. Fenja aber erinnerte sich an Achim von Benings Worte, er hätte freiwillig in Afrika gekämpft. Ob er den Betroffenen kannte? War womöglich von ihm die Rede gewesen? Und was war geschehen, dass diese Herrschaften sich derart verächtlich und scheinheilig über ihresgleichen aufregten? Hatte es in Berlin einen Anschlag gegeben, wie es in Russland an der Tagesordnung war? Wütete der Zorn der revolutionären Kräfte etwa bereits in den höheren Ständen?

Fenja war nicht entgangen, dass auch der Empfangschef sie jetzt ins Auge gefasst hatte. Unmissverständlich eilte er an ihr vorbei, hielt die Tür auf und behielt sie dabei fest im Blick. Doch schon sprang ein Bote in hellblauer Livree mit einem Stapel Zeitungen die Eingangsstufen hinauf. Regennasse Luft strömte herein, es roch nach feuchtem Sand und schwelendem Holz. Fenja ging betont langsam zum Ausgang und drückte dem Empfangschef die Haarspange in die Hand.

»Es könnte sein, dass ich sie nicht verloren habe«, sagte sie. »Seien Sie so gut und sorgen Sie dafür, sie der Dame, der sie gehört, wiederzugeben.«

Ihr Herz schlug ihr fast bis zum Hals. Woher nahm sie nur diesen Mut, so zu sprechen? Aber sie hatte Glück. Der Empfangschef war viel zu verblüfft, etwas Grobes zu entgegnen. Stattdessen erklangen aus der Tiefe des Hotels die Rufe: »Ein

Hoch auf den Kaiser! Am deutschen Wesen wird noch einmal die Welt genesen!«

Wieder auf der Promenade, blinzelte Fenja in die von feinstem Sprühregen gesättigte Luft. Wenn ich Edda nicht sprechen kann, muss ich eben Lena aufsuchen, dachte sie. Sie zog ihr Schultertuch über den Kopf und eilte auf den Seebrücken-Platz zu. Nach nur wenigen Metern stockte sie, denn Edda war näher, als sie geglaubt hatte. Allerdings nicht unbedingt guter Laune. Fenja entdeckte sie in der Mitte des Platzes, wo Edda nicht willens war, sich von der Stelle zu bewegen. Denn Baldur Hocks kreiste gefährlich schnell auf seinem Fahrrad um sie herum.

»Fenja!«, rief Edda und winkte Fenja zu. »Sag ihm, er soll gefälligst diesen Unsinn lassen, wenn er will, dass meine beste Freundin ihn heiratet!«

Baldur bremste, fuhr auf Fenja zu und grinste sie spöttisch an: »Ah ja, kann es Schöneres geben als das, was deine beste Freundin gerade gesagt hat? Ich muss nur aufs Radfahren verzichten, und du sagst ja zu unserer Hochzeit?«

»Was bist du nur für ein Schuft! Nichts, gar nichts werde ich sagen!« Fenja stieß Baldur gegen die Schulter, so dass dieser den Lenker verriss und um Haaresbreite vom Rad gestürzt wäre. »'tschuldigung, wollte ich nicht«, sagte sie, ging auf Edda zu und fasste sie am Arm. »Du, stell dir vor, ich habe endlich eine richtige Arbeit. Eine wunderbare neue Arbeit!«

»Oh, Fenja«, unterbrach Edda sie und verdrehte die Augen. »Das weiß ich alles längst.«

»Ja, und woher?«

»Ach, halten die Frauen wieder gegen die Männer zusammen?«, mischte sich Baldur wütend ein. »Ich weiß nichts. Also, wer gibt meiner zukünftigen Braut Arbeit? Fenja, sag es lieber gleich. Sofort.«

»Das kannst du auch von mir hören«, erwiderte Edda und

wechselte einen einvernehmlichen Blick mit Fenja. »Ein Gast von uns ist heute ziemlich aufgeregt vom Strand zurückgekehrt. Er setzte sich zu einem Bekannten auf der Veranda und regte sich dort laut über die Eigenmächtigkeit seiner Frau auf. Dabei hat er ständig mit einer Postkarte gegen die Tischkante geklopft. Ich musste ihm drei Mal einen Cognac servieren.«

»Ja, und was ist das Besondere daran?«, fragte Baldur.

»Alles, Baldur. Unser Gast hat sich nämlich darüber beklagt, einen behinderten Sohn zu haben. Ständig hat er dabei sein Fernglas hervorgezogen und den Strand beobachtet. ›So ist's, haben sich die Weiber gut ausgedacht‹, hat er sich aufgeregt. ›Neben meinem Edloff stellen sie nun ein Fischermädchen ein. Eine, die mal schnell im Herrenbad aufkreuzt, sich meinen Sohn auf den Rücken packt und sackweise gute Ratschläge hat.‹ Und damit konnte er nur dich gemeint haben, stimmt doch Fenja, oder?«

Fenja nickte. Bestimmt hat Edda mich auch auf der Postkarte wiedererkannt, dachte sie. Sie wird sich vorgestellt haben, wie Baldur darauf reagieren wird, wenn er es erfährt. Wie gut, dass sie bislang geschwiegen hat.

»Ach, so ist das«, sagte Baldur drohend. Er stellte das Fahrrad ab und trat auf Fenja und Edda zu. »Du dienst dich den besseren Kreisen an. Pass nur ja auf. Erst sind sie freundlich, dann nett, und dann stechen sie zu … aber auf ihre Art, wenn du verstehst, was ich meine, Fenja.«

»Was du dir wieder denkst!«, fuhr Fenja ihn an. »Es geht einzig und allein um Berthold. Er ist ein besonderes Kind, wie man so schön sagt, hat einen mitleidlosen Erzieher und tut mir leid.«

»Das Krüppelchen im Rollstuhl? Ist die Frau Mama mit ihm überfordert … o weh.« Baldurs Stimme troff vor Sarkasmus. »Aber was soll's eigentlich. Das passt zu dir. Ja, warum eigentlich nicht.«

»Bertholds Mutter möchte gern nach Berlin zurückfahren,

also braucht sie jemanden für ihr Kind.« Fenja verschränkte die Arme.

»Ah, so ist das.« Baldur reckte sich und ging wieder zu seinem Fahrrad. »Es handelt sich nur um eine Übergangsarbeit. Das ist ja noch besser und eine gute Übung für dich, Fenja, das Kinderhüten, meine ich.«

»Wie schön, dass du so schnell verstehst«, beeilte Fenja sich zu sagen. Edda hatte die Lippen aufeinandergepresst und schaute zu Boden. »Reise du also allein nach Berlin und bringe Hiltrud deinen Prachtdorsch.« Hoffentlich tut er es wirklich, schickte sie ein Stoßgebet gen Himmel, und hoffentlich ist er verblendet genug, wirklich zu glauben, auf Berthold aufzupassen wäre nur eine Übergangsarbeit.

Erleichtert sah sie zu, wie Baldur sein Fahrrad bestieg und noch einmal um sie und Edda kreiste, als wollte er damit demonstrieren, dass er sie beide unter Kontrolle hatte. »Eins muss ich dir sagen, Fenja. Du machst alles richtig. Eine Frau, die auf eine Adelshochzeit in Berlin verzichtet, nur um mit Kindern am Strand Sandburgen zu bauen, ist mir tausendmal lieber als ein aufsässiges Leinewebermädchen. Fenja, du wirst mir immer kostbarer.«

»Denk, was du willst.«

Fenja hatte Mühe, nicht laut loszulachen. Wie er wohl guckt, wenn er erst die Postkarten in die Hände bekommt, dachte sie. Doch dann wurde ihr bewusst, dass es ihn noch mehr reizen würde, sie als Ahlbecker Postkartenschönheit in seine verschwitzten Arme zu zwingen. Was für eine entsetzliche Vorstellung. Niemals durfte es so weit kommen.

Als Baldur außer Sichtweite war, schloss Edda sie in ihre Arme. »Mach dir keine Sorgen, Fenja. Er wird sich schon beherrschen. Ich muss dir unbedingt etwas erzählen. Jetzt ist leider nicht der richtige Moment. Sobald ich Zeit habe, melde ich mich bei dir. Versprochen.«

Noch am späten Nachmittag schrieb Fenja Hiltrud eine Karte, in der sie ihr von ihrer neuen Arbeit erzählte. Sie schloss mit den Worten: *Freu Dich mit mir, Schwester, und berichte uns bitte ausführlich von der Hochzeit!*

Beim letzten Wort allerdings zitterten ihr die Hände.

Als Fenja am nächsten Morgen die kleine Sonja abholen wollte, wartete vor der Maronschen Strandvilla eine offene Kutsche, in der Berthold mit seiner Mutter saß. Wollte Liane Hoschwitz etwa mit Berthold allein nach Berlin zurückfahren? Sie grüßte, doch Frau Hoschwitz nickte nur und klopfte dem Kutscher mit dem Griff ihres Sonnenschirms auf die Schulter. Sie wirkte nervös, fahrig, im Vergleich zum Vortag wie ausgewechselt.

»Kutscher, nun stehen Sie doch bitte endlich auf! Als ob Sie meinem Sohn nicht in den Rollstuhl helfen können. Er beißt doch nicht!« Sie wandte sich Fenja zu und fuhr aufgeregt fort: »Sie sehen, wie wichtig es ist, richtige Menschen zu finden. Wenn ich Ihnen Berthold gleich anvertraue, sind Sie sich der großen Verantwortung hoffentlich bewusst. Ich werde nämlich in wenigen Minuten nach Berlin reisen. Fräulein Maron ist leider schon gestern Abend nach dorthin abberufen worden. Anscheinend geht es mal wieder ums liebe Geld. Angeblich will sie morgen wieder zurück sein. Die Kronprinzenhochzeit scheint sie nicht zu interessieren. Ich aber werde in einer Woche wieder hier sein. So lange müssen Sie für Berthold Sorge tragen. Er ist genau instruiert und alt genug, um zu wissen, was er darf und was sein muss. Tagsüber können Sie mit ihm alles unternehmen, was ihm Freude macht. Ab fünf Uhr übernimmt Edloff seine Pflege. Versprechen Sie mir: Berthold muss seine Stützen tragen. Achten Sie darauf. Dafür wird Edloff Sie, zumindest solange ich in Berlin bin, nicht – sagen wir – belästigen. Mein Mann hat es ihm untersagt. Was glauben Sie ... diese Anweisung habe ich ihm abringen müssen. Ein Ehemann muss manchmal nachgeben können. Wenn es auch seinen Preis hat.«

Liane Hoschwitz schaute Fenja so intensiv an, dass diese sich fragte, ob sie für ihre List von ihr bewundert werden wollte.

Inzwischen hatte der Kutscher Berthold tatsächlich in den Rollstuhl gesetzt. Liane Hoschwitz stieg aus dem Wagen und küsste Berthold auf Stirn und Wangen.

»Wenn Sie Ihre Sache gut machen, Fenja, nehme ich Sie auch einmal mit nach Berlin! Du, Berthold, wirst ihr jetzt bestimmt verraten, wie berühmt dein Vater ist, nicht?«

»Darf ich das?«

»Natürlich, du bist ja instruiert. Also, mein Schatz, wir sehen uns dann frühestens drei Tage nach der Hohenzollern-Hochzeit, also am zehnten Juni. Und wenn ich deinen Vater überreden kann, kommt er sogar wieder mit mir zurück.«

Unter Peitschenknallen rollte die Kutsche an. Es folgte ein letztes Winken, und Liane Hoschwitz verschwand im Getümmel des morgendlichen Verkehrs.

»Mutter will Sie vielleicht ganz als Kindermädchen einstellen.« Berthold schaute mit seinen klugen Augen zu Fenja auf und griff nach ihrer Hand. »Ich kann mich doch auf Sie verlassen?«

Die Formulierung eines Erwachsenen, dachte Fenja gerührt. Dabei will er mir nur zeigen, wie gern er mich hat und welche Hoffnung er in mich setzt. »Natürlich, Berthold, wir werden uns schon etwas einfallen lassen. Herr Edloff wird staunen.«

Berthold rieb sich die Hände. »Am liebsten würde ich mit ihm mal Indianer spielen.«

»So?«

»Ja, ich würde warten, bis es richtig heiß ist. Dann würd ich mir einen Baumstamm suchen und Edloff mit meinen Schienen und Ledergurten daran festbinden, bis es schmerzt. Dann würde ich ihn mit Salzbrühe übergießen und einfach weggehen.«

»Um deine Trommel zu holen und um ihn herumzutanzen?«

»Ich bin doch nicht albern!«, erwiderte er entrüstet. »Nein, ich würde stundenlang segeln!« Er blickte zu ihr auf. »Mit Ihnen natürlich. Sie bräuchten nichts anderes zu tun, außer die Seekarten zu lesen.«

Lachend schob Fenja den Rollstuhl Richtung Heringsdorf.

Sie liebte diesen Jungen, gerade weil er so anders war als andere Kinder. Er war viel zu klug und wissend für sein Alter. Sie würde alles tun, um ihn so viel kindliche Freude und Unbeschwertheit wie möglich zurückzugeben. Viel zu lange hatte er beides schon entbehren müssen.

Nach einer Weile begann Berthold zu erzählen. Fenja erfuhr nun endlich, wer sein Vater war: Carl Friedrich Hoschwitz. Er hatte in den 80er Jahren in Berlin-Charlottenburg ein größeres Areal gekauft und dort zunächst mit einem kleinen Tuchhandel und einer Uniformwerkstatt begonnen. Im Laufe der Zeit war es ihm gelungen, eine Tuchfabrik aufzubauen, die ihre Stoffe vornehmlich an das preußische Heer lieferte. Aus Liebe zur Marine und zur Uniformfertigung hatte er aber seine Schneider behalten, die noch immer Uniformen für Reedereien und Schiffsausrüster in Wismar, Rostock und Swinemünde nähten. Denn die Offiziere von Marine und Handelsmarine schätzten sein seeecht gefärbtes, reinwollenes Kammgarn ebenso wie das leichte Leinen, das er für Tropenbekleidung verwendete.

Berthold war stolz darauf, dass sein Vater als langjähriger Vertragslieferant dazu beitrug, dass des Kaisers liebste Repräsentanten bei der Marine deswegen so gut aussahen, weil sein Vater etliche Uniformen für sie lieferte.

Fenja erfuhr weiter, dass sogenannte Bekleidungsämter des Heeres für die Beschaffung aller Bekleidungs- und Ausrüstungsstücke verantwortlich waren. Diese Bekleidungsämter fertigten Röcke, Hosen und Mäntel, bezogen Tuche, Stoffe und Leder von einschlägigen Firmen. Offizieren und Beamten der Militärverwaltung im Offiziersrang war es aber erlaubt, als »Selbsteinkleider« ihre Bekleidung aus eigenen Mitteln zu bestreiten, was bedeutete, dass sie Uniformen von besserer Tuchqualität anfertigen lassen konnten.

Während Fenja sich in Gedanken den Geruch von Achim von Benings Rittmeisterjacke, die sie mit Eichhörnchenfellen ausgefüttert hatte, vergegenwärtigte, erzählte Berthold eifrig weiter. Er hob sogar seine Stimme, um zu betonen, dass die Qualität der Tuche aus der Fabrik seines Vaters weit über dem Durchschnitt läge. Weder seien sie filzig noch unelastisch, vor allem aber viel farbechter als die der Konkurrenz. Dazu luftdurchlässiger, regenabweisender und natürlich von längerer Haltbarkeit …

So würde Achim von Benings Jacke sie also noch viele Winter wärmen … Fenja riss sich zusammen. Was war sie doch nur für eine sentimentale Seele. »Sicher sind eure Stoffe teuer, nicht?«

»Ja, schon, aber das wird bald anders sein. Wenn der Kaiser endlich einsieht, dass das Heer neu eingekleidet werden muss, können wir Rabatte geben. Denn er wird große Mengen brauchen.«

»Wozu denn das?« Fenja hatte sich noch nie Gedanken über das Militär gemacht.

»Ganz einfach!«, erwiderte Berthold, stolz darüber, sie über etwas aufklären zu können, von dem sie nichts verstand. »Gut zweihundertfünfzig Jahre lang haben unsere Soldaten im sogenannten ›Bunten Rock‹, dem blauen Uniformrock mit bunten Abzeichen, gekämpft. Jeder Feind hatte es leicht, wegen der bunten Farben sein Ziel zu finden. Wenn heute ein Schuss fällt, ist der Rauch aber nicht weiß wie früher, sondern schwarz. Das tarnt die Soldaten zwar für kurze Zeit, doch wenn der Rauch sich verzieht, sieht man all die bunten Uniformröcke nur um so deutlicher. Also muss eine Uniform her, die unsere Soldaten vor dem Feind weniger sichtbar macht. Es muss eine unauffällige Farbe sein, so wie das Khaki, das die Kaiserlichen Schutztruppen bereits in Afrika und Asien tragen.«

»Und was soll das für eine Farbe sein, Berthold?«

»Psst! Das ist noch ein großes Geheimnis. Wenn ich es Ihnen verrate, müssen Sie mir schwören, dass Sie es für sich behalten, ja?«

»Großes Ehrenwort!« Sie hob Zeige- und Mittelfinger in die Höhe und schwor.

»Gut. Also, der Kaiser sträubt sich zwar noch, aber er wird bald dem Kriegsminister nachgeben: Feldgrau sollen die neuen Uniformen werden. Einfach feldgrau, grau wie der Pelz der Mäuse.« Er machte eine Pause, blinzelte zu Fenja hoch. »Sie könnten aber auch graugrünlich werden oder dunkelgrüngräulich oder blassmausgraugrünlich …«

Sie lachten. Fenja beschloss, das Thema nicht weiter fortzuführen. Erst einmal musste sie all das Neue verarbeiten, das Berthold hervorgesprudelt hatte.

Gut gelaunt schob sie seinen Rollstuhl wieder an.

Es war noch früh. Das Sonnenlicht lag weich über Meer und Strand. Hin und wieder blieben sie stehen, betrachteten die Ostsee, aßen hier ein Stück Kuchen, dort eine Eiswaffel. Dann wieder plauderten sie kurz miteinander, als seien sie Verwandte, die lange Zeit getrennt gewesen waren. Fenja fragte sich, woran das wohl liegen konnte, fand aber keine Antwort. Erst als Berthold, der ihr eine geraume Zeit ausführlich die Hochbahnen der Brüder Siemens & Halske in Berlin beschrieben hatte, innehielt und den Arm zum Himmel ausstreckte, blieb sie stehen. Es war ein seltenes Phänomen: Zwischen zwei unterschiedlich hohen Wolkenfeldern zog ein fächerartiges, durchscheinendes Wolkengebilde horizontal gen Süden.

»Wissen Sie, was das ist, Fenja?«

»Nein, Berthold.«

Da wandte er sich zu ihr um und sah sie aus großen Augen ernst an. »Das ist ein Vorbote des Kometen.«

»Ich verstehe dich nicht, Berthold, was meinst du damit?«

Er blickte kurz zu Boden, als müsse er seine Gedanken sammeln. »Ich weiß nicht, ob ich es Ihnen sagen kann.« Er ruckte ein wenig mit den Schultern gegen die ledernen Bandagen seines Schultergurtes. Schließlich stieß er heftig hervor: »Die Wissenschaft sagt, es wird bald ein großer Komet kommen. Man nennt ihn den Halleyschen. Er erscheint durchschnittlich alle sechsundsiebzig Jahre. Das letzte Mal sah man ihn 1835. Das nächste Mal, also in fünf Jahren, wird er Gift verströmen und alle Menschen töten.«

»Aber das ist doch Unsinn, Berthold.«

»Nein, das stimmt. Glauben Sie mir. Ich lese doch so viel. Heimlich. Meine Eltern ahnen nicht, dass ich Edloff manchmal mit Geld besteche. Dann muss er mich in Bibliotheken mitnehmen, wo die interessantesten Bücher stehen.« Er spuckte seinen Bonbon aus. »Wussten Sie, dass Mark Twain nach dem Erscheinen des Kometen geboren wurde? Jetzt wartet er darauf, bei seiner Wiederkehr sterben zu können. Na? Soll das Unsinn sein, was so ein kluger Mann denkt?«

Nachdenklich betrachtete Fenja Bertholds schmales Gesicht. Wie kam es, dass dieser kluge Junge trotz seines wachen Verstandes Trost im Übersinnlichen suchte? Verdrängte er, dass seine Furcht vor einem verglühenden Himmelskörper purer Aberglaube war? Er liebte seinen Vater. Er wusste, dass dieser ihn zwar nicht gänzlich verachtete, aber auch nicht als vollwertigen Menschen annahm. Wie sehr musste es Berthold schmerzen, dass er seinen Vater enttäuschte.

»Wollten wir nicht eine Möwe zähmen? Ich glaube, wir sollten nach einem passenden Exemplar Ausschau halten, das Lust dazu hat. Was meinst du dazu?«

»O ja, endlich. Wenn es Ihnen auch Freude macht?«

Da Sonja noch nicht zurückgekehrt war, bestand Berthold darauf, die Freiheit auszunutzen, die seine Mutter ihnen zugestanden hatte. So mieden Fenja und er das grün-weiße Strandzelt, betrachteten stattdessen vormittags die Auslagen in den Schaufenstern, spazierten über die Uferpromenade und setzten sich um die Mittagszeit an den belebten Strand. Sie aßen geräucherten Fisch, Brot, Kartoffelsalat und versuchten immer wieder, mit Brotkrumen Möwen anzulocken.

Geradezu verzweifelt kämpfte Berthold um die Zuneigung der Möwen. Trippelten sie auf seinen Rollstuhl zu oder flogen sie nah genug heran, um aus der Luft Bröckchen einzufangen, war er glücklich. Doch sooft er auch seinen Arm vorstreckte, keine Möwe folgte seiner Einladung, sich bei ihm niederzulassen. Er war enttäuscht und ärgerte sich darüber, dass ihn seit einer Weile einige gleichaltrige Jungen spöttisch beobachteten. »Ich hab kein Glück, Fenja«, seufzte er schließlich. »Ich muss mich wohl mal wieder mit Worten trösten. Körperlich bleibe ich ein Versager. Kennen Sie das Möwen-Gedicht von Christian Morgenstern?«

»Nein, Berthold, würdest du es mir aufsagen?«

Er rückte sich ein wenig im Rollstuhl zurecht, ignorierte die spöttischen Mienen der Jungen und deklamierte laut:

Die Möwen sehen alle aus,
als ob sie Emma hießen.
Sie tragen einen weißen Flaus
und sind mit Schrot zu schießen.

Ich schieße keine Möwe tot
und lass sie lieber leben.
Ich füttre sie mit Roggenbrot
und rötlichen Zibeben.

O Mensch, du wirst nie nebenbei
der Möwe Flug erreichen.
Wofern du Emma heißest, sei
zufrieden, ihr zu gleichen.

Die Jungen lachten. »Zibeben! Zibeben! Du solltest lieber beten!«

»Ihr Dummköpfe!«, rief Berthold wütend. »Ihr wisst ja gar nicht, was das ist! Rosinen sind jedenfalls für euch viel zu schade!«

Daraufhin begannen die Jungen seinen Rollstuhl mit Muscheln und kleinen Kieseln zu bewerfen. Berthold fing einige von ihnen auf und schleuderte sie zornig zurück. Die Jungen aber lachten ihn nur aus. Fenja sah ihm an, wie sehr er gerade jetzt unter seiner Behinderung litt. Auch ihm war klar, dass er, eingeschnürt in Schultergurt, Kopfschlinge und Beinschienen, keinen größeren Kontrast zu ihnen darstellen konnte. Aber sie spürte auch, dass er sie nur allzu gern verprügelt hätte.

Um ihn zu schützen, schob sie ihn auf der Dünenstraße in Richtung Familienbad im Ostender Teil Ahlbecks weiter. Eine ganze Weile noch pfiffen die Jungen ihm nach. Ein paar jüngere Fischerskinder schlossen sich ihnen an. Sie fragten Fenja, warum sie wieder nicht zum Fischeausnehmen erschienen sei, ihre Mütter hätten sie vermisst. Fenjas schlechtes Gewissen legte sich wie ein Schatten auf die Welt um sie herum. Das Glitzern des Meers wurde fahl, das Sonnenlicht staubig. Vergeblich versuchte sie, ihr Schuldgefühl zu vertreiben. Sie würde versuchen, heute wenigstens Berthold glücklich zu machen.

Bereitwillig ließ sie sich von den Kindern ablenken, die Berthold eine verletzte oder gerade flügge gewordene Möwe brachten. Doch er musste rasch feststellen, dass sich keine von ihnen zum Zähmen eignete. Um ihn weiter zu unterhalten, sammelte Fenja Muscheln und Steine, damit er sie fotografieren konnte. Nach geraumer Zeit allerdings merkte sie, dass er sich langweilte.

»Möchtest du etwas anderes tun, Berthold?«

»Ja, und ob! Etwas ganz Besonderes!«

»Ein Spiel?«

»Nein, ich mag keine Spiele. Ich bin kein Kind mehr.«

»So? Was ist es denn dann?«

»Ich möchte gern im Sand liegen.«

»Gut, dann hebe ich dich aus dem …«

Er schüttelte energisch den Kopf. »Nein, das reicht nicht. Verstehen Sie nicht? Ich möchte *im* Sand liegen.«

»Du möchtest eingegraben werden?«

»Ja, wenn Sie wollen, ist das sogar ein ernstes Spiel.«

»Das geht nicht, Berthold. Die Metallschließen deiner Bandagen würden durch den Sand beschädigt werden. Außerdem weißt du, dass ich sie dir nicht abnehmen darf. Ich musste es deiner Mutter versprechen. Wenn ich mich nicht daran halte, verliere ich meine Arbeit.«

Er rümpfte die Nase. »Ich bin also Ihre Arbeit. Danke, das ist sehr nett von Ihnen. Ich bin eine Sache und nichts anderes als Ihr Broterwerb. Hab ich's mir doch gleich gedacht.«

»Wirklich, Berthold?«

Er schwieg und starrte sie mit zusammengepressten Lippen böse an.

»Berthold, ich darf es nicht.«

»Probieren Sie doch aus, ob ich wirklich ein Krüppel bin.«

»Berthold!«

Die umstehenden Kinder griffen das furchtbare Wort auf

und riefen laut durcheinander: »Krüppel! Krüppel!«, und begannen übermütig, eine Sandkuhle zu graben. Im Nu war Fenja bei ihnen, packte sie an den Armen. »Ihr solltet euch schämen. Wisst ihr nicht, wie schnell Knochen brechen können? Ihr entschuldigt euch auf der Stelle bei Berthold. Ihr glaubt doch wohl nicht, dass er sich sein furchtbares Leiden selbst ausgesucht hat, oder?«

Sie zog die Kinder mit festem Griff zu Berthold, der ihre schamhaft geflüsterten Entschuldigungen mit einem »Ist schon gut« annahm.

Die Kinder drehten sich um, kicherten und wisperten. Fenja kümmerte sich nicht weiter um sie, sondern fragte Berthold leise: »Ich habe dich noch nie gefragt, Berthold, aber du bist nicht vollständig gelähmt? Magst du mir erzählen, was geschehen ist? Hattest du einen Unfall?«

»Nein«, gab er einsilbig zurück.

»Hat dich irgendjemand so schwer … geschlagen?« Sie brachte das Wort nur mühsam über die Lippen.

»Was denken Sie von meinen Eltern?«

»Und was ist mit diesem Herrn Edloff? Er scheint eine harte Hand zu haben.«

»Edloff? Nein, er kam später. Ich kann mich an nichts erinnern.«

»Dann bist du also so auf die Welt gekommen.«

»Nein, das hätte mir meine Mutter bestimmt erzählt.«

Fenja sah ihn verständnislos an. »Das ist aber merkwürdig.«

»Ich würde jetzt gerne mit den Schultern zucken«, gab er zynisch zurück. »Aber wie Sie sehen, stören mich die ledernen Gurte.« Er blickte den Strand auf und ab. »Edloff wird hier bestimmt nicht auftauchen. Erstens hat ihm Vater verboten, uns zu belästigen, und zweitens wird er wieder über seinem Manuskript hocken. Er schreibt nämlich über mich und meine angeblichen Fortschritte. Er möchte mich, wie er mir gestanden hat, zum Gegenstand einer wissenschaftlichen Publikation machen. Jetzt tun Sie mir bitte den Gefallen und nehmen Sie mir endlich diesen Kopfhalter und die verflixten Bandagen ab! Denn je besser Sie über mich Bescheid wissen, desto größer ist die Chance, dass Edloff mit seinem Lügenwerk scheitert.«

»Ich soll dich also aus dem Rollstuhl heben und im Sand eingraben?«

Er nickte. »Ich bezahle Sie auch dafür. Meine Mutter ist großzügig, was mein Taschengeld anbelangt. Und sollte sie es erfahren und böse sein, werde ich mit Hungerstreik drohen. Das wirkt immer.«

»O nein, Berthold! Von dir lasse ich mich nicht bestechen. Ich nehme dein Geld nicht an! Und Hungerstreik? Du liebe Güte! Zu so etwas bist du in der Lage? Wie kannst du dir selbst nur so weh tun?«

»Sie haben also doch Mitleid mit mir.« Er war blass geworden und atmete flach.

Fenja bemerkte, dass die anderen Kinder zurückkehrten. Sie hatten einen langen mit Tang behangenen Ast hinter sich hergeschleppt, den sie nun keuchend fallen ließen.

»Wir wollen 'ne Brücke bauen, komm, fass mit an, lass uns buddeln«, forderten sie Berthold auf.

Dieser zog eine Grimasse und streckte ihnen seine Zunge heraus. »Bin ein Krüppel. Das wisst ihr doch. Ein Krüppel.« Dann ruckte er vor und zurück, als wolle er mit aller Macht sein Korsett sprengen. »Helfen Sie mir, Fenja. Bitte. Nur dieses einzige Mal. Wenn dieses Maron-Püppchen dabei ist, geht es nicht. Die würde es sofort ausplaudern.«

»Ach, Berthold, wie soll ich das nur deiner Mutter erklären?«

»Gar nicht. Sie wird es nie erfahren. Bitte, Fenja.«

»Also gut.«

»Keine Brücke, ich will ein Sandbett!«, rief er den Kindern zu.

Diese sprangen begeistert zur Seite, ließen sich auf die Knie fallen und begannen eifrig, den Sand mit bloßen Händen fortzuschaufeln. Dabei sprachen sie kein einziges Wort. Erst als die Kuhle die Länge gewonnen hatte, die zu Bertholds Größe passte, flüsterten sie miteinander. Nach einer Weile verstanden auch Fenja und Berthold, was sie sagten.

»Er schafft es.«

»Na klar, er hat doch gesunde Arme.«

»Und die Beine? Was ist mit den Beinen?«

»Keine Ahnung. Wenn sein Panzer weg ist, muss er strampeln.«

»Geht doch nicht.«

»Geht doch.«

»Das Beste wäre eine große Welle, die würd ihn wieder freiputzen!«

»Ja, da würd er aber schnell aufspringen!«

Die Kinder grinsten und standen auf. Sie gingen auf Berthold zu und stemmten ihre Arme in die Hüften.

»Jetzt bist du an der Reihe, Berthold!«

»Jaja. Fenja?«

Widerstrebend half sie ihm aus dem Rollstuhl. Er legte seine Hände auf ihre Unterarme, stand einen Moment starr da. »Halten Sie mich, meistens klappe ich nämlich sofort wie eine Ziehharmonika zusammen.«

»Du kannst stehen! Das ist schon mal großartig!«, rief sie. »Da könntest du ja schon beinahe Seilspringen machen!«

Berthold lachte. Er holte weit mit einem Bein aus, beugte die Hüfte, schwankte, fiel aber nicht um. Sehr langsam bewegte er sich auf die Sandkuhle zu. Fenja nahm seine linke Hand, fasste ihn um die Taille. Vor dem aufgehäufelten Sandwall knickten ihm die Knie ein. Er federte vor und zurück. »Jetzt geht's los!«

Wenn ich ihm jetzt die Bandagen abnehme, könnte er umfallen, dachte sie. Ich muss ihn irgendwie ablenken. Sie hörte Möwen kreischen, blickte sich um. Ein Stück weiter westwärts kreisten die Vögel über dem Wasser, während die Wellen etwas Weißes den Strand hinaufschoben.

»Siehst du die Möwen dort, Berthold? Sie werden gleich auf einen toten Schwan einhacken!«

»Wirklich?« Berthold strengte seine Augen an. Er blieb aufrecht stehen, kippte nicht zur Seite.

Neugierig traten ein paar Erwachsene herbei. Unter ihnen war ein beleibter Mann in Bademantel, der ihnen so unverfroren zusah, dass Fenja ihm zurief: »Ich wäre Ihnen sehr dankbar, wenn Sie uns allein ließen!«

»Genau, gucken Sie doch bitte schön aufs Meer«, fügte Berthold hinzu und grinste.

»Jungchen«, meinte der Mann, »gehen kannste nich, dafür aber haste ein Mundwerk!« Er kniff die Augen zusammen. »Und Sie, junge Dame, kennen Sie sich denn überhaupt mit moderner Medizin und Pädagogik aus?«

Fenja erwiderte nichts und begann an den ledernen Verschlüssen von Bertholds Bandagen zu nesteln.

Der Mann im Bademantel zog eine Zigarre aus der Manteltasche und wies auf Fenja. »Sie! Was Sie da vorhaben, erscheint mir äußerst suspekt. Ich hab den Eindruck, Sie wollen diesen Bengel nur verwöhnen.«

Eine ältere Frau in grauem Kleid mischte sich ein. »Sie will ihn im Sand eingraben! Wo gibt es denn so etwas? Das ist doch ein Verbrechen, man sollte die Polizei rufen!«

»Sie haben ja keine Ahnung!«, rief eine sommersprossige Frau, die geradewegs aus dem Wasser gestiegen war und sich nun in eine Decke hüllte. »Sandbäder sind heilsam, das weiß doch jeder. Sind gut für die Gelenke. Hab's schon selbst probiert.«

»Aber doch nicht bei ihm!«, entrüstete sich die Ältere. »So etwas gehört sich nicht. Schon gar nicht in aller Öffentlichkeit und ohne Arzt!«

»Völlig richtig.« Der Mann im Bademantel hatte sich seine Zigarre angezündet und blies den Rauch in Fenjas Richtung. »Sie sollten mit dem Jüngelchen nach Berlin gehen. Da gibt es für Kinder wie ihn bestimmt spezielle Turnhallen.«

Fenja schwieg zu all diesen Kommentaren. Sie war erleichtert, dass es ihr gelungen war, die Beinbandagen abzunehmen, ohne dass Berthold umgefallen war. Nach der Bemerkung des Mannes aber sank Berthold zur Seite. Sie sprang auf und konnte ihn im letzten Moment auffangen. Den Umstehenden zischte sie ärgerlich zu: »Das Theater hat jetzt ein Ende. Bitte gehen Sie und lassen Sie uns in Ruhe.«

Tuschelnd gingen die Urlauber wieder ihres Weges. Fenja half Berthold in die Sandmulde. Er begann sofort, sich mit Sand zuzudecken. Die anderen Kinder halfen ihm dabei, bis er bis zum Kinn vergraben war.

»Ah, ist das schön!«, seufzte er und schaute beglückt in den Himmel. Nach einer Weile schloss er die Augen und pustete Sandkörner von der Lippe. Niemand hätte leugnen können, wie sehr er seine wohlige Freiheit im warmen Sand genoss.

Fenja suchte vier gleich lange Holzstöcke zusammen und knotete die Enden ihres Schultertuchs an ihnen fest. Sie stieß die Stöcke neben Bertholds Kopf in den Sand, so dass er im Schatten lag. Berthold zwinkerte, gähnte, tat, als würde er gleich einschlafen.

Schweigend setzte Fenja sich neben ihn und schaute aufs Meer.

Möwen trippelten am Strand entlang, pickten hier nach Miesmuscheln, zerrten dort an einem angeschwemmten Stück

Netz. Kreischend stoben sie wieder auf, als mehrere Jungen einem Ball hinterherrannten. Es war schwül geworden, milchiger Dunst verhüllte den Horizont. Bald kam es Fenja vor, als schaukelten auf dem Wasser weiße Papierzipfel, keine Lichtsprenkel. Sie dachte an die Postkarten, auf denen sie zu sehen war. Was, wenn Achim von Bening sie in Berlin entdeckt hatte?

Würde er sie überhaupt wiedererkennen?

Monate waren vergangen. Nur ihre Sehnsucht war geblieben.

Sie musste zur Ruhe kommen, nicht mehr denken. Sie schaute aufs Meer, überließ sich seinem Rauschen. Langsam wurde es in ihr still.

Plötzlich hörte sie, wie neben ihr Sand raschelte. Sie wandte sich um. Berthold malte mit seinen Armen Halbkreise in den Sand, lachte, drehte seinen Kopf hin und her, wippte mit dem Becken auf und ab, bis die festgestampfte Sanddecke einriss.

Fenja freute sich mit ihm und half ihm nach einer Weile wieder auf. Sie klopfte ihm den Sand aus den Kleidern, drückte ihn fest an sich und strich ihm über die Wange, bevor sie ihn wieder bandagierte und ihm in den Rollstuhl half.

»Du bist ein kluger Junge, Berthold Lienhard Hoschwitz. Du kannst nämlich in dich hineinhören. Du wusstest genau, dass dir so ein Sandbad guttun würde, nicht?«

Er strahlte sie an. »Genau, ich wollte mal ein Erfolgsgefühl haben. Danke, dass Sie mir geholfen haben. Sie sind wirklich der einzige Mensch, der mich wirklich versteht. Schade, dass Sie nie nach Berlin gegangen sind. Wären Sie immer schon bei uns gewesen, wäre mir Edloff bestimmt erspart geblieben.«

»Wer hier geboren ist, bleibt hier«, murmelte sie und versuchte, sich nicht anmerken zu lassen, wie sehr seine Worte sie berührt hatten. Sie durfte jetzt aber nicht an ihr Schicksal denken, sondern daran, dass sie diejenige war, die Berthold jene Selbstbestätigung geben konnte, nach der er verlangte.

Am späten Nachmittag setzte leichter Regen ein. Berthold war müde und bat, ins Hotel zurückgebracht zu werden. Er klagte darüber, dass die Bandagen stärker schmerzten als zuvor. Kaum hatten sie das Hotel erreicht, ging der Regen in einen heftigen Schauer über. Edloff, der bereits ungeduldig am Fenster der Veranda auf Berthold gewartet hatte, eilte sofort auf ihn zu, ohne Fenja eines Blickes zu würdigen. Er klopfte auf Bertholds Matrosenanzug und schnupperte misstrauisch.

»Sie sind schmutzig, junger Herr.«

»Kinder haben mich wegen meiner Bandagen ausgelacht und mit Sand beworfen. Können Sie sich vorstellen, wie demütigend das ist?«

»Das ist uns beiden nie passiert, Berthold. Wo war denn Ihr Kindermädchen?«

»Sie suchte meinen Fotoapparat, ich hatte ihn hinter der Seebrücke verloren.«

Edloff schnaubte. Ohne Fenja Zeit zu geben, sich von Berthold zu verabschieden, schob er den Jungen durch die Halle zu den Aufzügen. Zweifelnd sah Fenja ihm nach.

Was Bertholds Glück anging, war ihr dieser Tag gelungen.

Sie hatte ihn befreit, dabei aber ihre Stellung aufs Spiel gesetzt. Denn sein Glück war durch ihren Vertrauensbruch seinen Eltern gegenüber teuer erkauft.

Kapitel 9

Der Regen peitschte über das Pflaster, bog die Kronen der Linden, knickte Blumen, schäumte in breiten Strömen an den Gehsteigen vorbei. Im Nu war Fenja bis auf die Haut durchnässt und konnte kaum etwas sehen, so stark rann ihr das Wasser in die Augen. Ob Edda trotz dieses Wetters an ihrem gewohnten Treffpunkt auf sie wartete? Sie raffte ihr Kleid, sprang über ein Rinnsal, erwischte einen Schritt weiter eine tiefere Pfütze, knickte mit dem rechten Fuß um und stürzte mit dem Knie auf die Kante des Trottoirs. Der Schmerz war so heftig, dass ihr der Atem stockte. Sie glaubte, nie mehr aufstehen zu können, und starrte auf den Blutfleck in ihrem Kleid, der rasch größer wurde. Sie nahm ihr durchnässtes Halstuch ab, hob den Saum ihres Kleides und band das Tuch um die klaffende Wunde. Dann stemmte sie sich hoch. Humpelnd näherte sie sich dem Mitzlaffschen Haarsalon an der Ecke Dünenstraße/Seeweg, ihrem vertrauten Treffpunkt. Sie spähte durch die Fenster. Einige Plätze waren besetzt. Eine Friseurgehilfin, die sie kannte, winkte ihr kurz zu und machte eine verneinende Bewegung mit dem Kopf. Das Zeichen dafür, dass Edda weder gekommen war noch eine Nachricht geschickt hatte.

Enttäuscht lehnte sich Fenja mit dem Rücken an die Steinwand des vom Vordach geschützten Eingangs. Vor Kälte und Schmerz schlugen ihre Zähne aufeinander. Sie vermisste Edda und fragte sich, ob diese wieder einmal zusätzliche Arbeit im Hotel hatte übernehmen müssen oder ob sie vergessen hatte, sich bei ihr zu melden. Das allerdings wäre ungewöhnlich, denn Edda war eine verlässliche Freundin und keine, die sie so schnell und ohne Grund im Stich lassen würde. Und mit einem Anflug von Eifersucht fragte sich Fenja, ob Edda tatsächlich einen Mann kennengelernt hatte, mit dem sie sie nun teilen musste.

Nach einer Weile humpelte sie in die ausgestorbene Seestraße hinaus. Sie ignorierte den Schmerz, achtete nicht auf den Regen, der ihr in den Nacken prasselte. An jeder Laterne hielt sie inne, lauschte in sich hinein, ob der Schmerz weniger würde. Doch das Knie pochte und brannte wie zuvor. So stakste sie weiter, von Laterne zu Laterne, an den Schaufenstern der Mode- und Lebensmittelgeschäfte, Apotheken, Kolonialwaren- und Zeitungsläden vorbei.

Wie gut, dass es regnete.

In dieser Stunde hätte sie ihr Spiegelbild nicht ertragen.

Sie hatte sich vorgenommen, vor Sonnenaufgang aufzustehen. Doch als sie die Augen aufschlug, war es bereits hell. Es war aber keine goldene Morgenröte, sondern ein weißliches und diffuses Licht, das sie in eine eigenartige Anspannung versetzte. Und obwohl ihr Knie noch ein wenig schmerzte, stand sie sofort auf, zog sich an und beschloss, auf ihr Frühstück zu verzichten, um auf schnellstem Weg an den Strand zu den Fischersfrauen zu fahren. Sie humpelte in den Holzschuppen, wo ihr Vater sein altes Fahrrad aufbewahrte, schob es auf den Hof und überlegte, wie sie es schaffen konnte, trotz der Querstange aufzusteigen. Am Hauseingang rollte sie das Fahrrad gegen die mit Weinranken bewachsene Hauswand, stellte sich auf die höchste Treppenstufe, hob ihr Kleid und rutschte von hinten über den Gepäckträger auf den Sattel. Dabei hielt sie sich an den Zweigen des alten Rebstocks fest. Erleichtert fuhr sie von der Höhe der Parchenwiesen in die noch verschlafenen Sträßchen Ahlbecks hinunter. Wie würden die Fischersfrauen ihr begegnen? Verärgert? Ablehnend? Würden sie überhaupt noch mit ihr sprechen wollen?

Das Meer lag glatt da wie eine geschliffene Metallscheibe. Noch während Fenja die Seestraße hinabfuhr, konnte sie beobachten, wie zwei Jungen in grauen Arbeitsschürzen vor dem Büschkeschen Zeitungsgeschäft einen schwarzlackierten Lieferwagen mit offen stehenden Hecktüren entluden. Während die Jungen Zeitungsstapel für Zeitungsstapel in den Laden schleppten, lehnte Ladenbesitzer Büschke pfeiferauchend neben der Eingangstür und las ein Extrablatt mit deutlich sichtbarer Schlagzeile: »Kaiserwetter bei Kronprinzenhochzeit – Duell im Offizierskasino«. Die Schlagzeile erinnerte Fenja an die Aufregung im Ahlbecker Hof. Neugierig fuhr sie auf Büschke zu. Da sprang plötzlich einer der Jungen ein Stück weit auf die Straße, so dass sie nicht mehr rechtzeitig abbremsen konnte. Mit voller Wucht prallte sie gegen ihn. Der Junge stürzte rücklings gegen einen Zeitungsstapel, Fenja kippte zur Seite, rutschte über die nasse Fahrbahn und hörte, wie ihr Kleid an der Schulter aufriss.

»Mensch, Mädchen«, schimpfte Büschke belustigt, »wirft dich denn jetzt schon jede Hochzeit aus der Bahn?«

»Unsinn!« Sie stöhnte auf, weil ihr Knie wieder zu bluten begonnen hatte und höllisch schmerzte. Büschke winkte seinem Jungen zu. Dieser half ihr auf.

»Da sprang ein Frosch herum«, entschuldigte er sich. »So ein riesiges Vieh.« Er spreizte seine Finger, als müsse er einen imaginären Kohlkopf halten. Büschke lachte. Fenja aber suchte die Straße ab. Tatsächlich hockte auf der gegenüberliegenden Straßenseite eine faustgroße Kröte.

»Was bist du nur für ein Angsthase«, schimpfte sie. »Und mein Kleid ist hin.«

»Das Jammern wird wohl bald vorbei sein, Fenja«, wandte Büschke ein. »Baldur wird kein Geizkragen sein und dir viel schönere Kleider kaufen. Hier, lies. Andere Kerle sind auch nicht besser im Vertragen. Er wird es schon richtig finden, wenn du etwas von der Welt weißt und nicht nur Fische ausnehmen kannst.« Er reichte ihr das Extrablatt. »Spendier ich dir als Trost.«

Sie hätte es ihm am liebsten vor die Füße geworfen.

Der Strand war wie ausgestorben. Kein Boot war zurückgekehrt, keine Fischersfrau wartete auf den Fang. Nur ein paar Möwen trippelten hin und her, als seien selbst sie ratlos. Vor ihr ruhte die Ostsee ohne Wellenschlag im weißlichen Licht der Morgensonne, lauernd und geheimnisvoll. Stumm stiegen drei Möwen auf, flogen über den glatten Wasserspiegel dem dunstigen Horizont entgegen. Es war still, windstill. Heute würde niemand mehr kommen, denn es gab nichts zu tun. Fenja ärgerte sich über sich selbst. Sie hätte es wissen müssen. Die Fischer waren zu Hause und genossen ihren freien Sonntag. Ohne einen Blick auf das Extrablatt zu werfen, schob sie ihr Fahrrad in Richtung Schulzenstraße.

Wie immer stand die blaugestrichene Haustür des alten Carlsenschen Fischerhauses offen. Fenja hörte das Klappern von Holzschuhen über den Dielen, das Greinen des Säuglings und Stimmengemurmel. Hoffentlich ist Asmus nicht allzu ärgerlich, dachte sie und stellte ihre Holzpantoffeln neben dem Fußabtreter ab.

Edda und Lena saßen am Küchentisch, vor sich ein aufgerissenes Briefkuvert, und blickten zu ihr auf. Edda senkte ihre Hände, in denen sie ein zerknittertes Blatt Papier hielt. Asmus war ins Nebenzimmer gegangen, wo er Werkzeug und altes Arbeitsgerät aufbewahrte. In diesem Moment kam er auf klappernden Holzschuhen zurück. Niemand sagte etwas. Alle starrten Fenja an. Lena ergriff als Erste das Wort.

»Wie schaust du nur aus, Fenja? Dein Kleid ist zerrissen, was …?«

»Ich wollte mich bei euch entschuldigen, Lena. Es tut mir leid, Asmus«, wiederholte Fenja. »Ich hab eine neue Arbeit …«

Asmus trat dicht vor sie. »Soll ich dir etwas sagen? Wegen eines behinderten Unternehmersöhnchen aus Berlin wäre mir beinah mein hart erarbeiteter Fang verfault. Das zeigt, dir ist mein Verdienst egal. Was weißt du schon von Arbeit, davon, wie es ist, eine Familie ernähren zu müssen. Baldur ist schon richtig für dich, nur einer wie er kann dir den Kopf zurechtrücken.«

»Asmus!«

»Lass mich, Lena. Einer muss mit ihr ja mal Tacheles reden. Hör zu, Fenja.« Er wurde ruhiger. Es kam ihr vor, als sähe er durch sie hindurch. »Wir Fischer kennen uns mit dem Meer aus. Man sagt, das Meer gibt, und das Meer nimmt. Das ist wahr. Es ist ständig in Bewegung, hat seine Launen. Als Mensch aber darf man es ihm nicht nachtun, denn der Mensch ist klein und nichtig, verstehst du?«

»Hör jetzt endlich auf!«, stieß Lena hervor und schlug mit der Hand auf das Papier in der Mitte des Tisches. »Was weißt du schon davon, wie es ist, ständig auf dem Land zu leben. Nichts weißt du, Asmus, nichts. Du bist nämlich derjenige, der dort draußen die Zeichen der Zeit nicht erkannt hat.«

»Reicht dir das Geld nicht, Frau?« Er nickte Fenja zu. »Verlier du bloß nicht den Boden unter den Füßen so wie deine Schwester, die auf einmal nur noch Städterin sein wollte. Aber das ist ihr nicht gut bekommen, im Gegenteil. Nach hinten ist das losgegangen, das sag ich dir.« Er drehte sich um und schloss die Tür hinter sich.

Lena sah zu ihr auf und nahm ihre Hand. »Es tut mir leid, Fenja. Er ist nicht immer so.«

»Sagt mir lieber: Was ist denn passiert?«

»Hier, lies.« Edda schob ihr das Blatt Papier zu. »Hiltrud hat sich nicht getraut, euch zu schreiben … Ich sollte dir aber sofort Bescheid geben.«

Fenja blickte auf die zittrige, an manchen Stellen zerlaufene Handschrift ihrer Schwester. Ihr brach der Schweiß aus, und sie sank auf die Bank neben Edda.

Liebe Edda,
ich bin in Not, habe Angst, nach Hause zu schreiben.
Ich liege hier in Moabit auf der Frauenstation, eine Schwester, die mir Blatt und Stift gab, steht neben mir und bringt diesen Brief gleich zur Post.
Bitte sag Fenja, sie soll kommen.
Es geht mir sehr schlecht. Sag ihr, sie möge mir verzeihen, dass ich sie oft so hochmütig behandelt habe.
Ich weiß jetzt, wie es ist, wirklich gedemütigt zu werden.
Sie soll aber Vater nichts sagen, ich habe Angst, er könne mich …
Hiltrud

Das letzte Wort war so zerlaufen, dass Fenja es nicht mehr entziffern konnte. Sie hob den Kopf. Edda legte tröstend ihren Arm um sie. »Es soll wohl ›verstoßen‹ heißen, nicht?«

»Ja, denn genau das würde Vater wohl auch tun. Er würde sie verstoßen, wenn sie sich wirklich etwas hätte zuschulden kommen lassen. Warum hat sie nicht geschrieben, was sie erlebt hat?«

»Ja, ich dachte auch, Hiltrud geht es gut«, ergriff Lena wieder das Wort. »Du hast uns erzählt, dass sie in diesem Pensionat für alleinstehende Frauen lebt. Dort kann einem als Frau doch nichts Schlimmes geschehen, meine ich, oder?«

Die drei Frauen sahen einander ratlos an. Fenja roch an dem Papier, strich es glatt. »Es mag verrückt sein, aber dieser Geruch passt nicht zu Hiltrud. So streng, geradezu giftig. Könnt ihr sie euch in einem Krankenbett vorstellen?«

»Nein«, sagte Lena. »Und dass sie dich um Verzeihung bittet, hätte ich ihr nie zugetraut.« Sie wechselte einen Blick mit Edda.

»Sie muss wirklich Schlimmes erlebt haben«, fuhr Edda leise fort. »Fenja, hättest du dir das vorstellen können? Hiltrud hat dich meist als Magd behandelt, nie als Schwester. War das immer so?«

»Nein, als wir noch klein waren, verstanden wir uns gut. Natürlich ist Hiltrud anders als ich, stärker und so eigensinnig wie Vater. Ich habe schon früh gewust, dass sie seine Lieblingstochter ist. Er hat mir einmal gestanden, dass er bis zu meiner Geburt darauf gehofft hat, nach Hiltrud endlich einen Sohn zu bekommen. Ich habe ihn enttäuscht, er hat es mir selbst gesagt. Jeden Tag erinnere ich ihn daran, dass sein Traum gescheitert ist, mit einem Sohn, der ihm ähnelt, noch einmal neu beginnen zu können. Ich glaube, je verbitterter er wurde, desto stärker entfremdeten Hiltrud und ich uns voneinander. Sie näherte sich Vater an. Irgendwann habe ich geahnt, dass sie mich nur dulden, wenn ich für sie oder für andere gearbeitet habe. Leider war unsere Mutter zu schwach, um mir beizustehen. Jetzt ist sie tot, und ich habe Angst, auch noch meinen Vater zu verlieren, wenn ich meiner Schwester nicht helfe. Eigentlich wünschte ich mir …«

»Dass sie zurückkommt?«

»Nicht unbedingt, aber dass wir uns wieder verstünden, ja, das wäre schön.«

Nachdenklich schwiegen sie. Sie hörten den Säugling im Schlaf schmatzen und schauten lächelnd zu ihm hinüber. In der Werkstatt nebenan fiel etwas Schweres zu Boden. Einen Moment später war das grelle Geräusch einer Feile zu hören, mit der Asmus Metall abschliff.

»Ach, Fenja«, seufzte Lena, »du hast es wirklich nicht leicht. Ständig geht es bei dir drunter und drüber, nie findest du in deinem Leben Ruhe. Du bist wirklich dem Meer ähnlich. Auf und ab, mal so, mal so. Hättest du inzwischen einen Mann wie Asmus gehei…«

»Lasst das bitte«, unterbrach Fenja sie. »Sag mir lieber, ob die anderen Frauen noch wütend auf mich sind.«

»Nein, aber Asmus war sehr aufgebracht. Er hat vorhin natürlich übertrieben. Seine Fische wären nicht verfault. Die Frauen haben die Arbeit einfach unter sich aufgeteilt. Almut hat gemeint, du seiest mit Baldur nach Berlin gefahren. Als Einzige war sie nicht bereit mitzuhelfen. Sie hat sich die ganze Zeit über ausgemalt, wie du, schön herausgeputzt, neben Baldur in einem Café am Kurfürstendamm sitzt und dem Hochzeitszug des Kronprinzenpaars zuschaust. Sie hat geradezu phantasiert, so wichtig war ihr das.«

Plötzlich ging ein Ruck durch Fenja. »Ja, genau das werde ich tun.«

»Was? Nach Berlin fahren?« Lena schob den Brief von sich, hob den Säugling aus der Wiege und begann ihn zu stillen.

»Ja, ich werde sofort aufbrechen.«

»Und der Junge?« Edda zog das Papier wieder zurück und strich es glatt.

»Ich werde ihn mitnehmen, Berlin ist schließlich seine Heimatstadt.«

»Ohne Erlaubnis seiner Eltern? Und glaubst du, dass dieser Edloff dich allein mit seinem Schützling fahren lässt?«

»Er wird es müssen. Außerdem vertraue ich darauf, dass Berthold Einfluss auf seine Mutter hat. Und die wiederum macht durchaus den Eindruck, dass sie ihren Ehemann um den Finger wickeln kann.«

»Aber da ist doch noch die Mutter des kleinen Mädchens.« Edda sah ihr besorgt in die Augen. »Wie willst du dich bei ihr entschuldigen?«

»Frau Maron ist noch in Berlin. Vielleicht bleibt sie sogar etwas länger. Sollte sie heute früh schon zurück sein, werde ich sie aufsuchen und ihr meine Lage schildern. Als Frau wird sie mich bestimmt verstehen.«

»Als deine Arbeitgeberin bestimmt weniger.«

»Es geht um meine Schwester!«

Edda seufzte. »Du setzt mal wieder alles auf eine Karte, meine Liebe.«

Lena streichelte ihrem Kind über den Kopf und lächelte Fenja zu. »Tu nur, was du für richtig hältst.«

Fenja erwiderte ihr Lächeln, betrachtete sie versonnen. Plötzlich fiel ihr etwas ein. »Edda, die Frauen erzählten neulich, man hätte dich mit einem Mann in einem Boot gesehen?«

»Ja, das stimmt. Das war mein Geheimnis, Fenja. Ich habe mich verliebt. Er heißt Richard Lowell. Vor drei Jahren, als unsere Matrosen gestreikt haben und die Reedereien dringend Ersatz brauchten, ist er von London hergekommen. Er ist geblieben, weil er unser Land mag.«

»Weil er dich mag.« Fenja lachte und drückte sie an sich. »Wie ist er denn so?«

»Er ist anders als die, die dir immer nachgelaufen sind. Er ist lustig, frei und rücksichtsvoll. Das Gegenteil von …«

»… von Baldur, ich verstehe.«

»Ja. Stell dir vor, seine Mutter hat mir schon einen Gruß zugeschickt.« Eddas Blick fiel auf das Extrablatt, das Fenja noch immer unter dem Arm gepresst hielt.

»Ist etwas Besonderes passiert?«

»Nein, ich glaube nicht. Ich muss mich jetzt beeilen, Berlin wartet.«

Nur knapp zwei Stunden später saß sie mit Berthold im Zug. Sie hatte Edloff erklärt, sie müsse aus dringenden familiären Gründen nach Berlin, und Berthold bestünde darauf, mitzufahren. Berthold selbst rang Edloff das Versprechen ab, auf keinen Fall seine Eltern zu benachrichtigen, er wolle einfach die Freiheit nutzen, die seine Mutter ihm in diesen Tagen zugestanden habe. Äußerst widerwillig hatte Edloff nachgegeben. Fräulein Maron hingegen war aus der Reichshauptstadt noch nicht zurückgekehrt, so dass Fenja ihrer Haushälterin einen Entschuldigungsbrief hinterließ.

Ihrem Vater hatte sie in aller Eile erklärt, sie habe den Auftrag, ihren neuen Schützling unverzüglich nach Hause zu begleiten. Nebenher hatte sie hastig eine Tasche mit dem Allernötigsten gepackt, wobei sie sorgfältig darauf achtete, Hiltruds Kleider und Unterwäsche vor ihm zu verbergen.

Von Swinemünde aus fuhren sie per Eisenbahn über Stettin in direkter Richtung nach Berlin. Berthold war die Strecke vertraut, und er war geübt darin, sich die vor ihnen liegenden fünfeinhalb Stunden zu vertreiben. Lange Zeit hatte er aufmerksam die vorbeiziehende Landschaft betrachtet. Er hielt nach Störchen Ausschau, die in den tiefgrünen Wiesen oder am Rande der unzähligen kleinen Seen nach Fröschen suchten, von wagenradgroßen Nestern der backsteinroten Gehöfte aufstiegen und über wogende Getreidefelder und lichte Kiefernwälder hinwegglitten. Bis jetzt hatte er insgesamt dreizehn Adebare gezählt.

Fenja hatte vorgehabt, das Extrablatt zu lesen, war aber über den Hauptartikel nicht hinausgekommen. Seit einer Weile versuchte sie, ihrer Erregung Herr zu werden. Vergeblich. Ihre Hände waren feucht und kalt, die Ränder der Seiten waren aufgeweicht, und ihre Fingerspitzen rochen bereits nach Druckerschwärze. Ein letztes Mal wandte sie sich dem Artikel zu.

Kaiserwetter bei Kronprinzenhochzeit – Duell im Offizierskasino

Seit Tagen ist Berlin festlich geschmückt. Wohin man sieht, Fahnen und mit Blumen verzierte Tannengirlanden. Seit Wochen sind die Fensterplätze entlang der großen Boulevards ausgebucht, seit Tagen Konditoreien und Gaststätten längs der Feststraßen überfüllt. Zu höchsten Preisen werden Torten und Schlagsahne angeboten, pausenlos verlassen dem feierlichen Anlass entsprechendes Zuckergebäck und Hochzeitskuchen die Backöfen der Hauptstadt.

Während die Damen dem Vorbild der jungen Kronprinzessin folgen und Berlins Hutmacherinnen mit höchsten Ansprüchen in Lohn und Brot halten, regt sich außerhalb der herausgeputzten Reichshauptstadt schockiertes Kopfschütteln über einen Eklat in Kreisen unseres Militärs.

Einer unachtsamen Plauderei eines einfachen Stallburschen haben wir es zu verdanken, dass das beschämende Ereignis ans Licht der Öffentlichkeit geriet.

Eine Schrift des russischen Literaten Leo Tolstoi wurde Anlass für eine unliebsame Auseinandersetzung zweier kaiserlicher Offiziere. Otto Bueck, Philosoph, Schriftsteller und Freund Tolstois, übersetzte vor kurzem dessen ketzerische Schrift »An die Soldaten und die jungen Leute«. Sie hat die Herabwürdigung edelsten Heldenmutes als Ziel, will am ehrenhaften Siegeswillen junger Menschen Anstoß nehmen. Am 30. April dieses Jahres beschlagnahmte die preußische Kriminalpolizei in Charlottenburg die noch im Verlag Holzmann verbliebenen Buchexemplare. Wie uns nun zugetragen wurde, ereignete sich vor genau drei Tagen in Brandenburg deswegen Folgendes: Im Kasino des ehrenhaften Kürassier-Regimentes Nikolaus I. von Russland (Brandenburg) Nr. 6 in der Magdeburger Straße gerieten zwei Offiziere wegen dieser ketzerischen antimilitaristischen Schrift aneinander. Der Jüngere verteidigte den Inhalt, der andere, Rittmeister v. B., trat leidenschaftlich für die Liebe zu König und Vaterland, den Soldatenstand und eine von Seiner Majestät dem Kaiser eingeforderte, christliche Gesittung ein.

Der aus bürgerlichem Hause stammende junge Offizier hielt in erhitzter Erregung dagegen, bis er ein Wort fallenließ, das Rittmeister v. B. in seiner Ehre als Offizier verletzte.

Wie im Nachhinein bekannt wurde, wählten die Duellanten Pistolen, nicht Säbel, und trafen sich an einem geheimen Ort, um wegen des Sondertatbestandes eines »Zweikampfes mit tödlichen Waffen« nicht belangt zu werden. Selbstverständlich ging das unvermeidliche Duell zugunsten des Rittmeisters v. B. aus. Wobei es ihm geglückt ist, seinem unehrenhaften Gegner eine solide Lektion erteilt zu haben.

Leider ist es uns seitdem nicht gelungen, Weiteres in Erfahrung zu bringen, da die militärische Schweigepflicht eine unüberwindliche Barriere für unsere Berichterstattung darstellt.

Wir möchten aber den geneigten Leser fragen, ob unser allseits hochverehrter Kaiser mit seiner Order vom 29. März 1890, wonach zur Ergänzung des Offizierskorps auch bürgerlichen Kreisen Einlass gewährt wird, nicht doch allzu große Toleranz bewiesen hat.

War Rittmeister »v. B.« Achim von Bening? Je öfter Fenja diesen Artikel gelesen hatte, desto intensiver erinnerten sie diese Initialen an ihn, den Mann, der sie einmal am »Schwarzen Herz« auf sein Pferd gehoben hatte. Immer wieder hatte sie ihn vor sich gesehen, immer wieder hatte sie sich gefragt, ob Achim von Bening wirklich in der Lage wäre, auf einen Menschen zu schießen, nur um seine Ehre zu verteidigen. Damals in der Neujahrsnacht hatte Baldur ihn als Raufbold bezeichnet, als jemanden, der ohne falsche Rücksicht für seine Ehre eintreten würde. Hatte Baldur ihn richtig eingeschätzt? Oder nahm Achim von Bening den Ehrenkodex der Offiziere einfach nur ernst, weil es seine Pflicht war?

Sie erinnerte sich an ihre erste Begegnung im Hocksschen Haus. Achim von Bening hatte Baldur damals hart zurechtgewiesen – seine Schärfe und Kritik aber gleich darauf mit Humor zurückgenommen. Empfand er Lust daran, eine Rolle zu spielen? Konnte er Kaisertreue bluternst nehmen und im nächsten Moment in den Wind schreiben? Sie erinnerte sich daran, wie belustigt er damals im Wald gewesen war, als sie ihn auf seine Jacke angesprochen, wie zielstrebig er sein Pferd in den See und auf sie zugetrieben hatte – und dabei spontan eine Geschichte erfunden hatte, die jeder Legende widersprach. Er hatte sie märchenhaft fabulierend umgarnt, umworben und sie gleichzeitig tatkräftig aus der Mitte des Sees gelockt.

Ihm war es nicht allein darum gegangen, sie aus der Einsamkeit herauszuholen. Er hatte die Absicht gehabt, sie, das einfache Mädchen, kennenzulernen. Er wusste also, was er wollte, und vermochte ebenso, seine Absichten zu tarnen. Ihr Herz schlug heftiger. Die Vorstellung aber, dass konservative Kreise ihm für einen gezielten Schuss Anerkennung spenden würden, löste Abscheu in ihr aus. Sie würden ihn dafür loben, einem Bürgerlichen Räson beigebracht zu haben, der es wagte, in militärische Kreise einzudringen, die seit undenklichen

Zeiten allein dem Adel vorbehalten waren. Fenja war nicht wohl bei der Vorstellung, Achim von Bening – wenn er es denn war – könne aus Überzeugung Kaisertreue mit Blutvergießen eingefordert haben. Dafür, da war sie sich sicher, würde sie ihn nicht lieben können.

Wer sind Sie wirklich, Rittmeister von Bening? Wenn ich Sie doch nur noch ein einziges Mal sprechen könnte … und Sie mir sagten, dass Sie nicht geschossen hätten … Meine Sorgen unbegründet wären … mein Bild von Ihnen unbeschädigt bliebe …

Denn ich kann nur Sie lieben.

Sie hatte nicht bemerkt, dass Berthold sie schon längere Zeit aufmerksam beobachtet hatte.

»Woran denken Sie, Fenja?«

»An das Meer, Berthold«, antwortete sie schnell. »Ich vermisse es schon jetzt, du nicht?«

Sie sah ihm an, dass er ihr nicht glaubte. »Wissen Sie eigentlich, wie der Gott des Meeres heißt?«

»Nein, Berthold, bestimmt wirst du mich aufklären.«

»Seien Sie doch nicht immer so hochnäsig.«

»Ich bin nicht hochnäsig.«

»Doch, Sie tun so, als sei ein bisschen Wissen so eklig wie Lebertran.«

Sie lachte. »Nun sag schon. Wie heißt denn dein Meeresgott?«

»Es ist nicht mein Meeresgott. Die Griechen nennen ihn Poseidon, die Römer Neptunus. Er ist der Gott des Meeres, der Erdbeben und Pferde. Er liebt Geschwindigkeit, so wie ich, und den Fahrtwind. Er lenkt Flüsse, verschiebt das Wasser, kann Fels spalten. Und ständig verändert er seine Gestalt. Einen Dreizack, wie er ihn trägt, hätte ich übrigens auch gerne.« Er hob die Augenbrauen. »Sie haben noch nie einen Dreizack gesehen? Es ist eine Harpune mit drei …«

»Zacken, aber warum drei?« Sie stupste Berthold amüsiert in den Bauch.

»Fenja! Immer wollen Sie aus mir ein Kleinkind machen!«, wehrte er in gespielter Empörung ab. »Die drei Zacken stehen für die drei Eigenschaften des Meeres: flüssig, genießbar und fruchtbar.«

»Ach, Berthold, wie kann ein Junge in deinem Alter schon so viel wissen!«

»Ganz einfach, wer nicht laufen kann, muss seinen Kopf bewegen!«

Sie lachten. Fenja drückte ihn an sich. »Hat denn dein Meeresgott auch ein Eheweibchen?«

Berthold nickte ernsthaft. »Ja, sie heißt Amphitrite. Er soll einen Delphin zu ihr geschickt haben, um sie für sich zu gewinnen. Klingt kitschig, nicht? Edloff hat mal gemeint, Frauen täten immer nur so romantisch und demutsvoll. In Wahrheit seien sie ganz anders.«

»So? Was weiß denn dieser asketische Mensch schon von uns Frauen?«

»Wahrscheinlich mehr, als Sie glauben. Haben Sie vergessen, dass ich in Berlin aufgewachsen bin?« Er senkte seine Stimme. »Auch ein gestrenger Edloff hat seine Schattenseiten, wo Demut ganz bestimmt keinen Platz hat. Klingt gut, nicht? Das hab ich mal gelesen und sofort behalten.«

Wo die Demut keinen Platz hat … Was für ein Ausdruck. Edloff suchte also Huren auf. Ob er sie auch schlug? Und plötzlich fiel Fenja ein, dass ein noch viel ärgerer Unhold – Baldur – niemals erfahren dürfte, dass sie nach Berlin aufgebrochen war, obwohl sie seine Einladung ausgeschlagen hatte. Vor allem dürfte er niemals den wahren Grund erfahren.

Sie schaute aus dem Fenster.

Ja, es gab einen Anlass, Hiltruds Hilferuf.

Aber ihr Herz wusste es besser.

Auf der Fahrt bat Berthold Fenja hin und wieder, das Fenster herunterzuziehen und ihm aus dem Rollstuhl aufzuhelfen. Dann stellte sie sich hinter ihn und stützte ihn, während er sich aus dem Fenster beugte, mit den Armen ruderte, sein Gesicht in den Wind hielt und ein ums andere Mal jubelte: »Ach, ist das schön!« Und: »Nie hat man mir das erlaubt. Das habe ich nur Ihnen zu verdanken! Ich fliege! Ich fliege! Und keiner kann mich fangen!«

Nach gut fünfeinhalb Stunden erreichten sie die Hauptstadt. Als der Zug seine Geschwindigkeit drosselte, packte Berthold die Handgriffe an dem Abteilfenster, drehte sich um und sagte: »Ab jetzt beginnt unser Abenteuer, Fenja. Wir sind jetzt verschworene Gesellen, die ein Geheimnis teilen.«

»Nein, Berthold, ich habe es mir überlegt«, widersprach sie ruhig. »Ich werde deine Eltern benachrichtigen müssen. Es geht nicht anders, ich darf sie nicht belügen.«

»So?«, fragte er gedehnt. »Sind Sie mein Kindermädchen oder ihres?«

»Sei bitte vernünftig. Du verstehst doch, dass deine Eltern mir auf der Stelle kündigen können, wenn sie erfahren, dass ich dich wegen eines Notfalls und ohne ihre Erlaubnis in ein Frauenspital mitnehme.«

»Für meine Eltern bin und bleibe ich ein Kind, das man auch in ein Frauenspital mitnehmen kann. Das ist das eine. Das andere ist: Meine Mutter wird Ihren Notfall schon verkraften.« Er grinste. »Sie interessiert sich nämlich nicht für das Leid anderer, nur für meines. Und deshalb« – er klopfte auf seine Brusttasche, die er um seinen Hals trug – »bin ich auch pekuniär bestens ausgestattet.«

Ernst fuhr er fort: »Ich bin zwar ein Krüppel, aber ich bin und bleibe der Sohn von Berlins bestem Uniformausstatter und Tuchfabrikanten.«

Fenja zog die Augenbrauen hoch. »Will mir der junge Herr

etwa zu verstehen geben, dass er die volle Verantwortung übernimmt?«

»Verantwortung für meine und für Ihre Wünsche, ja. Ich werde Sie wie ein Kavalier aushalten, Fenja.«

Sie errötete vor Verlegenheit und fuchtelte abwiegelnd mit den Händen. Doch Berthold senkte seinen Kopf und schaute sie bittend an. »Das meine ich doch nicht wörtlich, das mit dem Kavalier. Aber ich werde alles bezahlen, was anfällt. Nehmen Sie keine Rücksichten, halten Sie sich ruhig schadlos an mir. Meine Eltern werden das verstehen, sollte ich es ihnen eines Tages erklären müssen. Sie sind großzügig und keine Kleinkrämer. Von mir aus rufen Sie sie vom Bahnhof aus an. Aber wenn sie Sie auffordern, mich nach Hause zu bringen, dann richten Sie ihnen aus, dass ich damit beim besten Willen nicht einverstanden bin. Ich will mit Ihnen Berlin erleben. Ich will endlich einmal Kind sein dürfen.« Er grinste über das ganze Gesicht. »Können Sie diese beiden Sätze bitte wortwörtlich behalten und wiedergeben, Fenja?«

Sie zupfte ihn spielerisch am Ohrläppchen. »Frau Hoschwitz, Berthold will mit mir Berlin auf eigene Faust erleben. Herr Hoschwitz, Ihr Sohn will endlich einmal Kind sein dürfen.«

Er nickte lächelnd, doch in seinen Augen glaubte sie zu sehen, dass er es ernster meinte, als es den Anschein hatte. Wie sehr musste er darunter gelitten haben, von klein auf nur das Gefühl des Gefesseltseins kennengelernt zu haben. Sie strich ihm über den Kopf. Er lehnte sich wieder aus dem Fenster. »Versprochen, Fenja?«

»Versprochen, Berthold.«

Er brummte zufrieden und ruderte mit den Armen im Fahrtwind.

Plötzlich strömte heiße, stickige Luft ins Abteil. Mal roch sie nach süßlicher Brauereimaische, mal nach verhütteter Kohle. Gleich darauf strich ihnen ein frischer Luftzug über das

Gesicht, der Fenja an Flussarme erinnerte, die durch Schilf und Birkenwälder mäanderten. Der Lärm aber ließ ihr keine Ruhe, ihren inneren Bildern weiter nachzuhängen. Die Straßen, die die Gleise durch die Stadt säumten, waren belebter, als sie es sich je hätte vorstellen können. Unzählige Automobile verschiedenster Bauweise drängten sich zwischen Lastwagen, Droschken, Bussen und Hunderte von Menschen strömten durch die Straßen, kreisten um sternförmig angelegte Plätze, in deren Mitte, auf kleinen Verkehrsinseln, Denkmäler oder Säulen aufragten. Das Hupen ungeduldiger Fahrer und das metallische Quietschen der Hochbahnen war für Fenja so laut, dass sie sich am liebsten die Ohren zugehalten hätte, wäre da nicht Berthold, der ohne ihre Unterstützung den Fahrtwind nicht hätte genießen können. Sie versuchte, sich abzulenken, und betrachtete die breiten von Linden oder Kastanien gesäumten Boulevards und staunte über Mietskasernen, die ihr höher als der Leuchtturm von Swinemünde zu sein schienen. Überall waren Menschen unterwegs, und je näher sie dem Zentrum kamen, desto größer wurde die Menschenmenge, die wie von einer fiebrigen Aufregung gepackt Richtung Brandenburger Tor drängte. Wohin Fenja auch sah, überall wehten Fahnen an Masten wie auch vor Häuserfronten. Villen und Geschäftshäuser waren mit blumenbestückten Tannengirlanden geschmückt. Von irgendwo her scholl der vom Großstadtlärm zerrissene Klang von Marschmusik zu ihnen herüber.

Langsam rollte der Zug in den Stettiner Bahnhof in der Invalidenstraße ein. Die Luft war gesättigt von überhitztem Maschinenöl, Ruß und Kohlenstaub. Fenja kämpfte gegen einen Anflug von Übelkeit. Unzählige Menschen drängelten sich auf den Bahnsteigen zwischen Koffern und umhereilenden Gepäckträgern. Sie setzte Berthold in den Rollstuhl und schob ihn aus dem Abteil auf die Tür zu, die ein Schaffner, eine Trillerpfeife um den Hals, von außen aufriss. Das Erste, was Fenja sah, war die riesige Bildtafel, die über einem der Ausgänge hing. Darauf waren, eingerahmt von weißen Blüten, Eichenlaub und einem goldenen Herzen, der Kronprinz und die Herzogin abgebildet. *Zur Erinnerung an die Vermählung des deutschen Prinzen Friedrich Wilhelm von Preußen mit Herzogin Cecilie Auguste Marie zu Mecklenburg-Schwerin am 6. Juni 1905*, las sie und zuckte zusammen, als sie der Schaffner ansprach.

»Na, Schönste, wolln ma nu nur kieken oder mithochzeiten?« Sein Blick glitt zu Berthold. »Da sollst wohl ma ordentlich Dampf geben, in so 'nem Flitzer wie dem hier, wa?« Er lächelte, packte den Rollstuhl und hob ihn mit Fenjas Unterstützung aus dem Wagen. Das Gedränge um sie herum nahm Fenja den Atem. »Die Hochzeit soll morgen sein, aber die ganze Stadt ist ja schon heute auf den Beinen.«

Der Schaffner, dem Schweißperlen in die Augen rannen, wischte sich mit dem Ärmel über das Gesicht. »Jaja, so was kommt nicht alle Tage, wa? Vier Tage Hochzeit, so ist's angeordnet, und da müssen wir alle schön mitmachen. Schon seit gestern wird gefeiert, morgen wird geheiratet und am siebten ist Schluss mit lustig. Wenn Se Glück haben, krieg'n Se heut noch 'nen Stehplatz für morgen, dann könn Se den Festzug vom Brandenburger Tor zum Schloss angucken.«

Berthold hob den Kopf und grinste. »Wunderbar, da brauchen wir gar nicht zu Hause anzurufen. Da wird niemand den Hörer abnehmen. Mutter wird allen freigegeben haben und unterwegs sein.«

»Und dein Vater?«

Er grinste noch breiter. »Der arbeitet und darf nicht gestört werden. Das ist doch perfekt, oder?«

»Wie man's nimmt, Berthold«, seufzte Fenja. »Aber versuchen werde ich's trotzdem. Sonst habe ich kein ruhiges Gewissen.«

Sie fragte den Schaffner nach dem nächsten Fernsprechhäuschen und versuchte quälend lange, Bertholds Rollstuhl durch das dichte Gedränge der mit Gepäck beladenen Menschen zu schieben. Immer wieder erntete sie wütende Blicke, gar manches verärgerte Wort. Als sie endlich das Fernsprechhäuschen erreicht hatte, war sie schweißüberströmt, und ihr schmerzten die Arme von der Anstrengung. Sie ließ Berthold vor der Tür warten und betrat das schallisolierte Holzhäuschen, in dem es nach Zigarrenrauch, Schweiß und einem süßlichen Herrenparfum roch. Sie musste sich beeilen, sonst würde sie hier noch ersticken. Sie drehte die Kurbel und bat das Fräulein vom Amt um eine Verbindung zu Carl Friedrich Hoschwitz. Sie wartete und lauschte, und je länger sie lauschte, desto übler wurde ihr von dem Geruch in der stickigen Zelle. Sie stieß die Tür ein wenig auf. Und in dem Moment, als die freundliche Frauenstimme ihr mitteilte, dass keine Verbindung möglich sei, sah Fenja, wie wenige Schritte von ihr entfernt Rittmeister von Bening auf eine Dame zueilte, die mit dem Rücken zu ihr dastand. Sie trug ein eng tailliertes Reisekostüm mit Chiffonrüschen an Ärmeln und Jackenschößen. Seine Farbe erinnerte Fenja an helles Sonnenlicht. Sie merkte kaum, dass ihr der Hörer aus der Hand glitt, die Telefonistin den Satz fragend wiederholte …

Wie betäubt schob Fenja die Tür weiter auf und beobachtete, wie von Bening lächelnd salutierte, woraufhin die Dame zärtlich nach seiner Hand griff. Er aber bot ihr rasch seinen Arm und reihte sich mit ihr in den Strom der Reisenden ein, die Richtung Ausgang strebten.

»Fenja? Sie sind ja ganz grün im Gesicht!« Berthold rollte auf sie zu und sah zu ihr hoch. »Und Sie sehen aus, als seien Sie unglücklich verliebt!« Er musste sie beobachtet haben und grinste jetzt über beide Ohren. »In einen Offizier! Haben Sie vergessen, dass Sie mein Kindermädchen sind?«

Verwirrt strich sie sich eine Haarsträhne aus dem Gesicht. »Ja, natürlich. Nein, verliebt? Ich weiß nicht, was du meinst. Ich wollte dir nur sagen, ich habe deine Eltern nicht …«

Er lachte laut auf. »Also, wenn man so durcheinander ist, ist man verliebt. Ganz sicher. Oder haben Sie etwa meinen Vater erreicht und mit ihm geflirtet?« Er schlug sich auf die Knie. »So etwas! Mein Kindermädchen ist in einen Offizier verliebt!« Plötzlich verzog er sein Gesicht. »Wissen Sie, dass ich ganz schön eifersüchtig sein kann? Soll ich Ihnen etwas sagen? Sie gehören mir. Sie sind meine Domestikin. Und eine Domestikin ist für einen Offizier wie den da so wertlos wie meine Beinmuskeln für mich. Aber für mich sind Sie wichtig wie ein gesunder Muskel. Nur für mich. Domestikin liebt Offizier, tsss bäh. Bäh!« Provozierend streckte er die Zunge heraus, und seine Augen blitzten.

Am liebsten hätte sie ihm eine Ohrfeige gegeben. Stattdessen schüttelte sie ihn sanft an den Schultern. »Untersteh dich, so etwas zu sagen, Berthold.«

»Sag ich aber.«

»Ich verbiete es dir.«

»Domestikin liebt Offi…«

Sie legte ihm die Hand auf den Mund. Prustend presste er »Offizier« durch ihre Finger. Dann schrie er angewidert auf: »Igitt! Sie sind wirklich eine Domestikin. Ihre Hände stinken!«

Entsetzt dachte sie an den Schmutz im Telefonhäuschen und errötete. »Entschuldige, Berthold.«

Er zog ein Taschentuch hervor, rieb sich über den Mund. »'tschuldigung auch. Ist wohl meine Strafe. Ich nehm's zurück, dieses Wort.« Er schneuzte sich. »Aber verliebt sind Sie doch in ihn. Ich seh es Ihnen an, und zwar todunglücklich verliebt.«

Plötzlich überkam sie verzweifelte Sehnsucht danach, Achim von Bening noch einmal zu sehen. Sie umklammerte die Griffe des Rollstuhls und schob ihn im Laufschritt durch die Bahnhofshalle. Sie bildete sich ein, trotz des Lärms um sie herum Berthold kichern zu hören, doch es war ihr gleichgültig. Noch konnte sie den hochgewachsenen Rittmeister in seiner Uniform über den Köpfen der herein- und hinausströmenden Massen erkennen. Dann öffnete sich die Flügeltür des Bahnhofs, und er verschwand mit seiner Begleiterin im gleißenden Sonnenlicht. Fenja begann zu rennen, während Berthold sie anfeuerte: »Schneller, Fenja! Nur zu! Aber nicht bei ihm haltmachen! Weiter! Weiter!«

Vor ihr öffnete sich wieder die Flügeltür – und sie beobachtete, wie von Bening der Dame in eine weiße Kalesche hineinhalf und – eine Hand auf dem offen stehenden Schlag – anscheinend zusah, wie sie die Falten ihres Glockenrockes zurechtlegte. Da beugte sie sich vor, nahm von Benings Gesicht in ihre weißbehandschuhten Hände und küsste ihn auf beide Wangen.

»Das darf er gar nicht«, hörte Fenja Berthold schimpfen. »Das gehört sich nicht für einen Offizier.« Schadenfroh wandte er sich zu Fenja um. »Was haben Sie nur für einen schlechten Geschmack. Ein Mann ohne Anstand ist Ihrer nun wirklich nicht würdig.«

»Berthold, du bist ein altkluges Kind und manchmal einfach entsetzlich!« Und obwohl sie litt, musste sie lachen.

Wer war diese Frau, die es wagte, einen Offizier in der Öffentlichkeit wie einen Liebhaber zu behandeln? Und warum holte Achim von Bening sie vom Bahnhof ab? Ganz sicher war er dazu nicht abkommandiert worden, denn schließlich hatte er sich nicht gegen ihre Zärtlichkeit gewehrt. Der Grund dafür war einfach: Er liebte sie, gab Fenja sich selbst die Antwort. Denn nur wer liebt, sprengt Grenzen.

Sie war, ohne es zu merken, mit Berthold weiter auf die Kalesche zugegangen.

Achim von Bening wandte seinen Kopf.

Ihre Blicke begegneten sich, seine Lippen, so kam es Fenja vor, sprachen stumm ihren Namen aus.

Seine Begleiterin streifte sie aus den Augenwinkeln mit einem herablassenden Blick. Plötzlich spürte Fenja nur noch Wut und Verzweiflung. Sie ignorierte Bertholds protestierendes Grummeln und schob den Rollstuhl auf Achim von Bening zu.

»Warum haben Sie auf meinen Cousin geschossen, Herr Rittmeister?«

Er überwand seine Überraschung so schnell, wie sie es erhofft hatte.

»Er ist Ihr Cousin?«

»Ja, Herr Rittmeister.«

»Sie kennen ihn gut?«

»Ja, natürlich, und ich versichere Ihnen: Er hat einen guten Charakter.«

»Meinen Sie das ernst?«

»Ja, sehr ernst sogar. Bitte sagen Sie mir: Warum mussten Sie auf ihn schießen? Warum?«

»Sie haben also den Artikel im Extrablatt gelesen«, stellte er ruhig fest.

»Ja, sogar mehrmals.« Sie wollten mehr als nur Ihre Ehre verteidigen, rief sie ihm in Gedanken zu. Es war Ihre Absicht, Ihrem Gegner eine spürbare Lektion zu erteilen. Sie hielt seinem forschenden Blick stand.

»Und Sie glauben alles, was die Zeitung so schreibt?« Er klang belustigt.

»Immerhin berichtete sie über ein Duell, das eigentlich nicht hätte stattfinden dürfen. Sie haben sogar gegen das Gesetz verstoßen, nur um meinem Cousin eine Lehre zu erteilen. Warum? Was hat er Ihnen getan?«

Sie wechselten Blicke, in denen sie einander versicherten,

dass es nicht um einen fiktiven Cousin, sondern nur um sie beide ging.

»Sie trauen der Presse, nur mir nicht. Eigenartig, finden Sie nicht? Können Sie sich nicht vorstellen, dass Ihr … Ihr Cousin kaiserfeindliche Schriften liest und trotzdem zur Waffe greift, um dem Ehrenkodex zu genügen?«

»Nein, er hat nie … ich meine, ich habe ihn nicht so widersprüchlich in Erinnerung.«

Lächelnd ging er weiter auf ihre Doppeldeutigkeit ein. »Widersprüchlich? Sie halten ihn für widersprüchlich? Sie trauen ihm also nicht?«

Sie merkte, wie sie unter seinem Blick errötete.

Er trat um die Kalesche herum, die ein kleines Stück vorwärtsgerollt war. Seine Begleiterin wechselte ihren Platz, so dass sie mit dem Rücken zu Fenja saß. Achim setzte sich neben sie und schaute Fenja, die ihnen mit Berthold gefolgt war, über die Schulter bedeutungsvoll an. »Wussten Sie, dass Ihr werter Herr Cousin noch etwas bedauerte? Er hatte mir ein Versprechen gegeben … leider hatte er es vergessen einzulösen. Das spricht nicht für Tapferkeit.« In seinen Augen blitzte es. »Ich werde ihn wohl, sobald er vom Dienst suspendiert ist, ermahnen müssen.«

Seine Begleiterin streifte seine Schulter. »Da hast du nun den Ärger, mein lieber Achim, nur weil der Kaiser seine Liebe für die Hefe des Volkes entdeckt hat … Ich bitte dich, schenk mir heute deine ganze Aufmerksamkeit. Außerdem müssen wir uns beeilen.«

»Natürlich, verzeih, fahren wir also!« Er nickte Fenja zu und gab dem Kutscher ein Zeichen.

Fenja sah ihm nach. Er hatte sie indirekt an das Versprechen erinnert, das sie ihm gegeben hatte. Er hoffte darauf, dass sie seine Kette, die Baldur unterschlagen hatte, endlich zurückforderte und ihn benachrichtigte, dass sie sie trug. Erst dann konnte er sicher sein, dass sie frei und unabhängig war. Bedeutete sie ihm wirklich noch so viel? Aber was empfand er für diese Frau? Immerhin hatte er sich auf das Spiel mit ihr, Fenja, eingelassen. Selbstbewusst hatte sie zu einer Lüge gegriffen, um ihm nahe zu sein und ihm zu verstehen zu geben, dass er ihr widersprüchlich schien und sein Duell das Bild erschütterte, das sie von ihm hatte. Zur Tarnung hatte sie ihn in ein Spiel mit Worten verwickelt, und er war geschickt darauf eingegangen. Sie war glücklich, dass er sie verstand wie sie ihn. Und seine Begleiterin hatte nicht im Entferntesten ahnen können, dass sie über etwas gesprochen hatten, das nur sie beide etwas anging. Dieser kleine Triumph fühlte sich gut an. Mehr noch, Fenja stellte erstaunt fest, dass sie sich durch Achim bereits verändert hatte.

»Fenja, ich habe genau zugehört«, unterbrach Berthold sie verärgert. »Sie haben gelogen.«

Sie ließ die Haltegriffe seines Rollstuhl los, ging neben ihm in die Hocke. Reisende und deren Bedienstete mit Koffern und Reisetaschen hasteten an ihnen vorbei.

»Berthold, was sagst du da? Woher willst du das wissen?«

»Wer behindert ist wie ich, hat bessere Sinne. Ihr versteht alle nur Worte, als würde man sie euch mit Druckerschwärze auf die Lider schreiben. Ich aber merke an ihrem Klang, ob jemand lügt oder die Wahrheit sagt. Und wenn ich Sie noch einmal lügen höre, suche ich mir ein anderes Kindermädchen!«

Sie hatte etwas wiedergutzumachen. Und so fuhren sie auf Bertholds Wunsch hin mit einer vier PS starken, modernen Taxameter-Droschke durch Berlin-Mitte nach Moabit. Unterwegs entdeckte Fenja eine Drogerie, ließ anhalten und kaufte in aller Eile für Hiltrud ein Stück Lavendelseife und eine Lanolin-Cold-Cream, von der sie wusste, dass sie ihr gefallen würde. Früher hatte es sie gekränkt, dass Hiltrud ihre selbsthergestellten Duftsalben ignoriert und es vorgezogen hatte, für Creams wie diese zu sparen und sie in der Ahlbecker Apotheke zu kaufen. Heute aber wollte sie ihr eine Freude machen. Die Cream würde ihre Sinne wiederbeleben und ihr neuen Lebensmut geben.

Neugierig öffnete Fenja den zinnverzierten Glasbehälter, schloss die Augen und schnupperte. Ja, alles stimmte, Wachs, Wasser, Walrat und Lanolin waren so gemischt, dass die aromatischen Bestandteile gut erkennbar waren. Über einer feinen Moschustinktur entfalteten sich die Düfte von Bergamotte-, Orangenblüten-, Veilchenwurzel- und Rosenöl. Es war ein Bouquet, das die Seele heilte, indem es die Haut liebkoste. Hiltrud würde sie lieben.

Der Fahrer der Taxameter-Droschke bog etwas zu schnell in die Turmstraße ein. Der Wagen bekam Schieflage, und seine Federn quietschten.

Gleich darauf bremste der Fahrer und hupte, weil ein Hund, dem ein Scherzbold Blechdosen an den Schwanz gebunden hatte, auf die Mitte der Straße zurannte, stehen blieb und sich jaulend mehrmals um die eigene Achse drehte. Der Fahrer gab im Leerlauf Gas. Der Hund rannte auf den Kleinen Tiergarten zu. Berthold war er gleichgültig, viel zu sehr nahmen ihn die aufheulenden Motorgeräusche gefangen.

»Ich könnte noch eine Runde weiterfahren«, meinte er. »Ich habe, ehrlich gesagt, keine Lust auf Ihre kranke Schwester.«

»Das verstehe ich. Ja, vielleicht ist es wirklich besser, wenn ich allein gehe. Ich hoffe nur, es dauert nicht zu lange, sonst wird es für dich zu teuer.«

»Im Notfall soll er seine Rechnung ins Büro schicken«, erwiderte Berthold resolut.

»Was bist du nur für ein mannhaftes Kerlchen, Berthold.«

»Das Kerlchen können Sie ruhig weglassen, Fräulein Fenja

Susann Wolgardt. Es sei denn, Sie haben ein Auge für männliche Waschlappen.«

Er zwickte sie … soll er nur, dachte sie bei sich, er ist wirklich ein wenig eifersüchtig …

Aber jetzt musste sie an Hiltrud denken.

»Gut, Berthold, fahre von mir aus eine Runde. Ich verspreche dir, ich werde mich beeilen.«

Die Droschke rollte auf eine Reihe wartender Kutschen und anderer Fahrzeuge zu, die vor den Hausnummern 21 und 22 standen. Fenja stieg aus und gab dem Droschkenfahrer Anweisung, Berthold eine Stunde lang spazieren zu fahren.

»Fahren Sie bitte vorsichtig«, wies sie ihn an. »Sie haben meinen Schützling zwar mit Lederriemen angeschnallt, aber wenn Sie noch einmal so rüpelhaft bremsen, könnte er sich womöglich Quetschungen zuziehen. Ich bin sein Kindermädchen, und ich möchte Berthold gesund wiedersehen. Wenn nicht, dann sorgt sein Vater dafür, dass Sie noch heute Ihre Droschkenlizenz verlieren!«

Das verdutzte Gesicht des Fahrers tat ihr gut.

Ich bin wirklich eine andere geworden, dachte sie. Wenn ich es schaffe, in diesem Ton zu Baldur zu sprechen, hab ich endgültig meine Vergangenheit als Magd-für-alle abgestreift.

Sie fühlte sich selbstbewusst wie nie zuvor. Nichts würde sie einschüchtern können. Aus einem der vierstöckigen Backsteinbauten, die noch frisch nach Mörtel rochen, kam ihr eine Gruppe Krankenschwesternschülerinnen entgegen. Fenja hörte, dass sie über die Adelshochzeit und Cecilies Schwäche für Mode plauderten und sich grämten, die junge Kronprinzessin nicht in ihrem Hochzeitskleid bewundern zu können. Ausgerechnet an diesen Tagen müssten sie arbeiten, während Tausende Berliner an den Straßen stünden, Fähnchen schwenkten oder über ihren Fensterbänken lehnten, während Paraden und Festumzüge an ihnen vorüberzogen.

Fenja dachte an Achim von Bening. Wo er jetzt wohl war? Würde er in all dem Festtagstrubel an sie denken? Versonnen lächelte sie den jungen Frauen zu.

Sie musste mehrmals nachfragen, um herauszufinden, in welchem der zahlreichen Gebäude Hiltrud untergebracht war. Gut eine halbe Stunde mochte bereits vergangen sein, als eine erschöpfte ältere Krankenschwester sie auf eine von mehreren Backsteinbaracken hinwies. In den siebziger Jahren, erzählte sie ihr, habe man hier noch Baracken aus Lehm und Fachwerk hufeisenförmig aufgestellt. Sie waren notwendig geworden, weil Seuchen wie Pocken, Cholera und Typhus Tausende von Berlinern dahingerafft hatten. Nur so, nach jeweiligem Krankheitsbefund räumlich voneinander getrennt, konnten die Kranken am besten versorgt werden. Würde heute eine Epidemie ausbrechen, seufzte sie, wüsste sie nicht mehr, wie sie all die anderen Kranken versorgen sollte. Ständig seien sie und die anderen Pflegerinnen und Krankenschwestern überlastet. Ob sie an dieser Arbeit Interesse habe? Das Krankenhaus bilde seit kurzem selbst aus, und ein Wohnheim gäbe es auch … Sie sah müde aus, zu müde, war aber noch aufmerksam genug, um Fenjas Antwort zu erahnen.

Vor der Baracke spielten Kinder Murmeln, und durch die weit geöffneten Fenster scholl Fenja Stimmengewirr entgegen. Je näher sie auf die Eingangstür zuging, desto stärker beunruhigte sie der Geruch, der ihr entgegenschlug. Sie beschleunigte ihre Schritte und trat ein. Es roch nach alter Wäsche und Desinfektionsmitteln – und Erbsensuppe. Die Betten, die dicht nebeneinander an den Längsseiten aufgereiht waren, waren belegt und von ärmlich aussehenden Besucherinnen umringt. Da keine Schwester zu sehen war, die ihr hätte helfen können, musste Fenja von Bett zu Bett gehen, um Hiltrud zu finden. Die Schmerzen, die Entkräftung, das Leiden in den ausgezehrten Gesichtern der Frauen zu sehen erschütterte sie mit jedem Schritt mehr. Als sie Hiltrud endlich im vorletzten Bett der Reihe entdeckte, war sie erleichtert. An ihrem Fußende hockten zwei Mädchen mit einem Messingtopf, aus dem es nach Erbsensuppe roch. Neben ihr stand eine stämmige Frau mit einem Löffel, den sie soeben in die Suppe tauchte.

»Vier Löffel erst! Da komm ich den ganzen Weg von Pankow hierher, nur wegen vier Löffeln Suppe. So geht das aber nicht. Hiltrud, guck mich an. Hiltrud!« Sie beugte sich über sie. »Was ist denn nun?«

Fenja hatte sie, sich zu Hiltrud vorbeugend, versehentlich angestoßen. Sie war entsetzt. Hiltruds Gesicht war eingefallen und wies an Wangen und Stirn Blutergüsse auf. Sie musste lange Zeit nichts gegessen haben, denn unter ihrer Haut an den Händen zeichneten sich Sehnen und Adern ab. Sie hielt die Augen geschlossen, als schäme sie sich vor dem Licht, dem Tag, vor allem. Fenja strich ihr vorsichtig über die Stirn. »Hiltrud, du liebe Güte, was ist passiert?«

Matt hob Hiltrud ihre Augenlider. »Fenja? Ich …« Sie atmete auf, schloss wieder die Augen. »Ich bin so müde.«

Fenja nahm ihre Hände, streichelte und drückte sie. Zu der älteren Frau gewandt, sagte sie leise: »Wenn Sie ihr eine Freude machen wollen, dann kochen Sie ihr Hühnersuppe. Meine Schwester mag keine Erbsen.«

»Ja, warum haben Sie ihr denn keine mitgebracht? Ich muss quer durch die Stadt fahren, ich tu's ja gerne, aber nach drei Tagen Hungerstreik verlier ich allmählich die Geduld. Ihre Schwester war schon mager, als sie eingeliefert wurde. Aber jetzt muss sie endlich etwas essen. Sie hat nichts davon, wenn sie sich nun auch noch selbst bestraft.«

»Hören Sie, ich komme aus Ahlbeck und riskiere meine Arbeit dafür, dass ich meine einzige Schwester besuche.«

»Ach, so ist das, das tut mir leid. Ich wusste nicht, woher Sie beide kommen.« Sie reichte Fenja die Hand. »Mein Name ist

Johanna, Johanna Dierks. Wir haben eine Zeitlang gemeinsam im Mathilde-Kirschner-Heim gewohnt. Unsere Zimmer lagen nebeneinander. Jetzt hab ich eine eigene Wohnung in Charlottenburg und ziehe diese beiden Waisenmädchen groß. Aber die kurze Zeit mit Hiltrud werd ich bestimmt nicht vergessen.«

»Erzählen Sie mir alles, Johanna, wirklich alles.«

»Gut, aber ihr zwei wartet draußen auf mich.« Sie schickte die Mädchen hinaus. »Wissen Sie, Fenja, Ihre Schwester war anfangs richtig stolz auf ihre Arbeit …«

»Ja, das hat sie uns geschrieben. Sie fand eine Stellung im Theater.«

»Ja, dort hat sie zunächst an der Kasse gearbeitet. Hiltrud hat mir erzählt, sie würde hin und wieder mit einer Freundin ausgehen. Sie hätte schon viel mehr von Berlin gesehen als ich. Na ja, das kann schon stimmen. Sie hat vielleicht zu viel gesehen und gemerkt, dass das Leben auch angenehmer sein kann. Jedenfalls, eines Tages kündigt sie ihre Stellung, sagt, die vielen Menschen seien ihr lästig. Offen gesagt, ich habe ihr das nicht geglaubt. Ich hatte den Eindruck, dass sie auf höheren Lohn, vor allem aber auf ein besseres Leben gehofft hat, auf ein Leben, wie es jene führen, die ins Theater gehen können. Nun, an einem Samstag stürmt sie in mein Zimmer, umarmt mich und lädt mich in ein Café ein. Sie erzählt mir, sie habe sich gerade bei einem alleinstehenden Kaufmann vorgestellt, der ein alteingesessenes Weißwarengeschäft übernommen hat. Deren Vorbesitzer sind kürzlich verstorben, und er will nun das alt gewordene Personal auswechseln. Hiltrud gefällt ihm, und er stellt sie ein. Sie ist so stolz …«

»Das war immer ihr Wunsch, aber was ist dann geschehen?« Fenja legte ihre Jacke auf Hiltruds Bett. Das Laken über ihrem Körper bewegte sich kaum. Hiltrud wirkte wie erloschen.

»Tja, Ihre Schwester zieht einfach aus. Sie zieht aus unserem sicheren Frauenheim aus und nimmt sich ein Zimmer zur Untermiete, das ihr neuer Dienstherr ihr empfohlen hat. Ach, es ist so furchtbar.« Sie berührte Fenja am Arm. »Kommen Sie, sie sollte nicht noch einmal alles mit anhören müssen.« Sie ging mit Fenja ans offen stehende Fenster, vor dem die Kinder Handstand übten.

»Ihre Schwester ist zunächst froh, bei einer gutsituierten Witwe für eine geringe Miete wohnen zu können. Sie fasst sofort Vertrauen zu ihr, als sie erfährt, dass diese fremde Frau den gleichen Vornamen hat wie ihre Mutter, Elisabeth. Außerdem freut sie sich, dass noch ein anderes Mädchen dort wohnt. Hiltrud mag den Humor ihrer Vermieterin und ist erleichtert, dass sie ihre Küche mitbenutzen kann. Sie darf sogar jederzeit Wäsche waschen und im Freien aufhängen. Hiltrud findet auch das Dienstmädchen und die Köchin nett. Nun ja, nach einer Woche feiert diese Frau ein kleines Fest, Tage später gibt sie für Bekannte ein Abendessen auf der Terrasse. Hiltrud wird eingeladen, doch sie ist etwas scheu und lehnt ab. Als sie aber an einem Samstag bei schönstem Sommerwetter zu einem Gartenfest im Grünewald eingeladen wird, kann sie nicht mehr nein sagen, zumal auch das andere Mädchen mitfahren will. Das Grundstück soll direkt am Wasser liegen, mit Bootssteg und Boot, Luftschaukel und Rhododendren im Garten und einem Springbrunnen, von dem Hiltrud jetzt immer wieder im Schlaf spricht, weil sie ihn damals die ganze Nacht über plätschern hörte … Am späten Abend nimmt diese Teufelin Hiltrud beiseite, trinkt mit ihr ein großes Glas Absinth und droht ihr: Wenn sie diese Nacht so genösse, wie es vorgesehen sei, würde ihr nichts passieren. Wenn sie aber später alles ausplaudere, würde sie dafür sorgen, dass sie ihre neue Stellung verlöre. Sie sperrt Hiltrud und das andere Mädchen ein – allein mit vier männlichen Gästen. Verstehen Sie? Als der erste Mann Ihre Schwester nimmt, schlüpft das andere Mädchen unbehelligt aus dem Raum. Sie ist der Lockvogel, wie man so schön sagt. Für Hiltrud aber beginnt die Hölle. Sie zwingen sie, immer wieder Absinth zu trinken und dabei … Na, Sie wissen schon. Wir können uns kaum vorstellen, was sie in dieser Nacht hat erleiden müssen.«

Fenja wurde übel vor Entsetzen. »Sie … sie …«

»Sie ist gebrochen, ja, und nicht nur das!«

»Aber sie hatte noch die Kraft, mir zu schreiben.«

»Das wusste ich nicht, aber das ist ein gutes Zeichen.«

»Wer … wer brachte Hiltrud hierher?«

»Ein Armenarzt. Er wurde gerufen, nachdem Spaziergänger sie am Spreeufer gefunden haben. Hiltrud war ohnmächtig, so viel Blut hatte sie verloren. Sie … sie wurde genäht …«

»O Gott … das ist ja furchtbar. Ist die Polizei schon benachrichtigt?«

»Ja, der Arzt hat alles in die Wege geleitet. Über ihn hab auch ich von dem Unglück erfahren.«

»So ist der Weißwarenhändler an diesem Geschäft beteiligt?«

»Ich weiß es nicht. Weder ihm noch dieser Vermieterin kann man etwas nachweisen. Die Polizei sagte mir, diese Frau hätte alles abgestritten. Was könne sie schon dafür, wenn ihre männlichen Gäste sich in ein hübsches Fräulein vergucken und sich dabei so derart vergessen. Ich fürchte, da werden wir nichts ausrichten können. Wäre Hiltrud in der Lage, einen Anwalt zu beauftragen, könnte sie ihre Zimmerwirtin wegen Kuppelei anklagen. Selbst dann aber müsste er ihr Vorsatz nachweisen. So aber ist nichts zu machen.«

Eine Weile schwiegen sie und schauten den Kindern zu, die im Sand Striche für das Himmel-und-Hölle-Spiel zogen.

»Johanna, glauben Sie, Hiltrud wird es schaffen?«

»Wir beten für sie. Und ich hoffe, dass sie selbst eines Tages wieder zu Gott findet.« Sie legte ihre Hände sanft auf Fenjas

Schultern. »Nehmen Sie sie mit nach Hause. Bestimmt erholt sie sich wieder bei Ihnen. Sagten Sie nicht, sie äße gerne Hühnersuppe? Meine Erbsensuppe ist zwar nahrhaft, aber Hiltrud wird das, fürchte ich, nicht helfen.«

Nachdem Johanna mit den Mädchen gegangen war, trat eine Schwester auf Fenja zu. »Hören Sie, Ihre Schwester ist nicht krank, Sie müssen sie zu Hause pflegen. Länger als eine Woche kann niemand hierbleiben, zumindest niemand, der nicht krank und so schlecht krankenversichert ist.«

War sie zynisch, weil ihre Arbeit sie längst ausgezehrt hatte?

»Sie hatte Arbeit …«, widersprach Fenja.

»Also: Erstens mögen es Krankenkassen nicht, wenn ein Mitglied so schnell in ein Krankenhaus eingewiesen wird. Zweitens gewährt die Kasse bei Aufnahme ohne ihr Wissen nur den gesetzlichen Mindestbeitrag, also höchstens zwei Mark am Tag. Das dürfte wohl kaum die Kosten für die Operation decken. Außerdem ist Ihre Schwester nicht lange genug beschäftigt gewesen. Die Armenkasse muss für sie aufkommen. Sie wollen sie doch wohl nicht plündern, wo es so viel Arme bei uns gibt? Oder können Sie ihren Aufenthalt privat bezahlen?«

»Nein, natürlich nicht.«

»Hab ich mir doch gedacht. Also, in drei Tagen sollte dieses Bett wieder frei sein.« Sie wandte sich ab.

Ob alle Armen so eingeschüchtert wurden? Oder nur eine Frau, der man unterstellen konnte, sie habe ihr Vergnügen bei fremden Männern gesucht? Hielt man Hiltrud und vielleicht sogar sie selbst für Prostituierte?

Fenja berührte Hiltruds Wange. Was soll ich tun? Du kannst nicht stehen, du kannst nicht gehen, keinen Zug besteigen. Tragen kann ich dich nicht. Wie soll ich dich von hier fortbringen? In dieser Stadt kenne ich nur zwei Menschen, die ich um

Hilfe bitten könnte: Bertholds Mutter und Achim von Bening. Aber kann ich es wagen, sie zu fragen? Ich weiß es nicht, ich weiß es wirklich nicht.

Sie schaute sich um. Bei fast allen Betten versorgten ausgezehrte ärmliche Frauen ihre leidende Freundin oder Verwandte mit Essen und Trinken, wuschen ihr das Haar, wechselten die Wäsche. Arm und krank zu sein war doppeltes Leid. Und das Krankenhauspersonal war mehr als ausgelaugt …

Eine Frau in der gegenüberliegenden Bettreihe fing Fenjas Blick auf und rief ihr über den Zwischengang zu: »Wenn Sie Ihrer Schwester etwas Gutes tun wollen, dann bringen Sie sie auf die Reichen-Station. Da gibt's Cognac, Wein, Eier und Fleischextrakt! Das weiß ich von meinem Bruder. Der hilft nämlich im Lager der Krankenhausapotheke aus! Cognac, Wein, Eier und Fleischextrakt stehen täglich in großen Mengen auf seinen Lieferscheinen! Die Lager sollten wir mal stürmen!«

Einige Frauen lachten, andere schimpften über diese Ungerechtigkeit. Der Lärm schwoll an. Hiltrud stöhnte. Fenja beugte sich über sie und wich vor ihrem Geruch zurück. Hatte sich denn seit ihrem Unglück niemand außer Johanna Dierks um sie gekümmert? Plötzlich wusste sie, was sie tun würde. Sie entdeckte einige Betten weiter eine Emailleschüssel auf der Fensterbank, ging hinüber, holte Wasser aus dem Vorraum der Baracke und zog Hiltrud aus. Erleichtert ließ diese es zu.

Fenja schäumte die Lavendelseife auf und begann, Hiltrud mit ihrem unbenutzten Taschentuch von verkrustetem Blut und angetrocknetem Schmutz zu säubern. Ein weiteres Mal holte sie frisches Wasser, um Schrammen und Blutergüsse zu waschen. »So, Schwesterherz, jetzt mach mal die Augen zu.«

Hiltrud tat, wie ihr geheißen.

Langsam, mit kreisenden Bewegungen cremte Fenja ihr Gesicht ein. Hiltrud riss die Augen auf. »Ah, das ist schön. Das tut gut.«

»Na, welche Blüten wurden hier in Öl gelegt, Schwesterherz?«

»Orangen?«

»Ja, weiter, welche noch?«

»Bergamotte …«

»Ja, und …?«

»Rosen, viele pralle weiße Rosen.«

»Richtig, und was noch?« Sie hielt ihr ihre eingecremten Hände vor die Nase. »Was ist es?«

Hiltrud atmete tief ein. »Veilchen, Veilchen. Fenja?«

»Ja, Veilchenwurzel. Hast du diese Cold-Cream denn schon einmal benutzt?«

Über Hiltruds Gesicht huschte ein Lächeln. »Vor langer Zeit, ja … Lanolin Creme nach … warte … nach Dieterich?«

»Stimmt. Also, dein Kopf funktioniert, Schwesterherz. Alles andere wird mit der Zeit heilen.«

»Ich weiß nicht.«

»Doch, glaube daran.«

»Ich dank dir, Fenja. Und verzeih mir.«

»Es gibt nichts zu verzeihen, nicht zwischen uns beiden.«

Hiltrud stützte sich auf, ohne sie aus den Augen zu lassen. »Komm wieder. Bitte.«

»Das verspreche ich dir.« Sie schloss Hiltrud in ihre Arme, wiegte sie, spürte, wie sie sich aus ihrer Starre löste, zitterte und zu weinen begann, erst lautlos, dann heftiger, bis ihr Körper schließlich unter heftigem Schluchzen bebte. Fenja hielt sie fest, selbst dann noch, als sie schrie, Pflegerinnen herbeieilten und verärgert auf sie einredeten. Fenja beachtete sie nicht. Sie und Hiltrud hatten wieder zueinander gefunden, nur das zählte. Sie waren Schwestern und nie zuvor einander so nah gewesen wie jetzt.

»Ich bringe dich nach Hause, morgen komme ich wieder«, flüsterte sie ihr ins Ohr.

»Nein!«

Um sie herum wurde es still, alle Frauen schauten zu ihnen herüber.

»Ich gehe nie wieder zurück. Das darf ich mir nicht auch noch antun.«

»Aber du hast keine Schuld, Hiltrud.«

»Ich schäme mich. Versteh doch. Ich … ich habe Vater enttäuscht. Ich will nicht zurück, und ich will nicht hierbleiben. Hilf mir. Bitte. Sonst … sonst bringe ich mich um.«

Einige Frauen begannen zu weinen, andere flüsterten erregt, nur die Pflegerinnen nickten zustimmend und schoben Fenja energisch zum Ausgang.

Drei Tage würde Hiltrud noch hierbleiben können, drei Tage. Aber was dann? Fenja rannte über die gepflasterten Wege des Krankenhausgeländes, über dem die Hitze flirrte. Beinahe wäre sie gegen einen Essenswagen geprallt, den Schwestern aus einer Küchenbaracke über Schienenstränge schoben.

Und da fiel ihr ein, dass sie Berthold vergessen hatte.

Sie hatte ihn viel zu lange allein gelassen … Hoffentlich war ihm nichts passiert …

Schon von weitem hörte sie die Autohupe. Am Eingangstor stürzte sie zwischen Besuchern und einem Lieferwagen vorbei auf die Turmstraße. Auf der gegenüberliegenden Seite, die dem Kleinen Tiergarten zugewandt war, stand die Taxameter-Droschke mit laufendem Motor. Hinter dem Steuer war der hochrote Kopf des Fahrers zu sehen, schräg vor ihm lehnte Berthold und drückte mit beiden Armen auf die Hupe.

»Fenja!«, rief er laut und winkte ihr am Fahrer vorbei durch das geöffnete Fenster zu. »Sie sind das beste Kindermädchen der Welt! Das war mein schönster Nachmittag! Ohne Rollstuhl und allein in einem Automobil! Ich danke Ihnen!«

»Junge Frau«, mischte sich der Fahrer entnervt ein. »Allein

ist gut. Wo doch alle Last auf mir lag! Zweieinhalb Stunden mit diesem Bengel erhöht den Preis um das Doppelte. Das sollte Ihnen wohl klar sein. Von wegen Umherfahren! Gequält hat er mich und gequatscht ohne Ende. Und seit einer halben Stunde droht er mir mit Lizenzentzug, wenn ich ihn nicht ans Steuer lasse. So was hab ich noch nie erlebt.«

Es tat ihr gut, Berthold so glücklich zu sehen. Sie hatte zwar schon wieder einen Fehler gemacht, war zu spät gekommen, aber das alles war unwichtig, wenn er nur munter war. An die Folgen allerdings mochte sie nicht denken … Sie lächelte ihm zu.

»Na, Berthold, wer ist denn nun so mächtig, dass du Lizenzentzug androhst? Magst du dem Fahrer die Antwort geben?«

»Mit dem größten Vergnügen. Mein Vater! Der steckt Sie nämlich in die schönste Uniform, wenn Sie in den Krieg ziehen dürfen!«

Der Fahrer wurde blass. »Krieg? O Gott, was ist heut bloß los? Erst dieses verrückte Kind, dann dieser dämliche Rollstuhl, jetzt der Krieg … Menschenskinder, seid ihr denn alle übergeschnappt?«

Fenja überging seine Bemerkung und wandte sich wieder Berthold zu. »Sag einmal, warum kannst du plötzlich ohne Kopfgurt auf der Bank sitzen, ohne umzufallen?«

Er strahlte sie an. »Weil ich es so wollte. Darum. Und weil es mir Spaß macht!«

War er wirklich so gelähmt, wie es den Anschein gehabt hatte? »Soso, das ist ja wirklich sehr aufschlussreich. Aber jetzt, bitte, ab in den Rollstuhl, schnell, und dann …« Sie stockte, sie hatte Bahnhof sagen wollen, merkte aber, dass sie ja gar nicht mehr zurückfahren konnte, weil sie Hiltrud versprochen hatte, morgen wiederzukommen.

»Fenja? Stimmt etwas nicht?«

»Ich glaube, ich sollte mal mit deiner Mutter sprechen.«

»Gute Idee, junge Frau«, unterbrach sie der Fahrer. »Das wird auch Zeit. Nehmen Sie mich ruhig mit, dann sorge ich dafür, dass Sie Ihre Kindermädchenlizenz verlieren. Ich kann bezeugen, dass Sie diesen Jungen vernachlässigt haben.«

»Unterstehen Sie sich, Sie Domestik!«, schrie Berthold ihn an.

»Ich bin Fahrer, junger Herr!«, erwiderte dieser verunsichert, stieg aber aus, öffnete die Seitentür und hob Berthold wieder in den Rollstuhl.

»Sie werden nichts sagen, verstehen Sie, Domestik?«, zischte ihm Berthold zu, doch als er merkte, dass der Fahrer immer noch nicht begriff, lachte er ihn aus.

Fenja hatte gehofft, niemanden außer Liane Hoschwitz anzutreffen. Doch als der Droschkenfahrer in die Akazienallee einbog, die auf die Hoschwitzsche Villa in Charlottenburg zuführte, wäre sie am liebsten nach Moabit zurückgelaufen. Dutzende Automobile parkten entlang der Auffahrt, vor Nebengebäuden, ja sogar an den Schmalseiten der weißen Gründerzeitvilla. Während Berthold begeistert die verschiedenen Automarken aufzählte, betrachtete Fenja flüchtig die Front des Gebäudes mit ihren geschwungenen Balkonen und schimmernden Marmorsäulen. Die Ränder der Freitreppe verzierten Majolikakübel mit roséfarbenen Rosen. Die helle Eichentür stand offen, neugierig spähte Fenja durch die Eingangshalle ins Hausinnere und entdeckte auf der rückwärtigen Seite eine belebte Terrasse. Gerade eben schritten zwei Hausmädchen mit Tabletts die Terrassentreppe herab. Einen Augenblick später waren sie im Park zu sehen, wo Gäste umherschlenderten, in einer von Rosen umrankten Steingrotte plauderten, Boule spielten oder versonnen in einen mit Tuffsteinen umrahmten Teich guckten. Jetzt hatten die Hausmädchen am Rande des Parks, dort, wo er in einen Buchenwald überging, einen Baldachin erreicht, unter dem mehrere Paare Karten oder Fotografien ausgetauscht hatten. Sie legten sie beiseite und empfingen die Hausmädchen mit Scherzen.

Wie schön es sein musste, an diesem Nachmittag hier Gast zu sein, dachte Fenja. Mit ihrem unerwarteten Erscheinen würde sie sicher für Verärgerung sorgen. Hätte sie geahnt, dass ihr Anruf von vorhin deswegen unbeantwortet geblieben war, weil die Hausangestellten mit den Vorbereitungen für dieses Fest beschäftigt waren und Bertholds Eltern vielleicht Mittagsschlaf hielten, wäre sie nicht mitgefahren. Doch nun war es zu spät.

Der Droschkenfahrer trat an ihr Fenster, öffnete die Tür und machte sich daran, Berthold herauszuheben. »Also, ich bleib jetzt hier stehen, bis man mir meinen Lohn gibt.«

In dem Moment, als Fenja ihren Fuß auf den kiesbedeckten Vorhof setzte, brandeten Lachsalven und Walzerklänge zu ihr herüber. Sie wurde nervös, ihr Magen schmerzte. Wie benommen umfasste sie die Griffe von Bertholds Rollstuhl und schob ihn auf das Portal zu.

»Wohin sollen wir gehen, Berthold?«

»Zu meiner Mutter natürlich!«

»Sie wird sich mit ihren Gästen unterhalten. Wir werden sie stören.«

»Das macht nichts. Ich bin hier zu Hause, haben Sie das vergessen, Fenja? Außerdem hab ich mich noch nie so gut gefühlt wie jetzt.«

»Berthold!« Die überraschte Stimme seines Vaters.

Fenja und Berthold blickten auf. Auf einem der Balkone stand Carl Friedrich Hoschwitz und schaute verblüfft zu ihnen hinunter. Seltsamerweise hatte Fenja sofort das Gefühl, dass er ihnen keinen Vorwurf machen würde. Berthold winkte ihm zu. »Vater, freust du dich?«

»Na, und wie! Junge, komm und begrüße deine Mutter. Edloff hat angerufen. Er steht vor einem Nervenzusammenbruch. Er macht sich Vorwürfe. Er behauptet, Fenja hätte dich unter fadenscheinigen Gründen entführt!« Er warf ihr einen Blick zu und grinste. »Sie könnten sich geschmeichelt fühlen, Fenja. Kommen Sie doch bitte mit hoch. Wir wollen in die Nacht der hochherrschaftlichen Hochzeit hineinfeiern. Und um den Anlass zu würdigen, darfst du heute ein bisschen länger aufbleiben, Berthold.«

Er schien nicht so unsympathisch, wie sie geglaubt hatte.

Dienstpersonal eilte herbei und half Berthold mitsamt Rollstuhl ins Haus.

Durch die weit geöffneten Salontüren, die zur parkseitigen Terrasse hinausführten, lief ihnen Liane Hoschwitz entgegen. Sie streckte ihre Arme aus. »Kind! Kind!« Sie stürzte auf Berthold zu, küsste und umarmte ihn. Dann fasste sie Fenja an beiden Schultern. »Was, um Himmels willen, hat Sie nur dazu getrieben, uns nachzureisen? Können Sie sich meine Sorgen vorstellen? Sagen Sie nur nichts Falsches. Wenn Ihnen jetzt nichts Stichhaltiges einfällt, können Sie sofort gehen.«

»Mama, nein! Sie ist die Allerbeste! Ich hab noch nie so viel Spaß in meinem Leben gehabt wie heute!«

»Spaß? Erklären Sie sich bitte, Fenja, oder müssen Sie erst nach einer Lüge suchen?«

»Nein. Entschuldigen Sie, Frau Hoschwitz, meine Schwester hatte einen schweren Unfall. Sie bat mich, sie umgehend im Krankenhaus zu besuchen.«

»Wie heißt sie?«

»Hiltrud Wolgardt.«

»Und wo liegt sie? Bedenken Sie, ich werde Ihre Entschuldigung nachprüfen lassen.«

»In Moabit.«

»Gut, ich werde Anweisung geben, dort anzurufen, damit man Ihre Aussage überprüft.« Sie schaute Berthold aufmerksam an. »Du siehst wirklich glücklich aus, mein Sohn.«

Er räusperte sich. »Würdest du den Fahrer bitte auszahlen, Mama? Und gib bitte Trinkgeld. Er hat es verdient!«

Liane Hoschwitz ging zum Eingang und schaute auf den Vorplatz, wo der Droschkenfahrer wartete.

»Ah, ich verstehe. Ihr seid spazieren gefahren, ja, warum nicht?« Sie winkte ihrer Haushälterin, die sofort hinausging, um ihn zu entlohnen. Fenja blickte zu Boden, nur Berthold grinste über das ganze Gesicht. Gravitätisch kam sein Vater die breite Marmortreppe herunter und begrüßte erst ihn, dann Fenja.

»Ich bin, ehrlich gesagt, erleichtert, dass Sie mir meinen Sohn so zufrieden nach Hause gebracht haben. Bleiben Sie, Fenja, solange es Ihnen bei uns gefällt.«

Seine Frau wechselte einen rätselhaften Blick mit ihm, und Fenja beeilte sich zu sagen: »Wenn es Ihnen nichts ausmacht, richte ich mich gerne nach Bertholds Wünschen.«

»Genau! Seht ihr, wie nett sie ist? Wir haben sogar schon …« Er verstummte und starrte auf die Terrasse hinaus. »Was macht der denn hier?«

Ein Raunen begleitete Achim von Benings Ankunft. Er hätte nicht wirkungsvoller auftreten können, in weißer Uniform, groß und breitschultrig, das helle Sonnenlicht im Hintergrund. Fenja verspürte ein eigenartiges Flirren in ihrem Bauch. Sie hätte vor ihm niederknien können …

»Ich möchte morgen zurück an die Ostsee, Fenja!«, rief Berthold hastig. »Versprechen Sie es mir?«

Sie nahm eine Bewegung neben Achim von Bening wahr wie von einer gesichtslosen Gestalt … War es ein Schatten? Ein Dienstbote? Plötzlich rauschte es in ihren Ohren, und ihr wurde schwindelig. Wie von fern hörte sie Liane Hoschwitz' aufgeregte Stimme. »Carl! Er ist doch gekommen, mit Freifrau von Hollwitz! Welch eine Ehre! Komm, komm nur rasch!«

Fenja schwankte und wurde ohnmächtig.

Als sie aufwachte, war es Nacht. Ein hellgrüner Lampenschirm verströmte beruhigendes Licht. Von draußen her hörte sie Stimmen und Musik. Sie setzte sich auf. Auf einem ovalen Tisch stand eine Karaffe mit Wein, daneben eine Flasche Wasser und ein Tablett mit Canapés. Daneben lag ein Brief.

Liebes Fräulein Fenja,

Berthold hat uns alles erzählt.
Wir wissen nun, dass wir uns auf Sie verlassen können.
Sie sind ihm ein gutes Kindermädchen.
Sollten Sie, was Ihre Schwester betrifft, Hilfe brauchen, so zögern Sie nicht, uns anzusprechen.
Wenn Sie einverstanden sind, gilt ab morgen Festanstellung im Hause Hoschwitz. Fühlen Sie sich frei, zu fordern, was Sie für unseren Sohn benötigen. Wir sind glücklich, dass Berthold sich bei Ihnen wohl fühlt. Zögern Sie nicht, jederzeit in der Küche Essen zu bestellen.
Ab sofort stehen Ihnen diese beiden Zimmer samt Bad zur Verfügung.
Ich hoffe, wir kommen Ihnen entgegen, wenn wir Ihren Lohn um 50 Prozent aufstocken.
Im Übrigen sollte es Sie nicht weiter bekümmern, wenn Herr Edloff, Bertholds Erzieher, seine Leibesübungen mit ihm beibehalten wird.

Ich wünsche mir nämlich nichts als einen tüchtigen Sohn.

Gez. Carl Friedrich Hoschwitz

Fenja ging, den Brief in den Händen, auf den Balkon hinaus. Unter ihr im Garten tanzten die Gäste, plauderten, tranken Champagner. In den Zierteichen spiegelten sich die bunten

Lampions. Glühwürmchen flirrten umher. Von einem Tag auf den anderen hatte sie eine gute feste Stellung. Sie hätte glücklich sein können, doch sie fühlte nur Schmerz. Da entdeckte sie eine kleine Gruppe mit Achim von Bening in der Mitte, die langsam plaudernd vom Rande des Parks näher kam. In der Dämmerung zeichnete er sich in seiner Kürassieruniform und den schenkelhohen Stiefeln noch deutlicher von allen ab. Er sah gut aus, geradezu umwerfend gut. Das Weiß seiner Jacke hob seine breiten Schultern vor dem schattigen Hintergrund der Bäume hervor. Selbst das schmeichelnde Licht der Lampions verbarg nicht, dass er Kraft und Charme besaß und eine Sinnlichkeit ausstrahlte, der keine Frau widerstehen konnte, selbst eine verheiratete Frau wie Liane Hoschwitz nicht. Denn sie eilte auf eine Sitzgruppe unterhalb von Fenjas Balkon zu, bat mit einladender Geste Platz zu nehmen. Sie selbst ließ sich auf einem Schemel vor Achim von Bening nieder. Es sah aus, als betete sie ihn geradezu an. Fenja versteckte sich in einer schattigen Ecke ihres Balkons und lauschte.

»So war das Duell also unausweichlich«, fasste Liane Hoschwitz seine letzten Worte zusammen. »Sie mussten Ihre Ehre, Ihre Überzeugung verteidigen.«

»Ja, leider nahm nur die aristokratenhörige Journaille das Ganze zum Anlass, den Kaiser zu rügen, weil er Bürgerlichen erlaubt hat, die Offizierslaufbahn einzuschlagen. Dabei ist es nur richtig, denn uns fehlt Nachwuchs, und gerecht ist es ebenfalls.«

»Mit dem Ergebnis, dass die Armee nun Bürgerliche in den Reihen dulden muss, die Tolstoi lesen?«

»Falsch. Ich habe Tolstois Schrift gelesen, nicht Gustav Pächter.«

»Was? Aber in der Zeitung stand, er hätte die Schrift verteidigt, nicht Sie.«

»Das stimmt nicht, ich war es.«

»So wurde gelogen, um Sie zu schützen, weil Sie von Stand sind!«

»So sieht es aus.«

Ein Raunen erhob sich unter den Gästen. Liane Hoschwitz fasste sich als Erste. »Herr Rittmeister, es steht Ihnen ja wohl frei, moderne Schriften zu lesen.«

»Als Privatmann – ja, als Offizier dagegen stehe ich auf dem Boden der kaiserlichen Werte. Aber Sie haben recht. Unser Land hat sich seit der Reichsgründung sehr verändert. Wir verdanken unseren wirtschaftlichen Aufschwung zum großen Teil Bürgerlichen. Denken Sie zum Beispiel daran, dass wir unsere Siege über Dänemark, Österreich und Frankreich erfindungsreichen bürgerlichen Waffenschmieden zu verdanken haben. Seit ein paar Jahren können Bürgerssöhne die Offizierslaufbahn einschlagen. Der Kaiser hat in seiner Order vor fünfzehn Jahren deutlich gemacht, dass ihm der Adel der Gesinnung wichtiger sei als der Adel der Geburt, wenn es darum geht, den Mangel an Offizieren zu beheben: ›Liebe zu König und Vaterland‹, ›ein warmes Herz für den Soldatenstand und christliche Gesittung‹. Das waren seine Worte.«

»Das ist auch völlig richtig.«

»Ich denke, darüber könnte man streiten«, rief ein älterer Herr. »Bleibt da nicht das seit Generationen im Adel weitergegebene Ehrempfinden auf der Strecke?«

Nachdenklich schaute Achim von Bening in die Weite des Gartens hinaus. »Man könnte streiten, sicher. Doch es gibt ein noch viel größeres Problem.«

»So? Was meinen Sie, Bening?«

»Wie ich bereits angedeutet habe«, fuhr Achim von Bening fort. »Der technische und wirtschaftliche Fortschritt hat unsere Gesellschaft verändert. Die Bedingungen für ein Miteinander sind andere geworden. Das ist das eine. Das andere ist, dass man preußische Offiziere zu sehr einem Korpsgeist verpflichtet, der meiner Meinung nach in einigen Punkten revidiert werden sollte. Standesehre und Ehrengerichte sind ja gut und richtig. Aber was darunter leidet, das ist unser Hunger nach Bildung. Ich bin offen gesagt nicht der Einzige, der den Eindruck hat, wir Offiziere würden in unseren aufblühenden Zeiten von der Dynamik der neuen Geisteshaltungen ein wenig abgeschnitten.«

»Und darum bilden Sie sich privat weiter. Das ist doch ehrenwert, Herr Rittmeister.« Liane Hoschwitz nickte ihm lächelnd zu. »Zumal Sie das Risiko auf sich nahmen, zu einem Duell herausgefordert zu werden. Aus welchen Kreisen kommt denn Ihr Opponent?«

»Pächter ist Sohn eines Futtermittelherstellers aus Hannover. Wir sind uns schon einmal begegnet, vor sechs Jahren in Südafrika, im zweiten Burenkrieg. Nun hielt er mir vor, ich hätte zwar blaues Blut, sei aber mit dem Herzen zu wenig überzeugter Monarchist. Er dagegen würde ohne Bedenken sein eigenes Blut opfern, um dem Kaiser zu gefallen.«

»Wie degoutant! Ein typischer Emporkömmling!«

»Aber lobenswert!«, rief wieder der ältere Herr und trommelte mit seinen Fingerspitzen auf die Armlehne seines Korbsessels. »Das ist charakterstark. Das nenn ich Kaisertreue und Vaterlandsliebe. Bestimmt hat er im Burenkrieg ehrenhaft gekämpft?«

»Wir haben beide unsere Orden bekommen«, gab Achim von Bening trocken zurück.

»Gut, aber worauf wollte er bei Ihnen denn nun wirklich hinaus, Rittmeister?«

»Ganz einfach. Pächter warf mir im letzten Sommer vor, ein Feigling zu sein, weil ich nicht bereit war, im August in Waterland mittelalterlich bewaffnete Hereros und Namas niederzumetzeln. In meinen Augen war das Völkermord und ist wahrhaftig kein Ruhmesblatt für unser Deutsches Reich.« Er verschränkte die Arme und starrte vor sich hin.

»Unsinn!«, protestierte der Alte. »Was zählen die paar Hottentotten!«

»Mit Verlaub, nein! Wir haben nicht das Recht, fremde Völker und Kulturen auszumerzen.«

»Der Kaiser sieht das ein wenig anders!«

»Die Zukunft wird zeigen, dass es ein Fehler war.«

»Hoffentlich merken Sie nicht, dass Sie einen Fehler gemacht haben, Rittmeister!«

»Euer Wohlgeboren, bitte.« Erregt wandte sich Liane Hoschwitz beiden Männern zu. »Ich bitte Sie, wir wollen heute doch feiern.«

Der Ältere schüttelte verärgert den Kopf. »Bening, bedenken Sie Ihre Gesinnung. Was sagt Ihr Vater dazu?«

»Wir waren noch nie einer Meinung. Aber ich bitte Sie, lassen wir jetzt dieses unliebsame Thema.« Er suchte von Hoschwitz' Blick und lächelte. »Der Krieg ist gottlob vorbei. In guter Erinnerung dagegen habe ich den Besuch von Herrn Hoschwitz kurz vor meiner Abreise. Als gewissenhafter Tuchfabrikant wollte er vor Ort entscheiden, wie die Stoffe seiner zukünftigen Tropenuniformen beschaffen sein müssen.«

»So ist es.« Hoschwitz füllte die Gläser mit Champagner auf, stieß mit Bening an und leerte sein Glas in einem Zug.

»Wie gesagt« – von Bening nahm den Faden wieder auf –, »ich trage gerne den Rock eines Offiziers, aber ich will keine Kriege befördern helfen. Ich kann das sagen, denn ich habe genug Schlimmes in Afrika gesehen.«

»Ein Offizier ist nie ein Weggucker, Rittmeister!«

»Glauben Sie mir, ich habe weit mehr als nur Pulverdampf gesehen!«

»Wenn das so ist, dann hüten Sie Ihre Zunge! Man darf die Bürgerlichen nicht unterschätzen. Sie haben es doch nun selbst erlebt. Wenn Sie nicht aufpassen, schneiden sie Ihnen noch den Rang ab.«

»Man darf die Bürgerlichen nicht unterschätzen, richtig. Aber den Adel zu überschätzen ist ebenso falsch«, widersprach er ruhig. »Keines von beidem ist gut.«

»Sie sollten trotzdem vorsichtig sein, Herr von Bening.« Liane Hoschwitz hatte so sanft und eindringlich gesprochen, dass es einen Moment still wurde.

»Das ist mir einerlei. Noch gehört mein Körper dem Kaiser, aber mein Kopf gehört mir.«

Doch er sagte es so, dass niemand ihm glauben konnte. Vor allem die Damen nicht, die ihm mit ihren Blicken zu verstehen gaben, dass sein Körper ihnen gehörte …

Fenja hätte ahnen können, dass ein Mann wie er viele Verehrerinnen hatte. Aber dass ihre Dienstherrin ihn ebenfalls anbetete, bestürzte sie. Verwundert schaute sie zu, wie Carl Hoschwitz seiner Frau das Glas auffüllte und ihr zuprostete. Er schien das Verhalten seiner Frau nicht wahrzunehmen, oder verstellte er sich? Achim von Bening dagegen verschränkte die Arme und wandte seinen Blick zum Sternenhimmel.

Bildete sie es sich ein, oder hatte er sie entdeckt?

Sie huschte in ihr Zimmer zurück.

Sie konnte nicht schlafen. Als die ersten Sonnenstrahlen in ihr Zimmer drangen, stand sie auf, wusch sich und schlich durch das große, stille Haus. Die Terrassentür war angelehnt, Fenja trat in den Garten hinaus.

Die Luft roch nach taufrischen Lilien und Rosen. Fenja ging in den Park, betrachtete Pavillons, Zierfischteiche und künstliche Wasserfälle. Auf freien Rasenflächen hatte Liane Hoschwitz mit Tuffstein umrahmte Blumenrabatten anlegen lassen. Fenja beugte sich über eine Gruppe Akeleien und brach eine Blume ab. Sie liebte die Blüte, ihre zierliche Krönchenform, die gebogenen zarten Blütenblätter. An einem Jasminstrauch hielt sie inne, um Trost bei seinem Duft zu finden.

Sonnenlicht durchbrach den Dunst, der zwischen den Baumkronen hing, und breitete sich fächerförmig bis vor ihre Füße aus. Sie beschleunigte ihren Schritt, entfernte sich vom Haus, in dem bald die ersten Dienstboten aufwachen würden …

Der Park ging in einen Buchenwald über, hinter dem von Hecken gesäumte Weiden lagen, auf denen Pferde grasten. Fenja atmete auf, genoss den freien Blick, die Anmut der Tiere. Sie setzte sich auf einen abgesägten Baumstamm und reckte ihr Gesicht der Sonne entgegen. Sie schloss die Augen.

Lerchen stiegen tirilierend in den Himmel auf.

Ein Eichelhäher schrie.

Ein Rudel Rehe raschelte durch das Laub.

Rehe? Im gleichen Moment umfassten sie Arme, und eine warme Hand legte sich auf ihre Wange, drehte sanft ihren Kopf.

Sein Geruch, sein Atem.

Sie schlug die Augen auf.

Er küsste sie zärtlich. »Es muss sein«, flüsterte er. Es war, als bestünde ihr Körper aus Saiten, auf denen er spielte … Es war pure Lust, die sie durchströmte.

»Seit ich dich traf, habe ich dich immer nur im Geiste geküsst, Fenja.« Er zog sie an sich. »Fenja.« Sein Mund berührte ihre Lippen, erst zart, dann leidenschaftlicher, als müsse er sie kosten wie eine Auster. Sie schlang ihre Arme um seinen Nacken, fuhr ihm mit ihren Fingerspitzen durch das volle Haar, sah ihm in die Augen und umspielte seine Zungenspitze, wie er es sie gerade gelehrt hatte … Sie beugte sich vor und bedeckte seinen Hals mit Küssen. Moschus, Sandelholz, Hyazinthe? Der Geruch seines frischen Bartes, dunkel, herb … Sie küsste ihn, genoss den aufreizenden Schmerz auf ihren Lippen …

Er zog sachte ihr Dekolleté auseinander, liebkoste ihre Brüste und fand zu ihren Lippen zurück. Ihre Hand fuhr drängend über seinen Brustkorb, glitt tiefer, dorthin, wo das harte Leder seines kniehohen Stiefels gegen ihr Schambein scheuerte. Er atmete heftiger. Seine Augen waren dunkel wie Obsidian, ihr Glanz befeuerte sie.

Nie würde sie einen anderen Mann lieben können. Nie. Er war das Echo ihrer Seele. Nichts spielte mehr eine Rolle, keine Äußerlichkeit, kein Standesunterschied, keine Uniform, nur die Gewissheit, dass sie füreinander geschaffen waren wie Wind und Wellen, wie Licht und Meer …

Er zog sie hoch, lehnte sie gegen eine Kiefer und liebkoste sie, bis sie beide Mühe hatten, nicht vollends alle Hemmungen zu verlieren.

»Vergiss nicht, Fenja, jetzt haben wir zwei Geheimnisse.«

»Zwei Geheimnisse, Achim … nur zwei?« Sie lächelte, schmiegte sich an ihn.

»Ja, nur zwei, Fenja, lass uns Zeit. Ich verspreche dir, es werden noch mehr werden, bis …«

»Bis?«

»Bis etwas geschieht.«

»Was geschieht, Achim?«

Sein Mund eroberte sie aufs Neue. Das aufreizende Spiel seiner Zungenspitze raubte ihr den Atem.

»Wart's ab.«

»Achim …«

»Ja?« Er zeichnete mit seiner Fingerspitze langsam die Konturen ihrer Lippen nach.

»Ich, ich möchte gerne wissen, ob du sie liebst … diese Freifrau?«

»Alexis? Meine Cousine?«

»Warum nicht?«, gab sie kokett zurück. »Sie hat dich sehr liebevoll begrüßt …«

»So?«

»Ich hab's genau …«

Er lachte. »Schau in Zukunft einfach weg. Ich behandle alle Frauen freundlich und respektvoll. Hast du vergessen, dass ich Offizier bin?«

»So respektvoll, dass du mich im Morgengrauen im Wald überfällst? Hast du keinen Dienst?«

»Ich konnte nicht schlafen.« Seine Augen blitzten, als wollte er die Lust in ihr noch weiter anfachen. »Nein, Fenja, ich muss gleich antreten lassen, keine Sorge. Ich wohne in der Nähe, wollte ausreiten. Die Pferde dort gehören nämlich mir.« Er nahm sie an der Hand und spazierte mit ihr am Waldrand entlang. »Vor dreißig Jahren besaß mein Vater hier ein riesiges Areal. Nach der Reichsgründung brauchte man Platz für neue Unternehmen. Vater konnte sein Eigentum Stück für Stück in Bauland umwandeln. Er ist längst Privatier und besessen von der Idee, ich könnte Karriere bei Hof machen.«

»Du klingst nicht sehr glücklich bei dieser Vorstellung.«

»Das bin ich auch nicht.«

»Was möchtest du denn lieber tun?«

»Dich lieben ...« Er küsste sie innig.

»Achim, bitte, sei ernst.«

»Gut, also, ich interessiere mich für Medizin und die Kultur anderer Völker. Ich könnte durchaus als Arzt arbeiten«, erwiderte er selbstbewusst. »Leider waren meine Eltern von meinem Studium nicht angetan. Es war, wie meine verstorbene Mutter es einmal treffend formuliert hat, ein Fauxpas. Selbst das Renommee der Professoren Henoch und Heubner an der Berliner Charité hat sie nicht beeindruckt. Du musst wissen, ich stamme aus einer alten preußischen Offiziersfamilie. Nun, ich wurde promoviert, habe sogar noch ein paar Semester Ethnologie belegt und musste dennoch die Offizierslaufbahn einschlagen, so wie es Tradition ist. Dann brach vor sechs Jahren der Burenkrieg aus. Für meinen Vater war das der willkommene Anlass, mich nach Südafrika zu schicken.«

»Nicht, um dort als Arzt zu arbeiten, sondern um zu töten. Entsetzlich. Wie hast du das ertragen?«

»Später habe ich dort als Arzt gearbeitet …« Er verstummte, schaute nachdenklich zu den Pferden hinüber.

»Was ist, Achim?«

»Ach, nichts.«

»Du verschweigst mir etwas.«

Er atmete flach, als ringe er mit sich, dann gab er sich einen Ruck. »Später, Fenja, nicht jetzt, nicht heute.«

»Warum? Ist es so belastend für dich?«

Er nickte. »Bleiben wir dabei, wie alles anfing, ja? Also, zunächst war alles wie ein Rausch. Ich schloss mich dem Freiwilligen Korps an …«

»Du wolltest deine Familie beeindrucken.«

»Ja, genauso war es. Ein Freund meines Vaters kannte Oberst Schiel. Ich hab erst später erfahren, dass Schiel ein zwielichtiger, ehemaliger Feldwebel aus Frankfurt ist. Schiel wollte nicht nur Südwestafrika, sondern ganz Südafrika kolonisieren und die Briten vertreiben. Kaiser Wilhelm legte zwar Wert auf politische Neutralität, aber er sympathisierte wie die meisten Europäer mit den Buren. Damals war ganz Europa von einem Fieber ergriffen. Alle wollten den Buren beistehen. Aus allen Ländern, aus allen Gesellschaftskreisen reisten militärisch Erprobte, aber auch Abenteurer an. Ich bin einem französischen Fremdenlegionär mit Grafentitel begegnet, einem zaristischen Fürsten mit seinen Kosaken, dem Bruder des Malers Vincent van Gogh und ein paar verrückten irischen Freiheitskämpfern. Im Frühjahr '99 bin ich dann mit einigen anderen Deutschen abgereist. Zunächst habe ich mich auf eigene Faust ein wenig im Land umgesehen. Im Juni habe ich den deutschen Freikorpsgründer Dr. Elsberger und die Mitglieder des German Bond, eines Ausschusses des deutschen Kommandos, getroffen. Dabei habe ich auch Harra von Zeppelin kennengelernt.

Er war Ulanen-Offizier und Verwandter des berühmten Luftschiffpioniers Graf Zeppelin.«

»Ulanen-Offizier? Was ist das?«

»Ein Ulane ist ein Kavallerist, der eine Lanze trägt.«

»Du bist doch auch ein Kavallerist, nicht?«

»Ja, als Kavallerie bezeichnet man nur die zu Pferde kämpfenden Reitertruppen, im Gegensatz zur Infanterie und Artillerie. Wir Kürassiere bilden die schwere Schlachten-Reiterei, Dragoner die leichte Reiterei. Sie reiten auch die Attacken. Und dann gibt es noch Husaren und …«

»Verzeih, aber bevor es für mich zu viel wird, sag schnell: Wenn du keine Lanze bei dir trägst, was dann?«

»Revolver und Offizierssäbel.«

»Und wie ging es dann weiter?«

»Also, am einundzwanzigsten Oktober '99 brachen wir mit dem gesamten deutschen Kommando in die Schlacht in Elandslaagte auf. Das ist ein Ort im östlichen Südafrika. Graf Zeppelin sprühte vor Kampfeslust. Ich war ganz in seiner Nähe. Ich lache noch darüber, wie er uns übermütig mit einem Fliegenwedel in der Hand zur Attacke anspornt. Doch dann schlägt wenige Meter von uns eine britische Granate ein, explodiert und jagt Zeppelin einen Splitter durch den Kopf.«

»Achim! Wurdest du auch verletzt?«

»Hüfte und Rücken haben eine Handvoll Splitter abbekommen, glücklicherweise nicht zu tief. Die Narben bleiben, die Bilder auch.«

»Verzeih, ich wollte dich nicht in Verlegenheit bringen.« Sie schlang ihre Arme um ihn. »Dann lass uns über Hoschwitz sprechen, ja? Wer ist er wirklich? Und wie ist er zu diesem Reichtum gekommen?«

»Seine Familie stammt aus Dresden. Dort war sein Vater ein einfacher Schneider. Er ist später nach Spandau umgesiedelt, wo er eine Weberei aufbaute. Nach seinem Tod führte Carl

Hoschwitz sie mit seinem Bruder weiter. Sie übernehmen eine Walkmühle, kaufen ein Tuchgeschäft hinzu und bauen ihre Firma auf. Dann heiratet sein Bruder die Tochter eines Kommerzienrates, stirbt aber kurz nach der Hochzeit bei einer Bergtour. Seine Witwe überwindet seinen Tod nicht. Sie erkrankt an Typhus und folgt ihm wenig später. Ihr Vater klammert sich an Carl Hoschwitz als Ersatzsohn und vermittelt ihm Kontakte, die ihm helfen, aus einer Firma ein Unternehmen aufzubauen. Hoschwitz ist klug und umtriebig. Er weiß, nur Militäraufträge immunisieren eine Tuchfabrik gegen konjunkturelle Schwankungen. Heute möchte er meine Kontakte zum Kaiserhaus nutzen, um möglichst eine Monopolstellung zu erlangen.«

»Er strebt also nicht nur nach Geld, sondern nach Macht.«

»Er nutzt nur die Zeichen der Zeit, Fenja. Deutschland entwickelt sich zur zweitmächtigsten Industrienation Europas, und Hoschwitz hat großen Einfluss in der Tuchbranche. Vor kurzem hat er es geschafft, Konkurrenten an einen Tisch zu bringen, um sie davon zu überzeugen, dass es für jeden von ihnen vorteilhafter ist, wenn sie sich über den Markt verständigen, statt sich gegenseitig das Leben schwerzumachen. Konkurrenz belebt nicht das Geschäft, sondern verschlingt unnötige Energien. Das ist seine Überzeugung, und deshalb hat er mit vier anderen Unternehmern ein Kartell gebildet. Gemeinsam können sie ihre unternehmerischen Interessen besser vertreten. Sie verpflichten Rohstofflieferanten, Zulieferer und Herstellerbetriebe zu gleichen Preisen. Dadurch können sie kostengünstig expandieren. Ihre Gewinne steigen immens. Aus ihrer Sicht handeln sie ökonomisch sinnvoll, aber aus Sicht des Gemeinwohls habe ich so meine Zweifel. Denn ihre enormen Gewinne fließen zu einem hohen Prozentteil in ihre eigene Kasse. Das Gute ist nur, Hoschwitz gehört zu jenen Unternehmern, die umfassend für ihre Arbeiter und Angestellten sorgen. Er bietet ihnen Wohnhäuser für geringe Mieten, überwacht Sozial-, Kranken- und Altersversicherungen, hilft bei Notfällen, spendiert Geld bei Hochzeit, Taufe und Beerdigungen, hält einmal pro Woche Sprechstunde und macht täglich seinen Rundgang durch Büros, Werkstätten und Fabrikhallen. Er spricht mit jedem, ob Fuhrknecht oder Bürovorsteher. Ich denke, er ist ein guter Patriarch. Er ist nicht kleinlich.«

Fenja dachte an den großzügigen Einstellungsbrief, den er ihr geschrieben hatte. »Ich weiß, aber …« Aber seine Frau betet dich an, Achim …

»Aber was, Fenja?«

»Nichts, Achim, nichts.«

Sein Kuss nahm ihr den Mut, die Wahrheit auszusprechen.

Auf ihrem Rückweg wurde ihr klar, dass sie Liane Hoschwitz keinesfalls um Hilfe für Hiltrud bitten konnte. Sie durfte sich nicht einer Ehefrau anvertrauen, deren Gefühle für den Mann entbrannt waren, den Fenja liebte. Außerdem war sie das Kindermädchen ihres Sohnes, das man möglicherweise auf Ahlbecker Postkarten wiedererkennen konnte. Fenja fürchtete, dass Liane Hoschwitz sie mit anderen Augen sehen würde, sollte sie von Hiltruds Unglück erfahren. Sie könnte ihr unterstellen, ebenfalls ein leichtes Mädchen zu sein, für das die Postkarten ein billiges Mittel wären, um in die Betten fremder Herren zu steigen. Als vorausschauende Mutter müsste sie ihr sofort kündigen. Das aber wollte Fenja aus Liebe zu Berthold um jeden Preis verhindern.

Sie hatte heute zwei Versprechen einzulösen.

Nur zwei, aber eines würde schmerzlich sein.

Nach dem Frühstück fuhr Fenja zum Krankenhaus, um Hiltrud ihren neuen Plan, der in ihr gereift war, zu erklären: Damit ihre Schwester in Berlin bleiben konnte und weiter gepflegt würde, würde sie Mathilde Kirschner, bei der Hiltrud gewohnt hatte, um Hilfe bitten. Hiltrud war einverstanden. Und Fenja hatte Glück.

Sie traf die Oberin und Tochter des Berliner Oberbürgermeisters in ihrem Moabiter Frauenheim in der Kaiserin-Augusta-Allee an und konnte ihr Anliegen vortragen. Natürlich war Mathilde Kirschner entsetzt über das, was Hiltrud widerfahren war. Aber sie versprach Fenja Hilfe. Sie wollte dafür Sorge tragen, dass Hiltrud noch in den nächsten Tagen aus dem Moabiter Krankenhaus in ein Frauenpflegeheim überführt würde. Sie selbst würde die Kosten dafür übernehmen. Das sei das mindeste, was sie ihr, Fenja, für die entbehrungsreiche Webarbeit im Winter schuldig sei. Dabei verriet sie ihr, dass sie beabsichtige, ein größeres Areal in Alt-Moabit zu kaufen. Das gegenwärtige Heim reiche bei weitem nicht aus, den vielen bedürftigen Arbeiterinnen eine sichere Unterkunft zu geben. Angesichts ihres Elends und das ihrer Kinder würde sie aber am liebsten noch mehr tun, nämlich eine eigene Erholungssiedlung bauen. Schon jetzt halte sie auf Usedom nach einem geeigneten Grundstück Ausschau und würde jede Chance ergreifen, die sich ihr böte. Dabei hoffe sie auf Kaiser Wilhelm. Sie wisse, dass er sie bewundere und Sympathie für ihren sozialen Einsatz zeige. Fenja war beeindruckt von ihrer Energie und Hilfsbereitschaft und dankte ihr dafür, dass sie sie mit ihren Sorgen nicht alleinließ. Sie versprachen einander, in Kontakt zu bleiben.

Auf der Rückfahrt nach Charlottenburg fasste Fenja die Bedeutung der letzten Stunden für sich zusammen. Carl Friedrich Hoschwitz verdankte sie, dass sie endlich eine gutbezahlte Arbeit hatte. Berthold mochte sie, und er verstand es, sie geschickt in Schutz zu nehmen.

Und Achim von Bening hatte sie hier das erste Mal geküsst.

Es sah so aus, als hätte ihr die Reichshauptstadt Berlin Glück gebracht.

Warum aber war sie trotzdem nicht glücklich?

Erst nach einer Weile fand sie die Antwort.

Sie hatte vergessen, Achim nach jener Sophie zu fragen, von der er in der Silvesternacht geträumt hatte. Und sie hatte Hiltrud verschwiegen, dass sie verliebt war. Wie aber würde ihre verletzte Schwester reagieren, wenn sie es erführe?

Und was hatte Achim in Afrika erlebt?

Um die Mittagszeit, als ganz Berlin die Hochzeit des Kronprinzen mit Kronprinzessin Cecilie feierte, rollte ihr Zug nach Wolgast, Richtung Ostsee, zurück. Sie hatte es Berthold versprochen.

Kapitel 10

Sie hatte Hiltrud zugesagt, ihrem Vater nicht die Wahrheit zu erzählen. Als sie ihm jedoch in der Diele gegenüberstand, wusste sie, dass alles anders kommen würde.

»Baldur hat nach dir gefragt, er will dich sehen.«

»Das wäre nicht das erste Mal.«

Er hob die Hand, als wollte er sie schlagen. »Ich verbiete dir diesen zynischen Ton.«

»Du bist zynisch, Vater! Was geht mich euer Altmänner-Wahnsinn an, der mich an Baldur Hocks fesseln soll? Willst du, dass es mir eines Tages so geht wie Hiltrud?«

»Was ist mit ihr? Wage nicht, mir zu erzählen, dass es ihr schlechtgeht!« Er hob ein Kiefernscheit hoch und wandte sich um.

»Was führst du dich so auf, Vater? Hast du deiner Lieblingstochter vielleicht zu viel zugemutet?«

»Was ist mit Hiltrud?« Er kam drohend mit dem Scheit auf sie zu.

»Wenn du mich damit schlägst, verliere ich meine Arbeit.« Sie sprach so ruhig, wie es ihr möglich war.

Er senkte seinen Arm. »Sag die Wahrheit.«

»Nur, wenn du mir endlich verrätst, warum ich Baldur heiraten soll. Was ist passiert? Welches Geheimnis hält angeblich unsere Familien zusammen?«

»Halt deinen Mund! Verdammt noch mal!«

»Hiltrud wurde vergewaltigt. Soll ich die Nächste sein?« Sie wich vor ihm zurück.

»Du Flittchen, was lügst du mich an?« Er schlug ihr ins Gesicht.

»Von vier Männern vergewaltigt!«

Er stieß sie gegen die Wand, packte ihr Haar und riss ihren Kopf in den Nacken.

»Sie ... sie wurde sogar genäht!« Ihre Stimme war kaum mehr als ein Hauch.

Er ließ sie los, das Scheit entglitt seinen Händen. Er brüllte, schlug mit den Fäusten gegen die Wand.

Sie erzählte ihm alles.

Fenja hatte nach dem Gespräch gehofft, ihr Vater würde ihr endlich offenbaren, warum es ihm so wichtig war, dass sie Baldur Hocks heiratete. Doch stattdessen verhärtete er sich immer mehr. Schlimmer noch, er verfluchte Hiltrud, weil sie keinerlei Menschenkenntnis bewiesen hätte. Es war eingetreten, was beide Schwestern befürchtet hatten: Ihr Vater verstieß die Tochter, die ihm stets die liebste gewesen war. Er sagte sich los von einem Kind, in dem er sein eigenes Spiegelbild gesehen hatte – und das ihm nun einen Spiegel vorhielt, in dem er sich als Verlierer wiedererkannte.

Fenja war erschüttert. Sie hätte Zeit gebraucht, um diese schmerzhafte Erfahrung zu verkraften. Nur der Gedanke an Berthold und ihre Verantwortung für ihn gab ihr am nächsten Morgen die Kraft aufzustehen. Und da Fräulein Maron mit ihrer Tochter zurückgekehrt war, lenkten die beiden Kinder sie in den nächsten Tagen von den belastenden Gedanken ab.

Der Sommer hatte endgültig Einzug gehalten. Die Temperaturen stiegen von Tag zu Tag. Schon in den frühen Morgenstunden war der Strand belebt. Hunderte Berliner Familien richteten sich in ihren Strandkörben ein, Kinder lärmten, badeten, spielten Ball. Auch Berthold und die kleine Sonja zog es ins Wasser. In dieser Hitze tat Fenja der Junge besonders leid, und so beschloss sie, gegen die Anweisung seiner Mutter ihm den Schulterhalter und die Metallschienen von den Beinen abzunehmen. Anschließend setzte sie sich mit ihm ins flache Wasser, hielt ihn vor sich und ermutigte ihn, mit Sand und Wellen zu spielen.

Am dritten Tag war es so heiß, dass die Eisverkäufer extra Fässer mit gestoßenem Eis um ihre Wagen aufstellten, damit ihr Speiseeis nicht allzu schnell dahinschmolz. Am Strand waren nur noch wenige Plätzchen zwischen Zelten, Strandkörben und Sonnenschirmen frei. Wer nicht badete, spazierte mit hochgekrempelten Hosenbeinen im Wasser. Selbst die vielen Hunde wurden nicht müde, immer wieder ins Wasser zu jagen. Die Sonne stand glühend am wolkenlosen Himmel, das Meer glitzerte. Fenja und die Kinder dösten in ihrem grünweißen Zelt, als Edda sie in ihrer Mittagspause überraschte.

»Komm heute Abend gegen neun zur Seebrücke, Fenja. Dann gehen wir ein bisschen Richtung Swinemünde spazieren.«

Sie kannte Edda viel zu gut, um nicht zu ahnen, dass sie mehr im Sinn hatte, als nur mit ihr spazieren zugehen.

»Um neun, versprochen, Edda.« Sie blinzelte ihr zu.

Berthold fing ihren Blick auf. »Mademoiselle, ob Sie uns eine Portion Himbeersorbet auf Grieß bringen könnten?«

Edda knickste. »Gerne, junger Herr. Nur eine?«

»Ja, fürs Erste reicht mir eine Portion.«

War er etwa wieder eifersüchtig? Wollte er Edda bei der Hitze zwischen Ahlbecker Hof und Strand hin und her kommandieren? Fenja warf ihm einen strafenden Blick zu. Edda aber lächelte routiniert und eilte davon.

Träge flirrte die heiße Luft über dem Meer.

»Und wenn er den Strand nach uns absucht?«

»Es ist bald Mitternacht, Fenja, trotz des Mondscheins ist es hier am Strand viel zu dunkel dafür. Wie sollte er uns denn sehen?«

»Womöglich hat er ein Fernglas.«

»Ah, wünschst du dir denn, dass er uns beobachtet?«

»Er ist dein Freund, Edda. Würde es dich nicht stören, wenn er es täte?«

»Ich weiß nicht, vielleicht. Vielleicht nicht.«

Fenja hörte, wie ihre Freundin zu kichern begann. Eddas Finger nestelten an den Häkchen ihres Mieders. Fenja wandte ihren Blick von der Ostsee ab, die glatt wie Lackmus im silbrigen Mondlicht vor ihnen ruhte. »Edda, was tust du da?«

»Du bist ein keusches Pflänzchen, vertrau mir einfach. Richard ist ein Gentleman. Er wird warten, bis ich ihm das verabredete Zeichen gebe. Und noch ist es nicht so weit, stimmt's?« Sanft schob Edda die gelösten Rückenteile über Fenjas nackte Schultern. Eine leichte Gänsehaut strich über Fenjas bloßen Rücken. Sie hob ihr loses Haar und erschauerte, als Edda sie um ihre Taille fasste, sich vorbeugte und sie auf den bloßen Nacken küsste.

»Wie schön du bist, Fenja. Ist es nicht schade, dass dich dein Rittmeister jetzt nicht sieht?« Sie sprach leise, wehmütig beinahe.

»Ich fürchte, er wäre entsetzt. In seinen Kreisen ist das, was wir hier machen, nämlich nicht üblich.« Fenja drehte sich zu ihr um. Ihr lockiges Haar fiel federnd bis zu ihrem Bauchnabel hinab.

»Und wenn schon. Ich bin mir sicher, er würde dich anbeten«, entgegnete Edda. »Und er würde spüren, dass du mehr Macht über ihn hast als jede andere. Komm, steck dein Haar wieder hoch.« Sie zog die eigenen Kämme aus ihren hochgebundenen Zöpfen. Fenja griff sich in ihr volles Haar und hob es an. Edda, die schon bereit war, es ihr festzustecken, tat einen Schritt zurück.

»Ah, dein Busen, ich könnte dich wirklich um ihn beneiden … Es sieht aus, als ob« – Edda tat, als wollte sie eine

Schaukel nachmalen – »als ob das Mondlicht ihn auffüllt und nur zwei halbrunde Schatten ihn stützen.«

»Edda … wie kannst du nur so etwas sagen?«, flüsterte Fenja fassungslos.

»Ich dichte manchmal.«

»Das ist mir neu. Wegen ihm?« Sie blickte zum Meer.

»Ja, sonst würde mir all das, was ich für Richard empfinde, noch den Verstand rauben.« Edda ließ ihr Unterkleid fallen. Sie war nun ebenso nackt wie Fenja. »Und deshalb!« Sie stemmte ihre Hände in die Seite. Ihre Brüste waren schwer, und ihre großen Vorhöfe deuteten zur Seite. »Ich bin so, wie ich bin, Fenja. Auch wenn's mir nicht gefällt. Aber weißt du, was das Schönste ist?«

»Ich ahne es.« Fenja trat auf sie zu. Ihre nackten Körper berührten einander. Fenja nahm einen leichten Blumenduft wahr. »Er liebt dich so, wie du bist, nicht?«

»Ja, trotz dieser … dieser Brüste.« Edda ergriff Fenjas Hände, legte sie um ihre Hüften. »Wie findest du mein Parfum? Richard hat es extra für mich aus London kommen lassen. Es ist Vergissmeinnicht …«

»Dann meint er es also ernst mit dir?«

»Ich glaube schon, ja.«

Schweigend musterten sie einander. Von der Strandpromenade blitzten Lichter auf. Fetzen leiser Tanzmusik wehten von der Seebrücke zu ihnen herüber.

»Ach, Fenja, ich liebe ihn, und ich … weiß nicht, was ich machen soll.«

»Wovor hast du Angst? Hast du mir nicht neulich erzählt, dass Richard Deutschland liebt und gerne hierbleiben möchte? Was ist so schwierig für euch beide?«

»Ich weiß es nicht. Ich habe das Gefühl, dass ihn hier noch etwas festhält, was nichts mit mir zu tun hat.«

»Ich dachte, du kannst ihm vertrauen.«

»Ja, sicher. Aber irgendetwas mag er mir nicht erzählen. Dafür aber hat er mir gestanden, dass seine Mutter für die Rechte der Frauen kämpft. Sie ist eine Suffragette, verstehst du? Sie verteilt Flugblätter, blockiert Bahngleise, hält öffentlich Reden, ermutigt die Frauen zur Selbstbestimmung.«

»Deshalb behandelt er dich also so anders.«

»Du meinst anders als ein Baldur Hocks? Ja, natürlich.« Edda atmete tief durch. »Er liebt seine Mutter sehr, und sie wünscht sich nichts sehnlicher, als mich kennenzulernen. Aber komm, wir sollten endlich ins Wasser gehen, sonst sieht uns hier doch noch jemand.«

»Und er will uns beide wirklich ins Boot nehmen? Nur um uns zu ermutigen, so zu sein wie sie?«

»Ja, er hat nämlich heute ein Exemplar ihrer ersten eigenen Schrift bekommen. Er ist so stolz und will sie uns unbedingt vorstellen. Danach bringt er dich hierher zurück, und wir …«

»Jaja, ich verstehe, ihr wollt noch ein wenig turteln.«

»Erwartest du, dass wir nur träumen so wie du?« Edda lachte auf. »Weißt du, seit es so heiß ist wie jetzt, rudert Richard an unseren freien Tagen von Swinemünde aus hierher, ich gehe an den Strand, gebe ihm ein Zeichen – und dann schwimme ich zu ihm hinaus.«

»Warum trefft ihr euch nicht im Trockenen? Du bist doch kalt wie ein Frosch, wenn er dich an Bord zieht.«

»Das ist ja der Reiz!« Edda tauchte ihre Hände ins Wasser, bespritzte Fenja. Lustvolle Schauer rieselten ihr über die Haut. Sie rannte weiter ins Wasser hinein, drehte sich um und schäumte Fontänen in Eddas Richtung. Prustend stürmte diese auf sie zu, Fenja warf sich rücklings ins Wasser, doch Edda stürzte ihr nach, tauchte sie unter und drehte sich mit ihr mehrmals unter Wasser um die eigene Achse. Endlich tauchten sie wieder auf. Heftig um Luft ringend, legten sie einander ihre Hände auf die Schulter, während das Meerwasser an ihren

Oberschenkeln hochschwappte. Erst als ihr Atem ruhiger geworden war, fragte Edda:

»Hat er dich geküsst, Fenja?«

»Ja.«

Edda zog Fenja zu sich heran, berührte ihre Lippen, liebkoste sie mit ihrer Zungenspitze. »So?«

»Das ist, als wenn mich eine Katze küsst!«

»Und was war er? Ein Löwe?«

»Nein, ein Mann, ein richtiger Mann. Er hat zwar nur meinen Mund berührt, aber es war so aufregend, dass ich das Gefühl hatte, er würde mich ausziehen … Er roch so wunderbar und machte mich geradezu besinnungslos vor Lust.«

»Er hat dich geliebt?«

»Nein, ich sage dir doch, er machte mich nur schwindelig vor Lust.«

»Ach, nur schwindelig? Und vor lauter Lust hast du nur gerochen? Und gar nichts … Genaueres gespürt?« Edda war verblüfft.

»Was hätte ich denn spüren sollen?«

Edda nahm sie in die Arme. »Hat er dich nicht … berührt?«

»Edda!« Fenja errötete.

»Das ist doch nur natürlich. Sag mal … hast du dich denn nicht auch etwas getraut?« Sie grinste.

»Nein! Edda, was soll das denn?«

»Er spannt dich also noch auf die Folter? Köstlich! Fenja, das Schönste steht dir also noch bevor! Aber jetzt, meine Liebe, müssen wir uns abkühlen. Komm!« Edda sprang kopfüber ins Wasser, tauchte auf, schnappte nach Luft und tauchte erneut unter. Während Fenja die Bewegungen von Edda unter Wasser um sich herum spürte, blickte sie aufs Meer hinaus.

Kein Wind, keine Welle kräuselte sein glattes Antlitz. Fenja warf einen Blick zurück zum Strand, von wo Akkordeonmusik herüberscholl. Hinter den Bäumen war eine Kette bunter Lichter zu erkennen, die die Promenade entlangschaukelte. Auf dem langen Steg der Seebrücke schossen silbrige Feuerwerke in den Nachthimmel. Eine Gestalt lief am Strand entlang, spähte suchend umher. Ob sie sie hier im Wasser entdeckt hatte?

»Fenja! Komm endlich!«

Sie drehte sich um und stellte fest, dass Edda bereits ein gutes Stück aufs Meer hinausgeschwommen war. Sie erwiderte ihr Winken und folgte ihr.

In Decken gehüllt saßen sie in Richards Boot. Er hatte eine Sturmlaterne angezündet und las ihnen aus einem rot eingebundenen Buch auf Englisch vor. Fenja vermutete, er stellte sich vor, wie seine Mutter in London diese Sätze ebenso laut verkündete. Am Ende eines jeden Satzes sah er zu ihnen auf, als hoffe er, sie könnten ihn auch ohne Übersetzung verstehen. Dabei schien es ihm völlig gleichgültig zu sein, dass sie unter ihren Decken nackt waren. Er erstaunte sie, zumal er ihr sogar mit geschlossenen Augen über Bord geholfen hatte. Er hatte sich danach sofort Edda zugewandt, die ihr eine Decke um die Schultern gelegt hatte. Fenja lauschte seiner eindringlichen Stimme, die trotzdem etwas Beruhigendes an sich hatte. Jedes Mal, wenn er seinen Kopf wieder über das Buch senkte, schimmerte sein rötliches Haar im Laternenschein. Fenja schmiegte sich an Edda. Ob sie ahnt, dass es mich mehr interessiert, wie seine dichten Wimpern Schatten werfen und sich seine Lippen bewegen, als wollten sie die Worte nicht nur formen, sondern geradezu schmecken? Wie sie Edda wohl schon verwöhnt haben mochten … Wann würde Achim sie wieder in die Arme nehmen?

»Fenja! Es geht um euch!« Richard sah ihr direkt in die Augen. »Hör genau zu! Meine Mutter fragt dich: Willst du immer Eigentum deines Mannes sein?«

»Was soll das, Richard? Ich bin nicht verheiratet …«

»Aber du möchtest es sein, stimmt's? Du guckst nämlich so sehnsüchtig. Hier, pass genau auf!«

Er rückte die Laterne näher ans Buch und übersetzte Satz für Satz:

»Frauen, wollt ihr immer Eigentum eurer Männer sein? Werft das Korsett ab, in das sie euch stecken! Tragt eure eigene Mode. Seid und bleibt weiblich, aber werdet selbstbewusste Frauen. Frauen, die ihr Recht einfordern, am öffentlichen und gesellschaftspolitischen Leben mitzuwirken. Reißt die Bande ein, die euch in eure Küchen und Stuben einsperren. Macht auf euch aufmerksam! Marschiert zu öffentlichen Plätzen, haltet Reden! Besucht Veranstaltungen prominenter Politiker, stellt ihnen unbequeme Fragen! Klebt Plakate, schreibt Artikel! Unterbrecht Theateraufführungen und Kirchenpredigten, redet in vollbesetzten Restaurants! Scheut keine Schmerzen, keine Verhaftungen, keine Beleidigungen, wenn es darum geht, eure Freiheit, unsere Freiheit einzufordern! Seid mutig! Mutig, wie Jeanne d'Arc es war! Es gilt nur eines: Tod oder Sieg!«

Edda starrte ihn an. »Das kann keine Frau geschrieben haben, Richard. Niemals.«

»Und schon gar nicht eine Mutter«, pflichtete ihr Fenja bei. »Also, wenn du meine Meinung hören willst …«

»Ja, natürlich, sprich freiheraus.« Er klappte das Buch zu und sah sie aufmerksam an.

»Mir gefällt dieser Ton nicht. Er ist kriegerisch und, offen gesagt, vollkommen unweiblich. Wir Frauen sollen wie die Soldaten um unsere Rechte als Frau kämpfen? Das ist ebenso widersprüchlich wie absurd!«

Sie rechnete damit, dass er verärgert reagieren würde. Doch er nickte. »Du hast recht. Ehrlich gesagt wundere ich mich auch ein wenig über die Schärfe ihres Tons. Glaubt mir: Ich habe eine warmherzige Mutter. Das hier passt auch für mich keinesfalls zu dem Bild, das ich von ihr habe. Sie muss im Gefängnis Schlimmes erlebt haben ...«

»Sie war im Gefängnis? Aber warum?«

»Sie hat sich vor dem Parlamentsgebäude an eine Straßenlaterne gekettet, nachdem sie einem Minister eine Rauchbombe vor den Rolls-Royce geworfen hat. Sie ist unglaublich mutig, ich bin stolz auf sie. Und ich finde, im Kern hat sie recht, findet ihr nicht?«

»Obwohl sie euch Männern die Lanze entgegenhält?«

»Ja, Fenja. Solltet ihr Frauen euch denn nicht dagegen wehren, wenn man euch das Stimmrecht vorenthält? Außerdem, was würdest du tun, wenn dir ein Mann Schmerzen zufügt? Ihm die Hand ablecken wie ein Schoßhündchen?«

Sie dachte an ihren Vater und Baldur, daran, dass sie verzweifelt darum kämpfte, von Letzterem loszukommen. »Nein, Richard, aber es ist nicht so einfach, sich zu wehren.«

Sie stand auf, das Boot schaukelte. »Genießt die Nacht, ihr zwei Turteltauben. Danke, Richard, für die Belehrung. Und jetzt mach bitte die Augen wieder zu.«

Er lächelte. »Of course, my Lady. Aber nicht vergessen: Es geht um Freiheit, Fenja.«

»Natürlich, worum sonst?« Sie ließ die Decke fallen, noch bevor er den Zipfel von Eddas Decke über sein Gesicht ziehen konnte.

»Siehst du, wie frei sie ist? Und dabei liebt sie einen Offizier! Was du grad tust, Fenja, ist nicht nur unschicklich ...«

»... sondern ein Verrat an den militärisch-ethischen Überzeugungen deines Lovers!« Richard lachte unter der Decke.

»Du bist auch eine Widerstandskämpferin, Fenja, wenn auch auf äußerst weibliche Art!«

Sie hörte ihn unter der Decke lachen. Richard hatte recht. Was sie hier tat, war nicht gerade schicklich. Als wenn mich die Sehnsucht nach Achim immer mehr verändert, dachte sie. Niemals durfte er von dieser Nacht erfahren, einer Nacht, in der sie die Etikette und Moral jener ignorierte, die ihr, wie Achim oder die Familie Hoschwitz, vertrauten. Sie kletterte über die Bordwand und ließ sich ins Wasser gleiten. Es fühlte sich wesentlich kälter an als zuvor, und sie presste ihre Lippen zusammen, um nicht aufzuschreien.

Fröstelnd stieg sie wenig später aus dem Wasser.

Wo hatten Edda und sie sich vorhin ausgezogen?

Sie schlang ihre Arme um den Leib und sah sich suchend um.

Sie lief nach links, nach rechts.

Ohne Erfolg.

Ihre Kleider waren verschwunden.

»Richard! Edda!« Sie rannte zurück ins Wasser, winkte und schrie.

Zu ihrer Erleichterung mussten sie sie gehört haben, denn wenige Minuten später schälte sich das Boot aus der Dunkelheit. Als Richard bemerkte, dass sie noch immer nackt war, drehte er das Boot und ruderte das letzte Stück rückwärts auf sie zu. Edda sprang über Bord und nahm die beiden Decken entgegen, die Richard ihr reichte.

»Wer, um Himmels willen, hat das …?«, rief Edda Fenja zu, doch im gleichen Moment entdeckte Fenja Baldur. Er musste sich hinter den Dünen verborgen gehalten haben.

Fenja lief Edda entgegen. Hastig wickelten sie sich in die Decken.

»Was fällt dir ein?«, fuhr Fenja ihn an.

Baldur grinste. »Du warst in Berlin, Fenja?«

»Was geht es dich an?«

»Ohne mich? Erinnerst du dich? Ich hatte dich eingeladen. Du wolltest nicht, hast diesen Krüppel vorgeschoben, der dir angeblich wichtiger sei als das schöne Berlin. Lüge. Alles Lüge.«

Er verfolgte sie, spionierte ihr nach. Ihr wurde übel vor Angst.

»Warum?« Er trat auf sie zu. »Warum tust du etwas, was kein anständiges Mädchen macht? Du reist ohne Begleitung durch die Welt – und du badest nackt, um dich mit deiner zweifelhaften Freundin und einem fremden Mann zu vergnügen.« Er legte seine Hand unter ihr Kinn. »Nur Huren …«

»Teufel! Lass Fenja in Ruh!« Edda zog Fenja an ihre Seite. »Und das mit der Hure nimmst du zurück!«

»Oh, das nenn ich Temperament. Verteidigst du ihre Ehre? Ist sie also … noch heil?« Er lachte böse und winkte Richard zu, der sein Boot den Strand hinaufzog. »He, Junge! Hier sind zwei nackte, nasse Meerjungfrauen!«, grölte er. »Das muss man nutzen. Mich juckt es, einer von ihnen meinen Stempel aufzudrücken. Was meinst du, wer von uns beiden hat sie schneller trocken gelegt?«

Fenja und Edda wechselten besorgte Blicke, denn ihnen war nicht entgangen, dass die nächtlichen Spaziergänger mit ihren leuchtenden Lampions die Promenade verließen und auf den Strand zusteuerten. Richard rannte auf sie zu, erklärte etwas, woraufhin sie sich zögernd zurückzogen. Vermutlich hatte er sie wegen ihrer dürftigen Bekleidung um Rücksicht gebeten … Doch dann stürzte er auf Baldur zu, packte ihn am Handgelenk. »Hol ihre Kleider, you bloody bastard!«

»Feigling!« Baldur ballte die Faust. Gerade noch rechtzeitig wich Richard zur Seite.

»Hol sie! Sofort!«

»Pack dich!«, brüllte Baldur und rempelte ihn an, so dass er in den Sand stürzte. Richard aber fasste sich schnell, umklammerte Baldurs Knie und riss ihn nieder. Innerhalb von Sekunden entspann sich eine Prügelei, die Baldur unter Einsatz rücksichtsloser Gewalt für sich gewann. Richard blutete aus Nase und Mund. Taumelnd kam er wieder in die Höhe, spuckte aus. Fenja und Edda bemerkten, dass die Spaziergänger nun doch näher gekommen waren. Offensichtlich debattierten sie darüber, ob man nicht besser die Polizei wegen Verstoßes gegen die öffentliche Sittlichkeit rufen sollte. Als ob sie ihre knapp verhüllte Nacktheit mehr als Baldurs und Richards Prügelei empörte. Fenja spürte, wie Wut in ihr aufstieg. Sie musste etwas tun. Sie musste um Respekt kämpfen, gleichgültig, welche Folgen das haben würde. Jetzt war der richtige Moment. Sie zerrte die Decke fester um ihren Leib.

»Ist es ein Verbrechen, in der Nacht ohne Badekostüm zu baden? Wohl kaum.« Sie wies mit ausgestrecktem Arm auf Baldur. »Ohne diesen Mann stünden wir angekleidet hier. Er aber hat uns nachspioniert, unsere Kleider gestohlen und sogar gedroht, uns zu vergewaltigen. Das ist das Verbrechen. Aber es ist nicht alles. Sie haben gesehen, dass er einen Mann geschlagen hat, einen Matrosen aus Swinemünde. Aber vor einem halben Jahr hat er noch etwas Schlimmeres getan, was zwar niemand gesehen hat, für das es aber zwei Zeugen gibt. Er hat aus Eifersucht das Geschenk eines hohen Offiziers unterschlagen.«

Die Menschen flüsterten miteinander. Baldur war bleich geworden. »Sie lügt!«, rief er. »Glauben Sie doch so einer nicht!«

»Nein, ich sage die Wahrheit.« Sie trat ein paar Schritte vor. »Nach der Sturmflut vor einem halben Jahr nahm er einen verletzten Rittmeister bei sich auf, den ich pflegen sollte. Später habe ich erfahren, dass der Rittmeister mir zum Dank eine Bernsteinkette schenken wollte. Er schickte seinen Burschen zu ihm« – sie wies ein weiteres Mal auf Baldur –, »doch dieser

Mann hier war gemein genug, mir dieses Geschenk vorzuenthalten. Ich habe es nie bekommen.«

Ohne Vorwarnung schlug Baldur ihr ins Gesicht. »Wer sagt dir das? Bist du seine Hure geworden?«

Zwei Männer in grauem Cut schlenderten auf ihn zu. »Schluss jetzt. Die Ehre eines Offiziers anzuzweifeln, sein Eigentum zu unterschlagen und jungen Damen Gewalt anzutun, das reicht für schwedische Gardinen.«

»Aber sie lügt, verdammt!«

»Also gut, wie heißt der Rittmeister, um den es hier geht, Fräulein?«

»Ich könnte es Ihnen verraten, aber ich habe dem Offizier aus Respekt versprochen, seinen Namen nicht preiszugeben. Außerdem liegt mir nichts an einem Skandal«, entgegnete Fenja.

»Sie möchten keinen Skandal, wie Sie sagen. Aber Sie bestehen darauf, dass wir Ihnen Ihre Wahrheit glauben?«

»Ja, natürlich.«

»Würden Sie seinen Namen vor der Polizei …«

»Nein, ich meine, nicht ohne vorher mit ihm gesprochen zu haben.«

»Sie will erst seine Einwilligung? Besteht auf persönliche Rücksprache? Ist sie so naiv oder ihm hörig?«, fragte der Ältere seinen Begleiter.

»Sie wird seine Geliebte sein, er wird sie bezahlen.« Der Jüngere schob seine Hände in seine Hosentaschen und taxierte Fenja. »Es sei denn, alles ist ganz anders. Wer weiß das schon.«

»Ich sage die Wahrheit!« Fenja wischte sich Blut von den Lippen. »Fragen Sie diesen Übeltäter hier! Seinen Namen sollten Sie sich merken!«

Der Ältere wandte sich an Baldur. »Gut, also, wie heißen Sie?«

»Das geht Sie nichts an!«

»Antworten Sie!«

»Baldur Hocks«, antwortete Fenja an seiner Stelle und drückte einen Zipfel der Decke gegen ihre blutende Wunde.

Richard trat mit schnellen Schritten auf ihn zu. »Du bist ein Hocks? Ist etwa Matthies Hocks dein Vater?«

»Was geht es dich an?«, blaffte Baldur zurück.

»Jetzt sag ich dir mal was, Hocks.« Richard packte ihn an beiden Ohren. »Grüß ihn, grüß deinen Vater von mir!« Er zerrte ihn wütend zu sich heran und flüsterte ihm etwas in sein rechtes Ohr.

Baldur wankte, als seien seine Muskeln plötzlich schlaff geworden. Richard ließ ihn los und stieß ihn vor sich her. »Und jetzt bring den Mädchen die Kleider!«

Sie zogen sich in den Dünen an und konnten beobachten, wie die beiden Männer mit Baldur in der Mitte gestikulierend die Seestraße hinaufgingen.

Was immer Richard über Baldur wusste, er behielt es für sich. Noch, meinte er, sei nicht der richtige Zeitpunkt gekommen, das Geheimnis zu lüften. Wie er es Edda versprochen hatte und als sei nichts geschehen, ruderte er ein weiteres Mal mit ihr aufs Meer hinaus. Fenja dagegen war die Lust an dieser Art Ausflug vergangen. Dass man sie für Achims Geliebte hielt, musste sie hinnehmen, aber sie war froh, dass man ihr anscheinend glaubte und ihre Haltung akzeptierte. Sie war stolz auf sich, schließlich war es ihr gelungen, sich endlich gegen Baldur zu wehren. Bald würde sie Achims Bernsteinkette tragen und ihm als Zeichen ihrer zurückgewonnenen Freiheit die ersehnte Karte schicken können.

Sie hoffte nur, die Erinnerung an diese Nacht würde rasch verblassen.

Ihr Vater schlief. Sie holte einen Glasbehälter mit Duftsalbe hervor und ging in den Garten hinaus. Ihr Vater musste vor kurzem gemäht haben. Es roch nach warmem Gras und austrocknender Erde, nach Malven, Reseda und Wildrosen. Fledermäuse flatterten am sternklaren Himmel. In einer Kiefer hockte eine Nachtigall und zilpte, kollerte, tremolierte, flötete. Eigentlich, dachte Fenja, klingt sie wenig romantisch, eher wie ein störrischer Vogel, der selbstbewusst die Stille der Nacht erobern will.

Sie schöpfte Wasser aus dem Brunnen, füllte eine Schüssel und wusch sich neben dem Flechtzaun, der den Garten von einer Wiese abgrenzte. Ihr Gesicht spiegelte sich im Wasser. Schließlich trocknete sie sich ab, tupfte in die Cremedose und beobachtete sich dabei, wie ihre Hände über Hals und Schultern, Brüste und Bauch kreisten. Nacheinander hob sie ihre Füße auf die Bank, strich die Creme über die Innenseiten ihrer Schenkel, bis dorthin, wo ihre Haut seidig war und ihre Berührung sie erregte.

Wenig später schmiegte sie sich trotz der Hitze in Achims Uniformjacke, schob eine Hand durch den Ärmel und stellte sich vor, wie er sie mit seiner Lust fortriss.

Plötzlich klopfte jemand auf Holz.

Sie fuhr hoch, riss die Augen auf.

Im selben Moment schwang sich auch schon Baldur durch das weit geöffnete Fenster.

»Bist du wahnsinnig?« Sie rutschte hoch, bis sie gegen das Kopfende des Bettes stieß, und zerrte ihre Bettdecke bis unter das Kinn.

Er griff in seine Hosentasche.

»Dachtest wohl, ich sitze in der Arrestzelle, wie? Warum solltest du das glauben, Fenja? Ich habe dummes Zeug geredet, aber nichts getan.« Er wartete, dampfte geradezu gewalttätiges

Verlangen aus. Sie schwitzte und glaubte, vor Angst ohnmächtig zu werden.

Da sie schwieg, fuhr er fort: »Es war ein Spiel, hast du es dir nicht denken können? Alles Vorwand, alles ein Spiel unter Männern.«

»Ich … ich verstehe nicht.«

»Sie wollten seinen Namen erfahren, Dummerchen. Rittmeister von Bening. Er wird jetzt bald wissen, was für ein Luder du bist. Hier!« Er warf ihr die Bernsteinkette aufs Bett. »Los, leg sie an!«

»Nein! Nein!« Sie wollte schreien, doch ihre Stimme versagte.

Da riss er ihr mit Gewalt die Bettdecke fort, warf sich auf ihre Matratze, zog ihr die Beine auseinander.

»Da wollen wir doch einmal sehen, was seine funkelnde Kette mit dir macht!«

Er presste die Bernsteinkette in seine Faust und rieb ihre Scham. Fenja schrie, bis er ihr die andere Hand aufs Gesicht drückte. Es war so furchtbar, dass sie glaubte, sterben zu müssen. Plötzlich rissen die Fäden unter seinem harten Griff, die Steine fielen auf den Boden, prallten gegen die Wand, rollten unter ihren Leib. Fenja nutzte Baldurs Verblüffung, sprang auf und rannte auf den Flur hinaus. Im selben Moment öffnete ihr Vater die Tür seiner Schlafkammer. Unnatürlich steif blieb er auf der Schwelle stehen. Ihr fiel auf, dass er noch angezogen war. Irgendetwas musste ihn am Schlaf gehindert haben. Ob er sie gerade gehört hatte?

Sie zuckte zusammen, als Baldur hinter sie trat und seine Hände um ihre Taille presste.

»Deine Tochter ist die Stute dieses Rittmeisters, Paul. Ich weiß es jetzt. Ich frage mich, was bist du nur für ein Vater, der nicht mitbekommt, was seine Tochter hinter seinem Rücken treibt? War sie nicht wegen ihm in Berlin?«

Ihr Vater drehte sich schwerfällig um.

»Halt dein Maul, Baldur. Ich will nie wieder etwas von Berlin hören. Und noch eines: Lass Fenja in Ruh. Du hast dir heute selbst alles verdorben. Dein Vater und die alte Grit waren vorhin bei mir und haben mir alles erzählt. Du siehst, was vorhin am Strand geschah, hat sich schneller als ein Schnupfen verbreitet. Das war kein Streich. Du hast einen Matrosen ohne Grund verprügelt und ihn aufgefordert, die Mädchen zu vergewaltigen.«

»Sie ist seine Hure! Verdammt, Paul, ich begreif dich nicht! Hier, sieh sie dir an!« Er stieß Fenja, nackt, wie sie war, vor ihren Vater. Dieser hielt sie fest im Blick.

»Stimmt das, was er sagt?«

»Nein, niemals.«

»Hast du dich in diesen Offizier verguckt?«

Sie schwieg.

»Will er sein Vergnügen mit dir?«

»Nein.«

»Ein Adliger nimmt immer Weiber durch. Mehr tut er nicht.«

»Nein, Rittmeister von Bening ist nicht so.«

»Ah, so genau kennst du ihn schon?«

»Vater, was soll dieses Verhör? Ich bin bei Hoschwitz angestellt. Nur meine Arbeit interessiert mich. Ich mag seinen Sohn, Berthold, er tut mir leid …«

»Du weichst aus.«

»Es ist mein Recht, meine Stellung bei Hoschwitz gegen alle Lügen zu verteidigen.«

»Deine Stellung grad eben interessiert mich mehr«, höhnte Baldur. »Paul, du hast eine Tochter, die ist überreif wie eine matschige Pflaume. Sie braucht kraftvolle Wespenstiche, sonst platzt sie noch.«

»Noch ein Wort, Junge … Such dir eine andere, an der du deine Geilheit abstoßen kannst.«

»Bist du verkalkt? Du hast sie mir versprochen!«

»Ich habe Matthies vorhin etwas erklärt. Und das Gleiche sage ich dir jetzt auch: Ich will keinen Vergewaltiger in meiner Familie.«

Baldur lachte. »Du lügst, Alter. Ich merk schon, du willst deine feuchte Tochter wohl für dich selbst haben!«

»Verfluchter Bengel!«, brüllte Paul und gab ihm eine Ohrfeige. »Raus! Raus jetzt!«

Nachdem es im Haus still geworden war, sammelte Fenja die verstreuten Bernsteine in ihrer Kammer auf. Ihre Schamlippen schmerzten, die zarte Haut war aufgerissen und blutete. Sie musste etwas tun, um sich von Baldurs Gewalt zu erholen und den Steinen mit ihren Inklusen ihre geradezu heilige Ehre zurückzugeben.

Und so legte sie sie als Erstes in eine Schale mit Wasser, der sie Meersalz hinzufügte. Für sich selbst setzte sie heißes Wasser mit Eichenrinde auf und nahm, nachdem es ein wenig abgekühlt war, ein Bad. Es schmerzte und brannte zunächst, doch dann spürte sie die heilende Kraft, die ihr das Gefühl zurückgab, rein und unversehrt zu sein. Und doch konnte sie nichts gegen ihre quälenden Gedanken tun.

Ihr Vater hatte Baldur fortgejagt. Sie war frei, sie hätte glücklich sein können. Aber würde Achim die Art, wie sie um ihre Loslösung gekämpft hatte, gutheißen? Hatte sie Fremden gegenüber nicht allzu offen die Wahrheit ausgesprochen? Würde Achim ihr diese Nacht verzeihen, ihr glauben, dass Richard sie nicht begehrt, Edda sie nicht verführt hatte? Und würden ihre Dienstherrinnen ihr die Treue halten, wenn sie erführen, dass ihr Kindermädchen einen Eklat ausgelöst hatte?

Voller Unruhe stand sie auf, trocknete sich ab und cremte sich mit Ringelblumensalbe ein. Frisch eingekleidet lief sie zum Wald hinaus und schnitt von Wacholderbüschen Zweige ab. Wieder im Haus, fischte sie die Steine aus dem Salzwasser, verbrannte die Zweige und beräucherte die Steine mit ihrem würzigen Duft.

Doch der Gedanke, dass dies noch immer nicht genug sei, ließ sie nicht los. Und so stieg sie mit der Sturmlaterne auf den Dachboden, suchte in Kisten, Truhen und Koffern, bis sie den Bernsteinschmuck ihrer Mutter fand. Verzeih mir, bat sie sie in Gedanken, und hilf mir – als Mutter und als Frau.

Ein letztes Mal ging sie in den Garten hinaus, um die steinerne Schale zu holen, in dem sie gemeinsam oft Körner oder Blütenköpfe zerrieben hatte.

Dann schloss sie sich in ihrer Kammer ein.

Sie hockte sich mit gekreuzten Beinen auf ihr Bett, legte den Stein vor sich, setzte die Schmucksteine hinein und riss ein Zündholz an.

Andächtig schaute sie zu, wie die Steine schmolzen und gelbliche Rauchfahnen aufstiegen. Sie nahm Achims helle Bernsteine in ihre flachen Hände und schwenkte sie in der weihrauchähnlichen Würze. Sie war sich sicher: Dieser Duft würde sie reinigen. Mehr noch: Er würde ihr helfen zu vergessen, dass sie und die Steine einst missbraucht worden waren.

Kapitel 11

Bevor sie am nächsten Morgen die Kinder abholte, schrieb sie an Achim und brachte die Karte zur Post.

Euer Wohlgeboren,
mit großer Dankbarkeit habe ich den Gruß des Meeres in Empfang nehmen können. Ich bin überaus beglückt und danke Euch von ganzem Herzen.
In aufrichtiger Ergebenheit
F. S. W.

Sie hatte bewusst einen Stil gewählt, aus dem niemand, der unbefugt diese Zeilen lesen würde, Rückschlüsse auf die Identität des Schreibers würde ziehen können.

Eine halbe Stunde später verweigerte ihr Edloff den Zutritt ins Hotel. Er sei Zeuge ihres nächtlichen Skandals gewesen und hielte es nur für konsequent, ihr den Umgang mit Berthold zu verbieten. Er werde noch heute Bertholds Eltern über ihr Verhalten in Kenntnis setzen. Fenja war am Boden zerstört. Doch es kam noch schlimmer. Als sie an der Maronschen Villa läutete, wurde sie hereingebeten. Die Haushälterin sagte ihr, dass Fräulein Maron sie unverzüglich sprechen wollte. Fenja fühlte sich elend, ahnte, was auf sie zukommen würde.

Angespannt folgte sie der Haushälterin über eine breite Marmortreppe zum ersten Stock hinauf. Die Treppe endete an einer halbmondförmigen Diele, von der drei Flure mit Sisalteppichen abzweigten. Irgendwo hinter den Türen spielte jemand Cello, aus einer anderen Richtung waren erregte Stimmen zu hören. Fenja warf einen flüchtigen Blick auf eine Reihe schwarz eingerahmter Fotografien an der gegenüberliegenden Wand. Sie zeigten Aufnahmen von Konzertabenden und signierte Porträts von Künstlern. Gerne hätte Fenja sie genauer betrachtet, musste aber ihre Schritte beschleunigen, weil die Haushälterin am Ende des Flurs nun eine weiße Flügeltür öffnete, durch die helles Licht strömte.

Angespannt trat Fenja näher.

Das Erste, was sie wahrnahm, war ein Schimmern verschiedener Blautöne: hinter den Fenstern das Meer, an den Wänden hellblaue Seidentapeten, über den Möbeln lapislazuliblauer Chintz. Erst nach ein paar Sekunden erkannte sie einen Mahagoniflügel, Bücherregale, eine Staffelei mit Beistelltisch sowie einen Sekretär mit ungeordneten Papieren. Im Erker stand Fräulein Maron mit verschränkten Armen. Sie trug einen weißen Kimono mit Stickereien, und es schien, als hätte sie auch ihr Gesicht hell gepudert. Fenja spürte, wie ihr das Blut hinter den Schläfen pochte.

»Sie haben mir gestern Nacht imponiert, Fenja.«

»Verzeihen Sie, ich verstehe nicht …«

»Ich habe Freunde im Haus, wir haben Sie gestern von der Promenade aus beobachtet. Wir konnten nicht alles verstehen, aber Sie bewegten sich wie eine Heldin aus einer griechischen Sage, nur in eine Decke gehüllt, als wäre es Ihr Himation, Ihr Mantel, große Gesten, dramatische Stimme. Ging es um Ihr Leben?«

Klang Ironie mit? Zynismus? Worauf wollte sie hinaus? Fenja zwang sich, ihr fest in die Augen zu sehen.

»Ich war mit einer Freundin baden. Leider stahl uns ein Bekannter die Kleider und drohte, uns zu vergewaltigen.«

»Er ist der Sohn eines angesehenen Handwerkers, nicht?«

Fenja nickte.

»Vielleicht hat er es nicht so ernst gemeint. Junge Männer provozieren gerne das Mädchen, das sie lieben.«

Wollte sie sie reizen? Fenja räusperte sich. »Baldur ist gewalttätig, gnädige Frau.«

»Das hat er bewiesen, ach ja, richtig.« Sie tat, als erinnere sie sich. »Wie dem auch sei, man wird über Sie reden, Fenja. Die Einheimischen werden Ihnen Ihren dramatischen Auftritt übelnehmen, nur die Urlauber haben ein amüsantes Gesprächsthema.«

»Das mag sein. Leider kann ich es nicht ändern.«

»Sie sind stolz, Fenja.«

Einen Moment lang sahen sie einander prüfend an.

»Sagen Sie, stört es Sie nicht, dass man Sie für die Geliebte eines preußischen Offizers hält?«

»Nein.« Falsch! Völlig falsch! Wie konnte sie nur diese missverständliche Antwort wiedergutmachen? Fenja begann zu schwitzen.

»Nein?« Fräulein Maron fixierte sie mit eisigem Blick. »Meinen Sie, Geliebte zu sein sei etwas durchaus Erlaubtes?«

»Ich weiß es nicht, gnädige Frau.«

»Aber Sie kennen ihn, nicht? Wie man mir sagte, haben Sie ihn einmal bei diesem Segeltuchmacher gepflegt.«

»Ja, das stimmt.«

»Und Sie sind ihm noch ein zweites Mal begegnet.«

Zögernd sagte Fenja: »Ja.«

Da trat Fräulein Maron langsam auf sie zu. »Um das Seelenheil meiner … meiner kleinen Tochter: Sagen Sie mir die Wahrheit: Sind Sie Achims Geliebte?«

Sie kannte also Achim! Erschüttert flüsterte Fenja: »Nein, ich bin … ich bin es nicht.«

»Dann passen Sie auf, Fenja, dass Sie es auch nie werden. Schwören Sie es mir. Ich weiß, dass einfache Mädchen wie Sie gerne träumen. Aber bedenken Sie: Sie sind mein Kindermädchen. Erzählen Sie Sonja ruhig Märchen, aber Sie selbst sollten sich von ihnen nicht den Kopf verwirren lassen. Wir leben schließlich im Jahr 1905. Und noch etwas: Sie sollten wissen, Achim ist mein bester Jugendfreund, uns verbindet eine ganz besondere Beziehung. Ich weiß alles über ihn, er weiß alles über mich. Nun?«

Fenja war, als fieberte sie vor Schmerz. Sie musste sich beugen, wollte sie ihre Stellung nicht verlieren. »Ich schwöre es Ihnen, gnädige Frau«, erwiderte sie schwach.

»Gut. Damit Sie es jetzt ganz genau wissen: Ich bin Sophie Maron, Malerin, und werde in diesem Sommer hier meine ersten Aquarellbilder ausstellen. Sie sollten sich also bewusst sein, wessen Tochter Sie hüten.«

Sophie … Achim hatte diesen Namen in Hocks' Stube im Schlaf geflüstert … Er liebte sie also noch … Fenja schwindelte, schwarze Flocken schoben sich vor das Bild, das vor ihrem inneren Auge auftauchte.

»Was ist Ihnen? Warum weinen Sie denn?«

»Aus Dankbarkeit, gnädige Frau. Nur aus Dankbarkeit.« Sie umklammerte die Rückenlehne eines der Sessel.

»Gehen Sie jetzt zu Sonja, bitte. Sie wartet mit ihren Hunden im Garten. Ich habe für sie einen Bernhardiner und einen Wolfsspitz gekauft und möchte, dass Sie die beiden mit auf Ihre Spaziergänge nehmen. Das macht Ihnen doch nichts aus, oder?«

Achim und Sophie … Sophie und Achim … Fenjas Gedanken rasten. Hatte Sophie Maron etwa die Hunde gekauft, um sie mit dieser zusätzlichen Arbeit davon abzuhalten, an Achim zu denken? Sie fand keine Antwort. Es musste ihr gleichgültig sein, denn viel zu groß war der Schmerz, dass eine andere Frau Achim wirklich nah war – weil sie seine Vergangenheit mit ihm teilte.

Aus Berlin kam keine Antwort. Weder von Achim noch von Bertholds Eltern. Jeder Tag war eine Qual für Fenja. Sie hatte sich von Baldur befreit. Doch wie hoch war der Preis, den sie dafür zu zahlen hätte?

Ihr war bewusst, dass die kleine Sonja ihre Sorgen spürte. Sonja tat nämlich alles, um ihre Aufmerksamkeit auf sich zu ziehen. Sie schimpfte mit den Hunden, die ihr nicht gehorchen wollten, kleidete ständig ihre Puppen um, bis deren Kleider zerrissen, und behauptete, Berthold bliebe fort, weil Fenja ihm Böses angetan hätte. Sonja war nicht wiederzuerkennen.

Eine Zeitlang verließ sich Fenja auf das, was immer geholfen hatte: Sie sang Sonja Lieder vor, erzählte Märchen, baute mit ihr Burgen aus Sand und Muscheln, bastelte ihr sogar einen Drachen. Doch nach kurzer Zeit zerstach Sonja die Sandburgen mit den Holzstöcken, die ihr die Hunde anschleppten, stampfte den Drachen mit ihren weißen Lackstiefeletten in den Sand, unterbrach Fenjas Gesang mit weinerlichem Verlangen nach Waldmeisterbrause, Karamellbonbons oder ihrem geliebten Hühnchenragout in Blätterteig. Oft wusste Fenja nicht, ob Sonja wirklich Hunger hatte oder ob sie sie nur damit ärgern wollte, das Ragout schon nach wenigen Bissen löffelweise an die Hunde zu verfüttern. Manches Mal wünschte Fenja sich, Sonjas Mutter wäre dabei und müsste sich etwas einfallen lassen, um Sonja zu beruhigen. Doch obwohl die Kleine sie anstrengte, versuchte Fenja, sie so lange von ihren Launen abzulenken, bis sie sicher sein konnte, dass die Hunde bei den Mahlzeiten leer ausgehen würden …

Die Hitze nahm zu. Wer barfuß über den heißen Sand rannte, kreischte oder fluchte – je nach Alter – vor Schmerz. Die trägen Wellen schoben Muscheln, Bernsteine, Donnerkeile, Algen und Blasentang auf den Strand. Ihr Schaum trocknete schnell unter der hochstehenden Sonne und bildete entlang des Strandes einen blassbraunen Saum. Kurz vor Ende der Woche wanderte Fenja mit ihren Schützlingen bis über Heringsdorf hinaus. Sie hatte Sonja die Stiefeletten ausgezogen, sie an die Hand genommen und im Wasser planschen lassen. Nach einem Mittagsimbiss in einem Strandlokal ruhten sie aus.

Als nach einer Weile ein leichter Wind aufkam, stand Fenja auf. »Wir sollten zurückgehen, Sonja.« Sie warf einen Blick auf die Hunde, die im Schatten geschlafen hatten, nun ihre Köpfe hoben und gähnten.

»Nein, ich möchte hierbleiben«, erwiderte die Kleine mit fester Stimme.

»Das geht leider nicht.«

»Ich mag aber nicht mehr laufen.«

»Unsere Beine haben sich doch gerade ausgeruht, Sonja.«

»Nein, meine nicht.« Sie blickte zu Fenja auf. »Ich geh nur, wenn Berthold mit seinem Rollstuhl kommt.«

»Berthold?«

»Ja, weil es mit ihm lustiger ist. Mit Ihnen ist es langweilig.«

»Wir könnten noch ein wenig spielen, oder möchtest du baden?«

»Nein!«

»Und deine Puppen? Vielleicht möchten sie ins Wasser?«

»Ich hab doch kein Badekostüm für sie! Ich geh ja auch nicht nackt ins Wasser. Das tut man doch nicht.«

»Ja, da hast du recht.« Hatte Sonja etwa von Erwachsenen etwas über jene besondere Badenacht aufgeschnappt? Prüfend sah Fenja die Kleine an, doch Sonja schien ahnungslos. Sicher kursierten längst Gerüchte über sie, aber solange Sonja und Berthold ihr vertrauten, würde sie Kraft haben, für sie da zu sein. Nachdenklich schaute Fenja aufs Meer hinaus, wo ein Ausflugsdampfer trötete, weil zwei Segler seine Bahn gefährlich knapp kreuzten. Kinder rannten ins Wasser. Der Wolfsspitz bellte auf seinem Platz im Schatten, dann sprang er auf und jagte ihnen nach. Der Bernhardiner setzte sich ebenfalls auf, streckte sich und schüttelte sein braun-weißes Fell. Er sah aus, als überlegte er, ob es für ihn sinnvoll wäre, wieder nass zu werden. Plötzlich hatte Fenja eine Idee. Sie ging auf ihn zu, nahm ihn an die Leine und kehrte mit ihm zu Sonja zurück.

»Ich weiß, was du tun könntest, Sonja. Aber dafür bräuchten wir drei etwas Mut.«

»So? Was denn? Wir sind doch nur zwei?«

»Eben, das ist ja das Problem. Zwei, das sind wir.« Fenja lächelte und zeigte auf den Bernhardiner und sich. »Du bist die Dritte, aber du müsstest besonders mutig sein.«

»Warum?« Sonja war jetzt hellwach und neugierig.

»Nun, um auf ihm zu reiten.« Sie streichelte den Kopf des ruhigen Hundes, klopfte ihm den Rücken. Er sah aus seinen braunen Augen freundlich zu ihr auf, reckte vorsichtig seinen großen Kopf zu Sonja und schnüffelte an ihrem Kleid.

Sonja runzelte die Stirn. »Er ist doch ein Hund und kein Pferd.«

»Dein Bernhardiner hat aber auch einen breiten Rücken.«

»Aber er hat keinen Sattel.«

»Dann nehmen wir das große Badetuch.«

»Und wenn er bockt?«

»Das tut er nicht, denn er ist ein Hund und kein Pferd.«

Sie lachten, und Fenja hob Sonja auf den Rücken des Bernhardiners. Sie pfiff nach dem Wolfsspitz. Dieser jagte aus dem Wasser zurück, raste übermütig um sie herum, flitzte ein Stück voraus, drehte sich um und kläffte herausfordernd.

Der Berhardiner blieb gelassen. Stoisch trottete er, als sei er sich seiner Verantwortung bewusst, mit Sonja auf dem Rücken neben Fenja her. Fenja hielt ihn an der Leine und Sonja an der Hand und versuchte, so gelassen wie möglich zu wirken. Wieder tat sie etwas, was auffiel. Ihr war bewusst, dass man sie seit Tagen beobachtete und über sie redete. Auch heute bemühte sie sich, missbilligende Blicke zu ignorieren. Kurz vor Ahlbeck begegnete ihr Lena, die ihren Säugling im Kinderwagen ausfuhr.

»Fenja, es tut mir leid, aber ich muss dich etwas fragen. Edda und ich sind ja froh, dass du Baldur los bist. Aber wie kommt es, dass dein Vater ihn zurückgestoßen hat? Asmus und die anderen Männer begreifen nicht, warum er ihm plötzlich die Hochzeit mit dir verbietet.«

»Lena, bitte frag nicht.«

»Wieso? Was ist denn los?«

»Ich kann es dir jetzt nicht erzählen. Hab noch etwas Geduld, bitte.« Sie legte ihre Hand auf Lenas Arm, blickte kurz auf Sonja.

»Natürlich, ich verstehe.« Lena nickte, fuhr aber gleich fort: »Weißt du, was seltsam ist? Man hat in den letzten Tagen deinen und Baldurs Vater oft am Strand im alten Schiffsschuppen gesehen. Irgendetwas hecken sie aus, Fenja. Asmus meint, sie wollten wie in alten Tagen noch mal auf Segeltour gehen. So seien nun mal Männer, die von Jugend an wie Pech und Schwefel zusammengehalten haben. Asmus kennt sich da aus. Sein Vater war genauso.«

»Sollen sie tun, was sie wollen. Sag mir lieber, wie geht es Edda? Hat Richard ihr erzählt, was er über den alten Hocks weiß?«

»Nein, er meint, noch sei die Zeit nicht reif genug für die ganze Wahrheit. Es muss wohl vor langer Zeit einmal etwas geschehen sein, von dem niemand im Dorf etwas weiß. Es sollte uns auch gleichgültig sein, nicht? Alte Freunde und ihre Träume. Edda lässt das glücklicherweise kalt, sie hat nur Augen für Richard und ist so aufgeregt, dass sie kaum noch zum Schlafen kommt.«

»Hat er ihr einen Antrag gemacht?«

»Nein, ich glaube auch nicht, dass das eine Bedeutung für ihn hätte. Er ist doch so unkonventionell. Nein, er möchte

Ende August mit ihr nach London fahren und sie seiner Mutter vorstellen. Sie möchte unbedingt das deutsche Mädchen kennenlernen, das ihrem Sohn den Kopf verdreht hat. Sie ist zwar eine militante Frauenrechtlerin, hat aber wohl doch ein romantisches Herz, wenn es um die große Liebe ihres eigenen Sohnes geht.« Sie lachten. »Übrigens lässt Edda dir ausrichten, dass sie eure Nacht vor einer Woche für immer als Nacht des Triumphes in Erinnerung behalten wird.«

»Das tröstet mich. Aber warum ist sie vorgestern nicht zu unserem Treffpunkt gekommen?«

»Sie näht sich Kleider für ihre erste Reise in die Welt!«

Als Fenja Sonja am späten Nachmittag heimbrachte, war diese überaus zufrieden. Kaum hatte die Haushälterin die Tür geöffnet, bat Sonja um einen Eimer Wasser und Bürsten, sie wolle den Bernhardiner »frisieren«, bis sein Fell glänze. Sie war so begeistert, dass sie Fenja sogar fröhlich »Heute war's richtig schön!« nachrief, als diese bereits die Straßenseite gewechselt hatte.

Am Ende der Woche fing Edloff Fenja auf der Strandpromenade ab. Er sah grau und ausgezehrt aus. »Frau Hoschwitz möchte Sie sprechen. Noch heute, am besten gleich, nachdem Sie die kleine Maron nach Hause gebracht haben.«

Liane Hoschwitz empfing Fenja in ihrer Hotelsuite. Die Fenster waren geschlossen. Es war stickig, und die Luft roch nach Schweiß, Moschusparfum und Alkohol.

Ohne Fenja zu beachten, ging sie zwischen den schweren Polstermöbeln hin und her. »War Ihnen nicht bewusst, welche Folgen Ihr Auftritt neulich Abend haben könnte? Warum haben Sie nicht vorher mit mir gesprochen? Sie haben sich unmöglich benommen, nur an sich selbst gedacht, nicht an Ihre Stellung und schon gar nicht an Berthold. Jetzt ist er Ihretwegen krank geworden. Er verweigert das Essen, trinkt kaum noch. Aber das Schlimmste ist: Er ist, nachdem Edloff uns alles erzählt hatte, in eine Art Schockstarre gefallen. Mein einziges Kind gleicht einer steinernen Mumie mit pochendem Herzen. Kein Arzt kann ihm helfen. Niemand.« Sie wandte sich abrupt zu ihr um. »Können Sie sich vorstellen, wie mir zumute ist?«

»Ja, natürlich, Frau Hoschwitz. Es tut mir so leid um ihn.«

»Was hilft es ihm … Seien Sie ehrlich, dieses Geschenk von Freiherr von Bening hat Ihnen kein Glück gebracht, nicht? Erst enthält man es Ihnen vor, dann verlieren Sie Ihre Kontrolle, und Edloff erzählt meinem Sohn, was für eine unzuverlässige Person Sie in Wahrheit sind.«

»Bitte, Frau Hoschwitz …«

»Hören Sie, ich verstehe ja, dass Sie einen attraktiven Mann wie Freiherr von Bening vor einem Widerling aus dem Dorf verteidigen wollen, zumal Sie ihm das Leben gerettet haben sollen. Aber hätten Sie nicht an Berthold denken können? Sein Vertrauen ist erschüttert, und meine Nerven sind ruiniert. Ich sollte Ihnen kündigen, doch mein Sohn hängt an Ihnen.«

»Und Ihr Gatte?«, entfuhr es Fenja.

Liane Hoschwitz hob die Augenbrauen. »Sie fragen nach meinem Mann? Jetzt gehen Sie aber wirklich zu weit, Fenja!«

»Verzeihen Sie, so meine ich das nicht. Ihr Gatte hat mir meinen Einstellungsbrief geschrieben, und da wüsste ich gern, wie er über mich denkt.«

»Ah, Sie fürchten um Ihren Lohn, den Ihnen mein Mann großzügigerweise erhöht hat.«

Fenja machte eine abwehrende Geste. »Wie können Sie nur so von mir denken, Frau Hoschwitz. Sie wissen doch, wie sehr ich Ihren Sohn mag. Ich möchte meine Stellung um Bertholds willen nicht verlieren.«

Liane Hoschwitz seufzte und ließ sich in einen Sessel sinken. »Verstehen Sie mich jetzt nicht falsch, Fenja, wenn ich

Ihnen verrate, dass mein Mann Ihnen trotz dieser peinlichen Nacht vor einer Woche noch immer vertraut.« Sie griff zu einem Glas und trank es aus. »Ich glaube sogar, dass dieser Eklat, für den Sie verantwortlich sind, etwas in ihm ausgelöst hat.«

»Wie meinen Sie das?« Ob sie bereit wäre, ihr die Wahrheit zu sagen? Fenja beobachtete angespannt, wie Liane Hoschwitz mit sich rang.

»Es geht Sie eigentlich nichts an, aber was soll's. Kurz bevor Edloff meinen Mann von Ihrem Auftritt am Strand unterrichtete, hatten wir … nun ja, wir hatten einen Streit. Ich beschuldigte meinen Mann, er täusche vor, krank zu sein, weil ich mich von ihm vernachlässigt fühle. Sie verstehen, was ich meine. Er war verletzt und nahm sich nach dem Gespräch mit Edloff Zeit für Berthold. Ich dachte zunächst, er täte es nur, um mir einen Gefallen zu tun. Aber das stimmt nicht. Ich bin mir sicher, dass sich mein Mann zum ersten Mal wirklich um unseren Sohn sorgt. Das ist auch der Grund, warum er weiter an Ihnen festhält. Eine Kündigung Ihrerseits würde Berthold schließlich noch stärker belasten.«

Fenja war erleichtert und fühlte sich von der Offenheit berührt. Sie hätte nie für möglich gehalten, dass Liane Hoschwitz ihr gegenüber ihre Eheprobleme gestehen würde. »Ich habe jede Stunde an Berthold gedacht, Frau Hoschwitz. Bitte, dürfte ich ihn sehen?«

Liane Hoschwitz goss sich ein Glas Sherry ein und trank es hastig aus. »Ach, es ist doch alles egal! Da sehen Sie, was aus einem wird, wenn man nur ein Kind hat. Nur ein einziges und kein anderes, das mich von diesem Leid ablenkt. Ach, könnte ich nur …« Sie verstummte und stieß ihr Glas über den Beistelltisch. »Ja, gehen Sie nur! Gehen Sie zu Berthold! Ich … ich kann nicht mehr.« Sie schlug die Hände vors Gesicht und weinte.

Beige Gardinen dämpften das Licht. Mulltücher umhüllten Bertholds Spielzeugkisten, Fotoapparat, Bücher, Bandagen und Rollstuhl. Die Seidendecke war über Bertholds starrem Körper glattgestrichen. Doch als Berthold Fenjas Schritte auf dem Parkett hörte, wandte er den Kopf. »Sind Sie's wirklich, Fenja?«, flüsterte er. Sie trat näher und setzte sich vorsichtig auf die Bettkante. Er sieht fast aus wie ein verhungerndes Äffchen, dachte sie und bemühte sich zu lächeln.

Seine Augen weiteten sich vor Erstaunen. »Keine Fata Morgana, Sie sind's!«, wiederholte er etwas lauter.

»Berthold, es tut mir so leid. Ich wollte, ich könnte alles ungeschehen machen.«

»Fenja? Mein Vater will mir weismachen, Sie hätten das alles nur getan, um die Ehre des Rittmeisters zu verteidigen. Stimmt das?«

Sie spürte, dass er nicht gesunden würde, wenn sie ihn in diesem Glauben ließ. Sie wollte ihm helfen, ihr wieder vollends zu vertrauen, und beschloss, ihm die ganze Wahrheit zu erzählen.

»Sie haben also für sich gekämpft! Großartig!« Seine Augen strahlten. »Also habe ich das tapferste Kindermädchen der Welt!«

Fenja beugte sich über ihn und schloss ihn lange in ihre Arme. Dabei hatte sie das Gefühl, als würde etwas in ihm in Bewegung geraten, gerade so, wie wenn unter dem Aufschlag eines Steins Eis zersplitterte. Plötzlich schossen seine Hände unter der Decke hervor, krallten sich an ihren Schultern in den Stoff. »Raus! Raus!«, rief er. »Ich will hier endlich raus!«

Kapitel 12

In den nächsten Tagen führte Fenja wieder beide Kinder fernab vom Familienstrand ans Wasser, ließ sie Sandbäder nehmen, erzählte ihnen Märchen oder sang ihnen vor. Ging sie mit ihnen ins Wasser, stützte sie Berthold wie zuvor und ermutigte ihn, sich spielerisch auf den Druck der Wellen einzulassen und Arme und Beine zu bewegen. Die plötzliche Bewegung seiner Arme bei ihrem Wiedersehen hatte ihr bewiesen, dass seine Freude die Schocklähmung aufgehoben hatte. Fenja vermutete, dass auch die Steifheit seiner Beine vielleicht auf eine lang zurückliegende seelische Verletzung zurückzuführen war. Doch Berthold konnte sich an kein besonderes Ereignis erinnern. Also musste sie dieses Rätsel vorerst hinnehmen. Nur in einem war sie sich sicher: Berthold taten die Stunden am Meer mit ihr, Sonja und den Hunden gut. Und das wollte sie ausnutzen.

An einem windigen Sommernachmittag fragte sie Sonja, ob sie wieder Lust hatte, auf dem Bernhardiner zu reiten. Natürlich wollte sie, und Fenja stellte zu ihrer Freude fest, dass Berthold Sonja glühend beneidete. Fenja nahm sich vor, zunächst nur zu beobachten und nur im Notfall einzugreifen.

Während Sonja ihren Triumph genoss, Berthold überlegen zu sein, konzentrierte dieser sich auf den temperamentvollen, lustigen Wolfsspitz. Er bemühte sich, ihn besondes streng zu erziehen. Der Spitz jedoch tat alles, um seine Befehle zu unterlaufen. Er forderte Berthold unablässig auf, Bälle oder Häppchen zu werfen, mit ihm an Tüchern zu zerren. Sensibel, wie der Hund war, spürte er, dass Berthold gerne über ihn lachte. Und so sprang er noch in die Höhe, um nach einem Ball zu schnappen, selbst wenn er schon dutzendmal einen Ball aus dem Wasser geholt hatte. Denn Berthold amüsierte es, wie das dichte Fell des Wolfsspitzes sich beim Sprung aufplusterte und die nassen, dünnen Hinterbeine wie kleine Stelzen aus ihm hervorragten. Noch lieber wälzte sich der Hund danach im Sand, strampelte mit den Pfoten, wand sich mit heraushängender Zunge hin und her, um zu gucken, ob Berthold sich wieder vor Lachen auf die Schenkel schlug.

Doch der Hund schien Berthold auch zu necken. Er zerrte gern an seinen Hosenbeinen oder sprang ihm aus vollem Lauf auf den Schoß. Irgendwann wurde es Berthold zu viel, und er verlangte nach seinen Krücken. Dann humpelte er ein paar Schritte und mühte sich, die Bälle aufzuheben, die ihm der Wolfsspitz zurückgebracht hatte. Zu Beginn verlor er oft das Gleichgewicht, so dass Fenja ihn stützen oder ihm schlimmstenfalls aufhelfen musste. Jedes Mal sprang der Wolfsspitz begeistert um ihn herum, verspritzte Sand und leckte ihm das Gesicht. Sonja lachte ihn aus, so dass Berthold sich nach allen Kräften mühte, nicht umzufallen. Doch eines Tages kam Sonja zu Fenjas Erstaunen auf eine besondere Idee.

Sobald Berthold dem Wolfsspitz zurief, dass er gleich einen Stock werfen würde, ließ Sonja sich auf den Bernhardiner setzen. War der Stock in der Luft, ritt Sonja diesem nach, befahl dem Wolfsspitz, ihr das Holz abzugeben, und winkte Berthold triumphierend zu. Der Wolfsspitz aber, der sein Spiel unterbrochen sah, raste nun zwischen ihr und Berthold hin und her, so dass dieser sich gezwungen sah, auf Sonja zuzuhumpeln, damit das Spiel weitergehen konnte.

Dabei beobachtete Fenja genau, wie Berthold sich bewegte. Trotz seiner Krücken ging er noch immer unsicher und extrem langsam. Oft eilte sie ihm nach, dann ließ er sich gegen sie fallen. Sie ermutigte ihn oder lenkte ihn ab, indem sie einen Moment lang die Hunde beobachteten und Witze über sie machten. Berthold gewann wieder Vertrauen, löste sich von ihr und stakste breitbeinig und mit viel zu kleinen Schritten allein weiter. Manchmal knickte er in den Knien ein oder beugte sich vor, als würde er auf Eis gehen. Doch er fiel immer seltener dabei um. Was auch die Ursache für seine Lähmung gewesen sein mochte, sie schien keinen dauerhaften Schaden angerichtet zu haben.

Als Liane Hoschwitz Bertholds Fortschritte auffielen, hätte Fenja sie gerne nach der Ursache seiner Lähmung gefragt, doch sie wagte es nicht. Sie wollte nichts tun, um unangenehm aufzufallen. Stattdessen musste Fenja ihr genau darüber Auskunft geben, wie sie es geschafft hatte, dass Berthold besser laufen konnte. Fenja hatte ihr die Details geschildert und hinzugefügt: »Ich tue nichts anderes, als ihm Sicherheit zu geben.« Daraufhin war Liane Hoschwitz blass geworden und hatte sich schweigend von ihr abgewandt.

Als Berthold aber tags darauf dem davonflitzenden Wolfsspitz mit nur einer Krücke hinterherhastete, kam Fenja auf eine Idee. Es war an der Zeit, etwas Gewagteres auszuprobieren. Sie wollte Berthold endlich von Edloff befreien, dem seine Eltern noch immer vertrauten. Jeden Abend peinigte er Berthold mit dem Streckgerüst, bestand täglich auf Halskrause, Geradehalter bei Tisch, Metallschienen und Schultergurt im Rollstuhl. Fenja war entschlossen, ihnen allen zu beweisen, dass Gewalt nicht zur Heilung führte. Sie nahm sich vor, Berthold auf ihre Weise zu dem Jungen zu machen, den sein Vater sich wünschte. Zu einem fröhlichen Jungen, dessen Körper so gesund war wie sein Geist.

Wenige Tage später hatten sie sich in der Zeit verschätzt. Es war ein lustiger Nachmittag gewesen, wenn auch etwas anstrengend für Berthold, doch umso erfolgreicher. Sie gingen im feuchten Sand direkt am Wasser entlang, vorbei an den vielen Sommerfrischlern, die sie seit Tagen hatten beobachten können. Berthold stützte sich nur auf eine Krücke, während Fenja den Rollstuhl schob, in dem der Wolfsspitz kurz zuvor mit einem großen Satz Platz genommen hatte. Der Bernhardiner, den Sonja am Halsband hielt, trottete nebenher. Alle Blicke richteten sich auf sie, verwundert und ungläubig.

Als Fenja mit ihren Schützlingen die Promenade erreicht hatte, blieben viele Menschen stehen, einige klatschten sogar Beifall. Rasch bildete sich ein Spalier bis zur Treppe des Ahlbecker Hofs. Zu ihrer Überraschung kam ihnen Carl Friedrich Hoschwitz entgegen.

»Berthold, das ist ja ein wahres Wunder!«, rief er und schloss ihn fest in seine Arme. »Deine Mutter schickte mir gestern Abend eine Depesche. Du hättest Fortschritte gemacht. Ich habe alles stehen und liegen lassen und bin sofort in den Zug gestiegen. Und jetzt sehe ich mit eigenen Augen, was du kannst! Junge, mein Junge!« Tränen standen in seinen Augen. »Wie haben Sie das nur geschafft, Fenja?«

»Ohne die Hunde wäre es nicht so leicht gewesen«, erwiderte sie schnell und fasste einen Entschluss. Sie musste ihm endlich sagen, was sie mit Berthold vorhatte. »Herr Hoschwitz, ich bin überzeugt, dass Berthold bald ganz gesund sein könnte. Würden Sie ihm erlauben, reiten zu lernen?«

Berthold rief: »Fenja, glauben Sie, ich könnte das?«

»Natürlich, davon bin ich überzeugt.«

Hoschwitz runzelte die Stirn. »Aber das ist doch Unsinn, Fenja, Berthold kann doch nicht im Sattel sitzen. Ich bin erleichtert, dass er aufrecht gehen kann, aber reiten? Dazu müsste er die Beine spreizen, mit ihnen Druck ausüben können.«

»Vater, bitte, ich möchte es versuchen. Fenja hat mir schon so geholfen, bitte, lass sie es weiter tun.«

»Also gut, aber Sie müssen sich um das passende Pferd kümmern, Fenja. Ich fahre gleich wieder nach Berlin zurück, und meine Frau kennt sich mit Reitpferden nicht aus. Sie wird aber das Finanzielle regeln. Probieren wir's also, Berthold.« Er legte ihm seine Hände auf die schmalen Schultern und sah ihm liebevoll in die Augen. »Eines verspreche ich dir. Solltest du gesund werden, werde ich wie in frühen Jahren zu Nadel und Faden greifen und dir eigenhändig die erste Uniform schneidern. Das habe ich nie verlernt. Ich werde schließlich nie vergessen, woher ich komme. Du aber wirst der tapferste Soldat Seiner Majestät werden.«

»Und du der stolzeste Vater!« Berthold strahlte vor Glück. »Ich verspreche dir, dass ich mich anstrengen werde. Und bitte, Vater, könntest du nicht Edloff kündigen, jetzt, da du Fenja ganz und gar vertraust?«

Carl Friedrich Hoschwitz musterte Fenja nachdenklich. »Ich fürchte, ich werde erst mit deiner Mutter sprechen müssen.«

»Mutter mochte Edloff noch nie!«

»Warten wir noch ein wenig. Ich möchte erst sehen, ob das Reiten dir wirklich hilft.« Er reichte Fenja die Hand. »Sprechen Sie mit meiner Frau, wenn Sie ein Pferd gefunden haben. Und noch etwas: Nehmen Sie sich Zeit für unser Einweihungsfest am ersten Juli. Im Haus steht ein großes Zimmer für Sie bereit, fast so schön wie in Berlin. Berthold wird froh sein, wenn Sie ihn nach den anstrengenden Reitübungen abends zu Bett bringen, nicht?«

»Ja, ich freue mich, danke.« Sie lächelte und blickte zu Berthold, der übermütig seine Krücke hochhob, wie um zu beweisen, dass er schneller reiten lernen würde, als man ihm zutraute. Seine Zuversicht rührte Fenja, und sie hoffte, dass er nie in den Krieg würde ziehen müssen.

Aus Berlin traf ein Brief von Hiltrud ein. Sie berichtete von ihrer Genesung und davon, dass sie am Ende des Monats in einem Armenkrankenhaus missbrauchten Kindern helfen und sich zur Schwester ausbilden lassen wollte. Sie, Fenja, könne sich nicht vorstellen, dass es in Berlin gut versteckte Etablissements gäbe, in denen Kinder wie Sklaven in verdreckten Nischen gehalten würden und verbrecherischen Gelüsten verabscheuungswürdiger Männer dienen müssten. Unvorstellbar seien die Spuren des Missbrauchs, die Spuren ekelhaftester Geschlechtskrankheiten. Am Ende des Briefes setzte sie hinzu, dass sie nach Auskunft eines Arztes keine Kinder bekommen könne. Sie sei aber angesichts dieses Elends beinahe froh darüber.

Wortlos reichte Fenja ihrem Vater den Brief.

»Lies. Und dann sag mir endlich, was früher zwischen unseren Familien passierte.«

Er las und weinte. Schließlich holte er sein Taschentuch hervor, schneuzte sich. »Bring mir einen Schnaps, Fenja.«

Sie schenkte ihm ein. Er trank, atmete schwer. »Schenk noch einmal nach.«

Sie tat ihm den Gefallen.

Er setzte das Glas ab und lehnte sich zurück. »Erinnerst du dich, wie Matthies an Mutters Sarg zusammenbrach?«

»Ja, das ging uns ebenso.«

Er kratzte an den Stickfäden im Tischtuch. »Ihr Tod, musst du wissen, hat ihm ein zweites Mal das Herz gebrochen.«

Sie brauchte einen Moment, um die Bedeutung seiner Worte zu erfassen. Baldurs Vater hatte ihre Mutter geliebt. Warum hatte sie nie darüber gesprochen? Fenja spürte, wie ihr Herz schneller schlug. »Das hast du gewusst – und hingenommen? Und was habe ich damit zu tun?«

»Schenk noch einmal nach. Ich bring's sonst nicht über die Lippen. Und hol dir auch ein Glas.« Er sah zu ihr hoch. »Bitte.«

Sie hielt sich die Nase wegen des stechenden Geruchs des Schnapses zu, trank widerwillig.

»Wir waren noch sehr jung, als Matthies ihr den Antrag machte«, fuhr er leise fort. »Er mochte sie schon als Mädchen und gestand mir, dass er eines Tages nur sie heiraten wollte. Als er sie fragte, sagte sie nein. Nur dieses eine Wort, ohne Begründung. Es brach ihm damals das Herz.«

»Sie mochte dich lieber.«

»Natürlich, ja. Ich hab nicht darüber nachgedacht. Matthies war es, der mir leidtat. Es ist immer so ein dummer Spruch, ein Herz zerbricht. Aber glaube mir, es ist wahr. Er sagte mir oft, sein Herz sei nichts anderes mehr als ein loser Klumpen. Ich litt mit ihm, merkte, wie er sich veränderte, bitter wurde und einsam. Nur ich stehe ihm bis heute nah.«

»Aber er heiratete.«

»Natürlich, ein Mann braucht schließlich eine Frau, und Matthies brauchte einen Nachfolger für seine Werkstatt. Er bekam Elisabeth trotzdem nie aus dem Kopf, bis zu ihrem Tod. Er liebte sie ebenso wie ich. Mich störte das nicht. Ich konnte ihm vertrauen. Er hat Anstand und hielt unsere Freundschaft in Ehren. Und deine Mutter war mir eine gute Frau.«

»Sie war nie glücklich, Vater, und ich musste euch allen dienen, von klein auf.« Sie packte seine Handgelenke. »Sag es mir, was habe ich mit alldem zu tun?«

Er lehnte sich zurück, entzog sich ihr. »Ich merkte im Laufe der Jahre, dass Matthies sich für sein gebrochenes Herz an Elisabeth zu rächen begann. Er holte dich als ihre Tochter immer wieder ins Haus, damit du seiner Frau bei der Wirtschaft helfen konntest. Ich habe es geduldet, weil wir Freunde sind. Männer halten zusammen.«

Fenja starrte ihn an. Ihre Gedanken rasten, sie spürte, dass ihr Vater die eigentliche Wahrheit noch nicht ausgesprochen hatte. Sie hatte in der Hocksschen Wirtschaft helfen müssen, um …

»Ich sollte mich an Baldur gewöhnen, stimmt's? Um mit

ihm wiedergutzumachen, was Mutter deinem Matthies angetan hatte.«

Er schlug die Augen nieder. »Ja, ja, so war es. Jetzt weißt du's. Das ist alles.«

Ihr wurde übel. Sie stand auf. »Alles! Alles, hast du gesagt«, stieß sie hervor. »In diesem Wörtchen steckt das ganze Leid meines Lebens! Du achtest uns Frauen nicht. Du solltest dich schämen, Vater!« Sie stieß die Flasche um, der Schnaps tropfte vom Tisch und bildete auf dem Boden eine Lache. Sie eilte auf die Tür zu und schaute ein letztes Mal über die Schulter zurück.

Ihr Vater saß reglos am Tisch, die rechte Hand unter der Weste verborgen. Und wenn sein Herz wie das seines Freundes litt, so war es ihr in diesem Moment nur recht.

Entsetzt über das Geständnis ihres Vaters, lief Fenja zum Wald hinaus, um Ruhe zu finden. Vergeblich. Schließlich kehrte sie um und lief zur Wiese zurück, wo sie sich zwischen Wollgras, Dotterblumen und Storchschnabel fallen ließ. Die Luft flimmerte vor Hitze, Bienen summten, ein Zaunkönig sang in einer nahen Birke.

Ihre Mutter hatte ihr nie etwas von dem erzählt, was sie jetzt wusste. Warum hatte sie ihrer eigenen Tochter gegenüber ihr Leben lang geschwiegen?

Ein Windhauch wehte Fenja den Duft wilden Baldrians zu. Anders als sonst beunruhigte er sie heute. Sie erhob sich und ging auf den Tümpel zu, in dessen Nähe sie früher oft mit ihrer Mutter gesessen hatte. Sie erinnerte sich, dass er der sumpfige Überrest eines Sees gewesen war, der vor der Trockenlegung des Thurbruchs vor langer Zeit entwässert worden war. Ende Juni, Anfang Juli hatte ihre Mutter sie oft an die Hand genommen und hierhergeführt. »Lass uns die Lilien zählen, Fenja«, hatte sie sie aufgefordert. »Wir wollen schauen, ob der Tümpel wieder ein Stück weiter geschrumpft ist.«

Fenja ließ ihre Blicke über die gelbe und violette Pracht der Sumpfschwertlilien und Wasserminzen schweifen. Ihre Mutter hatte sie geliebt, aber nie berührt. Stattdessen hatte sie ihr in dieser Stille das Singen beigebracht. War es ihr wirklich allein darum gegangen, oder hatte sie nur träumen wollen?

Fenja beobachtete eine blaue Libelle, die auf der Spitze eines Schwertlilienblattes landete. Ihre Flügel glitzerten im Sonnenlicht. Lass dich von ihrer Schönheit nicht täuschen, hatte ihre Mutter sie einmal ermahnt. »Sie sieht zart aus, aber von nah betrachtet hat sie ein hässliches Maul und trägt eine schwarze Kupferhaube, und ihr langer Hinterleib erinnert mich immer an einen muskulösen Arm mit geballter Faust. Sie frisst sogar ihre Artgenossen, wenn sie besonders aggressiv ist.«

Fenja hatte ihr nie geglaubt.

Die Libelle schwirrte auf, schnappte im Flug ein Insekt. Und plötzlich fragte sich Fenja: Wenn ihre Mutter Matthies Hocks zurückgewiesen hatte, um aus Liebe Paul Hinrich Wolgardt zu heiraten, warum war sie nie mit ihm glücklich?

Noch immer hatte Achim ihr nicht auf ihre Karte geantwortet. Angespannt fragte sich Fenja, wie er ihr wohl begegnen würde, wenn er zum Einweihungsfest der Hoschwitzschen Sommervilla am ersten Juli erschiene. Ob Sophie Maron oder gar Liane Hoschwitz ihm bereits erzählt hatten, wie unschicklich ihr Kindermädchen sich nachts am Strand verhalten hatte? Sie hatte schließlich nicht nur im Beisein eines fremden Mannes nackt gebadet, sondern Achim indirekt mit in die Auseinandersetzung hineingezogen. Auch wenn sie seinen Namen nicht genannt hatte, so hätte er allen Grund anzunehmen, sie hätte leichtsinnig das Versprechen gebrochen, das sie ihm vor einigen Monaten am See »Das schwarze Herz« gegeben hatte. Sie sollte das Geheimnis ihrer Liebe wahren. Stattdessen hatte sie zugelassen, dass man sie für seine heimliche Geliebte hielt …

Je weiter die Zeit voranschritt, desto mehr sah Fenja ein, einen Fehler gemacht zu haben. Sie hätte sich beherrschen sollen. Sie hätte allein mit Baldur sprechen sollen. Sie hätte niemals verraten sollen, dass er das Geschenk eines Offiziers unterschlagen hatte. Wie hatte es nur so weit kommen können? Sie erinnerte sich, wie die Magie der Ostsee sie in jener Nacht eingefangen hatte. Sie hatte die Vertrautheit mit Edda und den Respekt und die Aufgeklärtheit eines Mannes wie Richard genossen, der auf der Seite der Frauen stand. Sie würde nie ohne ihre Freunde und nie ohne deren Vertrauen leben können. Sie gestand sich ein, dass sie sich in jener Nacht einsam gefühlt und ihre Nähe gebraucht hatte wie ein Fisch das Wasser.

Sie fand eine geduldige Mecklenburger Warmblutstute für Berthold und musste Edloff ertragen. Sie hatte es Carl Friedrich Hoschwitz versprochen. »Sie brauchen einen kräftigen Mann an Ihrer Seite, der Ihnen hilft, Berthold in den Sattel zu heben, oder wollen Sie ihn allein hochstemmen?« Sie hatte an diesen praktischen Aspekt ihres Reitunterrichts gar nicht gedacht, mehr noch, sie hatte überhaupt keine klare Vorstellung davon, wie Berthold reiten lernen könnte. Sie war nur ihrer inneren Stimme gefolgt, die ihr gesagt hatte, so wie Sonja würde auch Berthold sich entspannen, wenn er Vertrauen zu einem Tier fassen könnte. Sie ging wieder ein Risiko ein und fragte sich, ob sie es später bereuen würde.

Am nächsten Morgen wartete Berthold mit Edloff vor dem Hotel auf sie. Berthold war aufgeregt und hielt einen gut gefüllten Leinenbeutel im Schoß. Er freute sich darauf, dass etwas Neues begann und er vor eine ungewöhnliche Herausforderung gestellt wurde. Gemeinsam machten sie sich auf den Weg.

Die Sonne schien, kein einziges Wölkchen trübte den klaren Himmel. Nur Edloff ließ das schöne Wetter kalt. Misslaunig schob er den Rollstuhl die Kirchenstraße hinauf zum Korswandter Weg, wo eine Stute friedlich auf einer Koppel in der Nähe der Parchenwiesen graste. Berthold bat darum, zum Zaun geführt zu werden, um das Pferd mit Mohrrüben und Äpfeln zu begrüßen. Fenja blickte hinüber zu der alten Kate neben ihrem Elternhaus, vor der ein alter Mann mit seiner Frau im Garten arbeitete, und winkte ihnen zu. Sie grüßten freundlich zurück, lehnten Harke und Spaten an einen Baum und begannen, sich in einer Regentonne die Hände zu waschen.

Sie waren Altbauern aus Gothen, die erst vor kurzem mit der Stute und einem Heuwagen mit wenigen Habseligkeiten hier oben eingezogen waren. Sie hatten erzählt, dass sie nach jahrelangem Streit mit ihrer Schwiegertochter kürzlich ihrem Sohn den Hof überschrieben hatten. Das wenige Geld, das dieser ihnen ausgezahlt hatte, hatte nur für den Kauf dieser kleinen Kate gereicht. Dennoch waren sie froh, hier untergekommen zu sein, und dankbar, dass Fenjas Vater ihnen beim Roden und Renovieren half. Jeder konnte merken, dass sie an ihrer alten Stute hingen, als wäre sie das einzige lebende Wesen, das sie noch mit ihrer Vergangenheit verband. Dass diese aber jetzt einen Jungen mit gelähmten Beinen heilen sollte, erschien ihnen unvorstellbar.

Sie waren herübergekommen und betrachteten den Rollstuhl. Der alte Bauer beugte grüßend seinen Kopf und wandte sich Edloff zu. »Wie soll der junge Herr reiten, wenn er nicht im Sattel sitzen kann?«

»Ja, das frage ich mich auch. Fenja, sehen Sie ein, Sie haben sich in eine wahnsinnige Idee verrannt. Noch ist Zeit, wir sollten Berthold schützen und zurückkehren.« Er wich der Stute aus, die neugierig an seiner Schulter schnuppern wollte.

»Das wollen wir erst einmal ausprobieren, nicht, Berthold?«

»Ja, natürlich!«

Ohne auf Edloffs Protest zu achten, begann sie Bertholds Kopfstütze zu lösen, dann öffnete sie den Schultergurt und nahm Berthold die Metallschienen an den Beinen ab.

»Und wenn Edloff mich auslacht?«, wisperte ihr Berthold ins Ohr.

»Konzentrier dich auf dich selbst und vertrau dem Pferd. Es spürt genau, was du fühlst, und wird auf dich aufpassen.« Sie straffte sich. »Herr Edloff, helfen Sie mir bitte aufs Pferd.«

»Können Sie denn überhaupt reiten?«

Sie hatte auf Achims Pferd gesessen, nur gesessen … Wollte sie nicht ihr Gesicht verlieren, musste sie jetzt aber lügen. Sie suchte den Blick ihres Vaters und sagte ruhig: »Natürlich.«

Ihr Vater schüttelte den Kopf. »Mach mir bloß keinen Ärger.«

Edloff hingegen seufzte, half ihr aber aufs Pferd.

»So, und jetzt heben Sie mir Berthold hoch, setzen Sie ihn vor mich, beide Beine zu einer Seite«, befahl sie.

»Quer aufs Pferd? Ohne Sattel? Er wird kopfüber herunterfallen. Sie werden ihn nicht halten können. Ich habe es geahnt, Sie sind sich Ihrer Verantwortung wirklich nicht bewusst«, zischte er.

»Da hat Herr Edloff völlig recht«, pflichtete ihr Vater ihm bei. »Was, wenn der Junge sich das Genick bricht? Dann hätt ich zwei Töchter, die mir nur Unglück gebracht haben.«

Sie kümmerte sich nicht um ihn, schaute Berthold fest an. Hatte er Angst? »Was sagst du dazu?«

»Ich will reiten lernen. Ich habe keine Angst. Jetzt machen

Sie schon, Edloff, oder soll ich mich wieder bei meinem Vater über Sie beschweren?«

Edloff seufzte ein weiteres Mal, fasste Berthold um die Taille, hob ihn vor Fenja aufs Pferd. Sie schlang sofort ihre Arme um ihn. Seine steifen Beine zu einer Seite gestreckt, griff Berthold nach hinten und klammerte sich an ihren Schenkeln fest. So gut es ging, half sie ihm, wenigstens halbwegs aufrecht zu sitzen. »Jetzt musst du die Zügel nehmen, Berthold.«

»Das kann ich nicht, ich muss mich doch an Ihnen festhalten.«

»Ich halte dich, und du musst dem Pferd sagen, wohin es gehen soll.«

»Na, wenn das alles ist.« Er kicherte nervös, löste seine Hände von ihr und tastete nach den Zügeln. Die Stute schnaubte leise.

»Lassen Sie doch bloß diesen Unsinn sein!« Edloff trat an sie heran. »Sobald sich das Pferd bewegt, wird Berthold mit Ihnen zusammen herunterfallen. Zwei ungeübte Narren auf einem ungesattelten Pferd! Berthold, du hast es jetzt probiert, das reicht. Ich hole dich wieder herunter!«

»Nein!« Berthold riss an den Zügeln. »Nein!« Die Stute wieherte, warf ihren Kopf hoch und ging ein paar Schritte vorwärts.

»Sie geht! Ja! Ja!«, rief Berthold begeistert und schleuderte die Zügel kurz in die Höhe. Das Pferd blieb stehen, schüttelte schnaubend seinen Kopf.

»Was ist mit ihr? Warum geht sie nicht weiter?«

»Was wir ihr zumuten, ist ihr neu. Sie wird sich erst an uns gewöhnen müssen, Berthold.« Fenja zitterte, ihr war der Schweiß ausgebrochen.

»Sei nur ruhig, Junge, das ist ihr zu hektisch mit dir.« Der Bauer war neben sie getreten und griff nach dem Halfter. Er blickte zu Berthold hoch. »Ich kenn meine Stute gut. Sie spürt, dass etwas mit ihren Reitern nicht stimmt. Pass auf, Junge, ich führe euch jetzt mal ein paar Schritte. Wir gehen langsam auf die Birke dort drüben zu.«

»Und du sagst sofort, wenn es dir nicht gefällt, Berthold, ja?« Fenja sah ein, dass sie diese Aufgabe nicht ohne die Hilfe anderer bewältigen würde. Dankbar nickte sie dem Bauern zu. Ruhig schritt die Stute an der Seite des Alten quer über die Wiese auf die Birke zu, die jenseits des Gatters zur Waldseite hin stand. Fenja war aufgeregt und hatte jetzt wirklich Angst, sie könne jeden Moment vom Pferd rutschen. Wie aber hielt es Berthold in seiner unbequemen Haltung aus? War es nicht doch wahnsinnig, von ihm zu verlangen, sich in dieser Position dem Rhythmus des Tieres anzupassen?

»Halt die Zügel locker, Berthold«, rief sie ihm überlaut zu. »Sie sind keine Haltegurte, sondern nur zum Lenken des Pferdes gedacht.«

Er lachte nervös, rutschte ein wenig zur Seite. »Ich glaub, ich fall, und irgendwo muss ich mich doch festhalten.«

»Aber nicht am Kopf des Pferdes, zu dem die Zügel führen. Wenn du fällst, Berthold, falle ich mit dir, und gemeinsam landen wir dann im weichen Gras«, versuchte sie ihn zu beschwichtigen, doch sie war sich keinesfalls sicher, ob ihn das beruhigte.

Stoisch wiederholten sie mehrmals die Strecke, Berthold wurde immer zuversichtlicher. Nach gut einer Stunde bat er den Bauern, die Stute um die ganze Koppel herumzuführen. Er klagte zwar über Seitenstechen und war wegen des Kreisganges noch angespannter als zuvor, doch er genoss sichtlich diese neue Variante.

»Wollen wir aufhören, Berthold?«

»Nein! Sie haben mir versprochen, bis Mittag zu üben, dann wollen wir an den Strand.«

»Das stimmt, aber wenn es zu anstrengend wird?«

»Nein, aber Sie könnten mich umsetzen.«

Sie setzten ihn mit Edloffs Hilfe auf die andere Seite. Dabei kam Berthold die Idee, mit dem Pferd zu reden.

»Du hast 'nen ganz schön dicken Bauch, Pferdchen. Um eines Tages auf dir zu sitzen, bräucht ich O-Beine. Jetzt sind meine Beine starr wie Stöcker, aber O-Beine? Muss ich O-Beine kriegen, nur um nicht von dir abgeschüttelt zu werden?« Er ruckte ein wenig hin und her. »Ich krieg an den Pobacken garantiert Hornhaut!«

»Die wird wieder verschwinden, sobald du schwimmen kannst«, ermunterte Fenja ihn. »Bleib nur ruhig. Merkst du, wie vorsichtig die Stute sich bewegt? Ich glaube, sie gewöhnt sich langsam an uns.«

»Ja, weil sie ihr linkes Ohr immer nach hinten dreht und mir zuhört.«

Fenja war erleichtert. Berthold hatte Zutrauen zum Pferd gefasst. Das war das Beste, was sie am ersten Tag hatte erreichen können.

In den nächsten Tagen probierte Fenja, im Sattel zu reiten, und lernte, das Pferd mit Schenkeldruck zu lenken. Dabei gab sie Berthold nach und nach mehr Freiraum, damit er ein Gespür für sein eigenes Gleichgewicht entwickeln konnte. Nach zwei Tagen verlangte er nach einem speziell auf ihn zugeschnittenen Reitsattel. Glücklicherweise kannten die Bauersleute einen Sattler in Mellenthin, der sofort benachrichtigt wurde und tags darauf bei ihnen eintraf. Er beobachtete genau Bertholds Haltung auf dem Pferd, nahm Maß, machte sich Skizzen und reiste wieder ab. Berthold wurde noch aufgeregter.

»Bald werd ich reiten können, ohne …«

»… ohne von deinem Kindermädchen gehalten zu werden …«

»… als sei ich ein Brett!«

Es war für Fenja das Zeichen dafür, dass er den ersten großen Schritt zur Eigenständigkeit getan hatte. Sie freute sich sehr für ihn.

Ende Juni fiel jedem auf, dass das Reiten Berthold verändert hatte. Ohne Rollstuhl setzte er jetzt Schritt für Schritt sicherer als zuvor. Er knickte seltener in der Hüfte ein, kippte auch nicht mehr so oft plötzlich zur Seite, um sich gegen jemanden fallen zu lassen, bewegte sich insgesamt schneller. Er wirkte reifer, selbstbewusster und blieb dabei trotzdem gespannt wie ein Flitzebogen. Für ihn war es eine tiefgreifende Erfahrung, Vertrauen zu einem Pferd und dessen eigentümlichem Rhythmus gefunden zu haben. Jeden Tag rang er um ein besseres Körpergefühl, ein sicheres Gleichgewicht, um eine Harmonie der Bewegungen. Und langsam löste er sich dabei aus Fenjas Armen, fand immer mehr Sicherheit bei sich selbst. Als Fenja diese Veränderung bewusst wurde und Berthold schließlich allein in seinem neuen Sattel saß, weinte sie vor Freude.

Zwei Tage vor dem Einweihungsfest der Sommervilla, am neunundzwanzigsten Juni, sortierte Liane Hoschwitz ihre Garderobe aus und schenkte Fenja aus Dankbarkeit einen écrufarbenen Bahnenrock mit Volants, zwei Unterröcke und Blusen sowie einen mauvefarbenen Bolero mit weißen Stickereien. »Damit wir Sie unseren Gästen vorstellen können. Sie sollen schließlich nicht so aussehen wie auf Bertholds Postkarten.«

Es war als Scherz gemeint, verletzte aber Fenja doch. Längst war ihr aufgefallen, dass Liane Hoschwitz sie um das Zutrauen beneidete, das Berthold ihr entgegenbrachte. Sie hatte sogar den Verdacht, Liane Hoschwitz könnte ihr unterstellen, sie wolle Berthold absichtlich von ihr entfremden. Denn seit er selbstbewusster geworden war, wies er die Zärtlichkeiten seiner Mutter zurück. Sobald Fenja ihr zu erklären versuchte, dass sein Verhalten normal sei und er einfach nur reifer geworden wäre, unterbrach Liane Hoschwitz sie und wechselte das Thema.

Am Morgen des dreißigsten Juni wartete ein Chauffeur vor dem Ahlbecker Hof. Im Wagen saßen Berthold und seine Eltern, nur Edloff fehlte.

»Kommen Sie, Fenja, steigen Sie ein. Berthold hat uns heute früh mit der Ankündigung überrascht, er wolle uns heute das erste Mal zeigen, wie gut er reiten kann«, erklärte Carl Friedrich Hoschwitz.

Sie stieg ein und setzte sich neben Berthold.

»Ich bin von Ihrem Mut zum Risiko beeindruckt«, fuhr Hoschwitz fort. »Endlich entwickelt sich mein Sohn so, wie ich es mir immer gewünscht habe. Wir wussten ja alle, dass er tapfer ist. Edloff hat ihn schließlich genug herausgefordert. Aber seine Tapferkeit lief leider bei ihm ins Leere.«

»Herr Edloff vertraute nur den Ratschlägen dieses Dr. Schreber, Herr Hoschwitz. Vielleicht ist dessen medizinischer Rat gar nicht so falsch, nur die Mittel und die Methode sind es.«

»Das sehe ich heute ein.«

»Vater hat Edloff gestern Abend rausgeworfen, Fenja! Er ist endlich weg, auf und davon!«

»Das heißt, du willst nur uns heute zeigen, was du kannst?«

»Genau!«

»Da hast du dir wohl die beste Strafe für Herrn Edloff ausgedacht.« Sie lächelte ihm zu. »Er wird sich ärgern, nicht dabei sein zu können. Also, ich bin sehr gespannt, Berthold, und ich glaube fest daran, dass dir deine Überrraschung gelingen wird.«

»Sie verstehen es, ihm Mut zu machen, Fenja.« Carl Friedrich Hoschwitz schenkte ihr einen dankbaren Blick.

»Ich bin überzeugt, dass man mit Strafen kein Kind zum Guten erzieht, Herr Hoschwitz.«

»Sie sind eine bemerkenswerte moderne Frau.«

Fenja fing den missbilligenden Blick seiner Frau auf und schwieg. Sie kannte Liane Hoschwitz bereits zu gut, um nicht zu spüren, dass diese den kleinsten Anlass nutzen würde, um ihren Mann zurechtzuweisen. Als sie sprach, gab die Kälte in ihrer Stimme Fenja recht.

»Carl, ich sehe, du hast dich sehr verändert.«

»Edloff war ein Fehler, das habe ich gerade zugegeben.«

»Ich meine, du hast dich wirklich sehr ... verändert ...«

»Liane, lass bitte diese Unterstellungen.«

Liane Hoschwitz verstummte und blickte zum Fenster hinaus. Plötzlich verspürte niemand mehr Lust zum Plaudern. Auf dem Sandweg zur Koppel überholte der Wagen einen älteren Mann in Drillichhosen und Schafwollweste. Sein Gang erinnerte Fenja an Matthies Hocks. Er kam selten hier herauf, und sie fragte sich, was er wohl von ihrem Vater wollte. Der Wagen beschleunigte, und plötzlich wünschte sie sich, er würde weiterfahren, ohne anzuhalten. Liane beugte sich zu ihr vor.

»Fenja? Was ist mit Ihnen? Sie sind so blass. Haben Sie Angst, Berthold könnte doch etwas passieren?«

»O nein, keineswegs. Berthold wird alles großartig machen, ganz bestimmt.«

»Ja, ihr werdet staunen!« Er trommelte übermütig mit seiner Faust gegen die Fensterscheibe.

»Berthold, das Glas! Es könnte brechen und dir ...«

»Liane! Er ist ein Junge, kein Püppchen. Sieh es endlich ein.« Carl Friedrich Hoschwitz merkte, dass seine Frau mit den Tränen kämpfte, und strich ihr beschwichtigend über die Hand. »Hab Geduld, Liane. Freue dich heute erst einmal über deinen großen Sohn. Alles Weitere liegt in Gottes Hand.«

»Carl, du bist mir noch eine Antwort schuldig.«

»Ich habe es dir doch schon gesagt. Ich war letzte Nacht bei Grillwitz, frag ihn selbst. Er wird es dir bestätigen.«

»Du bist bis heute früh um drei bei ihm gewesen?«

»Ja.«

»Und Freiherr von Bening war ebenfalls dabei?«

»Warum willst du das wissen? Brauchst du einen Zeugen für das, was ich tue?«

»Ich sehe den Rittmeister heute, vergiss das nicht«, beharrte sie.

»Dann tu dir keinen Zwang an, Liane, horch ihn ruhig über mich aus, wenn es dir gefällt.«

Was unterstellte Liane Hoschwitz ihrem Mann? Spionierte sie ihm nach? Fenja fühlte sich unwohl und wäre am liebsten mit Berthold allein gewesen.

Der Wagen hatte die Koppel erreicht. Am Gattertor warteten Fenjas Vater und die alten Bauern. Der Chauffeur sprang aus dem Wagen und hielt ihnen die Tür auf. Bevor Liane ausstieg, nahm sie Bertholds Kopf zwischen ihre Hände und flüsterte: »Kind, dir darf nichts passieren, hörst du? Ich hab nur dich, auf Vater ist wenig Verlass.«

Musste sie Berthold ausgerechnet in diesem Moment verunsichern? Es ihm schwermachen, sich auf das Bevorstehende zu besinnen? Fenja wurde ärgerlich und beeilte sich, Berthold aus dem Wagen zu helfen. »Zeig, was du kannst«, flüsterte sie ihm zu. »Konzentrier dich, so wie du es immer getan hast.«

»Keine Sorge, ich weiß, was ich will.«

»Dann schaffst du's auch.« Sie reichte ihm seine Krücke und trat mit ihm auf die Stute zu. Der Bauer grüßte, verbeugte sich.

»Junger Herr, Ihr Pferd ist gesattelt.«

»Aber nicht so, wie ich es will.« Berthold zeigte auf Fenjas Sattel, der über dem Zaun hing. »Ich möchte heute meinem

Vater beweisen, dass ich wie ein echter Kavallerist reiten kann.« Er grinste über das ganze Gesicht, suchte den Blick seines Vaters. »Aber dafür musst du mich erst in den richtigen Sattel heben.«

»Du überschätzt dich, Berthold! Ich bitte dich, lass es sein!« Liane Hoschwitz war außer sich.

Hoschwitz fasste seine Frau hart am Arm. »Liane, halte dich jetzt zurück, oder willst ausgerechnet du deinem Sohn Unglück bringen?«

Sie erstarrte, presste ihr Taschentuch auf den Mund und schaute Berthold angstvoll zu. Hoschwitz gab dem Bauern mit einem Wink zu verstehen, dass er die Sättel austauschen sollte. Dann hob er Berthold in die Höhe. Fenja hielt unwillkürlich die Luft an und verfolgte angespannt, wie Berthold erst sein rechtes, dann, etwas unsicherer, sein linkes Bein abspreizte, in den Sattel sank, hin und her rutschte und sich vorbeugte, um seine Unterschenkel zu reiben.

»Ich hab's jede Nacht geübt, jede Nacht! Jetzt geht's los.« Er sah in die Runde, wartete und drückte langsam seine Fersen gegen den Pferdeleib. Er war geheilt. Fenja konnte es kaum glauben, überglücklich sah sie der Stute nach, die gemächlich auf die Mitte der Koppel zuging. Liane Hoschwitz weinte vor Glück und lehnte sich an ihren Mann.

»Sie können stolz auf ihn sein«, rief Fenja ihnen zu. »Das, was er uns gerade gezeigt hat, hat er ganz allein geschafft.«

»Ich erkenne meinen Sohn nicht wieder.« Liane Hoschwitz löste sich von ihrem Mann und blickte zur Weide hinüber. »Carl, hättest du ihm das zugetraut?«

»Ehrlich gesagt, nein. Aber wir müssen ehrlich sein. Fenja ist es, die ihm dazu den Mut gegeben hat.« Hoschwitz ging auf sie zu und reichte ihr die Hand. »Wir sind Ihnen zu großem Dank verpflichtet, Fenja. Woher wussten Sie nur, dass er Gefühl in den Beinen haben könnte?«

»Erlauben Sie, dass ich Ihnen alles später erkläre?« Sie nahm noch schnell Lianes Dank entgegen und lief auf die Weide. Sie wollte jetzt bei Berthold sein, allein, um rechtzeitig zur Stelle zu sein, sollte er durch eine ungeschickte Bewegung doch noch vom Pferd fallen.

Die Stute hatte fast die Birke erreicht, bog ab und ging einen Kreis. Berthold verstand es also, sie sicher mit den Zügeln zu lenken. Sie ging einen zweiten Kreis, einen dritten, vierten und fiel plötzlich zu Fenjas Erstaunen in Trab. Der schwierigste Rhythmus! War das Pferd den langsamen Schritt überdrüssig geworden? Aufgeregt lief sie neben ihm her und schaute zu Berthold hoch.

Er lachte.

Er also hatte der Stute mit seinen Schenkeln das richtige Signal gegeben.

Und er blieb im Sattel.

Matthies Hocks hatte einen schweren Sturm angekündigt. Er wollte, gab er vor, die beiden Alten zu sich holen, sollte ihnen das mürbe Strohdach davonfliegen.

Tatsächlich schlug innerhalb weniger Stunden das Wetter um. Es wurde schwül, von Osten schoben sich Gewitterwolken heran. Trotzdem bestand Berthold darauf, an diesem besonderen Tag allen zu zeigen, dass er geheilt war, vor allem den Fischersjungen, die ihn noch vor Wochen als »Krüppel« ausgelacht hatten. Er wollte in aller Öffentlichkeit direkt am Meer reiten, nur Fenja sollte ihn begleiten.

Während sie neben ihm herging, hing sie ihren Gedanken nach.

Sie hatte ihre Aufgabe erfüllt. Berthold war geheilt. Jetzt brauchte er nur noch weiter zu üben, damit sich seine Selbstsicherheit und die gewonnene Erfahrung festigte. Sein Vater war erleichtert, dass die Lähmung nicht auf eine organische, sondern »nur« seelische Ursache zurückzuführen war. Von Ärzten und klugen alten Weiblein habe er schon vom Phänomen spontaner Heilungen gehört, habe aber nie daran geglaubt. Von nun an wollte er seine verloren geglaubten Hoffnungen wieder auf seinen künftigen Nachfolger setzen. Berthold platzte fast vor Stolz. Seine Mutter beglückwünschte ihn so überschwenglich zu seinem Erfolg, dass ihr Mann sie ermahnte, es nicht zu übertreiben, und sich gezwungen sah, sie schließlich von Berthold fortzuziehen.

Fenja hingegen hätte sie am liebsten geschüttelt, um Antwort auf die Frage zu bekommen, was Berthold einmal so schwer erschüttert hatte. Seine Mutter, die solche Angst um ihn hatte, ihn sogar zu sehr behütete, musste den Grund kennen. Warum schwieg sie und tat, als wüsste sie nichts?

Fenja beobachtete, wie immer mehr Urlauber mit ihren Kindern den Strand verließen. Nirgendwo war ein Fischersjunge zu sehen. Berthold war enttäuscht, zumal kaum jemand von ihnen Notiz zu nehmen schien. Alle hatten Angst vor dem angekündigten Sturm. Fenja schlug Berthold vor, nach Hause zu gehen, denn schon fielen die ersten Regentropfen. Es würde ihnen nichts anderes übrigbleiben, meinte Berthold und trieb die Stute an. Als sie die Villa erreichten, eilte ihnen ein Gärtner entgegen, warf vor Überraschung seine Baumschere zu Boden, half Berthold vom Pferd und brachte die Stute gerade noch rechtzeitig in einem Nebengebäude unter, dann brach innerhalb weniger Sekunden der Sturm los.

Im Haus waren Dutzende von Hausmädchen, Floristen und Handwerker mit den letzten Vorbereitungen zum Fest beschäftigt. Liane Hoschwitz dirigierte sie von Raum zu Raum, von Aufgabe zu Aufgabe. Fenja begleitete Berthold zu seinem Wohntrakt im ersten Stock. Aufatmend schloss sie die Tür hinter sich.

Erst jetzt merkte sie, wie erschöpft er war.

»Du hast bestimmt Hunger, Berthold. Soll ich der Köchin Bescheid sagen?«

»Ja, ich will Hühnersuppe und Brötchen.«

»Und dann schläfst du eine Weile, versprichst du mir das?«

Er nickte nur und gähnte.

Fenja hatte keine Zeit mehr, sich von Liane Hoschwitz zu verabschieden. Sie hatte Sophie Maron versprochen, ab Mittag mit Sonja zu spielen. Als sie die Villa verlassen wollte, stieß eine Böe sie zurück an die Tür. Die Wellen brausten und dröhnten. Bis auf Strandkörbe und Fischerboote war der Strand leer. Das Naturschauspiel jedoch war atemberaubend. Hoch am Himmel quollen weiße Wolken auf wie kochender Schaum. Dem Meer zugewandt, gingen sie in schwarzblaue Regenwolken über. Schauer verschleierten den Horizont und fegten über das helle, türkisfarbene Wasser. Innerhalb von Sekunden war Fenja bis auf die Haut durchnässt. Donner rollten näher, Blitze zuckten. Es war beängstigend. Aber immer noch nahm der Wind zu, verbog Baumkronen, schleuderte Blätter und Zweige über das Pflaster. In der Nähe der Seebrücke rissen die Böen Ahlbecks Fahnen vom Mast. Als Fenja in die Bismarckstraße einbog, rollte eine Kugel aus Messing vor ihre Füße. Sie erinnerte sich, sie als Dachverzierung auf dem Eckturm einer Villa gesehen zu haben, und hob sie auf. Sie war noch warm von der Vormittagssonne.

Noch bevor Fenja läuten konnte, öffnete ihr Sophie Marons Haushälterin. Sie hatte Sonja an der Hand. »Kommen Sie, Sonja fürchtet sich entsetzlich vor dem Gewitter. Frau Maron hat Gäste und bittet Sie, über Nacht zu bleiben. Sie können eines der Gästezimmer nehmen …«

»Ja, Sie sollen bei mir schlafen, Fenja«, bettelte Sonja. »Mama sagt, ich soll nicht allein sein.« Lustlos schlenkerte sie einen Teddybären hin und her. »Gucken Sie mal, Fenja. Ich hab einen Teddy bekommen, aber er beschützt mich nicht.«

»Dann sollten wir ihn mal fragen, warum? Teddys sind schließlich dafür da, dass sie trösten.«

»Hat Berthold heute auch einen Teddy beim Reiten dabeigehabt?«

»Nein, er hat seinen Teddy zu Hause gelassen. Ich glaube, Berthold hatte Angst, er könne sich vor ihm blamieren.«

»Und? Ist er vom Pferd gefallen?«

»Nein, er hat es ganz allein geschafft. Ich denke, sein Teddy ist jetzt sehr stolz auf ihn.«

Ein gewaltiger Donnerschlag ließ sie zusammenzucken. Sonja schrie auf und begann zu weinen.

»Gehen Sie nur mit ihr hoch«, meinte die Haushälterin. »Sie können jederzeit nach dem Hausmädchen läuten. Im Übrigen bittet Sie Frau Maron, heute Abend mit Sonja allein Abendbrot zu essen.«

»Unten in der Küche?«

»Nein, in Sonjas Kinderstube.«

Sollte sie von den Gästen des Hauses nicht gesehen werden, oder sollte Sonja die Erwachsenen nicht stören? Nachdenklich nahm Fenja das Mädchen an die Hand und stieg mit ihr die Treppe hinauf. Hinter den geschlossenen Türen des seeseitig gelegenen Salons waren Stimmen zu hören. Wieder erschütterte ohrenbetäubendes Donnern das Haus. Blitze folgten, blendeten sie. Sonja schrie auf, und plötzlich fiel das Licht aus. Durch das bogenförmige Panoramafenster oberhalb der Diele sah Fenja Blitze wie Speere ins Meer schießen. Plötzlich schwang am Ende des Flurs die Tür des Musikzimmers auf. Fenja bemühte sich, etwas zu erkennen. Hell und dunkel, hell und dunkel … ein Mann, eine Frau … ein Wispern, tiefes Raunen … Wieder war ein Donnerschlag zu hören, zuckte ein Blitz, und Sophie Maron glitt mit ihrem Begleiter in das lichtlose Zimmer zurück. Hinter ihnen fiel die Tür ins Schloss. Fenja sah ihnen erschüttert nach. Sie war sich sicher, der Mann war Achim.

Er war also der besondere Gast, wegen dem sie in dieser Nacht Sonja betreuen sollte. Fenjas Gedanken wirbelten durcheinander. Achim hatte sie gerade mit dem Kind seiner Jugendfreundin an der Hand gesehen. Er würde sich sicher nicht vorstellen können, dass sie ausgerechnet ihr hatte versprechen müssen, sich nicht in ihn zu verlieben. Sophie würde ihm klarmachen, dass sie, Fenja, nur ein Kindermädchen war, über das man bestimmen konnte, wie man wollte. Und natürlich hatte ein solches Kindermädchen kein Anrecht auf Liebe und im Gegensatz zu ihr, der Künstlerin, schon gar nicht auf die Liebe eines Freiherrn.

Deutlicher hätte Sophie Maron es ihr nicht zeigen können.

Aber warum hatte Achim sie wie Luft behandelt? Er war Sophie Maron ins Musikzimmer gefolgt, ohne Fenja ein Zeichen gegeben zu haben, dass sie ihm noch etwas bedeute. Sollte sie annehmen, er bewahre Haltung und schütze das Geheimnis ihrer Liebe, wie sie es einander versprochen hatten? Oder war alles anders? Sophie hatte ihm sicherlich berichtet, dass ihr Kindermädchen neulich am Strand den Anschein erweckt hatte, seine heimliche Geliebte zu sein. Sie hatte ihm die Augen geöffnet über die Eitelkeit eines einfachen Mädchens und ihre Gier nach Aufmerksamkeit, nach Aufstieg. Er würde ihr glauben und Fenja im Stillen vorwerfen, sie sei es, die ihre Liebe verraten habe.

Fenja sah ein, einen Fehler gemacht zu haben. Sie hätte damit rechnen müssen, dass Sophie Maron die Gunst der Stunde nutzen würde, um Achim zurückzuerobern. Sie hatte Achim sicher bewusst gemacht, dass niemand, auch keine Geliebte, ihre Liebe, die in ihrer gemeinsamen Vergangenheit verankert war, zerstören könnte.

Fenja hoffte, sie könnte sich irren. Vielleicht bildete sie sich alles nur ein. Sie wünschte sich nichts sehnlicher, als ihm vertrauen zu können, besonders heute, in dieser Nacht …

»Wieso weinst du denn, Fenja?«

»Oh, entschuldige, Sonja. Ich fürchte, ich hab auch etwas Angst vor diesem Unwetter. Lass uns den Teddy fragen, was wir spielen können, ja?«

Wenig später stellte das Hausmädchen Windlichter mit hohen Kerzen in Sonjas Kindersalon und Spielzimmer auf und brachte ihnen heiße Schokolade, Windbeutel und Erdbeerkuchen. Fenja hatte sich mit Sonja und einer Lammfelldecke auf das Canapé im kleinen Salon zurückgezogen. Sie hielt den Teddy auf ihren Knien.

»Du kennst mich noch nicht lange, Sonja«, ließ sie ihn erzählen, »aber ich habe schon viel erlebt, bevor ich zu dir kam.«

»So? Was denn?«

»Also, ich komme aus einem großen Haus, in dem viele, viele Teddys in winzigen Kammern leben. In jeder Kammer stehen Stockbetten aus Eisen, auf jeder Seite zehn. Und obwohl sie eng übereinanderstehen und zwei Teddys sich – Kopf an Fuß – ein Bett teilen müssen, liegt im Winter überall Rauhreif. Im Sommer zieht es durch die Räume, und die Milchsuppe, die wir gern essen, hat oft eine eklige kalte Haut, wenn man sie uns vorsetzt. Keiner ist da, der uns das Fell bürstet, keiner spielt mit uns, aber jeden Tag kommen immer mehr Teddys hinzu. Wir alle träumten davon, in die Welt hinauszugehen und ein richtiges, warmes Zuhause zu finden, ein eigenes Bett, jemanden, der uns liebt. Eines Tages besuchte uns ein Schwarm Möwen und lud uns ein, an die Ostsee zu reisen. Gesagt, getan. Wir setzten uns auf ihre Rücken, und sie flogen los. Was glaubst du wohl, wohin? Stell dir vor, sie landeten nicht weit von hier mitten auf dem Meer. An dem Tag war es ganz friedlich, nicht so aufbrausend wie heute. Wir saßen auf den Rücken der Möwen, schaukelten ruhig auf den Wellen, genossen die Sonne, das zauberhafte Blau um uns herum. Es war wunderschön. Plötzlich entdeckte ich eine einzelne orangerote Schuppe im Wasser. Sie glitzerte wie ein Eiskristall.«

Sonja zog schmatzend ihren Daumen aus dem Mund. »Eine Schuppe? Von einem Fisch?«

»O nein, pass auf. Ich machte die anderen auf die bunte Schuppe aufmerksam. Meine Teddy-Freunde waren ganz aufgeregt. Die Möwen aber begannen zu kreischen, flatterten mit den Flügeln, stoben mit uns in die Höhe. Wir mussten unsere Hände ganz tief in ihr Federkleid schieben, sonst wären wir abgerutscht. Sie drehten mit uns solch wilde Kapriolen, dass ich fast seekrank wurde. Immer wieder riefen sie: Wollt ihr etwas erleben? Was erleben? Erleben? Bis wir …«

»Bis ihr was …?«

»Bis wir nachgaben und ja sagten.«

»Und dann?«

»Dann tauchten sie mit uns auf den Grund der Ostsee zu einer verwunschenen Stadt.« Fenja ließ den Teddy an ihren Beinen hinabrutschen. Er tapste über Sonjas Knie, über den Bauch und beugte sich zu ihrem Ohr vor. »Ich kann das süße kleine Drachenmädchen nicht vergessen, weißt du? Sie stand direkt neben der Werkstatt eines Schmieds. Er sollte ihr ein Halsband aus Eisen aufschneiden, das ihr ein böser Teufel um den Hals gelegt hatte. Aber sie hatte solch schreckliche Angst davor, der Schmied könne ungeschickt sein und ihr mit seinen Feuerfunken die bunten glitzernden Schuppen versengen …«

Sonja hielt vor Spannung die Luft an. »Und was passierte dann?«

»Dann kam ich.« Der Teddy streckte sich. »Ich hatte so viel Kälte erlebt, dass ich sie plötzlich in meinen Händen spürte wie

Schneebälle. Ich forderte den Schmied auf, sein Eisen zum Glühen zu bringen, beruhigte das Drachenmädchen und hielt schützend meine Hände über ihr Schuppenkleid, während der Schmied den Eisenring aufschnitt. Ich gab all den Frost, der sich in mir gespeichert hatte, ab. Das Drachenmädchen war überglücklich, schlug begeistert Purzelbäume und hätte mich wohl am liebsten geküsst, wäre ich nicht so ängstlich gewesen.«

»Wieso denn das?«

»Ich hatte Angst, sie würde mir mit ihrem heißen Atem das Fell ...«

Sonja lachte, trank einen Schluck heißer Schokolade und pustete ihm ins Gesicht. »Hah, puh! Ich putz dir die Barthärchen weg!«

Fenja kitzelte sie mit den Pfoten des Teddys. Sonja kreischte vor Vergnügen und kullerte auf dem Canapé herum. Sie holten Puppen und das Schaukelpferd aus dem Spielzimmer und spielten lange. Als Fenja merkte, dass Sonja müde wurde, läutete sie zur Küche hinunter und bestellte das Abendbrot und eine weitere Kanne heiße Schokolade. Der Regen peitschte noch immer gegen die Fenster. Der Wind heulte ums Haus. Sie aßen in Sonjas Kindersalon. Wenig später half Fenja dem Mädchen beim Waschen und Zähneputzen und kleidete es zur Nacht um. Sonja wollte allerdings nicht in ihr Schlafzimmer gebracht werden. So kuschelte sich Fenja wieder mit ihr unter die Lammfelldecke auf dem Canapé und sang ihr Schlaflieder vor. Irgendwann schliefen sie ein.

Als Fenja aufwachte, war das Tosen des Meeres noch lauter geworden. Sie stand vorsichtig auf, deckte Sonja zu und schlich aus dem Zimmer. Noch immer trieben schwärzliche Wolken über dem Meer, fegten Regenschauer gegen die Scheiben. Sie fühlte sich hellwach, eine eigenartige Unruhe hatte sie erfasst. Wo war Achim? Ob er bei Sophie schlief?

Der Schmerz trieb sie an. Die Villa war groß, dreistöckig, und doch fühlte sie, dass Achim ganz nah war. Sie wünschte sich, sie könnte durch die Wände gehen, um ihn zu finden, sein schlafendes Gesicht zu betrachten, sich zu ihm zu legen …

Leise öffnete sie die Tür und trat auf das Vestibül hinaus.

Sophie Maron hatte ihr nie das Haus gezeigt. Fenja wusste nur, dass an dem westlichen Flur, der zum Musikzimmer führte, ihr Wohntrakt lag. Sonjas Räume befanden sich davor, dem Treppenaufgang gegenüber. Die möglichen Gästezimmer aber schienen im östlichen Teil der Villa untergebracht zu sein, wo sie vor Tagen Cellomusik und Stimmen gehört hatte. Heute aber war es dort still gewesen.

Fenja fragte sich, ob Sophie für Achim womöglich eigene Räume im zweiten Stockwerk eingerichtet hatte. Schließlich war er kein beliebiger Gast. Bemüht, kein Geräusch zu machen, durchstreifte sie die obere Etage. Vergeblich. Hier oben war es kalt, auf dem langen Flur standen Kisten mit Bildern und mehrere versiegelte Schrankkoffer. So traf ihre schlimmste Befürchtung wohl doch zu. Achim schlief bei Sophie. Wie eine Natter fraß sich dieser Gedanke in ihr fest, und ihr wurde heiß. Sie schlich wieder in den ersten Stock hinunter, hielt den Atem an, lauschte aus Angst, im nächsten Augenblick von Sophie Maron überrascht zu werden.

Das Gebälk ächzte, Zweige schlugen gegen die Scheiben.

Nur sie schien es zu hören.

Vorsichtig schob sie den Gobelin beiseite, der den Eingang zum dritten, südwärts gelegenen Flur vom Vestibül abtrennte. Am Ende des Flurs war eine Tür mit Glasscheiben zu erkennen. Ihr rechter Flügel stand offen und ließ einen verglasten Erker erkennen. Neugierig ging Fenja weiter. Mondlicht fiel durch ein ovales Fenster in den Flur und ließ neben einer Zimmertür ein Paar schwarze Schaftstiefel glänzen.

Fenja erkannte sie sofort wieder.

Es waren Achims Stiefel.

Hier musste er schlafen … ob allein, oder …

Nein, sie musste diese Vorstellung, er könne hinter dieser Wand neben Sophie liegen, verdrängen. Sie spürte besinnungslose Sehnsucht nach ihm. Sie hob den rechten Stiefel auf. Er roch nach Leder, Erde, Pferd … Sie huschte den Flur entlang, betrat den Erker, zog ihre Strümpfe aus. Sie konnte nicht anders, sie musste ihn fühlen, ihm nahe sein …

Sie setzte sich auf einen Korbsessel, schob ihr Kleid hoch, fasste den schweren Offiziersstiefel am Schaft und glitt mit ihrem nackten Fuß langsam … sehr langsam hinein. Tief hinein.

Das kühle, feste Leder, das auch Achims Haut kannte, erregte sie.

Sie schloss die Augen.

Ihre Hände strichen über das lederne Schwarz, ihre helle Haut. Sie spreizte die Beine, stellte ihren Fuß auf die Armlehne und ließ sich zurücksinken. Ihre Muskeln im Schritt waren angespannt. War es Schmerz? War es … pure Lust? Wind drückte gegen die Fenster, ein Lufthauch glitt über ihre Scham, die nur ein dünner Stoff bedeckte. Fenja öffnete die Schleife ihrer Unterhose, berührte sich, strich ihre Schenkel hinauf … Sie hob ihre Finger an ihre Lippen, atmete ein …

Achim …

Ein Zweig peitschte gegen das Fenster, im Haus knarzte Holz. Sie sprang auf. War jemand aufgewacht und hatte sie womöglich beobachtet? Ihr brach der Schweiß aus, ihr Herz raste. Sie hatte sich von ihrer Sehnsucht verführen lassen, im Haus ihrer Dienstherrin … Sie musste verrückt sein … oder hatte ihre innere Stimme recht behalten?

Wenn du deine Wahl getroffen hast, wirst du nie mehr so sein wie vorher.

Sie wartete mit angehaltenem Atem, spähte in den Flur.

Niemand kam ihr entgegen.

Nur Achims linker Stiefel lag quer. Sie musste ihn vorhin umgestoßen haben. Fenja richtete ihn auf, stellte den rechten daneben.

Es war tiefe Nacht, als Sophie Maron sie an der Schulter wachrüttelte. »Stehen Sie auf, schnell! Berthold ist verschwunden!«

Fenja zog sich an, rannte hinaus, tastete auf dem lichtlosen Vestibül nach dem Treppengeländer. Hinter sich hörte sie Sonja rufen. Sie wandte sich um und atmete erleichtert auf, dass Sophie Maron, die ihr gefolgt war, Richtung Kinderzimmer zurückging. Vorsichtig stieg Fenja die Treppe hinab. Noch immer tobte der Sturm, und so konnte sie nicht hören, was die beiden Männer sprachen, die in der Eingangshalle im Lichtkegel einer Laterne standen. Erst als sie die drittletzte Stufe erreicht hatte, erkannte sie Hoschwitz – ohne Hut, im tropfenden Regencape – und Achim in Hemd, sandfarbenen Reithosen, losem Halstuch – und seinen Schaftstiefeln …

Wie sollte sie ihm nur in die Augen sehen?

Hochwitz eilte ihr entgegen, fasste ihre Hände. »Fenja, Sie müssen uns helfen! Berthold ist verschwunden! Sie waren die Letzte, die mit ihm gesprochen hat. Wissen Sie, wo er sein könnte?«

»Nein, Herr Hoschwitz, Berthold war müde. Er wollte nur eine Hühnersuppe essen und danach schlafen. Das hatte er mir versprochen.«

»Gut, ich gebe zu, es ist unsere Schuld, dass wir heute Nachmittag keine Zeit mehr für ihn hatten. Die Vorbereitungen für morgen rauben uns den letzten Nerv. Hätte meine Frau Sie nur darum gebeten, bei Berthold zu bleiben, dann wäre das nicht passiert.«

»Ihre Frau wusste aber, dass ich Frau Maron schon vor

Tagen zusagen musste, mich heute ab Mittag mit Sonja zu beschäftigen.«

»Weil sie Freiherr von Bening erwartete, das ist mir klar. Aber Sie, Fenja, wussten doch, wie wichtig dieser Tag für Berthold sein würde. Ich hätte erwartet, dass sie ihr absagen, um auch nach seinem erfolgreichen Ritt bei ihm zu bleiben. Er ist ja schließlich nicht vollständig geheilt.«

»Natürlich, verzeihen Sie, Herr Hoschwitz, aber …« Sie verstummte, als sie bemerkte, dass Achim ihm die Hand auf die Schulter legte.

»Beruhigen Sie sich, Hoschwitz.« Seine Stimme klang kühl. »Sie wird nur an ihre Pflicht gedacht haben. Lassen Sie uns aufbrechen, ich habe Ihnen versprochen, dass ich Ihnen helfen werde.«

»Ich frage mich nur, wo wir anfangen sollen zu suchen? Fenja, haben Sie denn überhaupt keine Vorstellung davon, wo er sein könnte?«

»Nein, Herr Hoschwitz, es tut mir leid.«

»Sie sind sein Kindermädchen und kennen Berthold so wenig?«, sagte Achim. Sie schwieg, erwiderte seinen Blick und hatte das Gefühl, als würde sie vor einer Wand zurückprallen.

»Wie ich hörte, konnten Sie Berthold heilen«, fuhr er fort.

»Ja, Herr Rittmeister.«

»Das ist sehr ungewöhnlich.«

»Ich habe nur der Lähmung seiner Beine misstraut und an Bertholds Kraft geglaubt.«

»An die Kraft eines Jungen, der im Rollstuhl sitzt? Warum?«

»Weil ich dem misstraut habe, was ich sah … und hörte. Ich bin nur meinem Gefühl gefolgt.« Hoffentlich verstand er, worauf sie anspielte.

»Dafür sind Sie ein großes Risiko eingegangen.«

»Aber jetzt kann er laufen …«

Er erwiderte nichts, schien hin- und hergerissen zu sein zwischen Bewunderung und dem Zweifel daran, ob die Gerüchte, von denen ihm Sophie berichtet hatte, wahr waren.

Hoschwitz stellte sich neben ihn. »Fenja hat recht, vielleicht ist er tatsächlich heimlich bei Sturm aus dem Haus geschlichen.«

»Verzeihen Sie, Herr Hoschwitz. Mir fällt ein, dass Berthold mir einmal etwas über einen Meeresgott erzählte …«

»Sie meinen Neptun«, unterbrach Achim sie, und sie bildete sich ein, ein Lächeln in seiner Stimme zu hören.

»Ja, Neptun, also, Berthold sagte mir, er liebe genau wie dieser Meeresgott den Fahrtwind und die Geschwindigkeit …«

»Was wollen Sie mir denn damit sagen, Fenja?«

»Ich meine, es könnte sein, dass Berthold zum Strand wollte, sich aber nicht traute, den Weg allein zu … gehen. Wissen Sie, ob die Stute noch bei Ihnen im Nebenhaus steht, Herr Hoschwitz?«

»Dieses Pferd ist bei uns? Warum hat mir das niemand gesagt?«

Er stürzte aus dem Haus.

Fenja wollte ihm folgen, da spürte sie, wie Achims Finger ihren Handrücken streiften. Sie drehte sich zu ihm um, bemerkte aber, dass Sophie Maron sie von der Ballustrade aus beobachtete.

»Wo haben Sie reiten gelernt, Fenja?«, fragte er laut.

»Bei uns oben im Wald, Herr Rittmeister«, erwiderte sie ebenso laut, »zusammen mit Berthold. Sie wissen doch, wie sehr ich ihn mag.« Leise fügte sie hinzu: »Ich habe unsere Liebe nicht verraten.«

»Aber man hält dich für meine Geliebte«, wisperte er. »Dein Ruf ist beschädigt und meiner ebenso.«

»Ich musste mich doch gegen Baldur zur Wehr setzen.« Sie schob ihren Fuß vor und stieß gegen die Haustür, so dass sie zugeschlagen wäre, wäre Achim nicht vorgeprescht, um sie festzuhalten. Fenja trat einen Schritt vor. Jetzt schützte sie die Tür vor Sophies Blicken, und sie waren einander nah. »Hast du meine Karte nicht bekommen, Achim? Wir hatten einander doch versprochen, dass ich sie dir schicke, sobald ich deine Kette tragen kann. Sie sollte das Zeichen dafür sein, dass ich frei bin.«

Sie hörten Sophie nach Achim rufen. Energisch schob dieser Fenja über die Türschwelle hinaus. »Ja, das habe ich verstanden. Aber dein Auftreten … also, ich will wissen, ob dich dieser Matrose berührt hat?«

»Nein! Er ist der Freund meiner Freundin! Was denkst du von mir?«

»Du bist vor anderen Leuten in unmöglichem Zustand aufgetreten. Wie soll ich eine Frau verteidigen, die sich so verhält?«

»Ich hatte mich mit Edda verabredet, wir wollten schwimmen gehen, und ihr Freund wollte uns etwas zeigen …«

»Das kann ich mir vorstellen …«

»Achim! Richards Mutter hat ein Buch geschrieben. Er wollte uns daraus vorlesen.«

»Du musst ein gutes Kindermädchen sein, Fenja, aber ich bin ein Mann. Ich glaube nicht an Märchen.«

»Ich lüge nicht.«

»Was soll das für ein Mann sein, der nachts auf dem Meer zwei nackten Mädchen aus einem Buch vorliest?«

Sie biss sich auf die Lippen. »Hast du noch nie im Meer nackt gebadet, Achim?«

»Nein, und ich würde es auch nie tun.«

»Du glaubst mir also nicht?«

»Nein.«

»So liebst du Sophie und nicht mich?«

»Sie liebt mich, das ist alles.«

»Dann bleib hier, bei ihr. Ich werde Berthold allein suchen.«

Sie zog ihr Schultertuch über den Kopf und rannte in den Sturm hinaus. Unterwegs kam ihr Bertholds Vater in seinem Wagen entgegen. »Sie hatten recht! Das Pferd ist weg, Berthold muss mit ihm unterwegs sein. Kommen Sie, Fenja, steigen Sie schnell ein.«

Er stellte den Wagen in der Nähe der Seebrücke ab. Gemeinsam suchten sie den Strand nach Berthold ab. Vergeblich. Trotz der hohen Wellen hätten sie irgendwo Hufspuren im Sand sehen müssen. Hoschwitz drängte Fenja in den Wagen zurück. »Wenn Berthold nicht hier ist, so wird er oben am Wald sein.«

Plötzlich erfassten gewaltige Böen den Wagen, er schlingerte über das Pflaster, auf dem das Wasser knöcheltief angestiegen war. Im nächsten Augenblick stürzte krachend ein Ast auf die Kühlerhaube. Hoschwitz bremste, fluchte. Die Frontglasscheibe zerbarst, Hoschwitz riss an seiner Tür. Als er merkte, dass sie festgeklemmt war, lehnte er sich zu Fenjas Tür hinüber und stieß sie auf. Sie stiegen aus, Böen erfassten sie, so dass sie kaum stehen konnten. Sie hielten sich aneinander fest und taumelten um das beschädigte Fahrzeug herum. Plötzlich erfasste sie ein weiteres Paar Scheinwerfer. Der andere Wagen bremste, schlitterte ebenfalls ein Stück weit über das nasse Pflaster und kam knapp vor einem Blumenkübel zum Stehen.

Ein Seitenfenster wurde geöffnet, Sophie Maron steckte ihren Kopf heraus. »Um Himmels willen! Herr Hoschwitz, Fenja, sind Sie verletzt?«

Sie verneinten, woraufhin Sophie Maron sich noch weiter herausbeugte. »Haben Sie Achim gesehen?«

Fenja merkte, wie ihre Beine kalt wurden und zu zittern begannen.

»Nein, Bening war doch grad noch bei Ihnen!«, rief Hoschwitz. »Er wird allein nach Berthold suchen, wie er's mir versprochen hat!« Er fuchtelte mit den Armen, weil Zweige durch die Luft wirbelten. Irgendwo heulte eine Sirene. Wo, um Himmels willen, war Achim? Fenja zitterte vor Angst. Wenn ihm und Berthold nur nichts passierte … Erschöpft vor Sorge lehnte sie sich gegen die Kühlerhaube und wischte sich den Regen aus dem Gesicht.

»Fenja!«, rief ihr Sophie Maron mit sich überschlagender Stimme zu, »Sie gehen sofort zu Sonja zurück. Herr Hoschwitz, ich werde Ihnen helfen, Berthold zu finden. Kommen Sie, steigen Sie ein.«

Fenja sah einen kurzen Moment den roten Rücklichtern nach. Man verbot ihr, Berthold zu suchen, stattdessen wurde sie in das Haus zurückgeschickt, in dem der Mann, den sie liebte, sie gerade zurückgewiesen hatte. Es war furchtbar.

Sie schlug den Mantelkragen hoch, stemmte sich gegen die Böen und ging zurück in die Bismarckstraße.

Sie blieb nicht lange allein. Schon nach einer knappen Stunde kehrte Sophie Maron müde zurück. »Bei Ihnen oben am Wald ist Berthold nicht. Wir verstehen das nicht. Herr Hoschwitz hat Herzschmerzen bekommen, ich musste ihn ins Krankenhaus fahren. Was ist das nur für eine grauenvolle Nacht.«

»Frau Maron, ich würde noch einmal gerne allein nach Berthold suchen.«

»Ja, vielleicht ist es das Beste. Es würde seine Eltern bestimmt beruhigen. Ich werde bei Sonja schlafen. Ist übrigens Herr von Bening zurückgekehrt?«

»Nein, Frau Maron, natürlich nicht. Er hat Herrn Hoschwitz ein Versprechen gegeben und wird es halten wollen.«

Sophie Maron zuckte zusammen, als hätte sie ihr Eis ins Gesicht geschleudert. Sollte die Maron ruhig denken, sie würde auf ein Versprechen anspielen, das Achim ihr, Fenja, gegeben hätte …

Fenja griff nach ihrem Mantel. »Übrigens, Frau Maron, sollte Sonja nach mir fragen, dann sagen Sie ihr bitte, der Teddy hätte mir verraten, dass sie ihn an das kleine Drachenmädchen erinnere. Er würde sie gerne weiter beschützen. Und da er auch keine Angst vor ihrem Atem habe, möchte er sie fragen, ob sie ihm einen Kuss erlauben würde.«

»Ich verstehe nicht …«

»Sie müssen es auch nicht verstehen, Frau Maron, Sie nicht.«

Fenja bat ihren Vater und einige Nachbarn um Hilfe. Gemeinsam suchten sie Wiesen, Wege, Waldstücke ab. Vergeblich. Voller Sorge kehrte sie wieder zu dem tosenden Meer zurück, lief gen Westen nach Bansin, gen Osten bis Swinemünde. Ohne Erfolg. Berthold und die Stute blieben verschwunden. Aus Angst um ihn und Achim konnte Fenja keinen klaren Gedanken mehr fassen.

Als die Sonne aufging, wankte sie erschöpft nach Ahlbeck zurück. Sie fror, und obwohl Hals und Beine schmerzten, war ihr, als wäre sie taub. Der Sturm war abgeflaut, aber es regnete noch. Auch schlugen die bleigrauen Wellen noch immer hoch an den Strand. Fenja suchte mit den Augen das Meer ab, als könne irgendwo dort draußen ein Geisterschiff erscheinen, von dem aus Berthold ihr zuwinkte.

Kurz vor Ostende meinte sie einen Mann zu erkennen, der über den Strand stapfte. Ob es Achim war? Hoffnungsfroh raffte sie ihr Kleid, stolperte durch den Sand. Schon waren die ersten Häuser zu sehen, da schritt die Gestalt auf ein flaches Gebäude zu, hielt kurz inne, öffnete das breite Tor. Im selben Moment stürmte ein Pferd heraus und wieherte. Es war Bertholds Stute. Sie bäumte sich auf und galoppierte Richtung Seebrücke davon. Also musste Berthold ebenfalls hier sein. Fenja rannte auf den Schuppen zu. Zu spät erkannte sie, dass es sich um den alten Hocksschen Bootsschuppen handelte.

Ihre Gedanken überschlugen sich. Hier hatte Baldur ihr im Winter das Tropenholz gezeigt, aus dem er das Segelboot für ihre Hochzeit bauen lassen wollte. Ja, Berthold musste hier sein. Hatte er ihr nicht oft genug gesagt, wie gern er segeln lernen wollte? Er musste durch die Fenster geguckt, das Boot entdeckt und im Schuppen Zuflucht vor dem Sturm gesucht haben.

Sie war wie blind durch Ahlbeck gelaufen.

Warum hatte sie nicht richtig nachgedacht?

Sie gab sich selbst die Antwort: weil sie verzweifelt war, dass Achim ihr nicht mehr vertraute.

»Berthold!« Sie stürzte in das dämmrige Licht. »Berthold!«

»Fenja, ich bin hier!«

Hinter ihr schlug das Tor zu. Erschrocken drehte sie sich um. Sie schaute ins Dunkel, konnte nichts erkennen.

»Fenja, hier bin ich!«

Sie wandte sich wieder um. Matt strömte Morgenlicht durch die trüben Seitenfenster. Staub wirbelte umher, verhüllte die Sicht. Vorsichtig trat Fenja ein paar Schritte vorwärts. Dann sah sie das dunkle Segelboot vor sich. Halbfertig ruhte es auf schweren Bohlen. Sie sah hoch und entdeckte Berthold auf dem Bug.

»Junge, endlich! Ist alles in Ordnung?«

Irgendetwas raschelte hinter ihr.

Er schwieg.

»Komm jetzt, Berthold! Dein Vater sorgt sich furchtbar um dich.« Sie tastete sich an der Bordwand entlang, fasste nach der Strickleiter.

»Berthold, stimmt irgendetwas nicht?«

Er schwieg noch immer.

Sie stieg die Strickleiter ein paar Sprossen hoch. »Kannst du dich nicht bewegen?«

Ein Luftzug strich ihr um die Waden, und im nächsten Moment legte sich eine schwere Hand auf ihre Hüfte. Sie fuhr herum.

»Baldur!«

»Du kommst zur rechten Zeit, Fenja. Ich freue mich. Und jetzt klettere wieder herunter.«

Sie war benommen vor Angst. Dieses Mal würde sie keine Kraft mehr haben, sich zu wehren. »Baldur, egal, was du mit mir vorhast, denk an den Jungen. Lass ihn gehen, bitte.« Sie stieg herab.

»Natürlich, bin ich ein Unhold?« Er zog sie an sich, zerriss ihr Kleid und presste seinen Mund auf ihre Lippen. Er stank nach Schnaps und Schweiß. Sein Speichel floss über ihr Kinn. Sie würgte, versuchte, ihn von sich zu stoßen.

»Fenja!« Berthold schrie, schlug einen Tampen nach ihm.

»Verfluchter Bengel!« Baldur wich zur Seite und riss Fenja mit sich.

»So lass ihn doch gehen, er ist noch ein Kind, ein krankes Kind …« Sie weinte.

Er ballte die Faust, sah zu ihm hoch. »Dann geh, verdammt! Geh, wenn du kannst!«

»Rede nicht so mit ihm, Baldur! Um seiner Seele willen, sei still!«

»Er kann dich erlösen, Fenja, wenn er denn wirklich geheilt ist. Vater hat mir erzählt, dass du ihm das Reiten beigebracht hast. Der Junge war gelähmt und soll jetzt gehen können. Du bist entweder eine Hexe oder eine Heilige.« Er lachte derb und knöpfte seinen Hosenschlitz auf. »Ich will dich haben, als Hexe und als Heilige. Doppelter Saft, doppeltes Feuer!« Er stieß sie zu Boden, spreizte ihre Beine.

»Berthold! Berthold! Du kannst laufen! Du musst es schaffen!«

»Ja, zeig es ihr! Zeig es ihr!« Baldur stöhnte auf vor Geilheit und schlug ihr ins Gesicht. Holz scheuerte unter ihrem Nacken, ihrem Rücken, ihrem Po. Im umherwirbelnden Staub sah sie, wie Berthold davonhuschte. Sie wand sich unter Baldur, biss ihm in den Arm, schrie, dann wieder wurde alles um sie herum unwirklich, selbst die Geräusche. Sie stieß mit dem Kopf gegen Holz, krallte ihre Hand in seinen Hals. Waren es Minuten, Sekunden? Sie wusste es nicht. Plötzlich hörte sie Stimmen. Dann wurde es unter ihren Lidern hell. Ein Duft, der sie an Moschus, Vanille und Zitrus erinnerte, weckte sie aus ihrer Apathie. Sie schlug die Augen auf.

Ein anderer Mann beugte sich über sie.

»Fenja! Fenja, bist du verletzt?«

Sie blinzelte, lauschte in sich hinein. Sie war noch völlig durcheinander. Dass ihr Nacken schmerzte und Steiß und Schenkel wie Feuer brannten, das spürte sie ganz deutlich. Ein Stück weit neben ihr lag Baldur im Staub. Sie begegnete Achims besorgtem Blick, zuckte zusammen, als er sie behutsam am Arm berührte. »Fenja, verstehst du mich nicht? Bist du verletzt?«

Sie nickte.

»Verfluchter Mistkerl!« Achim sah sich nach Baldur um, der sich jetzt aufrappelte. In seiner rechten Hand blitzte etwas auf, es war eine Ahle. Fenja schrie, als er sich auf Achim stürzte. Achim wich zur Seite, sprang blitzschnell um Baldur herum und schlug ihm mit aller Kraft auf die Schulter. Baldur brüllte, die Ahle fiel zu Boden, sein Arm baumelte wie leblos an ihm herab. Achim packte ihn vor der Brust und stieß ihm die Faust in den Magen. Ächzend fiel Baldur vornüber zu Boden.

»Hure!«, stöhnte er. »Sie ist eine Hure, Herr Rittmeister, glauben Sie mir. Ich war nicht der Erste!«

Fenja stockte das Herz.

Achim zerrte ihn hoch, schüttelte ihn. »Du Hund! Ich bringe dich um!« Er prügelte auf ihn ein, stieß ihn gegen die Wand.

Baldur blutete aus Nase und Mund. Achim packte ihn an der Gurgel, so dass er um Luft rang. »Fenja, ist das wahr?«

»Achim, halt ein! Nein, ich … o Gott, du bist ein Teufel, Baldur Hocks! Wolltest du dich an mir rächen, weil dein verfluchtes Boot niemals meinen Namen tragen wird?«

»Du hast mich mit ihm hintergangen, du Luder!«, stieß Baldur hervor, worauf Achim ihn anbrüllte: »Halt den Mund! Ich sag dir, ich werde dich hinter Gitter bringen, bis du verfaulst!« Er packte ihn und warf ihn herum, so dass Baldur mit der Stirn gegen die Wand schlug. Achim griff nach einem Strick, fesselte seine Hände auf dem Rücken und zog ihn zum Boot, wo er ihn an einem der Stützbalken, auf denen es ruhte, festband. Dann beugte er sich zu Fenja hinunter und half ihr auf.

»Danke, Achim.« Sie strich ihm über den Arm. Er sah ihr ernst in die Augen. Er wirkte angespannt, als stünde ihm ein weiterer Kampf bevor.

»Ich werde ihn jetzt der Polizei übergeben, Fenja. Du kannst aufatmen.«

»Ja, das werde ich, ich bin so froh, dass alles vorbei ist.«

»Du bist froh? Wirklich?«

»Nein … ja doch, ach Achim, bitte, du bist mir noch eine Antwort schuldig, nicht?«

»Und du mir auch, Fenja. Schließlich gibt es da noch etwas, über das wir sprechen sollten.«

»Ja, allerdings.« In diesem Moment war ihr bewusst, dass ihre Sorge, ob Achim ihr je wieder vertrauen würde, stärker war als der Schmerz, den Baldur ihr zugefügt hatte.

Sie zwang sich, jetzt nicht an sich, sondern an Berthold zu denken. Sie lief aus dem Schuppen ins Licht hinaus und hielt nach ihm Ausschau. Er wartete ein Stück weit entfernt, direkt am Meer, und hielt die Stute am Zügel. Sie eilte auf ihn zu. Er sah ein wenig blass aus, wirkte aber gefasster, als sie angenommen hatte. Sie schloss ihn in ihre Arme. »Es tut mir so leid, Berthold, geht es dir auch wirklich gut?«

»Ja, ich wusste ja, dass alles gutgehen würde. Und wie geht es Ihnen, Fenja? Ist alles in Ordnung?«

»Ich habe noch einmal Glück gehabt, danke, Berthold, für deine Hilfe.« Sie bemühte sich zu lächeln.

»Ich habe doch nur das Selbstverständliche getan und den Rittmeister geholt. Ich bin wirklich froh, dass er die Idee hatte, mich beim Bootsschuppen zu suchen. Ihm verdanken Sie Ihre Rettung, Fenja, nicht mir«, meinte er.

Achim hatte sie beide gerettet … er hatte den richtigen Instinkt bewiesen … Sie schaute sich um, sah ihm nach, wie er mit Baldur am Strick den Strand hoch auf die Dünen zustampfte. Sie wischte sich Tränen aus dem Gesicht.

»Fenja, geht es Ihnen auch wirklich gut?«

Sie musste sich zusammenreißen. »Ich werde damit leben müssen, dass der Schock erst später einsetzt. Aber jetzt komm, ich halte es hier nicht mehr aus.« Sie half ihm in den Sattel und war erleichtert, dass der Sturm sich gelegt hatte und sie Strand und Meer für sich allein hatten.

»Hätte ich in Ruhe nachgedacht«, sagte sie, »wäre mir der Bootsschuppen gleich eingefallen. Es tut mir leid, Berthold.«

»So schlimm war es dort anfangs gar nicht«, meinte er. »Es stürmte so schön gruselig, und ich hatte das bei mir, was ich mag: ein Segelboot und ein Pferd. Ich bin in das Boot geklettert und hab mir vorgestellt, wie es wäre, wenn ich bei Windstärke acht Piraten gejagt hätte.«

»Und dann ist Baldur gekommen und hat dich aus deinem Traum gerissen.«

»Ja, plötzlich ging die Tür auf, und da stand dieser fremde Mann. Er rief mir zu, du seiest in der Nähe und würdest mich gleich abholen.«

»Woher wusste er, dass du in seinem Schuppen bist?«

»Er sagte mir, er hätte am Strand lange auf dich gewartet. Er muss wohl gehört haben, dass die Stute wieherte, und einmal erschreckte sie sich vor einer Maus oder Ratte. Jedenfalls stieg sie hoch, schlug mit den Hufen gegen die Wand. Da wusste er dann Bescheid.«

»Er hat mir am Strand aufgelauert, weil er wusste, dass wir beide gern am Meer sind. Nur eines verstehe ich nicht. Als ich den Schuppen betrat, fiel die Tür hinter mir zu. Baldur muss mir also gefolgt sein, ohne dass ich es merkte. Warum hast du mich nicht gewarnt?«

Berthold schwieg, fasste den Zügel mit einer Hand, kratzte nervös am anderen Handgelenk.

»Bitte, Berthold, sag es mir. Baldur öffnete das Tor, die Stute war froh, wieder frei zu sein. Sie galoppierte an ihm vorbei. Baldur erzählte dir, er habe mich gesehen und ich würde dich gleich abholen …«

»Ja, und dann kam er zu mir ans Segelboot und sagte, wenn ich ganz still wäre, würde er mir alte Seekarten zeigen, auf denen ein Schatz eingezeichnet sei. Irgendwo in Schweden. Aus der Zeit der Hanse. Er würde mich mitnehmen, aber nur, wenn ich keinen Mucks von mir gäbe. Als er dann über Sie herfiel, wusste ich, er hatte mich belogen. Ich hatte furchtbare Angst um Sie. Ich wollte Ihnen helfen, bin die Strickleiter hinabgestiegen, fand einen Klotz und wollte ihm schon auf den Kopf schlagen, da sah ich den Rittmeister am Fenster vorbeigehen und lief zu ihm hinaus. Ich dachte, er als Offizier könnte diesen Mistkerl besser zusammenschlagen als ich. Das war alles.«

»Ich danke dir, Berthold. Du bist ein tapferer Junge. Du kannst stolz auf dich sein.«

Zu Bertholds Freude nahm sein Vater ihn als Erster in Empfang. Er hatte das Krankenhaus auf eigenen Wunsch verlassen.

Er hatte dem Herzmittel allerdings nicht ganz vertraut und nur in der Nähe seiner Villa nach ihm Ausschau gehalten. Liane Hoschwitz blieb zunächst still und schloss Berthold leise weinend in ihre Arme.

Sie gingen in den Salon, wo es nach Kaffee roch. So ruhig wie möglich berichtete Fenja ihnen von ihrer Suche nach Berthold und wie sie ihn gefunden hatte. Längst war dieser neben seiner Mutter eingeschlafen. Liane unterbrach sie als Erste.

»Hörst du, Carl? Dieser Mann wäre imstande gewesen, unseren Sohn zu entführen. Er hat ihn mit einem Piratenschatz gelockt.«

»Hast du Fenja nicht verstanden? Dieser schreckliche Mensch hat unser Kindermädchen vergewaltigt. Hast du das schon vergessen?«

»Ist das wahr, Fenja?«

»Er hat es versucht.«

»Versucht … also haben Sie sich gegen ihn wehren können.«

»Ich weiß es nicht mehr.« Ihr war, als würde ihr übel, sie trank einen Schluck Wasser, suchte Hoschwitz' Blick. »Berthold war tapfer. Er wollte mir helfen und hätte Baldur Hocks sogar mit einem Holzklotz erschlagen …«

»Übertreiben Sie doch bitte nicht, Fenja! Und was geschah dann?«

»Aus dem Augenwinkel sah er den Rittmeister am Fenster vorbeigehen.«

»Achim war in Ihrer Nähe?« Liane Hoschwitz fuhr auf.

»Liane! Würdest du dich bitte beherrschen? Er hat wie Fenja die ganze Nacht über Berthold gesucht. Es war Zufall, dass er sie zur gleichen Zeit am Bootsschuppen traf, nicht, Fenja?«

»Ja, natürlich war es Zufall.«

»Zufall?« Liane Hoschwitz riss die Augen auf. »Sind Sie nicht fast zur gleichen Zeit unterwegs gewesen?«

Was unterstellte ihr diese Frau? Sie war nicht nur eifersüchtig, sondern völlig verändert. Sie hatte noch nicht einmal Mitleid mit ihr … »Wenn Sie mir unterstellen, ich wäre Rittmeister von Bening hinterhergelaufen, irren Sie sich, Frau Hoschwitz. Ich bin mir meines Standes durchaus bewusst.« Sie merkte, wie ihr die Tränen kamen.

Carl Friedrich Hoschwitz erhob sich und blickte wütend auf seine Frau hinab. »Liane, jetzt ist Schluss. Dein Benehmen ist unverzeihlich.«

»Diese Nacht hat mir meine Nerven ruiniert, Carl. Verstehst du das nicht?«

Ohne auf sie einzugehen, trat Hoschwitz auf Fenja zu und reichte ihr die Hand. »Im Namen meiner Frau danke ich Ihnen, dass Sie uns unseren Sohn heil und gesund zurückgebracht haben. Und entschuldigen Sie bitte das unmögliche Verhalten meiner Frau. Ich fürchte, sie steigert sich in letzter Zeit zu oft in eine Phantasiewelt hinein … Kommen Sie, Fenja, Sie müssen völlig erschöpft sein. Soll ich Ihnen einen Arzt rufen?«

»Nein danke.« Sie stand auf.

»Keinen Arzt?« Er wiegte den Kopf. »Natürlich sollen Sie die nächsten Tage ausruhen, aber es wäre vielleicht besser, wenn Sie …«

»Mein Mann hat recht«, ergriff Liane Hoschwitz wieder das Wort. »Nehmen Sie unsere Hilfe an. Sollten Sie in den nächsten Tagen feststellen, dass Sie eine« – sie zögerte – »spezielle ärztliche Hilfe brauchen, dann sagen Sie es mir. Und du, Carl, sprichst bitte morgen mit Achim.«

»Kannst du ihn nicht endlich einmal aus deinem Kopf verbannen, Liane?« Er wurde wütend.

»Carl, ich möchte doch nur, dass du dich mit ihm besprichst. Vielleicht kennt er einen guten Juristen, der dafür sorgt, dass dieser Hocks wegen dem, was er meinem Sohn angetan hat, bestraft wird.«

»Liane! Bist du übergeschnappt? Er hat unserem Sohn kein einziges Haar gekrümmt, sondern unser Kindermädchen verletzt! Im Übrigen, sollte ich Herrn von Bening nicht vielleicht besser sofort benachrichtigen, damit er morgen schon zum Frühstück kommt?« Er nahm ihr den schlafenden Berthold aus den Armen und trug ihn durch die Diele und die Treppe hinauf in Bertholds Schlafzimmer. Fenja folgte ihm. Plötzlich hatte sie das Gefühl, ihr ganzer Körper schmerzte.

Als Hoschwitz Berthold auf sein Bett legte, trat sie hinzu und zog dem Jungen die verschmutzen Kleider aus. Hoschwitz beobachtete sie schweigend. Schließlich räusperte er sich.

»Entschuldigen Sie, Fenja. Sie haben gerade Furchtbares erlebt. Ich bin schockiert darüber, dass es meine Frau an Mitgefühl mangeln lässt. Es tut mir sehr leid.«

»Ich glaube, Ihre Frau möchte sich nicht vorstellen, was ich erlebt habe. Sie könnte es nicht ertragen.«

»Welche Frau könnte das wohl?«

»Ihre Frau hat zu große Angst um Berthold aushalten müssen, Herr Hoschwitz. Es wäre für sie leichter gewesen, wäre er nicht ihr einziges Kind.«

Er stöhnte und fuhr sich durch das Haar. »Hat Sie etwa mit Ihnen darüber gesprochen? O Gott, nein, ich kann es nicht mehr hören. Schlafen Sie gut.«

Fenja lag lange wach. Sie hatte damit gerechnet, dass Baldur zu solch einer Tat fähig sein würde. Umso weniger verspürte sie jetzt Entsetzen, gar Überraschung über das, was er ihr im Schuppen angetan hatte. Es passte zu ihm, und Fenja kam es vor, als hätte er endlich seine Maske fallen lassen. Sie empfand keine Wut, eher ein wenig Erleichterung, weil ihr bewusst war, dass eine lange Phase schwelender Bedrohung vorüber war. Und so hatte sie auch kein Bedürfnis danach, die Einzelheiten jener Minuten erneut zu durchleben. Stattdessen verspürte sie eine eigenartige Spannung und fragte sich, wie jetzt alles weitergehen würde.

Sie sah Liane Hoschwitz' leuchtende Augen vor sich, wenn von Achim die Rede war. Wie sehr musste sie Achim begehren, dass sie sich noch nicht einmal in Gegenwart ihres Kindermädchens zu beherrschen versuchte. Eine verheiratete Frau! Warum konnte ihr Mann ihr nicht den Wunsch nach einem weiteren Kind erfüllen?

Und was mochte Achim dabei empfinden, dass er von ihr bewundert wurde? Vielleicht belustigte ihn ihre Schwärmerei, und er schwelgte in seiner Eitelkeit. Seinem virilen Charme konnte sich jedoch keine Frau entziehen, und vielleicht spielte er mit allen nur sein Spiel und war innerlich ein anderer.

Fenja lauschte in sich hinein. Sie war sich sicher, dass sie und Achim vom ersten Moment an etwas Besonderes verband. Und diese Nacht hatte es wieder einmal bestätigt. Sie hatten, ohne voneinander zu wissen, Berthold gesucht, waren einander aber nicht begegnet. Sie hatten immer wieder den Strand aufgesucht, die Nähe zum Meer. Erst als sie selbst im Morgengrauen in Not geriet, hatte Achim Berthold entdeckt – und sie gefunden.

War es wirklich nur Zufall oder doch Schicksal?

Zu viele Fragen waren offen, zu viel gegenseitiges Misstrauen.

Sie musste so bald wie möglich mit ihm sprechen.

Denn er verheimlichte noch immer seine Liebe zu ihr – und schlief bei Sophie.

Sie träumte wirr vom tosenden Meer und Speeren, die sie unter Wasser drückten. Sie erwachte von ihrem eigenen Schrei, schwitzte. Die Morgensonne fiel schräg durch die Fenster. Der klare Himmel versprach einen herrlichen Sommertag. Es war der erste Juli, Hochsaison, der Tag, an dem Carl Friedrich und

Liane Hoschwitz ihre Sommervilla einweihen wollten. Fenja starrte an die Decke. Wie sollte sie diesen Tag überstehen? Müde schloss sie die Augen. Sie hatte kaum geschlafen, ihre Beine taten ihr weh, die Innenseiten ihrer Schenkel brannten, ihr Unterleib krampfte. Von draußen waren Motorgeräusche und das Rollen von Fuhrwerken, die Stimmen der Hausangestellten und Lieferanten zu hören. Wenn Liane Hoschwitz ausgeschlafen haben würde, wären alle Vorbereitungen zum Fest abgeschlossen. Die Gäste wären willkommen.

Liane würde sie gut gelaunt bewirten, sie unterhalten, ihnen berichten, dass ihr Sohn letzte Nacht beinah entführt worden sei. Würde sie nicht mehr erzählen, würde sie Fenja schützen. Was aber, wenn nicht?

»Stellen Sie sich vor, dieser Mann, der schon für den letzten Skandal unseres Kindermädchens sorgte, hat sie vor Bertholds Augen vergewaltigt!«

Würden die Gäste dann nicht Hoschwitz fragen, ob sie, Fenja, noch als Kindermädchen seines Sohnes tragbar sei? Vermutlich würde er ihr nicht kündigen, schließlich hatte sie seinen Sohn geheilt. Aber was, wenn Liane dem Druck der Gesellschaft nachgab? Fenja verspürte ein schmerzhaftes Ziehen im Bauch und hastete ins Bad.

Es wurde ein großartiges Fest. Fenja wich Berthold nicht von der Seite und ließ sich mit ihm feiern. Liane Hoschwitz aber überraschte Fenja aufs Neue. Sie nahm sie vor aller Augen in die Arme, dankte ihr überschwenglich, bis es Fenja peinlich wurde. Sie ertrug das Lob nur, weil sie immer wieder die Bewunderung, das kurze Aufleuchten in Achims Augen sehen wollte.

Liane Hoschwitz schien es nicht zu bemerken. Sie war wie ausgewechselt und sah trotz der letzten Stunden frisch aus. Sie strahlte geradezu und erntete in ihrem eng geschnürten

Sans-Ventre-Kleid mit Schleppe bewundernde Blicke. Sie plauderte, flirtete, tanzte, als fürchtete sie, zu Asche zu verfallen, wenn sie auch nur einen Augenblick innehielte. Jeder, der sie genau beobachtete, musste bemerken, dass sie in Achim verliebt war. Sophie Maron, die ebenfalls eingeladen war, wechselte mehrmals belustigte Blicke mit Hoschwitz. Es tat Fenja weh. Sie war überzeugt, dass Sophie Maron ihm zu verstehen geben wollte, dass sie Achims sicher war, dass er zu ihr gehörte und nie eine andere Frau, schon gar nicht eine Ehefrau, begehren würde.

Tatsächlich schien Hoschwitz beruhigt. Doch Fenja wurde immer nervöser. Sie hätte ihm seine Frau am liebsten an die Brust gestoßen und Sophie Maron die Augen ausgekratzt.

Denn deren Selbstgewissheit machte Fenja wahnsinnig.

Glücklicherweise lenkte Berthold sie immer wieder von ihrer Eifersucht ab. Da er zum ersten Mal bis zehn Uhr aufbleiben durfte, war er ausgelassen wie nie und wirbelte nur so durchs Haus. Das Einzige, was er vermisste, war das Reiten. Nur zu gern hätte er allen Gästen vorgeführt, wie gut er es konnte. Doch Hoschwitz hatte die Stute schon am frühen Morgen zu den alten Bauersleuten zurückführen lassen. Pünktlich zur vereinbarten Zeit brachte Fenja Berthold zu Bett, sang ihm ein Schlaflied vor und betete mit ihm. Dann ging sie an den Strand.

Sie dachte nach. Liane Hoschwitz hatte mit niemandem darüber gesprochen, was letzte Nacht wirklich im Bootsschuppen geschehen war. Sie hatte dafür gesorgt, dass im Moment niemand wusste, was Baldur ihr angetan hatte. Selbst wenn es sich herumspräche, würde sie ihr nicht vorwerfen können, sie hätte den Anstoß zu Gerüchten gegeben. Warum schützte Liane Hoschwitz sie? Fenja war sich sicher, dass sie es nicht allein für sich und ihre Familie getan hatte, sondern sie, Fenja, brauchte, aber wofür?

Achims Hand schloss sich um ihre Finger. Fenja erschrak.

»Achim, ich dachte, du tanzt?«

»Wie geht es dir, Fenja?« Er zog sie sanft näher.

Er roch ungewöhnlich nach einer Mischung aus Lilie, Hyazinthe, Vanille, Ambras – Lianes Parfum. Fenja löste ihre Hand aus der seinen und trat einen Schritt zurück.

Er straffte sich. »Ich verstehe, keine Berührung. Verzeih.« Er trat ebenfalls einen Schritt zur Seite, machte eine einladende Geste. »Wollen wir ein wenig am Wasser entlanggehen?«

»Man wird dich vermissen, Achim.«

»Ich werde den anderen später sagen, ich hätte wissen wollen, wie du Berthold geheilt hast.« Er wandte sich ihr zu. Ihr Herz schlug schneller. Sein weicher Mund, sein Bartschatten, das rätselhafte Glitzern seiner Obsidianaugen …

»Du wirst von mir als … Heilerin sprechen? Nur als Heilerin?«

Sie spürte, wie er zusammenzuckte. Sie musste sich unbedingt beherrschen, durfte ihm keine Vorwürfe machen. »Entschuldige, ich frage mich nur, ob nicht doch bald alle wissen werden, was sich wirklich abgespielt hat. Ich fürchte, dann wird mich niemand mehr als Heilerin oder Kindermädchen ansehen, sondern nur als die Frau, die Baldur Hocks' Opfer wurde.«

»Noch weiß niemand etwas, Fenja. Liane Hoschwitz hat sich, wie du gesehen hast, taktisch klug verhalten. Und Hocks ist erst einmal in Gewahrsam. Ich verspreche dir, er wird verurteilt werden. Du müsstest nur eine Aussage machen. Wärest du dazu bereit?«

»Vielleicht, ich fürchte, ich bin noch sehr durcheinander. Ich weiß es nicht, Achim.«

Sie schwiegen. Lautlos rollten flache Wellen an den Strand. Fenja und Achim entfernten sich immer weiter von den bunten Lichtern und der Musik.

Sein Schweigen reizte sie, zumal sie spürte, wie Verdrängtes in ihr aufstieg. Sie warf ihm einen Seitenblick zu. »Ich habe gestern vergessen, Baldur noch etwas zu sagen.«

»Ja? Was denn?«

»Ich wollte ihm schwören, dass ich mich umbringen würde, sollte ich schwanger werden.«

Er blieb stehen. »Und? Besteht die Gefahr?«

»Du willst wissen, ob er mich wirklich …?«

Er legte ihr die Hand auf den Mund. »Still, sag es nicht. Ich … ich kann es nicht ertragen.«

Unvermittelt stieg Wut in ihr hoch. »Sie können recht wenig ertragen, Herr Rittmeister, wenn es um die Wahrheit geht!«

»Was meinst du damit?« Seine Stimme klang scharf.

»Du glaubst mir nicht, vertraust mir nicht mehr. Kannst du dir nicht vorstellen, wie furchtbar das für mich ist?«

»Das mag sein, Fenja. Aber du musst zugeben, diese Nacht neulich, die du mit deinen Freunden verbracht hast, erweckt Misstrauen. Ist es dir so leichtgefallen, nackt zu baden?«

»Es waren gute Freunde, Achim. Alles war harmlos. Ich fürchte, du willst mir nur nicht glauben, weil ich eure verlogene Etikette nicht eingehalten habe.«

»Sie ist dafür da, dass man keine Dummheiten macht.«

»Ich habe keine Dummheiten gemacht. Hältst du denn die Etikette immer brav ein?«

»Natürlich.«

»Du lügst!«

»Fenja! Beherrsch dich bitte.«

»Nein, nicht nach der letzten Nacht!«

»Was soll das? Was wirfst du mir vor? Sag es mir, komm schon, Fenja, halt dich nicht zurück.«

Die Ironie in seiner Stimme reizte sie, riss in ihr alle Dämme ein. »Verzeih mir, aber ich glaube dir nicht mehr, dass du mich liebst. Du verliebst dich in ein armes Ding wie mich, überredest mich, unsere Liebe geheim zu halten, und übernachtest doch bei der Frau deines Standes … bei ihr.«

»Sophie ist meine Jugendfreundin. Sie bietet mir ihr Haus an, mehr nicht. Ich habe dir schon gesagt, dass wir uns seit unserer Jugend kennen. Uns verbindet die Liebe zur Musik, zur Malerei. Wir haben die gleichen Empfindungen, aber ich liebe sie nicht. Glaube mir doch endlich.«

»Sollte ich das?«

»Fenja, du gehst zu weit.«

»Hast du nicht von mir verlangt, unsere Liebe geheim zu halten? Bin ich es nicht wert, geliebt zu werden?«

»Wir müssen Geduld haben, Fenja. Kannst du dir nicht vorstellen, dass ich gebunden bin, Verpflichtungen habe?«

»Geduld!« Sie lachte bitter auf. »Nein, Achim, du bist widersprüchlich. Du weißt nicht, was du willst. Es ist, als ob du dir je nach Laune das Recht nimmst, Regeln und Etikette einzuhalten oder gegen sie zu verstoßen.«

»Was willst du mir damit sagen?« Er atmete heftig.

»Achim, ich habe dich nie belogen. Nie. Du aber liest ein Buch, das gegen den Krieg gerichtet ist, und verteidigst deine Meinung, indem du dich auf altmodisch-traditionelle Weise duellierst. Du fährst als Freiwilliger nach Afrika, um zu kämpfen, verweigerst aber wenige Jahre später die Teilnahme an einer Schlacht. Du hast dich dem Willen deines Vaters gebeugt und suchst doch nach anderen Wegen. Du lässt dich von Frauen umschwärmen und sagst ausgerechnet mir, mir armen Maus, du würdest mich lieben.«

»Das Umschwärmen, wie du es nennst, ist das Vergnügen der Frauen, nicht meines.« Sein Blick wurde kühl, doch ihre Erregung fand keinen Halt mehr.

»Ich muss dir noch etwas sagen, Achim. Du hast mich gerettet, aber zu spät.«

»Was soll das heißen, zu spät?«

»Du hättest unsere Liebe nicht so lange geheim halten sollen. Hättest du früher zu mir gestanden, wäre das mit Baldur nicht passiert. Ich fürchte …«

»Was fürchtest du?«

Sie holte Luft. »Ich fürchte, du hast zu lange in dem luxuriösen Gefühl geschwelgt, eine geheime Liebe zu pflegen.«

»Fenja!« Vor Schreck riss er seine Arme in die Höhe.

Sie ließ ihn stehen, lief den Strand hinauf – und wusste schon im nächsten Moment, dass sie einen Fehler gemacht hatte. Sie hatte den Mann, den sie liebte, tief verletzt.

Während sie sich am Strand mit Achim entzweite, ließ sich Carl Friedrich Hoschwitz von seinem Hausjuristen beraten, der zum Sommerfest extra aus Berlin angereist war. Fenja ahnte nichts davon, sie machte sich Vorwürfe, weinte viel, begann einen Brief an Achim, verwarf ihn wieder, wälzte sich im Bett und fand erst im Morgengrauen ein wenig Schlaf. Als das Hausmädchen sie kurz vor acht Uhr weckte, war sie verschwitzt und hatte Nackenschmerzen.

»Herr Hoschwitz möchte Sie heute Morgen zur Polizei begleiten. Ob Sie bitte gleich aufstehen könnten?«

Sie hatte die ganze Nacht nur an Achim gedacht und den Vorfall mit Baldur erfolgreich verdrängt. »O nein, nicht jetzt, nicht heute.«

»Herr Hoschwitz besteht aber darauf.« Das Dienstmädchen senkte die Stimme. »Ich würde es auch tun.«

»So weiß jetzt jeder über mich Bescheid?«

»Nicht jeder, Fenja, nur wir. Ich meine, wir Dienstboten haben auch Ohren.«

»Ach, du hast gelauscht?«

»Verzeihung, man läuft hierhin, dorthin, schnappt dort ein Wort, hier ein Wort auf.«

»Ich mag nicht zur Polizei gehen. Ich fühle mich schrecklich. Wer weiß, was die Polizisten alles so genau wissen wollen.«

»Sie sollten es aber trotzdem tun, die Herrin hat es gestern auch gemeint. Ich hab's selbst gehört, wie sie diesem Juristen zustimmte, mit dem sich der Herr unterhalten hat.«

»Hör mal, dies hier ist meine private Angelegenheit.«

Das Mädchen zögerte, biss auf ihre Unterlippe. »Ich … ich würde mir wünschen, jemand würde endlich einmal für uns … für uns Mädchen sprechen.« Sie schlug die Augen nieder und rannte aus dem Zimmer. Die Tür fiel hinter ihr ins Schloss, ging noch einmal einen Spalt weit auf. »Ich werd's dem Herrn ausrichten.« Leise zog das Dienstmädchen die Tür wieder zu.

Fenja überlegte. Sie hatte immer geglaubt, Baldur sei Teil ihres Schicksals. Würde sie heute mit Bertholds Vater zur Polizei gehen und Baldur anzeigen, würde ihr Leben öffentlich ausgebreitet wie ein Tischtuch. Alle würden erfahren, dass Baldur sie erpresst, genötigt, geschlagen hatte. Ihr Vater würde das kaum verkraften, zumal er seinen alten Freund verlieren könnte. Er würde sie dafür hassen … Wie erstarrt blieb Fenja im Bett liegen.

Hoschwitz klopfte an ihre Tür, verharrte im Flur. Sie spürte, wie es sie reizte, sich gegen ihn zu wehren.

Er hob die Stimme. »Ich habe mich letzte Nacht von meinem Hausjuristen aufklären lassen, Fenja. Ich möchte Ihnen Folgendes sagen. Was Sie erlebt haben, ist furchtbar. Sie sind im menschlichen wie juristischen Sinne ein Opfer.«

»Ihr Jurist sieht in mir ein juristisches Opfer? Verzeihung, Herr Hoschwitz, mir wird übel.« Sie setzte sich auf und massierte ihren schmerzenden Nacken.

»Fenja, so lassen Sie sich bitte etwas erklären. In unserer modernen Zeit stehen Sie mit Ihrem Schicksal nicht mehr allein da. Noch bis vor wenigen Jahren lag das Recht, den Täter anzuzeigen, allein bei den Frauen. In der Zwischenzeit wurde die Gesetzeslage geändert.«

»Herr Hoschwitz, ich habe kaum geschlafen und bin heute früh zu müde, um so etwas Schwieriges zu begreifen.« Sie ließ sich zurück aufs Bett sinken und zog das Kopfkissen über ihre Ohren.

»Wir haben erfahren, dass Ihre Schwester Hiltrud in Berlin weder vor ein Automobil gelaufen noch von der Hochbahn gestürzt ist … Sie bekam nicht die Hilfe, die ich Ihnen anbiete. Wollen Sie sie wirklich ablehnen?«

Fenja ließ das Kissen los, Hoschwitz hatte so laut gesprochen, dass sie jedes Wort deutlich hatte hören können. Der Sekretär seiner Frau hatte also die Wahrheit herausgefunden. Fenja hatte es verdrängt, aus Angst, Liane würde ihr kündigen, wenn sie von Hiltruds Unglück erführe. Liane hatte es großzügigerweise nicht getan, aber jetzt war Fenja diejenige, die ihr nicht traute …

»Also gut, sagen Sie mir alles, was ich wissen muss, Herr Hoschwitz.« Sie warf sich ihren Morgenmantel über und lehnte sich an die Tür. Sie hörte ihn mit Papier rascheln.

»Ich habe mir in der Nacht Notizen gemacht, Fenja. Ich habe schon befürchtet, dass es schwierig sein würde, Sie zu überzeugen. Die Worte eines Juristen dürften Sie aber wohl beeindrucken, oder?« Er trommelte mit den Fingerspitzen gegen ihre Tür. »Also, passen Sie auf. Im Laufe der letzten Jahre wurde der Notzuchtparagraph zugunsten des Erhalts eines allgemeinen Wertekanons geändert. Das heißt, nicht nur das Opfer wird verteidigt, sondern das hohe Gut der Sittlichkeit.«

»Oh, natürlich, das weiß ja jeder.«

»Sie klingen schon viel munterer, Fenja.« Er presste Papier gegen die Tür, strich es glatt. »Ich hoffe, Ihnen gefällt, dass das Recht auf Strafverfolgung sowohl bei Ihnen als auch bei der

Allgemeinheit liegt. Sie sind nicht allein. Wir alle stehen hinter Ihnen.«

»Hinter mir steht niemand. Ich bin ganz allein.«

»Was ist mit Ihnen los? Verstehen Sie mich nicht, oder wollen Sie mich nicht verstehen?«

»Ich weiß es selbst nicht.«

»Noch mal: Wenn Sie, Fenja, auf eine Strafanzeige gegen Baldur Hocks verzichten, können es andere an Ihrer Stelle tun.«

»O nein! Ich werde Baldur nicht anzeigen, und ich will nicht, dass es ein anderer für mich tut. Ich möchte alles vergessen, meine ganze Vergangenheit, die vorletzte Nacht, vor allem die letzte Nacht, ja, die letzte Nacht ganz besonders!« Sie biss sich auf die Zunge.

»Die letzte Nacht ganz besonders?« Er schnaubte. »Hat Ihnen unser Sommerfest nicht gefallen?«

»Nein! Ja, doch, ja. Herrgott noch mal! Herr Hoschwitz, bitte, lassen Sie mich!«

»Ich verstehe Sie nicht.« Er wartete, klopfte leise. »Darf ich eintreten?«

»Es ist Ihr Haus.« Sie flüchtete zum Fenster und starrte ihn an.

Er betrachtete sie ernst, lehnte die Tür nur an. »Wollen Sie etwa weiter in Angst vor diesem Hocks leben?«

»Er soll mich in Ruhe lassen! Sie sollen mich in Ruhe lassen. Alle, alle!«

»Fenja, ich bitte Sie, wir wollen Ihnen helfen. Denken Sie an Ihre Schwester. Deren Peiniger wurden nicht bestraft. Verstehen Sie endlich: Unsere Gesellschaft muss Verbrecher dieser Art bestrafen. Sie müssen büßen, und sie müssen erzogen werden. Selbst wenn Sie aus Rücksicht auf Ihren Vater auf eine Anzeige verzichten, werden Freiherr von Bening und ich dafür sorgen, dass dieser Hocks ins Gefängnis kommt. Der Rittmeister ist fest entschlossen, den Prozess gegen ihn durchzusetzen. Er wird uns einen kompetenten Juristen zur Seite stellen. Meiner musste wieder nach Berlin zurück.«

Achim will die Sittlichkeit verteidigen, dachte sie, er will dafür kämpfen, dass ein Täter für sein Verbrechen bestraft wird. Er will mir beweisen, dass er keineswegs widersprüchlich ist, sondern konsequent handeln kann.

Sie fühlte sich matt. Sie war überzeugt, Achim setze sich für sie lediglich als prinzipientreuer Offizier Seiner Majestät ein, nicht als Mann, der sie liebte.

Da Ahlbeck als Dorf zum preußischen Regierungsbezirk Stettin, Kreis Usedom-Wollin, gehörte, mussten sie in die Hauptstadt fahren. Verhör, Anklage und Gerichtsurteil würden, so Achims Jurist, nur wenige Tage in Anspruch nehmen. Erstens gäbe es in Bezug auf den Tathergang keine Zweifel, zweitens hätte Fenja Zeugen von hohem gesellschaftlichem Rang, einen deutschen kaiserfreundlichen Unternehmer und einen hohen Offizier aus namhafter Familie.

Trotzdem wurden die nächsten Stunden für Fenja quälend. Sie musste Baldur gegenübersitzen. Gleichzeitig stimmte sie sich hin und wieder per Blickwechsel mit Achim und dessen Anwalt ab, was in jener Nacht en detail geschehen war. Achim behandelte sie kühl, ging einem privaten Gespräch mit ihr aus dem Weg und konzentrierte sich mit seinem Juristen auf die Gerichtsverhandlung. Ruhig und sachlich legte er alle gesammelten Anklagepunkte dar. Da Berthold aufgrund seines Alters als Zeuge nicht zugelassen war, gab sein Vater an Eides statt wieder, was dieser ihm über den Ablauf der Vergewaltigung berichtet hatte.

Baldur wirkte wie erloschen. Es war ihm anzumerken, dass er wie sein Vater von der Übermacht der anwesenden Herren eingeschüchtert war. Fenja hingegen fing ab und zu einen feindseligen Blick von ihm auf. Dann versuchte sie, bei Achim

Schutz zu suchen, indem sie ihn verstohlen betrachtete. Auch wenn er nicht im weißen Paradeanzug auftrat, sondern eine silbergraue Offizierslitewka trug – den leichten Uniformrock mit zwei Reihen je sechs vergoldeter Metallknöpfe und ponceauroter Vorstöße –, dazu Helm und Degen, wirkte er so respekteinflößend, dass sie es beinahe peinlich fand, ihn geküsst zu haben.

Seine attraktive Erscheinung stand in krassem Widerspruch zum Gegenstand der Verhandlungen. Fenja hatte immer noch gehofft, ihre persönliche Schilderung würde dafür ausreichen, Baldur zu verurteilen. Auf ihrer ersten Rückfahrt aber erklärte ihr Achims Jurist, dass alles etwas komplizierter wäre.

»Nach Paragraph hundertvierundvierzig des alten Preußischen Strafgesetzbuchs von anno '51 hätte dieser Hocks mit jahrelangem Zuchthaus rechnen können. Unser neues Reichsstrafgesetzbuch von '71 gibt für den Strafbestand der Notzucht kein genaues Strafmaß an, sondern weist lediglich darauf hin, dass bei Vorhandensein von mildernden Umständen eine Gefängnisstrafe von nicht unter einem Jahr angesetzt werden muss. Heute wird eine solche Tat sehr viel differenzierter untersucht, und es gibt einen Ermessensspielraum.«

»Wie soll ich beweisen, dass Baldur mir Gewalt androhte und mich schlug?«

»Haben Sie Blutergüsse, Schrammen?«

»Ja.«

»Der kleine Berthold hat ausgesagt, Sie hätten sich gewehrt?«

»Das stimmt.«

»Das würde das Strafmaß bereits ändern. Aber wie gesagt, wir müssen umsichtig sein. Sicher ist nur, dass der mit unwiderstehlicher Gewalt erzwungene Beischlaf ein Notzuchtverbrechen ist. Wie das in Ihrem Fall aussieht, werden wir genau herausarbeiten müssen. Nach heutigem Gesetz ist Notzucht eine Straftat gegen die allgemeine Sittlichkeit.«

»Das hat mir Herr Hoschwitz schon erklärt.«

»Dann wissen Sie also, dass es auch darum geht, den Täter nicht einfach ins Zuchthaus zu sperren, wie in alter Zeit, sondern durch Strafe zu erziehen. Er muss einsehen, dass er gegen die allgemeingültige Moral verstoßen hat.«

»Und wer kümmert sich um mich?«

»Natürlich geht es um Sie, Fenja, doch nicht nur. Wir leben in einer zivilisierten Gesellschaft mit hohem Wertesystem. All das steht auf dem Spiel.«

»Baldur hatte nie Achtung vor mir! Er hat mich immer wieder erniedrigt und gequält! Können Sie sich vorstellen, wie es ist, ständig bedrängt, sogar mit einer Kette … äh, ich meine, können Sie sich das vorstellen?«

»Was hat er Ihnen mit einer Kette angetan? Hat er Sie gewürgt?«

»Nein, ach, lassen wir es, es war irgendeine Kette, die er … vergessen Sie es. Es ist unwichtig.«

»Ich rate Ihnen, offen zu sein, Fenja. Sie dürfen keineswegs etwas verschweigen. Ihr Schicksal steht für das vieler Frauen. Das sollte Ihnen Kraft geben, die nächsten Tage durchzuhalten. Noch etwas: Ich weiß nicht, wie das Gericht entscheiden wird. Seit Jahren schwelt eine harte Kontroverse in Fachkreisen. Passen Sie genau auf. Sollte der sogenannten Schändung eine Schwangerschaft folgen, gehen einige Gerichte davon aus, dass keine Notzucht vorliegt.«

»Das ist ja ganz und gar absurd.«

»Aus Ihrer Sicht mag das so sein. Aber dafür gibt es einen Grund: Im Allgemeinen geht man davon aus, dass das Lustempfinden der Frau eine *conditio sine qua non* der Empfängnis sei. Natürlich zweifelt niemand daran, dass dann Notzucht vorliegt, wenn eine Frau gegen ihren Willen zum Geschlechtsverkehr gezwungen wird. Genauso wenig aber besteht Zweifel daran, dass eine Schwangerschaft immer ein implizites weibliches Begehren voraussetzt.«

»Das glaubt Ihnen niemand! Keine Frau möchte um jeden Preis schwanger werden. Das ist doch Unsinn. Glauben Sie wirklich, eine Frau würde sich wohl fühlen, das Kind eines Mannes in ihrem Bauch heranwachsen zu spüren, das sie an die Gewalt seines Erzeugers erinnert?«

»Das ist Ansichtssache.«

»Ansichtssache? Haben Sie kein Erbarmen mit einer geschändeten Frau? Soll ich Ihnen einmal erzählen, was meiner Schwester passiert ist? Ansichtssache! Ein theoretischer Streitpunkt unter Juristen ist das, mehr nicht. Mit den Gefühlen einer Frau hat das nichts zu tun.«

»Sie sind recht kämpferisch, Fenja. Vielleicht haben Sie recht. Ich bin mir manchmal auch nicht so ganz sicher. Meine Frau, glaube ich, würde Ihnen vermutlich zustimmen. Aber so ist nun einmal die juristische Lage. Frauen, die schwanger werden und behaupten, vergewaltigt worden zu sein, unterstellt man nun einmal, keine Verantwortung für das werdende Kind übernehmen zu wollen. Sie beweisen nur, dass ihnen ihre gesellschaftliche Ehre wichtig ist. Aber, wie gesagt, darüber streiten sogar die Fachleute.«

»Und was bedeutet das jetzt für mich?«

»Ganz einfach. Wie Sie wissen, haben Freiherr von Bening und Herr Hoschwitz an Ihrer statt den offiziellen Antrag auf Strafverfolgung gestellt. Sie wollen Ihnen helfen ...«

»... und das Postulat der Sittlichkeit verteidigen«, unterbrach Fenja ihn.

»Richtig. Also, wenn Sie beiden Herren keinen Stein in den Weg legen wollen, dann müssen Sie sich einer gynäkologischen Untersuchung unterziehen.«

»Nein! Niemals!«

»Sind Sie sicher?«

»Ja, denn wenn ich Sie richtig verstanden habe, würde Baldur dann bestimmt mildernde Umstände bekommen, würde sich herausstellen, dass ich unversehrt bin. Und das ist doch ungerecht! Welcher Mann würde ein Mädchen mit einem solchen Ruf heiraten? Hören Sie, mein Leben wäre ruiniert, Baldur bekäme nur eine leichte Strafe. Ich will aber, dass er für lange Zeit eingesperrt bleibt.«

»Das verstehe ich. Sie müssen nur eines bedenken, Fenja. Sollte sich herausstellen, dass Sie den Rittmeister und Herrn Hoschwitz beeinflusst haben, um Herrn Hocks zu Unrecht zu beschuldigen, begehen Sie eine Straftat, die geahndet wird.«

»Wie bitte?«

»Nun, man könnte behaupten, Baldur Hocks habe Sie nicht vergewaltigen, sondern nur nötigen wollen.«

»Was heißt das?«

»Er könnte Ihnen nur Gewalt angedroht haben, um Sie zu zwingen, unzüchtige Handlungen zu dulden. In diesem Fall hätte er nicht die Absicht gehabt, Beischlaf mit Ihnen auszuführen.«

»Wer würde mir denn so etwas unterstellen wollen?«

»Er selbst oder sein Vater, alles ist möglich. Was also wollen Sie?«

»Ich möchte alles vergessen, alles hinter mir lassen, was mich mit Baldur verbunden hat.«

»Das ginge nur, wenn Sie ein freies Gewissen haben.«

Sie willigte in die demütigende Untersuchung ein. Selbst als offenkundig wurde, dass ihre Jungfräulichkeit unverletzt war, fühlte sie sich dennoch vor allen entwürdigt. Am übernächsten Tag war sie nicht mehr in der Lage, einem der anwesenden Männer in die Augen zu schauen, weder Achim noch Baldur, noch Hoschwitz. Ihr medizinischer Befund sowie die Zeichen ihrer Gegenwehr milderten, wie sie es geahnt hatte, das ausgelotete Strafmaß erheblich. Fenja empfand das als ungerecht. Die seelische Belastung, die sie zu ertragen hatte, schien niemanden zu interessieren.

Musste eine Frau erst entehrt werden? Reichte nicht schon die Androhung der Gewalt, die Absicht, die verletzenden Worte? Brauchte eine Frau trotz der verbesserten Rechtslage nicht doch noch immer einen Mann an ihrer Seite, der ihre Rechte durchsetzte? Hiltrud hatte niemanden gehabt, der Zeit und Kraft gehabt hätte, einen Prozess gegen die Tatverdächtigen anzustreben. Mathilde Kirschner hatte ihr Mitgefühl bewiesen und Hiltrud den notwendigen Schutz geboten. Aber die Vielzahl ihrer eigenen Aufgaben, die sie mit Engagement vorantrieb, hatten sie daran gehindert, eine Anklage zu erheben. Hiltrud würde ihr Leben lang entehrt und gezeichnet bleiben, während die Täter weiter Champagner tranken und andere Mädchen vergewaltigten. Ein armes Mädchen würde wohl immer Opfer ihrer Lebensumstände bleiben.

Hiltrud wird sich bereits verändert haben, überlegte Fenja. Keine Frau kann mit einer solchen Ungerechtigkeit leben. Sie wird verbittert, des Lebens überdrüssig oder apathisch. Was würde aus Hiltrud werden? Ihre Gedanken kehrten zu Achim zurück, und sie fragte sich, warum er gegen ihre demütigende Untersuchung nicht protestiert hatte. Beugte er sich der juristischen Notwendigkeit wie Hoschwitz? Oder lag ihm daran, zu wissen, ob sie noch Jungfrau war – obwohl sie entzweit waren?

Ob ihre Mutter sie hätte trösten können? Nein, gab sie sich die Antwort, sie brauchte keinen Trost. Viel lieber wäre es ihr gewesen, eine Frau wie Richards Mutter bei sich zu haben, die sie ermutigte und stärkte.

Doch dann zog Achim seine Trumpfkarte. »Ich hätte Grund genug, Hocks wegen Verletzung meiner Offiziersehre zu einem Duell herauszufordern. Doch ich verzichte, weil dieser

Mann nicht satisfaktionsfähig ist. Bei all dem, was er getan hat, hat er bewiesen, dass er es nicht wert ist, sich mit einem Offizier zu messen. Aber ich klage ihn in einem anderen Fall an. Im März dieses Jahres ließ ich Hocks über meinen Burschen ein Geschenk für Fenja Susann Wolgardt zukommen als Dank dafür, dass sie mir während der großen Sturmflut das Leben rettete. Um es juristisch korrekt auszudrücken: Ich vertraute ihm eine wertvolle Bernsteinkette an, die nicht für ihn bestimmt war. Hocks bewies die Kaltblütigkeit, sie zu unterschlagen. Ich bitte daher das Hohe Gericht um die Höchststrafe.«

Fenja freute sich, denn Achim gab deutlich zu verstehen, dass er Wege suchte, Baldur Hocks für möglichst lange Zeit hinter Gitter zu expedieren. Glücklicherweise schenkte der Richter seinen Ausführungen Glauben und verkündete das Urteil: ein Jahr Zuchthaus gemäß § 177, weil Baldur Fenja durch Gewalt zur Duldung des Beischlafs genötigt hatte, und weitere drei Jahre Gefängnis gemäß § 246, weil er Achims Bernsteinkette unterschlagen hatte. Auch wenn es Fenja entsetzte, dass einer Sache eine höhere Bedeutung als ihren Verletzungen zugestanden wurde, war sie erleichtert, endlich ihre Ruhe vor Baldur zu haben. Im Stillen beneidete sie Achim um sein Selbstbewusstsein und darum, wie leicht er es als Mann hatte, sich durchzusetzen. Sie bewunderte ihn. Aber eigentlich wünschte sie sich, seine Liebe wäre so stark, dass er ihr eines Tages vergeben könnte.

Kapitel 13

Am Sonntag, dem zehnten Juli, schickte Carl Friedrich Hoschwitz Fenja und Berthold zu einer fünfwöchigen Erholungsreise nach Kristianstad in Südschweden. Es sei seiner Meinung nach das Beste, was er ihr und Berthold anbieten könne, damit sie Abstand zum Erlebten gewönnen. Er hatte einen Geschäftsfreund kontaktiert, dessen Sohn, Dr. Felix Manbach, mit einer Schwedin namens Mia verheiratet war. Felix Manbach war Zahnarzt und führte in der Altstadt von Kristianstad in einem schmalen Steinhaus mit verziertem Giebel seine Praxis. Er hatte das Haus gekauft, nachdem der letzte Besitzer, ein Onkel Mias, verstorben war. Hier arbeitete er bis nachmittags halb fünf Uhr, dann kehrte er in das große Holzhaus seiner Schwiegereltern zurück, das nur wenige Kilometer westlich der Stadt an einem See lag. Man hatte es hellblau gestrichen, seine Fensterrahmen waren weiß. Auf den Stufen, die zur Veranda führten, standen Porzellantöpfe mit Orchideen. Jeden Abend trug Mia sie ins Haus, verteilte sie auf den Fensterbänken der Veranda und brachte sie morgens bei gutem Wetter wieder hinaus in die Sonne.

Zum Grundstück gehörten Reitpferde und Ackergäule, Hühner und Gänse. Morgens wachte Fenja von ihrem lauten Geschnatter auf, wenn sie aus dem Stall stoben und über einen morschen Holzzaun auf die Wiesen strömten. Da Mias vier Brüder bereits ausgezogen waren, standen die meisten Räume leer. Umso größer war die Freude ihrer Eltern gewesen, als Mia vor fünfeinhalb Monaten Zwillinge geboren hatte. Fenja erkannte schnell, dass Mia ihre Nähe brauchte, damit sie ihre übereifrige Mutter auf Distanz halten konnte. Mia erzählte Fenja, dass sie ausgebildete Sängerin war und bis zu ihrer Heirat als private Gesangs- und Musiklehrerin in Stockholm gearbeitet hatte. Sie vermisste ihr früheres Leben und würde am liebsten mit Felix zurück in die Großstadt ziehen. Jeden Tag versuchte sie, Gewohnheiten ihres früheren Lebens in ihr neues hinüberzuretten. Sie setzte sich vormittags und nachmittags ans Klavier, spielte ein, zwei Stunden, machte bei offenem Fenster ihre Gesangsübungen, studierte lyrische Lieder ein. An manchen Tagen gelang es ihr gut, an anderen brach sie schon nach kurzer Zeit ab und übte stoisch, bis ihre Mutter mit einem weinenden Säugling ins Musikzimmer stürzte und sie anherrschte, Kinder brauchten Ruhe, kein schrilles Tongeplänkel.

Doch Mia liebte die Musik mehr als alles andere. Sie spielte gerne die Musik Richard Wagners, quälte sich auch mit Chopin-Etüden, von denen sie ahnte, dass sie sie nie richtig würde spielen können. Am Ende der ersten Ferienwoche legte sie die Noten beiseite und forderte Fenja zum Singen auf. Sie war vom Klang ihrer Stimme so angenehm überrascht, dass sie darauf bestand, Fenja bis zum Ende ihres Aufenthaltes kostenlos zu unterrichten. Sie wolle ihr zeigen, wie sie ihr Stimmvolumen vergrößern, dem Klang Färbung verleihen und besser atmen könne. Fenja war es recht, und sie lernte schnell. Schon nach wenigen Tagen sangen sie perfekt zweistimmig.

Berthold fand sofort Kontakt zu den Nachbarskindern. Er tat alles, um so beweglich und ausdauernd zu werden wie sie. Täglich schrieb Fenja einen Brief an seine Eltern, in dem sie ihnen schilderte, mit welchem Appetit er welche Speisen aß, wie lange er bei welchem Wetter im Freien herumtollte, wie lange er schlief, was er beobachtet hatte, welche neuen Fähigkeiten er entwickelte. Sie hatte Mia gebeten, seine Spielgefährten darüber aufzuklären, dass er hier sei, um sich von einer Krankheit zu erholen. Sie sollten darauf achten, dass er nicht stürze oder sich sonst wie verletze. Als Berthold davon erfuhr, verbat er sich diese Art der Einmischung. Er verstünde sich gut mit den Jungen, wetteifere mit ihnen bereits im Gewichtestemmen, lerne angeln und rudern und könne immer besser reiten. Fenja solle sich keine Sorgen machen – und seine Eltern schon gar nicht.

Je länger er täglich mit Gleichaltrigen in der Gegend umherstreifte, desto länger leistete Fenja Mia außerhalb ihrer gemeinsamen Gesangsstunden Gesellschaft. Das waren die Stunden, in denen Mia ihre Säuglinge bei sich hatte, las oder stickte. Fenja merkte, wie sehr Mia sich langweilte. Sie war sich bewusst, dass Mia sie bei sich brauchte, damit ihre Mutter nicht ständig zur Tür hereinkam und sie ermahnte, sie müsse jetzt die Zwillinge füttern oder wickeln. Fenja fühlte sich in dieser Situation unwohl. Als Puffer zwischen Mutter und Tochter vergeudete sie ihre kostbare Ferienzeit. Sie vereinbarte mit Berthold, dass sie, wenn er im Haus sei und lese, hin und wieder allein wandern würde. Sensibel, wie Berthold war, versprach er ihr, zwei- oder dreimal pro Woche zu Hause zu bleiben, so dass sie sich nicht um ihn sorgen müsse, sondern unbelastet tun könne, was sie wolle. Fenja erklärte auch Mia ihren Wunsch. Diese nahm ihn zunächst widerspruchslos hin, widmete sich den Kindern, stritt mit ihrer Mutter, spielte unkonzentriert Klavier. Nach knapp einer Woche fragte sie Fenja, ob sie Lust hätte, sie zu Ausflügen in die Stadt oder nach Malmö zu begleiten. Sie würden allein reisen, und es würde sicher schön werden. Felix habe aber versprochen, sie beide in zehn Tagen nach Malmö zu begleiten und mit einem weiteren kleinen Ausflug zu überraschen. Wenn Fenja einverstanden sei, könnten sie gleich morgen aufbrechen, sie seien frei: Der Mann arbeite, und die Zwillinge seien in bester Obhut, zumal ihre Mutter selbst mit Vierlingen nicht überfordert wäre …

Auf einer dieser Fahrten über Land nach Malmö erzählte Fenja Mia ihr Leben.

Eine Weile schwieg Mia, dann atmete sie tief durch. »Die Mutter dieses Richard Lowell ist wirklich Suffragette und hat ein Buch geschrieben?«

»Ja, Richard las uns daraus vor.«

»Und du warst nackt, genau wie deine Freundin? Und ihr habt ihm bei Mondschein zugehört?«

»Du glaubst mir also auch nicht, schade, Mia.«

»Warte, Fenja. Was du mir erzählt hast, klingt wirklich etwas ungewöhnlich.«

»Wir haben gegen die Etikette verstoßen, das sollte reichen, um den wirresten Phantasien Spielraum zu geben.«

»Du bist zynisch, entschuldige, Fenja. Also Herr von Bening unterstellt dir, du hättest in jener Nacht nicht diesem Richard gelauscht, sondern dich mit deiner Freundin und ihm lustvoll, sagen wir, amüsiert.«

»Ja, doch obwohl er Offizier ist, ist er selbst widersprüchlich. Er legt einerseits Wert auf die äußere Form, andererseits geht er auch seine eigenen Wege … Nur mit mir ist er streng. Ein Verstoß gegen die Etikette, und schon glaubt er, ich hätte Unmoralisches getan.«

»Du hast dich über sein Misstrauen geärgert.«

»Natürlich, es kränkt mich.«

»Und dann passierte das mit diesem Baldur … Das war zu viel für dich, und du sagtest dir, hätte Herr von Bening nicht so lange an seinen konventionellen Vorstellungen festgehalten, wäre es für dich gar nicht so weit gekommen.«

»Ja, ich habe ihm vorgeworfen, er hätte zu lange in dem luxuriösen Gefühl geschwelgt, eine geheime Liebe zu pflegen. Heute bereue ich es. Ich hätte mich beherrschen sollen. Ich fürchte, ich habe eine Grenze überschritten. Ich habe ihn als Mann und als Offizier beleidigt.«

»Hör zu, Fenja, was du mir erzählt hast, kann man auch ganz anders betrachten.« Mia dachte kurz nach. »Ich möchte genauso offen zu dir sein, wie du es mir gegenüber bist. Ich möchte dir etwas erzählen. Es ist mein Geheimnis, von dem weder Felix noch meine Eltern etwas ahnen. Ich … ich habe in Stockholm einen Mann kennengelernt, den ich nicht vergessen kann. Er war Musiker, liebte Wagner. Ich war für ihn die Frau, die er anbeten – und rauschhaft begehren konnte. Er … er lehrte mich Leidenschaft, und ich wusste, er war der richtige Mann für mich.«

»Warum seid ihr nicht zusammengeblieben, Mia?«

»Als wir uns begegneten, stand er kurz vor seiner Hochzeit. Er war adlig und mit der Enkelin des königlichen Leibarztes liiert, doch er hätte mich durchaus heiraten können. Letzten Endes habe ich die Schuld.«

»Er hätte sich für dich entscheiden können.«

»Wenn ich es ihm nicht so schwergemacht hätte.«

»Du wurdest begehrt, und hast es ihm schwergemacht?«

»Ja.« Mias Augen verschwammen vor Tränen. »Ich kann jetzt nicht darüber sprechen, es tut mir leid. Hör zu, ich möchte dir einen guten Rat geben. Auch wenn ein Mann aufgrund seines Standes unerreichbar sein mag und die Liebe zu ihm ein Verstoß gegen die Konvention ist, gibt es trotzdem größere Hindernisse als Etikette und Standesregeln. Sobald Misstrauen ins Spiel kommt, wird es schwierig, und das geht nur Mann und Frau etwas an. Eine gute Freundin von mir, die als Einzige meine Geschichte kennt, hat mir damals ein Buch von Friedrich Nietzsche gegeben. Er sagt zu Recht, man muss lieben lernen. Es ist wie in der Musik, erst muss man eine musikalische Figur und Melodie hören und unterscheiden lernen, man muss es zulassen, ihre unvertraute Form, ihren unvertrauten Klang zu ertragen, versuchen, sich in sie hineinzufühlen und sie verstehen zu lernen. Erst wenn wir das können, wenn wir uns an diese Musik gewöhnt haben und wenn wir ahnen, dass sie uns fehlen würde, wenn sie nicht erklingt, nur dann sind wir bereits ihrem Zauber erlegen und wollen nichts anderes mehr als nur sie. Genau so muss es deinem Offizer ergehen, wenn er an dich denkt. Er muss bereit sein, nicht nur das Bild von dir zu lieben, das er von dir hat, sondern dich zu erkennen. Er muss verstehen, warum du so verzweifelt bist und warum du ihn damals am Strand zurückgestoßen hast. Wenn er geduldig und nachsichtig genug ist, wird ihm das gelingen. Und erst wenn er dich in all dieser Tiefe erkannt hat, wird er deinem Zauber erliegen und dich vermissen, und er wird nicht mehr ohne dich leben wollen. Liebe muss man lernen, Fenja, hab Geduld.«

Felix hielt sein Versprechen ein und begleitete sie zehn Tage später nach Malmö. Fenja und Mia hatten Kleider und Schuhe gekauft und freuten sich auf den Ausflug, den Felix ihnen in Aussicht gestellt hatte. Am frühen Nachmittag bestiegen sie mit ihm ein Schiff nach Karlshamn, einer kleinen Hafenstadt nördlich von Kristianstad. Felix verriet ihnen nun, dass er dort mit der Ankunft eines guten Freundes aus dem lettischen Libau rechnete, den er lange nicht mehr gesehen habe. Wenn dieser wirklich kommen sollte, würde er, Felix, alle zu einem Essen in einem gemütlichen Hafenlokal einladen. Später würden sie dann gemeinsam per Droschke nach Kristianstad zurückfahren.

Es war eine warme Julinacht. Sie hatten Wein getrunken, lachten und plauderten ungezwungen miteinander. Der Kutscher, der sie in einer ungepolsterten Droschke nach Hause fuhr, summte pfeiferauchend vor sich hin. Linker Hand glitzerte die Ostsee. Würde Fenja dem Stern des Südens folgen, würde sie beinahe direkt auf Usedom stoßen. Sie dachte an Achim. Ein weites Meer, in dem sich Mond und Sterne spiegelten, trennte sie von ihm. Ob er jetzt am Geländer der Ahlbecker Seebrücke lehnte und übers Meer gen Norden, in ihre Richtung, blickte?

Sie entdeckte helle Blüten am Wegrand und bat darum, dass der Kutscher anhielt. Sie sprang aus dem Wagen, pflückte Margeriten und flocht sie zu einem Kranz. Sie ging ans Wasser. Mia und die anderen folgten ihr.

»Du solltest ihn dir aufs Haar setzen«, rief Mia. »Das bringt Glück, Fenja!«

Sie blickte über die Schulter zu ihnen, verneinte stumm. Dann zog sie ihre Schuhe aus, ging knietief ins Wasser. Wie ein tiefblaues Seidentuch mit silbrigen Tupfen breitete sich das Meer vor ihr aus, als wolle es sie vergessen machen, dass es Berge und Täler, Städte und Lärm gäbe. Ich bin die Sehnsucht, flüsterte es ihr zu, die Sehnsucht und die Hoffnung … Fenja bildete sich ein, sie brauchte nur an seinem Saum zu ziehen, um Achim zu sich zu holen.

»Sie ist verliebt«, hörte sie Mia hinter sich tuscheln.

»In wen?«

»In einen Rittmeister.«

»Ulan? Dragoner?«

»Kürassier, aus der Nähe von Berlin.«

Die Stimmen wisperten, wurden noch leiser. Fenja führte eine Margerite an ihre Lippen, dann setzte sie den Kranz auf die flachen Wellen. Sie sah ihm eine Weile nach, schließlich drehte sie sich um. Mia hatte sich auf einen verwitterten Baumstamm gesetzt, malte mit dem Zeigefinger im Sand, schaute aber zu ihr auf. Felix und sein Freund wechselten einen Blick. Letzterer trat einen Schritt auf Fenja zu. »Sie kennen Freiherr von Bening?«

Ihr Herz schlug heftiger. »Warum fragen Sie?«

»Ich nehme an, Herr Hoschwitz hat es Sie schon per Brief wissen lassen.«

»Wissen lassen? Wovon sprechen Sie?« In ihren Ohren pochte das Blut, sie hastete aus dem Wasser und griff nach seinem Arm. »Was … was ist passiert? Ist Achim … ist ihm etwas zugestoßen?«

»Man sagt, er habe Herrn Hoschwitz höchst lukrative Kontakte für die neuen Uniformpläne des deutschen Kaisers verschaffen können.«

»Ja, ich … ich erinnere mich. Achim erzählte mir einmal, dass Herr Hoschwitz Hoffnungen auf seine guten Verbindungen zum Kaiserhaus setzte.« Sie wischte mit ihrer Hand über die Stirn, als sei sie von Spinnweben verhüllt. »Er hat ihm also helfen können, das ist … das ist doch erfreulich.«

»Es soll einen Skandal gegeben haben, Fenja.«

»Ich verstehe nicht.«

»Herr von Bening hat sich verlobt und die Armee verlassen.«

Sie hatte das Gefühl, neben sich zu stehen. »Wie … wie konnte das passieren?«

Mia stand auf und nahm sie in die Arme. »Mein Gott, du bist eiskalt, Fenja.«

»Ich verstehe das alles nicht. Wieso Skandal?«

Mia zog sie zu sich auf das spröde Holz. »Komm, setz dich.« Sie sah zum Freund ihres Mannes hoch. Dieser nahm einen Stein und schleuderte ihn weit übers Wasser.

»Verdammt! Verdammt noch mal. Ich wollte Sie nicht verletzen, es tut mir leid, Fenja.«

»Was … ist … geschehen? Erzählen Sie, erzählen Sie mir … alles.«

»Also, dieser Rittmeister soll sich vor Monaten mit einem bürgerlichen Offizier namens Pächter duelliert haben. Dieser Pächter soll eine verbotene, kriegsfeindliche Schrift von Tolstoi gelesen und den Rittmeister provoziert haben. Bening wollte seine Ehre verteidigen, forderte ihn heraus und verpasste ihm einen ordentlichen Streich. Damit war Ruh. Doch als jetzt in internen Kreisen bekannt wurde, dass der Rittmeister Herrn Hoschwitz eine günstige Geschäftsbeziehung im kaiserlichen Umfeld verschaffen konnte, nutzte dieser Pächter die Gelegenheit, um sich zu rächen. Er soll wohl eine umfangreiche eidesstattliche Versicherung vorgelegt haben, in der er unter anderem schwor, Bening habe diese ketzerische Schrift gelesen, nicht er.«

»Das weiß ich«, flüsterte Fenja tonlos. »Das hat Achim selbst einmal auf einer Gesellschaft bei Hoschwitz zugegeben.«

»Er muss sich also der Diskretion aller Anwesenden sicher gewesen sein.«

»Ja, bis auf einen älteren Herrn, der ihn … der ihn mahnte, vorsichtig zu sein.« Sie starrte aufs Meer. »Achim ist es nicht, er ist nicht vorsichtig. Sie sagten, dieser bürgerliche Offizier hätte noch etwas anderes behauptet?«

»Ja, offensichtlich haben beide Männer im zweiten Burenkrieg mitgekämpft. Dort muss etwas geschehen sein, womit er Bening hat belasten können. Genaueres weiß ich natürlich nicht.«

»Afrika … Achim wollte dort kämpfen und weigerte sich später aus moralischen Gründen, an der Schlacht in Waterland teilzunehmen. Er wollte keine einheimischen Stämme ausrotten, sagte er mir. Soll das der Grund gewesen sein?«

»Ich weiß es nicht. Es tut mir leid für Sie. Vielleicht hätte ich schweigen sollen. Vielleicht aber ist es besser, Sie erfahren es jetzt und nicht erst, wenn Sie voller Hoffnung auf ein Wiedersehen heimfahren.«

»Woher wissen Sie das alles?«

»Mein Vater erhielt gestern einen Brief von einem Freund aus Berlin. Dieser hat viel mit Carl Friedrich Hoschwitz zu tun, weil er einen Färbereibetrieb führt. Nachdem sich herumgesprochen hatte, dass Freiherr von Bening Hoschwitz zu noch größeren Gewinnen und wirtschaftlichem Einfluss verholfen hatte, regten sich viele auf, auch der Freund meines Vater. Er schrieb ganz offen, dass er zwar einerseits Hoschwitz um die gute Beziehung zu Bening beneide, andererseits sich aber ärgere, dass ausgerechnet der Sohn des Ex-Generals von Bening einem bürgerlichen Emporkömmling wie Hoschwitz unter die Arme greife. In seinem Brief zog er kräftig über den Rittmeister her. Er hintergehe nicht nur seinen Vater, sondern sei in Wahrheit ein Mann, auf den der Kaiser nicht bauen könne.«

»Wieso?«, fragte Felix.

»Der junge Freiherr lege zu viel Wert auf seine geistige Unabhängigkeit. Es gäbe nicht wenige, die so über den Rittmeister dächten. Ich kenne Bening nicht, aber er erscheint mir widersprüchlich.«

»Er ist sogar widersprüchlicher, als ich dachte. Denn jetzt hat er mich verlassen, nicht ich ihn.« Sie hob ihren Kopf. »Mit wem hat er sich verlobt?«

»Es soll ein bürgerliches Mädchen sein, angeblich seine Jugendliebe.«

Sophie.

Das Holz unter ihr konnte nicht lebloser sein als sie.

Sie wandte sich dem Meer zu. Wolken verdeckten die Sterne, hüllten das Wasser in samtiges Dunkel.

Und wenn es sich jetzt still emporhöbe, sie mit einer einzigen Welle erfasste und in seine Unendlichkeit mitnähme … sie wäre froh.

Warum hatte Achim dafür gesorgt, dass Carl Friedrich Hoschwitz zu einem der reichsten Unternehmer Deutschlands aufsteigen würde, wenn dieser in Kürze die Armee mit einer tarnenden Feldbekleidung neu einkleidete? Warum unterstützte Achim diesen umtriebigen Unternehmer, der doch bereits genug Durchsetzungsvermögen bewiesen hatte? Er hatte sich für die praktische Umsetzung eines kaiserlichen Wunsches eingesetzt, nahm aber selbst seinen Abschied von der Armee. Das war das eine Rätsel.

Das andere war anderer Natur.

Achim hatte ihr beteuert, nicht er liebe Sophie, sondern sie ihn.

Sophie war sich seiner sicher gewesen, das hatte Fenja bei dem Sommerfest deutlich beobachten können. Sie musste sich also doch seiner innigen Zuneigung gewiss gewesen sein.

Fenja erinnerte sich an den Rat, den Mia ihr gegeben hatte. Der Mann, den sie liebte, solle bereit sein, nicht nur das Bild von ihr zu lieben, das er von ihr hatte, sondern sie wirklich erkennen. Dazu brauchte es Geduld. Liebe müsse man lernen. Achim hatte keine Geduld. Er hatte sie verlassen. Eine Verlobung war schließlich ein Eheversprechen, nichts anderes.

Fenja verlor ihre Stimme. Mia war entsetzt, bat einen befreundeten Arzt um Hilfe, vergeblich. Es gab kein Mittel, das Fenja geheilt hätte. Selbst Bertholds Zuneigung, seine Versuche, sie aufzumuntern, konnten den seelischen Schmerz, der sie geradezu einschnürte, nicht lindern.

Aus Mitleid verzichtete Mia auf ihre gemeinsamen Ausflüge in die Stadt. Stattdessen griff sie Bertholds Vorschlag auf, Fenja ein Reitpferd zu geben. Fenja war einverstanden und ließ sich von Mia und Berthold in den nächsten Tagen auf ihren Ausritten begleiten. Zunächst tat ihr das Reiten und das Mitgefühl der beiden gut. Doch irgendwann klagte Mia darüber, wie sehr sie ihre gemeinsamen Ausflüge, Gesangsstunden und Gespräche vermisse. Fenja verstand. Mia langweilte sich mit ihr. Und so bedeutete sie ihr, sie wolle nicht mehr ausreiten, sondern allein sein. Fenja setzte sich auf die Veranda und schrieb Briefe an Hiltrud, Edda und Lena, sogar einen an ihren Vater. Einige dieser Briefe waren über viele Seiten lang und landeten zerrissen im Feuer des Backofens. Die meisten aber gelangten an ihr Ziel.

Es war Mias Mutter, die Fenja schließlich half. Sie erzählte ihr, sie wolle mit ihrer Tochter nach Malmö fahren, um einen Kinderwagen zu kaufen. Ob sie sich zutraue, allein auf die Zwillinge aufzupassen? Sie würde mit Mia gleich nach dem Frühstück aufbrechen und erst gegen Abend zurück sein, da sie noch eine alte Schulfreundin besuchen wolle, die selbst einmal zwei Zwillingsmädchen großgezogen hätte und Mia den einen oder anderen Rat geben könne. Ihre Köchin müsse zwar frühmorgens Pfifferlinge und Maulbeeren sammeln und verarbeiten, später Brot und Zimtschnecken backen, werde ihr aber bei den Mahlzeiten für die Kinder helfen. Diese vertrügen neben der Muttermilch bereits schon recht gut abgekochte Milch mit Honig und Haferschleim.

Mias Mutter bewies sich letzten Endes bei all ihrem Übereifer als erfahrene Frau. Sie stellte Fenja vor ihre größte Herausforderung. Die Kleinen zu sättigen war nämlich noch einfach. Sie in den Schlaf zu wiegen war dagegen schwierig, denn sie waren daran gewöhnt, dass man sie in den Schlaf sang …

Am nächsten Morgen klagte Berthold über starke Zahnschmerzen. Felix war bereits in der Stadt, und so spannte ein Knecht ein Pferd vor die Kutsche und fuhr Fenja und Berthold zur Praxis. Sie mussten lange warten, da sich bei Felix mehrere Eingriffe als schwieriger erwiesen hatten als vorhergesehen. In der Enge des überfüllten Wartezimmers, der ansteigenden Julihitze, die durch die offenen Fenster und Türen hereinströmte, schwoll Bertholds Wange an. Fenja fühlte seine Stirn, er fieberte. Felix ließ ihm über seinen Assistenten ein Schmerzmittel geben, das ihn müde machte.

Während sie warteten, hielt der Postbote vor dem Haus, trat

in die Diele und legte, wie üblich, auf der steinernen Wandkonsole Zeitung und Briefe ab. Kurze Zeit später verließ eine ältere Frau mit geröteten Augen das Behandlungszimmer, kurz darauf folgte ihr Felix. Er sah angestrengt aus. Wie üblich hielt er nach der Post Ausschau, überflog die Absender. Er zog mehrere Umschläge hervor, drehte und wendete sie, runzelte die Stirn.

»Fenja?«, rief er zum Wartezimmer hinüber. »Hier sind drei Briefe für dich. Ich sollte mich wirklich einmal über diesen Postboten beschweren. Ich glaube, er kann nur meinen Namen lesen und sonst nichts. Seit ich ihm letzte Woche eine Goldkrone verpasst habe, schleppt er alles, auf dem mein Name steht, hierher. Unsere gesamte private Post! Es ist nicht zu fassen.«

Sie war zu ihm geeilt, hoffnungsvoll und angespannt.

»Dieser Brief hier ist von deinem Dienstherrn, was darf ich denn davon halten?«

»Nichts, Felix, gar nichts.« Sie war wütend. »Würdest du mir bitte meine Post geben?«

Er grinste, senkte die Stimme. »Sofort – aber nur, wenn du mir erzählst, ob Carl Hoschwitz etwas Neues über diesen Rittmeister weiß. Du weißt ja, aus Rache würde ich ihm nur allzu gerne Löcher in den Schädel bohren. Er hat dich nicht leiden sehen, aber wir, ich.«

Sie nickte ihm ungeduldig zu. »Kann jetzt endlich Berthold zu dir kommen?«

»Natürlich, frag ihn aber, ob du bei ihm bleiben sollst.«

»Das hat er schon vorher abgelehnt, Felix. Wo kann ich in Ruhe lesen?«

»Geh nach oben. Wenn du Glück hast, kommt kein Handwerker.« Er verzog das Gesicht und winkte Berthold zu sich.

Fenja stieg die steile Steintreppe zum ersten Stock hinauf. Es war stickig, roch nach frischem Mörtel, Staub und gebeiztem

Holz. Die Türen waren ausgehängt, ihre Rahmen weinrot gestrichen, die Wände frisch gekalkt, die Deckenbalken neu gebeizt. Nirgends waren Möbel zu sehen. Sie trat in den vorderen Raum, der die ganze Breite des Hauses zur Straße hin einnahm, und hockte sich auf den sonnenwarmen Holzboden. Staub wirbelte auf. Sie legte Hoschwitz' Brief zur Seite und widmete sich Hiltruds Zeilen.

Hiltrud hatte in den letzten Wochen zahlreiche Briefe mit Edda und Lena gewechselt und war zu dem Entschluss gekommen, Berlin zu verlassen. Sie wolle ein neues Leben fernab ihrer Heimat beginnen. Eines Tages würde sie wieder Kraft haben, anderen zu helfen, aber die Tatsache, dass ihre kleine Schwester vom Sohn des besten Freundes ihres Vaters misshandelt worden war, habe sie erschüttert. Sie brauchte Zeit und Distanz, um diesen Vertrauensbruch zu verarbeiten. Daher würde sie mit Edda und Richard Ende August nach England fahren. Sie wisse nicht, ob und wie lange sie dort bleiben würde. Sicher sei nur, dass sie sich in Berlin seit dem letzten Unwetter nicht mehr wohl fühle. Die Gewitter und Stürme hätten nicht nur an der Ostseeküste, sondern auch in ihrer Nähe schwere Schäden angerichtet. Straßen und Keller seien überschwemmt gewesen, und jetzt künde sich schon die nächste Katastrophe an: Es gäbe kaum noch Fleisch zu kaufen. Dabei wäre die Lösung ganz einfach. Man müsse nur die Grenzen öffnen, um Schlachtvieh aus dem Ausland zu importieren. Wenn es so weit sei, würde sie sich den Fleischern anschließen, um mit ihnen auf der Straße zu protestieren. Aber nein, die Obrigkeit ignoriere stur das hungernde Volk, während ihre Diener hinter ihnen stünden und ihre Teller mit Filets und Taubenbrüstchen auffüllten. In ihrer Nachbarschaft würden schon die ersten Hunde vermisst. Die Polizei werde immer ungehaltener, wenn wieder jemand den Diebstahl seines Fifis anzeigen wollte ... Das sei die Wirklichkeit jenseits einer Welt, in der Uniformen mit goldenen Rangabzeichen Hohlköpfe in mitleidlose Cäsaren verwandele.

Hiltrud klagte an. Sie dachte weniger an sich als an äußere Missstände. Ja, sie hatte sich verändert.

Dann öffnete Fenja Eddas Brief.

Ihre Freundin musste beim Schreiben geweint haben, denn manche Wörter waren verwischt. Sie versicherte Fenja, wie sehr sie sie vermisse, wie leid ihr alles tue. Sie fühle sich schuldig, weil sie sie in jener Nacht zum Baden verlockt hatte. Wenn sie nur alles ungeschehen machen könne … Und ja, sie werde Hiltrud mit nach London nehmen. Richard hätte ihr diesen Vorschlag gemacht, er stünde ganz auf ihrer Seite. Sie sei so aufgeregt, so verliebt. Sie hätten schon die Aufregung des zehnten Juli genossen, als Kaiser Wilhelm von Swinemünde aus zu seiner jährlichen Nordlandreise aufgebrochen sei. Nun fieberten sie dem siebenundzwanzigsten August entgegen, einem Sonntag, an dem das britische Kanalgeschwader in Swinemünde erwartet würde. Nur wenige Tage später würden sie selbst nach London aufbrechen.

Fenja breitete die Blätter auf dem rohen Dielenboden vor sich aus.

Versonnen blinzelte sie in das staubig flirrende Licht.

Wenn sie heimkehrte, würde sie nicht nur die Liebe ihres Lebens, sondern bald auch Schwester und Freundin vermissen.

Sie schloss für einen kurzen Moment die Augen und dachte an Achim.

Sie versuchte, ihn im Geiste mit ihrer Liebe zu umhüllen und ihn im nächsten Moment fortzuschicken.

Es gelang ihr nicht.

Er blieb bei ihr.

Sie konnte ihn nicht loslassen.

Es war, als würde sie versuchen wollen, das Meer dazu zu zwingen, ruhig zu werden.

Sie hörte Schwalben zwitschern und blinzelte. Vor dem weichen Blau des Himmels schossen die Vögel pfeilschnell hin und her.

Fenjas Hand berührte Hoschwitz' verschlossenen Brief.

Sie zögerte, Hoschwitz und seine enge Beziehung zu Achim … Hoschwitz würde wissen, was Achim wirklich getan hatte. Er würde ihr alles erklären … Achim würde die Verlobung erfunden haben, um weitere Zudringlichkeiten von Seiten Lianes abzuwehren … Achim – und nur er – werde sie, Fenja, in Ahlbeck erwarten.

Sie riss den Umschlag auf und faltete das Papier auseinander.

Liebe Fenja,

haben Sie Dank für Ihre tägliche Berichterstattung.
Ich freue mich, dass es Ihnen wieder gutgeht. Ich muss sagen, Ihr Stimmverlust bestürzte mich sehr. Berthold braucht schließlich eine gute Betreuung, und was würde aus ihm werden, wenn Sie stumm blieben?
Ich gehe davon aus, dass Sie in Zukunft besser auf sich aufpassen werden. Nehmen Sie sich bitte nichts zu sehr zu Herzen.
Bedenken Sie, Sie haben meinen Sohn geheilt, nur das zählt. Ich bin voller Zuversicht, dass er schon bald seine ersten Erkundungen in Büro und Fabrik machen wird. Dass er mein Nachfolger wird, verdanken wir Ihnen. Sie sollten stolz auf sich sein, Fenja.
Der Grund, warum ich – und nicht meine Frau – Ihnen schreibt, ist folgender:
Sobald Sie und Berthold nach Ahlbeck zurückgekehrt sind, möchte ich, dass Sie und Berthold nach Dresden weiterreisen. Ich wünsche mir, dass Sie meinen Sohn da-

bei begleiten, wenn er sich mit der Heimat seines Vaters vertraut macht. Näheres folgt zu gegebener Zeit.

Mit herzlichem Gruß
Carl Friedrich Hoschwitz

Er hatte kein Wort über Achims Verlobung verloren. War Hoschwitz ein Egoist, der einen Freiherrn nur zum Zwecke seines wirtschaftlichen Aufstiegs benutzt hatte und ihn fallenließ, sobald das angestrebte Ziel erreicht war?

Fenja stand auf und trat an das offene Fenster.

Sie würde mit Berthold ein weiteres Mal verreisen, er würde die Heimat seines Vaters kennenlernen. Hoschwitz würde aller Wahrscheinlichkeit nach aus geschäftlichen Gründen in Berlin bleiben. So, wie sie diesen Brief verstand, übertrug er die Verantwortung, Berthold zu seinem selbstbewussten Nachfolger zu erziehen, gänzlich auf sie. Sie war längst mehr als ein Kindermädchen, das aus der Privatschatulle des machtvollen Berliner Tuchfabrikanten Carl Friedrich Hoschwitz bezahlt wurde.

Nur weil sie seinen Sohn mochte, würde sie das tun, was Hoschwitz unmissverständlich von ihr gefordert hatte. Sie würde ihre Pflicht ernst nehmen und ihr Herz zum Schweigen bringen.

Anderthalb Wochen später, am dreizehnten August, traten sie ihre Heimreise an. Als Fenja während der Überfahrt nach Usedom in ihrem Gepäck nach Nähzeug suchte, weil ihr ein Knopf abgerissen war, entdeckte sie einen Brief von Mia. Sie musste ihn ihr kurz vor der Abreise heimlich zugesteckt haben.

Liebe Fenja,

ich habe ein schlechtes Gewissen. Verzeih mir, dass ich an jenem Abend nicht die Kraft fand, Dich zu trösten, wie ich es gerne getan hätte. Ich war sehr erschüttert über die Nachrichten, die Felix' Freund uns überbrachte. Der Mann, den Du liebst, hat sich mit einer anderen Frau verlobt. Ich war genauso schockiert wie Du. Ich habe lange nachgedacht, liebe Fenja, und kann Dir erst heute schreiben.

Ich kann es Dir nicht erklären, aber ich habe das eigenartige Gefühl, dass irgendetwas nicht stimmt. Ich habe Dich kennengelernt, und ich kann mir nicht vorstellen, dass Du Dich leidenschaftlich in einen Mann verliebst, der Deiner nicht würdig ist.

Ihr seid Euch das erste Mal während eines Schneesturms begegnet. Du sagtest mir, Ihr hättet Euch vom ersten Augenblick an miteinander verbunden gefühlt. Da kanntet Ihr weder die Stimme noch das Bild des anderen. Wenn das die Liebe Deines, die Liebe Eures Lebens sein sollte, Fenja, dann bitte ich Dich: Egal, was geschehen ist, habt Geduld miteinander. Nicht nur er muss verstehen, warum Du ihn zurückgestoßen hast, sondern auch Du musst verstehen, warum er sich verlobt hat. Schaut genau hin, seid nachsichtig, weichherzig, verurteilt einander nicht. Nur so könnt Ihr einander erkennen und den Zauber spüren, der Euch umfängt.

Denke daran: Liebe muss man lernen. Das darf ich wohl zu Recht sagen, denn ich sehe heute meine Fehler ein. Wann immer der Mann, von dem ich Dir erzählte, mir gegenüber zarte Versuche machte, unsere Liebe ernst zu nehmen, habe ich ihn zurückgestoßen. Und weißt Du, warum? Weil ich ihm nicht traute, weil ich ihn auf die

Probe stellen wollte. Er war von Adel, hätte ich also nicht annehmen können, dass er bessere Partien machen könne? Wir waren einander voller Lust verfallen, umso mehr fürchtete ich, er würde nur das Bild lieben, das ich ihm gab.
Liebe ist Leiden, und nur wenigen ist es gegeben, sie in allerhöchstes Glück zu verwandeln. Glück, so ätherisch, so seelenverschmelzend und unverbrüchlich.
Ich wünsche Dir alles Gute, und schreibe mir bitte, wie es weitergeht, ja?

In liebevoller Verbundenheit
Mia

Mia sprach aus, was sie selbst bis zu diesem Moment verdrängt hatte. Sie misstraute Achims allzu rascher Verlobung mit Sophie Maron. Dafür musste es einen besonderen Grund geben, schließlich war sie sich seiner Liebe sicher gewesen. War Sonja etwa seine Tochter? Hatte Sophie ihn wegen ihr zu einer Heirat gedrängt?

Mias gute Ratschläge in Ehren. Aber was, wenn das Schicksal ihr nie mehr die Möglichkeit geben würde, sich in Geduld zu üben?

Was, wenn sie Achim nie mehr wiedersähe?

Sie verließ das Bordrestaurant, ging trotz Windstärke sieben an Deck und beugte sich über die Reling. Der starke Wind zerrte an ihren Kleidern, drückte gegen ihre Brust. Gischt spritzte ihr ins Gesicht. Sie beobachtete, wie die schaumbekrönten Wellen an der Bordwand hochschlugen. Das Schiff tauchte in Wellentäler ein, stieg wieder in die Höhe, tauchte erneut in die Tiefe. Fenja gab sich seiner Bewegung hin, wollte nicht mehr denken, nichts mehr fühlen, nur den Wind, die Gischt und das Meer.

Lange Zeit harrte sie so aus. Endlich hörte sie eine innere Stimme und ahnte, dass das Meer ihr eine Antwort gab.

Du hast deine Wahl getroffen, und du bist nicht mehr so wie vorher.

Du wirst lieben lernen.

Du wirst Geduld lernen – und eines Tages verstehen, was geschehen ist.

Es wird weitergehen, immer weitergehen … Sehnsucht und Liebe, Liebe und Sehnsucht … Welle für Welle.

Er wird zu dir zurückkommen.

Zu dir zurückkommen.

Sie musste träumen, ja, sie träumte wohl.

Weil sie das Meer liebte wie sich selbst.

Weil sie seine Stimme liebte.

Weil es ihr Echo war.

Was, fragte sie sich, war wirklich wahr in ihrem Leben?

Kapitel 14

In Ahlbeck begrüßte sie ihr Vater. »Das Boot ist fertig, Fenja.«

»Welches Boot? Wovon sprichst du, Vater?«

»Das Boot! Das, was Baldur dir zur … zur Hochzeit schenken wollte. Er ist im Gefängnis, jetzt gehört es dir. Matthies hat es so beschlossen. Ich bitte dich, bevor du nach Dresden fährst, musst du es taufen.«

»Du glaubst doch wohl nicht, dass ich ein Boot annehme, ihm sogar einen Namen gebe, mit dem mich ein Verbrecher in die Ehe zwingen wollte. Hast du überhaupt kein Mitgefühl, Vater?«

Er fuchtelte mit den Armen und wirkte angespannt. »Versteh doch, Fenja. Matthies schämt sich wirklich für das, was Baldur getan hat. Er sieht keinen anderen Weg, dich zu trösten, als dir dieses Boot anzubieten. Du weißt, das Holz hat ein kleines Vermögen gekostet. Von mir aus lehne es als Geschenk ab, dann nehme ich es an. So habe ich es mit ihm besprochen. Das Boot kann ja nichts dafür, dass sein früherer Besitzer Fehler gemacht hat.«

»Fehler? Baldur hat …«

»Gut, gut, ja doch, Kind. Was muss ich alter Mann noch alles aushalten? Das, was passiert ist, hat mich ruiniert. Soll ich da noch nach Worten fischen, die Salz in die Wunden streuen? Taufe das Boot, Fenja. Tu es für mich.«

»Warum?«

»Weil ich mit Matthies nach Schweden aufbrechen will. Ich habe gewartet, bis du zurückkommst. Ich hätte dich natürlich begleiten können. Aber Matthies hielt es für falsch. Er meinte, wir sollten dich alleine nach Kristianstad reisen lassen. Du brauchtest Ruhe und Zeit, dich zu erholen. Wir sind alt, wir können warten.«

»Was willst du in Schweden?«

»Erinnerst du dich daran, dass Baldur dem Jungen von alten Seekarten aus der Hansezeit erzählte?«

»Ja, und? Was soll das, Vater? Warum sprechen andere von Geheimnissen, die nur unsere Familie etwas angehen?«

»O Gott, rühr doch nicht wieder an dieser alten Wunde, Fenja. Ich dachte, du hättest mich längst verstanden und mir vergeben. Ich habe es euch beiden nicht erzählt, weil Hiltrud ein Mädchen war und du kein Junge wurdest, verdammt noch mal. Hätte ich mit einer von euch in den Schären herumkraxeln können?«

»Wonach suchst du, Vater? Sag mir die Wahrheit.«

»Nur, wenn du das Boot taufst.«

»Erzähle mir erst alles.«

»Welchen Namen wirst du dem Boot geben, Fenja?«

Sie starrten einander an.

»Vater? Warum ist Mutter mit dir nie glücklich gewesen?«

Er wurde bleich. »Sie war glücklich.«

»Du lügst, oder machst du dir etwas vor?«

»Sie hat Matthies abgelehnt, weil sie mich lieber mochte.«

»Sie hat oft Angst vor dir gehabt. Sie hat nie gelacht. Sie ist mit mir in die Wiesen hinaufgegangen, hat dort mit mir gesungen, Blumen für ihre Salben gesammelt …«

»Ja, ja, das war schön …«

»Siehst du? Nur hier im Haus war sie unglücklich.«

»Sie war weich, sie hat darunter gelitten, dass ich kein Geld hatte. Das ist alles.«

»Hast du wenigstens ihr von diesen Seekarten erzählt?«

»Sie hat sie vor unserer Hochzeit unten im Keller entdeckt. Ich habe sie von meinen Vorfahren geerbt und habe es ihr auch so erklärt. Na ja, und irgendwann hat sie davon geträumt, wie es wäre, wenn ich mit Matthies nach Schweden fahren würde. Sie hat immer gehofft, wir könnten einmal reich werden.«

»So? Davon hat sie uns nie etwas gesagt.«

»Sie hatte Angst, ihr könntet uns für verrückt halten.«

»Bist du dir so sicher?«

Er nickte. »Sie hat immer Angst gehabt, sie könnte etwas verlieren, einen Traum, einen Menschen. So war sie, glaube mir.«

»Also gut. Dir hat also nur ein gutes Segelboot gefehlt?«

»Ja, ich habe mit Matthies darüber gesprochen. Er aber hat gemeint, unsere Fahrt nach Schweden hätte noch Zeit. Erst einmal wolle er lieber Geld sparen, damit Baldur dir eines Tages ein Boot zur Hochzeit schenken könne. Das ist Matthies immer wichtiger gewesen. Unser alter Traum sollte hinter eurem ... Glück zurückstehen. Nun ist alles anders geworden. Jetzt habe ich Matthies dazu überredet, unseren alten Plan in die Tat umzusetzen. Ich möchte das wiederfinden, was unsere Vorfahren vor langer Zeit irgendwo in einer Bucht an der westlichen Küste Südschwedens vergraben haben. Es wird nicht leicht sein. Die Ortsnamen aus dem vierzehnten Jahrhundert stimmen nicht mehr mit denen von heute überein. Ich hab's tausendmal überprüft. Wir werden in Schweden noch ältere Männer als uns suchen müssen, die etwas über die Geschichte ihrer Heimat wissen. Du, Fenja, bist das einzige Kind, das mir und Matthies geblieben ist. Du wirst uns Glück bringen, wenn du das Boot taufst.«

»Das einzige Kind? Denkst du gar nicht mehr an Hiltrud? Sie war immer deine Lieblingstochter.«

Seine Schultern sackten nach vorn. Er atmete schwer.

»Du gibst dein Kind auf, aber an deinem Matthies hältst du fest.«

»Du verstehst nichts von Freundschaft.« Er rieb seine Brust, ächzte. »Du sollst doch nur das Boot taufen.«

»Ich will, dass du meine Schwester wieder in unserem Haus aufnimmst, Vater.«

»Nein! Nicht über diese Schwelle ...«

»Ich ... will ... es, Vater. Sie ist dein Kind, und sie wird in wenigen Tagen hier sein.«

»Sie soll bleiben, wo sie ist.«

»Sie wird nach England auswandern. Und du wirst sie vielleicht das letzte Mal sehen.«

»Nein!« Er fuhr in die Höhe, bebte vor Zorn. »Dann soll sie herkommen. Aber zu den Briten geht sie nicht!«

Er hatte sich aufgeregt, litt unter Herzschmerzen. Und obwohl Fenja seinen Traum von der Schatzsuche für kindisch hielt, hatte sie Mitleid mit ihm. Und so taufte sie das Segelboot aus afrikanischem Khaya-Mahagoni auf den Namen »Neptuna«. Obwohl Berthold einen Wutanfall bekam, unter Tränen seine Eltern anflehte, mitfahren zu dürfen, sollte es – drei Tage nach ihrer Rückkehr aus Kristianstad – ohne ihn mit Paul Hinrich Wolgardt und Matthies Hocks in See stechen. Berthold war untröstlich.

In der Nacht hörte Fenja Liane Hoschwitz ihren Mann anschreien, er solle ihr endlich den Namen seiner Geliebten nennen. Sie spionierte ihm also immer noch nach, was bedeutete, dass er noch häufiger das Haus ohne sie verließ ...

Fenja schlich auf den Flur hinaus und lauschte.

»Ich habe keine andere Frau als dich!«

»Du lügst! Du bist mir kein richtiger Mann mehr, Carl! Du entziehst dich mir, angeblich aus Angst zu versagen. Ich traue dir nicht. Gib zu, eine andere reizt dich mehr. Stimmt's? Wer ist sie? Ist es diese Maron?«

»Nein, um Himmels willen, nein, Liane!«

»Carl, zu wem gehst du in all den Nächten? Sag es mir, oder ich ...«

»Oder? Liane, du wirst doch wohl nicht …«

»Wenn du weiter schweigst, werde ich es tun. Verlass dich darauf! Ich werde Herrn von Bening fragen.«

Was, fragte sich Fenja, unternahmen Achim und Carl Friedrich Hoschwitz heimlich gemeinsam? Und wo war Achim?

Am nächsten Morgen fragte sie Liane Hoschwitz, ob sie Sonja zum Spielen abholen könne.

»Nein, damit ist es vorbei. Ich habe Sophie Maron gebeten, Sie freizugeben. Unter den jetzigen Umständen halte ich es für besser, wenn Sie nur für Berthold da sind.« Liane Hoschwitz' Augen flackerten, sie wandte sich ab. »Sie wissen ja, Herr von Bening hat sich mit ihr verlobt. Und er wird ihr zuliebe aus dem aktiven Dienst ausscheiden.« Sie suchte Fenjas Blick, als wollte sie prüfen, wie sie darauf reagierte.

»Das ist bedauerlich«, erwiderte Fenja so beherrscht wie möglich. »Ich verdanke Herrn von Bening sehr viel. Allein hätte ich damals niemals den Prozess gegen Baldur Hocks angestrengt. Ein Offizier hat es nun einmal leichter als ein Zivilist, wenn es um Gerechtigkeit geht.«

»Sie unterschätzen den Einfluss meines Gatten, Fenja. Er hat die Juristen eingeschüchtert. Er hat sie gewarnt, ihm nur ja nicht seine gute Menschenkenntnis abzusprechen. Hätte er Sie sonst als Kindermädchen behalten? Meinem Mann, Fenja, haben Sie Ihr blütenreines Ansehen in der Öffentlichkeit zu verdanken. Vergessen Sie das nicht.«

»Aber eine Uniform ist eine Uniform, Frau Hoschwitz, da dürfte mir Ihr Gatte sicher zustimmen.«

»Sie undankbare Person! Was maßen Sie sich an!« Sie hielt inne, trommelte nervös auf die Tischplatte. Dann fuhr sie etwas leiser fort: »Natürlich hat jeder Respekt vor der Uniform, sie ist schließlich eine würdevolle Auszeichnung, ob es Ihnen gefällt oder nicht. Aber lassen wir das. Wollen Sie denn gar nicht wissen, warum Herr von Bening sich verlobt hat?«

»Nein, Frau Hoschwitz. Ich freue mich für ihn und auch für Frau Maron. Sonja wird glücklich sein. Außerdem ist Frau Maron, wie sie mir einmal sagte, seit ihrer Jugend mit dem Freiherrn befreundet.«

»Ah, ja, natürlich, eine Jugendliebe.« Sie lachte bitter auf. »Ich erinnere mich. Das wird wohl der eigentliche Grund gewesen sein. Eine romantische Vorstellung, finden Sie nicht?«

Fenja überging ihre Frage. »Also werde ich Sonja in diesem Sommer nicht wiedersehen?«

»Sie wollen wissen, ob Frau Maron mit ihrem Verlobten abgereist ist, nicht wahr, Fenja?«

»Nein, ich hätte nur gerne Sonja Lebewohl gesagt.«

»Sie lügen! In Wahrheit sind Sie neugierig.«

»Nein, Frau Hoschwitz.«

»Schweigen Sie!« Liane Hoschwitz schlug mit der flachen Hand auf den Tisch. »Sie sind neugierig und verzweifelt bei all Ihrer scheinheiligen Ruhe. Ich täusche mich selten in den Gefühlen anderer. Ich kann Sie sogar verstehen. Glauben Sie mir, ich mag Sie, nicht nur, weil Sie Berthold geheilt haben. Aber eines müssen Sie jetzt begreifen: Ich verbiete Ihnen den Umgang mit Frau Marons Tochter. Versprechen Sie mir, dass Sie sie wie Luft behandeln werden, selbst wenn sie auf Sie zuläuft und schreit!«

»Ich habe Sonja sehr gern gehabt. Sie würde es nicht verstehen, wenn ich sie so behandelte, Frau Hoschwitz. Schließlich war ich ihr Kindermädchen.«

»Sie wird darüber hinwegkommen. Ihr neuer Vater wird sie schon zu trösten wissen. Im Übrigen, Fenja, brauche ich Sie mehr als je zuvor. Ich möchte nämlich mehr Zeit mit meinem Mann verbringen.«

»Natürlich, ich verstehe.«

Liane Hoschwitz war verzweifelt vor Eifersucht. Sie hatte mit Achim von Bening geflirtet, ihn angebetet und verstand jetzt ebenso wenig wie Fenja, warum er sich so überstürzt mit Sophie Maron verlobt hatte. In dieser Stunde war sie Fenja sogar ein wenig sympathisch.

Am Morgen des neunzehnten August brach Fenja früh zu einem Spaziergang am Meer auf. Sie wollte eine Weile allein sein, bevor sie Berthold wecken und mit ihm frühstücken würde.

Sie genoss die frische, vom Morgenlicht durchtränkte Luft. Die Wellen tanzten und spielten mit goldenen und silbrigen Lichtflecken. Möwen kreisten über ihr, und nur wenige Meter vor ihr pickte ein Strandläuferpärchen nach Muscheln. Die Luft war seidig, roch vertraut nach Salz und Tang, glitschigem Holz, nach Fernweh … Blasentang schwappte im flachen Wasser. In seinem Olivgrün glitzerte etwas Schwarzes. Fenja bückte sich. Es war eine große Miesmuschel. Ihre hellen Byssusfäden erzitterten im Wellenschlag wie Libellenflügel in der Luft. Muschelseide, dachte Fenja und löste die Miesmuschel aus dem Tang. Sie berührte die zarten Fäden. Sie waren fest, leicht knubbelig.

»Endlich! Fenja! Herrje, ich dachte schon, du wolltest in Schweden bleiben!«

Fenja sah auf. Edda kam ihr quer über den Strand vom Ahlbecker Hof aus entgegengelaufen.

»Edda, ich hab dich so vermisst!« Sie umarmten einander und erzählten schnell das Wichtigste, während sie den Spaziergang gen Osten wieder aufnahmen. Schließlich meinte Edda: »Ich verstehe diesen Bening nicht. Wie kann ein Mann so schnell verletzt sein? Es tut mir so leid für dich.«

Fenja schaute an ihr vorbei aufs Meer. Sie hob ihre Hand,

strich gedankenverloren mit der Muschelseide über ihre Wange. »Hast du Achim noch gesehen, Edda?«

»Nein, im Hotel gibt es viel zu tun, wir haben viele Gäste. Und zu Hause habe ich ständig ausprobiert, welche Wäsche ich in welchen Koffern und Taschen mit nach England nehmen kann. Wir fahren nämlich schon am ersten September. Es ist ein Freitag. Hiltrud wollte ein, zwei Tage vorher eintreffen. Sie traut sich nicht zu euch nach Hause und möchte bei Lena übernachten.«

»Ach, Edda, wenn sie wüsste, welche Angst Vater davor hat, sie zu sehen.«

»Sie schreibt, wenn sie sich von euch verabschiedet, könnte es für immer sein. Ihr sind sogar eure alten Flachsfelder gleichgültig. Seltsam, sie hat sich sehr geändert, nicht?« Edda warf Fenja einen Seitenblick zu.

»Ja, früher hat sie immer an die Felder gedacht und daran, wie sie sie eines Tages in Bauland umwandeln könnte. Hoffentlich kann ich bald in Ruhe mit ihr sprechen.«

»Fenja? Ich möchte nicht zynisch sein, aber euer Vater sollte, bevor er nach Schweden aufbricht, über euer Erbe sprechen. Hat er schon ein Testament aufgesetzt?«

»Für die alte Kate? Den Webstuhl, den nur die Holzwürmer lieben? Wir sind arm, Edda. Und über die Felder könnte ich mit Hiltrud jetzt bestimmt selbst verhandeln.«

»Dann warte ab.« Edda strich ihr über den Rücken. »Weißt du, ich fühle mich immer noch schuldig wegen dieser Nacht damals. Ich wollte, ich könnte sie ungeschehen machen. Wir waren zu leichtsinnig.«

»Unsinn!« Fenja drückte Edda an sich und nahm ihr Gesicht zwischen ihre Hände. »Hör zu, das Einzige, was du machen kannst, ist, für mich zu beten. Jeden Morgen gehe ich an den Strand, stehe hier und schaue aufs Meer, als würde ich mich jeden Morgen neu einkleiden und im Spiegel betrachten. Welche Farbe hat es, wie bewegt es sich, wie ist seine Stimmung? Es ist wie ich, verstehst du, Edda? So wechselhaft, so launisch, so leidenschaftlich. Und trotzdem ist es immer gleich. Genau wie die Liebe zwischen Achim und mir. Ich bin mir ganz sicher. Da, schau! Sieht es nicht so aus, als ob das Meer in den Himmel aufsteigt und der Himmel ins Meer niedersinkt?«

Edda wandte sich um und betrachtete den Horizont. »Ja, man sieht keine Linie mehr, keine Grenze, keine Trennung.«

»Genau so ist es mit Achim und mir.«

»Aber ihr seid getrennt! Fenja, träumst du nicht zu viel von ihm?«

»Ich weiß, es klingt seltsam. Achims Verhalten ist eigenartig, aber er wird seine Gründe dafür haben. Du weißt, er ist attraktiv, er hat Charme. Aber uns verbindet etwas Besonderes. Mia hat es mir erklärt. Erinnerst du dich? Achim und ich sind uns das erste Mal während eines Schneesturms begegnet. Wir haben uns vom ersten Augenblick an verbunden gefühlt, obwohl wir weder die Stimme noch das Gesicht des anderen sehen konnten. Mia hat mir geraten, wenn das die Liebe unseres Lebens ist, sollten wir genau hinschauen, was geschieht. Sie hat mir etwas sehr Schönes gesagt.«

»So, was denn?«

»Liebe kann man lernen, und ich glaube ihr.«

»Du hoffst also noch immer auf ihn, obwohl er sich für eine andere entschieden hat. Ehrlich gesagt, verstehe ich dich nicht.«

Fenja hakte sich bei ihr unter. Langsam gingen sie am Strand entlang. »Mia ist Sängerin, Edda. Sie sprach von der Musik, davon, wie man lernt, sie zu lieben. So sei es auch mit der Liebe. Ich habe oft darüber nachgedacht. Dabei ist mir noch etwas eingefallen. Du weißt, ich liebe das Meer. Ist es nicht seltsam, dass wir immer von all diesen vielen Muscheln angezogen werden? Wir träumen am Meer, genießen den Wind und merken irgendwann, dass wir längst nach einer besonders schönen Muschel Ausschau halten.«

»Muscheln ziehen uns einfach magisch an.«

»Ja, wir sammeln sie und stecken sie in unsere Tasche, ganz vorsichtig, damit ihre Schalen nicht zerbrechen, und lauschen dabei in den Wind. Ist es nicht so?«

»Ja, aber was hat das mit dir und Achim zu tun?«

»Also, an manchen Tagen finde ich mehr Muscheln, als ich mit nach Hause nehmen möchte. Trotzdem ist keine dabei, die ich besonders schön finde. An anderen Tagen finde keine, die mir gefällt. Und doch halte ich bei meinem nächsten Spaziergang wieder Ausschau. Was ich damit meine, ist, ich gebe die Hoffnung nicht auf, Edda. Ob ich will oder nicht. Und ich kann nur dann Glück haben, wenn ich alles, was vor mir und um mich herum geschieht, genau beachte. Man muss Geduld haben, meinte Mia, Geduld mit dem Leben, Geduld mit der Liebe.« Sie warf die Muschel in einem hohen Bogen zurück ins Meer.

»Richard würde es gefallen, was du über die Geduld sagst.« Edda wandte sich Fenja zu und lachte. »Er hat nämlich keine. Er ist ein Mann der Tat, kein Romantiker, aber zuverlässig. Das ist gut so und leichter auszuhalten. Er möchte übrigens wissen, ob du am nächsten Sonntagnachmittag Zeit für ihn hättest. Leider habe ich vergessen, um was es geht. Es hatte etwas mit Baldurs Vater zu tun. Er soll vor langer Zeit etwas Verbotenes getan haben, von dem niemand etwas weiß.«

»Ach, er meint diese versteckte Beute aus der Hansezeit«, unterbrach Fenja sie.

»Das mag sein. Dummerweise habe ich Richard nicht genau zugehört. Es war am letzten Samstag, Richard hatte mich auf einen Kaffee in Swinemünde eingeladen, und ich konnte zum ersten Mal ein Kleid mit kleiner Schleppe ausführen. Während also Richard auf mich eingeredet hat, habe ich festgestellt, dass ich eine Naht schief gesetzt hatte. Richard hat geredet, und ich habe nur an diese eine Naht gedacht. Es tut mir leid, Fenja.«

»Lass nur. Grüße ihn von mir. Sag ihm, ich möchte nicht mehr an diesen Widerling erinnert werden, schon gar nicht an einem Sonntagnachmittag.«

»Es war aber wichtig. Ich verspreche dir, ich werde erst mein Kleid ändern und Richard dann noch einmal fragen. Den Nachmittag werde ich aber trotzdem für dich freihalten. Vergiss nicht, es ist der letzte Sonntag im August, der neunundzwanzigste. Egal, was geschieht, wir werden vor dem Kurhaus in Swinemünde auf dich warten. Um drei Uhr.«

Als Fenja zur Hochwitzschen Villa zurückkehrte, packte gerade Hoschwitz' Chauffeur den Reisewagen. Hoschwitz und Liane kamen aus der Gartenlaube, in der sie mit Berthold gefrühstückt hatten, auf sie zu.

»Wir haben eben mit Berthold gesprochen, Fenja«, begann Hoschwitz heiter. »Fahren Sie heute mit ihm nach Dresden. Nehmen Sie sich Zeit zum Frühstücken, Sie brauchen keine Koffer zu packen. Meine Frau hat bereits das Notwendigste zusammengelegt. Mein Fahrer wird Sie zum Bahnhof bringen. Sie werden ins Hotel Bellevue einziehen, das beste Hotel der Stadt. Es liegt direkt an der Elbe, neben ihm ist die Semper-Oper. Ich werde in wenigen Tagen nach Berlin zurückfahren, und wenn es meine Zeit erlaubt, werde ich euch besuchen. Erstens habe ich seit vielen Jahren meine Verwandten nicht mehr gesehen, und zweitens wird es Zeit, dass ich Berthold zeige, wo unsere Wurzeln liegen, nicht?« Er reichte Fenja ein Kuvert. »Das Geld ist für euch. Macht damit, was ihr wollt. Wenn du, Berthold, auf dem großen Platz vor der Semper-Oper in goldener Ritterrüstung aufmarschieren willst, oder Sie, Fenja, trotz Augusthitze Lust auf Silberfuchsschwänze haben – mir soll es recht sein.«

»Vater will nur, dass ich den Hanseschatz vergesse.« Berthold kam zu ihnen.

»Was nicht das Schlechteste wäre, oder? Lerne, in die Zukunft zu schauen, Sohnemann. Lass die Vergangenheit Vergangenheit sein. Die Hansezeiten sollen den Historikern gehören. Wir rüsten auf. Deutschland wird die Welt erobern. Wenn erst einmal von Tirpitz Staatssekretär im Reichsmarineamt ist, wird die neue Flottenvorlage endlich durch- und umgesetzt. Wir werden den Briten schon zeigen, wozu wir fähig sind.«

»Verzeihung, Herr Hoschwitz, ich wüsste gerne, wann wir wieder nach Ahlbeck zurückkehren dürfen.«

»Dürfen? Haben Sie etwa Angst vor dem Binnenland?« Er lachte. »Na ja, kann's schon verstehen. Warum wollen Sie das so genau wissen?«

»Wegen meiner Schwester. Sie möchte uns in den letzten zwei, drei Augusttagen besuchen. Ich würde sie gerne noch einmal sprechen, bevor sie von uns fortgeht.«

»Natürlich, erinnern Sie uns noch einmal daran. Ich habe viel Arbeit, kann Berthold noch nicht einmal zusagen, wann wir ihn in Dresden besuchen. Notfalls fahren Sie nach Hause, während Liane allein zu Berthold fährt.«

»Danke, Herr Hoschwitz.«

»Jetzt beeilt euch, gute Reise!«

Morgennebel verhüllte die Elbe, waberte an den Mauern der Brühlschen Terrasse hoch. Es war noch früh, doch der Raddampfer der berühmten »Weißen Flotte«, der Fenja, Berthold und seine Verwandten elbaufwärts zum Kurort Rathen bringen sollte, war bereits zu gut drei Viertel besetzt. Es war Sonntag, das Wetter versprach schön zu werden. Viele Dresdenbesucher wollten das warme Augustwetter nutzen, um die berühmte Bastei zu besichtigen. Die beiden älteren Cousins von

Carl Friedrich Hoschwitz und ihre Söhne – einer war drei, der andere fünf Jahre älter als Berthold – waren geübte Wanderer und hatten Berthold zu diesem Ausflug ins Elbsandsteingebirge eingeladen. Begeistert nahm er den Vorschlag zur Gebirgswanderung an, schließlich suchte er nach einer neuen Herausforderung, um seine Ausdauer zu beweisen. Fenja war froh, dass er auch hier eine altersgemäße Ablenkung fand. Sie hätte an diesen heißen Sommertagen kaum noch die Kraft gehabt, ihn zu unterhalten.

Nach kurzer Zeit erreichte der Raddampfer den Kurort Rathen am Fuß der Bastei, einer fast zweihundert Meter hohen Felsformation am östlichen Ufer der Elbe. Fast alle Fahrgäste stiegen hier aus, schlenderten durch den kleinen Ort auf der Suche nach einem Gasthof, in dem sie ihr zweites Frühstück einnehmen oder ein Zimmer reservieren konnten.

Fenja hatte schlecht geschlafen. Sie war wieder einmal ins Grübeln geraten und hatte irgendwann Mias Brief hervorgeholt. Sie hatte ihn gelesen und wurde die Erinnerung an das, was sie auf der Überfahrt von Kristianstad nach Ahlbeck empfunden hatte, nicht wieder los. Die Stimme des Meeres quälte sie die halbe Nacht.

Du hast deine Wahl getroffen, und du bist nicht mehr so wie vorher.
Du wirst lieben lernen.
Du wirst Geduld lernen – und eines Tages verstehen, was geschehen ist.
Es wird weitergehen, immer weitergehen …
Sehnsucht und Liebe, Liebe und Sehnsucht …
Welle für Welle.
Er wird zu dir zurückkommen.

Ein Meerestraum. Hier, inmitten der Sächsischen Schweiz, hatten Maler der Romantik wie Caspar David Friedrich und Ludwig Richter ihre Motive gefunden. Hier, umgeben von schroffen Felsen und breitem Elbestrom, wurde Fenja bewusst, dass ihr Traum am Meer nur ein Traum war. Sie würde Achim nie wiedersehen.

Sie war müde und gereizt. Hätte sie nur nicht am Morgen Mias Brief in den Rucksack gesteckt. All ihre pechschwarzen Gedanken der vergangenen Nacht mussten an ihm hängengeblieben sein. Hätte sie einen Felsbrocken im Gepäck getragen, er hätte nicht schwerer sein können. Wie hatte sie nur Berthold nachgeben können! Forsch, wie er war, hatte er den Vorschlag seiner Verwandten abgelehnt, den bequemen Hauptwanderweg, den »Malerweg«, zu nehmen. Er wolle unbedingt die schwierigere Route die 487 Stufen hinauf über die »Vogeltelle« nehmen. Vor gut anderthalb Stunden waren sie vom Wehlgrund aufgebrochen. Von Berthold und den anderen war nichts zu sehen, nichts zu hören. Fenja hinkte ihnen im wahrsten Sinne des Wortes nach. Ihr Knie, das sie sich im Juni bei ihrem Fahrradsturz verletzt hatte, zitterte.

Sie war völlig erschöpft, als sie nach zweieinhalb Stunden die Bastei erreichten. Nur das atemberaubende Panorama von Elbtal und Elbsandsteingebirge, das sie von drei Seiten umfing, entschädigte für die Mühe des Aufstiegs.

Sie hörte Pfiffe, wandte sich um und entdeckte Berthold in der Mitte der »Basteibrücke«. Er winkte ihr zu, pfiff nochmals. Sie verstand. Er war stolz auf sich und wollte ihr zeigen, dass ihn selbst die steil abfallenden Felsen nicht ängstigten. Fenja ging zu der berühmten Brücke, die über die tiefen Klüfte der »Mardertelle« führte. Sie schaffte es, vom vorgelagerten Felsriff ein paar Meter auf die weit vor ihr liegenden Felsen »Steinschleuder« und »Neurathener Felsentor« zuzugehen. Ihr wurde schwindelig. Sie blieb stehen. Berthold pfiff noch mal, dann lief er zu ihr.

»Ich führe Sie, Fenja. Kommen Sie, die Brücke schwankt nicht. Sie ist nicht aus Holz, sondern aus Sandstein.«

»Ich kann nicht.« Sie klammerte sich mit feuchten Händen an das Geländer.

»Sie schaffen es.«

»Nein. Nein, bitte, Berthold.« Sie blickte in die Tiefe, und ihr wurde schwarz vor Augen. Zwei Wandergruppen fluteten in beiden Richtungen an ihr vorüber.

»Soll ich bei Ihnen bleiben, Fenja?«

»Nein« – sie keuchte –, »pass aber gut auf dich auf.«

»Tu ich das etwa nicht?«

»Doch, ach, mir ist so übel. Berthold, entschuldige.«

Da spürte sie, wie zwei ältere Damen sie unterhakten, irgendetwas auf Sächsisch zu ihr sagten, was sie nicht verstand.

»Wir treffen uns im Hotel!«, rief ihr Berthold nach.

»Ja! Sei vorsichtig!«

»Bin ich!«

Energisch führten die beiden Damen sie auf den Basteifelsen zur Aussichtsplattform zurück.

»Nicht jedem passt die Höhenluft«, meinte eine von ihnen. »Aber dafür schmeckt hier oben der Elbtalwein ganz besonders gut!«

Fenja dankte ihnen, wehrte freundlich den Platz auf einer Bank neben einigen älteren Herren ab. Sie wollte nicht noch mehr Schwäche zeigen. Sie zwang sich, an die Balustrade der Aussichtsplattform heranzutreten. Sie hasste die Tiefe, die schroffen Felsen, die senkrecht abfielen. Sie wollte etwas anderes. Sie wollte die Elbe sehen, ihr Strömen, ihre Wirbel, und sich vorstellen, wie sie hoch im Norden im Meer verströmte. Felsriffe, Wartturm, Felsen, Raddampfer, das gegenüberliegende Städtchen Wehlen – nichts war so wichtig für sie wie das Wasser. Nebelschwaden schwebten vorbei, lösten sich auf. Der Himmel wurde klar. Wind fuhr raschelnd durch die Baumkronen. Ein Habicht kreiste unterhalb der Felsen. In der Nähe übten Musiker Posaune, dann setzte ein Männerchor ein. Fenja drehte sich um.

Vor dem Basteihotel fuhren weiter Droschken und Automobile vor. Wandergruppen und Familien stiegen aus.

Plötzlich fiel es Fenja ein. Es war Sonntag. In wenigen Stunden würden Richard und Edda vor dem Kurhaus in Swinemünde nach ihr Ausschau halten.

Carl Friedrich Hoschwitz hatte ihr vor der Abreise keine Zeit mehr gelassen, Edda zu benachrichtigen.

Jetzt würde sie nicht mehr erfahren, was Richard über Matthies Hocks wusste.

Es blieb ihr nichts anderes übrig, als ins »Basteihotel« zu gehen. Sie würde dort, wie verabredet, auf Berthold und seine Verwandten warten.

Noch immer rollte Wagen um Wagen mit Ausflüglern aus dem Tal heran. In einem Kurort hätte es kaum lebhafter zugehen können. Neben Wanderern in Nagelschuhen, Drillichhosen und mit Leinenrucksäcken strömten Ausflügler aus den geöffneten Wagenschlägen wie Schmetterlingsschwärme, die in die Freiheit entlassen wurden: Herren in Frack und Zylinder, Damen in Kleidern mit Schleppe, Mädchen in weißen Kleidern, die einem Mops oder Spitz hinterherliefen oder Holzreifen vor sich hertrieben. Kaum jemandem fiel der junge Hoteldiener auf, der gelangweilt an einer Kastanie lehnte. Er hatte eine Schiefertafel kopfüber an ihrem Stiel auf den Boden gestellt und sog an einer Zigarette. Da schlug ein Hotelfenster auf, eine Faust schoss hervor. »Fürs Paffen wirst du nicht bezahlt, Anton!«

Der Hoteldiener nahm die Zigarette aus dem Mund und drückte ihre Glut vorsichtig an der Baumrinde aus. Dann schwang er das Schild herum. *»Dringend! Nachricht für F. Wolgardt!«*

Fenja hastete ins Hotel. Dort sagte man ihr, dass im »Hotel

Bellevue« eine Dame auf sie warte. Sie möge auf der Stelle mit Herrn Hoschwitz nach Dresden zurückkehren. Fenja lief in die Hitze hinaus und hielt nach Berthold Ausschau. Endlich entdeckte sie ihn und erklärte ihm den plötzlichen Aufbruch. Er war enttäuscht. »Können Sie denn nicht ohne mich fahren, Fenja?«

»Es wird deine Mutter sein, die uns erwartet.«

Widerwillig bestieg er mit ihr eine Droschke, die sie in halsbrecherischem Tempo zur Anlegestation der »Weißen Flotte« in Rathen hinunterfuhr.

Ihre Ahnung bestätigte sich. Überaus glücklich schloss Liane Hoschwitz ihren Sohn in die Arme.

»Fahren Sie ruhig nach Hause, Fenja. Sie sagten uns ja schon, dass Sie gerne noch einmal Ihre Schwester wiedersehen wollten. Diese Depesche ist Ihrer Nachricht an meinen Mann zuvorgekommen. Hier, lesen Sie. Ohne Sie wird es wohl keine Feier geben.« Sie reichte sie ihr.

»Bitte Fenja Wolgardt benachrichtigen.
H. ist hier.
Wir brauchen dringend ihre Hilfe.«

Kapitel 15

Es war Nacht, als Fenja auf dem Ahlbecker Bahnhof ausstieg. Nur eine knappe halbe Stunde später schob sie den noch halbvollen Teller mit Suppe von sich, den ihr Edda in der Carlsenschen Fischerstube vorgesetzt hatte. Fenja war erschüttert. Während Hiltrud, Edda und Lena sie verstohlen beobachteten, dachte Fenja noch einmal darüber nach, was sie gerade von ihnen erfahren hatte.

Asmus, Lenas Ehemann, hatte Hiltrud verraten. Hiltrud war am Vorabend, dem achtundzwanzigsten August, in Ahlbeck eingetroffen und sofort in die Schulzenstraße zu Edda und Lena geeilt. Während die Schwestern sie herzlich aufnahmen, hatte Asmus heimlich das Haus verlassen. Er war zu ihrem Vater gelaufen und hatte ihm verraten, dass seine älteste Tochter bei ihm in der Stube säße. Ob er nicht mitkommen und sie sehen wolle? Paul Hinrich weigerte sich. »Hiltrud ist noch immer das Kind, mein Kind. Und es ist ihre Pflicht, zu mir, dem alten Vater, zu kommen. Nicht andersherum.« Er blieb stur.

Asmus kehrte allein zurück, immer noch im Glauben, Hiltrud habe Angst vor ihrem Vater. Er konnte nicht ahnen, was Edda und Lena ihr erzählt hatten und dass Hiltrud dabei war, neue Kraft zu schöpfen. Sie freute sich, am morgigen Sonntag endlich Eddas Freund Richard Lowell kennenzulernen. Er wäre für sie der erste Mann, der auf der Seite der Frauen stand. Sie war fast ein wenig stolz, dass ausgerechnet der Sohn einer militanten Frauenrechtlerin ihr das Geheimnis von Matthies Hocks enthüllen würde. Diese Vorstellung beflügelte sie.

Hätte Asmus auf seinem Nachhauseweg geahnt, dass Hiltrud sich ausmalte, wie sie Matthies als Vater eines Verbrechers am liebsten mit dem Fischmesser bearbeiten würde, wäre er wohl in sein Fischerboot geflüchtet und hätte die Segel gesetzt …

Doch dann war alles anders gekommen.

Hiltrud war am Sonntagmorgen zum Gottesdienst gegangen. Sie hatte Zuspruch und Gottes Segen für ihre bevorstehende Reise nach England gesucht. Zu ihrer Enttäuschung war die Kirche überfüllt. Einheimische und Sommergäste wollten um den kirchlichen Segen für den Passagierdampfer »Kaiserin Auguste Victoria« bitten, der fast zur selben Stunde in Stettin, in Anwesenheit des Kaiserpaares, vom Stapel laufen sollte.

Nach dem Gottesdienst war Hiltrud der alten Grit begegnet. Sie hatten sich auf eine Bank des Friedhofs gesetzt und sich unterhalten.

Und danach hatte ein vornehmer Herr sie angesprochen. Zuerst hatte Hiltrud flüchten wollen. Aber dann hatte sie seine kühle Ausstrahlung geradezu gereizt.

»Sind Sie die Schwester von Fenja Wolgardt?«

»Ja.«

»So heißen Sie Hiltrud?«

»Ja.«

»Sie müssen mir einige Fragen beantworten. Sie sind sehr wichtig für mich.«

»Warum? Was wollen Sie von mir?«

»Hören Sie zu. Von Ihren Antworten hängt alles ab. Also, als was haben Sie in Berlin gearbeitet?«

»Ich habe im Mathilde-Kirschner-Heim gewohnt, bis ich mir eine Stelle als Verkäuferin bei einem Weißwarenhändler angeboten wurde.«

»So hatten Sie eine feste Anstellung?«

»In Aussicht! In Aussicht, mein Herr! Ich … ach herrje, was wollen Sie bloß von mir?«

»Ich muss darauf bestehen, dass Sie mir die Wahrheit sagen. Bitte. Sie hatten eine Stelle in Aussicht, haben sie aber nicht angenommen?«

»Doch, ich konnte aber nur wenige Wochen arbeiten. Die Probezeit lief noch, als ...«

»Als?«

»Die Wahrheit, mein Herr, die Sie von mir verlangen, ist unschön.«

»Das ist sie meistens, also?«

»Ich wurde missbraucht, mein Herr, auf übelste und heimtückischste Weise missbraucht. Wollen Sie mich jetzt auch noch belästigen?«

»Keinesfalls. Haben Sie vor dem, was mit Ihnen passierte, die Herren ermutigt?«

»Nein!«

»Gibt es dafür Zeugen?«

»Zeugen? Bei einem Verbrechen, wo alle unter einer Decke stecken? Vom Vermittler über die Kupplerin bis zum Lockvogel? Ich wurde ihr Opfer. Ich ganz allein.«

»Sie haben also keine handfesten Beweise dafür, gegen Ihren Willen Opfer eines solchen Verbrechens geworden zu sein?«

»Die Beweise, mein Herr, kann jeder, der sich den Appetit auf uns Frauen verderben will, in meiner Akte im Moabiter Krankenhaus nachlesen.«

»Ich verstehe.«

»Und wer sind Sie?«

Er hatte gezögert. »Ich danke Ihnen. Auf Wiedersehen.«

Fenja hatte es geahnt. Hiltrud hatte mit Achim von Bening gesprochen. Er hatte sich von ihrer Schwester, von der sie ihm berichtet hatte, ein persönliches Bild machen wollen. Sie erinnerte sich, dass sie einmal befürchtet hatte, Liane Hoschwitz könne ihr kündigen, wenn diese von Hiltruds Schicksal erführe, weil sie annehmen könnte, sie beide seien leichtsinnige Geschöpfe. Jetzt hatte sich diese Befürchtung bei Achim von Bening bewahrheitet.

Sophie Maron, Sonja und er waren also von ihrer Reise zurückgekehrt. Hatte Sophie Maron Achim dazu überredet, ihr zuliebe auf die Begegnung mit dem Kaiserpaar und die Schiffstaufe des Dampfers »Kaiserin Auguste Victoria« zu verzichten?

Würde er für eine Frau wie Sophie so etwas tun?

Oder hatte er endlich verstanden, dass sie ihn damals aus Verzweiflung zurückgestoßen hatte?

Die Standuhr schlug elf. Hiltrud berührte ihren Arm. »Es ist spät, Schwesterherz. Wir sollten heimgehen.«

Fenja brauchte einen Moment, um zu sich zu kommen. »Du hast keine Angst mehr vor Vater, Hiltrud?«

»Nein, jetzt nicht mehr.«

»Ich … verstehe nicht.«

»Fenja, du bist zwar erst seit einer Dreiviertelstunde hier, aber wir haben nur über diesen Bening gesprochen. Er mag ja misstrauisch sein. Aber er hat dir wenigstens geholfen, dich verteidigt und Baldur hinter Gitter gebracht. Einen Beschützer wie ihn hätte ich in Berlin damals auch gerne gehabt. Ach, lassen wir es. Fenja, wir haben Wichtigeres zu tun. Wir müssen mit Vater sprechen. Sofort. Und unterwegs holen wir Matthies Hocks aus dem Bett.«

»Bist du übergeschnappt, Hiltrud?«

»Nein, Richard weiß etwas über ihn. Er hat es uns heute erzählt. Es liegt zwar schon lange zurück, aber wir hätten etwas gegen ihn in der Hand. Willst du dich nicht ein wenig am Vater dieses Verbrechers rächen?«

Fenja erinnerte sich, dass Hoschwitz seinem Sohn vor ihrer Abreise nach Dresden geraten hatte, man solle die Vergangenheit ruhen lassen. Er hatte recht. Sie war müde, angespannt.

Der einzige Mensch, mit dem sie jetzt gerne gesprochen hätte, wäre Achim gewesen, nicht ihr Vater und schon gar nicht Matthies Hocks. Sie stand auf. »Es ist viel passiert. Lasst uns eine Nacht darüber schlafen.«

Hiltrud wollte etwas entgegnen, doch Edda gab ihr einen verstohlenen Wink. »Verstehst du Fenja denn nicht? Sie braucht … Ruhe.«

»Wie?« Hiltrud stutzte, dann seufzte sie und stützte ihren Kopf auf ihre Hände. »O Herr im Himmel, sie liebt ihn doch wohl nicht?«

Fenja fand keine Ruhe. Sie wartete, bis alle schliefen, und schlich auf nackten Füßen aus dem Haus. Ein lauer Wind umfing sie, als strichen Katzen um ihre Beine. Es war so dunkel, dass sie, wären wirklich Katzen bei ihr gewesen, sie nicht hätte sehen können. Selbst ihre bloßen Füße waren nicht zu erkennen. Nirgends brannte Licht. Und wenn sie jetzt, von niemandem bemerkt, zu Sophie Marons Villa ginge und … lauschte? Ob sie Achim im Kerzenlicht sähe, wie er mit Sophie Musik hörte und sie umarmte? Fenja blinzelte zum Himmel auf. Grauschwärzliche Wolken flossen am Mond vorbei. Sie durfte nicht mehr träumen. Sie besann sich auf den Geruch des Meeres, folgte ihm über die Wärme der Pflastersteine, bis sie knöcheltief in Sand einsank. Um sie herum nichts als pechschwarze Dunkelheit. Vom Kirchturm schlug es halb eins. Wie eine Blinde tastete sie durch den Sand, bis sie das Wasser spürte. Sie hob ihr Kleid an, bückte sich, wusch ihr Gesicht. Tropfen perlten ihren Hals hinab. Fenja sah auf.

Die Wolkendecke war eingerissen, Mondlicht brach hervor, sprenkelte eine silbrige Bahn vom Horizont über das schwarze Wasser. Irgendwo war ein Plätschern zu hören. Dann Stille. Fenjas Blick glitt zur Seebrücke hinüber. Erst jetzt fiel ihr auf, dass die Lampen, die nachts dort leuchteten, erloschen waren.

Fenja spürte, wie die Erinnerungen sie einzuholen drohten. Sie rang um Luft. Und wenn sie jetzt badete? Niemand würde sie zu dieser Stunde sehen, und die Fischer würden erst bei Morgengrauen ausfahren. Nein, sie würde nicht noch einmal etwas tun, das gegen die öffentliche Moral verstoße. Fenja eilte am Strand entlang, versuchte, nicht an Achim zu denken, nicht an die Julinacht … an ihr letztes Gespräch. Beinahe erleichtert fühlte sie das warme Holz der Seebrücke unter ihren Füßen. Sie legte ihre Hand auf das Geländer und ging über den langen Steg. Von der Dünenstraße her näherte sich ein Automobil. Kurz darauf schlugen Wagentüren, dann entfernte sich der Wagen wieder. Fenja hörte, wie zwei Männer die Seebrücke betraten und sich näherten. Sie musste sich irgendwo verstecken, aber wo? Panisch sah sie sich um. Da fiel ihr ein Boot auf, das an einem Brückenpfeiler festgebunden war. Vorsichtig stieg sie über eine Leiter in das Boot hinab, zog es an den Pfeiler heran und bugsierte es so weit wie möglich unter den Steg. Die Männer waren jetzt ganz nah.

»Ist sie nicht eine faszinierende Frau?«

»Durchaus, sie versteht ihr Handwerk.«

Es war Achim! Vor Aufregung begann Fenja zu zittern.

»Sie trauen ihr nicht, schade, Bening.«

»Seien Sie ehrlich, Grillwitz, hat sie unserem Freund nun geholfen oder nicht?«

»Hoschwitz hätte sie wohl anders kennenlernen sollen, nicht im Rahmen dieser spiritistischen Sitzungen. Ich bin überzeugt, das hätte ihm sicher gutgetan.«

»Vielleicht.«

»Was meinen Sie damit, Bening?«

»Es wird zwar nicht gern darüber gesprochen, aber nicht wenige kehren mit seltsamen Krankheitssymptomen aus Afrika zurück, ausgelöst von Bakterien oder Viren. Hoschwitz' Schwäche könnte andere Gründe haben. Was glauben Sie, wie oft ich ihm schon geraten habe, zu Professor Fülleborn ins Tropenkrankenhaus nach Hamburg zu gehen. Fülleborn war als Kaiserlicher Regierungsarzt im Dienst der Schutztruppen in Deutsch-Ostafrika und hat viel Erfahrung. Hoschwitz könnte natürlich auch in die Charité gehen. Leider hat er kein Einsehen. Er fürchtet sich vor der Untersuchung.«

»Und wohl auch vor dem Ergebnis, nicht?«

»Natürlich. Nur, mit einer klaren Diagnose lebt es sich einfacher. So muss er die Eifersucht von Liane aushalten, die ihm ein Verhältnis mit einer anderen Frau unterstellt.«

»Ist Liane wirklich so eifersüchtig? Sie ist eine attraktive Frau und hat mir immer sehr gefallen. Warum spioniert sie ihm nach?«

»Sie wünscht sich Kinder, Grillwitz. Das ist alles.«

»Aha, wie schade, dass dabei unser schönes Medium weder ihr noch Hoschwitz helfen kann.«

»Nun, unsere spiritistische Göttin könnte Hoschwitz höchstens zu dieser Untersuchung bei Fülleborn überreden und ihm dabei das Händchen halten.«

Die Männer lachten.

»Gut, unser Medium hat unseren Freund nicht heilen können«, nahm Grillwitz den Faden wieder auf. »Aber gibt Ihnen nicht zu denken, was es heute über Sie gesagt hat, Bening? Sie sollen einen falschen Weg eingeschlagen haben.«

»Verdammt!« Noch ein Schlag, dem unruhige Schritte folgten. »Verdammt, ich gebe zu, ich habe Fehler gemacht. Nicht nur einen.«

»Bening, was ist mit Ihnen los? Sie sind frisch verlobt. Sind Sie etwa nicht glücklich?«

»Kann ich offen sein, Grillwitz?«

»Bei meiner Ehre, natürlich.«

»Ich habe mich verlobt, gut. Dafür gibt es Gründe, die ich im Augenblick nicht erörtern möchte. Was mich umtreibt, ist etwas anderes. Ich habe mich in ein Mädchen verliebt, das nicht standesgemäß ist.«

»Ist es Hoschwitz' Kindermädchen, dem Sie beide in einem Gerichtsprozess beigestanden haben? Sie sollen ihr sogar Ihren Hausjuristen zur Seite gestellt haben.«

»Ja, das stimmt. Ich … ich kann sie nicht vergessen.«

»Wie war noch gleich ihr Name?«

»Fenja, Fenja Susann Wolgardt.«

»Ah ja, also Sie lieben sie, sagen Sie.«

»Ja, nur hat das, was ihr zugestoßen ist, ihren und meinen Ruf beschädigt. Was glauben Sie, wie in Berlin über mich geredet wird? Es war ein Skandal, ist es noch immer. Mein Vater hat mit mir gebrochen. Er versteht mich nicht. Der eigene Sohn, ein kaiserlicher Offizier, der einem beinah geschändeten Mädchen juristischen Beistand bietet! Unfassbar. Unglaublich. Schande. Und in der Gesellschaft führt so etwas zu den schlimmsten Spekulationen.«

»Natürlich, aber man sollte auch berücksichtigen, dass es um das Kindermädchen der Familie Hoschwitz ging, oder?«

»Hoschwitz kann sich damit brüsten, dass sein Kindermädchen seinen Sohn geheilt hat. Er ist fein raus. Aber ich bin der Angriffspunkt. Glauben Sie mir, Grillwitz, nichts von dem, was in Berlin über mich und Fenja gesprochen wird, ist wahr. Leider kann man solche Lügen nicht einfach aus der Welt schaffen. Zumindest nicht so schnell. Aber es ist noch schlimmer. Denn dummerweise hat der Sekretär von Liane Hoschwitz ausgeplaudert, dass Fenjas Schwester in Berlin tatsächlich vergewaltigt wurde. Als ich es erfuhr, war ich zunächst entsetzt und besorgt. Denn mich ließ der Gedanke nicht los, Fenjas Ansehen könne noch mehr Schaden nehmen, wenn sich diese Geschichte auch noch herumspräche und man beide Schwestern für leichtsinnige Geschöpfe hielte.«

»Dieser Verdacht liegt nahe.«

»Eben. Mein Glück war, dass mich Hoschwitz zum Frühstück eingeladen hatte, als diese Depesche aus Ahlbeck bei ihm eintraf. Als klarwurde, dass Fenjas Schwester am Samstag heimkehren würde, wusste ich, was ich zu tun hatte. Ich nahm an, dass sie vielleicht zum Gottesdienst gehen würde. Also bin ich heute Morgen ebenfalls in die Kirche gegangen. Sie ist eine bemitleidenswerte Frau. Es mag ein Fehler sein, aber ich wollte Klarheit. Ein Freund von mir, selbst Arzt in Moabit, konnte mir aber Stunden später die Wahrheit ihrer Aussage bestätigen. Fenjas Schwester wurde so schwer verletzt, dass man nur von einem Verbrechen ausgehen kann.«

»Und wer sind die Täter?«

»Fenjas Schwester wohnte bei einer gutbürgerlichen Witwe. Diese soll in bestimmten Kreisen den Ruf einer Kupplerin haben. Kaum jemand wird es ihr nachweisen können, denn sie hat beste Kontakte. Sie wissen, was ich meine.«

»Sie hurt selber.«

»Mit höchsten Beamten.«

»Es ist das Übliche. Tja, da kann man kaum etwas ausrichten.«

»Ja, leider.«

»Bening, darf ich auch offen zu Ihnen sein?«

»Nur zu.«

»Sie sind, wie Sie sich denken können, nicht der Erste, der sich in ein Mädchen aus dem Volk verliebt. Jetzt sind Sie mit der Tochter eines Komponisten verlobt. Ich rate Ihnen, bleiben Sie der Tradition treu. Eine anständige Frau zum Heiraten, ein lustiges Mädchen für die Liebe. Das war und ist der beste Weg. Dabei gibt es keine Probleme.«

Fenjas Schläfen pulsierten, ihr Herz raste. Was würde Achim jetzt sagen?

»Völlig richtig«, erwiderte Achim eisig. »Dabei gibt so wenig Probleme, wie wenn der Kaiser behauptet, er liebe Uniformen nur wegen ihrer Biesen und Abzeichen, Schulterklappen und Brustpanzer.«

»Bening, was soll das? Was hat das miteinander zu tun?«

»Grillwitz, alles ist Fassade, die militärische Welt wie die gesellschaftliche. Alles ist fadenscheinig, auch die Moral. Wissen Sie, was mir neulich ein guter Freund berichtete? Er hat gehört, wie der Kaiser sagte: ›Die schönste Wehr, die der preußische Soldat tragen kann, ist das Kleid, in dem er seinem Gegner im Felde siegreich gegenübertritt.‹ Sollte der Kaiser das Gleiche eines Tages öffentlich wiederholen, wird es einen Skandal geben.«

»Sie werfen alles durcheinander, Militär, Liebe. Vergessen Sie nicht, als Mann und als Reserveoffizier gelten auch für Sie weiterhin die Regeln des Anstands.«

»Ich pfeife darauf! Verstehen Sie nicht? Ich kämpfe um meine äußere und innere Freiheit!«

»Freiheit! Sie haben zu viel Schiller gelesen, Bening!«

»Warum? Warum, verflixt noch mal? Sie wissen, dass ich aus einer alten Offiziersfamilie stamme. Persönliche Ehre, Gehorsam, Mut, Opferwillen – wozu? Meine Eltern führten eine unglückliche Ehe, Grillwitz. Meine Mutter bewunderte meinen Vater dafür, dass er General wurde. Aber in Wahrheit ist sie trotz ihres Stolzes unter seiner Herzenskälte zugrunde gegangen. Diese Fassaden, diese Lügen. Grillwitz, wenn ich daran denke, kocht mir das Blut in den Adern. Ich bin aus dem Dienst ausgetreten, weil ich allein meinem Willen, meinem Geist gegenüber verpflichtet sein will. Die Zeiten ändern sich, im militärischen und auch im zivilen Sinne.«

»Was wollen Sie damit sagen?«

»Ich prophezeie Ihnen, Grillwitz, dass blind ergebene, aber bildungsferne Soldaten und Offiziere das Kaiserreich in Zukunft nicht mehr stützen können. Sollte es je zu einem Krieg kommen, wird die Forderung nach ›Heldentod‹, die mangelnde Kenntnis von moderner Technik und das Festhalten an längst überholten, taktischen Grundsätzen der Kriegsführung zu hohen Verlusten führen. Ich fürchte sogar, bei einem Krieg könnte Deutschland eine verlustreiche Niederlage erleiden.«

»Bening! Um Himmels willen, was sagen Sie da?«

»Was ich sagen will, ist, wenn Männer nicht auf ihr Herz hören, können sie auch keine richtigen Entscheidungen fällen.« Wieder ein Schlag auf das Geländer.

Fenja legte ihren Kopf in den Nacken, starrte gegen die Planken, auf denen der Mann stand, den sie liebte, und sich verteidigte. Sie hörte, wie ein Zündholz zischte. Kurz darauf kroch Zigarrenrauch durch die Ritzen der Holzplanken.

»Sie erstaunen mich, Bening. Sie erstaunen mich wirklich. Wenn Sie so gegen das Militär eingenommen sind, warum haben Sie dann Hoschwitz zum Erfolg verholfen?«

»Ich dachte an den Schutz, den unsere Soldaten in zukünftigen Kämpfen brauchen. Kein Zweifel, graugrünliche Tarnstoffe sind notwendig. Ich vertraue Hoschwitz. Ich bin überzeugt, dass er unserer Armee diese Stoffe in bester Qualität zur Verfügung stellen kann.«

»So ist dieser Freundschaftsdienst quasi Ihr persönlicher Abschiedsgruß ans Heer?«

»Wenn Sie so wollen, ja.«

»Bening, Bening. Sie haben gerade gesagt, nur ein Mann, der auf sein Herz hört, kann die richtigen Entscheidungen fällen. Mir scheint, Sie sind wirklich ein anderer Mann als die Männer der Vätergeneration. Ich bin mir nicht sicher, ob die Zeit bereits reif ist für Männer wie Sie.«

»Das mag sein, aber ich stehe zu dem, was ich sage.«

»Und warum haben Sie sich dann mit Sophie Maron verlobt, die Sie anscheinend nicht lieben?«

»Es mag ein Fehler sein. Vielleicht. Aber vor Wochen, als in

Berlin dieser Skandal um mich tobte und mein Vater mit mir brach, wollte sie mich schützen. Sie schlug mir die Verlobung vor. Es sei besser, Liebe vorzutäuschen und unter den formalen Schutzschirm einer Verlobung zu schlüpfen, als weiterhin Gift und Galle spuckende Mitmenschen hinzunehmen. Der Druck auf mich war immens. Mein Vater drohte mir, mich zu enterben, wenn ich nicht einen akzeptablen Ausweg aus dieser Situation fände. In dieser Situation fand ich Sophies Argument recht überzeugend.«

»Ehrenhaft von ihr. Sie haben also in die Verlobung eingewilligt und Sophie die Ehe versprochen.«

»Ich habe mich mit Sophie verlobt, aber ich habe ihr keine Ehe in Aussicht gestellt.«

»Das ist doch ein Paradoxon. Sie sind widersprüchlich.«

»Mag sein, ich breche eben gerne die Regeln. Ich brauche Zeit, will abwarten, bis der Sturm vorüber ist.«

»Warum?«

»Weil ich ein Ziel vor Augen habe, Grillwitz. Und zivile Ziele sind nicht wie militärische Ziele zu erreichen. Im wirklichen Leben muss man manchmal Umwege gehen oder Regeln brechen, um es zu erreichen.«

»Bening, Bening, wie gut, dass Ihr Vater Sie nicht hört. Weiß Hoschwitz, wie Sie über die Welt und die Liebe im Besonderen denken?«

»Ja, aber er akzeptiert mich so, wie ich bin. Das ist der Unterschied.« Er verstummte. »Grillwitz, es ist spät, ich würde gern noch ein wenig allein sein.«

»Verstehe. Dann also, gute Nacht. Empfehlen Sie mich bitte Sophie.«

»Ja, natürlich, danke.«

»Noch etwas. Nehmen Sie es mir nicht übel, aber ich glaube, Sie betrachten die Umstände Ihrer Liebesaffäre als Ihren persönlichen Kriegszustand mit der Gesellschaft.«

»Umso mehr lohnt sich der Widerstand, finden Sie nicht, Grillwitz?«

»Ich weiß es nicht. Aber mit einer solchen Willenskraft könnten Sie General werden.«

»Das hat mein Vater schon erreicht, da braucht es keinen zweiten mehr in der Familie. Gute Nacht.«

»Passen Sie gut auf sich auf, Bening. Gute Nacht.«

Langsam verhallten Grillwitz' Schritte über den Holzplanken. Die Wellen hoben und senkten sich. Fenja spähte zwischen den Pfeilern der Seebrücke hindurch. Ein mit bunten Lichterketten geschmückter Dampfer zog durch den Streifen des Mondlichts seine Bahn. Fenjas kleines Boot schaukelte heftiger, schlug gegen das Holz. Plötzlich merkte sie, wie es an der Leine unter der Seebrücke hervorgezogen wurde. Sie sah auf und blickte in Achims Gesicht. Er war die Leiter ein paar Stufen herabgestiegen und hatte die unter den Steg führende Leine entdeckt.

»Fenja, was machst du hier?«

»Kannst du es dir nicht vorstellen? Ich konnte nicht schlafen. Du hast heute Hiltrud angesprochen. Ich hätte mir nie vorstellen können, dass du so misstrauisch bist.«

Er half ihr aus dem Boot und zog sie die Leiter hinauf. Er hielt sie fest.

»Du hast gerade alles gehört?«

»Ja.«

»Verstehst du jetzt, was ich wage, wenn ich mich zu dir bekenne?«

»Du bekennst dich doch gar nicht zu mir!«

»Du musst Geduld haben, Fenja. Ich ... brauche noch Zeit.«

Das Mondlicht auf seinem Gesicht betonte seine männlichen Züge. Sie sahen einander unverwandt in die Augen. Sternschnuppen blitzten auf. Achim hielt sie fester. »Bitte, Fenja. Ich ... liebe dich.« Er zog sie an sich und küsste sie leidenschaftlich. Seine Hände wanderten über ihre Schultern, ihren Nacken. Fenja presste sich an ihn. Es war, als brächen Wellen über sie hinweg und rissen sie in einen Taumel. Ich … bin … angekommen … bei … dir … Ein Gedanke, der wie eine Sternschnuppe aufblitzte. Zurück blieb ein fieberndes Gefühl. Sie löste sich von ihm.

»Wie soll es weitergehen?«

»Wir müssen an uns glauben, Fenja. Du hast gerade gehört, ich habe Grillwitz gestanden, dass ich dich liebe. Du siehst also, ich löse das Geheimnis um uns langsam auf. Aber ich brauche Sicherheit, Fenja. Ich kann dich nicht einfach wie eine Muschel am Strand aufsammeln und mit zu mir nach Hause nehmen.«

»Du wartest auf günstigere Umstände, Achim.«

»Ja, ich will dich, und ich will endlich als Arzt arbeiten. Ich will Krankenhäuser bauen, hier und in Afrika, Fenja. Ich habe in Afrika noch etwas wiedergutzumachen … Aber lassen wir das. Also, jetzt habe ich dir mein großes Ziel verraten, Fenja. Würdest du mich später bei alldem unterstützen?«

»Ja, natürlich, ich liebe dich doch.« Sie stellte sich auf die Zehenspitzen und küsste ihn.

»Sehr schön, also, das ist mein großes Ziel« – er lächelte beglückt –, »das Problem ist nur, mein Vater hat mit mir gebrochen. Ich fürchte, es wird noch ein wenig dauern, bis ich ihn davon überzeugen kann, dass ich das Richtige tue.«

»Das wird leichter sein, als ihn von mir zu überzeugen, nicht?«

»Ich … will … dich und keine andere, Fenja. Mein Vater wird das akzeptieren müssen. Auch wenn es seine persönliche Niederlage ist.« Er grinste. »Ein General muss das aushalten.«

»Ach, Achim, und was ist mit Sophie? Was, wenn sie nicht mitspielt und dich nicht freigibt?«

»Sie weiß, dass sie nicht die Frau meines Lebens ist.«

»Und wennschon. Achim, sie hat von mir verlangt, dass ich ihr verspreche, mich nicht in dich zu verlieben.«

»Das ist doch verrückt!« Er fuhr sich durch das Haar.

Sie fasste all ihren Mut zusammen, jetzt, wo er ihr so nah wie nie zuvor war, würde sie ihm die entscheidende Frage stellen. »Achim, bist du Sonjas Vater?«

Er starrte sie an.

»Was soll ich sein? Sonjas Vater? Nein, Fenja! Dachtest du, Sophie würde mich wegen ihrer Tochter unter Druck setzen?«

»Ja, es wäre doch möglich, oder?«

»Hör zu, Fenja, Sonja ist nicht Sophies Tochter, sie ist ihre Halbschwester. Sophies Vater hatte lange Zeit eine Affäre mit einer Italienerin in Bern. Sie wollte das Kind nicht. Sophie war sich mit ihrem Vater einig, Sonja zu adoptieren. Das ist alles.«

»Oh, so ist das, ich verstehe. Gut, selbst wenn Sophie dich freigäbe, was ist mit Liane Hoschwitz? Sie würde uns die Augen auskratzen, wenn sie erführe, dass wir uns lieben. Ach, Achim, ich habe den Eindruck, sie ist in dich verliebt.«

»Ich weiß, sie sehnt sich nach einem Mann, der ihr bietet, was Hoschwitz selbst nicht mehr kann.«

»Was ist denn mit ihm?«

»Er hat Probleme, Fenja, sucht im Moment noch Hilfe bei spiritistischen Sitzungen. Er leidet nämlich, seit er vor sechs Jahren aus Afrika heimgekehrt ist, unter Impotenz. Ich vermute, er hat dort etwas erlebt, das ihn belastet. Das ist nichts Ungewöhnliches.«

»Und seine Frau dachte, er würde zu einer Geliebten gehen. Ah, jetzt verstehe ich.«

»Na, siehst du, alles hat seine Gründe.«

»Aber wie kompliziert manches ist …«

Er nahm ihr Gesicht zwischen seine Hände, küsste ihre Lippen. »Du hast auch ein kompliziertes Geheimnis, Fenja …«

»Ich habe keine Geheimnisse!« Sie erwiderte das Spiel seiner Zungenspitze

»O doch!«

»So?«

»Ja.« Seine Hand glitt über ihren Po, seine Lippen tupften über ihren Hals. »Was empfindet eine halbnackte Frau dabei, wenn sie mit ihren schönen Beinen in Schaftstiefel hineingleitet, die einem Offizier gehören?«

Er hatte sie damals auf der Veranda beobachtet! Fenja wurde heiß. Sie knabberte verspielt an Achims Unterlippe und drückte ihre Hände gegen seine Brust.

»Es war doch nur ein Stiefel, ein einziger.«

Achim lächelte verliebt.

»Du hast ihn äußerst geschickt zur Geltung gebracht, Fenja.«

Sie erinnerte sich, ihren Fuß auf die Armlehne des Sessels gestemmt zu haben. Achim musste vom Flur aus freien Blick auf ihre gespreizten Schenkel gehabt haben … darauf, wie sie sich berührt hatte …

»Du hast alles gesehen, wirklich … alles?«

Er küsste sie zärtlich. »Ja, sogar … jede Bewegung deiner Fingerspitzen …« Er grinste und küsste sie leidenschaftlicher.

»Du bist keineswegs so anständig, wie du scheinst.« Sie lachte.

»Ebenso wenig wie du, Fenja. Versprichst du mir, dass wir beide weiter die Fassade wahren?« Er sah ihr tief in die Augen.

»Nur, wenn du es wirklich ernst mit mir meinst.« Sie schlang ihre Arme um ihn. Er streichelte ihr über den Rücken, presste sie fest an sich.

»Ich liebe dich. Und das nicht nur, weil du mir das Leben gerettet hast.« Seine Lippen berührten ihre Wimpern, ihre Schläfen, wanderten weiter … bis seine Zungenspitze aufreizend ihre Lippen betupfte. »Und ich werde weiter um dich kämpfen.«

»Achim, bist du dir wirklich sicher, dass Sophie dich eines Tages wieder freigibt?«

»Wenn sie klug ist, wird sie sich meiner Liebe zu dir nicht in den Weg stellen.«

»Das klingt wie eine Drohung.«

»Sie wird es einsehen, Fenja. Wer liebt, muss loslassen können.«

»Ich könnte es nicht …«, flüsterte sie.

»Ich auch nicht«, erwiderte er leise.

Ihre Lippen suchten einander, während sie in den Augen des anderen die Wahrheit erkannten.

Als gäbe es nichts Selbstverständlicheres, ließ sie sich von Achim nach Hause begleiten. In einer letzten leidenschaftlichen Umarmung nahmen sie voneinander Abschied. Und als wäre nichts geschehen, betrat Fenja leise das Haus ihres Vaters, schloss die Tür ihrer Kammer hinter sich und schmiegte sich in Achims Uniformjacke. Wortfetzen klangen in ihren Ohren, tönten laut, verblassten. Gesichter flackerten auf, Liane, Hoschwitz, Sophie, Grillwitz … Alles schwirrte durch ihren Kopf. Übermüdet, wie sie war, klammerte sie sich in ihrer Erinnerung nur an das Wesentliche … an Achim.

Sein Weg war eigenwillig, so eigenwillig wie seine Überzeugung, ein Mann könne nur dann die richtigen Entscheidungen fällen, wenn er seinem Herz folgte.

Er würde auch in der Liebe einen eigenwilligen Weg gehen.

Sein Freund Grillwitz hatte etwas Wichtiges gesagt. Achim betrachte die Umstände seiner Liebesaffäre mit ihr als seinen persönlichen Kriegszustand mit der Gesellschaft. Das war wahr.

Achim wirkte manchmal widersprüchlich, weil er sich durchsetzen wollte. Er nahm jedes Risiko in Kauf, um der Welt zu beweisen, dass sie einander wert waren.

Er hatte sich, um weitere Gerüchte zu verhindern, sogar mit Sophie verlobt. Dabei setzte er die Freundschaft zu ihr für die Liebe seines Lebens aufs Spiel.

Er war wagemutig, bedingungslos, leidenschaftlich.

Sie schmiegte sich in seine Jacke.

Sie hatte sich in einen Mann verliebt, der so liebte wie sie.

Sie hatte es vom ersten Moment an gewusst.

Sie hatte am Meer geträumt.

Und es hatte ihr seine Liebe geschenkt.

Sie schlief ein.

Türenschlagen riss sie aus ihrem Schlummer. Sie fuhr auf, sah sich verwirrt um und versuchte, einen klaren Gedanken zu fassen. Ja, es war ihre Kammer, ihr Bett, Achim hatte sie nach Hause gebracht, nicht zurück zu Hiltrud, Edda und Lena. Sie hatte in der Nacht gar nicht mehr daran gedacht, dass sie ja bei ihnen übernachten sollte. Hoffentlich hatten sie es nicht bemerkt und schliefen noch … Später würde sie ihnen alles erklären …

In der Küche schepperte etwas Blechernes auf die Fliesen. Fenja hörte ihren Vater ächzen, es fiel ihm schon seit langem schwer, sich zu bücken. Sie sah ihn vor sich, wie er ruckelnd die verzogene Schublade der Küchenkommode hervorzerrte und zwischen Besteck, Korkenziehern, Handschrauber, Rollgarn und Schnitzmessern herumwühlte. Sie hörte ihn brummeln. Kurz darauf verließ er die Küche und stapfte die Stiege zum Dachboden hinauf. Er schlug Deckel von Kisten und Truhen auf, warf sie krachend zu, öffnete die nächsten. Er musste etwas Wichtiges suchen.

Fenja verließ ihr Bett. Im nächsten Moment hörte sie ihn die Treppe herabkommen. Er pfiff eine Marschmelodie, er musste also zufrieden sein. Was mochte er in dieser frühen Stunde planen? Nachdenklich griff sie zu ihrem Kleid, streifte es langsam über. Als sie es zuknöpfte, nahm sie aus den Augenwinkeln wahr, wie ihr Vater mit einem Seesack und einem verfilzten Schaffell über den Hof auf eine Handkarre zuging. Er unterbrach kurz sein Pfeifen, blieb stehen, beugte sich vor, atmete schwer, nahm den Sack wieder auf und schleppte ihn zur Karre, packte das Fell obendrauf, pfiff wieder den Marsch und drehte sich um. Er erstarrte mitten in der Bewegung.

Fenja öffnete ihr Fenster und spähte hinaus. Er beachtete sie nicht, sondern sah den vier Frauen entgegen, die den Korswandter Weg heraufkamen und in den Hof einbogen: Hiltrud, Edda, Lena und die alte Grit. Hiltrud blieb abrupt stehen, sie musste ihn als Erste entdeckt haben. Fenja hatte ein ungutes Gefühl. Zu viel war geschehen, und Hiltrud hatte sich verändert. Als sie sie sprechen hörte, erkannte sie an Hiltruds Tonfall ihre vertraute Streitlust wieder.

»Du willst verreisen, Vater?«

Er zitterte leicht, tastete nach dem Handgriff der Karre.

»Du kannst mich begleiten, Hiltrud.«

»Warum hast du mich nicht in Berlin im Krankenhaus besucht? Ich … ich war sehr allein, und es ging mir nicht gut.«

»Dafür kann ich nichts. Ich kann dafür nichts …« Er zitterte stärker.

»Ist Fenja bei dir?«

»Natürlich, wo sollte sie sonst sein?«

Hiltrud schwieg und schaute sich um. Fenja zog sich vom Fenster zurück und lief auf den Hof hinaus. »Es tut mir leid, Schwesterherz. Ich wollte gestern nur eine Weile allein sein. Es war reiner Zufall, dass ich …«

Sie fing Hiltruds Blick auf. Ja, sie verstand, dass etwas geschehen war, denn Hiltrud verdrehte die Augen, gab ihr aber ein Zeichen zu schweigen.

Ärgerlich schüttelte Wolgardt den Kopf. »Ihr verheimlicht mir etwas.«

»Schwestern dürfen das, Vater«, erwiderte Hiltrud.

»Ah, ihr versteht euch wieder, das ist schön. Und jetzt seid ihr euch auch noch einig. Soso.«

»Ja«, erwiderten Hiltrud und Fenja gleichzeitig.

»Vater« – Hiltrud ging auf ihn zu –, »du schuldest mir eine Antwort. Warum hast du mich allein gelassen, als ich dich brauchte? Ich habe mich vor dir geschämt, aber du bist mein Vater. Du hättest mich trösten können. Mir ging es sehr schlecht. Weißt du, was sie mit mir gemacht haben?« Sie beugte sich zu seinem Ohr vor und flüsterte.

»Hör auf! Hör auf, Tochter!« Er brüllte, dass die Hühner flügelschlagend davonstoben. »Es ist zu viel! Es … es ging nicht …« Er sank auf den Seesack, raufte sich das Haar. Hiltrud legte ihre Arme um ihn. Lange Zeit sprach niemand ein Wort.

»Er ist zu alt für solche Aufregungen«, wisperte Edda. »Hiltrud sollte es ihm nicht sagen.«

»Ja, vielleicht wäre es besser«, stimmte Lena ihr zu.

»Was habt ihr jungen Frauen denn noch mit ihm vor?« Die alte Grit hustete. »Ein alter Mensch bricht so schnell wie morsches Holz.«

Wolgardt hob seinen Kopf, wischte sich mit dem Ärmel übers Gesicht. »Ich bin noch lange nicht morsch.« Er legte seine Hand auf Hiltruds. »Und du wirst auch wieder gesund, nicht? Fahr mit, fahr heute mit mir nach Schweden. Im Boot ist Platz genug, und es würde dir vielleicht guttun.«

»Nein, Vater. Ich werde nicht mit dir« – sie klang zynisch – »in See stechen.« Sie machte eine bedeutungsvolle Pause. »Und du wirst es auch nicht tun.«

Fenja sah sie überrascht an. Hiltrud wirkte so entschieden wie lange nicht mehr.

»Wie?« Wolgardt räusperte sich. »Was soll das? Matthies wartet unten. Ich bin schon spät dran …«

»Er wird auch hierbleiben, er muss es sogar.« Hiltrud warf Fenja einen Blick zu. »Er muss endlich dafür bestraft werden, dass er als Vater versagt hat. Er hat seinen Sohn falsch erzogen. Er hat zugelassen, dass Baldur zu einem Verbrecher wurde.« Bevor ihr Vater etwas entgegnen konnte, fuhr sie rasch fort. »Fenja und ich haben uns immer gewundert, warum du an Matthies festhältst, obwohl Fenja unter Baldur gelitten hat. Wir haben nicht verstanden, warum ihr beiden Väter trotz dieses Verbrechens aneinander hängt wie Pech und Schwefel.«

»Männer halten nun mal zusammen.«

»Ja, wenn sie einander nicht trauen.«

»Unsinn! Was für ein hanebüchener Unsinn. Was soll das?« Er stand auf. Hiltrud erhob sich ebenfalls und wandte sich zur alten Grit um. »Grit? Du hast es geahnt, nicht?«

Die alte Frau seufzte. »Ich hab sie mal belauscht, ach, es ist schon so lange her. Was soll ich sagen? Ist nich' meine Welt. Was versteh ich schon davon?«

»Hiltrud« – ihr Vater bewegte sich unruhig –, »ich warne dich, bring keine alten Geschichten auf den Tisch.«

»Du willst dein Geheimnis mit ins Grab nehmen? Wie feige ihr Männer seid! Sieh mich an. Ich verschweige nichts. Jeder soll wissen, was mit mir passiert ist. Ich will nicht leben, als hättest du mir persönlich die Lippen zugenäht, Vater. Damit ist jetzt Schluss.«

Er starrte sie an. »Was willst du?«

»Ihr seid Männer, und Männer bringen Unglück. Ich will, dass du mir zuhörst.«

»Nicht in diesem Ton! Sei still.«

»Hör ihr zu«, mischte sich Fenja ein. »Euch bleibt nicht mehr viel Zeit. Hiltrud wird fortgehen, vielleicht seht ihr euch heute das letzte Mal.«

Er schwieg.

Hiltrud verschränkte die Arme. »Du und Matthies, ihr habt einmal euer Land verraten. Damals im Krieg, im Sommer vor fünfunddreißig Jahren, als alle Ostseehäfen von der französischen Flotte belagert wurden. Kein einziges Handelsschiff durfte fahren. Kein einziger Fischer durfte in See stechen. Der Feind hätte sie ja aufgreifen und zu Lotsendiensten zwingen können. Aber genau das habt ihr, du und Matthies, getan. Ihr habt euer Land verraten.«

»Lüge! Alles Lüge!«

»Ein französischer Matrose notierte eure Namen und gab sie an seinen Offizier weiter. Er hieß Patrique Louelle, wanderte Jahre später nach England aus und änderte seinen Namen in Lowell. Er ist der Vater von Richard Lowell, der als Matrose in Swindemünde seinen Dienst tut und Edda heiraten möchte. Er hat vor seinem Tod eine eidesstattliche Erklärung abgegeben, für den Fall, dass das, was er damals hier erlebte, noch irgendjemandem nützlich sein könnte. Du siehst, Vater, die Vergangenheit ruht nicht. Wir könnten dich und Matthies vor Gericht bringen.«

»So ein Unfug!«

Sie lächelte ironisch. »Ich bin mir sicher, irgendein erzkonservativer Richter wird sich immer finden, Leute wie euch wegen Landesverrats zur Rechenschaft zu ziehen, selbst nach so langer Zeit. Man müsste es nur geschickt angehen.«

»Verjährt! Ist alles verjährt!« Seine Stimme überschlug sich.

»Und wenn schon«, erwiderte Hiltrud ruhig, »die Journaille ist immer hungrig, gerade in unserer Zeit. Stell dir die Schlagzeilen, das Gerede über euch beide vor!«

Er ballte die Fäuste und bewegte sie wie Kolben. Nach einer Weile ließ er die Arme sinken und stakste auf die Bank zu, wo die alte Grit saß. Ächzend sank er neben ihr nieder.

Fenja wechselte einen Blick mit Hiltrud, trat dann auf Edda zu.

»Edda, hast du das Dokument von Richards Vater selbst gesehen?«

»Ja, hier ist es.« Sie zog einen Umschlag hervor, dessen Siegel gebrochen war. »Richard hat heute Dienst. Er hat mir aber gestern Abend das Original und den deutschen Text anvertraut. Ein Anwalt aus Swinemünde hat die Übersetzung beglaubigt.«

Sie lasen das Dokument, reichten es an ihren Vater weiter. Er las leise Wort für Wort, wurde im Gesicht grau wie altes Leinentuch.

»Wusste Mutter davon?«, fragte Fenja. »War sie deshalb nie glücklich mit dir?«

»Unsinn. Nein. Wir hatten Hunger damals, Matthies und ich. Wir dachten, wir riskieren es einfach. Wir waren jung und abenteuerlustig.« Er holte Luft, hustete. »Nacht, es war tiefe Nacht. Sie … sie schnappten uns. Wir wussten erst nicht, was sie von uns wollten. Bis sie … bis sie uns schlugen. Drei Tage lang haben sie uns festgehalten. Wir sollten die Häfen beschreiben, sogar die Festung in Swinemünde zeichnen, die Hafeneinfahrt, immer wieder, immer genauer … und dann …«

»Und dann?«

Er zuckte mit den Schultern. »Nichts. Sie haben uns zum Teufel gejagt. Am zweiten September haben sie abgedreht, weil Frankreich die Blockade aufgegeben hatte. So war das.«

Die alte Grit tätschelte ihm die Hand. »Ihr habt euch betrunken, damals, mit meinem Blaubeerschnaps.«

Er nickte schweigend, rieb seinen linken Arm.

Fenja wandte ihren Kopf zur Seite. Neben sie und Hiltrud

waren Edda und Lena getreten. Nachdenklich tauschten sie Blicke. Vor ihnen saßen zwei alte Menschen auf einer verwitterten Holzbank. Sollten sie nicht besser ihre Vergangenheit ruhen lassen?

»Bleib hier, Vater, fahr mit Matthies nicht nach Schweden«, sagte Fenja. »Er ist es nicht wert.«

»Fenja hat recht«, stimmte Hiltrud ihr zu. »Willst du diesen Menschen, unter dessen Sohn sie so gelitten hat, auch noch mit Hansegut belohnen? Mit Werten, die unserer Familie gehören?«

»Ich hab's ihm versprochen …«

»Das Versprechen gilt nicht mehr, Vater. Versteh doch, alles ist anders geworden …« Fenja fühlte, dass sich irgendetwas zwischen ihnen änderte, als sei ein Stein ins Rollen geraten.

»Ihr wollt mich zwingen.« Er stöhnte. »Ihr glaubt, ihr habt mich wegen dieser alten Geschichte in der Hand. Was seid ihr nur für Töchter. Wenn eure Mutter das wüsste.«

»Sie würde uns beistehen«, erwiderte Hiltrud. »Hör zu, Vater, ich meine es ernst. Ich werde nie aus England zurückkommen, wenn dir dein Freund wichtiger ist als wir.«

Er ächzte und schloss kurz die Augen.

»Noch etwas«, fuhr Hiltrud fort. »Ich möchte mit dir über das Erbe, das Fenja und mir zusteht, reden. Ich würde mir in London gerne eine eigene Wohnung mieten, dafür brauche ich Geld.«

»Und ich möchte sparen …«, fügte Fenja hinzu.

Hiltrud sah sie an. »Willst du dir etwa eine Aussteuer zulegen?«

»Ja, warum nicht?«

»Du glaubst doch wohl nicht im Ernst, dass dieser Mensch dich eines Tages heiratet, Fenja!«

Wolgardt blickte auf. »Redet ihr von dem Mann, der dich gestern nach Hause gebracht hat?«

Fenja hockte sich vor ihm hin. »Hast du uns etwa belauscht?«

»Ich habe euch gehört, ja. Alte Menschen schlafen schlecht. Es ist dieser Rittmeister, nicht?« Er blinzelte, als könne er Fenja nicht richtig erkennen. Sie nickte. Er riss die Augen auf, rieb seine Stirn, strich sich zitternd mit seinen Fingern durchs Haar.

»Das ist ja verrückt«, murmelte er. »Das soll sich mal einer vorstellen. Ich armes Schwein sitze am Webstuhl, während mein adliger Schwiegersohn die Holzwürmer zählt …« Er gluckste, begann zu lachen. »Wir sind Leineweber, Fenja! So einer wird dich höchstens wie einen Faden um die Taille wickeln.«

Hiltrud rang die Hände. »Vater, verkauf diese Flachsfelder und teile das Geld unter uns auf. Bitte. Ich möchte kein weiteres Mal bei fremden Menschen in einer Kammer schlafen.«

Er stand auf, klopfte auf seine Brust. »Ich habe gehofft, ihr würdet euer Glück allein machen.«

»Das tun wir doch auch«, erwiderte Fenja ärgerlich.

»Du, ja, aber Hiltrud … Also, ich hab mich erkundigt.«

»Und?«, fragte Hiltrud ungeduldig. »Wie hoch ist der Preis pro Quadratmeter?«

Er ließ seine Hände sinken. »Die Felder sind nichts wert. Niemand will hier oben Villen bauen. Jeder will am Meer wohnen und nirgends sonst.«

»Soll das heißen, wir bekommen kein Erbe?«

»Ja, ihr seid arm wie die Mäuse im Stroh.« Er wirkte plötzlich wie irr, kicherte. »Und da träumt die Jüngste vom edlen Ritter.« Er lachte, Tränen traten ihm in die Augen. »Ah, das ist der Wahn … der Wahn …« Er rang um Luft. »Die Karten … die Kar…« Er verdrehte die Augen, stöhnte, griff sich an die Brust.

Sie saßen an seinem Bett im neu errichteten Krankenhaus und dachten über die Warnung des Arztes nach. »Ihr Vater wird sich von der Nervenkrise, die den Herzanfall ausgelöst hat, erholen. Sein Herz aber ähnelt einem gesprungenen Glas. Ein einziger falscher Ton, und es zerbricht. Ich hoffe, Sie verstehen, was ich meine.«

Sie verstanden. Ihr Vater würde nicht mehr allein leben können. Er brauchte Zuwendung und Ruhe. Fenja sollte nach Saisonende mit den Hoschwitz' zurück nach Berlin gehen, Hiltrud wollte am übernächsten Tag mit Edda und Richard nach London aufbrechen. Eine von ihnen würde also auf ihren Lebensplan verzichten müssen. Aber wer?

»Hiltrud, erinnerst du dich an unseren Streit nach Mutters Tod?«

»Natürlich, es ging um ihre letzten Worte. Eine von uns beiden sollte nach Berlin gehen, die andere hierbleiben. Wir wussten nur nicht, wen sie explizit gemeint hat.«

»Du warst dir mit Vater einig. Du würdest dir in Berlin ein wunderbares Leben aufbauen, einen Kaufmann heiraten, mit ihm Ladentisch und Kontor teilen ...«

»Und du solltest Baldur Hocks heiraten.«

Sie schwiegen eine Weile, dachten nach.

»Vielleicht haben wir Mutter falsch verstanden«, meinte Fenja schließlich.

»Ja, mir wäre mein Unglück auf jeden Fall erspart geblieben, wärest du damals nach Berlin gegangen, Fenja.«

Hiltruds Ton reizte sie. Wollte sie sie etwa für ihr Unglück verantwortlich machen? Sie drehte sich zu ihr um, sah ihr ins Gesicht.

»Seltsam, dass ausgerechnet mir Berlin nur Gutes brachte, findest du nicht, Hiltrud? Berthold, der an mir hängt, Hoschwitz, der ein großzügiger Dienstherr ist ...«

»Ja, Schwesterchen, man könnte neidisch auf dich und dein

Schicksal werden. Aber ich bin es nicht, schließlich darf ich darauf hoffen, bald einen Adligen als Schwager zu bekommen …«

»Spotte nicht über die Liebe, Hiltrud. Weißt du, neulich war ich mit Edda am Strand und habe versucht, ihr das Gleiche zu erklären. So wie am Horizont Himmel und Meer eins sind, so ist es auch mit den Seelen, die sich lieben. Egal, ob sie zusammen oder getrennt sind, egal, was auch geschieht, sie ziehen einander an.«

»So ein Unsinn, du bist eine völlig verlorene Träumerin, Fenja. Und glaube mir, du wirst nicht geliebt, Schwesterherz.«

Fenja schnappte nach Luft. Sie war tief verletzt und brauchte einen Moment, um den Schmerz abklingen zu lassen. Sie war sich sicher, Hiltrud beneidete sie, mehr noch, Hiltrud musste die Gewalt, die ihr angetan worden war, als noch stärker, noch schmerzlicher empfinden. Sie musste sie verletzen, weil sie selbst verletzt war. Und sie würde nicht nachgeben. Fenja bemühte sich, ihrer Stimme einen leichten Klang zu geben.

»Hiltrud, ich versteh dich ja, du hast Schlimmeres mit Männern erlebt als ich mit Baldur …«

»Hör auf! Hör auf, Fenja! Wir haben gerade über Mutters letzte Worte gesprochen. Ich weiß, dass mir Berlin kein Glück gebracht hat. Aber ich wollte nicht hierbleiben, um Pensionswirtin zu werden. Ich hatte keine Lust, jeden Tag für andere Leute Blumenwasser und Tischdecken zu wechseln …«

»Genau dieser Ehrgeiz hat dich blind gemacht«, unterbrach Fenja sie. »Nicht nur für meine Gefühle. Vater hatte recht, dir fehlt es an Menschenkenntnis. Sonst hättest du wohl kaum einer dir fremden Frau vertraut, nur weil sie den gleichen Vornamen wie Mutter hatte.«

Hiltrud errötete vor Wut. »Willst du mir Vorwürfe machen?

Du, Fenja? Ich wollte unserem armseligen Leben entkommen, das ist alles. Was weißt du schon vom Großstadtleben, Fenja? Man muss Chancen erkennen, Mut haben, etwas wagen. Gut, ich habe Pech gehabt. Aber du hast nicht das Recht, mich dafür zu kritisieren. Du, die in einer solch vornehmen Familie Kindermädchen sein darf. Du hast ja gar keine Ahnung! Anscheinend hat dich deine Liebe zu diesem Rittmeister blind für das Elend um dich herum gemacht. Hast du nicht die Frauen im Krankenhaus gesehen? Ihre Kinder? Hab ich dir nicht schon genug erzählt? Ich rate dir: Tu endlich etwas Sinnvolles. Du hast doch dein Jüngelchen heilen können. Wenn er also wieder laufen kann, bist du doch frei, oder?«

Sie hat recht, dachte Fenja, vermied es aber, ihr laut zuzustimmen.

»Wach auf, Fenja«, flüsterte Hiltrud eindringlich. »Du bist auch beinahe so ein Opfer geworden. Nur weil du damals diesen reichen Jungen mitten in der Nacht gesucht hast, hat dir Baldur auflauern können. Du hängst an diesem Kind, Fenja, und du lebst bei diesen Hoschwitz wie in einem Puppenheim.«

Das mag sein, dachte Fenja aufgewühlt, aber ich werde meine Arbeit verteidigen. Ich will mich nie wieder von dir knechten lassen. In ihr brach die Wut über all die Demütigungen auf, die sie in den vergangenen Jahren durch Hiltrud erlitten hatte. Laut sagte sie: »Du bist nur gekränkt, weil du wieder hierher zurückkommen musstest.«

»Natürlich, kannst du mir vielleicht den Sinn dafür erklären? Sag es mir, Fenja!«

»Sieh es einmal so: Vielleicht war der Umweg über Berlin nötig, um von hier aus neu zu beginnen. Nicht Ahlbeck, sondern Swinemünde ist jetzt dein Startplatz in eine völlig neue Welt. Du träumst doch davon, Richards Mutter kennenzulernen, damit sie dir beibringt, wie du deine Widerstandskraft gegen die Ungerechtigkeit der Welt schärfen kannst.«

»Jetzt bist sogar du zynisch! Der Kampf für die Rechte der Frauen lohnt sich doch, oder nicht?«

»Jaja, ich will nur, dass du dir in dieser Stunde gut überlegst, was du tun willst. Suffragette werden … oder Lieblingstochter bleiben … Du bist es noch immer, denk jetzt nur einmal an deine Pflichten.«

Hiltrud starrte Fenja fassungslos an. »Willst du mir etwa sagen, das Schicksal hätte mich wieder hierhergeschickt, damit ich Vater pflege? Willst du mich dazu … zwingen?«

Fenja näherte sich ihr, bis sie Hiltruds Atem auf ihrem Gesicht spüren konnte. »Zwingen? Wir haben vorhin von der Liebe gesprochen. Ich liebe Achim, aber du und Vater, euch verbindet auch eine besondere Liebe. Ist es jetzt nicht Zeit, dass du ihm deine Tochterliebe auch praktisch beweist?«

Hiltrud stieß sie heftig zurück. »Du bist fein heraus, Fenja«, zischte sie. »Nur noch wenige Tage, und du gehst nach Berlin zurück, ziehst in deine eigenen Räume in der Villa deines großzügigen Dienstherrn. Du bist wirklich zu beneiden.« Hiltrud starrte sie wütend an.

Fenja konnte sich nicht mehr beherrschen, sie musste nach einem Stachel greifen, um sich gegen Hiltrud zu wehren. Sie beugte sich ein weiteres Mal zu ihr vor. »Hör zu«, sagte sie leise. »Es mag seltsam sein, dass ausgerechnet ich Berlin Gutes verdanke, sogar meinen … meinen ersten Kuss.«

»Dieser Rittmeister hat dich schon geküsst?« Hiltrud lachte verächtlich auf. »Ah, deshalb träumst du! Nein, nein, Fenja, dieser Rittmeister mag dich vielleicht, aber heiraten wird er dich nie. Sieh dir Vater an, Fenja. Deine Träumerei hat ihm das Herz gebrochen, und dein Ehrgeiz wird ihn töten. Du, nicht ich, solltest wiedergutmachen, was du ihm heute angetan hast. Du!«

Fenja sprang auf. »Du lügst! Du willst, dass ich meine Arbeit aufgebe und alles wieder so wird wie früher! Ich soll die

Magd sein, und du würdest mich noch aus der Ferne herumkommandieren wollen. Nein, Hiltrud, du wirst mich zu nichts mehr zwingen können. Ich bin Berthold verpflichtet, sein Vater hat mir den Auftrag gegeben, ihn zu seinem Nachfolger zu erziehen. Das nehme ich ernst.«

»Versteck dich doch nicht hinter deiner ach so ehrenhaften Arbeit, Schwesterherz!« Hiltrud schwitzte vor Wut. »Hoschwitz ist einer der reichsten Unternehmer Berlins. Er könnte die besten Privatlehrer für seinen Sohn einstellen. Ach, Fenja, was du sagst, klingt einfach nur eitel und so richtig schön überheblich.«

Das war Fenja zu viel. Sie verschränkte die Arme und atmete tief durch. »Nein, Hiltrud, Vater ist zusammengebrochen, weil du ihm zugesetzt hast. Du hast dein Erbe eingefordert, ihn um Geld angebettelt, nicht ich. Vergiss nicht, wir sind zwar beide arm, aber ich trage Verantwortung für ein Kind.«

»Du willst also, dass ich mich in dieser Kate lebendig begraben lasse?«

»Gut, Hiltrud, es ist alles gesagt. Aber du musst damit leben, dass du als Lieblingstochter Vater im Stich lässt, nicht ich! Dann fahr! Fahr nach London.«

Sie hatten sich gestritten wie in alten Tagen. Schon als sie am Ausgang des Krankenhauses auseinandergingen, bereuten sie jedes Wort. Doch jetzt war es zu spät. Fenja kehrte in die Hoschwitzsche Sommervilla zurück.

Außer der Haushälterin und dem Dienstmädchen war niemand im Haus. Sie ging in den ersten Stock hinauf, betrat ihr Zimmer und öffnete weit die Fenster. Dünenstraße und Strand waren menschenleer. Ein sternenklarer Himmel spannte sich über die Ostsee.

Fenja war allein, geborgen im vertrauten Rauschen des Meeres. Lange schaute sie hinaus. Erinnerungen kamen ihr in den Sinn, rollten heran, schwappten zurück wie Wellen ohne Ziel. Sie verschwanden erst nach und nach wie aufgepeitschter Sand, der sich nach einem Sturm über dem Meer wieder absetzte. Das Wasser klärte sich. Fenja wurde ruhig. Sie würde weiter auf Achims Liebe hoffen, aber sie würde ihrem Leben eine andere Wendung geben.

Was immer ihre Mutter in ihrer Sterbestunde gemeint hatte, es war unwichtig geworden. Vielleicht hatte alles einen ganz anderen Sinn, selbst dieser letzte Streit mit Hiltrud. In Berlin hatten sie sich miteinander versöhnt. Heute begannen sie von hier aus ihr Leben neu. Hiltrud hatte ihr ein besonderes Erbe hinterlassen. Und sie würde es annehmen, was auch geschehen mochte.

Kapitel 16

Paul Hinrich Wolgardt hatte die erste Nacht nach seinem Herzanfall gut überstanden. Es sah aus, als wäre er zäher, als es der Arzt zunächst angenommen hatte. Trotzdem suchte Fenja nach den richtigen Worten, um ihm zu erklären, dass weder sie noch ihre Schwester auf ihre Lebenspläne verzichten würden. Sie schlug ihm vor, dass es vorerst das Beste sei, wenn die alte Grit zu ihm zöge.

»Grit hat keine eigene Familie, niemand würde sie aufnehmen. Sie hat hart gearbeitet und uns oft geholfen. Außerdem hat sie all die Jahre über dein Geheimnis gehütet. Du bist ihr jetzt wenigstens einen ruhigen Lebensabend schuldig.«

»Bin ich wohl.«

»Schön, Vater. Ich werde für euch eine Pflegerin suchen, die täglich nach euch sieht.«

»Hast du … denn genug Geld?«

»Ja, Vater. Hoschwitz bezahlt mich gut.«

Er öffnete den Mund, schloss ihn wieder, drehte seinen Kopf zur Wand. »Hoschwitz … soll nur zahlen …« Er fasste sich an den Hals, ächzte. »Weiß er es?«

»Du willst wissen, ob ich ihm von deiner Herzattacke erzählt habe? Er ist noch verreist …«

Seine Finger tasteten über die Bettdecke, krallten sich fest. »Nichts, es … ist nichts. Hol mir Matthies. Geh.«

Sie hatte keine Lust, Matthies zu begegnen, und schob stattdessen einen Brief unter seiner Haustür hindurch.

Kurz nach der Abreise von Hiltrud, Edda und Richard am ersten September kehrte Berthold mit seinen Eltern aus Dresden zurück. Er freute sich, Fenja wiederzusehen, und erzählte ihr, dass sein Vater wichtige Termine in Berlin verschoben habe, nur um ihm zwei Tage lang in Dresden sein Vaterhaus und all die Orte zu zeigen, die mit seinen Kindheitserinnerungen verbunden waren. »Aber das Schönste ist: Er hat mir versprochen, dass ich ein eigenes Pferd bekomme, sobald wir wieder in Berlin sind. Herr von Bening wird mir dabei helfen. Ich kann es gar nicht abwarten.«

Beim Klang seines Namens klopfte Fenjas Herz schneller. Sie erinnerte sich, dass Achim die Pferde auf den Weiden nahe Hoschwitz' Grundstück als seine eigenen bezeichnet hatte. Berthold grinste. »Er ist ja jetzt mit Sonjas Mutter verlobt. Wissen Sie eigentlich, dass sie heute ihre Bilder auf der Seebrücke ausstellt? Vater möchte, dass Sie uns begleiten. Aber vorher müssen Sie mit mir Frau Marons Prospekt und dieses Kunstbuch ansehen. Ich hab keine Ahnung, was Aquarelle sind.«

Fenja hatte kein gutes Gefühl bei der Vorstellung, Sophie Maron wiederzusehen, doch sie besann sich darauf, was Hoschwitz von ihr erwartete. Am frühen Nachmittag zog sie sich mit Berthold in die Gartenlaube zurück. Während sie die Bilder betrachteten und hier und dort innehielten, um wichtige Kapitel durchzulesen, scholl die erregte Stimme von Liane Hoschwitz durch die geöffnete Terrassentür aus dem Salon zu ihnen herrüber.

»Ich werde kein einziges Bild von ihr kaufen!«

»Sie soll begabt sein, Liane. Hier, schau dir ihren Prospekt an.«

»Ich danke. Nein, Carl, ich mag sie nicht. Wie soll mir da ihre Kunst gefallen?«

»Du hast dich doch einmal gut mit ihr verstanden, was ist mit dir? Ihr habt euch sogar einmal das gleiche Kindermädchen geteilt.«

»Das war ein Fehler. Hätte Fenja in dieser Nacht damals bei uns geschlafen und nicht bei ihr, wäre Berthold niemals allein in der Nacht ausgeritten.«

»Aber Liane, das ist vorbei. Mir scheint, du nimmst ihr übel, dass sie sich mit von Bening verlobt hat, stimmt's?«

»Was geht es mich an.« Sie klang wenig überzeugend.

»Liane, lass Bening bitte in Ruh. Du bist meine Frau, auch wenn ich diese Probleme habe. Ich bin sicher, es ist nur noch eine Frage der Zeit, bis sie behoben sind.«

»Übst du deshalb mit dieser anderen Frau, Carl?« Ihre Stimme war eisig.

»Also gut, Liane« – Fenja hörte ihn laut seufzen –, »du sollst die Wahrheit hören. Diese Frau, zu der ich gehe, ist ein geistiges Medium, keine Hure.«

»Wie? Das ist wohl ein Witz, Carl.«

»Nein, ich wusste mir nicht mehr anders zu helfen. Grillwitz machte mich mit ihr bekannt. Du hast ja keine Geduld mehr mit mir gehabt.«

»Du gibst mir die Schuld? Carl! Du hast in Afrika irgendeine Sünde begangen und willst mir jetzt die Schuld geben?«

»Nein, Liane, nur dein Drängen, dieser ständige Wunsch nach einem Kind, das war einfach zu viel.«

»Aber warum Grillwitz? Hätte dir nicht Achim als Arzt …«

»Es gibt keinen erfahrenen Arzt in dieser Angelegenheit! Und Achim ist für dich immer noch Herr von Bening! Hör doch bitte endlich mit dieser Schwärmerei auf!«

»Nein! Nein, Carl! Er ist nämlich ein richtiger Mann!« Ihre Stimme überschlug sich. »In seiner Nähe fühle ich mich leicht, beschwingt. Achim hat einen Zauber an sich, der alles Trübe, Graue an mir verschwinden lässt. Ist er da, bin ich ganz Frau, es ist ein wunderbares Gefühl … Das ist es, Carl, nur das.«

»Liane!«, brüllte er außer sich vor Wut. »Bening und ich

sind heute Abend verabredet. Unter anderen Umständen hätte ich dich gebeten, mich heute zu unserem Medium zu begleiten, damit du mir glaubst. Aber jetzt ist Schluss! Endgültig Schluss!« Er lief mit weitausholenden Schritten über die Terrasse durch den Garten und auf Fenja und Berthold zu. »Berthold, zieh dich bitte um! Nicht den Matrosenanzug, sondern den schwarzen Anzug. Beeilt euch, die Ausstellung wird gleich eröffnet. Ich erwarte, dass du dir ein Bild aussuchst, das zu uns passt, zu unserem Stil. Fenja, bemühen Sie sich um eine souveräne Haltung. Lassen Sie die Rivalität zwischen Ihnen, meiner Frau und Frau Maron einmal beiseite. Ich verlasse mich auf Sie. Es könnte sein, dass ihre Bilder eines Tages genauso viel wert sind wie die Kompositionen ihres Vaters.« Er wandte sich zum Gehen. »Haben Sie eigentlich schon gelernt, wie man das Halstuch eines Herrn korrekt bindet?«

Sie fing Bertholds Blick auf. Er war stolz auf seinen Vater, der nicht nur ein Unternehmen führte, das Uniformen für eine zukünftige moderne Armee liefern würde, sondern sich nicht zu schade war, seinem Kindermädchen die richtigen Handgriffe für einen Herrenknoten zu zeigen.

Die Ausstellung fand im Pavillon auf der Seebrücke statt. Fenja und Berthold gingen voran, Liane und Carl Friedrich Hoschwitz folgten. Berthold ärgerte sich über seine Mutter und hatte sich geweigert, hinter ihr zu gehen. Er wollte sie nicht sehen … Zu seinem Glück lenkten die vielen Sommergäste sie rasch ab, die auf die Seebrücke zuströmten. Hinter sich hörte Fenja überfreundliche Begrüßungen, anscheinend sorgloses Plaudern. Liane Hoschwitz verstand es perfekt, sich zu verstellen. Im Restaurant waren Stühle und Tische entfernt, Gardinen zur Seite gerafft worden. Von allen drei Seiten boten die Fenster einen freien Blick auf die See. Das helle Licht, das die freie Fläche in der Mitte des Raumes größer erscheinen ließ, blendete. Doch Fenja erkannte Achim sofort. Er trug Uniform, lehnte an einer Fensterbank. Auch er fing ihren Blick auf und hielt ihn fest. Widerwillig nahm sie wahr, wie sich Sophies Bilder nach und nach in ihr Blickfeld drängten wie die Glieder einer Kette.

Ein Kellner trat mit einem ovalen Silbertablett auf sie zu und bot Champagner und Petits fours an. Fenja beachtete ihn nicht. Da bemerkte sie, dass Sophie neben Achim trat und ihm etwas zuflüsterte. Im selben Moment rannte Sonja auf Fenja zu. Fenja breitete die Arme aus, ging in die Hocke und hörte hinter sich Liane Hoschwitz zischen: »Hab ich es Ihnen nicht verboten?«

Fenja erwiderte nichts, sondern drückte Sonja an sich. Ihr war klar, dass sie mit ihrem selbstbewussten Verhalten sowohl Sophie Maron als auch Liane Hoschwitz verärgerte. Aber sollte dieses kleine Mädchen darunter leiden?

Plötzlich fiel ihr etwas ein. »Sonja, hat dir eigentlich dein Teddy meinen Gruß ausgerichtet?«

»Was denn für einen Gruß, Fenja?«

»Erinnerst du dich noch an unsere Geschichte, die der Teddy uns erzählte, damals, als es so stark stürmte?«

»Ja, wir beide hatten Angst, stimmt's? Und wir haben ganz viel heiße Schokolade getrunken.«

»Schön, dass du dich daran erinnerst. Also, das war die Nacht, in der ich Berthold suchen musste. Du hast geschlafen, deine Mama war bei dir. Aber bevor ich euer Haus verlassen habe, hat mir dein Teddy noch etwas verraten.«

»Ja?«

»Er hat gemeint, du würdest ihn an das kleine Drachenmädchen im Meer erinnern.«

»Oh, wirklich?« Sonja bekam große Augen

»Ja, und deshalb würde er dich gerne weiter beschützen. Und da er auch keine Angst vor deinem Atem hat, wollte er dich fragen, ob er dir einen Kuss geben dürfte.«

»Oh, das hat er gesagt?«

Fenja nickte und strich Sonja liebevoll über die Wange. Von hinten quoll Liane Hoschwitz' Parfumwolke über sie. »Lassen Sie das Kind in Ruhe, oder wollen Sie einen Skandal?«

Fenja blickte über Sonjas Kopf hinweg. Sophie Maron hatte soeben ihr Champagnerglas wütend auf die Fensterbank gestellt, es kippte über den Rand und fiel zu Boden. Fenja nahm wahr, wie Sophie Anstalten machte, auf sie zuzugehen, doch Achim ergriff ihren Ellbogen und lenkte sie in einer sanften Bewegung zu sich herum.

Wollte er Fenja in Schutz nehmen? Oder zeigte er, wie viel ihm an Sophie lag? Liebte er sie? Liebte er etwa trotz seiner Beteuerungen … sie beide?

Sonja folgte ihrem Blick. »Achim hat mir auch Geschichten erzählt, er kann das fast genauso gut wie Sie.«

Aber deine Mutter hat dir meinen Teddy-Gruß nicht ausgerichtet, dachte Fenja und erhob sich. »Das ist schön, Sonja. Das freut mich für dich.« Ihre Stimme zitterte. Sie musste sich beherrschen. Sie musste Achim zeigen, dass sie Haltung wahren konnte. Und so begrüßte sie die Gastgeber trotz der unerträglichen Spannung ebenso formvollendet wie Liane. Dann wandte sie sich Berthold zu. Sie würde tun, was Hoschwitz von ihr erwartete.

Während sie von einem Bild zum nächsten gingen, gestand sich Fenja ein, dass sie ihr gefielen. Sie spiegelten die Verschiedenartigkeit der Stimmungen am Meer wider, von emotionaler Wärme über bittere Sehnsucht bis zu kühler Einsamkeit. Fenja wurde nachdenklich. Sophies handwerkliches Können und ihr Talent versprach künftigen Erfolg, aber ihre tiefe Emotionalität machte ihr Angst … Was, wenn Achim sich doch irrte? War Sophie wirklich die Frau, die ihn gehen lassen würde? Wäre er nicht doch eines Tages von ihrem Erfolg als Künstlerin und ihrer inneren Stärke beeindruckt?

Fenja versuchte, ihre Sorgen zu verdrängen, konzentrierte sich auf die Aquarelle. Sie betrachtete gerade mit Berthold ein winterliches Stillleben am Strand, als Liane Hoschwitz sie am Arm fasste und zum Ausgang führte. Sie schob sie an der östlichen Seite des Pavillons vorbei auf den Landesteg zu.

»Was fällt Ihnen ein, dieses Kind zu begrüßen? Hatte ich es Ihnen nicht ausdrücklich verboten?«

Fenja war entschlossen, diese Demütigung nicht hinzunehmen. Sie würde nicht mehr schweigen und endlich Klarheit verlangen. Sie schob eine Locke hinter ihr Ohr und sagte fest: »Frau Hoschwitz, auch wenn Sie mir jetzt kündigen sollten, ich wehre mich dagegen, Opfer Ihrer Eifersucht auf Frau Maron und Herrn von Bening zu sein.«

»Sie sind ja übergeschnappt! Was erlauben Sie sich!«

»Sonja ist ein liebes Mädchen, und ich müsste ein Herz aus Granit haben, um sie nicht zu begrüßen.«

»Das wäre besser.«

»Wirklich? Mit einem solchen Herzen hätte ich Berthold nie helfen können.«

»Das war nie ihre Aufgabe!«

»Wäre es Ihnen lieber gewesen, Berthold säße heute noch im Rollstuhl?«

»Seien Sie still.«

»Frau Hoschwitz, bevor Sie mir kündigen, möchte ich wissen, was er erlebt hat. Ich möchte gerne verstehen, wodurch seine Lähmung ausgelöst wurde.«

»Das übersteigt Ihre Kompetenz, Fenja. Verstehen ist den Studierten vorbehalten. Sie … Sie sollten Berthold nur beschützen.« Sie verstummte und nagte an ihrer Unterlippe.

Fenja wurde hellhörig. »Beschützen? Wovor?«

»Vor allem, vor allem … Ach, gehen wir zurück.«

»Einen Moment noch. Bitte, Frau Hoschwitz. Ich muss Ihnen etwas gestehen.«

»Ich weiß es längst.« Ihre Pupillen wirkten klein und hart. »Sie haben sich trotz meiner Ermahnung in Herrn von Bening verliebt.«

Sie musste unbedingt ruhig bleiben. »Frau Hoschwitz, ich möchte mit Ihnen nicht über Herrn von Bening sprechen. Ich habe einen Wunsch und möchte Sie …«

»Merken Sie nicht, wie dreist Sie sind, Fenja? Ich habe Sie längst durchschaut. Liebe geht ihre Wege im Stillen, ist es nicht so? Ich sollte Ihnen auf der Stelle kündigen …«

»Sie können mir gerne kündigen, wenn Sie wollen, aber zuvor möchte ich Sie um etwas anderes bitten.« Fenja überlegte kurz, um die richtigen Worte zu finden. »Frau Hoschwitz, es geht mir um Kinder, um die sich in Berlin niemand kümmert. Stellen Sie sich ihr Leid und ihre Verzweiflung vor, wären ihre Beine von einem Moment auf den anderen gelähmt. Im Gegensatz zu Berthold aber hätten sie keine Zuwendung und keine Hilfe zu erwarten. Deshalb möchte ich gerne eines Tages einen Hort für sie gründen. Ich habe Berthold heilen können und möchte diese Erfahrung weitergeben. Das, was mir fehlt, wären geeignete Räume und genügend Spendengelder.«

»Haben Sie nicht gerade gesagt, im Moment gilt noch Ihr Arbeitsvertrag mit uns?« Liane Hoschwitz klang ungewöhnlich zynisch. »Vergessen Sie nicht, Sie sollen nur unserem Sohn zur Seite stehen.«

»Berthold kann laufen, Frau Hoschwitz. Ich nehme an, Sie werden ihn nach den Ferien eine Schule besuchen lassen?«

»Nein, natürlich nicht. Ich werde Privatlehrer einstellen.«

»Gut, aber das wäre für mich kein Hindernis.«

»Wie reden Sie denn?«

»So, wie es notwendig ist, Frau Hoschwitz. Ich bitte Sie. Während des Unterrichts könnte ich mich in Berlin umsehen. Meine Schwester hat Etablissements kennengelernt, wo kleine Kinder auf unvorstellbar grausame Art missbraucht werden. Kinder, die von ihren Müttern im Stich gelassen werden. Stellen Sie sich Berthold vor, als er drei Jahre alt war oder vier. Denken Sie an die kleine Sonja.« Sie wies Richtung Pavillon.

Liane Hoschwitz griff sich plötzlich an den Hals. Sie wurde blass und wandte sich ab.

»Ist Ihnen nicht gut?« Fenja legte ihre Hand auf ihren Arm.

»Sie sind zu weit gegangen, Fenja, wenn auch anders, als Sie denken. Sie haben recht, ich sollte Ihnen die Wahrheit über Bertholds Unglück verraten. Ich habe sie sogar meinem Mann nicht erzählt, aus Scham. Und die wenigen, die damals dabei waren, habe ich zu Stillschweigen verpflichtet. Sie sind so jung, hübsch und eifrig, Sie könnten selbst bald Mutter sein. Ja, Sie sollen alles von mir hören.« Sie holte ein Taschentuch hervor und knetete es in ihrer Hand. »Es war Winter, Berthold war knapp zwei Jahre alt und hatte gerade laufen gelernt. Ich hatte einen Termin mit meinem Coiffeur, der um halb vier bei mir sein sollte. Doch er kam nicht. So bin ich mit Berthold in den Garten gegangen und habe mit ihm Schneebälle gerollt. Wir waren so vergnügt, dass es mich störte, als mir das Hausmädchen zurief, der Coiffeur sei endlich eingetroffen. Ich erschrak, weil ich ahnte, wie wenig Zeit mir noch blieb, mich für den Abend herzurichten. Ich nahm Berthold an die Hand und ging mit ihm auf die Treppe zu. Sie war mit Schnee bedeckt. Nach ein paaar Stufen entzog Berthold mir sein Händchen, plapperte etwas. Ich hörte das Hausmädchen mit dem Coiffeur lachen, ärgerte mich und ging etwas schneller. Hinter mir hörte ich Berthold vor Vergnügen kreischen. Ich lief zurück und sah ihn oben auf der Treppe stehen. Er griff in den Schnee, der auf dem Geländer lag, und wirbelte ihn auf. Ich war erleichtert und freute mich, dass er glücklich war, winkte und rief ihm etwas Fröhliches zu. Dann … dann ging ich ins Haus.«

»Er bemerkte nicht, dass Sie sich von ihm entfernten, und

Sie sind davon ausgegangen, dass er allein weiterspielen würde.«

»Ja, er sah mich ja winken, hörte mich rufen und glaubte, ich sei in seiner Nähe, so wie immer. Er war ganz mit seinem Spiel beschäftigt.«

»Und was geschah dann?«

»Der Coiffeur berichtete vom Schneechaos in den Straßen, ich hörte ihm mit halbem Ohr zu, gab dem Hausmädchen rasch ein paar Anweisungen. Erst danach bin ich schnell zu Berthold zurückgegangen.«

»Sie haben ihn also nur wenige Minuten allein gelassen.«

»Ja, aber das war der Fehler.« Sie legte ihre Hände ineinander, während ihr Tränen über die Wangen liefen. »Er lag mit verdrehten Beinchen am Ende der Treppe. Er muss im Schneematsch ausgerutscht sein oder das Gleichgewicht verloren haben. Jedenfalls ist er die Stufen herabgepurzelt und muss einen furchtbaren Schreck bekommen haben. Nicht weil er Schmerzen hatte, sondern weil ich ihn nicht sofort in die Arme nahm. Das war für ihn schlimmer als der Sturz.«

»Sie haben ihn immer behütet, nur diesen einen Moment lang nicht.«

»Ja, es war meine Schuld! Ich hatte ihn immer bei mir. Mittags hat er neben mir im Bett geschlafen, nachts in seiner Wiege neben mir. Meinem Mann hat es nicht gefallen, aber ich habe es so gewollt.«

»Er wollte, dass Sie ihn als seinen Nachfolger nicht verzärteln.«

»Ach, was weiß mein Mann schon von der Liebe einer Mutter zu ihrem Kind.« Sie lächelte versonnen. »Berthold hatte so schönes Haar. Ich ließ es wachsen, drehte es zu Locken. Ich habe ein Nähzimmer eingerichtet, sogar eine Schneiderin für ihn eingestellt, habe Kleider für ihn entworfen. Für seine Stiefel habe ich Leder von chilenischen Corderos-Lämmern geordert, es ist besonders weich. Ach, ich wünsche mir so sehr Geschwister für ihn. Ich träume von einem Haus voller Kinderstimmen und Lachen.« Sie wandte sich Fenja zu. »Wissen Sie, was das Schlimmste war? Bertholds Beinchen waren verdreht, aber er war still und starrte mich nur an. Das werde ich nie vergessen.«

Ihr Geständnis machte Fenja betroffen. Sie hätte Liane Hoschwitz gerne für ihre Offenheit gedankt, aber es war, als würde ihr das Bild von dem verletzten kleinen Berthold die Lippen verschließen.

In Gedanken versunken, gingen sie zur Seebrücke zurück. Vor dem Aufgang in den Pavillon blieb Liane stehen. »Ich war sehr offen zu Ihnen, Fenja. Ich möchte mich darauf verlassen, dass Sie mein Geständnis für sich behalten. Und jetzt zu Ihren Plänen. Sie wollen in Berlin einen Hort für vernachlässigte Kinder gründen.«

»Ja, ich möchte das weiterführen, was meine Schwester in Berlin begonnen hat. Nur wirkungsvoller.«

Liane Hoschwitz musterte sie von der Seite und hakte sich plötzlich bei ihr unter. »Sie wirken recht entschlossen. Ich muss zugeben, Sie haben sich in den letzten Wochen sehr verändert. Ich habe Sie als schlichtes, wenn auch beherztes Fischermädchen kennengelernt. Jetzt sind Sie eine bemerkenswert selbstbewusste Frau geworden. Wie kommt das? Sind Sie verliebt?«

Fenja schwieg. Warum sollte sie ihr antworten, wenn sie es bereits ahnte?

»Sie lieben ihn, ich habe es gleich gewusst.« Liane Hoschwitz löste sich von ihr, blickte sinnend an ihr vorbei. Es schien, als hätte sie ein eigenartiges Leuchten erfasst. »Glauben Sie mir, Fenja, Ihre Arbeit wird Ihnen helfen, darüber hinwegzukommen.« Sie schritt die Aufgangstreppe hinauf und drehte sich um. »Ich werde Ihren Plan unterstützen, sobald wir in Berlin sind. Und noch etwas: Ich liebe meinen Mann, Fenja, aber was wir beide vorhaben, wollen wir vorerst für uns behalten, ja?«

Fenja sah Liane Hoschwitz nach. Sie wartete einen Moment, überlegte. Ihre Dienstherrin war freimütig gewesen wie nie zuvor. Sie hatte zugegeben, Berthold über das normale Maß hinaus behütet zu haben. Wie es schien, hatte sie ihn wie ein kleines Mädchen verzärtelt. Liane Hoschwitz hatte ihr sogar Einblick in ihre tiefste Verwundung gegeben, nämlich versehentlich die jahrelange Lähmung seiner Beine ausgelöst zu haben. Sie würde sich an Fenjas sozialem Engagement beteiligen, weil es ihr helfen würde, mit ihrem schlechten Gewissen fertig zu werden.

Fenja zweifelte nicht daran, dass Liane Hoschwitz ihren Mann liebte und sich sehnlichst wünschte, wieder schwanger zu werden. Sie verübelte ihr noch nicht einmal, dass sie von Achims viriler Ausstrahlung fasziniert war. Aber dass Liane nicht nur auf Sophie eifersüchtig war, sondern auch auf sie, das beunruhigte Fenja.

Sie schaute aufs Meer, bis das Glitzern der Lichtreflexe auf dem Wasser ihre Augen tränen ließ.

Achim war das Risiko eingegangen, sich mit Sophie zu verloben. Sophie liebte ihn und würde ihm zuliebe Kompromisse eingehen. Wie aber würde Achim reagieren, wenn eine Frau wie Liane Hoschwitz ihn zu verführen suchte? Sie war die Ehefrau eines kaisertreuen Unternehmers, dem Achim zu großem Einfluss verholfen hatte. Was, wenn sie ihn um einen weiteren Gefallen bitten würde?

Es war kurz vor Mitternacht, als Carl Friedrich von Hoschwitz mit Achim von der spiritistischen Sitzung zurückkehrte. Fenja hatte nicht schlafen können. Sie stand auf und schlich über die Flure.

»Liane wird staunen, Bening«, hörte Fenja Hoschwitz' Stimme, »ich bin mir sicher, dieses Mal hat unsere Madame den Bann brechen können. Es wirkt, ich fühle es.«

»Aber nächste Woche gehen Sie mit mir in die Charité, Hoschwitz. Sollte das Wunder eintreten, wollen wir es wissenschaftlich unter die Lupe nehmen.«

»Zu Befehl, Herr Rittmeister. Auf ein Glas Cognac?«

»Danke nein, es ist spät. Ich möchte Sophie nicht länger warten lassen. Sie ist sehr glücklich, sie hat dank Ihnen und Berthold mehr Bilder verkauft, als sie zu hoffen gewagt hat. Sie wollte noch ein wenig mit mir feiern.«

»Natürlich, das ist verständlich. Ich beglückwünsche Sie zu diesem talentierten Persönchen, Bening. Wann läuten die Hochzeitsglocken?« Hoschwitz lachte. Fenja klopfte das Herz bis zum Hals.

»Wollen Sie es wirklich wissen?«

»Ich bitte doch darum, Bening.«

»Sobald ich den Bann gelöst habe, der noch auf mir lastet.«

»Leiden Sie etwa immer noch unter dieser Geschichte?«

»Ich wäre wohl ein schlechter Mediziner, wäre es nicht so.«

»Sie sind zu weich, Bening. Ziehen Sie eine Grenze, was kümmert Sie dieses Hottentotten-Gewürm.«

»Lassen Sie uns nicht wieder darüber streiten. Wir haben nun einmal unterschiedliche Auffassungen.«

»Wollen Sie etwa noch einmal zurück nach Afrika?«

»Ja, bevor ich dort nicht meine Schuld beglichen habe, kann ich hier nicht frei sein.«

»Fangen Sie sich da nur nicht denselben bösen Bann ein wie ich. Dieses junge Weib damals, Bening, hat mich nach dem Akt einfach ausgelacht. Ein anderer an meiner Stelle hätte sie ausgepeitscht, so bin ich es, der heute noch daran zu leiden hat.

Passen Sie also in Afrika auf sich auf. Wir Männer sind empfindlich. Sie wollen bestimmt nicht, dass Ihre Verlobte eines Tages genauso unglücklich ist wie meine Liane.«

Achim zögerte mit einer Antwort. »Sophie ist bereits unglücklich, Hoschwitz.« Er hatte leise gesprochen, doch Fenja hatte jedes Wort verstanden.

»Aber doch nicht mit einem Mann wie Ihnen. Bening, das glaub ich Ihnen nicht. Liane jedenfalls wäre es nicht.«

»Ihre Frau ist in den besten Jahren, Hoschwitz, sie weiß um ihren Charme, das ist alles.«

»Gefällt sie Ihnen etwa?« Es entstand eine Pause. Fenja bildete sich ein, die unterschwellige Aggressivität von Hoschwitz zu spüren.

»Ich würde Sie wohl als Ehegatte beleidigen, würde ich verneinen.« Achim lachte unbekümmert.

»Hören Sie, Bening, ich habe mir das lange genug angesehen«, fuhr Hoschwitz mit unterdrückter Wut fort. »Ich traue Liane alles zu. Ich kann es ihr noch nicht einmal verübeln, wenn sie mit anderen Herren flirtet. Aber mit Ihnen ist es anders, Bening. Ich rate Ihnen, packen Sie sich Eiswürfel in die Hosentaschen oder machen Sie sonst etwas. Aber lassen Sie Ihre schönen Kavalleristenhände von meiner Frau.«

»Verdammt! Hoschwitz, wären Sie nicht so benebelt von Ihrem Wahn, würde ich Ihnen auf der Stelle das Rückgrat zurechtbiegen!«

»Bening! Verflucht!«

Fenja hörte Rumpeln, lautes Keuchen, so als würden sie miteinander ringen.

»Genug! Schluss!« Achims laute Stimme. »Nächste Woche, Freitag, neun Uhr, Charité. Das ist ein Befehl, Hoschwitz!«

Die Vorstellung, Achim würde erneut nach Afrika reisen, bedrückte Fenja. Sie erinnerte sich, dass er ihr einmal angedeutet hatte, in einer der Kolonien noch eine Aufgabe erfüllen zu müssen. Und wenn er krank heimkehrte – oder nie? Sie bemühte sich, die Angst um ihn zu verdrängen. Viel zu sehr freute sie sich darüber, dass er Hoschwitz gestanden hatte, Sophie sei mit ihm nicht glücklich.

Leider hielt ihre Freude nicht lange an. Denn als sie am nächsten Morgen zu ihrem Vater ins Krankenhaus eilte, überraschte Matthies Hocks sie an dessen Bett. Zu ihrem Ärger ignorierte er auch noch ihren Gruß.

»Ihr werdet uns nicht entzweien, du und Hiltrud. Diese Sache damals während der Seeblockade war ein harmloser Streich. Harmloser als das, was Baldur dir angetan hat, das gebe ich zu. Und es tut mir auch leid. Aber ihr Weiber heute stiftet eine Unruhe, die niemandem guttut.«

»Ihr habt während des Krieges unser Land verraten, Matthies. Einem Juristen würdest du glauben, nur uns nicht. Und doch hat Hiltrud die Wahrheit ausgesprochen.«

»Lass es gut sein«, murmelte ihr Vater.

»Ist sie wirklich noch dein Kind, Paul? Sie hat so gar keine Ähnlichkeit mehr mit früher. Elisabeth würde sie nicht wiedererkennen.«

Paul Hinrich überhörte diese Bemerkung und winkte Fenja zu sich heran. »Wann gehst du zurück nach Berlin?«

»Herr Hoschwitz ist heute früh abgereist. Seine Frau und Berthold werden noch zwei Wochen bleiben, bis zum Saisonende.«

»Dann komm jeden Tag, Fenja.«

»Natürlich.« Hatte er Angst? Aber er würde nicht allein sein, er hatte ja Matthies bei sich. Laut fragte sie: »Wie geht es deinem Herz?«

»Mir fehlt frische Luft, und ich möchte noch einmal am Webstuhl sitzen.«

»Sicher wirst du das bald können.« Sie lächelte ihm zu.

»Lass das Haus, wie es ist. Du brauchst nichts zu tun. Kauf einen Kranz für Mutter und bring ihn an ihr Grab. Sag ihr, vielleicht komme ich ihr bald nach …«

Irgendetwas an ihm irritierte sie. Du verheimlichst mir etwas, Vater, dachte sie. Du weißt, dass die alte Grit bald bei dir einzieht, warum also soll ich das Haus so lassen, wie es ist?

Sie verabschiedete sich und suchte den Stationsarzt auf.

»Wie steht es um meinen Vater? Wird er wieder gesund werden?«

»Das hängt ganz von seinem Willen ab. Je früher er nach Hause geht und wieder Freude an seiner Arbeit findet, desto besser für ihn.«

Fenja nahm Berthold mit nach Hause. Während er mit der Stute auf der Weide weiter trainieren wollte, nahm sich Fenja vor, die Zeit zu nutzen, um das Haus aufzuräumen, Staub zu wischen, Wäsche zu waschen und die Fenster zu putzen. Sie richtete Hiltruds Kammer neu her, bezog das Bett frisch, so dass die alte Grit, wenn sie denn irgendwann käme, sich sofort ausruhen könnte. Sie ordnete im Keller die Vorräte in den Regalen neu, wischte den Boden, beseitigte tote Mäuse und Spinnennetze, kehrte Kohlen zusammen, fegte den Kartoffelkeller aus und verteilte frisches Stroh für die bevorstehende Ernte. Dann stieg sie zum Dachboden hinauf.

Sie fand altes Bettleinen, stockfleckige Küchentücher, verstaubte Frauenkleider und geflickte Wollmäntel. In einer Truhe entdeckte sie das alte Silberbesteck, das Hiltrud im letzten Winter vergeblich auf Hochglanz zu polieren versucht hatte. Es war zerkratzt und schwarz angelaufen, Hiltrud musste wütend gewesen sein. Sie hatte die Einzelteile noch nicht einmal in weiches Tuch gewickelt. Fenjas Gedanken kehrten für einen kurzen Moment an jenen Abend im Winter zurück. Sie hatte

Hühnersuppe aufgesetzt, als Edda gekommen war … Baldurs Mutter habe Brechdurchfall, brauche ihre Pflege … Sie waren gemeinsam zu den Hocks aufgebrochen … Edda hatte ihr vom Kokosnussspiel der Herren im Ahlbecker Hof erzählt … von einem Vater, der seinem Sohn kaiserliche Untreue vorwarf … Dann hatte sie den Papierfetzen mit dem Stempel der Swinemünder Garnison gefunden … angenommen, Baldur hätte Achims Dankesbrief zerrissen … und Achim hätte längst ihren Namen vergessen …

Es war eine schwierige Zeit gewesen, geprägt von Zweifel, Hoffnung – und Angst vor Baldur.

Fenja hielt inne.

Ja, sie liebte Achim noch genauso wie damals.

Zweifel und Hoffnung waren geblieben – und die Angst, ihn doch noch zu verlieren … an Sophie … an Afrika …

Was hatte diese Angst angefacht?

Ein Bild schob sich vor ihr inneres Auge: Ihr Vater neben der alten Grit auf der Bank vor dem Haus. Er hatte gelacht, die Felder, hatte er gesagt, seien nichts wert, und sie und Hiltrud arm wie die Mäuse im Stroh. Dann war er zusammengebrochen.

Sie durfte nicht mehr denken. Nicht jetzt.

Sie holte Feger und Kehrblech, rückte Truhen, Kisten und Körbe beiseite, band lose Bündel Schaffell zusammen, nahm längst verdorrte Kräuterbündel vom Dachbalken und begann die Dielen zu fegen. In einer dunklen Ecke stieß ihr Besen gegen etwas Hartes. Sie beugte sich vor und ertastete ein schwarzes Metallkästchen. Es war fest verschlossen. Sie drehte es unter dem Dachfenster hin und her. An einigen Stellen war das Metall rostig geworden, und der Deckel wies Dellen auf. Fenja war sich sicher, dass sie dieses Kästchen nie zuvor gesehen hatte. Sie verließ das staubige Dämmerlicht des Dachbodens und lief mit dem Kästchen in die Werkstatt ihres

Vaters. Mit Zange, langem Nagel und einem Hammer gelang es ihr, sein verrostetes Schloss aufzustemmen.

In ihm lagen, eingewickelt in ein besticktes Leinentuch, eine Bibel und ein Gesangbuch. Fenja schlug die Bibel auf. Getrocknete Blüten waren zwischen die Seiten gepresst, Vergissmeinnicht, Ginster, Weißdorn. Im Neuen Testament fiel ihr eine Rose auf, die den ersten Brief des Paulus an die Korinther markierte. Einem Lesezeichen gleich war ein Dorn durch das Papier gestochen worden, direkt neben Kapitel dreizehn, Vers vier.

Die Liebe ist langmütig und freundlich,
die Liebe eifert nicht,
die Liebe treibt nicht Mutwillen,
sie blähet sich nicht …

Drei Zeilen weiter waren Unterstreichungen zu erkennen. Fenja hielt die Bibel dichter unter das Licht und las: *Sie verträgt alles, sie glaubet alles, sie hoffet alles, sie duldet alles.* Quer zum Text aber hatte jemand etwas notiert. Fenja drehte die Bibel, so dass sie die Wörter besser entziffern konnte: *Die Liebe höret nimmer auf.* 13. Oktober 1882.

Es war der achte Vers, in der Handschrift ihrer Mutter.

Was hatte das zu bedeuten? Fenja war so aufgeregt, dass sie beschloss, sich zunächst einmal auf ihre altvertraute Weise abzulenken.

Sie liebte den Duft der Edelwicke und machte sich auf, ihre zarten weißrosa und purpurnen Blüten in einer sonnigen Ecke des Gartens einzusammeln. Ihre Mutter hatte ihre Samen vor langer Zeit von einer Berlinerin als zusätzlichen Dank für ihre Leinentücher geschenkt bekommen und Jahr für Jahr neu ausgesäht. Fenja hielt die Blüten in ihren hohlen Händen, tauchte in ihren Duft ein. Wie gut das tat! Sie holte die vertrauten Gerätschaften ihrer Mutter hervor, dazu die Reste von Bienenwachs, Lanolin, Weizenkeimöl, Rosenblütenwasser und Rosenöl. Für eine kleine Dosis Creme würden es reichen.

Berthold striegelte auf dem Hof in der Nähe des Küchenfensters das Pferd. Fenja war beruhigt. Sie nahm die Edelwickenblüten, weichte sie im Rosenwasser ein, heizte den Ofen an und schmolz Bienenwachs und Lanolin in einem Wasserbad. Langsam füllte sie das gelöste Fett mit dem Weizenkeimöl auf. Erst als die Mischung siebzig Grad Celsius erreichte, gab sie das Rosenblütenwasser samt Edelwickenblüten Tropfen für Tropfen, Blüte für Blüte hinzu. Sie rührte alles vorsichtig um und stellte den Topf zum Kühlen auf die Fensterbank. Sobald die Creme auf Handwärme abgekühlt wäre, würde sie drei Tropfen des Rosenöls hinzutun, die Creme nochmals vorsichtig durchrühren und in ein luftdichtes Glas verschließen.

Eine kleine Dosis, aber eine unvergessliche Erinnerung an den Fund, den sie heute gemacht hatte.

Ihre Mutter hatte einmal geliebt so wie sie jetzt.

Fenja überlegte. Ihr Vater hatte heute um einen Kranz für das Grab ihrer Mutter gebeten. Er hatte davon gesprochen, dass er ihr bald folgen würde. Fenja rief sich den Bibelspruch in Erinnerung: *Die Liebe höret nimmer auf.*

Ihre Mutter hatte diese Worte am dreizehnten Oktober 1882 notiert, sieben Wochen vor Hiltruds erstem Geburtstag am dritten Dezember.

Hatte sie Paul so sehr geliebt?

Aber wenn ihre Mutter an die Liebe über den Tod hinaus geglaubt hatte, hätte sie mit ihm zu Lebzeiten glücklich sein müssen.

Kam sie dem Geheimnis um das weibliche Erbe ihrer Mutter jetzt näher?

Sie hatte beschlossen, ihren Vater auf diesen Fund anzusprechen. In Gedanken versunken, eilte sie mit Berthold in die Stadt zurück. Als das Krankenhaus in Sichtweite kam, blieb Berthold plötzlich abrupt stehen. »Wem gehört jetzt eigentlich das Segelboot von diesem Hocks, Fenja?«

»Meinem Vater«, erwiderte sie. »Zuerst wollte Baldurs Vater es mir schenken, um Baldurs Schandtat wiedergutzumachen. Ich finde das makaber. Da ich sein … sein Geschenk abgelehnt habe, nahm es mein Vater an. Sie sind ja alte Freunde und achten wirklich penibel darauf, nur ja nie den anderen zu enttäuschen.« Sie verzog ihr Gesicht. »Männer können seltsam sein.«

»Ihr Vater ist also jetzt der Eigner«, wiederholte Berthold gewissenhaft. »Aber Sie haben es getauft, stimmt das?«

»Ja, leider. Ich bereue es, ich habe nur meinem Vater nachgegeben.«

»Und wie heißt es?«

»Neptuna.« Sie lächelte ihm zu. »Du siehst, ich habe dabei an dich gedacht, Berthold. Erinnerst du dich, wie du mich während unserer ersten Reise nach Berlin über deinen Meeresgott Neptun aufgeklärt hast?«

Er grinste. »Und Sie haben aufgepasst, gut gemacht, Fenja. Aber dieses Boot gefällt mir. Es ist aus afrikanischem Edelholz, nicht?«

»Ja, aus Khaya-Mahagoni …«

»Und liegt hier wie auf Wüstensand«, unterbrach er sie. »Ich würde so gerne segeln. Glauben Sie, dass ich Ihren Vater fragen könnte, ob er es mir verkaufen würde?«

Ein ungutes Gefühl beschlich sie. In jener Nacht hatte Berthold auf dem Boot gestanden und aus Furcht vor Baldur geschwiegen, im Schatten dieses Bootes hatte Baldur sie überwältigt …

»Ich weiß es nicht, Berthold«, erwiderte sie zögernd. »Die

Reise nach Schweden ist erst einmal aufgeschoben. Es war nichts als ein dummer Altmännertraum.«

»Glauben Sie, dass Ihr Vater das Boot trotzdem behalten möchte?«

»Ich weiß es nicht, du kannst ihn ja fragen. Versuche, ihn nicht aufzuregen.«

»Und wo sind die Karten, Fenja? Sie sind bestimmt noch wertvoller als das Boot.«

»Ich habe sie, Berthold. Wenn du magst, zeige ich sie dir.« Sie lächelte ihm zu. Er nickte, eilte voraus und hielt ihr die Tür zum Krankenhaus auf.

Noch immer saß Matthies an Pauls Bett. Dieser freute sich, Berthold zu sehen. »Du wärst wohl gerne mit uns nach Schweden gesegelt«, meinte er launig.

»Sehr gern, aber mein Vater erlaubte es nicht.«

Paul wechselte einen beredten Blick mit Matthies.

»Hör zu, Berthold. Ich bin ein armer Mann. Außer diesem Boot habe ich nichts zu vererben, Fenja will es nicht. Nimm du es, wenn es dir gefällt.«

Überglücklich drückte Berthold ihrem Vater die Hand. Matthies erhob sich schwerfällig und trat ans Fußende des Bettes. Berthold folgte ihm. »Können Sie mir etwas über den Bau des Bootes erzählen, Herr Hocks?«

»Das hätte mein Sohn besser gekonnt als ich.«

»Bitte, erzählen Sie mir etwas, Sie wissen doch bestimmt viel …«

Fenja beugte sich zu ihrem Vater vor. »Ich habe Mutters Bibel gefunden. Was ist ein Jahr vor meiner Geburt geschehen, Vater? Am dreizehnten Oktober?«

Matthies warf Paul einen überraschten Blick zu. Dieser hob abwehrend seine Hand. »Nicht jetzt, Fenja«, flüsterte Paul schwach, »nicht jetzt.«

Kapitel 17

Als Fenja in die Hoschwitzsche Villa zurückkehrte, war Liane Hoschwitz dabei, Anweisungen für die Abreise nach Berlin zu geben. »Für uns«, meinte sie, »ist die Sommersaison vorerst beendet. Berthold, wir werden übermorgen heimfahren. Dein Vater möchte, dass wir dich in einem exquisiten Jungengymnasium anmelden. Er legt Wert darauf, dass du mit Gleichaltrigen zusammen bist und nicht mehr von Privatlehrern unterrichtet wirst.«

»Endlich! Aber ich möchte noch etwas hierbleiben, ich habe nämlich das Segelboot von Fenjas Vater geschenkt bekommen.«

»Dieses Mahagoni-Boot? Oh, so ein Boot verschenkt man doch nicht einfach. Ich werde es Ihnen bezahlen, Fenja.«

Fenja wehrte ab, doch Liane Hoschwitz beachtete sie nicht, ging stattdessen vor Berthold in die Hocke. Sie schaute ihn ernst an. »Hör zu, mein Sohn. Im Moment ist das Boot nicht so wichtig. Herr von Bening war vorhin bei mir. Er wird morgen abreisen. Sein Vater will mit ihm etwas Dringliches klären. Es klang nach einer recht leidigen Angelegenheit. Der Rittmeister lässt dir ausrichten, dass er dich in drei Tagen auf dem Gestüt seines Vaters erwartet. Verärgere ihn nicht, er scheint im Moment recht belastet. Du wirst also in Berlin sofort zu ihm gehen und dir seine Pferde ansehen. Vater wird ihn am nächsten Freitag treffen. Es wäre gut, wenn du bis dahin das richtige Pferd für dich ausgesucht hast. Dein Vater möchte es bezahlen und nicht als Geschenk von Herrn von Bening annehmen. Anscheinend ist die Stimmung zwischen beiden etwas getrübt.«

»Das ist mir egal. Ich will aber hierbleiben und segeln! Noch ist es warm, der Wind hat die richtige Stärke, Fenja kennt Fischer …«

»Berthold, die Zeit drängt. Und wir müssen tun, was Vater von uns erwartet. Du kannst ja am nächsten Wochenende mit Fenja noch einmal hierherkommen. Aber zunächst müssen wir dich in einer richtigen Schule anmelden.«

Achim musste eine schwierige Angelegenheit mit seinem Vater klären, mit dem er sich zerstritten hatte. Fenja erinnerte sich, dass Achim die Absicht geäußert hatte, ein Krankenhaus zu bauen. Dafür würde er sehr viel Geld benötigen. Was würde er tun, wenn sein Vater ihn enterbte? Würde er noch zuversichtlich genug sein und die Kraft haben, um sie zu kämpfen?

Fenja wich Lianes forschendem Blick aus.

Da Fenja mithalf, die Koffer für Berthold zu packen, fand sie erst am nächsten Tag, zwei Stunden vor dem Abendessen, Zeit, noch einmal ihren Vater aufzusuchen.

»Was ist damals im Herbst, ein Jahr vor meiner Geburt, geschehen?«

Er drehte den Kopf zur Seite und vermied es, sie anzusehen, als schäme er sich. »Wir haben im August '80 geheiratet, am dritten Dezember '81 wurde Hiltrud geboren. Im Jahr darauf fing deine Mutter an, mir aus dem Weg zu gehen. Sie lief oft mit der Kleinen in den Wald und blieb lange fort. Im Herbst wurde sie melancholisch, weinte viel.«

»Warum?«

Er atmete flacher und schneller. »Weißt du, du siehst deiner Mutter zwar nicht sehr ähnlich, bist aber hübsch wie sie, kannst ebenso schön singen, wenn auch nicht so hell wie sie. Sie hat dir nur diesen Hüftschwung vererbt, der uns Männer verrückt macht … Na ja, zuerst war ich stolz, dass sie Matthies' Antrag abgelehnt und mich genommen hat. Aber sie machte mir das Leben zur Hölle.«

»Ich habe immer geglaubt, sie hätte unter dir gelitten.«

»Später, ja, das wohl. Stell dir vor, sie konnte neben mir liegen, neben mir stehen, neben mir Tafeltücher bügeln oder Knopflöcher nähen, ganz gleich. Sie war mit ihren Gedanken immer woanders. Im Laufe der Zeit machte mich das wütend. Meine Ruhe fand ich nur bei Matthies.«

»Wer war der Mann, den sie geliebt hat?«

Er verzog das Gesicht. »Ich weiß es nicht. Aber er muss sie wohl um den dreizehnten Oktober herum verlassen haben.«

Kapitel 18

Die Stille im Haus war erdrückend. Hoschwitz war in Berlin, Berthold schlief, ebenso das Hauspersonal, und Liane war allein ausgegangen. Fenja fand keine Ruhe. Unablässig malte sie sich Szenen, Gespräche aus. Sie konnte nicht schlafen und lief schließlich hinunter an den Strand.

Wen hatte ihre Mutter geliebt? Warum war ihre Liebe unerfüllt geblieben? Lebte dieser Mann etwa in Berlin? Hatte ihre Mutter deshalb in ihrer Sterbestunde sie beziehungsweise Hiltrud in die Hauptstadt schicken wollen, weil sie mit ihr die Erinnerung an die große Liebe ihres Lebens verbunden hatte?

Je mehr Zeit verfloss, desto bewusster wurde Fenja, wie müßig es war, über diese Dinge nachzudenken. Ihre Mutter war tot, wen immer sie geliebt haben mochte, es spielte jetzt keine Rolle mehr.

Ihre Fragen bewegten sich von der Vergangenheit in die Zukunft. Was sollte sie als Erstes in Berlin tun, um ihre Ziele voranzutreiben? Würde ihr Mathilde Kirschner bei der Suche nach geeigneten Räumen für einen Kinderhort helfen können? Oder wäre es besser, nach einem Makler Ausschau zu halten? Sie würde ihn bezahlen können, da Liane Hoschwitz ihr Geld für das Segelboot angeboten hatte. Überhaupt fragte sich Fenja, ob Liane ihr Versprechen halten würde …

Fenja schaute auf das lichtlose Blauschwarz der Wellen hinaus und versuchte, an nichts mehr zu denken. Vergeblich. Kühler Wind kam auf. Sie fröstelte, und im gleichen Moment kehrte die Erinnerung an das zurück, was sie die ganze Zeit über verdrängt hatte.

Vor ihrem inneren Auge sah sie noch einmal Liane

Hoschwitz in dem mauvefarbenen Kleid aus Seidentaft und Tüll vor sich. Sie hatte vor gut einer Stunde vor dem Spiegel in der Eingangshalle gestanden und ein weißes Pelzcape um ihre Schultern drapiert. »Ich hole heute Abend nach, worum mich mein Mann neulich vergeblich gebeten hatte« – hörte Fenja sie sagen –, »und werde eine ungewöhnliche Frau kennenlernen. Ich freue mich darauf. Und Herr von Bening wird mich begleiten.«

Warum ging Achim mit der Frau aus, die ihn begehrte?

Fenja hatte vorgehabt, am folgenden Wochenende mit Berthold zurück nach Ahlbeck zu fahren. Doch es kam anders. Schon am Tag ihrer Rückkehr nach Berlin wies Liane Hoschwitz ihren Sekretär an, Termine mit Schulleitern anerkannter Jungengymnasien zu vereinbaren. Sie gab Fenja die nächsten drei Vormittage frei. Berthold war aufgeregt, freute sich auf den neuen Lebensabschnitt. Endlich war er befreit, endlich würde er so leben können wie alle Jungen seines Alters. Und er fieberte der geplanten Segeltour entgegen.

Fenja fiel es schwer, sich mit ihm zu freuen. Sie war erschüttert. Liane Hoschwitz hatte ihr die Vorfreude auf den Einzug in ihren kleinen Wohntrakt in der Wannsee-Villa gründlich verdorben. Denn seit dieser letzten Ahlbecker Nacht war Liane heiter, wie von einer süßen Spannung erfasst.

War es ihr gelungen, Achim zu verführen?

Fenja wurde noch misstrauischer, als Liane Hoschwitz ihr eine viel zu hohe Summe für das Segelboot zahlte. Es schien ihr, als wolle sie den Triumph ihrer Liebesnacht mit Geld überspielen.

»Fangen Sie ruhig mit Ihrer neuen Arbeit an, Fenja«, ermutigte sie sie gut gelaunt. »Arbeiten Sie für das, was Ihnen am Herzen liegt. In wenigen Tagen wird Berthold zur Schule gehen und Sie nur noch nachmittags brauchen. Aber kein Wort zu meinem Mann. Ich werde Sie unterstützen, soweit es mir möglich ist, und ich werde schweigen. Sollte mein Mann aber etwas erfahren, könnte er sich aufregen und womöglich in einer Herrenrunde etwas ausplaudern. Und dann könnte sich herumsprechen, dass das Mädchen, das den Skandal um Herrn von Bening verursacht hat, erneut auf sich aufmerksam macht, und zwar hier in Berlin und noch dazu in dubiosem Umfeld.«

Sie erpresste Fenja und wollte ihr ein schlechtes Gewissen einreden, wollte, dass sie sich in die Arbeit stürzte, damit sie keine Zeit mehr hatte, an Achim zu denken. Sie ging großzügig mit dem Geld ihres Mannes um, gaukelte ihr Vertrauen und gesellschaftlichen Schutz vor, um tun zu können, wozu ihre Lust sie trieb … Carl Friedrich Hoschwitz mochte als Unternehmer Macht haben, als Ehemann war er ohnmächtig. Wäre Fenja selbst nicht so unglücklich, hätte er ihr leidtun können.

Immer, wenn ihre Angst um Achim und ihre Liebe kaum zu ertragen war, dachte sie an Mia. Sie hatte ihr Mut gemacht, ihr zu Geduld geraten und gesagt, dass man Liebe lernen müsse. Was aber, wenn ihre Liebe immer wieder von Misstrauen erschüttert wurde?

Was waren Achims Beteuerungen wert, wenn er sich verhielt, als müsse er keinerlei Rücksicht auf sie nehmen?

Fenja hatte begriffen, dass er widersprüchlich erschien, weil er in einer Welt festgelegter Regeln seinen eigenen Weg durchzusetzen versuchte. Aber jetzt fürchtete sie, dass all die Verpflichtungen, die sich aus seinen Beziehungen ergaben, seine Liebe zu ihr zerstören könnten.

Wie lange, fragte sie sich, würde sie die Kraft haben, ihm immer wieder zu vertrauen?

Sie nahm sich vor, ihm vorerst aus dem Weg zu gehen. Sie brauchte Zeit, um Ruhe für sich selbst zu finden.

Während Berthold allein mit dem Fahrrad zum von Beningschen Besitz radelte, setzte sie sich an ihren Sekretär und schrieb an Mia und Edda.

Am Freitagabend kehrte Hoschwitz erschüttert aus der Stadt zurück. Er verbat Fenja und Berthold sofort, ohne einen Grund zu nennen, die Fahrt nach Ahlbeck, irrte unruhig von Raum zu Raum, lief in den Garten hinaus, schnitt Rosen, holte eine Säge und dünnte Bäume und Obststräucher aus. Jedes Mal, wenn Liane ihm nachfolgte und ihn ansprach, wandte er sich ab.

Fenja erinnerte sich, dass er wenige Tage vor ihrer Abreise aus Ahlbeck mit Achim das spiritistische Medium aufgesucht hatte. Danach hatte Fenja ihren Streit belauscht. Hoschwitz war überzeugt gewesen, das spiritistische Medium habe ihn endlich geheilt. Und er hatte Achim davor gewarnt, Liane zu nahe zu kommen. Achim war nicht darauf eingegangen, hatte ihn stattdessen für diesen Tag in die Charité bestellt, um den möglichen Heilerfolg wissenschaftlich überprüfen zu lassen.

Fenja erinnerte sich, Mittwochnacht von lautem Klavierspiel aus dem Schlaf gerissen worden zu sein. Sie war aufgestanden und hatte die Eheleute im Salon lachen gehört. Hoschwitz hatte ein bekanntes Salonstück begonnen, und Liane hatte zu singen versucht, abgebrochen, gescherzt und lachend von neuem begonnen …

»Carl, ich bin so glücklich … Lass uns tanzen, komm, stell das Grammophon an, ja?«

Das Klavierspiel verstummte.

»Ja, warum nicht?« Hoschwitz' Stimme. »Dabei hätte ich Lust, dich auf den Flügel zu setzen …«

»Du willst …? Du könntest …?«

Grammophonmusik hatte eingesetzt, und Fenja war eilig in ihr Zimmer zurückgehuscht. Hatte Hoschwitz nicht nur spirituelle Kraft, sondern auch die Leidenschaft seiner Frau geheilt, deren ganzes Begehren einem anderen Mann galt? Aber warum war er jetzt völlig aufgelöst, Liane verunsichert, und warum ließ sich Achim nicht blicken?

Da Berthold am Samstagmorgen mit dem Hausverwalter den Grundriss für einen Pferdestall besprechen durfte, nutzte Fenja die Zeit, um Mathilde Kirschner aufzusuchen. Leider war sie unterwegs, und so hinterließ Fenja ihr eine Nachricht samt Telefonnummer und fuhr wieder zurück nach Wannsee. Dort war die Stimmung noch immer angespannt.

»Mein Vater liegt im Bett«, erklärte ihr Berthold. »Ich glaube, er ist krank, deshalb dürfen wir nicht an die See fahren.«

»Vielleicht sieht in einer Woche schon wieder alles anders aus«, meinte Fenja.

»Ja, vielleicht.«

Zu ihrer Überraschung hörte sie, dass Achim zum Abendessen erwartet wurde. Möglicherweise hatte Liane ihn eingeladen, um Näheres über das Unwohlsein ihres Mannes zu erfahren. Fenja hingegen wurde von einer eigenartigen Aufregung erfasst. Sie fragte Liane, ob sie sich im Garten einen Strauß Dahlien zusammenstellen dürfte. Liane nickte fahrig und bat sie, ihr ein Blumengesteck aus Rosen für die Tischdekoration mitzubringen. War Liane so sehr in Achim verliebt, dass sie ihm auch noch Rosenblüten zwischen Porzellan und Silber ausstreuen wollte? Fenja spürte eine wachsende Wut in ihrem Bauch. Sie lief in den Garten hinaus, wanderte ziellos umher, roch an Bauernjasmin und Sommer-Spiere, betrachtete Hibiskus, Gladiolen, Herbstastern und Chrysanthemen, schnitt einen Strauß gelborangeroter Dahlien – und ignorierte die weiß und rosé blühenden Stockrosen.

Sie hatte schon fast die Steinmauer erreicht, die den Park zum Wald hin abgrenzte, als sie Achim zwischen den Bäumen auf seinem Pferd nahen sah. Er grüßte, winkte ihr zu, doch sie wandte sich ab, schlug einen von Birken umsäumten Pfad ein, der in weitem Bogen ostwärts um den Park führte. Hinter sich hörte sie Achims Pferd über die Grundstücksmauer springen.

»Fenja!«

Sie drehte sich hastig um. Der Dahlienstrauß streifte die Brust des Pferdes, und eine gelbe Blüte fiel zu Boden. »Warum bist du heimlich mit Frau Hoschwitz ausgegangen, Achim?«

»Glaubst du, ich hätte dich mit ihr betrogen?«

»Wie sollte es anders sein? Sie war am nächsten Morgen so heiter. Du musst sie glücklich gemacht haben. Dass du ein guter Liebhaber bist, habe ich mir vorstellen können, nicht aber, dass ich dir nicht vertrauen kann.«

Er sprang aus dem Sattel, hob die Dahlie auf, reichte sie ihr. »Ich bin vergeben, erinnerst du dich?«

Sie wehrte ab. »Liebe ist kein Spiel, Achim.«

»Das weiß ich, Fenja.« Er hielt die Dahlie in der hohlen Hand, roch an ihr. »Aber ich spiele nicht. Ich liebe dich.«

»Du hast Liane vor wenigen Tagen … geliebt«, flüsterte Fenja.

»Nein, so war es nicht, das schwöre ich dir bei meiner Ehre als Offizier. Ich habe sie zu Grillwitz begleitet, weil sie das spiritistische Medium ihres Mannes kennenlernen wollte, Fenja. Mehr ist nicht passiert.«

»So ist Herr Hoschwitz also geheilt, und du bist unschuldig.«

»Nein, ich meine, ja, Fenja, hör zu …«

»Warum ist Liane so glücklich und ihr Mann nicht?«, unterbrach sie ihn aufgebracht.

»Es ist eine etwas delikate Angelegenheit, Fenja. Wenn ich dir jetzt die Wahrheit sage, versprich mir, dass du sie für dich behältst.« Er legte seinen Arm um sie, zog sie an sich. Sie schloss die Augen. Wie so oft hatte sie das Gefühl, als beruhige und errege er sie zugleich.

»Hoschwitz hat mich während des Burenkrieges einmal in Afrika besucht. Das ist jetzt sechs Jahre her, seitdem hat er gewisse Probleme. In der Zeit davor hatte es ihn allerdings sehr belastet, dass seine Frau durch Bertholds plötzliche Lähmung innerlich erstarrt war und Angst davor hatte, ein weiteres Mal schwanger zu werden. Das alles änderte sich, als sie mich kennenlernte. Berthold war neun Jahre alt, sie wurde vierunddreißig und hat wohl erkannt, dass sie nicht mehr viel Zeit haben würde, um weitere Kinder zu bekommen. Sie begann mit mir, aber auch mit anderen Herren zu flirten. Hoschwitz hat es geduldet, obwohl er dadurch noch mehr an seine Schwäche erinnert wurde. Er hörte von Grillwitz' spiritistischem Medium und bat mich, ihn mit dieser Dame bekannt zu machen. Du weißt, wir haben uns schon immer gut verstanden und vertrauen einander. Beim letzten Mal war er sich ganz sicher, sie habe diesen Bann in ihm gelöst. Nach seiner Abreise aus Ahlbeck machte er allerdings einen fatalen Fehler. Er wollte seinen Heilerfolg in anderem Umfeld bestätigt sehen und suchte ein exklusives Etablissement auf. Eines, in dem leider auch Kolonialbeamte verkehren.«

»Was heißt das?«

»Hoschwitz hat sich dort eine Infektion zugezogen. Ich war heute mit ihm in der Charité. Er musste sich dem Befund eines erfahrenen Kollegen stellen. Er ist niedergeschlagen, weil die Karbolsäure, mit der er sich in den letzten Tagen selbst behandelt hat, natürlich nicht das richtige Mittel ist. Er hofft auf die neuesten Forschungsergebnisse.«

»Achim, ich verstehe das nicht. Ist er so krank, dass ihm nichts anderes helfen kann als die Forschung?«

»Er wird nicht sterben, aber die Entzündung wird sich ausweiten, wenn sie nicht behandelt wird. Nach unserem Wissen wurde sie durch ein in Afrika beheimatetes Bakterium ausgelöst. Wie sollen wir es so schnell bekämpfen, da wir noch nicht einmal Menschen retten können, die an Lungen- oder Hirnhautentzündung, Kindbettfieber oder Blutvergiftung erkrankt sind. Sie müssen alle sterben, so wie damals deine Mutter, Fenja. Es ist die größte Herausforderung für die Medizin, chemische Stoffe so miteinander zu verbinden, dass ein Wirkstoff entsteht, der die Menschen vor dem sicheren Tod bewahrt.«

»Hoffentlich muss Berthold nicht miterleben, dass die Wissenschaft seinen Vater im Stich lässt, Achim. Was hast du ihm denn heute geraten?«

»Es gibt nur eine Hoffnung für ihn. Professor Ehrlich, ein berühmter Immunologe, befasst sich im Moment nicht nur intensiv mit Krebsforschung, sondern experimentiert immer noch mit Bakteriziden, um Infektionskrankheiten therapieren zu können. Er hat schon Emil von Behring erfolgreich bei der Entwicklung des Diphtherieserums unterstützt.«

»Serum? Was ist das?«

»Das ist der lateinische Begriff für Impfstoff, Fenja, verzeih, ich bin im Geiste so ganz und gar bei Hoschwitz, dass ich mir gar nicht vorstellen kann, du könntest mich nicht verstehen.«

»Solange ich dich fragen kann …« Sie lächelte.

»Ja, unterbrich mich, wann immer dir etwas unklar ist.« Seine Augen blieben einen Moment lang auf ihrem Mund ruhen. Dann straffte er sich und fuhr fort. »Also, ganz schnell noch, Fenja, damit du auch wirklich im Bilde bist. Ein kleiner Kreis Eingeweihter weiß, dass Ehrlich das Ziel hat, ein Mittel gegen die Syphilis zu entwickeln. Hoschwitz könnte also vielleicht geholfen werden, wenn er einwilligt, eine von Ehrlichs antibiotischen Proben …«

»Antobio…? Achim, ich fürchte …«

Er grinste. »Wenn ein Stoff Mikroorganismen wie Krankheitserreger abtöten kann, bezeichnet man seine Wirkung als antibiotisch … Also, wenn ich ihn jetzt in den Händen hätte, könntest du ihn mitnehmen und den Schimmelbefall auf Brot oder Marmeladen bekämpfen …«

»Aha, und Hoschwitz will ein solches Mittel an sich testen lassen.«

»Ja, glücklicherweise ist die Krankheit bei ihm noch im Anfangsstadium, aber er sollte sich sofort intensiv medikamentös behandeln lassen. Er muss sich nur noch entscheiden. Sobald er zu einem Entschluss gekommen ist, wird mein Kollege an der Charité einen Kontakt zu Professor Ehrlich herstellen.«

»Der Professor arbeitet hier in Berlin?«

»Nein, er wurde zwar einmal von Robert Koch persönlich an das ›Preußische Institut für Infektionskrankheiten‹ hier in Berlin gerufen, doch das ist schon vierzehn Jahre her. Das Institut wurde dann nach Steglitz verlegt, und Professor Ehrlich wurde der Direktor. Jetzt heißt es ›Königliches Institut für experimentelle Therapie‹ und hat seinen Sitz in Frankfurt, mit Ehrlich an der Spitze.« Er strich seinem Pferd über den Hals. »Das Beste wäre, Hoschwitz würde Ehrlich aufsuchen, aber ich fürchte, das will er nicht.«

»Er hat wenig Zeit.«

»Das allein ist nicht der Grund, Fenja. Die Wahrheit ist, Ehrlichs Schwiegervater, Josef Pinkus, ist ein bekannter Textilunternehmer. Er unterstützt Ehrlichs intensive Forschungen finanziell. Für Hoschwitz als Tuchfabrikant wäre es nicht nur peinlich, sondern geradezu geschäftsschädigend, würde herauskommen, dass er sich infiziert hat. Alles muss so anonym und geheim wie irgend möglich vonstattengehen. Ich gehe davon aus, dass du niemandem von seinem Zustand etwas erzählst, Fenja.«

»Natürlich. Also, die Krankheit ist ansteckend?«

»Ja, sie wird ausschließlich über den Beischlaf übertragen.«

»Herr Hoschwitz weiß es also und kann es seiner Frau nicht sagen.«

»So ist es, Fenja.« Achim presste die Lippen aufeinander. »Aber das ist nicht alles. Es ist viel schlimmer. Bei dieser Untersuchung heute wurde nämlich festgestellt, dass er … dass er möglicherweise zeugungsunfähig ist.«

»Dann wäre Berthold nicht sein Sohn?«

»Ja, vielleicht.«

»Und was sagt Herr Hoschwitz dazu?«

»Mein Kollege und ich haben beschlossen, ihm zunächst einmal nichts zu sagen. Außerdem steht ja nicht hundertprozentig fest, dass er an einer absoluten Zeugungsunfähigkeit leidet. Heute konnte mein Kollege erst einmal nur Rückschlüsse von der auffallenden Normabweichung ziehen, die er unter dem Mikroskop erkannt hat. Im Übrigen kennen wir in der Medizingeschichte Fälle, wo ein Mann in seiner ersten Ehe keine Kinder zeugt, in seiner zweiten sehr wohl. Impotenz ist eine heikle Angelegenheit und hängt von vielen Faktoren ab, nicht nur von seelischen oder körperlichen.«

»Oh, das ist ja wirklich sehr heikel. Armer Berthold. Also gut, du sagst, du hättest Liane nicht verführt, wer war es dann?«

»Grillwitz«, erwiderte er. »Er war vom ersten Moment an von ihr fasziniert.«

»Und sie wollte unbedingt schwanger werden. Ob er auch der Vater von Berthold ist?«

»Ich weiß es nicht, Fenja. Wichtig ist nur, dass Hoschwitz erst einmal nichts erfahren darf. Für ihn würde die Welt zusammenbrechen. Du weißt, welche Pläne er mit Berthold hat. Er denkt nur an sein Unternehmen, hofft auf Berthold als seinen Nachfolger. Wir müssen ihn schützen, den Jungen – und Liane. Denn wenn sie jetzt erneut schwanger würde, wäre es möglich, dass Hoschwitz sich von ihr scheiden lässt. Dann hätten wir zwei unglückliche Kinder.«

»Das wäre furchtbar für Berthold! Er freut sich so sehr, geheilt zu sein und zur Schule gehen zu können. Du hast recht, Achim, wir müssen schweigen.« Sie küsste ihn auf den Mund. Er erwiderte ihren Kuss, zog sie fest an sich.

»Fenja, ich muss jetzt zu Liane Hoschwitz gehen. Sie erwartet von mir Genaueres über Hoschwitz' Krankheit. Wann sehen wir uns wieder?« Seine Hand streifte ihr Haar, ihren Nacken.

»Vielleicht fahre ich am nächsten Wochenende allein mit Berthold nach Ahlbeck. Er möchte so gerne segeln. Könntest du nicht nachkommen?«

»Ich kann es dir noch nicht versprechen, Fenja. Sophie ist jedenfalls in Ahlbeck, und ich habe hier noch einiges zu erledigen. Du weißt ja, dass ich so bald wie möglich nach Afrika zurückfahren will, um dort eine Schuld zu begleichen. Ich verspreche dir, ich werde dir alles berichten, sobald ich ein reines Gewissen habe.«

»Gehst du nicht ein großes Risiko ein, in Afrika krank zu werden?« Sie sah ihn an.

»Ich würde keine einzige Frau so berühren wie dich.«

»Du wärst monatelang fort …«

»Selbst ein Reserveoffizier ist der Selbstdisziplin mächtig.« Er lächelte und küsste sie erneut. Sie schmiegte sich an ihn.

»Ich wünschte mir, ich könnte mir sicher sein, dass Sophie Maron dich freigibt.«

»Es wäre der Beweis ihrer Liebe …« Er nahm ihre Hände und sah sie liebevoll, aber ernst an. »Ich liebe dich. Und ich habe mich für dich entschieden, für niemanden sonst auf dieser Welt.«

Noch am späten Abend rief Mathilde Kirschner zurück und verabredete mit Fenja einen Termin Mitte der nächsten Woche.

Am Montagmorgen machte Fenja sich auf den Weg, Berlin

kennenzulernen. Sie wollte jede freie Stunde nutzen, um sich innerhalb kürzester Zeit einen Eindruck von den Gegebenheiten zu verschaffen. Drei Tage lang fuhr sie kreuz und quer durch die Stadt. Je länger sie unterwegs war, desto heftiger wurden ihre Kopfschmerzen wegen des ungewohnten Großstadtlärms und der ätzenden Gerüche. Doch sie wollte durchhalten, sie wollte ihren Plan in die Tat umsetzen und den Kindern helfen, die mehr ertragen mussten als Lärm und Gestank. Sie bestieg eine Hochbahn nach der nächsten, kreiste von Stadtbahnring zu Stadtbahnring, hastete von Stadtteil zu Stadtteil, nahm Droschken, um in die Elendsviertel der Mietskasernen und an jene Orte zu gelangen, von denen Hiltrud ihr berichtet hatte. Das Elend erschütterte sie. Mehr als der sichtbare Schmutz, die hohlwangigen Gesichter, die Zeichen von Armut und Krankheit berührte sie der Blick aus den Augen der Kinder.

In manchen flammte Trotz auf, andere erinnerten Fenja an zersplitterte Spiegel. Was musste ein Kind erlitten haben, das keine andere Erlösung als den Tod ersehnte?

Die Tage verflogen im Rausch ihrer Arbeit. Endlich bot ihr der Makler, den ihr Mathilde Kirschner empfohlen hatte, im ehemals berüchtigten Armenviertel »Neu Voigtland« in der Spandauer Vorstadt, zwischen dem ehemaligen Hamburger Tor und dem bestehenden Oranienburger Tor, ein passendes Haus. Umgeben von schmalen, fünf- bis sechsstöckigen Mietshäusern, deren Innenhöfe so winzig waren, dass gerade einmal ein Spritzfahrzeug der Feuerwehr wenden konnte, war es einer der wenigen Backsteinbauten, der die achtziger Jahre der Bodenspekulationen überdauert hatte.

Fenja unterhielt sich mit Geistlichen, Gemeindeschwestern, Rote-Kreuz-Vertretern und erfuhr, dass es hier noch immer menschliche Schicksale gab, die an Zeiten erinnerten, die man längst vergangen glaubte. Räume, die untervermietet wurden, pro Kammer eine Familie mit mehr als vier, fünf, sechs Kindern, Bettstellen, die zusätzlich an Schlafgänger weitervermietet wurden, halbwüchsige Mädchen, die auf Strohsäcken zwischen Schlafburschen und siechen Greisen schliefen, Kinder, die täglich Zeuge lieblosen oder gewalttätigen Beischlafs waren, Kinder, die von verbitterten Müttern an perverse Männer verschachtert wurden, Kinder, die in Schmutz und Unrat spielen oder in den umliegenden Fabriken schuften oder, wenn sie noch zu klein waren, bei Lärm und Staub ausharren mussten, bis ihre übermüdeten Mütter gerade noch so viel Kraft hatten, ihre ausgemergelten Säuglinge vom Boden aufzulesen und in ihre Mietskasernenlöcher zurückzuschlurfen.

Sie würde Unterstützung benötigen, Handwerker, die die Räume neu herrichteten, die Heizung reparierten, passende Möbel tischlerten, das Fensterglas erneuerten. Sie würde über kirchliche und soziale Kontakte Kinderkrankenschwestern suchen müssen, die nicht in städtischen Krankenhäusern arbeiten wollten. Oft fühlte sie sich überfordert und fragte sich, wie sie all die Arbeit allein bewältigen sollte. Sie dachte an Hiltrud. Ob sie in England glücklich war?

Fenja hielt Liane Hoschwitz über die Fortschritte ihre Arbeit auf dem Laufenden und schlug ihr vor, Spenden für ihr Vorhaben auf Wohltätigkeitsveranstaltungen zu sammeln. Liane begrüßte ihre Idee, vertröstete sie aber auf einen späteren Zeitpunkt. Sie wirkte fahrig, und Fenja fragte sich, was sie wirklich über die Erkrankung ihres Mannes wusste.

Rotgolden schimmerte das herbstliche Abendlicht über der Ostsee. Der Himmel war von einem ätherischen Blau, kein Dunsthauch verhüllte den Horizont. Nur wenige Gäste wanderten am Strand entlang, genossen die milde Luft, die Ruhe. Fenja hatte gegen Mittag Berthold von der Schule abgeholt und war mit ihm, wie versprochen, nach Ahlbeck gefahren, damit er sein Segelboot ausprobieren konnte. Und sie hoffte, an diesem Wochenende Achim wiederzusehen.

Nach dem Abendbrot war sie mit Berthold zu Edda und Lena aufgebrochen. Zum einen wollte sie sich nach Hiltrud erkundigen, zum anderen brauchte Berthold einen erfahrenen Segler wie Lenas Mann Asmus. Es hatte sie zwar gekränkt, dass er Berthold als »reiches Unternehmersöhnchen« bezeichnet hatte, aber wen hätte sie sonst bitten sollen? Zu ihrer Erleichterung sagte er sofort zu und versprach, das Boot am frühen Samstagnachmittag segelfertig zu machen und Berthold in die Kunst des Segelns einzuweihen.

Noch bevor Fenja sich nach Hiltrud erkundigen konnte, hatte Lena vorgeschlagen, zu einem gemeinsamen Spaziergang am Strand aufzubrechen. Alle, einschließlich Asmus, waren einverstanden. Während Lena ihr Kind auf dem Arm trug und Berthold Asmus die Funktionen seiner Taschenkamera erklärte und nach passenden Motiven suchte, konnte Fenja endlich mit Edda plaudern.

»Hiltrud geht es gut, Fenja«, erzählte diese ihr. »Im Moment wohnt sie noch bei Richards Mutter in Eastend. Es ist ein vornehmes Viertel mitten in Londons Zentrum. Richards Mutter ist eine unerschrockene, lebhafte Frau, gebildet und aufgeschlossen. Sie möchte, dass Richard mit mir glücklich wird, egal, ob hier oder im australischen Buschland.« Sie lachte. »Ich mag sie, sie mag mich. Das einzige Problem ist seine Arbeit. Er möchte nicht mehr länger als Matrose dienen, sondern Lehrer werden. Aber lassen wir das. Wir werden schon noch eine Lösung finden. Seine Mutter hat Hiltrud eine Stelle als Putzhilfe für eine feministische Mitstreiterin vermittelt. Sie erwartet aber, dass Hiltrud schnell Englisch lernt, damit sie ihre Ziele eines Tages unterstützen kann. Hiltrud ist von London begeistert. Sie ist froh, nicht mehr an die Vergangenheit denken zu müssen. Aber sie ist sich nicht sicher, ob sie auf lange Sicht Mrs. Lowells Ansprüchen genügen kann.«

Fenja stieß mit der Fußspitze ein nasses Stück Holz an, das im Schein der untergehenden Sonne wie versilbert aussah. Sie bückte sich und warf es in hohem Bogen ins Wasser, direkt auf die rötlich goldene Aureole am Horizont zu. Eine einzelne Möwe flog über das Wasser. Berthold gab Fenja ein Zeichen, die jungen Frauen blieben stehen.

»Ich verspreche, dieses Bild wird kein Postkartenmotiv!«

Sie lachten und hakten sich unter.

Es wurde ein schöner, erinnerungsseliger Abend.

Nur Fenja hörte mit jeder auf und ab laufenden Welle Achims Stimme wie in jener Silvesternacht … Fen-ja, Fen-ja …

Sie vermisste ihn wie das Licht der im Meer versunkenen Sonne.

Ob er schon hier war?

Am nächsten Morgen war Berthold bereits früh wach. Es war Samstag, der Tag, an dem er das erste Mal mit seinem eigenen Boot segeln sollte, mit dem Boot, das Fenja getauft hatte. Fenja war mit ihm aufgestanden und hatte mit ihm gefrühstückt. Aus einer Laune heraus hatte er sie gebeten, ihm die alten Seekarten ihres Vaters zu zeigen. Sie hatte sie aus ihrem Sekretär geholt und auf dem großen Tisch im Salon ausgebreitet. Berthold war begeistert.

»Das Meer ist ja rot!«, rief er und fuhr mit dem Finger über die vielfarbigen Linien, die die purpurne Wasserfläche durchzogen. »Und hier sind mit schwarzer Tinte Buchten, Orte und Flüsse eingezeichnet. Er tippte auf die Ecken des Papiers, befühlte sie. »Das ist ja Haut, kein Pergament!«

»Da werden wir uns wohl ein gutes Geschichtsbuch besorgen müssen, wie?«

»Nur nicht heute! Heute nicht!«

Sie ließ ihn mit den Karten allein, eilte durch die Stadt zum Korswandter Weg hinauf, um ihren Vater zu besuchen. Zu ihrer großen Überraschung spielten im Haus zwei kleine Kinder mit Wollknäueln um Stützen und Balken des alten Webstuhls herum. In der Küche stand eine rundliche Frau mit Schürze und Kopftuch und rührte dampfenden Apfelbrei durch ein Sieb.

»Ihr Vater hat mir erlaubt, heute bei ihm zu kochen.« Sie wischte sich mit dem Unterarm über die verschwitzte Stirn. »Ich wechsele immer ein wenig ab, mal koche ich hier, mal nebenan.«

»Und wer sind Sie?«

»Waltraud Mommsen, die beiden Alten drüben sind meine Großeltern. Sie hatten mich schon immer vor meinem Kerl gewarnt. Na ja, jetzt haust er allein in Neppermin. Soll er sich eine andere suchen, die im Bett geschlagen werden will. Ich bin ihm mitten in der Nacht fortgelaufen, nur meine beiden Kleinen habe ich mitgenommen.«

»Und jetzt sorgen Sie auch noch für meinen Vater?«

»Für ihn, die gute Grit, meine beiden Alten, ja. Ihr Vater ist übrigens im Wald. Er hat mir versprochen, Pilze zu sammeln. Eigentlich müsste er bald zurück sein. Er ist schon früh auf den Beinen gewesen.«

»Aber er mag Pilze doch gar nicht!«

»Ich werde ihm eine Pilzsuppe kochen, von der er noch träumen wird! Mit Lauch und Schwarzwurzeln, Petersilie und Sahne! Und als Nachtisch gibt's Eierpfannkuchen mit frischem Apfelmus. Sein Arzt hat ihm nämlich geraten, er solle sich verwöhnen lassen.«

Mochte sie ihn ruhig verwöhnen. Fenja jedenfalls war erleichtert. Sie bat die resolute Frau, ihrem Vater einen schönen Gruß auszurichten und ihm zu sagen, dass sie am frühen Nachmittag mit Berthold am Strand sei.

Es war noch früh, und so beschloss Fenja, durch den Wald zurück nach Ahlbeck zu laufen.

Das Morgenlicht brach durch die Baumkronen, besprenkelte den trockenen Waldboden mit Licht. Mücken tanzten in Schwärmen, Meisen zwitscherten in den Sträuchern. Die Luft roch nach taufeuchtem Moos, Pilzen, Heidekraut und warmer Baumrinde. Ziellos folgte Fenja den Waldwegen, hing ihren Gedanken nach. Auch wenn Achim in dieser Stunde nicht bei ihr war, fühlte sie sich ihm so eng verbunden wie nie zuvor.

Ein mäßiger Westwind trieb sie auf die See hinaus. Fenja war überrascht gewesen, am Strand Achim und Asmus zu sehen, die Matthies geholfen hatten, das schwere Mahagoni-Boot aus dem Schuppen ins Wasser zu bugsieren. Asmus hatte Bedenken geäußert, das Wetter könne umschlagen, hatte es aber nicht übers Herz bringen können, Berthold zu enttäuschen. Dieser war aufgeregt und freute sich, dass Achim ebenfalls aus Berlin gekommen war, um Zeuge seiner ersten Segeltour zu sein. Berthold hatte sich lebhaft mit ihrem Vater unterhalten. Dieser hatte sich seit ihrem letzten Wiedersehen im Krankenhaus so gut erholt, dass er beinahe ebenso aufgeregt war wie Berthold. Mit leuchtenden Augen erzählte er ihm von seinem Vorfahren, der zur Hansezeit einem Stettiner Kaufmann als Seemann gedient hatte. So, wie er die Karten verstünde, sei dieser wohl häufig nach Schweden, in die Provinz Östergötland, gesegelt. Berthold hörte ihm fasziniert zu. Als das Segelboot im Wasser lag, bat er alle Männer, auch Matthies, an Bord zu kommen. Was wäre schon ein Jungfernlauf, wenn er nicht davon träumen könne, wie in alter Hansezeit auf Abenteuerfahrt zu gehen …

Sie saßen zu sechst an Bord der »Neptuna«. Berthold hockte vorn am Bug, begeistert vom Wellengang, dem Rauschen der Segel, dem Fahrtwind, der Weite des Meeres. Fenjas Vater und Matthies saßen backbord, Fenja neben Achim steuerbord, und Asmus führte das Ruder. Fenja war glücklich, Achim neben sich zu wissen. Ohne ihn hätte es sie große Überwindung gekostet, dieses Boot zu betreten. Ihre Schenkel berührten sich, und sie merkte, dass ihr Vater sie verstohlen beobachtete. Das hinderte sie nicht, hin und wieder einen Seitenblick auf Achims Schoß zu werfen, um zu überprüfen, ob er ihr eigenes Begehren spiegelte … Willig lehnte sie sich beim Abtauchen des Bootes in ein Wellental gegen seine Schulter, drückte beim Heben des Buges ihr Knie gegen das seine. Als ihr bei einer Wende ein Kamm aus dem Haar fiel, schob sie ihre Locken hinter ihr Ohr, wartete, bis der Wind sie löste und gegen Achims Wange flattern ließ. Sie wandte Achim ihr Gesicht zu. Er lächelte. Nur sie konnte sehen, dass er mit seiner Zungenspitze eines ihrer Haare gegen die Oberlippe drückte, mit ihm spielte …

Nachdem Asmus Berthold die wichtigsten Handgriffe und Regeln des Segelns erklärt hatte, hatten sie eine Weile geschwiegen und das Meer betrachtet. Vor tiefem Tintenblau tanzten spitzkämmige Wellen auf und nieder. Die Ahlbecker Seebrücke lag weit zurück. Der Wind frischte auf, drehte auf Nordwest. Asmus beschloss, die Fock zu reffen, und forderte Berthold auf, ihm zu helfen.

»Bin ich gut, Fenja?«, rief Berthold Fenja zu.

»Großartig! Du wirst bald so gut segeln können, wie du jetzt schon reitest!«

Er lachte und wandte sich erneut an Asmus. »Kann man mit diesem Boot bis Schweden segeln?«

Asmus wiegte den Kopf. »Is noch zu früh, Junge, das Boot muss sich erst mal beweisen.«

Fenja fing den Blick ihres Vaters auf, er beugte sich zu ihr vor. »Wenn er fahren will, dann bestehe ich darauf, mitzukommen. So schwach ist mein Herz nun doch noch nicht.«

»Da hat dir wohl Waltrauds Pilzsuppe gutgetan, wie?« Matthies klopfte ihm auf die Knie. »Bleib hübsch zu Haus, Paul. Wir sind zu alt für manche Abenteuer.« Er blinzelte Achim und Fenja zu.

Asmus betrachtete den Himmel, an dem von Osten her graublaue Wolken aufzogen. »Es wird Regen geben«, meinte er und beschloss, auch das Großsegel zu reffen. Er übergab Achim das Ruder, stand auf, zog ein Stück Segel mit dem Großfall nieder und hängte es am Vorliek, der Vorderkante des Segels, an einer Öse am Baum fest. Berthold sollte das lose Segeltuch mit Reffbändseln locker am Baum festbinden. Breitbeinig stakste er auf Asmus zu und begann mit der Arbeit.

Da drehte sich der Wind ein wenig, das Boot fiel unter neunzig Grad von ihm ab. Im selben Moment erfassten rasch hintereinander mehrere starke Böen das Großsegel. Das Boot neigte sich zur Seite, Asmus brüllte etwas, riss das Ruder herum. Der Baum traf Berthold, der taumelte und über Bord stürzte.

Achim riss einen der Rettungsringe aus der Halterung, stülpte ihn Fenja über, hangelte nach dem zweiten Ring und sprang Berthold nach, ungeachtet der hohen Wellen.

Das Boot kenterte und schlug schließlich um.

Einige Sekunden lang glaubte Fenja, vor Angst zu sterben. Sie war die Einzige in einem Rettungsring, rings um sie her nichts als Wasser. Verzweifelt suchten ihre Arme und Beine nach einem Widerstand. Da tauchten hintereinander ihr Vater, Asmus und Matthies auf. Ihr Vater schnappte nach Luft, tauchte wieder unter. Asmus packte ihn, zog ihn an die Wasseroberfläche zurück. Er war ohnmächtig geworden.

Fenja schwamm auf sie zu und versuchte, Asmus zu helfen, ihren Vater auf den Kiel hochzuschieben. Dabei hielt sie immer wieder vergeblich Ausschau nach Achim und Berthold. Asmus hatte endlich den Kiel erklommen.

»Sie sind darunter! Luftblase! Keine Angst!«, schrie er ihr zu und zerrte ihren Vater zu sich hoch, dann streckte er Matthies seine Hand entgegen. Dieser ergriff sie und schaffte es ebenfalls auf den Kiel. Nur Fenja schwamm allein um die »Neptuna« herum. Was, wenn Asmus nicht recht hatte und Achim oder Berthold von der Bordwand erschlagen worden waren? Vor Angst und Kälte bekam sie Herzschmerzen. Ich möchte sterben, ich, ich! Nicht Achim, nicht Berthold, nicht diese beiden, die ich liebe … Hilfesuchend sah sie zu Asmus hoch.

»Sie klopfen gegen die Bordwand!«, brüllte er ihr zu.

Sie lebten! Plötzlich streifte sie etwas Hartes am Bein, und Berthold durchstieß im zweiten Rettungsring die Wellen, Achim folgte ihm. Er hielt Bertholds Ring an der Leine, drehte sich im Wasser, entdeckte Fenja, lächelte und drückte ihren Ring vor ihrer Brust so tief herunter, dass er ihre bebenden Lippen küssen konnte. Berthold starrte sie an. Er war wachsweiß im Gesicht, wippte in seinem Rettungsring im Wellengang auf und ab. »Kein gutes Boot«, murmelte er und spuckte Wasser.

Sie hatten Glück und mussten nur weniger als zehn Minuten ausharren. Man hatte das Kentern des Segelbootes vom Leuchtturm der Küstenwache aus wahrgenommen und sofort ein Rettungsboot auf den Weg geschickt. Die Retter zogen sie aus dem Wasser, legten ihnen Decken um die Schultern. Achim trat auf den Kapitän zu und redete leise mit ihm. Daraufhin steuerte dieser das Boot auf den Ahlbecker Anlegesteg zu. Währenddessen erwachte Fenjas Vater aus seiner Ohnmacht und weigerte sich, ins Krankenhaus gebracht zu werden. Er wollte sich, wie auch Matthies und Asmus, zu Hause erholen.

Achim tauschte einen raschen Blick mit Fenja, der ihr zu verstehen gab, dass er die Situation erfasst hatte und willens war, sie auf seine Weise zu nutzen. »Berthold, euer Hausmädchen hat mir vorhin verraten, dass eure Köchin heute ihren freien Tag hat.«

Berthold zitterte und nickte.

»Frau Hoschwitz hat mir leider nicht erlaubt, für Berthold zu kochen«, wandte Fenja ein und schwieg, als sie das Funkeln in Achims Augen sah.

»Ich schlage vor«, fuhr er fort, »in den Ahlbecker Hof zu gehen. Dort wird man uns verwöhnen, und wir werden diese verpatzte Segeltour schneller vergessen. Berthold, was meinst du?«

»Jaha, aber … ich will aber das Buch … und die …« Seine Zähne schlugen aufeinander.

»Du willst nach allem, was passiert ist, noch einmal die alten Seekarten ansehen?«

»Hmm.« Er rieb seine nasse Wange an seiner Schulter.

»Ein gutes Zeichen, Berthold, du bist wirklich tapfer.« Achim lächelte ihm zu, dann steckte er die Zipfel seiner Decke unter seinem Gürtel fest. »Wir werden zwei Hotelburschen losschicken. Einer wird euer Hausmädchen aufsuchen, ein anderer Sophies. Du, Berthold, machst dir im Hotel am besten eine genaue Liste von den Dingen, die man dir bringen soll.« Er blinzelte Fenja an. »Du wirst auch warme Wäsche brauchen, nicht?«

Ihr Herz schlug schneller. Sie fror, war nass bis auf die Haut, doch ihr kam es vor, als wärme sie schon jetzt das dunkle Timbre seiner Stimme …

Er schaute Fenja eindringlich an.

Er wusste, was er wollte.

Er, der kaiserliche Rittmeister und Reserveoffizier, würde sie, das arme Leinewebermädchen, heute in das vornehmste Hotel am Ort führen.

Er würde sich in aller Öffentlichkeit zu ihr bekennen, selbst wenn es einen Skandal gäbe.

Sie nickte, sie hatte verstanden.
Entschlossen gingen sie los.

Beim Betreten des Hotels verlangte Achim nach dem Hoteldirektor. Angespannt verfolgte Fenja ihre Unterhaltung. Achim erklärte kurz ihre ungewöhnliche Situation, bat um Diskretion und buchte ein Doppelzimmer mit angrenzendem Kinderzimmer für sie und Berthold. Fenja spürte die misstrauischen Blicke des Hoteldirektors. Er hatte von ihr und dem Hocksschen Prozess gehört und konnte kein gutes Bild von ihr haben. Sie war das Hoschwitzsche Kindermädchen, das wieder einmal unfähig gewesen war, ihrem Zögling den Eigensinn auszutreiben. Dass sie und nicht ein berühmter Medizinalprofessor Berthold geheilt hatte, machte sie in seinen Augen nicht weniger suspekt … Nun stand sie wie eine nasse Katze vor ihm, zitterte vor Kälte und hätte wohl aus seiner Sicht aus Dankbarkeit vor Achim niedersinken müssen, vor ihrem Retter, dem auf Ehre und Pflicht bedachten Rittmeister und Freiherrn. Sie schämte sich und zerrte die nasse Decke noch fester um sich. Aber dann hörte sie Achim fragen, ob die kleine Suite frei sei … Noch bevor der Direktor bejahen und sich fragen mochte, ob sie seine Geliebte war, setzte Achim hinzu: »Ich möchte, dass in der Suite serviert wird.«

»Für Sie und Herrn Hoschwitz junior, Euer Wohlgeboren?«

Achim sah ihn streng an, woraufhin Berthold laut protestierte: »Ich ess doch nicht ohne Fenja!«

Er hätte ihnen keinen größeren Gefallen tun können.

Noch würde es keinen Skandal geben.

Während die Hoteljungen unterwegs waren, ihnen frische Kleider und Schuhe, Seekarten und Bertholds Lieblingsbuch zu holen, hatte ein jeder von ihnen ein heißes Bad genommen und danach geruht. Frisch angekleidet waren Fenja und Berthold schließlich zu Achim in die Suite hinübergegangen, um mit ihm zu speisen. Berthold bewies guten Appetit, studierte nach dem Essen noch eine Weile die Seekarten, las in dem Fachbuch und unterhielt sich mit Achim. Dann war er so müde geworden, dass Achim ihn zum Kinderzimmer am Ende des Flurs begleitete. Fenja war bei ihm geblieben, hatte an seinem Bett gesessen, mit ihm gebetet und sich anschließend frisch gemacht. Nur wenig später hatte Achim leise bei ihr angeklopft und sie zu sich geholt.

Im Kamin knisterte das Feuer. Sie hatten sich verwöhnen lassen, gut gegessen. Jetzt warteten sie auf den Zimmerkellner, der ihnen eine Flasche edlen piemontesischen Barolo bringen sollte. Fenja bemühte sich, so beherrscht zu wirken wie Achim, auch wenn sie einander ihre Lust an den Augen ablesen konnten. Sie wollte das Gespräch auf einige Fragen lenken, die noch ungeklärt waren.

»Achim, du hast immer von einer Schuld gesprochen, die du in Afrika begleichen wolltest.«

»Ja, du erinnerst dich an mein Duell im Sommer? Mit diesem bürgerlichen Offizier Gustav Pächter?«

Sie nickte.

»Ich hatte dir ja schon einmal erzählt, dass wir vor sechs Jahren gemeinsam in Afrika waren. Wir traten fast zur gleichen Zeit dem deutschen Kommando bei, um auf der Seite der Buren gegen die Briten zu kämpfen. Das Ganze war, heute betrachtet, für mich ein großer Fehler. Um es kurz zu machen, schon damals gab es von Anfang an viele Probleme, persönlicher, vor allem aber militärischer Natur. Die ständigen Streitereien um die taktische Planung zwischen deutscher und burischer Führung, auch unter den Deutschen, hörten nie auf. Besonders Pächter vertrat stets besonders radikale Angriffe, obwohl die allgemeine Bewaffnung miserabel war. Entsprechend neidisch war er auf meine gute Ausrüstung, und beim Töten kannte er keine Hemmungen. Überhaupt, dieses widerliche Gemetzel später … Am einundzwanzigsten Oktober sandte der britische General French fünf Schwadronen Imperial Light Horse Cavalry, ein halbes Bataillon vom Manchester Regiment und die Natal Volunteer Field Battery nach Elandslaagte zur Entscheidung. Als sie auf die Buren und uns trafen, brach das Chaos aus. Die britischen Granaten zerfetzten einen Lagerschuppen, Kriegsgefangene konnten fliehen. Alles ging durcheinander, die Buren erwiderten zwar präzise mit Artilleriefeuer, aber im Laufe der Stunden bahnte sich ein Gewitter an. Der burische General Kock hoffte, Zeit gewinnen zu können, und beschwor in Gehrock und Zylinder, durchzuhalten. Aber er hatte die Angriffslust des britischen Generals French unterschätzt. French nämlich schickte Lanzenreiter und Dragoner in die Schlacht, direkt auf die Burenreiter zu. Die Briten gaben kein Pardon. Es war ein unvorstellbar furchtbares Gemetzel. Ich habe später versucht, all die Greuel, die ich miterleben musste, wiedergutzumachen, indem ich mich vom Freiwilligen Korps löste und in einer Missionarsstation bei Pretoria zu helfen versuchte. Mir wurde ein Junge auf den OP-Tisch gelegt, acht oder neun Jahre alt. Er hatte einen Überfall auf sein Dorf überlebt. Ein Bajonett hatte seinen Oberschenkel durchstoßen und seine Lendenwirbelsäule verletzt. Er war bei Bewusstsein und starb unter meinen Händen. Pächter erfuhr davon und verbreitete das Gerücht über mich, ich hätte mit Schwarzen experimentiert und sei ein miserabler Arzt. Du kannst dir die Auseinandersetzung mit meinem Vater gar nicht vorstellen, er war außer sich. Um wenigstens einen Rest Ehre für unseren Namen zu retten, ließ er sogar eine Untersuchung einleiten, die meine Schuld oder Nichtschuld feststellen sollte.«

»Und was kam dabei heraus?«

»Die Wahrheit, die er bereits von mir kannte. Uns fehlten damals einfach die geeigneten Operationsmittel, Besteck für einen schwierigen Lendenwirbeleingriff und genügend Desinfektionsmittel. Das war alles. Jeder andere Arzt hätte ebenfalls versucht, diesen Jungen zu retten. Ich habe unter den gegebenen Umständen mein Möglichstes getan.«

»Seitdem sind sechs Jahre vergangen, und du fühlst dich noch immer schuldig, obwohl du weißt, dass du keine Schuld trägst.«

»Ja, weil ich mir sicher bin, unter anderen Umständen hätte man die Lendenwirbelverletzung versorgen können, mit besserer Ausstattung eben und besserer Hygiene. Aber das ist es nicht allein. Ich fühle mich schuldig, aus falsch verstandenem Nationalstolz zum Elend einer fremden Kultur beigetragen zu haben. Du kennst mich jetzt, Fenja. Du weißt, dass es nicht leicht ist, mit Traditionen zu brechen, zumal wenn man wie ich aus einer Offiziersfamilie stammt. Unsere Gesellschaft hat starre Konventionen. Nicht nur ihr Frauen, auch wir Männer haften fest in einem unsichtbaren Korsett, das uns nach außen keine wahre Handlungsfreiheit gibt. Und wenn man wie ich zwei Skandale verursacht hat, einen innerhalb der Offizierswelt und einen im zivilen Leben, ist die Ritterrüstung, die man trägt, ramponiert.«

»Dein Vater akzeptiert also noch immer nicht deine Entscheidung.«

»Nein, ich habe schwierige Gespräche mit ihm hinter mir. Ich habe ihn leider nicht überzeugen können, dass ich dem Kaiser auch im zivilen Bereich gute Dienste leisten kann. Er fühlt sich in seiner Generalswürde gekränkt. Aber ich bleibe dabei, ich werde in Afrika ein Krankenhaus errichten, mir Kollegen suchen, die mich dabei unterstützen, und ich werde eines Tages wieder selbst als Arzt arbeiten.«

Sie schwieg, schlug die Augen nieder. »Mir gefällt es nicht, dass du nach Afrika zurückgehen willst, Achim.«

»Denkst du immer noch an Hoschwitz' Erkrankung? Das verstehe ich nicht.«

»Das ist es nicht allein, Achim. Auch wenn du deine Reise über keusch bliebest, würde es mich nicht beruhigen. Ich habe einfach Angst, dich zu verlieren, auf welche Weise auch immer. Schau, wir haben lange füreinander gekämpft. Möglicherweise steht uns noch ein weiterer Skandal bevor. Noch sind wir offiziell kein Paar. Und selbst wenn wir weiter zusammenhalten, wären all unsere Mühen umsonst, würdest du fortgehen und in Afrika verunglücken. Achim, ich brauche dich, und ich brauche dich hier. Hast du nie mit deinem Vater über mich gesprochen?«

»Er weiß, dass ich dich liebe. Das ist für ihn noch weniger zu verstehen als alles andere. Fenja, ich hatte immer vor, dich erst dann meinem Vater vorzustellen, wenn die Erinnerung an den letzten Skandal verblasst ist und ich meine Pflicht in Afrika erfüllt habe.«

Sie zögerte. »Heute provozieren wir erneut Aufregung …«

»Ja, wie du siehst, habe ich meine Meinung geändert. Ich möchte der Welt zeigen, dass du zu mir gehörst.«

»Und was ist mit Afrika?«

»Hab Geduld, bitte.«

»Achim, kannst du dir vorstellen, dass ich vielleicht auch berufliche Pläne habe?«

»Ah, verzeih, Fenja! Du erinnerst mich an etwas Wichtiges. Du hast Berthold geheilt, eine Spontanheilung, zugegeben, aber die Methode, die du angewendet hast, ist neu und großartig. Hör zu, ich habe mich in der Charité umgehört.« Er beugte sich zu ihr vor. »Ich habe mit einem Kollegen gesprochen, der im letzten Jahr auf einem Kongress Ottfried Foerster, einen Psychiater, kennenlernte. Dieser hielt einen Vortrag über das Reiten in therapeutischem Zusammenhang. Stell dir vor, Foerster hat sogar einen Patienten, der durch Hirnschlag gelähmt war, durch Reiten heilen können. Wenn du möchtest, könnte ich einen Kontakt zu ihm herstellen, vielleicht könntest du dich bei ihm weiterbilden, sogar seine Assistentin werden?«

»Achim!« Sie beugte sich zu ihm vor. »Sei ehrlich. Ist das der Grund, warum du mich bisher deinem Vater nicht vorstellen wolltest? Ist ihm meine Stellung als Kindermädchen … peinlich?«

»Nein, versteh mich bitte richtig. Ich mache dir nur einen Vorschlag. Was mein Vater denkt, ist mir gleichgültig, aber ich muss mit ihm richtig umgehen. Ich liebe dich, und ich bitte dich nur, noch ein wenig zu warten, bis der richtige Moment gekommen ist. Aber du sprachst gerade von beruflichen Plänen, was meinst du damit?«

»Ich möchte in Berlin einen Hort für missbrauchte, arme oder sonst wie bedürftige Kinder gründen. Frau Hoschwitz unterstützt mich dabei. Diesen Kindern hier vor Ort zu helfen liegt mir sehr am Herzen. Ich wäre nicht frei, Achim, wüsste ich, dass du nach Afrika gehst und dich dort Gefahren aussetzt. Könntest du nicht hierbleiben, um den Menschen hier zu helfen? Du hast doch immer noch die Möglichkeit, dank deines Vermögens fähige Kollegen zum Aufbau eines Krankenhauses anzuleiten, oder? So wie Liane Hoschwitz Spenden für mein Projekt sammelt, könntest du ebenfalls Mitstreiter für deine Idee finden. Ich würde dich auch eines Tages nach Afrika begleiten, wenn du möchtest. Im Moment aber, Achim, wäre ich glücklich, wenn wir das, was wir uns erkämpft haben, nicht aufs Spiel setzen. Außerdem haben wir ja noch nicht einmal alles erreicht.« Sie stand auf, trat auf ihn zu und legte ihre Hände auf seine Schultern. »Komm mit mir, wenn wir wieder in Berlin sind. Schau dir die Kinder aus den Elendsvierteln an.

Ich bin sicher, du würdest deine Schuld, die du immer noch empfindest, auch hier begleichen können.«

Er nahm ihre Hände und erhob sich. Bevor er etwas entgegnen konnte, hörten sie, dass der Kellner an die Tür klopfte. Achim bat ihn herein. Der Kellner präsentierte ihm die Flasche, öffnete sie, schenkte zum Probieren ein.

»Der Wein ist perfekt«, murmelte Achim und entließ den Kellner. Er trat an den Kamin heran und legte ein Holzscheit nach. Dann füllte er die Gläser, reichte Fenja eines und sah ihr in die Augen.

»Lass uns diesen Abend genießen, ja?«

»Du hast recht, schließlich haben wir Grund, dankbar zu sein, nicht?« Fenja schwenkte den Wein im Glas. Er war tiefrot wie überreife Herzkirschen. Sie atmete das Bouquet ein. Es war umwerfend, erinnerte sie an tiefschwarze reife Brombeeren auf sonnenheißem Eichenholz. Sie hob das Glas an ihre Lippen, sah Achim trinken und hatte das Gefühl, der Wein umspüle auch ihre Zunge, ihren Gaumen.

Achim hob sein Glas ihr entgegen. Sie nahm einen Schluck, tat es ihm nach. Sie setzten sich auf das mit einer Pelzdecke geschmückte Canapé, streckten die Beine auf ihm aus. Fenja lehnte sich an Achims Brust.

Sie waren glücklich, satt … und voller Lust.

Eine Weile beobachteten sie das Feuer, lauschten seinem Knistern, genossen den Wein, entspannten sich. Schließlich hob Fenja ihren Kopf und ließ ihre Finger durch Achims Haar gleiten. Sie streckte sich, küsste sein Ohr, seinen Hals. Er roch phantastisch, gepflegt, erotisch, herb, nach Moschus und Sandelholz, verführerisch wie ein Prinz aus Tausendundeiner Nacht … Sie schloss die Augen. Der Duft seiner Haut durchströmte sie wie das Licht der Sonne am Meer. Er vertrieb jeden Gedanken, erfüllte sie mit Sehnsucht und innerer Spannung. Sie atmete flacher, als Achim den Saum ihres Kleides erfasste, ihn hochschob und seine Finger ihren Oberschenkel umspielten. Sie sah ihn an. Er lächelte und küsste sie leicht.

»Bist du glücklich?«

»Ja, fast glücklich.«

»Fast?« Er tunkte seinen Finger in den Wein, ließ einen Tropfen auf ihre Lippen fallen. Er sah sie an. Seine blauen Augen waren dunkel wie schwarze Meermuscheln, schimmerten. Es machte sie wahnsinnig vor Lust. Doch sie durfte nicht sprechen … Er betrachtete den Weintropfen, der auf ihren Lippen zitterte, fing ihren Blick auf. »Ich liebe dich.« Seine Augen versprachen ihr alles, was sie sich ersehnte. Er beugte sich über sie, seine Zungenspitze malte die Konturen ihrer Lippen nach. Dann knöpfte er ihr Mieder auf, liebkoste ihre Brüste.

»Spreiz deine Beine«, flüsterte er, »ich möchte dich sehen.«

Er raffte ihr Kleid hoch, so dass er auf ihre schönen Schenkel mit den Strumpfbändern und ihr spitzengesäumtes Höschen schauen konnte. »Du bist wunderschön, Fenja. Ich möchte alles mit dir teilen, so wie diesen Weintropfen.« Er beugte sich über sie und küsste sie zärtlich, leidenschaftlich. Ihre Zungenspitzen teilten den Tropfen, benetzten einander die Lippen mit seinem Aroma. Es war, als sei dieser eine Barolo-Tropfen für sie eine Perle, die ihre Münder, ihren Atem, sie selbst ganz und gar verzauberte.

Fenja setzte sich auf, ihre Lippen brannten. Sie kniete sich über Achim, griff nach dem Weinglas, das er auf dem Teppich abgestellt hatte, nahm einen Schluck und reichte ihm das Glas. Während er trank und ihr zusah, löste sie langsam sein Gürtelschloss. Sie beugte sich vor und legte ihr Gesicht auf seinen heißen, pochenden Priaps … Achim stöhnte leise, atmete tiefer. Sie sehnte sich danach, vom ihm erlöst zu werden … endlich erlöst zu werden … aber sein schönstes männliches Attribut schien so groß … Sie suchte Achims Blick, in dem nichts als pure Erregung, pure stumme Aufforderung abzulesen war.

Sie drückte langsam die Knöpfe durch die Knopflöcher, bog den Hosenstoff zur Seite. Sein Priaps bog sich selbstbewusst in die Höhe. Sie ließ ihre Fingerspitze über seinen langen Schaft gleiten …

Achim setzte sich auf und zog Fenja zärtlich zu sich. Er küsste sie spielerisch, aufreizend, während er ihr Mieder öffnete. Er liebkoste sie, bis sie das Gefühl hatte, sie würde innerlich glühen und nur ein Priaps von solcher Größe könne ihr Feuer löschen … Sie rutschte an Achim herunter. Sie musste ihn schmecken … Alles an ihm schmeckte nach Zimt und Vanille … nach Lust … Sie hörte Achim aufstöhnen. Er ließ sie kosten, bis er Mühe hatte, sich zu beherrschen. Er berührte ihr Haar. »Es ist wunderschön, Fenja, bitte, sag, würdest du mir einen Gefallen tun?«

Sie lächelte ihn an.

»Dort hinter dem Sekretär liegt ein Geschenk für dich.«

Sie rutschte vom Canapé und holte einen mit weißen Kunstblüten verzierten Karton.

»Überrasch mich, wenn du magst«, hörte sie Achims tiefe Stimme. »Ich schließe jetzt meine Augen.«

Sie öffnete den Karton und schlug das Seidenpapier beiseite. Darunter kamen schwarze Schaftstiefel aus weichem Leder zum Vorschein. Hitze schoss ihr ins Gesicht. Sie erinnerte sich daran, wie sie Achims Kavalleriestiefel in Sophies Villa übergestreift hatte … und jetzt würde sie in diese Stiefel hineingleiten, um ihn zu verführen … Die Stiefel passten perfekt. Achim hielt noch immer die Augen geschlossen, seine schönen Lippen lagen weich aufeinander.

»Schau, Achim«, flüsterte sie und stellte ihren Fuß auf das Canapé.

Er öffnete die Augen, spähte auf das Leder, das den Blick freigab auf die verheißungsvolle verborgene Süße ihres Körpers. Er zog Fenja zu sich, so dass sie in den Kissen ruhte. Er reichte ihr das Weinglas, nahm selbst genießerisch einen Schluck. Dann streifte er ihr Höschen über die Lederschäfte, spreizte behutsam ihre Schenkel und eroberte gefühlvoll und raffiniert zugleich ihre Venus mit seinen weinwarmen Lippen.

Sie hatte es seit dem ersten Moment an geahnt. Es war etwas Besonderes, von diesem Mann geliebt zu werden. Er verstand es, seine Kraft zu zügeln, um ihr ihre geheimen Wünsche zu entlocken. Mal leicht, geschmeidig, mal forsch und herausfordernd spielte er auf der Klaviatur ihrer Lust. Und Fenja tauchte ein in diesen Rausch, tauchte auf, spürte die Sicherheit seiner Liebe, stürzte wieder hinein in diese Leidenschaft, wandelte sich erneut …

Sie waren eingeschlafen, als es an der Tür klopfte. Achim erwachte als Erster. Als er laut fragte, wer zu ihm wollte, schlug auch Fenja die Augen auf. Ein Hausangestellter antwortete ihm, ein Gast wolle ihn sprechen, es sei dringend. Achim stand auf, fuhr in seine Kleider und öffnete die Tür.

»Verzeih, Achim, ich möchte dich nicht stören.«

Es war Sophie Maron.

Fenja schlug das Herz bis zum Hals.

Achim trat zurück. »Bitte, komm herein.« Er war überrascht, aber keinesfalls verlegen.

»Ich danke dir«, erwiderte sie und warf Fenja, die sich im Bett aufgerichtet hatte, einen langen Blick zu. »Ich möchte dir für deine Freundschaft danken, Achim. Ich sehe ein, ich hätte mich wohl besser vor meiner Liebe zu dir schützen sollen. Es fällt mir schwer einzusehen, dass ich deine Liebe nicht erzwingen kann. Es ist … sogar sehr schwer.« Sie hob ihre Hände und streifte ihren Verlobungsring ab. »Bitte nimm ihn zurück. Ich gebe dich frei.«

Achim nahm ihren Ring an sich. »Danke, Sophie. Du erinnerst dich, wir haben oft über unsere Gefühle füreinander gesprochen. Unsere Freundschaft war immer sehr eng, und manchmal schien es wohl, als liebten wir uns. Aber das ist nicht so. Liebe ist wirklich etwas anderes.« Er schaute zu Fenja hinüber. »Sie muss ein Echo finden.« Er ließ den Ring in seine Jackentasche gleiten.

»Ja, so ist es wohl«, sagte sie, »auch wenn die Umstände dagegensprechen.«

Er reichte ihr die Hand. »Ich danke dir, Sophie.« Sie zögerte, woraufhin er sie für einen kurzen Moment in die Arme schloss. Fenja hörte, wie sie ihm »Ich wünsche dir viel Glück« zuflüsterte, dann nickte sie Fenja zu, zog die Tür auf und eilte davon.

Am nächsten Morgen führte Achim Fenja am Arm in den Frühstückssalon, Berthold folgte ihnen mit seinem Buch. Alle Gäste wandten sich ihnen zu. Die Gespräche verstummten. Der Oberkellner führte sie zu ihrem Tisch. Ein Glas fiel zu Boden, Besteck klirrte. Jemand wisperte, ein Herr räusperte sich. Fenjas Gesicht glühte, der Kellner rückte ihren Stuhl zurecht, reichte Achim die Karte. Achim wartete, sah Fenja liebevoll und stolz an. Zum Oberkellner gewandt, sagte er laut:

»Bringen Sie uns einen Dom Pérignon Jahrgang '83 …«

Ihr stockte der Atem, 1883, das Jahr, in dem sie geboren worden war.

»Und geben Sie eine Depesche an meinen alten Herrn auf. Schreiben Sie.«

Der Oberkellner zückte Block und Bleistift. »Bitte, Euer Wohlgeboren.«

»Afrika-Projekt aufgeschoben, Besuch in Kürze.«

Fenja schossen vor Glück die Tränen in die Augen. Das anschwellende Raunen, die überraschten Rufe um sie herum, nichts war mehr wichtig. Achim beugte sich zu ihr hinüber und nahm ihre Hand. »Bist du jetzt glücklich?«

»Ja, ja!« Sie strahlte ihn an

»Mein Glückwunsch, Fenja«, raunte Berthold ihr zu. »Ich hab's ja immer schon befürchtet.«

Sie lachten.

Wenig später verabschiedete sich Fenja in der Früh von ihrem Vater, Edda und Lena und kehrte mit Achim und Berthold nach Berlin zurück. Achim begleitete sie zunächst zu Liane Hoschwitz, die ebenfalls glücklich war, weil sie sicher war, schwanger zu sein. Achim und Fenja war bewusst, dass sie diesen Umstand vielleicht Grillwitz zu verdanken hatte. Sie würden so lange schweigen, bis Berthold alt genug und Hoschwitz für die Wahrheit bereit sein würden. Schonend versuchten sie Liane von der verunglückten Segelpartie zu berichten, woraufhin diese Berthold umarmen wollte. Doch er wies ihre Zärtlichkeit energisch zurück.

»Ich bin erwachsen, Mutter«, meinte er. »Vater erwartet, dass ich bald Geschäftsluft schnuppern darf. Er wird mich wahrscheinlich durch alle Werkstätten und Büros scheuchen. Ich will ihn nicht enttäuschen, spare dir bitte deine Liebe für das Kleine auf.«

»Du erstaunst mich, mein Sohn. Du hast dich sehr verändert.« Sie war sichtlich verunsichert. »Für Sie, Fenja, sind übrigens Briefe eingetroffen. Ich habe den Eindruck, Sie werden dringend gebraucht.« Sie lächelte, machte eine Pause. »Sie sehen übrigens sehr glücklich aus.«

Achim ergriff Fenjas Hand. »Sie sagten, mein Vater sei bei Ihnen? Das trifft sich gut, ich möchte ihm Fenja vorstellen.«

»Ich weiß, Herr von Bening. Ihr Vater kam vor gut einer Stunde zu uns, er war sehr missgestimmt. Er hat gerade mit meinem Mann das zweite Frühstück beendet.« Sie machte eine einladende Geste. »Wollen Sie mir bitte in den Salon folgen? Ich fürchte nur, sie sind noch in ihr Gespräch vertieft.«

Hinter der geschlossenen Doppeltür des Salons war die Stimme des Generals zu hören. Fenja legte Frau Hoschwitz die Hand auf den Arm. »Warten wir noch ein wenig, bitte. Auch wenn es unhöflich ist, ich möchte mir gern ein Bild machen können, um besser vorbereitet zu sein.«

Achim hob überrascht die Augenbrauen, nickte aber schließlich zustimmend.

Der General musste aufgestanden sein, denn man hörte ihn Richtung Terrasse gehen. »Die Einführung der neuen Felduniform«, fuhr er fort, »soll im übernächsten Jahr beschlossen werden, Hoschwitz. Sie haben nicht mehr viel Zeit.«

»Ich bin im Bilde, General. Sie kennen ja wohl die Probe vom einundzwanzigsten September 1902, die Farbe und Beschaffenheit des feldgrauen Rocktuches vorgibt?«

»Nicht mein Gebiet, Hoschwitz, nicht mein Gebiet. Aber erzählen Sie nur. Das Feld ist frei, legen Sie los.«

»Also, erst einmal wird Preußen die Vorräte der Ostasiatischen Besatzungsbrigade aufbrauchen.«

»Aha, wie viel liegt vor?«

»Vierhunderttausend Meter feldgraues Tuch. Damit werden erst einmal alle Kontingente beliefert, Preußen, Bayern, Sachsen und Württemberger. Den Großherzogtümern Hessen …«

»… Mecklenburg-Schwerin und …«

»… Mecklenburg-Strelitz«, unterbrach ihn Hoschwitz übereifrig, »sollen gewisse Rechte hinsichtlich der zukünftigen Uniformierung gewährt werden.«

»Sonderwünsche! Reines Störfeuer! Aber vierhunderttausend Meter feldgraues Tuch für das ganze Reichsheer? Das reicht nicht, nicht wenn Krieg ausbricht. Da werden Ärsche nackt bleiben!«

»Natürlich, ich werde noch vor dem Austeilen mit der Produktion des neuen Stoffs beginnen. Ich warte auf genaue Order des Kriegsministeriums. Das Problem ist, dass sich die Farbe der Stoffe zu sehr durch Lichteinfall verändert. Daran muss noch getüftelt werden.«

»Tüfteln, Hoschwitz, was für ein Wort! Deutschland soll die Welt erobern, und Sie reden von Tüfteln!«

»Vom Tuch hängt alles ab, General, das ganze Wohlbefinden des Soldaten. Kratzt es, saugt es feuchte Luft auf, ist es luftdurchlässig, unelastisch, farbecht, wird es filzig …«

»Wohlbefinden an der Front? Ach, Hoschwitz, Sie sind und bleiben ein Schneiderlein. Aber egal, reden Sie nur weiter, heute ist eh alles wurscht. Achims Depesche von heute früh hätte nicht schlimmer einschlagen können als eine Granate.«

»Diese Fenja ist ein feines Mädchen, mit Verlaub, Herr General. Ihr Sohn hat eine gute Wahl getroffen. Bedenken Sie, der Kaiser erlaubt Bürgerlichen, die Offizierslaufbahn einzuschlagen, weil Seelenadel wichtiger denn Standesadel ist. Das sollte doch auch fürs Privatleben gelten, oder?«

»Dieses Mädchen ist in meinen Sohn verliebt, das sagt über ihren Charakter gar nichts aus!«

»Trauen Sie Ihrem Sohn denn nicht? Er liebt Fenja. Spricht das nicht für das Mädchen? Im Übrigen müssen wir wohl immer vor der Macht der Liebe kapitulieren.«

»Na, Hoschwitz, Sie sind mir eine sentimentale Seele. Diese Fenja ist Ihr Kindermädchen, es ist ja geradezu Ihre Pflicht, sie zu verteidigen.«

»Angesichts Bertholds Alter wird sie es nicht mehr lange sein. Und wie mich Liane heute aufgeklärt hat, hat Fenja bereits andere Pläne.«

»So? Ich denke, ihr Ziel ist es, meinen Sohn zur Ehe zu verführen?«

»Die jungen Frauen von heute wollen mehr. Wie unglücklich

eine junge Frau sein kann, die ihren Beruf aufgibt, um nur zu Hause zu sein, hat mir neulich wieder Manbach, ein guter Geschäftsfreund, erzählt. Sein Sohn Felix ist Zahnarzt und hat eine Schwedin namens Mia geheiratet, die ihm vor Monaten Zwillinge geboren hat. Die junge Familie lebt bei seinen Schwiegereltern in Kristianstad. Aber sie sind nicht glücklich. Mia vermisst ihr Leben als Musiklehrerin in Stockholm, ist bereits melancholisch geworden. Felix soll, vertraute mir Manbach an, bereits eine junge Geliebte haben. Das alte Haus in der Altstadt, wo er seine Praxis eingerichtet hat, bietet ihm schließlich gute Gelegenheit. Tja, Herr General, so ist es nun einmal. Wir Männer haben nichts von einer Frau, die schlechte Laune hat oder hysterisch wird. Wir müssen in Zukunft wohl umdenken. Den Jüngeren wird es hoffentlich leichter fallen als uns.«

»Unsinn. Rang und Ansehen des Mannes haben schon immer ausgereicht, um eine Frau glücklich zu machen. Umso genauer muss sich der Mann die Frau ansehen, die er heiraten will.«

»Früher, früher, Herr General. Heute wollen junge Frauen nicht allein Liebesscharmützel, sondern ganze Schlachten schlagen.«

»Denkt dieses Mädchen etwa, sie könne alles im Leben haben? Einen Mann von Adel *und* Arbeit?«

»Davon träumen wohl noch andere, Herr General.«

»Frauen träumen, ein Mann handelt.«

»Genau, Herr General, daher noch ein Wort, was Scharmützel, Schlachten und Uniformtuch anbelangt.«

Sie hörten hastige Schritte auf dem Parkett.

»Ich bin dabei, Musterproben für das Kriegsministerium herzustellen. Wenn eine davon akzeptiert wird, könnte sie die gesiegelte Probe für alle Grundstoffe werden. Sie wäre dann für die Neuanfertigungen verbindlich, und man würde sie an alle Bekleidungsämter übersenden.«

»Ist mir nicht neu, Hoschwitz.«

»Aber stellen Sie sich vor, meine Tüftelergebnisse wären Gegenstand einer zukünftigen Allerhöchsten Kabinettsorder des Kaisers!«

»Na, übertreiben Sie mal nicht, Hoschwitz.«

»Die Qualität meiner Tuche wird überzeugen, Herr General. Im Übrigen, was Webart und Festigkeit der Mannschaftstuche anbelangt, bin ich bereits zu einem Ergebnis gekommen«, fuhr Hoschwitz mit nervöser Stimme fort. »Die beste Qualität ist zu erreichen, wenn Tuch und Abzeichentuch in zweischäftig gewebter Leinwandbindung hergestellt werden, hingegen Tuch für die farbige Friedensuniform vierschäftig …«

»Soso, klingt gut.«

»… beides in gebrochenem Köper …«

»… Leinen also, sparsam, sparsam. Bleiben Atlasseide und Kaschmir für den Salon.«

»Netter Scherz, Herr General. Wie auch immer, die Werte für das Tuch stehen für mich jetzt fest.«

»Was denn für Werte?«

»Das Tuch muss auf einen Meter Länge und einhundertvierzig Zentimeter Breite genau zweitausendfünfhundert Kettfäden …«

»Donnerwetter noch mal!«

»… zweitausendfünfhundert Kettfäden für Rock- und Hosentuch aufweisen mit genau …«

»Was ist denn mit Ihnen los?«

»… mit genau siebenhundertsechzig Gramm Gewicht …«

»Sind Sie übergeschnappt?«

»… und sechzig Kilogramm Festigkeit …«

»Hoschwitz! Sie drehen ja durch!«

»Ich werd Vater, verdammt noch mal!«

Da riss Liane die Tür auf. »Carl Friedrich!«

Fenja hätte es ahnen müssen. Die kindische Aufgeregtheit von Hoschwitz hatte den General verärgert. Sie merkte, dass ihre Hände vor Anspannung feucht wurden. Er kam in raschem Schritt auf sie zu.

Achim trat ihm zwei Schritte entgegen. »Vater, ich möchte dir Fenja Susann Wolgardt vorstellen. Sie ist die Frau, die ich liebe.«

»Schon gut. Ich bin im Bilde.« Er hob eine Augenbraue und warf Hoschwitz einen Blick zu. »Ich freue mich, Sie zu sehen, Fräulein Wolgardt. Sie sind hübsch, sehr hübsch. Wie mein Sohn mir heute Morgen mitteilen ließ, wird er wegen Ihnen seine Pflicht in den Kolonien vernachlässigen. Das ist ein gewaltiges Opfer.«

»Das ist mir bewusst, und ich bin Achim sehr dankbar.«

»Das versteht sich«, erwiderte er kühl.

»Vater, ich möchte dich an unser letztes Gespräch erinnern. Seither hat sich nichts an meinen Einstellungen geändert.«

»Natürlich nicht. Du willst Haltung beweisen.«

»Fenja hat mich überzeugt. Der Zeitpunkt, nach Afrika zu fahren, ist im Moment ungünstig. Ich werde zunächst in Berlin bleiben und hier das tun, was notwendig ist.«

»Verstehe ich dich richtig? Du willst Armenarzt werden?« Er lief vor Ärger rot an und zeigte auf Fenja. »Sie! Sie haben die Ehre meines Sohnes auf dem Gewissen!«

Sie wartete Achims Antwort nicht ab, wandte sich um, wehrte Achims Bitte, zu bleiben, ab, eilte in ihre Räume und nahm die eingetroffenen Briefe und wichtige Unterlagen an sich. So rasch wie möglich verließ sie durch die Dienstbotentür im Souterrain das Haus.

Kapitel 19

Fenja hatte Liane Hoschwitz überreden können, Achim abzuwimmeln. Sie warf ihm im Stillen vor, seinen Vater nicht genügend auf ihre Begegnung vorbereitet zu haben. So schroff, wie dieser sie zurückgewiesen hatte, hätte er nicht reagieren müssen. Hatte Achim ihm nicht gesagt, dass er als Arzt arbeiten wollte? Hätte Achim ihm nicht von vornherein untersagen müssen, sie zu demütigen? Fenja war enttäuscht und verbittert. Sie ahnte, dass sie Achim unrecht tat, aber sie konnte den Eindruck, den sein militärversessener Vater auf sie gemacht hatte, nicht vergessen. Achim würde ihn überzeugen müssen. Im Moment war sie nicht in der Verfassung, ihm die Hand zu reichen.

Sie vereinbarte mit Liane, dass sie morgens ab fünf Uhr in dem angemieteten Haus in »Neu Voigtland« in der Spandauer Vorstadt arbeiten wolle. Nachmittags, nach der Schule, würde sie sich um Berthold kümmern. Liane versprach ihr, niemandem zu sagen, wo sie sei.

Die letzten Septembertage vergingen rasch. Fenja hatte alles genau geplant. Sie war sich bewusst, dass sie sich auf ihre Menschenkenntnis verlassen musste. Sie hatte erfahrene Helferinnen für ihren Kinderhort gewinnen können, zwei arbeitslose Kranken-, eine erfahrene Gemeinde- und zwei junge Kinderkrankenschwestern, die hier bei ihr erste Erfahrungen sammeln wollten. Dank Liane Hoschwitz' großzügige Spenden war Fenja in der Lage, innerhalb weniger Tage das Haus bewohnbar herrichten zu lassen und sogar an die Bedürfnisse von Säuglingen und Kleinkindern anzupassen. Handwerksbetriebe in der Umgebung lieferten ihr eine Kücheneinrichtung samt zweier Holzkohleöfen, Kindermöbel, Waschbecken, Lampen und Spielzeug. Im größten Raum ließ sie sogar einen zweieinhalb Meter hohen Kachelofen einbauen. Sie beauftragte einen Schreiner, der um den Ofen herum eine Holzbank errichtete, auf der schon am Tag darauf die ersten traumatisierten Kinder auf Kissen ruhten, während Fenja ihnen Märchen vorlas.

Sooft es ging, begleitete Fenja die Gemeindeschwester zu den schwierigsten Fällen. Diese kannte die Familien, ihre Not, die Gewalt und die häufig komplizierten Verhältnisse. Oft brachten Mütter frühmorgens, bevor sie zur Arbeit aufbrachen, ihre Kleinkinder vorbei. Ältere Mädchen fragten an, ob sie beim Putzen, Aufräumen und Waschen der Kleinkinder helfen könnten. Sie waren Fenja eine gute Hilfe, zumal sie in diesem Umfeld nur Nützliches lernen konnten.

Fenja war sich bewusst, dass sie auf Erfahrung und Kenntnis von Fachkräften angewiesen bleiben würde. Aber sie war die Seele des Horts. Das, was sie reichlich verschenkte, waren Mitgefühl und Herzenswärme.

Das Einzige, was sie beunruhigte, war der Besuch eines Inspekteurs gewesen. Dieser hatte ihren Hort auf ordnungsgemäße Einrichtung, Sauberkeit und Seriosität überprüft. Sie hatte ihm alle Räume gezeigt, die Arbeit der einzelnen Helferinnen erklärt und alle Fragen beantwortet. Er hatte fotografiert und ihr versichert, sie würde seine endgültige Beurteilung in den nächsten Wochen erhalten. Seitdem hatte sie nichts mehr von ihm gehört. Als sie Tage später beim Spandauer Bezirksamt nachfragte, erklärte man ihr, dass es bei ihnen einen Inspekteur dieses Namens nicht gäbe.

Hatte sie seinen Namen verwechselt?

Oder hatte Ex-General von Bening heimlich Liane Hoschwitz dazu bewegen können, ihm ihren Aufenthaltsort zu verraten, um Erkundigungen über sie einzuziehen?

Fenja blieb wachsam und wies ihre Helferinnen an, in nächster Zeit keinem Mann Einlass in den Hort zu gewähren, der sich nicht ausweisen konnte.

Der Oktober hielt mit eisigen Temperaturen in der Reichshauptstadt Einzug. In vielen Häusern froren Wasserrohre ein, Kohlen und Kartoffeln wurden knapp. Innerhalb weniger Tage begann es zu schneien. Mit der Kälte, unter der die Menschen litten, ging weiterhin die Sorge wegen der Fleischversorgung einher. Diese hatte sich seit Hiltruds letztem Brief aus Berlin im Sommer nicht verbessert. Dabei waren im September zweitausend Fleischer im gesamten Reich auf die Straße gegangen, um die Einfuhr ausländischen Schlachtviehs einzufordern. Kaiser Wilhelm hatte nicht darauf reagiert, sondern fünf Tage später, am elften September, in Koblenz tatsächlich mit einem provozierenden Trinkspruch für Aufsehen gesorgt. »Die schönste Wehr, die der preußische Soldat tragen kann, ist das Kleid, in dem er seinem Gegner im Felde siegreich gegenübertritt.« Fenja mochte seit dem von ihr belauschten Gespräch zwischen Hoschwitz und Ex-General von Bening zu diesem Thema nichts mehr hören. Es war, als wäre zwischen ihr und den Benings eine unsichtbare frostige Grenze gezogen worden.

Der Frost im Land trieb ihr die ärmsten Kinder zu, halb verhungerte, ausgesetzte, kranke, misshandelte Kinder. Fenja und ihre Helferinnen hatten alle Hände voll zu tun. Seit Tagen fiel der Schnee in dicken Flocken, und es wurde noch kälter. In der Küche kochten täglich zwei junge Mütter, die froh waren, dass ihre kleinen Kinder hier spielen konnten. Sie waren mit Begeisterung dabei, bereiteten unablässig Suppen mit Eierstich oder Fleischeinlage zu, belegten Brote, rührten Grießbrei, kochten Milch mit Honig und einem Tropfen Sonnenblumenöl für die Säuglinge und füllten die Mischung je nach Alter des Kindes mit Schmelzflocken auf.

Der Schnee lag hoch auf den Fensterbänken. Es war später Vormittag. Alle Räume waren in ein diffuses Halbdunkel getaucht. Vor einer halben Stunde war der Strom ausgefallen. Fenja hielt einen Säugling im Arm. Eines der älteren Mädchen hatte ihn am frühen Morgen in Papier gewickelt vor einem Kohleschacht eines Mietshauses gefunden. Nun schlief er, gebadet und satt. Um Fenja herum spielten Kinder mit Holzfiguren, Eisenbahnzügen, Puppen und Holzbausteinen. Da es zum Vorlesen zu dunkel war, begann Fenja den Kindern vorzusingen.

Sie spürte den eisigen Luftzug im Rücken, der ihr signalisierte, dass die Haustür geöffnet worden war. Sie drehte sich um. Es war Isi, eine ihrer Kinderkrankenschwestern. Sie war außer Atem. Ihr Mantel war schneebestäubt, doch sie schüttelte ihn nicht ab.

»Fenja, ich weiß nicht, was ich tun soll. Von der Straßenbahnhaltestelle bis hierher ist mir ein Mann gefolgt. Jetzt steht er draußen, hält einen Koffer in der Hand und möchte Sie sprechen.«

»Wer ist es denn? Hat er dir seinen Namen genannt?«

»Ich hab ihn natürlich gleich danach gefragt, aber er hat nur den Kopf geschüttelt und darauf beharrt, Sie sehen zu wollen.«

Schnee wirbelte herein. »Ja, Fenja, ich möchte dich sehen.«

Es war Achim.

Die Tür fiel zu, der kalte Luftstrom brach ab.

Isi zog ihren Mantel aus, eilte herbei und übernahm von Fenja den Säugling. Achim trat auf Fenja zu und kniete vor ihr nieder.

Auf seinem dunklen Haar schimmerten Schneeflocken. Er sah sie bittend und voller Liebe an.

»Vor fast einem Jahr, Fenja, sind wir uns das erste Mal in einem Schneesturm begegnet, erinnerst du dich?« Er versuchte ein vorsichtiges Lächeln. »Frost und Schnee haben uns nicht daran hindern können, dass wir uns ineinander verliebt haben. Die letzten Wochen aber waren entsetzlich kalt wie ein Eisbad.«

Es wurde still. Die älteren Kinder hörten auf zu spielen, die Frauen hockten sich zu den Kleinsten und lächelten versonnen. Fenja räusperte sich. »Achim, bitte, du kommst so unerwartet. Ich bin etwas durcheinander. Wie hast du mich gefunden?«

»Niemand wollte mir verraten, wo du bist. Da habe ich dich gesucht.« Er ließ seine Blicke durch den Raum und über die Kinder schweifen. »Ich wusste ja, was du vorhattest, also habe ich mich gründlich umgehört.«

»Achim, sei ehrlich, hast du diesen Inspekteur auf unser Haus aufmerksam gemacht?«

»Nein, das war die Idee meines Vaters. Nach deiner letzten Begegnung mit ihm und unserem Auftritt im Ahlbecker Hof gab es allerhand Aufregung, das kannst du dir sicher denken. Ich habe harte Tage mit ihm hinter mir, Fenja. Er muss sich jetzt damit abfinden, dass mich sein Starrsinn ebenso gleichgültig lässt wie die Meinung einiger konservativer Familien. Er wird weiterhin seine Ideale haben, ich die meinen, daran wird sich auch in Zukunft nichts ändern. Aber er musste akzeptieren, dass ich es ernst mit dir meine. Und was diesen Inspekteur anbelangt, so ließ mein Vater mich, als er merkte, wie verzweifelt ich dich suchte, durch einen Detektiv beobachten. Und als dieser ihm endlich verraten konnte, wo du arbeitest, engagierte er einen Schauspieler, der bei dir als Kontrolleur auftreten und ihm Bericht erstatten sollte. Das ist alles. Jetzt bin ich hier, und ich bin sehr erleichtert, dass du mich nicht fortgeschickt hast. Das wäre vielleicht für mein Geschenk besser gewesen, aber nicht für mich.« Er blickte sie voller Liebe an. »Ich kann nicht ohne dich, ohne deine Liebe leben, Fenja, und ich würde mich freuen, wenn du mein Geschenk annimmst.« Er ließ die Verschlüsse des Koffers aufschnappen.

Fenja beugte sich vor.

Im Halbdunkel des Raumes sah es aus, als hätte er ihr Schnee mitgebracht. Schnee und … Sie schaute genauer hin und glaubte, ihren Augen nicht zu trauen. Auf dem gefrorenen Weiß hoben sich rote Rosenblätter in der Form eines Herzens ab. Fenja griff in den Koffer hinein. Es war ein Herz aus Eis. In seiner Mitte glänzte ein geschwungener Schriftzug. Sie las … und hörte gleichzeitig Achims zärtliche Stimme.

»Möchtest du meine Frau werden?«

Ein goldener Schriftzug, eine einzige Frage.

Der Punkt des Fragezeichens aber war ein von Diamanten umgebener Aquamarin, ihr Verlobungsring.

Sie küsste Achim, hauchte: »Ja!«

Sie heirateten am letzten Freitag des Jahres, dem neunundzwanzigsten Dezember 1905. Hiltrud kehrte aus London zurück und führte bis zum Sommer des neuen Jahres mit Fenja den Hort in Spandau weiter. Dank Liane Hoschwitz' finanzieller Unterstützung und Mathilde Kirschners sozialer Kontakte konnten sie ihr Engagement in der Stadt ausweiten und weitere fachkundige Mitstreiter gewinnen.

Am siebzehnten Mai 1906 gebar Liane Hoschwitz einen weiteren Sohn, den ihr Mann außer sich vor Freude auf den Namen Wilhelm Ferdinand taufen ließ. Achim, Fenja und Liane Hoschwitz wahrten weiterhin das mögliche Geheimnis seiner Herkunft.

Ende Juni 1906 reiste Achim mit Fenja und befreundeten Kollegen nach Deutsch-Südwestafrika, um dort seinen Traum von einem Krankenhaus für die einheimische Bevölkerung wahr zu machen. Nach einem halben Jahr kehrte er mit Fenja nach Berlin zurück. Er nahm eine Stelle in der Charité an, wo er neben dem Begründer der ersten kinderärztlichen Schule, Otto Heubner, arbeitete. Gemeinsam kämpften sie für die akademische Anerkennung der Kinderheilkunde, denn noch galt diese der Würde eines »ordentlichen« Arztes als nicht angemessen. Fenja erwartete ihr erstes Kind, nahm aber lebhaften Anteil an Achims Arbeit. Sie lernte den Neurologen Ottfried Foerster kennen, freute sich, dass Achim sich auf neurologischem Gebiet weiterbildete, und nahm an seinen Forschungen nach den Ursachen psychogener Lähmungserscheinungen bei Kindern regen Anteil.

Erst im Frühjahr 1910 kehrten sie endgültig nach Ahlbeck zurück. Achim kaufte ein großes Anwesen mit eigenem Gestüt und richtete eine Praxis mit reittherapeutischem Schwerpunkt ein. Dort behandelte er Jahre später auch Berliner Kinder, die in dem 1913 von Mathilde Kirschner geleiteten Kaiser-Wilhelm-Kinderheim in Ahlbeck Erholung fanden. Fenja bewunderte die berühmte Oberin für ihr soziales Engagement. Es beeindruckte sie, dass Kaiser Wilhelm II. persönlich dieser tatkräftigen Frau die großen Ahlbecker Grundstücke im Friedrichsthaler Forst, im Osten des Seebades, hatte vermitteln lassen. Fenja blieb ihr, trotz der Standesunterschiede, eng verbunden.

1910 war aber auch das Jahr des Halleyschen Kometen, vor dem Berthold sich immer gefürchtet hatte. Nun wurde es für ihn das Jahr seines Abiturs und des Eintritts in das Unternehmen seines Vaters. Vier Jahre später, nach Kriegsausbruch, bescherte ihnen der rasch ansteigende Bedarf an Uniformtuch große Gewinne, aber auch schmerzliche Konflikte. Im Laufe des Krieges bedrückte Berthold das unternehmerische Tun, das Geld, das mit dem Tod Tausender Soldaten erkauft war, immer stärker. Er litt zunehmend unter der Erwartung, das Geschäft weiterführen zu müssen. Kurz vor Kriegsende brach er nach einem großen Streit endgültig mit seinem Vater. Er ließ sich seinen Pflichtteil auszahlen und wanderte nach Amerika aus, um Astronomie zu studieren. Erst jetzt beichtete Liane Hoschwitz ihrem Mann die Wahrheit über ihre Liebesnacht mit Grillwitz. Hoschwitz war zu verbittert über Bertholds Abschied, als dass er noch Kraft gehabt hätte, seine Frau zu verurteilen. Es blieb ihm nichts anderes übrig, als darauf zu warten, dass der zwölfjährige Wilhelm Ferdinand, der zweite Sohn, bald alt genug sein würde, um bei ihm in die Lehre gehen zu können.

Achim arbeitete während des Krieges als Lazarettarzt an der deutsch-französischen Front und konnte sich erst 1918, nachdem die Kinderheilkunde endlich als selbständige Disziplin anerkannt worden war, offiziell als Kinderarzt approbieren lassen.

Fenja hatte über das Erbe ihrer Mutter nachgedacht. Irgendwann in all diesen Jahren glaubte sie, ihr Schicksal verstanden zu haben. Welchen Mann ihre Mutter auch einmal geliebt und im Oktober 1882 hier in Ahlbeck verloren hatte, sie – Fenja – hatte hier ihre große Liebe gefunden. Es war, als hätte ihre Mutter ihre Sehnsucht und Liebe an sie, nicht an Hiltrud, weitergegeben. Das war ihr Erbe. Und so erfüllte sich auch nur in Fenjas Leben ihrer beider Traum.

Als Zeichen ihrer Verbundenheit beschloss Fenja, ein vergoldetes gusseisernes Wetterzeichen auf dem Grab ihrer Mutter aufzustellen. Es sah jener vereisten Ahlbecker Seebrücke ähnlich, bei deren Anblick sie am Neujahrsmorgen 1905 ins Träumen geraten war.

❋ ❋ ❋

Ein Nachwort

für historisch Neugierige
und neugierige Träumerinnen (wie ich es bin)

Ahlbeck im Jahre 1905: ein Dorf im preußischen Regierungsbezirk Stettin, zugehörig zum Kreis Usedom-Wollin, beliebtes Seebad »erlauchter« Persönlichkeiten und zugleich »Badewanne« Berlins.

Kaiserzeit! Umbruchzeit! Wandel liegt in der Luft. Hier der Kaiser von Gottes Gnaden, dort die Stimme des Volkes. Selbst in konservativen Offizierskreisen brodelt es. Das preußische Offizierskorps, das, verstärkt durch die Gründung des Kaiserreiches 1871, voller Stolz sein Selbstverständnis darin sieht, die führende Rolle innerhalb der Gesellschaft auszufüllen, wehrt sich, wenn auch von außen kaum wahrgenommen, gegen die Folgen sozialer Umbrüche. Doch der Anteil adliger Söhne im preußischen Heer nimmt mit den Jahren besorgniserregend ab. Mitte der 1860er Jahre waren z.B. 95% der Infanterie- und 67% der Artillerie-Regimentskommandeure adlig, Mitte der 1880er Jahre hingegen nur noch 76% bzw. 50%. Nur im »noblen« Kreis der Kavallerie änderten sich die Anteile kaum (94% bzw. 93%).

Um den Mangel an Nachwuchskräften für das Offizierskorps zu beheben, beschließt Kaiser Wilhelm II. mit einer Order vom 29. März 1890, bürgerlichen Kreisen die Tore zur Offiziersausbildung zu öffnen. Bildung, nach der viele Bürgerliche streben, wird Voraussetzung, um eine Offizierslaufbahn einschlagen zu können. Doch soll der »Adel der Gesinnung« – seit jeher dem Standesadel zugesprochen – weiterhin gewahrt und erhalten bleiben.

Bildung wird quasi in Form gegossen und in Grenzen gehalten. Ein adliger Offizier, der mit Bildung Kritikbewusstsein und aufklärerische Ambitionen verbindet, muss daher in der eigenen Familie auf Widerstand stoßen. Umso mehr, wenn er sich in ein Mädchen verliebt, das weder schulisch gebildet noch von höherem Stand ist …

Ein geradezu aufreizender Hintergrund für einen Roman über die Liebe in »alter Zeit« …

Der kaiserlichen Order von 1890 gingen im Übrigen Jahre des Ausprobierens von Uniformtuch und Uniformgestaltung voraus. Lange Zeit weigerte sich Kaiser Wilhelm II. einzusehen, dass die Fortschritte in der Waffentechnik eine Umgestaltung der Uniformierung notwendig machten. Erst am 14. Februar 1907 gab er in einer weiteren Allgemeinen Kaiserlichen Order (AKO) offiziell die neue »feldgraue« Heeresuniform frei. Am 25. Februar 1907 veröffentlichte das preußische Kriegsministerium den folgenreichen Beschluss. Damit hatte der traditionelle preußischblaue Uniformrock mit roten Aufschlägen, den einst der Große Kurfürst Friedrich Wilhelm von Brandenburg (1620–1688) festgelegt hatte, mitsamt der Vielzahl bunter Stilelemente endgültig ausgedient. Eine neue, die Soldaten tarnende Heeresuniform für Kriegszeiten war festgelegt und trat neben die farbige Friedensuniform.

Wirtschaftlich gesehen eine Goldgrube für Tuchfabrikanten!

Von dieser militärhistorischen Entwicklung abgesehen, habe ich mich noch von weiteren authentischen Begebenheiten inspirieren lassen. So ist zum Beispiel die große Sturmflut zum Jahreswechsel 1904/1905 ebenso überliefert wie der Ausbruch der »epidemischen Genickstarre« (Gehirnhautentzündung) in Oberschlesien im Winter 1904. Fenja Susann Wolgardts Schicksal mit der aufsehenerregenden Kronprinzenhochzeit am 6. Juni 1905 zu verbinden, Fenja persönlich die Auswirkungen des Reichsstrafgesetzbuches spüren und sie therapeutisches Reiten ausprobieren zu lassen, erschien mir ebenso spannend, wie zu sehen, welche Folgen ihre Bekanntschaft mit Mathilde Kirschner (1875–1951) haben würde.

Dass geschichtliche Ereignisse lange Schatten werfen können, sollte sich am Schicksal ihres Vaters zeigen, der die – letztendlich den deutschen Flottenaufbau befördernde – französische Seeblockade im Sommer 1870 miterlebte. Achim von Bening hingegen berichtet uns von seiner Zeit während des zweiten Burenkriegs und von dessen oftmals namhaften, abenteuerhungrigen Teilnehmern. Und mit Carl Friedrich Hoschwitz' Leiden folgte ich meinem Interesse an Medizingeschichte. Hoschwitz sollte auf die mögliche Hilfe der ehrgeizig forschenden Mediziner, wie zum Beispiel Paul Ehrlich (1854–1915), Emil von Behring (1854–1917) oder den Hamburger Tropenarzt Friedrich Fülleborn (1866–1933), angewiesen sein.

Ich danke der Programmleiterin des Knaur Taschenbuch Verlages Frau Christine Steffen-Reimann für den Vorschlag, auch diesen Roman an der Ostsee spielen zu lassen, und meinem Agenten Dirk R. Meynecke für die Idee zu einem im Hause eines Tuchfabrikanten arbeitenden Kindermädchens, das sich in einen Offizier verliebt.

Doch während des Schreibens entwickelte sich so manches anders, als zuvor gedacht.

Das allerdings verdanke ich der Freundschaft mit einem besonderen Menschen – und meinen Figuren, die mich am Meer über die Liebe träumen ließen.

Für Interessierte hier eine kleine Auswahl zeitgenössischer Fachliteratur:

Baenz, Ulrich, *Ahlbeck. Seebad auf Usedom*, Peenemünde 1998.

Gildenhaar, Dietrich/Knuth, Volker, *Seebad Ahlbeck. Die Entwicklung eines Badeortes*, Ilmenau 2008.

Gildenhaar, Dietrich, *Seebad Ahlbeck 1700–2002. Eine geschichtliche Übersicht*, Heringsdorf 2002.

Günter, Jana, *Die politischen Bilder und radikalen Ausdrucksformen der Suffragetten. Bilder der Heroisierung, des Martyriums und der Radikalität in der britischen Suffragettenbewegung*, in: edoc.hu-berlin.de/Kunsttexte/2009-1

Jochens, Birgit, *Die Kaiserbäder auf Usedom: ein Vorort Berlins*, Berlin 2006.

Kraus, Jürgen, *Die feldgraue Uniformierung des deutschen Heeres 1907–1918*, 2 Bde., Osnabrück 1999.

Riede, Jens, *Offizier im Kaiserreich – Verkörperung der Gesellschaft? Eine Betrachtung der militärischen Führungskräfte unter besonderer Berücksichtigung Preußens 1871–1914*, Helmut Schmidt Universität, Hamburg 2009.